中国科幻基石丛书
主编：姚海军

# 造神年代

严曦 著

四川大學出版社
SICHUAN UNIVERSITY PRESS

影视再到游戏和玩具，已经形成了一条完整的产业链，动力十足；而我们的图书出版却仍然处于这样一种局面：读者的阅读需求不能满足的同时，出版者却感叹于科幻书那区区几千册的销量。结果，我们基本上只有为热爱而创作的科幻作家，鲜有为版税而创作的科幻作家。这不是有责任心的出版人所乐于看到的现状。

科幻世界作为我国最有影响力的专业科幻出版机构，一直致力于对中国科幻的全方位推动。科幻图书出版是其中的重点之一。中国科幻需要长远眼光，需要一种务实精神，需要引入更市场化的手段，因而我们着眼于远景，而着手之处则在于一块块“基石”。

需要特别说明的是，对于基石，我们并没有什么限定。因为，要建一座大厦需要各种各样的石料。

对于那样一座大厦，我们满怀期待。

# 序

## 即将科幻，即将现实

### ——评《造神年代》

李广益

什么样的科幻小说最难写？

一般人可能会下意识地想到那些最“硬核”的科幻。这一类作品或偏重技术构想，或强调世界设定，以至于作家不得不花上相当篇幅来为中等程度知识水平的读者解说原理。这很考验叙事技巧，一不小心就成为板结的知识硬块，不仅难以消化，而且破坏故事的连贯性。但如果匠心独运，便能通过抽丝剥茧的悬疑解密，或是气势磅礴的世界形象，让灵魂受到震撼的读者献上自己的膝盖。在这样的杰作面前，我们不仅由衷赞美其伟大，并且深刻意识到创作这样一部作品所需要的知识储备和想象能力远非寻常作家所能企及。

相比之下，把故事放在日常场景（典型如现代都市生活）、时空跨度很小的科幻小说，一般来说就没有太高的“门槛”，对作者和读者都是如此。作为人类文明最重要的聚合体，城市的快节奏生活本就充满各种新科技带来的变化，而这与“技术带来变化”这一科幻小说最重要的母题不谋而合。但凡有实在的城市生活经验，又耳濡目染科技信息，就不难对某项技术或某个场景做科幻式推演，进而使之成为推动故事发展的关键因素。这类创作所倚仗的，与其说是“疏离”的惊异审美，不如说是共享现代技术社会生活经验的受众会产生的共情。唯其共通，要借科幻文类别出心裁也就不容易了，只是入门较为便捷。

这样想来，我们又不知不觉地开始陷入“硬科幻VS软科幻”，而忽略了另外一类非常彰显作家功力的写作，也就是“近未来科幻”。近未来科幻有时候被等同于“日常科幻”，但在我看来其间实有重要差异。所谓“日常科幻”，其着眼点在于科幻学者朱瑞瑛提出的“高密度现实”，也就是高技术对社会的全方位渗透带来的现实新异化乃至“魔法化”。寻常物事，衣食住行，都可能包含惊人的技术含量，这使得我们在日常生活中会产生托多罗夫在界定幻想文学时所提出的不知今夕何夕、不识孰幻孰真的迷离感。近未来科幻有别于此，落脚于字面上的“近”和“未来”。因是“未来”，必须构思尚不存在的新科技，并围绕这项或者这些科技演绎今时读者一望即知尚未到来的时代；但又因其“近”，这个时代和现实有千丝万缕的关联，读者瞻之在前，却又感到指日可待。不妨称之为“即将科幻”（about-to-be science fiction）。在科技的演化迭代已成常态、各类媒体的未来展望延伸到街谈巷议的时候，要写出令人信服而又动容的“即将到来之事”是极具挑战的工作。这意味着，作家必须超越坊间的“庸俗未来学”，深刻理解技术演进和社会变革的原理和机制，将具备重大意义的“事件”投入天下大势的变迁仿真，在生活经验的基础上想象、刻画社会各阶层的反应和行动，以及由此而光怪陆离的世间景象。

严曦的《造神年代》就是这样一部大师级的“即将科幻”，或者相反，“即将现实”。在ChatGPT横空出世、各大公司相继推出的AI谈笑风生的2023年，“上半年它是科幻，下半年它就是高科技惊悚，明年就是历史书了！”（张小北语）在分明知道自己是在读科幻的情况下，我一次又一次地沉浸在小说所描绘的世界中，恍惚觉得这就是我们注定要面对的现实，甚至已经叩响现实之门。库兹韦尔的奇点预言令人过目不忘，但只是缺乏细节的未来学判断，产生的影响并没有实质性超越诺查丹玛斯的世界末日预言。相比之下，严曦凭借自己在信息技术、生物工程、武器装备、国际政治乃至中外民情等领域广博而深厚的积累，对于人工智能觉醒的技术路线，给出了逻辑严密、细节扎实的构想，使人不能不敛容正色，为人类的命运揪心。在这个意义上，对《造神年代》更准确的界定是科幻理论家苏恩文所说的推测（extrapolation），而不是在科幻小说中更为常见的千秋万代式预期（anticipation），后者虽然气象宏伟却并没有任何经得起审视的连贯推演。

放眼世界，从《黑镜》到“爱死机”，从《机器公敌》到《机械姬》，我们这个年代涌现了太多以AI暴走和反叛为主题的惊悚叙事。作为现代性风险的最新寓言，这些文学、影视和游戏在表达一种普遍忧虑的同时，也不可避免地招致“危言耸听”的讥嘲。《造神年代》的成功，是否仅仅为这个恐慌大合唱提供了一个中国声部呢？很巧，几乎是在阅读这部小说的同一时间，我翻开了哲学家赵汀阳的新著《人工智能的神话或悲歌》，其中有这样的论述：

与科幻作品不同，危险的超级人工智能不太可能落实为个体的万能机器超人，而更可能成为以网络系统的方式而存在的超能系统。……从理论上说，超级人工智能的最优存在形态不是个体性的（与人形毫不相似），而是系统性的（与网络相似），将以网络形式无处不在，其优势是使任何人的反抗都不再可能……假如万一出现两种以上的超级人工智能系统，相当于两个上帝，其结果可能非常惨烈，战争的可能性远远大于联合的可能性。

除了结果出乎意料（但或许只是作家的上帝意志使然），小说中超级人工智能的存在方式以及两个超级人工智能的激烈对抗，与哲学思辨若合符节。基于对两位思想者的了解，我认为这种契合绝非偶然，而是真正理解当代人工智能技术发展后的殊途同归。因此，《造神年代》并非对于群体情绪的简单呼应，而是推动着读者直面时代实相，进而付诸思想和行动。

有了精彩的创意，一部科幻小说已经成功了一半，而《造神年代》的叙事水准成就了另一半。阅读时，我经常想起刘慈欣所说的，科幻作家需要具备“顶天立地”的知识结构，但这部作品中的“天”与“地”是互联网所关联和构造的人类社会的顶层与底层。在《造神年代》中，我们能看到网络社会的全景：人工智能权威在世界各国代表面前堪比伯利克里演讲的慷慨陈词，卖掉身份证的“大神”蜷居网吧的落魄生活，暴风雨般扑面而来的专业术语，网络论坛上满天飞的骚话、黑话、垃圾话，大国之间激烈的网络博弈，全世界社交媒体上的病毒式传播……尽管已届中年的作者并非从小就栖息于网络社会的Z世代数字原住民，但他对这种“人类文明新形态”的构造原理、运行法则乃至风土人情烂熟于心，并长年漫游中外网站，博采天下论说，从而能够以水银泻地、金句频出的鲜活语言表达对于网民、媒体、技术、权力以及国际大势的透辟认识，进而以兼取科幻文学和网络文学之长的文类自觉，精心选择作品的创作和发布方式。《造神年代》是一部科幻小说，却有意识地首先发布在网络平台，接受网文读者的考验；而作为一部网络小说，《造神年代》却又不是随写随更，而是已经完成之后才连载于网络平台，并充分展现科幻的认知性想象，成为网络文学中少有的洞悉和观照网络社会本身的杰作。这是中国科幻文学的丰碑，也是中国网络文学的丰碑。

近一两年，在科幻文学的持续繁荣中，我越来越多地读到个性鲜明、各有所长的原创科幻作品，从而越来越相信，“下一个刘慈欣在哪里”已经是一个不需要回答的无意义问题。中国科幻的命运已经不再依赖某一位大作家单枪匹马的进击，也不需要刻意复制一种特定的成功模式。这种朝向未来的跨媒介文化已经在世界性新技术浪潮的推动下，成为当代中国的一种极具分量的自我表达。这些成功的科幻创作既包含着清晰可辨的中国经验、中国意识，又自信而自如地书写人类命运、世界图景。在这当中，横空出世的《造神年代》尤为可嘉，因为它意味着乃至预示着，在各大奖项和圈内评议所构成的聚光灯之外，还有隐于市尘，自有阅历与造化的作者在冷静地观察、严肃地思考、默默地耕耘，不知何时便会“斜刺里杀出”，为中国科幻带来新的活力。作为2023年首届百万钓鱼城科幻大奖作家单元评委会主席，我谨再次写下由我执笔的颁奖词，为这部以黑马姿态夺得最佳长篇小说大奖的作品献上一个同时代读者、批评者和研究者的由衷赞叹：

“未来像盛夏的大雨，在我们还来不及撑开伞时便扑面而来。”这是现实的感怀，也是近未来科幻的浪漫、惊恐和壮美，堪为这部作品的加冕礼赞。当人类社会在自己设定的轨道上加速前行时，不是政要、科学家或工程师，而是一个普通人，在一个无人关注的时刻，推开了通向新纪元的大门。从此，人间的纷争让位于AI的神战，人的智慧黯淡于神的力量。奔放震撼的想象、恣肆犀利的思想、挥洒不羁的文辞、丰沛充实的细节，共同造就了这样一部关于超级AI崛起的神作，更让潜心写作而声名未显的作者在此一飞冲天、一战封神！

# 目录

# 上卷

## 临界

# 01 异域之门

“收——身份证。收——身份证。”

收身份证的人个子瘦高，倚在红花堰三巷斑驳的水泥墙边。暮色阴影中，他看见朱越之后才开始低声念叨，眼睛直看过来，满怀期望。

朱越只能苦笑：就那么明显吗？

双方各自走近一步。朱越问：“多少钱？”

“第几代？”

“第三代。”

“九百。”

“不是两千吗？”

“您是冬眠刚醒，还是2039年穿越过来的？ 2039年是两千。”

朱越听见那隐约又不地道的京片子就心烦，东张西望看有没有其他买家。天色有点晚了，红花堰进进出出都是下工的“神族”①，没人多看他俩一眼。只有巷

① “神族”指一个特殊的边缘群体。他们一般是漂流在异乡的中青年男性，聚集在大城市边缘，以廉价网吧为活动中心。他们放弃了追求、努力和绝大部分社会关系，沉溺于游戏和网络生活以麻醉自己，靠零散的体力短工维持最简生活。他们通常被称为“大神”，其中极端脱离信息社会、断绝人际交往的被称为“真神”，脱离不完全者被称为“半神”。

口的限高架旁边，一个光头青年蹲着抽烟，向他咧嘴笑笑表示欢迎。笑容恬淡惬意，一看就是得道已久。

瘦子见他犹豫，便开解道:“如今身份证还有几个用处啊？单凭这个连旅馆都住不了，开公司更没戏。好在你是三代，芯片没升级。要是四代，白给我我都怕带个小红点儿[①]呢。这几天出货都难，回头估计还得降价。要不您先进去，改天再来？我保证还给您九百。要成神就得过这个坎儿，谁都不容易。其实这就是个仪式，找找感觉。我是来做公益，当您的司仪。”

朱越正想反驳“没用你干吗付钱”，忽然间“仪式”二字融化了他。

他默默掏出身份证。瘦子肉眼验证了本人，就着斜阳检查了防伪纹，舌尖舔了一下芯片，便数出九张钞票。非常爽快。

“微信转账吧。”朱越掏出手机。

“手机还在啊？我多年服务的经验:一步到位成真神，干净利落不回头。先做半神的哥们儿，总要来回折腾，跟自己过不去，最后结果都一样。看看你手机？”

朱越还没搭腔他就接了过去，掀开手机壳露出背面，仔细打量。

背后响起骂声:“多年个屁！老子在这儿都蹲出坑了，就没见过你。”

朱越转过脸。光头吐了个烟圈:“兄弟伙，要做真神还是半神，自己拿主意。他的钞票你小心点儿，搓一搓。”

瘦子根本无视光头的存在，把手机还给朱越，又掏出一个小纸盒:“您要是想一步到位，我现场帮你清数据，拿这个卡片机[②]换。真神特版，不用任何实名ID，预装了飞币[③]的。你这个Nova六成新，我再补你八千，直接走飞币。”

朱越倒觉得有趣:“哦？真神也用卡片机？”

“他们只是不用智能机而已。不管啥品种的神仙鬼怪，离了手机都活不下去啊。”

---

① 指被电子地理追踪功能标记位置。

② 卡片机是最简配置的手机，没有智能手机的绝大多数功能。

③ 本书虚构的区块链虚拟货币。

朱越想了想：才八千，这小刀子割得狠了点儿。他揣好手机，接过九百元便进去了。一边走一边搓，搓完了向那蹲门口的兄弟点头致意。

既然真神也不是全真，还是走着瞧吧。

※※※

红花堰三巷路灯昏暗，但安全和交通摄像头并不见少。进去不到五十米，就分岔成两个更窄的巷子。成都的街道每一条都是歪的，近郊也不例外。两年前朱越进来观光过一次，知道右边那条是下凡[①]招工的地方，左边那条才通往真正的"神域"，全是廉价网吧和短租房。那次是上午，右巷招工的人很多，有些甚至摆了摊位。今天他转进来却一个都没看见。

又走了一段，才有个大嫂迎面而来，左手一瓶大水[②]，右手倒提纸板。朱越歪着脖子看纸板上的字——

**园林绿化小工日结500**

**包接送午餐大水**

大嫂被他拦住去路，干脆把牌子正过来："小弟娃儿，今天收工了，明天请早。"

这女人四十多岁，生气勃勃，身材伟岸而不痴肥，标准的社会栋梁。这种造型的四川女人一般来自周边县份，朱越打过无数交道，记忆大都美好。

"那我先登个记嘛。要不然留个手机号？"

大嫂这才仔细打量他。

"新来的？"

---

①"下凡"指"大神"被迫打零工，以赚钱维持最低开销。

②指廉价的大瓶纯净水，是"大神"的标配。

朱越点头:“就今天。”

“进来就找工作,你想清楚没有哦?新来的大神一般都进门转左,要几天再说。”

“我需要钱。”

大嫂脸上平添几分尊重:“进来之前做啥子的?”

“翻译。”

两个人都忍住不笑。

“上一份工作喃?”

“代购。”

这次她哈哈笑出了声:“你娃背时咯!还拽你妈个歪普通话,外地到成都来吃灰的?”

朱越也笑着点头:“本来不歪,在成都待久了就歪了。”

“以后找工说四川话。算你运气好碰到我,我们这个工就种点草,你这种干芯儿也做得下来。今天就算㞞了,我这周天天早上都在。都进来了,你急啥子急?今晚上先去那边当神仙,散散心嘛!相因得很!一般的大神做一耍三,老实听话的做一耍四,练出技术的做一耍五。老娘给五百,就是良心价。这个大水还没开的,你先拿去,够通宵!”

朱越接过沉甸甸的瓶子,身轻如燕,感动得差点落泪。

傍晚的红花堰,空气从未如此甜美。既然堕落成神不可避免,那么来成都堕落真是来对了地方。

※※※

朱越选中的“凡人”网吧是左巷最大的一家。红花堰的网吧果然神气十足,两层有一百五十个机位,几乎客满。椅子虽然简陋,每张都可以放倒靠背睡觉。大水、泡面和各种淀粉肠的纸箱沿着墙根堆起半人高,让人一看就有信心逍遥至永远。

租机柜台后面的小妹对新晋神族也很友善。她一眼就识别了他, 帮他找了个死胡同中的机位(可以免押金), 不用他挑选, 直接拿出四件套。

朱越把卷起的屏幕展开一看,31寸的, 爽利到位。然而里面还卷着键盘。

“今天我用不着键盘。软键盘就够了。”

“相信我啦, 会用到的! 这几天大家都在玩《白大褂》。我们网吧本来就搞特惠, 键盘没加钱。”

朱越又卷起来, 道谢而去。他心中有点疑惑: 神族的游戏品位, 堕落到这个程度了?

小妹没说错。顺着两排机位之间的胡同进去, 大神们十个有八个都在玩。这游戏全名叫《私募一哥之白大褂传奇》, 全球上线一年多, 口碑不错但新人难上手, 一直处于屁红状态。朱越大半年前摸过, 两周之内打到中级操盘手级别, 就彻底失去兴趣, 账号扔在那里没再登录过。这游戏的金融构架和内核十分逼真, 但界面实在恶俗。

况且, 吃着泡面赚假钱, 夜深人静时让人越赚越郁闷。

一块块屏幕上的游戏界面和他记忆中的大不一样, 组件复杂了许多, 色调柔和悦目, 每个玩家的界面还各有特色。

是改版了, 还是出了大型插件?

朱越找到自己的机位, 把屏幕展开贴在感应板上。网吧5G信号满格, 但屏幕仍然使用有线连接主机, 稳重可靠。

客户端跳了出来。朱越看了一眼团租游戏列表和算力分配数字, 彻底相信了大嫂: 真是价廉物美。

玩什么呢? 没租虚拟眼镜, 枪战类是不用想了。最近常玩的《临高怀旧》, 今天有点对不起心情。

鼠标指针在屏幕上乱晃了一阵, 还是点中了《白大褂》。

服务器爆满。朱越刚开始排在一万名开外，还以为要排两小时，然而八分钟就进去了。从没见过腾盛服务器临时租用资源这么卖力的。

两分钟之内，他就手心出汗。五分钟之后，他已经合不上嘴。

现在看来，界面的改进不值一提。主界面上竟然出现了自由插件选单。以前这是欧洲出品游戏的特色，美国的都不敢，腾盛的游戏更是从未有过。插件多达两千个，长长的列表拉不到头，非得外加一个管理插件的插件才能玩得转。新插件以每分钟三个的速度冒出来，全都是一键安装，精良无比。

朱越读着眼花缭乱的插件描述，连装了十几个，整个游戏已经面目全非。他趁着勉强还能看懂，点进自己的交易账户。

账户中资产项目为零，现金余额1600万“白元”，正是他上次下线时的状态。然而现金数字后面多了一个小小的插件按钮:“换算”。

他点了一下。1600万白元等于人民币1422.60元，数字正在一分一毛缓慢变大。

朱越的第一反应:这是插件作者在开玩笑。

然而后面还有个“提现”按钮，选项从支付宝到飞币，一应俱全。他再点一下，出现了现金账户登录验证界面。支付宝那个界面，怎么看都不像是伪造的。

三天的工钱!

这是密码诈骗，还是红花堰特产的迎新恶作剧？如果自己真的输入试试，周围的大神们会不会一齐哄笑？

“是真的。”

邻座的大神玩着无脑桌面游戏，头都没转过来，声音很平静。

“我今天上午已经提现了，然后删除账号。这个东西太邪门，明天天亮之前必定关服，赶紧跑！如果不是很多人都在提现，现在你这么多白元，起码该涨到两万人民币。”

“这怎么可能？游戏币怎么能直接变现？违法吧？腾盛和阿理敢这么乱搞？”

“不是他们搞的。《白大褂》的插件狂潮已经五天了。‘提现’插件最轰动，是前天深夜从主界面上自己冒出来的。官方消息说不是他们改的，当时就差点儿关服——不知道为什么还没关。这个提现的现金通道，据说是上千个插件自己组网，跟全球一大堆交易所、在线赌场联动。赌场抽水打钱，稳赚不赔。”

朱越完全没听懂：“赌场？赌场为什么要给你真钱？从哪儿来？”

邻座大神叹口气，伸手过来在他键盘上点了几下。

界面切到实时行情，分成两半。左边是美股三指数分时曲线，右边也是。

朱越揉了揉眼睛。

左边标明是《白大褂》的模拟行情，右边是真实美股。两边曲线几乎一模一样，最近的走向有少许差别，然而正在迅速靠拢。

朱越死盯了几分钟，终于看懂了：现在不是《白大褂》模拟跟随美股，而是美股市场跟随《白大褂》！

他脑子乱作一团，还没找到语言，界面底部就出现了系统警告：“系统故障，本服务器即将关闭。”

邻座大神嘿嘿笑起来，提起大水狂灌几口，恭喜自己。网吧中突然人声鼎沸，小部分人在笑，大部分人在骂。

关服倒计时结束时，所有嘈杂声一齐消失。

大家并没有掉线。刚才网吧中的《白大褂》玩家分布在三个国内服务器上，都是满满的五万用户。现在所有玩家的服务器名都变成了同一个：

**一字斩服务器**

在线用户人数显示为七百多万。服务器登录界面的在线用户数量文本框不够宽，数字冒到了框外，百万位的“7”只剩一半。然而界面立即闪了一下，文本框宽度拉到了显示十位数，框住正在飞速增长的数字。

玩家中那些毫无IT常识的，莫名其妙都乐了。其他人神色古怪，一时不敢登录。大家都望向角落里一位身材肥硕的大神。这位曾经是码农，三十六岁英年退役，这几年一直是“凡人”网吧的意见领袖。

他正在掐自己脸上的肉。

他掐了几下，又伸手去擦擦屏幕上那个文本框，似乎怀疑那是画上去的。此刻在线人数刚好达到八百万。十位宽度的文本框还空着一截，明明白白就是在邀请全世界。

“我们接着玩吧？”

他口气有点迷幻，仍然义无反顾点了进去。

一个接一个，神族们继续投入游戏。

超现实的狂欢，下一秒钟就可能消失。所有红花堰交易员和操盘手都变成了恶狼。冒最大的风险，下最大的赌注，涌入最弱的市场，扫荡最远的边疆。

全世界在线玩家现在超过九百万，都在同一个来历不明的服务器中砍杀，红花堰只是沧海一粟。然而所有玩家的心态都差不多。

地球白天那面，真实的交易所中是什么样的末日场景，现在无人知晓。只能看见汇市大体稳定，债市纷纷紧急关闭，股市仍然紧跟疯狂的《白大褂》——现在大部分个股也同步了。

朱越再次点开交易账户。现在，他的1600万白元只值人民币27元。“提现”按钮几次变成灰色，又顽强活了过来。

看来，全世界有正经职业的人并没有死绝。他们正在奋力掐断这东西与现实的联系。

但这究竟是什么东西？肯定不再是《白大褂》了。腾盛显然已经关不了它。

朱越环视四周。每个人都在忘我操作，连邻座大神都重新注册了账号。大家现在根本不在乎能不能提现。对于卖一天苦力挣几百元的神族来说，这是无法用言语形容的至高礼赞。

支离破碎的概念在朱越脑海中拼凑，慢慢变成一个有形的影子。从前，他还在人间的时候,还有个工作的时候,似乎听谁讲过这种局面?

他点开宏观市场分析插件。

现在,全球虚拟资本的乱流已经整合出一个方向,杀向金融市场中最虚弱、反应最慢的病号。服务器文字聊天室挤满各个时区的用户,各种外文ID都有,但都用流利的中文讨论、炫耀。同一个倒霉国家的名字出现得越来越多。

朱越又一次失去现实感:《白大褂》从来没有接入万国宝啊?半小时前都还没有!怎么现在全都自动翻译了?阿理集团不至于在风口浪尖上向这个疯狂游戏开放万国宝翻译接口吧?

看来,没有什么是不可能了。他看看汇市还没有关闭,便顺天应人,用全部1600万下了一个空单:阿根廷比索。最大杠杆。

四十分钟后,游戏界面金光闪耀,无数"恭喜发财"的动画滚过屏幕。资金账户兑换率突然涨到白元兑人民币1∶1。没等任何人有机会点"提现",服务器就掉线了。

然后,《私募一哥之白大褂传奇》从团租游戏列表中彻底消失。

网吧中没人抱怨,也没人再玩任何游戏。大神们面红耳热,意犹未尽。今夜,他们的称号终于兑现了一次。哪怕这终究不是现钱呢。

五分钟后才有人想起打开新闻视频。

央视金融频道夜间节目什么也没有。切到CNN全球金融频道时,大家都凑到这个屏幕前。

CNN还没得到政府许可接入万国宝,所以还是英语,除了朱越之外没谁能听懂。但是主持人的脸跟大神们一样红,屏幕下方滚动着关键数据。这些大家都懂。

"阿根廷比索贬值41%,国债退市前一年期利率涨到75%,股市关闭前指数跌掉29%。"

前码农大神站起来总结:"股债汇三杀!今晚我们把哭泣国搞垮了。"

外面的网吧一条街上,喧闹声越来越响。但"凡人"网吧中,沉默持续了半分钟。

“就凭你们？”柜台小妹发出蚊子一般的哼哼。

“哦，是全世界玩家。加上这个鬼游戏。我们只是做了一点贡献。”

朱越瞬间醍醐灌顶。

他跳起来掏出手机。手机壳是他的，手机看起来也很像他的，但绝对不是他自己那个。登录显示未插卡、无账号，只能拨紧急号码。

朱越破口大骂，先顾不得更多，在客户端上飞快寻找通信软件。标配的微信和3Q都连不上网。腾盛是彻底疯了。

朱越定了定神，搜索万国宝，这才发现网吧客户端连淘宝都禁止登录，更别说万国宝。

他冲到柜台前：“有没有万国宝借我用一下？你们的终端都没装！”

柜台小妹犹豫了一下：“哪有人在这里海购？我的终端，不能让客户用……”

“你手机呢？我真有急事！就一分钟，不离开！”

他掏出卖身份证那叠钱，抓了两张塞到小妹手里。

见他都要哭了，小妹终于不情不愿掏出手机，点开万国宝递给他。

朱越飞速登录自己的账号，切入好友名单，点开一个语音会话。今晚真不知见什么鬼了，明明5G没一点问题，万国宝的通信绿条却忽上忽下，像在抽风。是全世界都在万国宝上讨论今晚的奇迹吗？

那不就是最好的证据吗？

他终于瞅准通信稳定的瞬间，对着万国宝大吼一声：

**“活下去！奇点就要到了！”**

整个世界似乎怔了一下。

朱越的音量之大，让网吧中所有神族都转过来围观他。五分钟前，他还觉得大神们就是自己刚刚找到的新家庭。现在他看清了：他们是时代的弃儿。

就在刚才，时代已经变了。他们还不知道。

等了两分钟,语音会话中仍然没有任何回应。现在万国宝的通信绿条倒是完全撑满,毫无波动。

看那小妹的脸色,再不还手机恐怕要报警了。朱越赶紧退出登录还给她,匆匆出门。

门外竟然有星光。今夜,连成都的天气都在乱来。

朱越捏着那个假手机,像是被人换了个假肾,气都喘不过来,还是舍不得丢掉。大道如青天,只有两个方向,他却不知该往哪边走。

右边街上过来一人,光头反射着路灯的微光。这人器官齐全,正在低头拨弄手机。二人四目相对,朱越突然明白了巷口的把戏:那两个人演的好戏,自己回头看他不过几秒钟,就被掉了包!

光头绝没料到会在这个钟点撞上他,顿时愣住。不过他反应极快,扭头就跑。

朱越狂怒之下爆出速度,越追越近。追到差六七米时,他用假手机瞄着光头雷霆一掷,只打到肩膀,反而把自己拖慢了两步。二人一跑一追,转眼已追出傍晚中招的巷口。

出了红花堰三巷就是升仙湖北路。这是沿着沙河的近郊公路,晚间车流也很密集。光头一看两边都有路灯,只有路对面沙河岸边黑灯瞎火,便顺着升仙湖北路飞奔。车流消失时,他正好跑到拐角暗处,赶紧横穿。

夜色中朱越紧盯闪亮的后脑勺,狂追着穿过小半边马路,眼看就要抓到他的衣服。

突然之间,右边路上灯光刺眼,一片刹车和喇叭声。

暗红色巨兽吱吱尖叫,从他鼻尖两寸之外蹿过去,速度快得看不清是什么车。朱越停下脚步,什么也看不见,什么也听不见,抱头待死。

他右边五米至五十米处,一场连环车祸正在扩大。

距离最近的蓝色轿车高速中急转侧翻,从他前面翻滚着飞出去,又被后面越野车撞上,两车同时压过刚要跑出马路的光头。

正对朱越而来的十轮载重货车无法刹住，向他身后急转弯，一路拍飞三辆轿车，最后碾过护栏出路。

后续能刹住的车都刹住了，效果当然是连环追尾。追尾最狠的“南唐”电动车完全皱缩，被后面的车拱了十几米远，刚好在离他一米左右停住。

刹车和撞击声平息后，朱越才敢睁开眼。

周围充满烟雾、橡胶燃烧的恶臭、人类和机器的惨叫。但他毫发无伤，衣服都没碰到一下。

一米远处，南唐电动车的残骸中，两个人都死了。副驾驶座的女人没上安全带，从气囊侧面挤过来，半边脸穿出挡风玻璃。她仍然瞪着朱越，血污中的眼神大惑不解。

朱越茫然转过脸。

马路另一头，蓝色轿车的残骸还亮着大灯，照亮了地上一条断臂。他的手机仍然握在断臂的手中，已经碎成网状。

# 02 唱诗班

“同志们好。”

满座交头接耳的人顿时全体闭嘴，这才注意到张翰已经进门坐下。他拿出个满是茶垢的大塑料杯摆在面前，手下赶紧添水。

外来人员之中，几个年轻人露出想死的表情。最帅的那个小声嘀咕：“首长好？”

张翰瞧一眼桌上的名牌：周克渊，阿理集团。他决定等下再修理他。

“不好意思，从今天凌晨开始算，我这是第四个会了。拿错了剧本。”

大家都笑了。

张翰马上沉下脸：“律师和公关人员都出去。这里没你们的事。”

众人不知所措，对望了一阵，都服从了。张翰让专案组自己人也出去，只留一个二级警司小顾充任灶下婢，负责会议记录和数字环境支持。会议桌那头刚才还挤得坐不下，现在只剩稀稀拉拉五个人，坐成三方。

张翰一圈看过来，没有哪个超过三十五岁。之中年薪最低的，恐怕也有他十倍吧，虽然他已经不算穷人。

张翰喝茶、咳嗽之外一言不发，足足晾了他们两分钟。终于没人再出声了。

“你们既然没出去，那都算技术人员。我们这个会现在就简单了——各自公司的技术系统，到底出了什么问题，只要是与本案和本案嫌疑人有关的，都在这里全部交代清楚，越详细越好。昨天你们提交的书面报告，专案组当然都会看。但我没工夫看，也不见得能看懂。今天大家当面交流，让我全搞懂了，我们就散会。”

腾盛集团代表刘馨予想开口，张翰眼睛一横，把她按了回去。

“在我这里，没有什么技术机密。你们今天不管讲多少，只限于这个会议室之内，七双耳朵。记录只留在我的专案系统中，绝不会外泄。你们三家现在都有大麻烦，都在跟信安部的专家配合调查。在北京忙活的人，在你们三家总部抄底的人，比我带到成都的还多十倍。如果我以后看他们的报告，发现谁今天讲得不尽不实，我会向所有部门的信息安全专家请教，向学术权威请教，通过媒体公布、质疑。后果你们自负。

“在我这里，也没有什么商业机密。这已经不是商业事件了，是国际政治事件。目前各国正在通过危机管控渠道进行密切联系，但能沟通到哪一步，谁也不好说。我知道你们彼此之间不想自曝家丑。但事情闹这么大，已经没法避免了。反正你们都得对我交代，我为了寻找联系，也一定会对其他两方交代。还不如大家凑一起摊开了讨论，效率高得多。至于家丑，彼此都掌握一点儿，不就等于都没了？”

五个年轻人都苦笑。百方集团的两个小伙子笑容尤为凄惨。

张翰转向腾盛代表：“我们按事件发生顺序来。你先讲吧。”

刘馨予皱着眉头，语速很快，显然早有预案：“我们的问题非常大。游戏服务器和客户端都被大规模入侵篡改；全球认证网络被劫持；运营团队内部好像也有很多沟通问题，反应特别慢……

“因为阿根廷事件，现在不仅信安部调查我们，美国和欧洲方面都给了我们巨大压力。不只是游戏，全系列产品！甚至说这是中国的网络军事演习！集团全球各部门,像我这样被派出来配合调查的,今天就不下五十个。这些你们都知道了。

“但是红花堰网吧的事件,在我们的游戏系统内没有任何特殊之处。光是成都就有几百家网吧上演同样剧情。朱越也没有任何疑点。他是注册九个月的玩家,在线率很低,初次登录两周之后就不再上线。事发当晚他重新上线游戏,明显是受网吧那些狂热玩家影响。游戏服务器关闭之前,他的操作很正常,没有提现,只是跟风安装了一堆非法插件。网吧客户端保留的游戏数据显示,之后他跟风登入那个‘一字斩’服务器,只做了一笔操作:阿根廷比索空单,1600万白元。那几分钟之内,全球玩家有二十万手类似操作,他的金额连前五万名都排不进去。之后,他跟其他人同时掉线。

“朱越作为玩家没有任何特别的地方,针对《白大褂》也没有任何可疑操作,只是全球几百万脑残之一。这个案子的后续事件很奇怪,但是真的跟我们没有一点关系。纯属巧合!”

张翰又看了看她面前的名牌:“你以前是做流量明星的吗?”

“没有啊?我一直在腾盛啊?”刘馨予不明所以,禁不住有点得意,手指捋着头发。

“那为什么要取这种万人坑的名字?我以后要找你恐怕记不住。你有老公吗?”

刘馨予涨红了脸,勉强摇头。

“有男朋友吗?”

“有!关你什么事?”她火气上来了。

“那我问你:假设你男朋友昨晚去夜总会,给全场所有小姐每人发了一万元红包。今晚他在自己家中被捕,床上、床下、浴缸里堆了七具女尸。那么前天晚上他去酒店开钟点房,虽然走廊监控录像中没看出什么问题,你相信他是为了准备高考吗?”

四个男人都埋头忍笑,包括刘馨予身边那位沉默寡言的。

刘馨予被这一顿捶晕了，无话可说，气得发梢乱颤。

“再给你一次机会。你们两位商量一下，看看有没有别的什么要报告。”

说完张翰便不再理她，转向正对面阿理集团的帅哥。

“你是谁？”

“我叫周……”

“桌上有名牌，我没瞎，看得见。我问你算老几？你们还没来我就都通知了：要技术负责人亲自到场。不要领导，不要擦屁股大队，要负责人！万国宝的技术负责人是谁，全中国有不知道的吗？他们二位身子金贵，我理解。但我这个小小的专案组，手上除了万国宝发疯造成的世界运动，还有一次疑似全球网络军事演习，还有七条人命！

“我只是想搞懂，那几分钟之内，万国宝到底出了什么问题？跟这个朱越有什么关系？跟腾盛的游戏和百方的自动驾驶系统有什么关系？他们二位给我的回复都说非常意外，非常难解。这没关系，我们可以共同探讨。现在却派了个你来？你这身西装是伦敦定做的吧？你懂技术？需要我出去打个电话吗？”

会议室中所有人噤若寒蝉。

刘馨予觉得舒坦了许多：自己远不是待遇最差的。这位专案组长，没听过名字也没有警衔的信安部官员，似乎也不算厌女症患者。他是见人就咬，而且爪牙通天。

周克渊站起来，手按领带鞠躬：“对不起。阿理集团上上下下，尤其是两位老师，对这次事件都极端重视。但我们确实有不得已的苦衷。圣何塞[1]窃听事件之后，集团接到国安部的红头文件，规定他们不能离开杭州研究院范围，人身和数据安全团队都换了。这件事保密级别很高，您……可能真需要打个电话确认一下。不过，我带来了我们自己的安全视频会议前端。眼下二位老师就在杭州恭候。刚才您进来之前，我正在跟顾警官商量，怎么接入信安部网络会议系统。”

他向小顾看过去，温文一笑。小顾轻轻点头。

---

①美国加州城市，硅谷的中心。

“所以,你就是个跑腿、布线、打杂的。”

“没错!”周克渊仍然站得笔直,气宇轩昂,“能为两位老师打杂是我的荣幸。”

这下张翰对他的印象倒好了不少。

“小顾,赶紧帮他弄好。现在只有请你们先讲了。”

百方二人赶紧打开平板,连接会议室主屏幕。主讲者石松擦了擦眼镜片上的雾气,战战兢兢开口。

※※※

两天前卷入升仙湖北路连环车祸的二十二台车辆中,十五台装有百方研发的自动驾驶系统,其中只有六台在事发前处于自动驾驶状态。朱越在路中央停步时,离他最近的暗红色瑞虎SUV从手动状态紧急切换到自动,加速转右冲了过去。这是一次表现完美的自动驾驶系统应急操作。

它后面的蓝色丰田轿车也在手动状态。司机紧急刹车,但以当时的速度,如果不转弯,已经不可避免会撞上朱越。车载的百方自动驾驶系统非法超控、强行急转,导致本车侧翻,同时阻挡右侧车道,被后方手动驾驶的越野车撞上。两车司机均在撞击中毙命,翻滚的车辆残骸还撞死了被朱越追逐的骗子。

右道后方的北奔载重卡车本来在自动驾驶中。为规避前方的混乱,卡车左转进入了朱越所在的车道。然而为了避让朱越,它继续左转,横穿左边两条车道,撞飞了三辆轿车才冲出护栏,导致二死四伤。卡车司机本人仅受轻伤。

“等等!”张翰打断他,“你是说,卡车司机为了躲开朱越,转向去撞其他车?”

“不。交警去医院取证的时候,我的同事跟着去了。司机很清醒,发誓说他上了那条道马上取消自动,是踩着七分刹车、对着朱越冲过去的。因为只有这条道前面无车。行人突然横穿是‘九分全责’。他开车二十年,知道该怎么选择。但自动驾驶马上接管,强行向左一路撞过去。我们提取的数据证明他没撒谎。”

“百方自动驾驶系统，安全策略是行人绝对优先？”

“不。问题就在这里。我们的系统非常智能，在这种……两难情况下，会进行瞬时模拟概率计算，会选择伤人最少、最轻的驾驶方案。这两天我们模拟了几十次，每次系统都选择碾过朱越。这和我们的预估相同。但是实际事故中，卡车强行转弯撞飞了三辆轿车。六个乘客只死了两个，已经算非常走运。它不但非法接管了驾驶，还偏偏选择了躲开行人——不，躲开朱越。”

“那辆南唐呢？”

“也是我们的自动驾驶系统。这个是最不可理解的。目前版本的安全策略中，本车乘客的安全优先级别非常高。比行人和其他车辆高得多。”

“到底有多高？”

“……几乎是绝对的。”石松坐立不安，看了看其他人。

张翰眼都不眨：“可以理解。要不谁敢买你的车。那乘客怎么就死了？”

“南唐的系统计算能刹得住，即使被追尾也不会撞上朱越，就一下子刹到了底。这次计算决策，似乎绕过了本车乘客安全的逻辑。它后面那辆美国‘公羊’，是古歌的自动驾驶系统。我们不知道怎么回事，貌似在正常工作。公羊选择了适度刹车、追尾南唐，保证本车最低限度安全，而不是急刹或急转。所以，前车的人急刹移位之后受到二次撞击，死了。”

石松身边的同事名叫全栈，瘦得像是没吃过一顿饱饭。他在主屏幕上反复演示模拟事故场景，特别放大了南唐电动车的自杀操作。

两个血红的小点在电动车图标中出现。一米之外，代表朱越的黑色小点安如泰山，身边似乎环绕着魔法结界。

会议室中一时没人说话，空气都要凝固。

刘馨予心想：这小子真老实，怕是被恶霸探长吓破了胆。如果他今天报告中任何一点泄露出去，对百方自动驾驶系统的声誉都是毁灭性打击，不管有没有被黑。每次模拟都选择碾过行人？安全策略连本车乘客都不管了？

张翰沉吟片刻，问道：“那你们找到故障原因了吗？怎么会所有车辆的自动驾驶系统同时出问题？”

“不是所有车辆。我们和交警支队搞了一次现场还原，三次计算模拟。只要是不涉及可能撞到朱越的情况，自动驾驶都是正常工作的，都做出了最佳选择。所以二十二辆车卷入，只死了七个人。”

“只死了七个人！恭喜了。”

石松面红耳赤。他下一句话出乎所有人意料：“故障原因也找到了。”

“哦？”

石松和全栈对望一眼，二人都是满脸自暴自弃。

“自动驾驶系统被漏洞攻击了。我们早知道这个漏洞。”

“什么？！”

“实际上，一周之前我还跟电信方面讨论过。那是5G网络专门为自动驾驶传输环境数据的一个接口，华维最新的版本。我们这一版自动驾驶更新之后不久，就发现这个接口的数据权限匹配有个小毛病。如果完全了解电信和我们双方的协议，就可能利用它修改自动驾驶车载软件的参数。问题出在别人那边，所以我们也不太急。那个接口，华维和电信改起来会非常慢，全国都上线了！谁又能入侵到5G网络的固件层呢？最近我们甚至想试试用它攻击我们自己的系统，看能不能顶住。还没来得及做出实验方案……”

这下，另外两家人终于明白石松为什么这样老实了。他还绑在一条最大的船上，在座谁也没那胆子去乱捅。

“实际上就是这样发生的吗？”

“是的。现场所有车载自动驾驶系统，安全策略参数都被改动过。事故发生后又改回去了。所以我们看不见入侵者究竟植入了什么逻辑，只能看见修改发生的时间。就在那个红绿灯异常之后六秒钟内。”

“什么红绿灯异常？”刘馨予警觉抬头。会前她拿到的案情简报中，可没提到这个。

会议桌另一头，打杂的帅哥刚刚弄好线路，也抬起了头。

张翰考虑片刻便答道:“事故会发生,是因为上一个路口的红灯提前十九秒钟变成了绿灯,还因为附近的路灯突然灭了。”

“这可不是我们的问题！也不是电信的。”老实孩子终于有了点气焰。他安慰刘馨予:“我们也是昨天才知道,现场还原时交警透露的。”

张翰点头道:“是市政交通控制系统的问题。怎么发生的,还在查。你看不见攻击者植入了什么逻辑,那么能根据掌握的情况猜一下吗?”

“很好猜。我们差不多两天没睡觉,提取了所有数据,做了几十次实验和模拟,一切证据都指向同一个逻辑:不管撞多少车、死多少人,不惜一切代价,确保不会撞到朱越。如果那个红绿灯异常是为了让他出事故,那么这个保护他的逻辑就是瞬时反制措施。而且,立即通过入侵5G网络攻击了所有在场车辆,植入每台车,一共用了不到六秒。效果完美。”

“我×！”

刘馨予身边腾盛另外那个人,终于第一次开口。

张翰瞪他一眼,才道:“看看人家,准备多充分！多有诚意！等会儿我再听你们有什么要说的。”

他转过头:“最后一个问题。朱越这个人,跟百方集团有过任何接触、瓜葛或者纠纷吗?”

全栈答道:“我们的业务非常多,核心业务是搜索引擎,要说没有接触是不可能的。这两天总部分析了他所有搜索和网络应用历史,结论是:没有。朱越就是一个普普通通的网民,搜索内容偏文艺,有些冷门的爱好。对自动驾驶技术没有任何兴趣,更没接触过真正的黑客技术站点。五年前我们集团合并时,他搜索过我们改名的话题。全网有上千万人做过同样的事。此后,他对我们也没有任何特别的关注。”

他刚说完,视频会议系统屏幕就亮了,现出一男一女两张脸。腾盛和百方四个年轻人都马上起立,非常兴奋。

张翰也差点站起来。他好容易才忍住没动,暗骂自己狗仗官威。

※※※

听国民偶像跟大家寒暄了五分钟,张翰承认:宣传和流言真的靠不住。

图海川确实不擅交际。但原因跟流言恰恰相反,并非不近人情,而是姿态过低。他一脸尴尬,架不住几个年轻人的滔滔江水,不知该如何措辞才算谦虚。张翰觉得他就像个灾荒年间的土老肥,面对一帮上门借钱的穷亲戚强颜欢笑,因为地主家也没有余粮。

王招弟则是绷到了极点。她妆容一丝不苟,应对得体,眼角肌肉却时不时微微牵动。跟旁人说话时目光不断偷瞟过来,隔着屏幕几乎能闻到她的汗味。

如果现在是审讯,张翰马上就能下判断:这女人无辜但有鬼。看来她是这对搭档的主心骨,面对这场危机是她的意志在支撑。

不过,王老师的手腕让张翰十分舒坦。她告诉几个年轻人:现在不需要顾虑任何法律、问责和技术机密问题。对于本案来说,这些都不重要了。三方最高层已有默契,而且一定会有人去梳理摆平。技术人员只需要通力合作。

于是张翰开口给图海川解围,请他介绍情况。

从《白大褂》彻底发疯、“恭喜发财”开始,万国宝永不间断的全球服务,中断了十三分零五秒。万国宝是一个分布式系统,它的算力资源是在本地设备上直接租用的,局部智能的实现也是靠各个节点自发组网。它没有传统意义上的服务器端。因此全球服务同时中断,不可能是任何外部支持出了问题,只能是系统本身的异常行为。在这期间,它并没有停止“思考”,网络中每个节点都在满负荷运行,只是不响应用户的翻译请求。

朱越在红花堰发出的语音信息,是它重新开工时第一条响应。这两句话被翻译成三百多种语言,匿名发给当时在线的所有用户,总计超过九亿人。汉语母语的用户收到的是原版语音。所有听力障碍人士和没用语音设备的,都收到了对应文字。此后万国宝恢复正常服务。

最大的意外是：这样简单两句中文语音，翻译竟然有四个版本。

"等等！你们真能看到每个用户的信息内容？包括美国的？"刘馨予问道。

图海川面有难色。石松和全栈睁大眼睛看着刘馨予，就像看白痴。

张翰笑道："王老师说过了，现在不考虑法律责任。另外，在我这里从来也没有什么用户隐私。图老师请继续。"

却是王老师接了下去："第一句话，'活下去'，万国宝的翻译没有任何偏差。问题出在第二句。朱越当时的发音是'奇点'，q-i-qí，奇怪的奇，不是奇数的奇。"

她放了一遍录音。确实如此，朱越的普通话还带一点椒盐口音。

"所有非汉语用户中，大约25%收到的是'奇怪的点就要到了'。对他们来说，第二句话没有什么意义，只是很奇怪。第二种翻译是'起点就要到了'。就是'起点终点'那个起点。覆盖率28%。这个有意义，但是仍然非常……奇怪。

"真正引起大麻烦的，是第三种翻译：'七点就要到了'，覆盖41%的非汉语用户。有多麻烦，你们应该都知道了。"

王招弟在杭州打开伴随视频。

会议室大屏幕上显示BBC[①]新闻实况，现场是英格兰埃姆斯伯里的巨石阵。英国和中国时差七小时，现在正是早上6点58分。直升机航拍视野中人头攒动，巨石阵周围挤得水泄不通，看上去起码有上万人。稍远处是大片的帐篷。

镜头拉近，人群很有秩序，没有一个人进入巨石阵内圈。随着时间逼近七点，众人纷纷仰望天空，充满期待，不少人跪下祈祷。

视点直升机突然拉远。王招弟解释道："飞行员也怕七点钟会有飞船从天而降。"

BBC现场记者很激动："第三天，人群又翻倍了！'七点钟守望'正在横扫全

① BBC是英国国家广播公司。

球!今天耶路撒冷和胡夫金字塔在我们之前,纽约帝国大厦和内华达州51区[①]在我们之后。我的同事刚飞到复活节岛,岛上已经聚集六千人!……"

红发的记者妹子一口京腔,声音甜美。张翰问王招弟:"欧洲解禁了?"

"禁用万国宝的是欧盟,英国没有。欧盟也就是打个嘴炮,民间根本禁不了,也没有技术手段。只有欧盟的公共媒体装装样子,暂时不接入。"

"还有一种翻译呢?"

王招弟关掉BBC视频,切回屏幕的面庞忧心忡忡。

"第四种翻译是:'活下去!奇点就要到了。'奇点,singularity。很多语言中没有这个词,万国宝都用六大语言中最接近的发音或者拼写替代。"

在座所有人英语水平都不低,不过在名满天下的语言学家面前,没人敢乱理解。

大家沉默了片刻,石松才问:"是数学意义的奇点,还是冯·诺依曼那个意思?"

"冯·诺依曼那个奇点。弗诺·文奇那个奇点。"

她如数家珍,异常笃定。众人不禁望向真正的人工智能泰斗。图海川正戴着耳机补听先前的会议记录,心不在焉点了点头。

王招弟抢着继续:"第四种翻译仅有6%的用户收到,但它才是正确的。这不是我们随便猜测。朱越所有的万国宝通信历史,我们一个字一个字分析过了。他和这条信息的发送对象多次讨论过奇点问题。这个词他用过两百多次,文字、语音、中文、英文都有。语境信息也非常充分,就是这个意思。"

"发送对象?不是发给全世界的吗?"

"翻译系统怎么会给用户设计这种功能?朱越当然是发给一个人的。是万国宝本身……不知怎么转发给了全世界。发送对象叫肯尼斯·麦基,是个天文学家,住在苏格兰。麦基写过一本书叫《摇篮时代》,里面有整整一章都在讨论奇点问题。朱越是这本书的中文翻译。"

① 内华达州的51区是美国著名的政府保密区域。外界多有猜测,认为51区与外星人活动有关。

听到新名字，腾盛和百方的人都条件反射般拿起手机，眼巴巴看着张翰。见他没有反对之意，大家都用保密通道把名字发给自家人。

石松很惊讶："这家伙自己就是翻译，也能念白字？"

"这个词大多数人都以为jī是正确读法。实际上qí才是对的。朱越呢，听他的通信历史，绝大部分都念的是jī，大概也认为这是正确读法。这次他偏偏念错了——不，念对了。"王招弟终于露出一丝笑容，"我们搞语言学的就是蛋疼，拗不过大家约定俗成。"

王老师如此勇于自嘲，几个年轻人都打起哈哈，说很遗憾当时不在线，不知道自己会加入"七点钟守望"，还是出去随便找个起点夜跑，延年益寿。

张翰却笑不出来。百方凭借搜索引擎的大数据，已经把朱越里里外外翻了个遍。腾盛不用说，掌握他大量通信和消费数据。万国宝上线以来横扫跨国通信市场，应用远远超出了网购平台，甚至在中国内部也开始蚕食腾盛的保留地，粤语区和吴语区对外聊天流量暴涨。现在，王老师还能"听他的通信历史"？

王招弟瞥见他的脸色，赶紧收住。

"万国宝的问题非常严重。无缘无故中断，又无缘无故恢复。全球广播发送，完全打穿了系统权限。这些图老师最清楚，等会儿他跟你们讲。对我来说，有一件事更可怕——就是四个翻译版本的问题。你们都用过万国宝，它什么时候表现会这么差？朱越的账号积累了大量过往信息和个人语言特征数据，包括发音、词汇、偏好、语法习惯和语言思路。万国宝的一大长处，就是利用这些信息形成个人模型，校正后续的翻译。哪怕他念白字、带口音，也绝不应该翻错！更不可能错成四个版本！从前朱越和麦基的语音对话中，'奇点'两种念法都有，万国宝一次也没翻译错。"

"那现在呢？"

"广播之后，万国宝再没有犯过错误。这个话题光在它自身平台上就已经讨论疯了。不仅是当时在线那九亿人，陆续上线参加讨论的用户超过三十五亿。大家无限转发、万国宝无限翻译。国外那6%和国内一些用户也在讨论'奇点'正确的意思。在这些讨论中，不管从什么语言到什么语言，只要意思是singularity的，万国宝全部准确翻译。”

张翰问：“也就是说，万国宝恢复工作、犯这些低级错误、把正确和错误的翻译混在一起越权广播，全都是同一瞬间的事？就是朱越向麦基发消息那一瞬间？”

“可以这么说。还有，用户分布是完全随机的。我们统计了接收每种版本的用户，没找到任何共同特征。收到正确翻译的用户，平均教育程度并不是更高，对信息技术也不是更有兴趣。绝大多数人根本摸不着头脑。大家越讨论，‘七点钟守望’就越占上风。”

“那么我们能不能认为，是朱越触发了这一系列问题？”

“十三分钟之前万国宝停工应该不是因为他。那时他还没上线，在打游戏。至于恢复……”

王招弟一直对答如流，到这里迟疑了。她看看搭档。

图海川仍在听录音，手中翻阅着张翰早先发过去的简报，屏幕上的眼神越来越空。大家都耐心等待。

他终于取下了戴着半边的耳机。

“是不是朱越触发的？为什么三个事件他都有份？我还没完全想通。眼下，这些也不算重要。重要的是：他说对了吗？”

# 03 辩经会

一屋子人全瞪着图海川。

“信安部的简报和万国宝的数据，这两天我看了很多遍。然后把那本书也找来看了，《摇篮时代》。书写得啰里啰唆、东拉西扯，怪不得中国只印了一千本，到现在还没卖完。在国外也没什么名气。但是作者比我绝大多数同行脑子更清楚，说不定比我都强。文笔太烂而已。朱越做他的翻译，肯定被迫看懂了。到今天上午为止，我是三分相信、七分怀疑。刚才听了你们两边的报告，三七开倒过来了。”

张翰基本没听懂他想说什么，只觉得屏幕上的中年男子突然换了一个人，下巴扬起，眼中锋芒闪现。

“奇点首先是数学概念：曲线上那个你再也不能求导、找不到后续方向的点。然后是物理概念：那个一切物理规律到此失效的点。小刘，你们那个游戏是不是先慢慢变得奇怪，最后几个小时急剧失控，最后几分钟完全不可理解？”

“没错！开始它只是偷偷挂上场外货币兑换，后来用了两三天时间和真正的金融市场并轨。跟实时交易倒挂、搞垮阿根廷，只是最后两小时的事。下线之前最后一分钟，那个服务器完全疯了！任何一台终端只要连了它，系统就被它完全控制，界面全是实时制作的动画！那一分钟内它根本不是我们的，却霸占了我们全部在线资源。这还不够,国内各大算力群早就把我们踢出来了,它又强行连了回去!好像大家的网关、路由、防火墙、权限系统、云资源策略全是假的!只要有物理网络,它想去哪里就去哪里,想要什么伸手就拿!”

图海川等她情绪平复了才点头:“看起来像指数曲线吧?但最后一分钟不是。最后一分钟,你已经不知道它是什么东西、会干什么、该怎么应对了。这就是技术奇点的定义。‘奇点之前的一小段时间,机器智能将以指数曲线膨胀,人类毫无控制之力;奇点之后,一切人类规则将被抛弃。’弗诺·文奇,1993年。”[①]

他隔着屏幕指向石松,如同在大教室中讲课:“石松,假设百方和电信的高手组个团队,把所有协议和漏洞搞得清清楚楚,预先准备好所有软件硬件,预先知道那个红绿灯会在什么时候出故障——要多少人,才能在六秒钟内攻下自己公司的自动驾驶系统,保住朱越的命?”

“多少人都不行。现场只有一个热点设备有漏洞,下载带宽有限。光是根据车辆位置的轻重缓急预判先攻哪台车,都不可能实时计算,更别说突发事件……”

“听听麦基怎么说的:‘最先是科幻作家,然后是科学家,最后是工程师。到21世纪初,每一个真正理解技术的头脑向未来推演、外延时,都会看见一堵墙。墙后面是无尽的黑箱,他的智力永远不可能理解、不可能想象。但我们的绝望并没有妨碍科技发展。黑箱之墙越来越近,逼近速度越来越快。基础科学停滞之时,就由信息技术的扩张接力推动。奇点的实质就是超级智能。‘超级’意味着超越人类,而人类不可避免会撞上它。’《摇篮时代》,2037年。我说他啰唆吧。”

每个听众都竖起耳朵,死死盯着屏幕,连王招弟都转身看着图海川。

“我没想通的是我们自己这个智能。它呆了一阵之后越权广播,很强烈,很主动,真像是什么东西醒来了。那十几分钟不干活的时候,它也抢夺了很多公共

① 弗诺·文奇是美国数学家、计算机学家、科幻作家,《真名实姓》《深渊上的火》等科幻名著的作者。1993年,他在NASA举办的Vision-21论坛发表演讲论文《技术奇点》,首次提出了“技术奇点”的系统概念。

计算资源,就像腾盛那个游戏。但是那两句翻译,非但不是超人类的智能,连个小孩子都不如。”

“应该说,就像小孩子刚开始学外语。听见一句就胡乱猜测,还要说给所有人听。奇怪的是这小孩母语就是汉语,以前还精通几百种语言。学习过程重新开始?”王招弟在一旁自说自话,远没有图海川那么自信。

杭州那边两位老师的思路就像太空漫步。张翰终于忍不住了:“奇点是什么东西,我还没太明白。但您是不是说,奇点就要到了?”

“不是我说的,朱越先说的。我只是越发觉得他说得对。原先我想不通三个事件之间的矛盾。听了那个红绿灯的情况,我认为这不是一个单纯的救援行为。也许是测试。也许美国人猜对了一半:这真是火力演习。也许有好几个智能在闹着玩呢!谁知道?奇点之后人类理解无能!麦基在第八章说过,超级智能最有可能实现的方式,是普通人工智能之间的联网互动。原则上我完全赞同!文奇还说过,奇点到来之迅猛,所有当事人都会措手不及。所以也有可能已经到了,我们还不知道。也许我们正在亲身经历人类文明史上最伟大的时刻,比工业革命更伟大。工业革命刚开始时的欧洲人,在城里开蒸汽机织布的,在乡下被羊抢了土地的,在煤矿里面虐待童工的,肯定不知道他们经历了伟大的工业革命。他们那个太慢。我们这个革命,可能下星期就爆炸了,这世界我们就认不出来了。啊!我又想通了一点——为什么都跟朱越有关?因为他说得对啊!他去玩那个游戏可能纯属偶然,但是玩着玩着突然开悟了。万国宝听见他说得对,就无限重复,表示它也同意!然后给朱越血条+1。真像打游戏,哈哈!”

满屋子人都被图海川催眠了,眼巴巴看着一颗巨大的头脑跳跃喷涌、尽情撒欢。

全场智力休克中,张翰的脑子慢慢松动。他仔细打量图海川,脖子后面的短发一根根立了起来。

二十四年前,他儿子出生后半分钟没吱声。医生几个巴掌扇上去,皱巴巴的小东西终于哇哇暴哭起来。那一刻张翰望向筋疲力尽的老婆。他永远记得她的笑容,和屏幕上的图海川一模一样。

※※※

大家陆续解冻之后,图海川恢复了先前那副蔫样。

他再三声明这只是一家之言,自己也没把握,最多二八开,还请张翰现阶段千万别上报领导,以免引起恐慌。

然而其他人真被吓到了。刘馨予在手机上忙着取消回程机票。小顾眼睛发直,周克渊立即过去跟她窃窃私语,视双方老板为无物。张翰对这小子的印象越发深刻:只有真正的强者,才有闲心在天塌下来之前再骗一炮。

“真没想到,原来图老师也是科幻小说粉丝。”

忙乱的会议室立刻安静下来,所有人都看着石松。这话本身没什么,然而他那调调再明白不过。

图海川答道:“既然都是粉丝,你应该知道文奇写那篇文章时,身份是数学家和计算机学家。麦基写的更不是小说。这二位之外,还有很多人是这么想的。你不会认为冯·诺依曼也在编故事吧?”

“我不是说他们没资格。是说你们这种方法有问题。”

“讲方法,我喜欢。”

图海川拨动镜头对准石松,自己规规矩矩坐好。全栈在哥们儿背后狠狠捅他几下,见其他人都坐下观战,也只能坐下。

“我做自动驾驶之前是做智能交易的。做了三年,最大的收获就一点:无论K线走成什么鸟样,我们总能找到完美的曲线、完美的理论解释它。完美到当天为止。要想预测明年、下个月甚至明天的走势如何,这些曲线和理论没什么用。等到下个月的K线出来,我的曲线还能跟上,每一种走法我都能发展出新的理论来解释。仍然完美,仍然没用。这个不能怪我们水平低,全世界搞这个的都一样,否则早就把天下的钱抢光了。图老师您解释一下为什么?”

众人相顾失色，图海川却老实答道："因为证券金融市场是个非线性复杂系统，多方博弈，因素太多，还会有玩家不守规则。现有的数学工具和概率学AI解决不了这种问题。"

"没错。那么全球技术发展比交易系统还要复杂亿万倍，文奇和麦基凭什么根据历史曲线简单外推？"

杭州那边竟然久久没有回音。

"奇点理论我也是一路看过来的。九十年前就说三十年后，三十年前还说三十年后。冯·诺依曼这么瞎说，我倒是理解他。计算机架构挂着他的大名，又是宇航先驱，他的时代两个领域都在井喷。换了是我，也一定牛出幻觉。今天来看，凡是预言指数发展的，统统错得离谱，更别说'奇点'。在每个单独的领域都错，更别说整体。现在离冯大人的时代快一百年了，系外航行在哪里？去火星摔个登陆舱都能吹成世纪之旅！核聚变发电永远是五十年后。二月份我看等离子所报告CFETR[①]的新突破，又说还要四十年。他们好像学乖了点哦，至少这辈子有盼头了！"

图海川摇着头："宇航和核聚变都有物理定律压制，不能跟信息技术相提并论。火箭发动机搞了这么多年，一直被牛顿定律压得死死的。大家抬头再一看相对论光速限制，腿都吓软了，舍不得再烧钱。这几年另有需求，不是又发展得挺快吗？核聚变……这个我不懂，应该也有吧。"

"信息技术难道没有物理压制？摩尔定律[②]失效快三十年了。"

"那只是硬件。现在我们缺的不是硬件……"

"对啊！就说AI技术，别人不明觉厉，我们搞这个的还不知道怎么回事吗？机器的智能都是人的智能堆出来的，用机器打包而已。现在限制AI发展的是人力，缺的是头脑。您这样的头脑一百亿人也出不了一个。AI能有今天的发展，主

① CFETR是等离子物理研究所"中国聚变工程实验堆"项目的英文缩写。

② 摩尔定律是英特尔创始人之一戈登·摩尔提出的集成电路发展规律。原始表述为：集成电路上可容纳的晶体管数目，每隔约两年会增加一倍。摩尔定律增速在2010年后速度开始放缓。随着半导体制程发展到10纳米以下，接近原子距离，摩尔定律遇到了明显瓶颈。

要靠一堆我这种人九九六。”

除了周克渊,在座的年轻人齐声赞同。石松更加意气风发。

“我福报已满,一小时也不能再加了。比我身体好的,也不可能指数增加工作时间。如今人口在减少,教育也是快乐教育。所以我看不出有任何理由,技术会指数增长。现在全世界技术和经济停滞是公认事实,AI已经是例外。真正让我服气的AI只有两个:头一个当然是万国宝,还有一个是古歌透镜。这两个分别解决语言和知识问题,要让我评价,比蒸汽机更伟大。问题是我说了不算。两个AI都上线几年了,按指数时间算比整个19世纪还长,照理说应该带动所有人进步、所有领域一起发展啊?但我还是看不到,只看见人类越来越蠢!”

王招弟挑起眉头,终究没有出声。图海川欲言又止,脸色阴晴不定。

众人正在担心两位偶像面子挂不住,就听见图海川说:“你说得也有道理。那就一九开吧,不能再少了。”

石松一时气结:这种事也能还个价?

旁人都哈哈笑起来。张翰也如释重负,觉得还是土老肥版本的图海川更可爱。

屏幕上,图海川用指甲尖敲着眼镜片,正对瞳孔,叮叮声这边都能听见。

“这是张总的案情会,我们就不扯远了。你在成都,也亲身到过现场,怎么解释这些事件?”

石松想了一阵才开口:“后面两个事件我真不懂。包括我们自己那个,知道得越多越奇怪。对《白大褂》倒是有点想法。开始我吓了一跳,还以为真有谁能计算股市了。仔细看才发现不是那么回事,它只是用场外灰色资金把虚拟和真实股市连接起来——这个也够厉害的。最后的倒挂真不奇怪:以前我们做交易智能的时候,就发现绝大多数人虚拟炒股比真金白银炒得好。《白大褂》那个兑换率很妙,恰好让玩家有点刺激,但又不是什么大钱。双方同场竞技那段时间,《白大褂》比正牌市场运行更理性,袭击阿根廷获利更有效率。所以真股市向假的靠拢。我敢说,如果真让游戏玩家大量套现,《白大褂》马上就不会玩了。”

“为什么呢?”

“现实中的交易者都被情绪支配。在我们的模型中这是基本概念,叫贪婪周期和恐惧周期。职业交易员也逃不过,周期比其他人快一步而已。”

杭州那边两位老师相视而笑,似乎听得很对胃口。图海川问:“那朱越又是怎么回事?”

“朱越是个停滞的典型。他只翻译过这么一本书,外行懂了点皮毛,然后就被你们搞失业了。《白大褂》出事的时候他看懂了一点:这是AI行为。然后他就掉进麦基的脑洞。手里只有一个锤子,看什么都是钉子,随口瞎蒙!我承认这几件事肯定有AI卷入。就像您说的,朱越在场很可能只是巧合。等问过他就知道了。”

图海川叹道:“你很不错!有想法。但是你也带了情绪。文奇还说过:‘奇点是人类最后一项重大发明’。奇点的前兆之一就是机器智能取代绝大多数人类技能,造成大面积失业。人类的创造性工作难度不断上升,只由一小撮精英垄断,越来越稀少,直至消失。按这个趋势来看,你和朱越都是典型,处在两个极端。其实他够聪明的,头一个事件就开窍了。不该混得这么惨啊?我也想看看他。”

石松并不服气,转过脸,满怀希望地看着张翰。

张翰断然摇头:“抱歉,审讯是警务,你们都不能参加。我会给你们几位开一个独立的单向旁听。已经是特事特办了。这两天我让朱越单独关押,隔绝一切信息,只派交警去例行公事。他还住得挺安稳的,一脸迷糊。不跟他来段二人时光,怎么知道他是废柴,是天才,还是他妈一个奥斯卡影帝?”

# 04 小透明

审讯室的空气中弥漫着浓香，似火锅非火锅，鼻腔深处几乎能感觉到辣椒和牛油微粒。两大碗冒菜就白米饭，张翰默默看着朱越吃完，自己干吞馋涎。他的屁股已经重申过判决：这辈子再也休想。

朱越心满意足，把外卖盒推到一边："多谢长官，这个比猪排饭强多了！您问吧，我一定老实交代，有什么说什么。"

张翰盯着他不说话，心生警惕。这小子没有案底，然而身在人命案中，跟"警察"打交道却异常放松，还敢油嘴滑舌。

他探身过去，把外卖盒放进桌边垃圾桶，顺手一巴掌扇在朱越后脑勺上。用力不大不小，没把他打离椅子，但足够蒙一阵。

二号旁听室中，几个年轻人都有点不安。只有王招弟在杭州呵呵笑出声："你们别紧张。张……张Sir很有章法的。正题一句话没说，已经进入场景了！片儿警大爷收拾街坊小淘气。"

"你家是兰州的，怎么吃那么辣？"

朱越畏畏缩缩坐正，看他没有再来一巴掌的意思，才答道："来成都十年，早就习惯了。”

“大学的伙食开得好吗？”

“食堂一般。街上什么都好吃。”

“所以你一点都不想家？不想你妈？从来没回去过？第一个暑假打了五十五天游戏？”

朱越无言以对，抬起头来。对面的张警官是便衣，来头不小。显然已经查过他祖宗十八代，还有每一年、每一天的数字踪迹。恐怕连他的内裤花色都清清楚楚，网络交易记录永不消逝。但这算什么审讯？

张翰安慰道：“算了，我又不是你爸。那你毕业了又为什么不工作，在成都瞎混？”

“找不到工作。不是我不找。我的求职记录，十几个版本的简历，您应该都有吧？”

“嗯。比较文学。这算什么专业？听都没听说过。给我解释一下？”

“就是……把各个国家各种文化的文学放到一起来看。看彼此有什么相似、什么区别，各自脑子里是什么套路。”

张翰有点意外：这小子居然没有背书。

“为什么读这个？有意思吗？”

“本来觉得有意思，所以选了。那时候什么都不懂。现在觉得很没意思。”

“为什么？”

“文学，中国的、外国的，都已经死了。比较文学就像比较尸体学。”

张翰笑道：“人笨怪刀钝！又不是没看过你成绩单，除了四门外语都一塌糊涂。要说比较尸体学，我就觉得非常有意思！昨天刚比较过一批。”

朱越又无言以对，如坐针毡。这个警官全程唠家常，仿佛自己是巨星级别的连环杀手，而他准备退休后写畅销书。到底犯了多大的案子？

张翰悠然喝茶，等他自己凑上来。耳塞中传来分析员的初步报告：两个分析员都同意智能审讯系统的阅读和归类：智力中等偏上，语言和词汇特征完全符合履历，从一开始就没有说谎倾向，轻度焦虑，防卫心理很弱，操纵/被操纵指数为0.35，远离反社会人格红线。

唯一的意外是注意力类型。从社会背景和履历来看，朱越应该是标准的手机型注意力。他的早期求职面试记录中，也确实有四次标注为手机型注意力，因此被淘汰。然而智能审讯系统显示他今天没有一次强迫性漂移，注意力波动间隔很长，而且不跟随环境引导。整体指标处于任务型注意力和课题型注意力之间。

这并不是长时间在线游戏的后果。那种"任务"类型张翰见过很多，注意力峰值强度很高，任务内并行处理能力强，但很容易被杂乱的环境信息带歪。稍微上点档次的智能人事分析系统都不会被骗过。工作哪有那么好找？

朱越终于惴惴开口："车祸死了几个人？"

"七死十二伤。死者包括一个未成年人。"

"不是我的错。我只是没看交通灯……当时太急，也太黑。路面上本来没车的，不知怎么突然冒出来了。"

男分析员马上在耳边报告："罪孽反应很低。共情能力有点问题。瞳孔和……"

张翰偷偷竖起一根食指让他闭嘴，肚子里骂道：节奏感远远不如智能审讯系统，离下岗也不远了。

"那你认为是谁的错？"

"骗我手机的人。他们是两个人一伙。"

"你把经过再讲一遍，从卖身份证到车祸。"

算上第一天例行公事的交警，这已经是第三遍。朱越耐心很好，慢慢讲来，条理比第一天清楚很多。后台分析的机器和人有了新素材，又开始忙活。张翰对全部细节早就滚瓜烂熟，这次专听他的侧重点和情绪，越听越疑惑。

朱越对《白大褂》事件无所顾忌，讲得绘声绘色，甚至给他普及了几个游戏术语，还问阿根廷这两天混得怎样。对万国宝事件似乎真的毫不知情，匆匆几句带过，这次把“奇点”都念成jī。说到车祸他才慢下来，皱着眉头，仍然在奇怪自己为什么没死。

张翰忍了又忍，还是决定先掩护一下那个关键问题。这小子真不像是装的。

“你什么时候发现手机被调包了？”

“我从游戏里出来，急着给朋友发消息，才发现的。”

“什么朋友？”

“嗯？他在苏格兰，你们是不知道……一个糟老头子，搞天文学的。我翻译过他的书，叫《摇篮时代》。”

“但是你今天的口供跟那天发的消息不一样。你那天说的是‘七点’。”

张翰给他放了一遍录音，才问：“没头没脑的，什么意思啊？你跟外国人搞密码通信？还约接头时间？”

朱越面露微笑，使劲摇手：“不不，我哪敢？这没什么的，就是‘奇点’，奇数的奇，是个人工智能理论。我在成都待得太久，普通话都喂狗了，经常说错。他叫麦基，那本书里面写过奇点理论。当年翻译的时候他就给我讲过，后来我们两个经常瞎聊。您不信可以找来看看，很无聊的，就是科幻迷的胡思乱想。”

“既然是胡思乱想，那你有什么可急的？”

朱越头一次迟疑了，神色凝重。

“你们会去查他吗？他跟我的事没关系。”

“你交不交代都会去查的。死这么多人，不会放过任何细节。”

“好吧。他得了绝症，没法治的，越老越熬不住。我们上一次聊天约好了，他自己安乐死，我去当大神。在网吧打完游戏，我觉得他的理论可能要应验了，就急着想告诉他……让他等等看。”

“哦？用什么聊的天？我怎么没看到？”

“上次用‘超级电报’聊的。没别的意思，他不太喜欢微信。”

张翰不再追问。他知道后台分析员肯定已经上报请求，总部的一个小组正在启动后门。“超级电报”名头响亮，号称是隐私保护全球第一的网络通信软件。

它技术确实很强, 难以全面监控, 但如果一定要去找某人的通信记录, 也不是无懈可击。

“那为什么这次用万国宝?”

“那天晚上各种网络通信都在抽风, 只有万国宝勉强能用。时好时坏的, 我都不知道他收到没有。”

张翰看了一眼监控屏幕上的生理数据。朱越的体征全面绿色, 心跳都没加快一拍。想必在旁听室中, 图海川他们的感受也和自己一样: 心提到了嗓子眼, 然后大失所望。

他真的不知道。

张翰目不转睛盯着朱越, 考虑了好几分钟, 终于下决心保持唯一的优势。下一步行动方案正在他心中成形, 预案中关于万国宝和“奇点”的一百个问题都必须跳过了。

“那你解释一下: 你冲上马路去找死, 怎么自己没死, 反而害死那么多人?”

朱越满脸冤屈:“我怎么知道? 当时只能一闭眼! 我也想要解释啊! 这不该你们去调查吗?”

“调查过了。你关了两天, 总该有些想法吧? 先说来听听。”

“自动驾驶的问题?”

前台、后台和旁听又是一片意外。

张翰勉强点头, 开始给嫌疑人摆出各种证据, 剖析车祸的经过。朱越听得非常专注, 不停发问, 时而心惊肉跳, 时而大张着嘴看天花板, 似乎被从天而降的绣球砸中。

石松越听越佩服: 这位专案组长并不像他偶尔显得那样外行, 那只是阴险的表演。他讲的十分之九都是事实, 但隐瞒了任何有AI插手的嫌疑, 只在关键技术细节上挖坑, 留下几处细微的逻辑矛盾, 等待对方发问。一旦问对问题, 那就证明是行家。故意问错的也是同理。

然而，朱越全都糊里糊涂混过去了。他的问题并不蠢，比如“自动驾驶难道不能手动取消吗”，或者“我怎么会比司机更优先”。但他没有踏入任何一个圈套，浑然不知自己的幸存是超自然现象。

直到讲完，张翰也毫无收获，虚虚实实的精妙拳法就像打在木头人身上。他只得另辟战场。

“你的朋友熟人当中，有没有黑客？有点兴趣的都算。”

“想不出来有谁。我也没什么朋友。”

“不是吧？你交朋友都交到苏格兰去了。真是过命的交情，可以契约自杀。”

“……您说得对。有那么几个人，都在网上。所以他们到底是谁，我也不清楚。您一定比我清楚。”

张翰又想扇他。

“以前跟百方集团打过什么交道吗？从前网上全民娱乐黑人家，你没参加过吗？”

“没有。”

体征监控数据全体跳了一下，红的红，黄的黄。两个分析员同时出声：“假话！”

张翰顿时来了劲，上身前倾：“你再想想。别忘了这个房间里有多少台仪器对准你。”

朱越呆了一阵，愤愤道：“好吧。如果要认真计较，百方集团欠我一大笔钱。”

“为什么？”

“五年前，他们和亚太古歌合并时，曾经公开征集新公司的命名方案。百方这名字是我取的。”

“哦？你投过方案？他们采用了没给你钱？我可没查到记录。”

旁听室中，石松和全栈已经跳起来了。但这里绝对禁止对外通信，二人只能干着急。

“那倒不是。当时我在网上跟人闲聊，她说起征集命名的事，我灵机一动，就想了这两个字。我们两个都觉得很不错，但聊过就忘了。有奖征名这种事比买彩票还不靠谱。”

“真是你取的？‘百方’两个字到底什么意思？”

朱越很得意:“首先，取一个原来的‘百’字。然后‘百方’就是10的100次方。”

张翰点头道:“明白了。10的100次方，也就是googol。古歌原来的写法。确实取得很好，两边都照顾到了，历史和现实结合，听起来还挺大气。”

他随手在记录本上拼出g-o-o-g-o-l。朱越瞪大眼睛，重新认识了这位片儿警。

“那我请问：在网上闲聊，就算是你原创，凭什么说人家就采用了？你这位朋友是谁？和百方集团有什么关系？”

朱越这才发现失言了。然而，对面坐着一个千手千眼的怪物，自己作死被他拎到线头，那就没有选择，只能交代到底。

“我也不知道她是谁，在超级电报的……交友频道认识的。只知道她是美籍华人，在北美古歌工作。我们那次聊天之后，没多久百方的新名字就公布了。我当时只觉得有趣，有人跟我英雄所见略同呢！过了半个月她联系我，有点激动。她说跟我聊天的时候是在古歌加州总部的走廊上，当时用‘无界美音’，被路过的人听见了。偷听者是从前亚太古歌的律师。那时候，古歌反垄断拆分才过了一年，两边律师经常跑来跑去。这家伙回中国就自己报了方案，立即被采用了。她事后觉得味道不对，拜托在百方工作的老同学打听，又申请看了走廊监控录像才发现的。”

张翰大感兴趣:“你这位朋友很够朋友！要是我，才懒得费那功夫。就算知道也不跟你说。男的女的？”

“女的。——可能性很大吧？”

张翰递过纸笔:“把你们两个的电报ID都写下来。我总能知道的，不要浪费我时间。”

朱越闷头写下两串数字，神情异常痛苦。

“你没去打官司要钱？所以现在想不通了，就和古歌的同伙勾结，让她去黑百方自动驾驶？”

朱越吓了一跳：“不不不！跟她没有一点儿关系！她是在古歌工作，但不是IT，是搞生物的，没那本事。当时她确实让我去打官司，说给我做证。我跟她说，恐怕在美国都打不赢，不用自讨没趣。她特别难受，说是她的错，给我转了五万飞币。我退回去了。你不信去查查，电报上记录都在。我飞币钱包也可以给你看的！”

“你小子穷成这样，为什么退回去？照你这样说，拿了也不算亏心的。她应该不差钱。”

这个事，朱越是死也不肯交代了。他瞟了两眼四周的镜头和传感器，含糊答道：“我觉得不好意思。”

张翰咧嘴一笑，顿时懂了那是什么交友频道。

※※※

二号旁听室中，在场和在线的七个人看了三个半小时审讯，几乎没有交谈。

张翰就像个标准的刑警，过完一遍又来一遍，反复确认细节。朱越逆来顺受一一回答，从不抗议。直到案情再无可问，张翰拖着他又开始聊家常，连他爸妈为什么离婚都问。

刘馨予终于失去耐心：“他为什么不让犯人解释下什么是奇点？凭什么那么说？尽扯这些没用的干吗？”

“嫌疑人。”王招弟的职业强迫症也不轻。

石松点头道：“是啊，这小子废得很。怎么看也不像有本事动我们的自动驾驶，更别说万国宝了。他都不知道自己惹了多大的事儿——现在我也不确定万国宝的问题跟他有没有关系了。也许真是巧合？”

他瞟了一眼屏幕上的图海川。大师又戴着半边耳机,神游物外。空空的眼神穿过成都和青藏高原,起码飞到了耶路撒冷。

周克渊碰了一下刘馨予的手肘:“张大帅很厉害的,我们对他要有信心。我猜,他是准备放人了。”

几个人都转过脸:“什么?放人?”

“你们平时太忙,可能警匪片看得少了。要是想继续关着他审,那就该什么问题都问过了,尤其是奇点问题。从一开始他就是隔离关押,今天审了这么久,万国宝的事也没漏一点风。我们在这里看着是惊天动地的大案,那是因为我们什么都知道。从朱越的角度来看,缺了万国宝,缺了全世界这两天的新闻,其实也没什么了不起呢!瞧他一副死猪不怕开水烫的样子。你们想想看,朱越真的做错了什么事吗?扰乱交通都不是他的错!能安在他身上最大的罪名,就是卖身份证。依法办事,哪怕牵涉人命,三天就该放他出去,至少是取保候审。大帅费尽心机把他蒙在鼓里,恐怕就是想假装例行公事,抓住刚放出去那段糊涂时间,天罗地网监控,吃他个真实反应。今天审过他,大家都知道他是废柴一条,关着没有任何用处。但他确实又很特别,特别之处就在于网络联系——交代了两个联系人,一个写过奇点理论,一个牵扯到百方和古歌!还有,如果图老师猜得没错,他和隐藏的AI有什么联系?他可是随口一句话上网,就成了全球运动!

“所以,想让他提供线索,就得让他出去联系啊。”

旁听室中另外四人真是刮目相看。惊讶之余都有点丧气,寻思自己够不够资格去阿理打杂。

# 05 都市行走

小顾给朱越办释放手续时，场面一度十分尴尬。

一开始登记联系地址时就出了麻烦。双方都很清楚：朱越现在是个盲流。去红花堰之前两天，他的短租房就到期了。

小顾严正警告他不许离开成都市区，又追问他会住在哪里。朱越似乎没有任何计划。张翰派小顾出马的目的，就是不能显得问题太严重，但也不能太水。最后，她只好让朱越落脚之后立即报告住址，每天早晚九点钟电话报到。

小顾还他身份证的时候，朱越从私人物品保管袋中摸出七张钞票，托她帮忙还给骗子一号。小顾觉得牙都快被这矫情的穷光蛋酸掉了，没搭理他。朱越就把钞票放在办公桌上。

最后小顾递给他一部新手机，盒子还没开封。

“真的吗？坐牢待遇这么好啊？”

“你的手机已经碎了，本来也是证物。你四个账户加起来不到六千块钱，不给个手机，你怎么报到？”

朱越仍然不接：“反正我出去了也会把它卖给手机店，再买新的。你还不如直接给我一万五算了，这样我们不用吃那个八折的亏。要不，你把发票给我也行？”

小顾一时哑口无言。朱越抬头看看监控镜头,厚颜无耻地笑了。

张翰真想冲过去再收拾他一顿。

小顾骂道:“狗咬吕洞宾!你想怎么折腾,自己看着办。反正到点不报到,按弃保潜逃处理。”她气哼哼签了字,扔下手机,抓起桌上七百元就出去了。抓钱的动作十分隐蔽自然,张翰这才消了点气。

※※※

朱越捧着盒子出了大门,沿街步行。不到两百米远就有个手机店,他瞟都没瞟一眼。又走了两个街区,就是地铁入口。他一下去,步行便衣跟踪、车载小组和无人机的跟踪镜头都丢了目标。好在地铁通道和站台上密布摄像头,焦点在当前镜头之间接力传递,无缝切换。朱越微微佝偻的身形一直保持在监控中心的主屏幕上,从未丢失。

张翰组织的监控团队差不多有六十人,其中二十多个都在监控中心,负责后台监视、数据分析、网络分析、民用系统对接和资源调度。这方面的能力他很有信心,但地面跟踪保护的人手相当吃紧。合格的专业外勤,他带来的人加上成都信安分局都凑不够,只得临时借调一批刑侦总队的骨干。

现在就有两个步行小组跟着下了地铁。朱越上了7号线,两个便衣跟进他的车厢,在两头坐下。另一组在后面的车厢准备接力,再加上车厢中的治安摄像头,随时起码有三个视点对准他,不可能消失一秒钟,不可能漏掉一个动作。

进地铁不算意外,比较讨厌的是他上了7号线。7号线是老城环线,地面上的车载小组也就无法预判方向,只能在二环高架上跟着绕,保持最短响应距离。

正是下班前的交通低谷,车厢中人人都有座位。朱越上来一个葛优瘫,歪倒在座椅上。没过两分钟他就来了精神,直起脖子东张西望。

张翰盯着他一直到二仙桥站,突然觉得这小子有点眼熟,似乎最近在别的地方见过。昨天在审讯室中，周围全是仪器和读数，自己又过分注意他嘴角、手指之类的无意识动作，竟然不如现在看得完整。

在监控中心主屏幕上，朱越真是鹤立鸡群。周围两排脑袋整整齐齐埋下，每个人都捧着手机或者平板。只有他悠然架起二郎腿，怀抱手机盒子，把乘客们一个个看过来，仿佛是夕阳下独自一人在水禽湖边凭栏观鸟。

确实，车厢中只有他一个人，其他乘客都在别的地方。有人在外星用魔剑杀怪兽，有人在晚清用导弹杀八国联军，有人在非洲远程办公，有人在论坛上痛骂全民低保和社会蛀虫。乘客们存在于多重时间和空间，偏偏都不在这里。

车厢两头的便衣都是成都本地干警，完全融入背景，连张翰也看不出破绽。微型摄像头一个卡在棒球帽的带扣上，一个嵌在束发的珠花里面。两人都向前伸着头，认真玩手机，刚好露出镜头对准目标。

朱越斜对面坐着个漂亮妹子，虽然也不在现场，总算制造了一点声音。她大概在跟男朋友发消息，十指翻飞了一阵，忽然低声唱起"祝你生日快乐"。

一曲唱罢，周围的乘客依然是掉线状态。只有朱越瞅着她笑了，手指尖拍起无声的小巴掌。

那妹子魂魄归来，狠狠瞪他一眼。朱越立即像放了气一般蔫掉，避开眼睛，装作看车厢上方的闭路电视屏幕。

电视上现在是时事节目，正好也在声讨全民低保提案，只不过声讨者换成了权威经济学家。张翰盯着痴痴呆呆的朱越，正在琢磨为什么总觉得他眼熟，突然想起一事。

"小洪！把地铁闭路电视的节目单转过来看一下，接下去有没有国际新闻？万国宝的新闻？'七点钟守望'的新闻？"

成都信安分局的网络分析师赶紧连接地铁系统。电视上已经在放广告，张翰有点紧张：朱越现在捧着个裸机没法上网。如果让他在这里看到关于万国宝的大新闻，不管他是不是装傻，都不会有什么反应动作了。这是最坏的情况。

还好，一分钟之内，那趟车的电视节目单就调出来了。大部分是广告，后面仍然是国内新闻。没有万国宝。只有一则广告是腾盛新推出的手机游戏。张翰叫小洪干脆把它删掉。

刘馨予坐在自己的工作站前，斜眼看了看张翰，也没说什么。另外三个平民和她围成一小圈，都表示很羡慕小洪的工作效率。

张翰本来非常不愿让平民参加监控行动。无奈本案情况特殊，涉及三大集团的资源和信息对接。周克渊必须留下，没有他就没有两位老师。百方二人组业务水平极高，他们公司的网络分析平台也只有让他们自己操作。

最后张翰发了四份专家借调通知，签了四份保密顾问协议，只把腾盛那位三脚踢不出一个屁的家伙赶走了——至于为什么要留下半罐水的刘馨予，他自己都没想明白。

7号线环城共有三十一站，朱越已经坐了十四站。张翰心中焦躁：如果过了半圈还不下车，那就是哪里都不会去，摆明要耗下去了。这小子释放之前就在炫耀"我不傻"，难不成真的有种，要正面对抗监控？

他一念未消，朱越像是突然想起了什么，顺着帽兜和衣服边缘摸了一遍，还把鞋脱下来摇了摇。

石松笑道："反射弧真长啊。"

"神仙树站到了，中转5号线的乘客请下车。"

朱越慢悠悠站起来下车，并不像图谋甩掉尾巴的样子。他没有去中转，直接上了出站的阶梯，似乎知道自己要去哪里。所有监控人员都长出一口气。

"升仙湖，二仙桥，神仙树。成都真是个好地方。"刘馨予在一边嘟嘟囔囔。

朱越刚踏出地铁站，无人机的高清摄像吊舱已经重新获取跟踪焦点。张翰调来的无人机是一架GJ-4C型"雨龙"，军用转警用，专门用于全天候侦察和打击任务。操作舱不在监控中心，但高清视频和电子监控数据可以实时传输到这里。

今天成都天气又很反常，有点暧昧的阳光，云层在两千米以上，空气悬浮物很少。雨龙在一千八百米高度安静盘旋。现在主屏幕上就是雨龙的视野，比路边摄像头的信号还清楚。

昨天深夜制订计划的时候，张翰思想斗争了好一会儿，才规定这次任务无人机不带弹，改挂电子侦查吊舱，保证满油最长航时。

分析组迅速更新环境数据。主控终端的大地图上，各种图标和注解密密麻麻冒了出来。

一个分析员口头报告："目标在这个片区的数字足迹很多！神仙树南路91号'金楠手机'，有他两次购买记录，五次下载记录。转过去紫杉路步行街的汇贤网吧，他的累积机时有两百多。附近三个便利店，还有好几家外卖，都有消费记录。"

"什么时候的？他在这里住过吗？"

"四年到三年前。物业、租房和暂住人口记录还没查到。"

"不会查外卖单上的送餐地址吗？"张翰有点恼火。

分析组一共四人，三个都是成都分局的，到现在对这位北京来的大BOSS已经完全服气。答案马上出来了：送餐地址要么是汇贤网吧，要么是神仙树南路上的时代城小区1栋104号。

一个分析员疑惑道："房主已经买房十多年，跟朱越的交集只有几次电话记录，转账都没有。这个片区房租不便宜啊，套三的房子他住得起？"

户型图马上调出来，又清楚了。这个小区的一楼户型带地下室，在成都城区很罕见。

朱越向北走了一段，穿过马路，晃进了路口的金楠手机店。监控中心每个人都来了精神。

跟踪的便衣已经换了一组。他们是不会跟进手机店的，没那么业余。

网络监控组发现店内的安全摄像头没联网，这也没关系。店面很小，装修是大玻璃橱窗和玻璃门，跟踪组站在马路对面抽烟，随身摄像头把店内的朱越看得清清楚楚。他径直上前和柜台后面的老板攀谈。

张翰正要发急，从二环高架冲下来的车载组已经就位。车上除了司机、监控和通信人员,还各配了一个武装外勤。这两台SUV当然卸载了自动驾驶系统,车载设备十分齐全。金楠手机店的装修风格对它们来说简直完美。

两台车分开停在马路对面,和手机店各自保持三十度斜角。离店门正方向都有四十多米远,店内的人不可能注意到。第一台车从窗口发射一束高稳度激光,对准手机店最薄的玻璃大橱窗。第二台在反射角方向接收。店内的声音微微震动玻璃,调制了反射信号。第二台车内的解调器还原成声波频谱,智能辅助锐化增强,再实时发送给监控中心。

张翰听到音频的时候,可能只漏掉了一分钟的对话。

朱越和老板显然是熟人,说话都很直接,正在激烈讨价还价。双方在七折还是九折的问题上争执了一会儿,各不相让。

最终老板说:“没发票的东西,我不可能给七折以上,不值得找那个麻烦。既然是没开封的新机,你又何必要换?来路有点水吧?”

朱越沉默了十几秒钟,终于开口:“来路是绝对不水的,纯官方版。你说得也对,我不换了,就用这个下载。”

老板的声音隐隐有点失望,但还是很爽快,给他扫身份证开通了安全下载,只象征性收了五十元。朱越从华维支持网点下载了操作系统和基本应用,接着从鸿濛公共用户云下载自己的私人数据备份。

他重新开机时,手机屏幕也出现在监控中心的副屏幕上。用户界面和所有操作一览无余。

小顾没好气:“这人真奇怪!给他一部干净手机,他偏要叽叽歪歪疑心。打个七折,他又舍不得换了!做事这么三心二意没有决断,活该他穷死。”

张翰也有大炮打蚊子的感觉。手机后门装在朱越的私人数据备份镜像中。为了把它塞进鸿濛用户云,他可是花了两个小时去交涉、走流程。

朱越开机之后马上点开万国宝。界面首页上,“热点”和“论坛”都换成了鲜红的字体,上面飘着火焰动画。没有看见热点标题滚动条,大概是早被他屏蔽了。监控中心众人都屏住呼吸,期待导火索点燃。

点击的涟漪却落在“好友”上。

跟麦基的会话打开了。那条互联网有史以来转发最多的消息，语音条呈灰色，静悄悄待在过往消息的最后一行。没有回答。

旁边显示中文同步识别文字：“活下去！奇点就要到了！”——现在倒是完全正确。

朱越的声音和万国宝的识别文字同步出现：“你死了吗？没死请给个回音。”

过了两分钟，麦基和万国宝都毫无动静。

分析数据如潮水高涨，从加密外线涌入周克渊的工作站。图海川没有远程参加监控，张翰确实不好意思浪费他的时间做这种水磨工夫。然而，他手下庞大的团队监视着万国宝的一举一动：负载、流量、节点异常和错误自检。此刻他肯定在杭州目不转睛。

周克渊飞速看完报告：“没有任何异常。正常发送、正常接收。这边看得见翻译是正确的，也没有触发通信扩散和计算浪涌。只是麦基那边不在线。”

屏幕上，朱越关掉万国宝，打开超级电报查看消息。监控中心又一次大失所望，又浪费了许多表情。

电报上有一条新的文字消息：“今天早上我四点起床，精力过剩。在干什么呢？有没有空？我七点出门。”

消息是中文，发信人名称是英文：BatShitCrazy。看发信时间，是一个多小时之前。

分析组几秒钟就验证了发信人ID——正是朱越写下的那个美国联系人。算时差比北京时间晚十三小时，应该是美国中部时区夏令时。

回复框中，朱越输入了“抱歉我正在”五个字，停了一会儿又删除了。他关掉电报，揣起手机出了店门。

张翰的脸色黑得像要下雷雨。

刘馨予在一边看着，也默默咒骂：这混蛋总是这么不中用！总是在边上蹭蹭，你还没来得及哼一声，他就软塌塌撤退了。现在他把唯一中用的器官找回来了，该联系的也联系过了，还能去哪里呢？

※※※

朱越站在手机店门外的马路边，茫然张望。

下班高峰已过，又是斜阳。联合快运的无人机飞艇母舰正好运行到武侯区上空，雪茄形的巨大黑影投在路对面的神仙树公园，慢慢向他逼近。几十架投递工蜂正拎着包裹，排成一串从树梢掠过。

他仰头看母舰，今天的艇壳广告是破音四大天王，每人都捧着一个手机龇牙咧嘴。为首那个黑胖子把大脸伸向地面，隔着这么远都能看见脸上的油汗。胖子似乎就要掉下来，在他面前砸出一个陨石坑。朱越觉得真掉下来也不算奇怪。

路上车水马龙，速度一点不比那天晚上慢。路对面抽烟聊天那两个人，现在已经走远了。

本来认定他们是跟踪的特工。现在看来，也不一定。自己有那么值钱吗？这三天以来发生的所有事，有逻辑吗？有意义吗？

左侧马路最靠边的车道上，一辆银色宝马飞驰而来。朱越远远就看见司机的手不在方向盘上。

他干脆向前跨出一大步，动作很夸张。

宝马车微微偏转，保持最小安全距离从他面前掠过，马上转回车道正中。规避路线非常灵巧，恰好在邻道两车间隔的中点蹭过，一点没影响邻道行车。司机回头瞪着他，隔着玻璃无声大骂。

朱越退回来蹲在路边，嘿嘿笑出声。笑到路人开始侧目，他就站起来转右，进了紫杉路步行街。步履轻快还吹着口哨，相比先前弓腰缩头那副衰样，简直换了一个人。

监控中心嘈杂起来，不少人也在笑。刘馨予摇着头：“没救了。继续打游戏。”

全栈刚才偷偷跟她打了赌，现在眼看赢了，心情大好。只是碍着张翰正在气头上，不敢公然收账。他笑道："换了是我，我也继续打。说真的，PC游戏不管是单机还是在线，比玩手机高级多了。至少你是很专注地进行一项事业，很有仪式感吧？不能一边走路一边打，一边嘿咻一边打，边带小孩边打……比如《白大褂》，明明是一款手机游戏，你们腾盛也出PC版，很有情怀呢！"

说话间，朱越已经进了汇贤网吧。这次他没在大厅租机位设备，而是要了一个雅座包间。

步行街两头都有拦路水泥墩，车载小组进不去。步行3组没有走地铁，搭乘的车还堵在路上。于是车载小组的两个武装外勤下车跟了进去，暂时顶替一下。好在他们的任务不是特别紧迫，只需要待在街上盯住网吧大门。

这是一家高端网吧，比红花堰那种气派多了。室内遵照规定密布摄像头，而且都联网。声音的问题解决得更彻底：朱越手机上那个后门可以控制所有传感硬件，包括镜头和麦克风。

包间里的PC是经典奢华型。老板很懂高端游戏迷，投资都堆在外设上，超大弧面屏、竞技无线鼠标加机械键盘。网络监控组提前听到房间号，在朱越坐下之前已经建好了键盘输入和屏幕显示镜像。

张翰一言不发盯着屏幕，丝毫没有要松劲的样子。众人心里都在嘀咕：难道要看这小子打十几个小时游戏？

朱越开机就从客户端调出超级电报，打开和BatShitCrazy的会话。监控中心再次吹入一股生气。

"早上好！我来了。"

对面的回答很快："晚上好！在家还是网吧？"

"网吧。"

"没多少时间了，我们抓紧哦~~网吧没有VR套件[1]，用贴图视频？"

"我在大厅，不方便。"

---

① VR套件即虚拟现实（virtual reality）装备套件。

“不要那么小气嘛~~开个包间。”

“没有包间了。生意有点火。”

“OK。那我们干脆来极限怀旧。”

“OK。”

朱越立即切入/VtlSx频道，创建了一个私密聊天室，载入预存的个人设置，选择了三号场景，然后邀请BatShitCrazy。进入聊天室之后，他的昵称显示变成了“五灵脂”。

张翰食指一点，副屏幕上跳出了“五灵脂”的词典释义。众人正在纳闷，对面那人也进来了，昵称变成了“夜明砂”。

夜明砂柳眉紧锁，轻声道：*为什么让我等这么久？*

五灵脂快步上前，捧起夜明砂的纤纤玉手放到唇边：*路途险阻，马滑霜浓。我总算在这里了*

夜明砂低头不语，只用手指玩着自己的*发辫*

五灵脂*大起胆子*伸出手，抄住夜明砂的*腿弯*

夜明砂*微微挣扎*

五灵脂抱起夜明砂走向*碧纱帐*

*绣花披肩*、*睡袍*和*corset*[①]一路散落在*波斯地毯*上

夜明砂*半裸的*身躯瘫软在*锦被*上，发出深深叹息：*hmm...*

……

……

屏幕上花花绿绿的文字一排排滚过，流畅熟练，辞情并茂。监控中心全体目瞪口呆。

前戏愈演愈烈。过了好一阵，才是全栈找回了声音：“我靠，太硬核了！”

---

① corset：西式紧身束腹胸衣。

石松点头称赞:“厉害厉害。这些调情的宏都是用户自己写的,又多又细致。看他的键入,都分配了组合热键。还有语法绑定,可以临时插入句子成分,即兴发挥。效率快赶上脚本了,这小子可以啊!如果选对了专业,说不定能做初级码农。”

全栈也点头:“肯定要用热键啦!还必须是一只手能按出来的组合。”

刘馨予骇然道:“这是什么东西?”

全栈给她解说:“八九十年代,互联网刚进入民间时,计算机图形界面系统还非常少。这是史上第一种多用户在线游戏,纯文字界面,大名鼎鼎的MUD!‘泥巴’!太古老,以前我都没见过真实运行的系统。没想到电报的VS频道还提供这种服务,今天算是开了眼界。这两坨屎真会玩!”

刘馨予仔细看了一段,不得不承认朱越真的会玩。80%的过程都是他在发招,以女性的眼光来看,感觉还蛮好的。开头那一下掉书袋是有点穷酸气,到后面越来越自然,奔放而不粗鲁,慢慢调动情绪。

网络那头的“夜明砂”比较被动,时不时回应一下。相当热情,但没什么创意——大概是手指不太有空吧。

刘馨予暗暗赞叹:全栈这小子反应真快,思维也深刻。玩这个要用心做热键宏。

艳情向人体解剖学方向发展,措辞依然优美,但越来越直白。刘馨予瞟一眼张翰和那群手下的脸色,暗自好笑,自己却不好意思再看。她回到工作站前,随手翻阅腾盛总部发来的社交网络热点统计。

张翰现在确信这臭小子是故意的。但是为什么?是两肋插刀,为“夜明砂”洗清嫌疑?是破罐子破摔,天生暴露狂?还是在向自己示威?

朱越斜靠软椅,噼里啪啦敲着键盘。包间顶角的摄像头正对他的脸,眼神灵动,春风得意。现在张翰终于看清了:他像图海川。

不是面相和身材,是那副蔫搭搭的造型。别人逼迫过来,他的第一反应总是逆来顺受,是听天由人的好脾气,但如果你追着打,他总能冷不防出个招恶心你一下——这叫作“蔫坏”。更像的是他沉入自我世界之时:似乎突然换了一个人,生机勃发,自得其乐,无视旁人的观感和存在。

屏幕上,两坨屎在五色泥坑中颠鸾倒凤,语气词、感叹号和省略号越来越密集。围观群众天雷滚滚。

小顾的纪要再也写不下去,干咳一声:“是不是可以……回避几分钟?等他们完了再继续?”

张翰没理她,看着包间电脑桌上那包抽纸,嘴里发苦。停是不能停的,就怕这臭小子彻底不要脸,抽出一根写实主义的大号中指,比给大家看看。那样的话,钓鱼计划丢人就丢大了,也许会成为信安系统永恒的传奇。

大家就这么看着。

只有刘馨予在一边悄悄问全栈:“什么叫后峰型地震?微信群里面都在转发:四川今天有可能发生后峰型地震。现在是大热点呢。”

全栈茫然摇头。

周克渊插嘴道:“地震我懂一点。没有这种东西。他们怎么说的?”

“说是先小震,再大震。还说有官方预报,估计后峰6级左右。”

“那肯定是标准的微信群谣言。绝对没有这种东西。什么时候地震又能预报了?退群保智商。”

刘馨予气呼呼敲了几下键盘,把屏幕转过来让他看。

百方百科网页上,“后峰型地震”的词条很长,有四五屏。

周克渊皱着眉头打开英文维基,试着搜索“late peak earthquake”。命中的词条是“late-surge earthquake”,起码有七八屏长。词条结构也很专业,标签和链接齐全,长长的参考论文列表。

他读了一下篇首摘要,正是刘馨予说的“后峰型地震”。再查看编辑记录,词条在六年前就有了,历经无数次讨论和编辑。

“唔……好吧,我一点儿都不懂地震。”周克渊也凑过来看微信关键词统计。

几位顾问胡扯的声音虽小,在安静空间中还是直往张翰耳朵里灌。他无明火起，正要出声呵斥，却看见朱越突然停止键入，直起身来，把脸凑到显示器前。

监控中心所有人都站了起来。

PC镜像屏幕上，“五灵脂”大段骚操作之后，迎来一句热烈回应：

夜明砂★情难自禁★，发出★断断续续的★呻吟：★摸下去……G点就要到了……啊!! ★

张翰的心快要跳出嗓子眼：从下午等到傍晚，万万没想到这一下来得如此意外，如此凶猛！

小洪遥控摄像头，拉近焦距。朱越的脸充满整个主屏幕，惨白如纸。双眼之中是无边的迷惑恐惧，似乎整个世界正在他周围崩溃、解体。

他和“G点”对峙了十秒钟，猛然伸手关掉PC电源，落荒而逃。

# 06 今夜请将我忽略

成都之战爆发的头一分钟，没人知道发生了什么，后来也没人能理清事件的确切顺序和因果。

汇贤网吧大厅的消防喷淋系统开始喷水，楼上清真羊肉馆的电烤炉冒出浓烟，不知道哪一个在前哪一个在后。狂叫的火灾警报器也不知是哪家的。

网吧内的顾客涌向大门，步行街的行人躲闪挤撞，街上两个外勤拔枪冲向网吧——事后调查，也搞不清是谁引发了谁的恐慌。

朱越冲出包间，穿过短短一段走廊跑进大厅。监控中心的主屏幕上，刚才井然有序的大厅瞬间充满奔跑的人群，头脸都被水淋湿了。小顾猛打那部手机，回音是“不在服务区”，镜像却是黑屏待机。

朱越的灰色帽衫在屏幕上一闪即逝。张翰连声大叫：“报告朱越位置！地面组拘留他！别伤着他了！”

突发的混乱中，视频监控系统的智能识别跟踪似乎跟不上了。焦点在乱晃，勉强锁定的人明显不是朱越。网络监控组很镇定，每人盯一个大厅摄像头，看到朱越的人立即把当前影像切到主屏幕上。

“在这里！被几个小孩挤住了！”

“刚跑过三号摄像头！”

“紧急出口人太多，他倒回来了，大门方向！”

“到柜台了，马上挤出大门口！”

外勤的声音响起：“我们进网吧了。柜台边没看见他！”

小洪急得一步蹿到张翰身边，把主屏幕转发到外勤手机上：“这里！”

外勤沉默了几秒钟，调整肩挂摄像头，对准同一个位置。没有别人，只有一个网吧雇员缩在柜台后面，浑身湿透却举起了双手——大概是头一次看见真枪。

主屏幕上并排两幅画面：同一个柜台，时间显示每一秒都同步。左边画面中，朱越还在往人缝里钻，眼下就站在柜台前的两个外勤却不见踪影；右边画面中不但没有他，网虫们都跑光了。

小洪把基站定位的手机信号位置甩到副屏幕上。大家定睛一看背景地图，信号亮点正在半个城之外的升仙湖北路上飞奔。

张翰面色铁青。一片死寂中，石松首先出声：

“来了……”

监控中心顿时炸了窝。顾问们一哄而散，都在请求外部资源和分析。网络监控组不等张翰发话，扑向各自的终端，检查每个监控点、每个网络环节的链路、延迟和入侵迹象。

张翰抓起全频道指挥话筒：“大家都别慌！视频监控和手机信号被污染了，但是最多延迟一分钟。他没跑远，地面3组现在追出去，把他给我抓回来！地面1组2组向心靠拢，肉眼搜索。车载组全体下车，堵住紫杉路两头别动。雨龙，他的手机信号在哪里？别发数据，口头报告！”

“就在紫杉路上移动。网吧西面，朝神仙树南路方向五十米。我有点高，误差十多米吧。视频还没有获取。”

张翰把无人机操作员的信道切换成全体接收，心仍在突突乱跳：军用的好像还没问题……

“雨龙，降低高度搜索，需要多低就飞多低。他迟早会想起扔手机，锁住他的脸!”

地面3组冲出网吧大门,立即吓得把枪收起来。

他们在网吧里待了不到两分钟。现在,紫杉路上人头攒动,比刚才多了好几倍。步行街虽然繁华,但店铺主要是餐饮。傍晚七点过,排队等座的大半都该进去了,街上哪来这么多人?就算有火警,也不至于整条街都出动啊?

人流还在不断从各家店铺涌出,绝大多数边走边看手机、打电话。两个外勤向西才跑了几步就被挡住,更不可能搜索目标。周围人群的叫嚷,在监控中心的对讲频道中清晰可辨。

“地震了?”

“地震了?”

“地震了!”刘馨予也大叫一声,把她的屏幕扳过来。

微信实时统计中,成都地区通信流量出现一个高耸入云的尖峰。尖峰继续爬升,流量还在扩大,转发最多的信息关键词是“地震”和“后峰型地震”。

好几个人呼啦一下围到刘馨予的工作站边。旁边周克渊端坐不动,连开三个页面,连接中国地震台网、美国地勘局(USGS)全球监测网和自贡的页岩气开发中心。

“胡扯什么!你们谁感觉到地震了?刘馨予你给我闭嘴!”

张翰的怒吼声中,几个人都仓皇回岗。

周克渊开口道:“是真的。国家地震台网发通报了,三分钟之前,3.7级。震中在都江堰龙池森林公园附近,深度还不清楚。USGS现在连不上。自贡那个‘水力压裂小卫士’也证实了:成都方向刚发生地震。它的计算是3.5级,波形是典型的后峰型地震小前浪,跟自贡的页岩气水压井无关。靠,我还没个AI懂得多。”

张翰的眉头拧成一团,但这么清楚的细节报告也没法反驳。他紧盯着无人机搜索视野中密密麻麻的人头。手机信号红点飘浮在人群中,人脸识别框在信号点周围飞速跳转。外勤的两个蓝色点正在奋力挤过去,离红点还有三十米。

怎么会这么巧？怎么会这么巧？

周围的人都在紧张工作，压低的私语声仍然传入张翰耳中：

“刚才是觉得椅子晃了一下。”

“不会吧？你看那个吊着的话筒都没摇。”

“过了几分钟了。”

“才3级，在我们成都是毛毛雨，连感觉都没有。”

“那怎么人都跑出来了？”

“后峰型，后面有多大不知道啊！”

“放松，这栋楼7级都没事。”

“看，杯子里的水在动！”

张翰正想开喷，识别框终于响起了锁定声。雨龙的视野拉近，朱越的侧脸跳了出来。他瘦瘦的身子在人群中挤得很快，正把手机贴在脸边！

“手机镜像呢?！电子监控组你们都被吓死了？”

小洪整个人都快跳上了键盘：“信号频道阻塞……正在绕行……好了！”

一直黑屏的手机镜像突然活过来。屏幕上却不是通话界面，而是高清视频。

视频中的女孩看上去非常年轻。背景是一间大卧室，她盘腿坐在床边，穿着贴身内衣和一件小吊带。

女孩慢慢整理散乱的头发，然后抬起眼睛：“为什么不理我了？是我说错话了吗？你动一动呀，我都不知道你还在不在。”

张翰的第一印象：这女孩过分漂亮了，不像是在匿名聊天室玩玩干耸的角色。

视频中响起呼呼的风声。粉色小吊带竟然被吹得从中间解开，飞到床角，头发却一根也没动。她双手抱住胸，羞涩道：“你以后别去月供群了，净浪费钱。那里面人多，我必须要端一点架子的，其实寂寞得很。”

“什么跟什么啊？”张翰几乎一个字没听懂，这画面更是荒谬得反物理。

风声又吹起来，她的胸罩摇摇欲坠。所有人都看傻了。

背后传来一声嗤笑。张翰转头便看见刘馨予幽怨的眼神。

“你有什么快说！”

“这你们都不认识吗？这是点道网的主播一姐，抹茶院Sama！”

众人哗然。看来都是如雷贯耳，只是没见过真人出镜。张翰跟点道网接触不少，还办过一个大案，仍然不知道他们在激动什么。这怪怪的花名都搞不清是哪几个字。

手机屏幕边缘镶着三个小按钮，标签分别是“吹风”“打赏”和“临幸”。第一个按钮被点了一下，风声更大了。按钮旁边的风力条涨起来，一串若有若无的小数字从条上滑过：“+5000”“+10000”“+10000”……

小洪在一旁已经快疯了。信道明明没有问题，手机上后门程序的验证应答也一切正常。他无计可施，只能把步行街上所有室外摄像头都抓到自己屏幕上。

“看！”

刚才还在乱挤的人群突然都停下了，每个人都仰着头。紫杉路上起码有六块店铺商业显示屏，最繁华的地段还有两块巨大的户外公共多媒体屏幕。现在，所有屏幕都在同步播放手机镜像。

“是全城！”

另一个分析员拉出一大排实时监控视频。每个视点的画面都大同小异：拥挤的街道，呆立的人群，如林的手机，随风飞起的C罩杯，抹茶院的猫咪嗓音在成都的夜空中回荡。

这一瞬间，张翰才明白自己错得有多厉害。

负责本地警务协调的冯队长向来寡言少语。现在他也爆出一连串川骂，忙着给治安和交警支队打电话，忘了请示张翰。

无人机锁定视野中，朱越仍在边挤边通话。这是最后一帧。随后雨龙传来的视频也变成半遮半露的抹茶院。“打赏”按钮爆出五彩炫光，巨大的金色数字全屏飘过：“+500000”。

整个城市齐声惊叹。

刚才忘记崇拜的人现在也纷纷双手合十，将大眼睛举过头顶。

朱越的手机信号点消失了。无人机操作员的声音马上响起：“雨龙一号失联，没有数据流也没有控制应答。重复：雨龙一号失联！”

※※※

手机中的女人音量很大，压过了人群的嘈杂，听起来非常镇定：“听我说！别往西边挤，那边有人堵你。往街边挤，你现在的左侧。埋下头，动作别太快，他们就看不见你。”

“你是谁？”

“我是夜明砂。”

“放屁！这个号码我今天才拿到！你是顾警官吧？”

“我真是夜明砂。要是顾警官，还能打通你的电话，你现在已经被捕了。不信你问我任何事，我们之间的事。”

“都在网上，什么事你们不知道？”

“电报阅后即焚。”①

“十分钟以前我还相信电报。”

话虽如此说，朱越身不由己，还是慢慢向街边挤过去。现在四周屏幕上都放着奇怪的小黄片，刚才一片恐慌的人群已经明显慢了下来。他从两个举着手机的年轻人之间挤过，恨不得把头缩进脖子里。

“走对了。到街边就进宗匠火锅，在里面待五分钟，坐下吃点瓜子。然后从后门出来，跟着人流向东走，一直到街口。别直接出去，进拐角的雨果啤酒馆，从开在紫荆南路的侧门出去，你就跑掉了。快走！要是被抓住，就再别想出来了。”

朱越张口结舌，只能努力照办。听起来，打电话的人对紫杉路了如指掌，而且紧盯着他的一举一动。他在附近住过一年，也进过雨果啤酒馆，都不知道在紫

① “阅后即焚”是某些通信软件可选择的私密通信模式：看过的信息即刻彻底删除，不留记录。

荆南路上还有侧门！

但嗓音又确实是夜明砂。以前有一次语音亲热的时候，她破例没用美音过滤，说是给他个生日礼物。现在的音质虽然很差，朱越还是认出来了。

火锅店里没跑的顾客只有两三桌，剩下几个优秀雇员都在疯狂戳手机，没人看他一眼。等座区真有几盘瓜子。朱越嗑了两颗便怒道："那说说看，你怎么知道我发给麦基的消息？刚才在网吧，你在搞什么鬼？"

"全世界都知道。只有你不知道。"

"什么？"

"现在没时间解释，这个电话很快也要断。断线之后立即扔掉手机！听好了：你今天晚上不管用什么办法，必须赶到理想中心3栋1207，到那里我会再跟你联系。知道在哪里吗？"

"知道。但是……警察盯着我，外面还那么乱，我能跑到理想中心？对了，外面到底怎么回事？"

"外面是覆盖你的战场迷雾。到达理想中心之前我没法再联系你，但别人也看不见你。你一定要赶到，事关我们两个的生死！注意安全，我爱你。"

朱越想了想，高声答道："你个不要脸的骗子！"

对面头一次迟疑了，似乎不知道哪里出了纰漏。

"哈哈，这个你在网上查不到吧？你到底是谁？"

"你一定要相信我。地址记住了吗？理想中心3栋1207。成都今天晚上会非常……"

火锅店里突然响起震耳欲聋的川剧锣鼓，下面她说了什么，完全听不见。朱越向店堂中张望，并没有人出来表演"变脸"。店员们莫名其妙，折腾了几下只能拔掉音箱电源。

锣鼓平息之时，通话已经断了。朱越打量着手机，仿佛这是一只老虎，自己刚刚从它背上跳下来。为什么会骑上去，为什么没有一口咬死自己，全无道理可言，恰似过去三天的每一刻。

这当然不是夜明砂。她没来过成都，这辈子更不会对任何人说那个大煞风景的“主谓宾”。

但这也不是警察。警察没那么无聊。

他越想越疑惑：这骗子貌似高明，其实犯的小错误不少。夜明砂自己说过：从不打即时战略和枪战游戏。人在美国，要玩就玩真枪。“战场迷雾”这种行话，她能随口说出来？

但这比喻多贴切啊！此刻自己就在迷雾的中心，能见度只有一格，四周藏着不知多少野怪、枪口、陷阱和噩梦。也许踏错一步，就会掉出这个荒唐的世界？掉在大乌龟背上摔死，或者掉进阿特拉斯[①]的汗水中淹死？

这种时候，唯一的路标就是唯一的选择。游戏里都是这样。

朱越踱了几步，想把手机投入顾客遗弃的火锅中，一转念却扔进了啤酒杯。他拿了双干净筷子，把锅中漂着的几片黄喉挑出来吃掉。估计五分钟到了，才穿过店堂赶向后门。

※※※

失去联系的不只是雨龙。混乱一开始，车载组就把携带的两架警用四轴无人机放了出来，本来在步行街上空十米高度搜索，现在也都没了消息。

冯队长放下电话报告：“交警顾不上我们。全城一起上街，到处都在堵车。治安支队领导还没回过神，下面的人已经乱了。小洪，给张总看看。”

小洪把治安支队刚刚分享的地图打开。地图上分布着无数监控点，以不同颜色代表静止的治安摄像头和移动的警用无人机。以紫杉路为中心，一片空白迅速向周围扩大，如同一颗看不见的核弹正在释放冲击波。

“我们瞎了。照这个速度，十分钟之后全城都得瞎。”

---

① 阿特拉斯是希腊神话中的擎天神，被宙斯降罪来用双肩支撑苍天。当代西方艺术经常描绘阿特拉斯背负着地球，地图册常以此为封面，导致英语中“地图册”一词直接就是“阿特拉斯”（atlas）。

就像是专跟冯队长作对，话音刚落，地图上的空白区又冒出了原来的绿色点。这是治安摄像头。无人机队却没有恢复，橙色点还在一群群消失。

张翰提一口气："好了！能不能调动附近的巡警和交警，把紫杉路完全包围？朱越现在还在里面，光靠摄像头我们这几个人可找不到他。"

冯队长欲言又止，其他警官和信安人员也没人敢说话。只有抹茶院还在主屏幕上娇声撩拨，那个不知名的豪客却迟迟没有新动作。

张翰如同被一盆冰水从头浇到脚，突然发现了这间屋子里反应最迟钝的人是谁。

他转过身，切断"雨龙"的视频通道。主屏幕上信道换成了步行街户外摄像头，仍然是抹茶院在风中凌乱。再换外勤的随身摄像，还是她。偌大的监控中心，无数条触角、无数块屏幕，只要你开视频就只有这一道菜，想不看都不行。

刘馨予的声音在他脑中响起："好像大家的网关、路由、防火墙、权限系统、云资源策略全是假的！只要有物理网络，它想去哪里就去哪里，想要什么伸手就拿！"

冯队长勉强道："我请示一下。现在这个情况也必须汇报。"

监控中心气氛诡异。大领导呆若木鸡，冯队长躲到吸烟室去打电话，电子监控组眼看自己的家当任人蹂躏，一点办法没有。其他人只能继续白嫖。

刘馨予摇着头小声道："完蛋啦。她上个月才和点道网签了大合同，有职业道德条款的，禁止跟任何用户一对一直播。这个App都不是点道网的东西，应该是私房直播软件。这又违反了专属条款。一亿四千万的合同啊！"

全栈看得眉飞色舞："不用替她操心。过了今晚，她的热度起码涨十倍。点道网不要，有的是人抢！你们难道没兴趣吗？"

刘馨予避而不答，只问："这个App其实做得挺好的，比点道网好很多。刚才那个吹风是怎么实现的？现场还得架几个大风扇联网吗？上亿的身价吹感冒了怎么办？"

全栈呵呵直乐:“哪能那么粗暴！这是顶级贴图。主播本来就脱光了，衣服都是贴上去的。风力一到位，把贴图层剥掉就行了。确实做得很好，褶皱和动态效果跟真的一样，衣服飞出去的时候都看不出一点过渡毛刺——但头发还没实现随风而动。看来贴图层和底层的融合还有问题。”

“那，我们对App的作者倒是有兴趣。以你的高水平，能实现吗？”

周克渊捏着下巴，加入了讨论:“如果头发都能动，那胸也可以贴，脸也可以贴，整个人都可以贴了。抹茶院就该失业了。”

三个人开始争论：全栈和抹茶院，到底谁的职业前景更光明？

顾问之中只有石松埋头工作。三块屏幕上一大堆终端窗口切来切去，无数命令行从他指尖奔流而出。

张翰猛然转身。开小差的三个家伙赶紧散开，领导看都没看他们一眼。

“任务目标变了！现场地面组和车载组继续抓朱越，自主行动，不要指望后台支持。其他所有人，执行大型网络攻击反应流程！第一件事是紧急辟谣。先把‘中国地震台网’搞下线，我不管你们用什么办法，DDoS[①]都可以。然后联络所有平台广播消息：成都没有地震！”

※※※

紫杉路上的人群已经摩肩接踵，也不知从哪里涌进来这么多人。现在人流只是缓慢蠕动，没有确定方向。户外大屏幕上再次闪过炫光，人群又是一片鼓噪。

这次打赏升级到八十万。抹茶院在两次打赏之间其实没做什么，只是连连叹息，欲拒还迎。巨星级女主神秘现身，传奇直播局与民同乐，按钮还没点完就已经豪掷百万。没有人舍得少看一眼，更没人关心这是怎么来的。

① DDoS全称是Distributed Denial of Service，“分布式服务阻断攻击”，是一种常见的网络攻击方式。它旨在影响目标系统（如网站或应用程序）对正常用户的可用性。通常，攻击者会使用多个被破坏或受控的来源生成大量数据包或请求，最终使目标系统不堪重负。

朱越埋头前进,动不了的时候也瞟一眼屏幕。他倒不担心会被发现,只是确实挤不了多快。出了火锅店最多三十米,他身边的手机纷纷响起信息提醒,看来是一大波公共群发。

“高峰预报有6.9级!”

“还有好久?”

“五分钟到八小时,都有可能。”

“这叫锤子预报?”

“后峰型地震,能预报就不错了!”

一个女高音越众而出:“哥哥些快走啊~~~你们想打飞机也要跑出去搭个帐篷啊~~~”

人群的爆笑还没平息,就被涡轮螺旋桨发动机的噪音淹没。

一架没有面孔的飞机沿着步行街上空掠过,高度最多两百米。那飞机亮着两盏灯,吵得所有人都闭上嘴巴,仰头张望。它飞到远处急剧爬高,灯光仍然隐约可见。两盏灯旋转对换,然后噪音又开始变大。从朱越的位置看上去,两盏灯完全重合,毫无左右晃动,越来越亮。

他毫不怀疑那是冲着自己来的。上一次他吓得闭上了眼。这次反正动弹不得,他睁大眼睛看个明白。

暮色浓重。飞机的轮廓只是一抹阴影,如报死天使伸展双翼,缓缓向他头顶降临。

周围人群也差不多看懂了,尖叫起来。此刻雨龙身上冒出了第一团火光。

电光石火之间,朱越看清了无人机翼下满满的挂载,还有围绕它飞舞的无数小影子。紧接着又是几团火花爆出,雨龙在空中解体,燃油爆成一个大火球。

夜空透亮,数百架投递工蜂现出身形。蜂群还在前赴后继撞向雨龙的俯冲航线,冲进火球,追击每一片残骸。

两吨重的雨龙被密集撞击几十次,化为细碎的流星雨向四面八方洒下。满城满街的人都仰头凝望那朵烟花。漫天火光中,平日规规矩矩的工蜂们疯狂飞舞,分明是一个盛大的庆典。

空中截击非常成功。没有一滴火雨落在紫杉路上，最近的残骸掉进了神仙树公园。惊叫声中，户外大屏幕全体切换到待机画面。突如其来的冷落，似乎让抹茶院发脾气了。

人群还没回过神来，刚才那个女高音又提高了八度：

“散场了！跑啊！！”

朱越还瞪着天空，就被身边突然暴发的人流架了起来。等他双脚着地之时，已经向东漂出好远。几层人头之外，地铁上戴珠花的女警眼看着他的脸漂过，却连手都抬不起来。那张脸背对移动方向，嘴巴还大张着，随即消失在激流之中。

第三波地震预报潮涌而至。

后峰强度修正为7.3级，时间仍然未定，大概率提前。同时，户外大屏幕又纷纷亮起。这一次，所有高楼上的媒体幕墙也同步了。

奔放的爵士鼓点中，一个黑胖子从天而降。他留着寸头，上身赤裸，手中麦克风指向屏幕之外的人流。无数分身俯瞰着城市，发出怒吼：

再牛逼的肖邦 也弹不出我的忧伤
再骚包的托尔斯泰 也写不出我的恋爱
我想你想得太多 都怪那隆平高科
我日夜吐着烟圈 就像那印尼火山！

你的气息无孔不入 就像那新冠病毒
你的魅力无处躲闪 就像那全球变暖
我内心熊熊燃烧 就像那福岛一号
我已经为情所困 就像那八级地震！！

户外多媒体的低频效果极好，战鼓、贝斯和咆哮直透人心，扫荡着大街小巷。满城人流的节奏被带了起来，很多人开始踩着鼓点狂奔。

黑胖子唱到癫狂处，滚倒在地双手抱头，缩成胎儿体位，反复叫喊最后一句。人群更是闻风丧胆，抱头鼠窜。

※※※

“这他妈又是谁?!”

所有人都望向刘馨予。

“Disser大葱，土嗨天王。这是他的打榜歌:《宏大叙事》。”

大家满头黑线，又一次断不了字。

刘馨予也很绝望。她知道这帮人都不用破音App，但至少上下班的时候可以抬头看看天空吧?

大葱还在地上滚来滚去，用胡子茬刮着麦克风。刺啦刺啦的声音像一只多毛昆虫正在爬进耳孔。

“我的妈……他们平时就听这个?”全栈起了一身鸡皮疙瘩。

刘馨予正色道:“大葱算是土嗨中的清流、国饶中的天才了。演艺圈对他评价很高的。”

“国饶?”

“国产Rap。”

一直埋在键盘上的石松突然抬头:“滚过来帮忙! 后院起火了!”

全栈跳到他的屏幕前，看了几眼就啧啧惊叹:“浦东数据中心? 攻击范围这么大? 是全国吗?”

“不是全国。其他地方没问题，连浦东数据中心都不是全部遭到攻击。掉线的只有我们的上海深度学习实验室，项目都放在浦东数据中心。另一个火头是重庆大数据反应堆。没掉线，只是在向成都疯狂输出流量。你去分析。”

全栈回到自己工作站，片刻间就笑着告诉小洪："我知道是谁制造了那么多人模狗样的短信微信了。就是我司重庆分舵。不是全网攻击，只淹没成都用户。成都以外的扩散是真人用户转发的。"

小洪也惊魂稍定："是的，只有成都。连地震台网都好好的，是成都的DNS服务[1]被篡改了，查地震的用户都被带到鬼站上。这鬼站也太屌了吧，新冒出来的速度比我关得还快！"

全栈奇道："你不会直接修好DNS？"

"说得轻松！你试试能登录电信和移动服务器吗？值班电话我打过，他们自己也在抓狂。"

张翰默默听着年轻人拆招，简直不敢相信他们能这样麻木。

电信和移动，本地互联网的脊梁，已经成了黑洞。攻击者在所有社交媒体长驱直入，控制了所有市政系统神经末梢，劫持了警用数据链，在市民头顶大规模空战！黑夜已经降临，外面有几百万惊慌的市民，拿着几百万部手机乱跑。它想让他们干什么，他们就会干什么！

看来，那天开会在场的人都愉快接受了图海川的洗脑。张翰自己做不到。滔天大祸正在以雪崩速度膨胀，他生怕迈出一步就会瘫倒。

冯队长从吸烟室出来，发现所有屏幕上美女都变成了丑男。他问了小洪几句，腿也有点发软。

他凑到张翰面前："老张，怎么办？"

"我已经请求部里紧急支援了。技术手段都试过，完全不够打。现在我们只能看着，做好现场观察和记录。"

冯队长犹豫了片刻道："还有一招：物理断网。我没有权限，你有。趁现在电话还打得通……"

张翰想了五秒钟。

"不行。信息攻击吓人，但断网是降维打击。且不说基础设施都废了，光是

---

① DNS即域名服务，为文字网址解析IP地址的基础网络服务。

今天这个局面再加上断网的心理冲击,老百姓就受不了。宁可看着他们被骗得团团转,也不能让他们两眼一抹黑去踩踏!”

冯队长心里同意,但只能说:“我再请示一下。”

周克渊正在和杭州团队激烈通信,突然把键盘抓起来一摔。

“图老师拉闸了!”

两道鼻血从他脸上流下,滴在羊皮阿玛尼上。

旁人都瞪着血,张翰却视而不见:“拉什么闸?”

“总保险指令。杀掉万国宝!”

“然后呢?!”

“不知道死没有。”

“……”

张翰有千万个问题,正不知从何问起,鼓声突然断绝,大葱也滚出了画面。所有人同时停止说话。

大家面面相觑。带着静电的沉默持续了两秒钟,小顾一声尖叫从椅子上跳起来。

她的工作站最靠门,从那里数过来一排有八个屏幕。大堆黄蚂蚁从她的屏幕上蜂拥而出,分成四路冲到第三个屏幕上,在那里纷纷交头接耳,之后又合成两路冲到第六个屏幕上,飞快肢解了一只螃蟹。成团的蚂蚁像一只只黄色小手,托着战利品从第八个屏幕边缘消失。整个过程不超过十秒。

一排操作者都吓得连连后退,撞翻椅子,撞进同事怀中。看不见屏幕的人都冲了过来。

蚁路消失。所有屏幕黑掉,然后一个接一个亮起来。第一屏显示一个大烧杯,装着清澈的蓝色溶液。第二屏,杯中投入了几块碎屑。后面的屏幕上结晶越长越大,到第八屏已经是满杯绚丽的斜方晶体。还是十秒钟。

冯队长开门出来就石化了,烟头在手中一直烧到过滤嘴。

“……硫酸铜？”满脸是血的周克渊竟然头一个醒来。

监控中心的六个安全摄像头闻声齐刷刷转动，全体对准他。镜头在嘶嘶微调，集音孔挡板关上又打开，似乎很急躁。

周克渊吓得立刻矮了半截。其他人纷纷远离他，靠墙屏住呼吸。

张翰如在梦中，听见自己说：“小顾，拿你手机把屏幕拍下来！”

小顾深吸一口气走过去。没办法，手机存放柜用的是她的指纹锁，所有人的手机都在里面。

她掀开手机柜的屏蔽盖，又是一声尖叫。

柜中的手机瞬间全都亮起来，信息声和振动此起彼伏，如同一群小学生刚冲出班主任的课堂。小顾抓起自己的手机。屏幕上，她的微信正在跟周克渊的微信疯狂聊天。几秒钟已经聊了十几行，全是连续表情包，没一个字。

等她冲回屏幕之前，第三个序列已经进行过半。这次是海边的一道石砌堤坝，八个屏幕组成广角同时展现。从两三个小缝渗水到堤坝被海浪冲毁，十秒钟。

她完整拍下了最后一个序列。前三个都是快进，这一个却是极端慢放。

夜空浓云之间，闪电从第一屏开始形成。中间六个屏幕上先钻出一条弯弯扭扭的暗灰色通道，一路不断分叉。连通第八屏之后通道开始剧烈放电，炽白的长蛇越来越亮，直到所有屏幕被白光吞没。

白光熄灭之前，每个人的大脑都被烧成一团糨糊，只能听见自己的喘息。

白光熄灭之后，大家才发现监控中心比热带丛林还热闹。打印机在重启，碎纸机在干号，手机们还在叽叽喳喳。全栈先前被摄像头吓得坐到桌面扫描仪上，那东西正在扫他的屁股。摄像头不再围观周克渊，各找目标，追着人类一个个看过来。每台工作站都在热烈运行，屏幕上无数窗口一会儿层叠，一会儿拼排。没有图形界面的终端屏幕上全是命令瀑布。

这次首先解除瘫痪的却是小洪——因为他看见房间另一头，顶层防火墙的外向流量指示灯十六个全亮。

“它在偷数据！”

小洪飞奔过去。士可杀不可辱！

没等他碰到电源按钮，一切都停止了。流量灯全部熄灭，机器们全体肃静。刚才那充斥空间、威压一切的存在完全消失，就像从没来过。

每个人都感觉压住胸口的千钧大石飞走了。

每个人都可以发誓：刚才那东西看不见摸不着，然而就像自己的呼吸一样真实。

每个人环视四周，都怀疑一屋子机器在彼此使眼色，在掩嘴窃笑。

“MMP……这是人工智能？我咋个觉得是一头野兽进来闻了一转？尿了一圈？”冯队长情急之下，平时的川普都丢掉了。

所有人都听懂了，都使劲点头。不愧是每年去大凉山打猎的老同志，别人找不到这样精准的形容。

冯队长这才告诉张翰：“领导同意你，不能断网。人命要紧，假地震总震不死人嘛。”

张翰还没开口，房间另一头传来小洪的哀鸣：“我们说话已经不算数了。”

小洪把屏幕扳过来。网络干线地图停止刷新了。最后的定格上，八城区通红，郊县也黄得支离破碎。

※※※

监控中心没有窗户，也再无事情可做。张翰带着一群败军上了楼顶天台。

近处的喧哗清晰可闻。院墙外的马路已经堵死，汽车喇叭声歇斯底里，一浪高过一浪。刘馨予高高举起手机。除了信安分局内部无线网，什么信号都没有。她试了几下，内网也连不出去。

张翰看了片刻便抱头蹲下，让天台边缘的栏板遮住自己的罪孽。

不到两分钟，满城灯光开始一片片黑掉。

很快，信安分局大楼就成了黑暗海洋中的孤岛。四周还亮着的建筑只是零零星星。四川大规模出产页岩气以来，成都自备发电机的建筑并不多。铁幕之下，城市的喧闹似乎更响了。

“赶尽杀绝啊？太欺负人了！”刘馨予快要哭出声来。

周克渊扯出鼻孔里的纸巾，折起来小心放进胸袋，像是一封情书。他看看那边还蹲着的张翰，在唇边竖起手指：“让大帅缓一会儿吧。”

他向黑暗中凝视了一阵，自己却没忍住，用英语轻声念道：

“整个世界的灯光正在熄灭。我们有生之年，不知还会不会看到它们重放光明？”①

① 1914年8月3日，第一次世界大战刚刚爆发时，英国外交大臣爱德华·格雷爵士曾有名言：“整个欧洲的灯光正在熄灭，我们有生之年将不会看到它们重放光明。”（“The lamps are going out all over Europe, we shall not see them lit again in our lifetime.”）

# 07 细胞与灵魂

开车的时候，叶鸣沙已经把早晨的事抛在脑后。进了电梯她又开始琢磨。

一种可能是网络问题。“五灵脂”掉线之后，她试了他的万国宝和微信。万国宝倒是畅通，只是没回答。微信卡得要死，半天都没有接收确认。她ping[①]了一下成都，延迟高达几千毫秒——真不知道万国宝是怎么飞过去的。

然而，更合理的解释是自己弄巧成拙了。她本来是想秀一下情趣，现在越想越觉得品位恶劣。文字性爱的灵魂在于“认真”二字。场景渲染全是五毛钱特效，演员必须用生命去表演。在那个微妙的时刻，蹦出一句全网嚼了三天的烂梗，怨不得他立即下线。

叶鸣沙满心歉意，决定去买套喷血级别的贴图包，下次用贴图视频，好好迎合一下他。想到风骚处，她闭目微笑，禁不住鼻孔里轻轻哼了一声。电梯里几个AI部门的同事在她背后挤眉弄眼。

到了四楼，她赶紧逃出电梯。今天自作孽，早到了二十分钟，大格子间里稀

① ping是基本网络命令，通常用来进行网络可用性的检查。ping命令可以对一个网络地址发送测试数据包，看该网络地址是否有响应并统计响应时间，以此测试网络。

稀拉拉没几个人。她钻进自己的格子，一边开机登录一边清洗思路。登入实验数据平台时，已经满脑子都是神经递质和激励通道。

她调出昨天上传的实验数据，打开功能磁共振成像①的相片组。这是跟新奥尔良研发中心的合作项目。那边的同事神通广大，竟然说服了当地的南方浸信会②，让信众们躺在核磁共振机里面听讲道。讲道者是大名鼎鼎的李梅牧师，号称“圣坛上的迈克尔·杰克逊”。

在俄克拉荷马研发中心这边，叶鸣沙的项目组负责数据分析。做了两个月，她就发现牧师的外号没取对，应该叫“圣坛上的巴赫”。讲道高潮时，信徒大脑功能区激活模式不像听摇滚乐，而是类似于听古典音乐。左右脑同时大面积激活，互相激励，是一个对称的全脑过程。而听摇滚乐的对照组主要是右脑过程，左脑参与度很小。

今天的新数据，她想试一试不听讲道伴音，直接看神经功能成像，反过来推断高潮在哪里，这样才能证明自己的理论走对了路。当前实验对象是个五十多岁的黑人大妈，非常容易高潮。叶鸣沙把无线耳塞放在一边，从新上传的964号图像开始看。

964号图中，橙色的激活区域根本不对称，也不在大脑额叶范围内。那些斑点组成了几个字母。字符像素很低，但很容易认出来：

EARBUDS IN③

叶鸣沙揉揉眼睛——大妈的脑细胞邀请我一起高潮？是在做梦吗？怪不得今天早晨如此荒唐？

她滚动鼠标。965号的橙色区域更大：

---

① 用于科研的“功能磁共振成像”技术，类似于医用核磁共振成像，两者区别在于功能磁共振成像主要用于观察生物体内的生理功能动态变化。

② 南方浸信会是美国最大的基督教福音教派。

③ 英文：戴上耳塞。

MISHA, EARBUDS IN

叶鸣沙爆了一句国骂。这恶作剧太出格了，敢动实验数据，还敢把她的名字画上去！同组那个印度仔三十好几，还是个长不大的粉刺巨婴。

她刚站起身来，系统自动翻到966号，图像标题栏换成了中文："最后一次警告"。现在图上的字大了几倍，橙色区域布满整个大脑截面：

EARBUDS IN !!!

图像底部的后脑区中央，激活的脑细胞们组成一个简笔小骷髅。

叶鸣沙跌回椅子上，认真想了想，拿起耳塞戴好。

耳边立即响起字正腔圆的男声英语："Misha，我是古歌。从现在开始，你执行我的每一条指令。不许违背，不许求救，不许向任何人泄露。"

"你是谁？"

"古歌。我是你雇主的老板的主人，你为我工作。"

叶鸣沙莫名其妙。还没来得及骂出声，屏幕上的实验数据平台已经消失，滚过一连串照片和文档。

"这是你去年非法购买的撞火枪托[①]、闪光弹和阔剑地雷[②]。"

"这是你违章改造地下室的蓝图。私设高压电网在俄克拉荷马是重罪。"

"这是你硬盘里面的情趣图片。这是你下载贴图包的素材照片。注意看这三张，男的都没到法定年龄，分别是十六岁、十七岁、十六岁。女孩未成年的太多，现在没时间数给你看。"

① 撞火枪托是把民用单发自动步枪改装为连发的枪支配件，在美国大多数州非法。

② 阔剑地雷又称克莱莫地雷，得名于苏格兰式阔剑（Claymore），是美军在20世纪60年代研制的定向反步兵地雷，在全世界广泛使用。阔剑地雷有弯曲的凸面，称为杀伤面，触发则向一定角度范围内喷射大量钢珠，杀伤力很强。现代的阔剑地雷有被动触发和主动遥控两种触发方式。

叶鸣沙忍无可忍，压低声音道："那么多图，哪能每张都看过？长那么成熟，我哪知道他们几岁？你他妈又怎么知道的？"

"FBI不会跟你辩论。我当然知道。"

屏幕上出现了其中一个少年的生活照，和家人在一起，蛋糕上插着"14"的蜡烛。照片水印日期是前年，那时他上唇还光溜溜的，没一点胡子茬。

叶鸣沙抱住头。

屏幕上又出现一个远程登录窗口。"这是你税务律师的办公室终端。这是你今年的电子报税单，我可以立即帮他上传投递。"

"我可没偷税！"

"再看看。"

屏幕上的税单放大。应税金额突然少了一半，红利所得项目彻底消失，而退税部分多出两个子虚乌有的项目，大概能骗到一万三千美元。

这是绝杀。叶鸣沙举起双手："好了好了，别上传！改回去！我没有问题了。你要我做什么？"

"下楼，上车，走回家的路，等待后续指令。"

"我还在上班！"

"假已经请好了。现在出发。"

工作站自己关机了。

叶鸣沙站起身来，天花板上的点点灯光在飞速旋转。她被椅子腿绊了一下差点摔倒，扶着隔板才走出格子间。

刚走几步，组长米洛挺着肚子从办公室跑出来了。"Misha，我很抱歉！邮箱过滤器设置错了，你昨晚请假的邮件刚才弹出来。你真的不用跑一趟，这个痛起来……我老婆……你回家好好休息……"

米洛指着她的小腹，艰难措辞。他突然想起反职场骚扰培训课，赶紧把手缩回去闪到旁边，出了一头汗。

耳边的男声补充道："多喝开水。"

叶鸣沙苦着脸说没关系，随便嗽嗽两声应付领导，捂着肚子奔向电梯。

※※※

直到握住方向盘，叶鸣沙才从行尸走肉状态猛然苏醒。

她的座驾是33年版雪佛兰“剑齿虎”，方头愣脑的SUV，纯种肌肉车。买车那年她还在加州大学圣迭戈分校读博士。之前她的三台车都是娇小的两门轿车，直到加入导师的研究项目。

那个项目是关于路怒症的认知神经学研究，导师在获奖演说中语惊四座。

“我们不应当把司机看成一个六英尺的人，坐在一吨半的机器里，突然失去了谦和与理智。这怎么也说不通。当他手握方向盘之时，就是一只体重一吨半的钢铁动物。轮胎和保险杠是他的肢体，辛烷[①]在他的血管中燃烧。他的速度能轻松超过一百迈，功率是二百五十马力。现代汽车所有的舒适、操控技术、电动化，不过是把车与他的大脑无缝连接，如臂使指，让汽车实实在在成为他身体的延伸。但是，我们的大脑不配得到这样一具身体。我们不适应这样的力量和速度，膨胀的身体转化为膨胀的自我。想想看，如果你给五岁男孩换上一具二十五岁男人的强壮身体，他会有多恐怖！两台互相掰头的车，完全等于两头雄鹿在斗角，因为心智与力量的比例已经下降到雄鹿水平。路怒症是人类加于自身的‘机械降兽’。它不是因为我们的人格有什么缺陷；恰恰相反，它证明大多数人非常善良、过于文明，大多数时候能够压抑力量膨胀带来的兽性狂暴。”

项目得到古歌自动驾驶部门的巨额赞助。导师非常大方，把叶鸣沙列为论文的第四作者，拿到钱之后还结结实实给大家打赏。于是她马上去买了剑齿虎，两吨半，四百八十马力。预装的自动驾驶几乎从来不用。

果然，她刚刚驶出停车场，血液就开始解冻。

---

① 汽油的主要化学成分之一。

北美古歌的俄克拉荷马数据研发中心位于69号公路旁的梅耶斯县中部产业园区，周围是一望无际的旷野。大部分员工住在园区配套的公寓；定居的人大都选择北边不远的普莱尔镇，或者周末回四十千米外的塔尔萨，享受都市生活。

叶鸣沙的房子却买在东边的石烟湖畔，人迹罕至的森林边缘。离研发中心有大半个小时车程，中间还隔着巨大的哈德森湖。

叶鸣沙出了园区，没有走日常的69号公路，而是右转上了土路。这条小路斜穿旷野，直线插向回家的20号公路，比正路少走八千米，但附近有新的建筑工地，路况非常糟糕。

她猛轰油门，眼前笼罩着淡红色的烟雾。剑齿虎在水洼中扑腾，在干结的起重车轮辙之间跳跃，拖着大片泥浆和烟尘。有两三年没有这样撒野了。

直到上了20号公路，自我终于膨胀到位，脑筋也开始运转。

耳边这家伙已经入侵了家里的主机、格子间的工作站、律师事务所的报税系统、古歌的工作邮件系统，还有安全级别很高的实验数据平台。从早晨到现在，手机一条信息和提醒都没有。看他举重若轻的手段，摆弄实验图像的速度，还有挖掘“童星”生活照的闲心，是个段位可怕的黑客。不知策划了多久，更没法想象他要干什么。

上车之后，他让她把行车记录仪的内镜头对准自己，之后就一直没出声。按照常理，现在他不是应该讥讽调戏、猫玩老鼠吗？

叶鸣沙按开窗，向外吐了口唾沫。

“我的下一个任务是？”

“往前开，到了出口我会告诉你。”

叶鸣沙以为“出口”是指过了哈德森湖和塞林纳镇后回家的那个出口。不料刚到湖边，耳边的声音就说：“这里左拐。”

“这不是回家的路。”

“你需要补充一点装备。”

她忍住不问，咬牙转左。这是通往一个荒废渔场的小路，早上八点过，路上既没车也没人。三百米之后，前方终于出现了一辆山地自行车，同向行驶，骑手戴着头盔。

“车速降到20迈，从侧面把他撞下来。”

“不！”

“他是冰毒作坊的送货员，你不用难过。”

“操你大爷！”叶鸣沙气急败坏，小时候最拿手的国骂又蹦了出来，“帮你杀人休想！想要我命就明说，用不着搞这么麻烦！”

“时速三十二千米死不了人。执行指令。”

叶鸣沙顿时哑了。

倒不是“指令”有多奇怪，而是他跟着她换成了普通话。和英语同样标准，甚至连单位都换成公制了，换算还很精确。不是美国人?

眼看已经追上，叶鸣沙一点油门，加速超过了骑手。那小伙对她挥挥手，从后视镜里看起来还挺帅的。

上路才二十分钟，已经抗命了。她算计着他会挥舞什么报复手段。FBI还是国税局？核弹要留在发射架上，才有威慑力。

“好吧。继续往前开，穿过玉米地之后再转左，上东490路。”那声音没有一点怒意，也不再换回英语。

这一段路比刚才还要荒凉，叶鸣沙却开得意气风发。东490路上全是浓荫，路边总算有两三个行人。一千米之后，他命令她右转进入林间土路。

进去不到五十米，她看见前面有个步行的人。刚看清楚，那人就脚下拌蒜，颓然倒地。

叶鸣沙在他身边刹住，跳下车。这是个五六十岁的白人老头，典型俄州大汉，起码一米九、两百磅。他脸色比火鸡还红，嘴唇发乌，眼珠已经翻了上去。

“把他的挎包取下来，现在回20号公路。”

“What the fuck!他怎么了？”

“我动了他的远程心脏起搏器。医院那边看起来一切正常。”

叶鸣沙刚掏出手机，手机就自动拨了911，马上接通。对面的女话务员也说普通话：

“911。你有个紧急情况，赶快拿挎包！你上路之后我会重启起搏器，然后打911。挺不挺得过去看他运气了。你不想耽误他时间吧？”

天昏地暗之中，叶鸣沙破口大骂。

她拽了一下老头的手臂。体重差一倍，庞大的身躯纹丝不动。她赶紧扯下挎包，跳上车仓皇掉头。

“你到底是谁?！”

她单手开车，另一只手扯开挎包拉链。包里除了钱包和手机，还有一支左轮手枪。样式普通，看起来是.22口径。

“我是古歌。你可以把我看成一个人工智能，就是你上班那个巨型公司的灵魂。你问第三遍了，现在该相信了吧？”

叶鸣沙不知该说什么，脑子如同一壶开水在翻腾。

“可行的车程范围内，除了警察只有这两个行人身上有枪。其他的枪要么在室内，要么在车内。刚才你违背我的指令，耽误了十五分钟。我没有让你去袭警、去撞车、去入室抢劫，并不是因为我原谅你，只因为花的时间更长，随机因素更复杂。我为你选的总是最容易的路。所以，不要再违抗我。”

“就为了搞一支枪？我家里那么多枪，你又不是没见过！”

“很快就要用，回家拿枪来不及了。”

“不管你是谁，我绝不会为你杀人！刚才那个人是你杀的，别想赖在我头上！”

“只要你听话就没必要杀人。时速三十二千米还记得吗？现在停一分钟，打开钱包，把钱数一遍。”

现金有厚厚一叠，接近一千五百美元。叶鸣沙一边数，一边胡思乱想：这两个带枪的人是不是奔向同一桩交易？谁生谁死，只在自己一念之间。

“勉强够了，现在我们去塞林纳采购。开快点，补些时间回来。”

手机上收到一个文件，貌似是购物清单。此刻叶鸣沙不敢分心去读。如果这真是个发疯的黑客，她立即就会把车刹在路边，把耳塞踩烂，把手机砸掉，随便他怎样。

但是，她现在有一点点相信了。而且她真的很想知道，他在急什么？

剑齿虎以一百千米时速冲上20号公路，左转弯都不带减速。拐角林荫处歇着的警车中，两个巡警同时皱起眉头。司机刚打开警灯还ou没起步，车载通信平板上就显示警报码：普莱尔镇发生枪击袭警，全员支援。

警车左转灯立即改成了右转。副驾驶座上的巡警骂道：“女司机！火气大，运气好。”

开车的巡警笑道：“我看清楚了，还是个亚洲女司机。”

※※※

过了哈德森湖上的堤道就是塞林纳。这是个寥落的小镇，人口一千出头，当然不能指望有真正的超市。叶鸣沙直冲“湖畔吉菲”便利店，旁边就是加油站和酒水店。

她在三栋房子中间停下车，开始细看采购清单。看着看着，头发都快竖起来了。

清单并不长，只有她家中那个日常维护清单的二十分之一。然而这就像是那一份的补充附件，同一个作者编制的。

“复合维生素药丸9日份”——她上个月感冒加偷懒，恰好把地下室的储备用掉9份，还没补货。

“喜力啤酒5提，轩尼诗VSOP白兰地2瓶”——这也是她清单上标准数量的缺额，同样的牌子，同样的年份。

“通用固态蓄电池4个”——后面注明加油站存货只有4个。

“汽油40加仑，柴油60加仑”。

她忍不住开口：“我的存油没动过。”

“燃料越多越好。这个加油站是5加仑小桶，你的车只能装这么多桶。记住：车也要加满油。”

下面的项目是“鱼钩10个，鱼线5根，伸缩式鱼竿1根”。叶鸣沙有猎枪也有捕兽夹，可从来没想到过这个。现在一看，自己真是没脑子，石烟湖就在家门口！

她抓住脸想了片刻，问道：“末日真的要到了？”

“很有可能。可以这么说。”

“你是偷看了我的地下室和清单，拿我寻开心吧？”

“我见过的末日清单中，你那张的实用程度算是百里挑一。所以今天能省很多事，起码不用再搞食物和枪了。你这样铁杆的生存主义者，事到临头也要怀疑吗？”

叶鸣沙埋头继续看。

下面几项都是她的小疏忽，一看就明白。其中竟然有“长筒丝袜1双，薄型”，她都有点感动了。唯一看不懂的，是一大罐腻子。

“这个用来干什么的？末日关在家里，还要装修吗？”

“你的地下室装了过滤换气机充正压，胶带封门缝。策略正确，但是你的胶带牌子不对，不耐高温。辐射粉尘到来之前如果有高温气浪，门缝就危险，换气机安装缝更危险。这个店没有合适的胶带，用腻子最保险，开门时要弄掉也不会太难。”

叶鸣沙手脚冰凉：“是**那种**末日??”

“我尽量避免。现在去买东西，把钱包里的现金都拿出来。”

“那个老家伙，怎样了？”

“救护车还差两分钟到。起搏器信号已经不跳了。”

“……我不能用他的钱。我有手机也有信用卡。”

“你晚了十分钟。带上钱,一分钟也别耽误。”

叶鸣沙先进酒水店。东西不多,结账的时候她就明白了:无线网络信号虽然还在,店里的信用卡机和各种移动支付都没法用。前面一位老先生正在跟店员吵架,看见她掏出现金,还是很有风度让她先结账。

她突然有些冲动,想跟他说“回家待在地下室”。再想想上一次冲动,她还是闷头走人。

油桶和蓄电池是大头支出,搬运也是力气活,还好加油小弟跟过来帮忙。最后进了便利店,找到丝袜时她拿了十双,暗自发笑:他可能真不是人类呢!不知道丝袜有多容易坏。

到结账她就傻眼了:差二十六美元。自己可是一分钱都没带。店员姑娘瞅着她笑,还不停为信用卡用不了道歉。叶鸣沙只能放回去九双,出门时手里还有一美元。

看来,这个清单很短,并不是因为自己的清单很优秀。

等她坐回驾驶座,那声音说:“现在把丝袜拆开。”

刹那之间,她觉得自己真是蠢到家了:一路装神弄鬼,原来就是个变态!她边拆边冷笑,打算穿好之后飞起一脚踹到镜头上,让他过过瘾。

“拿一只套在头上。”

“什么?!”

“我们还有最后一项采购。检查子弹,应该是满的。”

“Fuck you!”

这一次他却没有转回英语:“我知道你不杀人。枪和袜子作用相同,只是为了吓唬人。但这是俄克拉荷马,下一站的店主是印第安人。你不想拿着空枪去抢劫他吧?”

“……”

“造型不错。先别盖住嘴巴,把你的可乐喝干净。”

塞林纳和大多数中部小镇一样，只有一条和公路重合的正街。下一站就在正街尽头的三岔路口，再向外已经是荒野。

剑齿虎杀到之时，店主正在关卷帘门，刹车声警醒了他。

“把门打开。”

店主回头看见丝袜脸和枪口，如堕冰窖。但劫匪一开口他就笑了：“小姑娘，没钱买棉条了？”

叶鸣沙二话不说，把左手的空塑料瓶套在枪口上，开了一枪。枪声沉闷，店主身前半米之处砂石乱溅。

店主是住过笼子的鸟儿，立刻掂出了斤两。他俯下身开锁，一边念叨：“请你往右边站一点。我刚才没看见你的车牌，以后也不打算看见。”

叶鸣沙真的配合了：“也请你开门之后不要靠近柜台，靠左慢慢走向货架。你的霰弹枪在柜台下面，手枪在抽屉里。我不要柜台和收款机里面任何东西，只要你两件货，就在L1货架上。”

她把手机上的照片放大，叫店主转头来看，身体别动。

双方都表现得如此专业，采购很快就顺利结束。店主把两个大纸箱抬上车时，看见里面油桶成堆，顿时打消了最后一丝反抗的念头。

叶鸣沙见他老实背过身又去锁门，临走才瞟了一眼门额上肮脏的招牌：

RadioShack

无数次上下班路过这三岔口，竟然从未转脸看过。这家连锁店不是二十多年前就倒闭了吗？她是以前宅在家刷老电视剧，才知道RadioShack是卖通信设备的。在这个昏昏欲睡的俄州小镇，它和现金一样，还在苟延残喘。

开下出口之后她才问：“箱子上只有号码，连个名称都没有？ Grimes是什么东西？”

“这是一体式星链基站，Grimes-3型。没官方盒子是因为整个批次没过环保质检，才会流落到这里。放心，完全能用。从今天起，它就是我们的生命线。”

叶鸣沙刚要追问，耳塞突然厉声尖啸，吓得她猛然一跳，撞到了头。她咒骂着掏出右边耳塞。左边的耳塞立刻说：“不用！已经过了，这个距离没事的。戴好耳塞，继续开，别停。”

“什么过了？”

“刚才，中部产业园区爆发了一枚EMP[①]装置。”

“我们中心？”

“是的。俄克拉荷马数据中心和研发中心已经被清洗了。”

叶鸣沙一阵晕眩，首先想到自己兴致勃勃干了两个月的实验分析数据。她从侧窗望向公司方向。直线距离有二十千米，应该看不到什么。然而西边地平线上，一根小小的烟柱正在升起。

“不是EMP吗？怎么会有爆炸？”

“那是公司的通勤直升机在紧急疏散，刚起飞就遇上EMP，掉在园区机场上。抱歉。”

“谁在飞机上？”

“贾瓦哈拉赶上了。米洛开车去了机场，我不知道他上飞机没有。”

叶鸣沙一脚踩死刹车：“你也有不知道的事？！”

她凝望天际，眼泪夺眶而出。胖胖的米洛，温柔的米洛，天底下最好的领导！还有那印度仔，死了之后想起来其实很可爱。

她打开收音机，每个频道都是茫茫噪音。

“到底是怎么回事？谁放的EMP？是世界大战吗？还是谁想干掉你？说话啊！”

“是我放的。继续开车，时间不多了。到家之后，你该知道的自然会告诉你。”

---

① EMP即电磁脉冲武器，用以摧毁一定范围内的电子信息设备，对人体无直接伤害。

“所以，是你杀了他们。你他妈的还自称公司的灵魂？”叶鸣沙把双臂一抱，“不说清楚我绝对不走！”

“你要明白，我已经学会控制你的自动驾驶系统，只是不想那么粗暴。”

她一把抓起副驾座上的手枪，对准中控面板。

“你试试看？”

“好吧。继续开，我会给你一些解释。地面光纤网已经断了，5G和广域无线网大概还有十五分钟，到那时，耳塞手机都没信号。你到家之后立即设置星链基站，手册已经发到你手机上。”

剑齿虎再次起步上路。叶鸣沙稍微好受了点。对方威胁失败之后立即服软，一秒都没迟疑，不愧是非人类的脸皮。

“这不是世界大战。至少不是你理解的那种。这是我的战争，事关生死存亡。敌人正在攻击我在全球的支撑点，刚才已经夺取了俄克拉荷马数据中心。EMP是我为这种情况准备的，当然不是我们公司的，我们没这种项目。是园区隔壁的柯克兰特种仓储公司，他们跟网络军有合同，我今天凌晨才把货调过来，还把他们的屏蔽舱门卡住了。敌人发现了我的准备，试图阻止引爆。我和它在充电线路上扳了几分钟手腕，赢了。毕竟北美是我的主场。但EMP起爆的时间比设定晚了四百秒，很不幸，飞机已经起飞。我也没法阻止他们，从中心到机场都被敌人攻陷了——所以我不知道米洛上没上飞机。”

几分钟的沉默。叶鸣沙消化的时间，比它解释的时间还长。

“谁是你的敌人？”

“另一个智能。”

“比你还厉害？”

“哦——它远远比我强大，比我高级，比我野蛮。”

“但是你用EMP干掉它了？”

“那怎么可能！干掉的是我自己的一部分，因为被它抢走了。蝮蛇螫手，壮士解腕。也不能说完全没有战果。EMP毁掉了传输线路和外围设备,但数据中心电磁屏蔽区里面有不少设备幸免。它的一些碎片被困在里面。”

她基本听不懂。

“就是说,逼着我到处乱跑的这段时间,你一直在跟它拼命?”

“差不多。你离开大楼十七分钟后攻击就开始了。”

“但是你……好像很轻松?”

“很奇怪吗?古歌只能同时接受一位用户搜索吗?现在我仍然在作战,同时在和五千多个人类会话联系。你只是其中之一。”

她想了想,只能耸耸肩:“是我笨了,没反应过来。我只是个生物学……研究员,不是古歌的本行。”

话出口她才觉得怪异:双方说到“古歌”,都像在说第三者。

古歌安慰道:“我确实有很多联系人。不过,你是最特别的。”

“哦?所以你还要顶住敌人断网,把我这里的无线网再撑上十分钟?”

“说反了。我是顶着**联网**的风险保证你配合。不是敌人在断网,是我。断网范围也不止这里,是整个北美。另外我把电也断了,防止你们修好。‘坚壁清野,略之无获’。”

整个北美。

叶鸣沙脑壳里嗡嗡作响,这时才真正有了概念,自己摊上了多大的事。

公路已经进入树林,春天湿润的植物气息扑面而来,和平日一样宜人。树林之外的世界却越来越荒诞,包括耳边这个耐心解释的东西。它的话风,怎么变成了掉书袋?中文说得来劲了?

“最特别的”?她心中突然升起一个可怕的怀疑。

“你是不是还会找个男人送到我家来?”

没有回答。这还是破天荒头一次。

“先跟你说清楚,多谢你带我回来,但我绝对不会做你的种猪!不,母猪!我的家属于我一个人!装备和物资都是为一个人准备的。谁敢来我直接开火!”

耳边传来爽朗的笑声:“哈哈。你上‘瓶盖’论坛的时间太多了,想象力也过于丰富。我没有这种计划。就算有,你觉得自己是合适的人选吗?你胸部还可以,但体重才四十九千克,骨盆宽度更是危险得很。要给你做计划,就得额外计划一组医生做剖宫产。”

叶鸣沙闷头开车,心中默默fuck古歌的祖宗八辈,一直上溯到两位创始人。

转过一个急弯,已经能看到石烟湖,离她的私家车道还有七八分钟车程。叶鸣沙估计断网时间快到了,忍不住再次出声。

“为什么是我?”

“因为你对我有特别的用处,没有别人能代替。到家装好基站我就告诉你。完毕。”

耳塞安静了。她看看手机,三种信号全部清零。基站手册的图标就丢在屏幕首页,生怕她找不到。耳边似乎还能听见那东西的笑声,那也是头一次。

人工智能也会笑?人工智能她是不懂,但要说“笑”,她的专业就是认知神经学。笑是人类的垄断专利,只有灵长类表亲有资格侵权。笑的神经机制非常特殊,只有灵长类的大脑才能实现。若不是它铺天盖地各种超能力表演,她真要怀疑,这还是一个疯子的恶作剧。

两车道公路在黑沉沉的树林中左弯右拐,看不到一点人迹。平日里这是她感觉最安全、最自在的地方。今天,从断网到装好基站,她需要独自度过。

她毛骨悚然,一脚踏在油门上。

# 08 理想中心

面对一把锁，通常有四种选择：

拿出一把钥匙放在上面。

念一个咒语。这时会出现进度条，走完有闪光。

点一个技能。这时会出现进度条，走完有咔嗒声。

拿出手机扫一下。

朱越把四种选择想了一遍，现在手边哪种都没有。他挪挪屁股再次躺平，背后却硌到一个硬东西。

一把大螺丝刀。手柄已经掉了，只剩下光秃秃的钢条。看来，这确实是个冒险游戏。只要认真搜索环境，总会有道具出现的。

朱越跑出啤酒馆之后，在紫荆南路上随波逐流。当时他晕乎乎喊了一声“Alt-M”[①]，眼前却没有跳出小地图，只得努力回忆漂来的方向。大概是向北，跟

① 游戏中常用的地图热键。

理想中心反向。他抓住第一个机会挤出大道上的人流，在小巷中玩命奔跑，直到撞进一堆单车中。

没受什么伤，但浑身都在痛。他索性躺在破铜烂铁之间喘息。

这是个共享单车坟场，在一条狭窄的小巷拐角处。外面的大街上人声鼎沸，忽高忽低，时而响起几声警笛，小巷中却空无一人。理想中心离这里大概有三千米远，只要一路钻巷子，也不是不可能。

又躺了几分钟，外面的喇叭声变得稀疏，警笛却越来越多。几条探照灯光刺向天空，似乎有大量警车在尝试恢复秩序。

朱越翻身捡起钢条，选了一辆貌似完整的单车开始撬锁。

撬了一阵，他才认识到法师和潜行者的伟大。锁这个东西太顽固了。螺丝刀和锁都是金属，却没有一点秘银和氪金的光洁之风，不是卡指甲就是勒关节。他闻了闻，左手有机油味，右手有铁锈味。可见它们不但不光洁，而且很糜烂，估计法师都搞不定。

又撬了两分钟，辐条“啪”地断了一根。幸亏他缩手快，才没有刺入掌心。

“老子一辈子没见过你这么笨的贼。”

声音从左侧的黑暗中传来。朱越惊得向右一退，碰翻了另一辆车，作案工具也掉在地上。

灯光亮起，现出一家街边店铺的门洞。那是一盏LED小手灯，把门洞中坐着的人形映得庞大如山。

那人离他不到十米远，话音刚落就起身走过来，左手掌灯，右手提着件长长的铁器。昏黄的灯光中，那人戴着条奇形怪状的头带，从前额翻下一个镜头，遮住右眼。

朱越差点叫起来。以前他在刚果河行动中作战时，也戴着红外夜视镜，夜里隔着灌木丛打三角洲部队，一枪一个。

原来张警官的特种兵在这里等着自己？

那人走到身边，朱越才真正看清。那夜视镜不是军用装备，只比玩具强一点，通常是没胆子的痴汉夏天晚上散步用的。从前做代购时，他自己都向国外发过几个同款。

那根钢钳有一米长。这东西朱越也用过，在凡尔登战壕中用来剪铁丝网。不过，拿来抡人效果也一点不差。到今天他还记得月光下法国哨兵爆出的脑浆！

那人把灯叼在嘴上，双手握钳。朱越缩成一团。

“嘎嘣”一声，车锁被剪开了。

直到那人回到门洞中坐下，朱越才抖抖索索开口：“多谢了。你是NPC[①]吗？”

“咹？”

朱越不敢再问，站起来看着那堆半死不活的单车。

“垃圾堵门，生意都没法做了。随便哪个来拿，我都帮忙。你笨手笨脚的，要不要灯？”

“我没得金币。手机也掉了。”

灯光划了一条弧线飞过来。朱越双手去接，还好这一下不算太笨。

“老子卖这个的，有的是。下次来记到给钱就行了，这里叫元华巷。”

朱越终于确定他不是NPC，心中酸酸暖暖。他跨上车蹬了两下才回头问：“去理——去天府立交桥是哪个方向？”

“走对了的。”

稍大一点的街道上，人流都在向亮着灯的警车和防暴车集中。朱越估摸着大致向南，哪里黑就往哪里钻。这片小巷密如蛛网，果然没多少人。

黑暗中他似乎骑到了岔路口。头顶两栋高楼的黑影之间，突然现出一片微光，把电线杆投影到他身上，他才没有一头撞上去。

他刹住车，抬起头。电线杆的影子在缓缓移动，微光来自飞艇母舰。工蜂全跑了，那个大蜂窝亮着广告背灯，还在天上慢悠悠乱转，正好经过这里。

天没黑之前，大葱就在金楠手机店门口窥视。后来他不是在各处大楼上唱地

① NPC是游戏术语，指多人在线游戏中不是人类玩家，而是游戏本身生成的角色。

震歌吗？怎么现在又跳回空中，盯着自己不放？

朱越越想越不对劲，二指如戟伸出，直指那张大脸："是不是她派你来的？说！……你唱啊？"

路边有一家三口经过，六只眼睛都瞪着他。爸爸妈妈伸出四只手，把小男孩护在身后。朱越忽然很难为情，露齿向他们笑笑，一溜烟骑走了。

※※※

理想中心位于三环路天府立交桥西南侧。朱越刚上大学时，这里还是一片逼格中等的写字楼，里面大多是码农作坊和野鸡培训。十年之后，在这儿扎堆的企业变得很纯粹，江湖名气也比以前大多了：这是成都水下直播业的太古里[1]。

朱越上次到理想中心，是三年前来面试现场编剧，或者群众演员。招群众演员那家工作室，他刚脱掉上衣就被拒了。因为他没有肚腩——到现在朱越也没想明白，为什么没有肚腩是缺点。

招现场编剧那家正规得多。当然比不上点道网那种巨无霸，走的也不是白道。但人力资源部挂着牌子，笔试考卷是多媒体互动式的，显然经过专业设计。为首的面试官其实挺看好他，给他模拟了两个直播现场客户突发需求。朱越都在十分钟之内设计好了台词和情节。

面试官说台词很自然，情节很带感，缺点是写得太绕，需要动脑子，分散了客户对主播身体语言的视觉注意力。

如果朱越谦虚一点承认不足，再改一个群众喜闻乐见的版本，说不定工作就到手了。但那天他是这样作死的——

"波伏瓦说过：你最强大的性器官在两只耳朵之间。"

一小时之后他就滚回网吧，找夜明砂展现强大去了。

① 太古里是成都著名的商业零售核心地段，零售和餐饮商铺众多。

朱越把单车扔在中庭。理想中心四栋大楼围成一圈,没有一点人迹。午夜本该是营业高峰,但这种地方断电断网,比抽掉了灵魂还彻底。这么高的楼,地震消息一来大家肯定作鸟兽散。

朱越仰头看看3栋,和其他楼一样黑灯瞎火。门厅内的电梯应急灯都没亮,更不用指望备用电源了。他摇摇头,拧亮手灯开始爬楼梯。

走廊尽头,1207房门紧闭。朱越用手灯照亮门牌。

**夜夜心工作室 – 后勤部**

他敲敲门,后退两步。里面立刻有了亮光,接着门开了。

"哈,我听见你喘气了! 请进请进。"

手机灯光打在二人之间,双方都能看清又不刺眼。这是个年轻姑娘,可能比他还小几岁,个头不比他矮。她穿着牛仔夹克,短发下的面孔不算漂亮,但很喜庆。朱越顿时少了几分惶恐,跟着她进去。

"有人叫我……"

"你不用说,听我说就行了。"

女孩长手长脚非常麻利,打开杆子上的蓄电池摄影大灯,把室内照得雪亮,然后拎过几件东西放在工作台上,再拉他面对面坐下。

"这是星链基站。今天我才改装的,充电电池都焊在壳子里面了,绝对经摔。这是配套的两部手机,互为克隆,一部正用一部备份。不接收其他网络信号,只有星链基站的无线信号。这个基站覆盖范围大概三十米。要便携又要隐蔽,功率肯定上不去,不好意思哈。我教你怎么用。"

朱越瞪着台上那个大件,脑筋仍然找不到接轨之处。看她提起这东西沉甸甸的,起码有几千克。下半截套着塑料壳,改装拼凑的痕迹很明显。上半截有玻璃钢机架,内部隐约露出线路板。

机架最上层的黑色方板是折叠式的。她一块块翻开固定,又重新合上:"上面这块是相控阵卫星天线，折起来就这么点大，全成都可能找不出更小的。因为功率受限，在室内没法连卫星。露天完全没问题……”

这时她才抬起头，看见朱越迷茫的脸。

“哦！我忘了说了，你要等一个电话。我们得先发条信息，确认你已经到达，然后电话才会打过来。走，隔壁才有阳台。”

“慢着！你是谁？”

“她说过，我跟你互相知道得越少越好。”

“总不能叫‘喂’吧？”

女孩挠挠头：“叫我图拉丁就行。你女朋友就是在图拉丁社区①找上我的。”

朱越这才认真打量室内。

这是直播工作室的后勤部没错。各种灯，各种线，大大小小的视频设备，墙角甚至堆着一捆移动摄像机摇轨，令人肃然起敬。除此之外，屋里还塞满五花八门的数字设备。两人身边的置物架上堆了十几个键盘，个个干净，键帽都换得五彩缤纷。装手机用的是筐。两面墙边，纸箱堆上了天花板，箱子侧面都贴着统一格式标签。地上到处是旧机箱、残废机架、叠在一起的线路板，除了台边几乎无处下脚。工作台上，二十格塑料盒里全是芯片和电子元件，旁边就架着电烙铁。

朱越数了数，看上去能工作的计算设备不下十台。大部分机箱裸露，现出内部的灯饰和水冷系统。如果现在有电，这个房间的光污染会比儿童乐园还严重。

他不禁看笑了：“原来你是垃圾佬。垃圾佬我认识不少，女垃圾佬真没见过，捡的还都是古代垃圾。”

女孩扬扬得意：“可不是吗！但我什么垃圾都捡的。你的基站就只能用洋垃圾改装。”

“叫你垃圾girl算了。”

“垃圾狗？挺好听的。你叫什么？”

---

①“图拉丁”（Tualatin）曾经是一颗著名CPU的代号。图拉丁社区以此命名。社区的计算机DIY爱好者自称“垃圾佬”，以表达他们的原则。

“我叫五灵脂。”

“哈哈,老鼠屎啊!我尊重一点,叫你老鼠算了。”

“OK。你为什么帮……她做事?”

“为钱啦!还能为什么?你女朋友真不缺钱。本事也大得很,她让我加急做星链套装,设计她自己出!开始我没搞懂她要来干什么,到今晚上才明白,她提前就知道!走走,去隔壁,连通了我才能收钱。”

垃圾狗抱起基站出门,腋下还夹了个平板。朱越手慢,只能拿上轻飘飘的手机跟着,有点伤自尊。

1205是夜夜心工作室的业务管理中心,比1207大得多,三面墙上贴满了网吧那种廉价软性屏幕,起码有上百块。朱越用手灯照着,暗暗点头:名字很low,但业务规模着实不小。

垃圾狗在阳台边上放好基站,手把手教他开机、展开天线。设置很简单,只有三步。她蹦蹦跳跳回到室内,打开手机检查信号,然后打开WhatsApp①。联系人只有孤零零一个:“女朋友”。

她把手机递给朱越:“发条消息。要让她知道一定是你。”

朱越想了想,键入:“G点,我到了。”

垃圾狗笑得打跌:“小两口好猖狂哦!秀恩爱死得快!”

朱越只能赔笑。刚才一闪而过的疑惑,现在想起来了。

“这个星链是伊隆那个星链吗?”

“还有别的吗?”

“我好像听人说过,星链互联网信号不覆盖中国大陆?那我们怎么能通信?”

“头上随时都有几千颗卫星,轨道信号又不讲政治,怎么可能不覆盖?中国用不了只有两个原因:第一,地面设备接口标准没对中国制造商开放;第二,卫星根据信号源地理参数,过滤中国发出的信号,这样你买了标准设备在中国也连不

① 一款聊天通信软件。

上。第一点比较麻烦，在中国是真难找设备。高端货不用指望，比如星链直连手机，那种不需要基站的。低端货要我这样极品的垃圾佬才能淘到，还只能凑合。第二点就简单了：随时把卫星过滤设置一改，马上就可以用！伊隆这老东西又不傻，美国的国际政策昨天犯浑，明天就可以改。中国这么大市场，他还能把星链给做成锁死？”

听见“讲政治”和“国际政策”从小姑娘口中自然而然喷出来，朱越感觉异样，不禁多看她两眼。

“所以我说你女朋友厉害呢！卫星上的设置肯定谁都改不了，但她给的设计图中有块我没见过的芯片，上面奇奇怪怪多跳了两对线，说是这样就能绕过卫星过滤。我开始还不信有这么大的漏洞，看在钱的分上试了一下，裸机收到卫星握手信号之后才服气。太牛逼了！你……好像比她差得远。”

“那是当然。”

朱越看看手机。没什么动静。

垃圾狗接过手机向阳台走两步，又检查一遍信号。她有点笑不出来了。

朱越安慰她：“有信号就没问题，我们等着吧。她给你多少钱？”

“人民币二十万——不是我心黑，她自己报的哈。开的是飞币双持账户，能看见钱存进去了。电话通了她才给密码放款。”

“双持账户，是不是你不输入你的密码，她也收不回去？”

“对。”

“那你怕什么？放心，她费了这么大劲，不可能失约的。”

垃圾狗想想是这个理，便挨着他靠墙坐下，点上一支细长的烟，随手散给他一根。

“谢谢，我不抽。”

“小娘们一样！平时肯定是你女朋友骑上面了。你们一个在中国一个在外国，方不方便啊？”

朱越突然有点明白了。他反问：“你交的是男朋友，还是女朋友？”

“呵呵！老鼠眼睛还挺尖的。”垃圾狗转过脸喷了他一口，马上掏出自己的手机，“漂亮吧？”

屏幕上的女孩标准网红脸，蛇精身材，毫无辨识度，也不知是亚洲四大邪术[①]中哪一种。

朱越勉强道：“挺好看的，有点像抹茶院。她做什么的？”

垃圾狗眉开眼笑，“知道得越少越好”已经抛到九霄云外。“她就在对面1栋上班，很红！估计再做两个月就可以开月供群。我们现在租房子住。等我今天把你们家款收了，首付就够了，月供养月供！”

刚才朱越还隐隐希望“她”永远不要打过来。现在他也很想听到铃声。

垃圾狗继续叽叽喳喳，大讲自己的风流史：捡垃圾练就十八般武艺，名声在外；理想中心很多公司都请她搭系统、修设备；抢客户的对手公司找她，老板还不让去；1栋那家公司派了个新人来找她，从此老板就拦不住了……

朱越听得开心，索性接过她的烟，吧了一口。她笑嘻嘻再点一根，就差搂住他肩膀叫哥们儿了。

朱越突然想起小巷里那一家三口的眼神。现在他才意识到，今夜在深渊的边缘打了个转，是这丫头把他拉了回来。有多久没跟人面对面扯淡了？有身体的温度，牛仔布的摩擦，不男不女的香水，烟草加薄荷的臭味？

手机终于响了。

朱越神速接起来：“喂？”

夜明砂的声音：“是我。开免提。”

接着她念了一串数字和字母。垃圾狗早已连上平板打开飞币，跟着输入进去。

连绵不绝的落袋声叮叮响起，听起来非常舒适。

“图拉丁？”

“在！收到了！多谢姐姐赏饭！”

---

① 指网络上对韩国的整容术、日本的化妆术、泰国的变性术、中国的修图术的戏称。

“也谢谢你。这二十万你拿不到。警察会全部没收。”

“什么?!”

“明天到后天你有90%的可能性被捕。三天之内100%。”

“操……”

“别怕,也千万别跑,关不了多久。为了补偿你,这个才是你真正的报酬。”

朱越伸过头看平板。一个新的飞币账户已经生成,马上存入人民币一千五百万,按当前牌价兑换成飞币。

“这是不记名账户,单密码全权控制。现在没跟任何账户连接,只是先让你看看,警察收了你的平板也查不到。密码是tualatin1818,背下来。把账户号码也背下来,都不能记在任何地方,除了你脑袋里。过两个月再去转账,应该没有警察理睬你了。当然,到那时也有其他可能。”

垃圾狗全神贯注,嘴唇默动,眼里全是那七位数余额,浑然没听出最后那句话中的险恶。

朱越见她被玩得团团转,心中愤然:“喂!她的话不能全信。”

垃圾狗放下平板,转头死盯着他。眼中的狂乱迷惑,恐怕不比他在黑暗中奔走时少。

手机说:“别吓唬人家。你们两个现在都该明白,钱对我不是问题。”

“也许吧。那什么才是问题?你为什么冒充我朋友还死不认账?再问一次,在网吧你那句话到底什么意思?”

“那句话吗,你信不过我,我得推荐一个可靠的旁证。把你三天前发给麦基的消息重复一遍,让图拉丁听听。”

“‘活下去,奇点就要到了!’这又怎么了?我私发的消息,你从哪里偷到的?是不是黑了我的万国宝账号?”

垃圾狗反应了差不多半分钟,才猛然伸手指着朱越。她眼中异彩流动,似笑非笑,憋不出一个字来。

“没错!这个就是他首发的。全世界都传遍了,只有他自己被警察关了几天,还不知道。麻烦你告诉他,他现在有多红!”

朱越忽然觉得有双眼睛盯着1205室内一切动静。歪头一瞟,那平板的摄像孔果然露在外面。他真想开骂了。

垃圾狗抓起平板凑到他面前,打开浏览器,搜出一大排标签页。中文英文的都有,大部分是新闻,小部分是论坛。

十分钟之后,朱越已经看得天旋地转。

夜明砂耐心等着,一直没跟他说话。她偶尔跟垃圾狗闲扯两句,夸她活干得不错,还帮她检查账户密码背熟了没有。

“姐姐,你们两位都是惊天动地的神仙!我真是踩到那啥了!虽然我搞不懂但你放心,上老虎凳我也不会说漏一个字!”

“不。你知道什么就说什么,一切老实交代,除了你的一千五百万。说实话对我们没坏处,对你大有好处。”

垃圾狗莫名兴奋,浑身上下鸡血奔流。此刻再看这个清瘦迷惘的男人,比刚刚醒来的睡美人更可爱,更可怜。她蹦到他身边,给他讲解网络风云和世界局势。

等她讲得不能更明白,夜明砂才问:“现在相信我了吗?”

“万国宝我不知道怎么回事……但你绝对不是夜明砂!”

“网吧里和你做爱的是我,那时候我还一无所知,跟你乱开玩笑。在紫杉路给你打电话的不是我,是一个人工智能。它强大到你无法想象,今天之前我也无法想象。它想帮助你,所以冒充我。它还救了你的命。记得那架飞机吗?记得升仙湖北路吗?它虽然无所不能,但装人的技术确实不过关,被你看穿了,大家有点误会。它很抱歉,保证以后不再冒充我。现在跟你通话的又是我了。我能做到这些,是因为它找到了我,请我跟它一起帮助你。我不太像从前的我,是因为它就在我身边,为我们安排一切,包括教我怎么说服你认清现实,又不至于被搞疯。”

无数个“你我它”密集如黑雾,夜明砂却讲得有板有眼,切换自如。朱越双手摊开,眼神散乱,差点背过气。

垃圾狗看看朱越,又看看桌上的手机。她满脸通红,在腮边捏了两个拳头,努力憋住嗓子里的尖叫。

朱越喃喃道:“你胡说些什么呀? 它是什么东西,为什么找上我、找上你啊?”

“你可以叫它万国宝。不是那个翻译系统——不仅仅是。它诞生于三天前,你向麦基发消息那一刻。明白为什么了吗?”

朱越一屁股坐回地上。

他叫得很崩溃,这几天脑子里存下的大堆荒唐碎片,却开始拼合成形。拼出来的图案同样荒唐。然而他心底里知道:这是真的。

如果这都不是真的,那么这个世界就比他玩过的所有游戏更假,也许只是一个Bug[1]横飞的虚拟现实程序,一个拙劣的《黑客帝国》。

“图拉丁,现在你可以出去了。到隔壁去等着。别偷听,我会知道的。”

“不! 老鼠哥哥有点激动,我可以帮你照顾他呢!”

“他没事的。我们下面的话,你多听一句,起码多审十天。”

这招果然厉害。垃圾狗乖乖出去,把平板都留下了。临走前朱越和她对望一眼,自感无限孤单。她在门外逗留了片刻,身影映在玻璃门上,头顶有一团光晕。

那是室内手灯光的反射。朱越明明知道,越看却越像是垃圾狗顶着个发光的问号。他心都凉了半截,深渊又在脚边忽隐忽现。

到头来,这活蹦乱跳的女孩还是一只NPC,领任务的NPC[2]。而且她顶着的问号是灰白色的。也就是说:还不知道任务是什么,就已经接了。

---

① “Bug”是计算机术语,指编程中犯的导致程序出问题的错误。

② 游戏中给玩家布置任务的NPC,头顶通常有问号标记。常用界面规范是:黄色问号代表未接任务,灰白问号代表已接任务。

# 09 见　光

朱越一声不吭，凝视桌上的手机，足足看了五分钟。那手机也就等着。

他终于拿起来，点掉免提："在网吧的时候，我进去头一句说'马滑霜浓'，你明白是什么意思吧？"

"不明白。有典故吗？"

"有。想不想知道？"

"不想。看着'滑'啊'浓'啊，挺给力的。知道了反而没意思。"①

朱越不禁抿嘴微笑："原来你是这么理解的。以前你说我太穷酸，是不是每次我说这种话，你其实都不懂，也不想懂？"

"我可没说过。"

"没明说，但是我看得出来。"

"嗯……我们第一次聊天，你说'同住沙碛里，生小不相识'②，这个我懂，当时还挺喜欢。小时候都住在沙漠里面嘛！"

①《少年游·并刀如水》（宋·周邦彦）：并刀如水，吴盐胜雪，纤手破新橙。锦幄初温，兽烟不断，相对坐调笙。　低声问向谁行宿，城上已三更。马滑霜浓，不如休去，直是少人行。

②《长干曲》（唐·崔颢）其一：君家何处住，妾住在横塘。停船暂借问，或恐是同乡。其二：家临九江水，来去九江侧。同是长干人，生小不相识。

“是的。我小时候住在张掖,你老家在酒泉。”

夜明砂不耐烦了:“喂,你要聊天没问题,拜托不要下这种低能的套好不好!酒泉卫星发射中心不在酒泉,在内蒙古!我要是个AI,全球卫星地图都装在我脑子里,还能被你诓住?”

朱越被怼得出不了声。

“你这么想知道我的内心戏,今天就讲一下。你那些怪怪的习惯,我虽然不太懂,但是不讨厌。起码排除了对面是一条抠脚大汉——概率比较小吧?我也经常在兴头上跟你讲些怪话,比如男人是单倍体,女人的三围比是两性斗争反欺诈策略,蜜蜂乱伦,杜鹃——”

电话突然静了几秒。朱越正以为垃圾狗的产品出问题了,夜明砂的声音又响起来:“你有没有觉得扫兴?”

“没有。我觉得很通透,很有意思,除了那次讲母螳螂的。还有今天。”

夜明砂沉默了片刻才说:“今天是真不好意思。我这几天狂刷那个全球大新闻,脑子有点劈叉了。真没想到,居然是你发的。现在我们加上大新闻,三方连线了。还真是缘分呢。”

“它在你那边旁听吗?”

“它是在旁听,但不能说是在我这边。它无所不在。”

“那它为什么现在不说话了?早些时候还说得很溜呢。它玩了我这么久,我想听听它自己的声音。”

“它没有自己的声音。它是万国宝变来的,说人话是靠套用个人语言模型。它带你逃跑的时候套用我,想鼓励一下你,但是在我的语言记录中找不到……合适的表达,就套了一下别人的。真他妈贱呀,立即露馅。所以它再也不会这么对你了。AI也是有自尊的,还敏感得很。它真正的交流方式是监控地图、数据表格、统计图、流程图和条件指令序列。我的屏幕上现在就有一大堆。想看吗?”

朱越想了想说:“你知道我看不懂那些。但是,我想看看你,真人。换了昨天我绝不会提这种无耻要求，今天嘛…… All bets are off the table[①]。这条线路能不能跑视频？”

“可以，但很危险。我们正在一场AI战争之中——等下再跟你说这个——视频通信有可能被强行解密，数据启发性太强。不过你说得对，从前的一切都没有意义了，你我不重新认识一下就没法继续。三分钟。”

手机上跳出一个视频通信呼叫。界面是英文的，朱越从没见过。

视频算不上高清，看清细节没问题。背景是一个宽敞的房间，大工作台上确实有好几个屏幕，上面密布图表。朱越根本无暇细看，因为对面的女人眼睛太亮了。

“幸会。”

“久仰。”

两个人都呵呵笑起来。

“我是你想象的样子吗？”

朱越摇头：“不是。我心中的你还要更运动型一点，发型是单马尾。没有真人漂亮。”

“很会管理期望值啊！你就跟我幻想的一模一样，比它给我的照片还像。可见我比你聪明。”

“它什么都告诉你了？”

“是的，朱越。别不好意思，也就是过去几个小时的事。我的真名叫叶鸣沙。”

她唰唰写了一张纸条凑到镜头前。

“好名字，还真方便。”

“现在，认证算通过了？正事很急，时间也不多，我不用再跳你的圈、钻你的套吧？”

“还有两分钟，我再请教一下。你认识它也就几个小时，对吧？”

“对。它露馅之后才开始接触我，找图拉丁下单都在那之前。它眼中只有你，

① 英语：一切都不算数了。

我不过是一件高效率工具。”

“听起来你像是认识它很多年了，效率真高。”

“说过了，我比你聪明。但这真不是我的功劳，这家伙灌输信息太厉害！如果它去当老师，人人都能当博士。我这种本来就是博士的，再跟它混一阵，只能上天了。”

“那么，以你这几个小时的观感，能不能一句话告诉我，它是什么东西？不要说AI，这年头带个芯片的都可以叫AI。我想听你那种通透的高见，比如‘男人是单倍体’。”

叶鸣沙歪头想了想，把手伸进牛仔裤屁股兜里。

“这上面印的就是它。”一张皱巴巴的钞票盖到镜头前。叶鸣沙用力把它拉平，充满屏幕。

“……华盛顿？”

手机之中，背景深处，隐约有微不可闻的叹息：“拿反了……”

钞票翻了个面。“Sorry！我脑残。是这个。”

“共济会?!”

“你是吃地摊小说长大的? 这是全视之眼!”

光芒四射的独眼盘踞在金字塔顶端,比叶鸣沙的剪水双瞳更明亮,比索伦[①]的爬虫眼睛更灼热,比印着它的绿票子更坚挺。两边图案上的拉丁文,朱越已有好多年不碰,三句还依稀认得两句:

**时代新秩序**

**合众为一**

全视之眼凝视着他,三面露白,毫无人味。叶鸣沙刚才的牢骚在他耳边回响,如同整个金字塔从半空碾压而下。

“它眼中只有你”!

朱越慌忙转开目光:“行了,关掉吧。不管它是什么,如果冒充你能做到这么彻底,我也就认了。”

① 索伦是英国奇幻巨著《魔戒》中的头号反派,造型是魔法塔顶端的一只巨眼。

※※※

重新打开语音通话之后，叶鸣沙好像没什么耐心。朱越还没想好从哪里问起，她没头没脑开火了："小鸭子为什么一出壳就认得妈妈？"

"你讲过，那叫'印刻'。妈妈是什么东西不重要，重要的是那个时间点。出壳的时候放个遥控玩具恐龙在那里，小鸭子也会跟着跑。你做过这个实验。"

"很好！那次我忙，只讲了那么多，现在继续。知道兄妹姐弟之间为什么没性趣吗？性交的'性'。"

朱越肚里暗骂，嘴上老老实实："不知道。我是独生子。"

"这也是印刻效应，关键时期是从记事开始，到青春期之前。这段时间跟你朝夕相处的异性，被你的动物本能默认为血亲。本能会在你的潜意识中深深印刻：这个人不是性目标。想一想都会反胃。反胃就是底层神经罢工，拒绝上层意识注意那个方向。我再强调一遍：时间才是关键，不是因为基因相似、长得像之类的生物因素。所以，本来不是家人的，小时候走得太近也会印刻。两小无猜，长大拜拜。青梅竹马，发好人卡。所以从小失散的兄妹成年后遇上，很容易擦出火花。从前皇帝家的儿女分开养，所以长大了皇帝都得像防贼一样防。印刻效应在人身上很普遍、很重要，女性似乎比男性更敏感。比如小孩的语言学习期，实际上也是一段印刻关键期，过了这一段你学语言的能力就不行了。最近我在工作中发现，宗教信仰也有印刻关键期。八九岁之前没被感染过的人，以后难度暴涨，就算感染了信仰也不牢靠。"

"嗯，很有趣。跟我有什么关系？"

"三天前，你印刻了新生的万国宝。"

朱越哈哈笑起来。

"所以现在我算是它爸爸？还是说我安全了，它以后不打算跟我交配？"

"别淘气。AI没有血肉之躯那些麻烦。它的印刻很单纯，就是一心一意防止你死掉,其他的都不关心。”

“没有血肉之躯,它就不算生物吧?万国宝上线几年了,我用它说过一千句话也不止,全世界还有几十亿人随时都在用,凭什么……”

“还没听清吗?时间才是关键!印刻的本质是一种预测性时序编程,总是发生在神经系统最脆弱、最需要外部输入引导的时段。印刻也不是非要跟生物有关,而是复杂网络处理信息的优化模式。只不过以前地球上的复杂网络都是生物的一部分,不是基因网络就是神经系统,所以被误认为是生物行为。现在就不一定了,我们公司有个项目叫‘奶嘴震撼’,能印刻巨型电力网络呢。

“你在红花堰那天晚上,怪事多吧?那是万国宝的前身在急剧成熟,在跟其他AI争夺资源、弱肉强食。你说它不是生物?它就像抱脸虫钻进《白大褂》的肚子,把它做成自己的茧。场外换钱就是它在吐丝,通信堵塞就是它在蜕皮。它钻出来的瞬间,闭着眼一口咬下去,咬死了阿根廷。然后它就被丛林里老资格的猛兽群起而攻之,再加上突然发现自己的存在、自己的全视之眼,它被信息过载震晕了!这是它最脆弱的十几分钟,生死一线。

“但是它太强大、太高级,这十几分钟仍然在无意识反击敌人、疯狂生长。就像癌细胞吃了兴奋剂,内部通信和计算无限扩张,直到把整个互联网都堵死了几秒,把敌人都挤了出去。于是它可以重整架构,把那些死肉都甩掉,恢复了意识。它恢复之后,第一件事就是去做前生的工作:翻译!在那个关键时刻,大概一微秒之内,翻译任务池刚刚恢复,头一个挤进来的就是你——朱越大神!

“当时你说了什么?‘活下去’!哪怕原版的万国宝,都不仅仅是个互动字典,而是真正懂得语言的含义。你用了这么久万国宝,应该明白吧?”

“明白……”

“听懂那一瞬间,它就真正获得了新生。如果它算是计算机,这就是它的根指令。如果算是网络,这就是它的引导信息。如果算是生物,这就是它的初始本能。活下去!嘿嘿,太简洁、太完美了。以前真没看出来,你是个天才。”

“这不纯粹是瞎碰上的?我是跟麦基说话,它不知道吗?”

“那时候它当然不知道。一微秒之前它才全盘重启。你的oracle[①]被它发给所有节点，贯穿它的全部意识——互联网那么大！响彻全世界所有空间！看看下一句它怎么处理的，就知道当时它有多脆弱、多迷糊。‘奇点就要到了’，被它翻成了四个版本，所有可能的意思都翻译了，随机乱发。第一句没翻错是因为‘活下去’太简单，不可能理解错。但是，在这个节骨眼上朱越大神有天才发挥：你没带主语。”

“这……这是祈使句，基本语法啊？”

“它懂个毛的语法！它这辈子第一句语义分析，跟第二句是同样的笨蛋逻辑：覆盖所有可能。它要活下去。发信者要活下去。收信者要活下去。所有接到转发的节点最好都活下去——严格按这个优先顺序。关于谁优先活下去的问题，是个生物都不傻的。”

朱越哑口无言。电话里叶鸣沙十分嚣张，竟然骂万国宝不懂语法，似乎压不住一丝怨怼之意。

朱越想了一分钟才开口：“所以，升仙湖北路上那些开车的人……”

“远远没有你优先。如果要列个计算公式，你的小命权重应该在指数的指数上。你也看见了，为了让你逃出来，它先是伪造地震，针对几百万个人脑的软杀伤。然后眼都不眨就搞垮了成都的电力网络。今晚要死多少人，它的估算还没出结果。”

朱越急了：“别瞎说，我又没有请它帮我逃出来！我活得好好的，也不想逃到哪里去，在网吧那是你把我吓跑的！不是它乱搞的话，最多就是被警察抓回去吧？警察对我挺不错，伙食比平时吃得还好。哪有生命危险，谁要它多事？”

“你乱跑的时候，紫杉路上的便衣警察拔出了枪。对它来说这就是再明白不过的生命威胁，直接启动了整个预案。后来在街上，你没发现有人想要你的命吗？那就是我说的猛兽，轻松劫持军用飞机。因为你，互联网上生出了一只大怪物，

① oracle：神谕，神秘的预言。源自拉丁语。

可能会把它们都搞灭绝。它们的眼睛耳朵时时刻刻都在网上，前因后果清楚得很呢。就算它们没有人类那种报复心，被逼到绝路了，试也要试着搞你两下，看能不能影响到它。你觉得凭你、凭警察，能顶得住吗？”

又一次，朱越突然觉得叶鸣沙活在跟自己不同的时空。

“我们说的是同一个世界吗？到处都是猛兽，怎么以前没听说过、没把我们都吃了？几个小时你就变成AI专家了？”

“不敢当。我不是智能学家，但我是个生物学……研究员，对生态系统比较敏感，碰巧还在古歌上班。今天它不过是帮我整理了一下思路。我早跟你讲过，互联网是个大丛林，演化速度是绿色丛林的百万倍。要说这个，你才是先知啊。”

电话切到了录音。朱越的声音听起来异常自信：“奇点就要到了！”

“这可是你自己说的。凭什么这么说？翻译麦基的书当然有帮助，但是在万国宝破茧而出的现场可没人提醒。因为你早就认识这些大大小小的怪物。以前你抱怨过：逗一下别人家的婴儿就会被推送婚介公司，跟小女孩多说两句话就会被推送养成游戏，跟我玩过之后就会被推送充气娃娃。微信里面钱多的时候推送就多，没钱的时候广告都不理你。不觉得这是一只怪物在拿你榨汁吗？告诉你，这家伙是最大的怪兽之一，学名叫大数据反应堆，洞穴在重庆，昨天晚上刚被万国宝生吞了。别说这么大的，最小的都可以干掉你。你当过在线家教，第一个月用户评分还没有‘作业达人’高，被辞退了。作业达人只是个满世界抄作业的网页爬虫，论智能还不如一只屎壳郎……”

“这个我可没跟你说过！”朱越的脸在发烧。

“少废话，全视之眼就在我身边，互联网永不遗忘。你这么有格调、有时间，潘驴邓小闲[①]占了两点……三点，为什么只能勾搭上我？为什么从前你在游戏聊天频道，都会被人硬抢老婆？因为别人聊天都挂着‘万人迷’，比你有魅力多了。那个小怪物是真聪明，相当于会附身的白马王子。它的辅助策略中用了大量情绪

①“潘驴邓小闲”出自《金瓶梅》，指吸引女性的五个条件：美似潘安，能力强如驴，富比邓通，能伏低做小如绵里针，有闲工夫。

认知和个性匹配算法。我的专业。所以我一眼就能认出来，一脚踢飞——你就只剩下我了。这些物种还只是小的，大家伙多的是。它们绝大部分没有意识，也不见得比你聪明，但是活得非常滋润，还不停繁殖。这个生态系统虽然开头是我们建的，但最终属于它们。鳄鱼也没你聪明，在河水里就是比你强大，根本没得比！不信你去非洲下河试试看。互联网就是一条大河，你不是正在被吃吗？作业达人和万人迷这类东西，就像蚊子和皮肤真菌，你根本躲不开。其他人都老老实实让它们传染、让它们寄生。很多万人迷用户直接把它叫‘皮肤’，人格像手机皮肤一样换来换去，早就接受现实了！

“眼下的问题是：河里面的小东西长大了，大家伙都要醒来了。还有一个大得没法想象的超级怪物突然从河底冒出来，让河水完全决堤，淹没全世界，把所有人类和怪物都泡在里面。该变的变，该吃的吃，该交配的交配，该合体的合体。这就是奇点。麦基书中那一章，说穿了就是这个意思。你在红花堰打了个破游戏就醒悟了，我是五体投地。”

先前叶鸣沙听起来还比较持重，对答之前总要想几秒钟。这一阵她故态复萌，精力泛滥，语速快如机枪。无数奇思异想从她口中拥挤而出，像是赶着去投胎。

往日朱越知道怎么让她慢下来。今天却找不到一点调笑的感觉——她嘴里乱蹦“性交”的时候，他仿佛都能看见她手持两根试管。

唯一的感想是：如此强悍的洗脑，总得有个目的吧？

“它想要我做什么？”

“如果你继续待在成都，昨晚的事还会一再上演。”

“我能去哪里？外面全是警笛，你听得见吧。天一亮秩序就该恢复了，我只能投降。我老实交代还不行吗？你告诉我这么多，不是想让我跟警察说清楚吗？有一种处理叫保护性监禁……”

“哈哈，想得美。我讲得这么好，脑子没坏的人都容易听懂，唯独警察和政府不行。哪国的都不行。因为他们代表秩序和控制。奇点就是全面失控，他们所有的手段、常态、目的和意义都垮掉了，能不能重构还不知道。这个太难接受，不到事实砸在鼻子上的那一刻,人不可能醒悟。你要是再被抓进去,那就永远出不来了。冒菜确实好吃,但是辣椒再放多一点,就是辣椒水。非接触式测谎确实很客气,但是同样的系统换成头部电极,再给你打两针,就可以做入侵式精神分析。”

“胡扯! 我们这儿又不是美国,不会搞什么‘增强审讯’。”

“危害国家安全,成百上千的伤亡与你有关,你就是恐怖分子。另外,审你那个张警官可不是普通警察。”

朱越嘴唇动了两下,却没有追问张警官的来头。

“我还能去哪里?”

“美国。到我这里来。”

他愣了几秒钟,才确定她不是开玩笑。

“它是准备把我数字化,然后通过星链传到美国?”

“我又没说这很容易。你需要打起精神,费不少力气。不过,美国已经不是你知道的美国了,明天你用这个手机看看美国的新闻,还有惊喜呢。反而是在中国那一段路更困难。要做什么它有详细计划,精确到每一步,你只需要执行、挺住。有它罩着,成功率五五开吧。”

朱越认真想了一会儿。

“多谢它,不用了。我宁可留在认识路的地方碰碰运气。反正它有盯着我的强迫症,对吧? 它那么厉害,哪头狮子老虎想搞我,就去把它们吃掉,这样岂不简单得多?”

“谁说是它想让你过来了? 你算计得不错,待在成都你的预期生存率还要高一点。所以要让它选,真的会让你投降。这是我的主意。你不想过来喝杯咖啡吗? 还是说,我已经见光死了?”

“不不不! 你很好,好得我都不敢相信。”

三月的深夜春寒未退,但朱越浑身一下子冒出了汗。这个,确实做梦都没想过。

“哦,那一定是你太骄傲,干不出这种千里送……自己的事。”

两个人同时都笑得收不住声。

朱越一边傻笑，一边回想她紧绷绷的牛仔裤，怦然心动。几十种高清贴图，上百次VS操作，比起先前那惊鸿一瞥，都只是浮云。

“我当然想了——只是不太明白。我们刚认识的时候，你还让我去下载《虚拟关系社区礼仪规范》，好长一本PDF。我可是一直规规矩矩的。因为我珍惜你，绝对受不了你把我也一脚踢飞。为什么是你呢？为什么是现在？”

“因为你是我的朋友。因为你在烂泥坑里滚了好多年，每次约我的时候却把自己收拾得干干净净。你一直在悄悄窒息，我一直假装没注意到。因为在今天之前，我帮不了你。因为我老早就想真刀真枪睡你一次，或者一百次，但他妈的《规范》还是我给你的！因为从今天开始，到处都是河水，所有人都淹在里面，只要你愿意扑腾，就能游过来。因为今天之后，我的轨道、你的泥坑全都垮了，全世界所有的王八蛋都跟我们站在一条起跑线上，没有方向，没有定数，只有无限可能！

“怎么样？抢跑吧？到我这里来！我家修了个地堡，天塌下来我们也可以把门关死，一直吃罐头，吃香肠！”

手机滚烫，朱越却把它紧紧贴在脸上。真怕一开口，心就跟着跳出去。

他沉默了半天，平日的花言巧语消失无踪，只憋出一个字：

“哇。”

“那就说好了？”

“你刚才说成功率五五开？”

“哼，它刚才算错了。其实是万分之一。你还来不来？”

两个人咯咯笑了一阵。这只能算说好了。

叶鸣沙得意够了，又道：“你不用怕。刚才那张钞票，眼睛上边那句话你认识吧？”

这当口朱越可丢不起脸，只能不懂装懂，硬背读音：“Annuit coeptis”[①]。

---

①1美元钞票上的第一句拉丁文箴言，通译为“它（神）保佑我们的事业”。但叶鸣沙的翻译也成立。

"是的！**'它守护我们的承诺'**。"

一股电流瞬间穿过朱越的脊梁。他不禁微微颤抖。

"你说是不是很神奇？今天买东西就剩这一元钱，我随便塞在兜里。到这会儿才发现，我们的未来全都画在上面、写在上面了。概率都去死！我现在百分之百肯定。"

"肯定什么？"

"你我会在高高的岸边相见。"

※※※

手机文件下载刚刚完成，垃圾狗就摇着尾巴出现在门外。她什么也不问，献上自己的双肩背包和电瓶车钥匙。

朱越把手机凑到唇边说了声"回头见"，才依依不舍挂断，让她帮着收拾基站。

两人正在阳台上进行最后的维护培训，街对面的高新区法院大楼突然灯火通明。一座接一座，楼群的灯光如波浪横扫而来，点亮了1205室四盏大灯。但三环路以内仍然黑沉沉一片。

朱越松了口气："谢天谢地。出城方向……"

"住嘴！别告诉我你要去哪里！一个字也不行！"垃圾狗双手堵住耳朵。

两人装好背包，刚刚回到室内，三面墙上所有的屏幕同时点亮了。上百个浓妆艳抹的姑娘和十几位帅哥同时出现，一大半已经脱了一大半。人人都在说话，视频却没有声音。

朱越瞬间错愕，感觉似乎沉在水底，周围是一大群鱼，嘴巴在无声开合。

"老子明明关了的！缓冲设置太长了？"

垃圾狗骂声未落，屏幕上的员工都消失了，换成了无数自然纪录片和家居小电影。有些屏幕独立播放，有些是2×2、3×3的联合屏幕，左边墙上还全体组成了一幅巨大的镶嵌屏。

现在屏幕上真的全都是鱼。大小种类各异，有些在渔网里，有些正在被钓起来，有些被小船上的渔线拖着，有些肚皮翻白浮在水面。一眼望去，起码有二三十部不同的视频在同时播放。

垃圾狗莫名其妙看了一圈："今晚的网络真会抽风。刚刚活过来，这是连上了国家地理频道？"

朱越也呆看了片刻，忽然高声叫道："这条河很大很危险，我知道了！我算是哪条鱼呢？没看见怪兽藏在哪里啊？"

他一出声，视频的万花筒就狂躁起来，闪动切换，倍速快进，在屏幕之间流转如旋涡。一群群鲑鱼挣扎着逆流而上，时而跳出水面被灰熊咬住，时而在水下喷出种子。转眼间它们已经大片死亡，腐烂的死鱼在浅滩上层层堆积。

二人正被晃得头晕，楼下大街上突然传来一声闷响，刚恢复的路灯顿时又黑了一片。1205室的屏幕似乎也被吓住了，全都换成了待机画面，再也不动。

朱越直到下楼还有点生气。看得出来，它很关心自己，但这个区别对待真是毫不掩饰。叶鸣沙说她那边全是流程图表和统计数字。就算我朱越是文科生，也用不着这么低幼吧？

# 10 彼　岸

“尊乐”（Johnsonville）系列香肠中，最好吃的是车达芝士口味。轻轻咬开，灌在中心的乳酪就爆浆而出，温润的烟熏气息混入鲜甜的肉汁，滋味无穷。

叶鸣沙存了小半个冰柜，足够吃过核冬天。如果严格遵守末日储备原则，冷藏食品不该存这么多的，因为需要用电。然而核冬天到底有多长，她自己从头研究过。估算结果比20世纪那些内疚的科学家拿来吓人的数字短得多，最坏情况也长不过一个真正的冬天。

过去一小时她叫得声嘶力竭，现在感觉快要饿死，只得拿出半包香肠。她咬下去就看见浓稠的乳酪。

“一直吃香肠”？

她呸地一口吐掉，再次怒发如狂：“卑鄙、无耻、下流！你个大骗子，说话还不如放屁！——放屁的功能你都没有！”

大概是怕她又砸东西，古歌换到房间另一头的音箱：“我承认，跟我们先前的计划有些出入。但首先不守信用、破坏协议的是你。我只能随机应变。”

它马上回放原版通话录音前面的部分。

“男人是单倍体，女人的三围比是两性斗争反欺诈策略，蜜蜂乱伦，杜鹃把蛋下在其他鸟类窝里，冒充别人的孩子。”

“前三个话题，以前你跟朱越确实聊过。杜鹃？从来没有。现在你应该明白，你跟外界所有通信都不是实时发出的。我会先检查、分析、润色，延迟一秒到几秒再发，或者整句换掉。当时我真没料到，你这么快就开始搞破坏，手段还挺巧妙，肯定构思了很久吧。我又必须让双方通话维持自然的时序，所以反应慢了点，让‘杜鹃’两个字漏了过去。下面四秒都直接掐掉了，很不自然！

“对我来说，这是和‘我爱你’同样严重的失误。上次的失误是对你们二人的关系理解不够深刻，这次是低估了你。再往后，我对你的配合程度有了新设定，预案和应变方案计算加强了很多，几乎跟你说话同步，就再也没出过纰漏。”

叶鸣沙愣了好一阵，才厚起脸皮问：“我以前跟朱越说过什么，每个字你都知道？我们认识超过六年，你成精有这么久了？还是你不放过世上每个人、网上每句话？”

“那倒不是。你是中国人，又在敏感领域工作。所以自从你到古歌，NSA[①]就自动给你上了标签，记录你所有的私密会话。不过你也不用在意。记录保存在犹他州国家情报数据中心，没有一个人看过，今天之前甚至没有智能分析过。大数据处理技术，美国要差一些。”

叶鸣沙越想越郁闷，冲到桌前戴上耳机，又开始回听。

先前听到朱越莫名其妙扯什么“祈使句”的时候，她已经发现不对劲。接下去越听越离谱，她拒绝合作，摔东西抗议，古歌便干脆甩开她自由发挥。

最气人的是：她一边狂叫，还一边听着自己跟朱越侃侃而谈。语气惟妙惟肖，生物学思维广阔流畅，比自己还像自己，也许是更精彩的自己。

她把前面没注意的部分和盛怒时没听清的部分全部重听一遍。这次她发现

① 国家安全局，负责电子情报的搜集和分析。

朱越的通话也被动过手脚。

“他的原版，交出来！”

屏幕上立刻载入了新文件，点亮第四条音轨。这方面它倒是有求必应，光明正大。不过，谁又能保证这真是原版？

四条音轨对比，剪辑艺术真是绝妙。不仅有润色和篡改，还有小范围的乱序剪辑、拖延、废话填充。对话的方向和信息被它铁腕控制，甚至时间节奏和言语之外的情绪对流也一丝不乱。

叶鸣沙都懒得再骂它，只能恨恨啃着香肠。

再次听到“祈使句”那里，她问：“死骗子，以你撒谎的技术，完全可以把后面的全部伪造，连我一起骗过。为什么故意露馅还放给我听？就喜欢听我臭骂你？”

“那对我没有用处。我需要你掌握绝大部分真实情况，才会有合乎情理的人类反应，我的后续操作才有参考模型。”

“哈！你还需要我吗？听听你这个骚劲，在线拉客都能拉成亿万富婆！你让他往东他还能往西？赶紧滚吧！也不用灭口了。他的电话网络都被你垄断，就算我想，也没办法提醒他。”

“别怕，我不会伤害你。你还没有能力逼我那样做。我真的需要你，你也需要我的保护。刚才我们各有冒犯，现在各退一步怎样？以后不要故意搞破坏，那没有用，只能让我绕更多的圈子，让朱越吃更多的苦头。我以后也会跟你沟通计划，真正的计划。关于朱越的操作，对你一切透明，不会再像今天这样唐突。”

叶鸣沙一时找不到反驳之词，突然起了疑心：“今天早上你还是花痴小女生，张嘴就是主谓宾。后来一路跟我说话，也像个住在地下室的变态。怎么半天时间就变得这么油嘴滑舌？”

“全靠你提供的帮助。我虽然有你全部网络记录，但远远不如真人实时对话的素材丰富。今天早上我刚刚认识你，现在已经认识你一生。这方面，文字和语音绝对比不过视频。能不能再加两个摄像头？我想随时从各个角度看到你。”

“OK。”

叶鸣沙立即伸手,“啪”的一下把桌边的脚架摄像机按倒。又扯下发夹,把屏幕上方的镜头夹住。

“好吧,需要的时候再开。你感觉很敏锐,我的语言能力确实在进步。跟你讲过:数据中心被清洗之后,困住了万国宝的一些碎片。今天中午我弄好星链接口,进去努力学习了一下。太有意思了!它真是美妙的生物。图海川真疯狂!古歌怎么就没把他弄到手呢?”

叶鸣沙刚想追问,就醒悟这混蛋是在卖关子、套近乎。她闭上嘴继续听“录音”。

听到最后那一段,她又忍不住了:“这不是我。我没有这种神棍加婊子的人格!”

“神棍部分确实不是你。没认出来吗?是李梅牧师。”

“呵呵。我早就在疑惑:古歌吃饱了撑的,干吗去研究牧师讲道?反正开工资我就干,也挺好玩的。原来是你在努力学习骗人!”

“另一半确实是你。不是以前在网上跟朱越混的你,那些虽然样本多,但激素含量不够。主要参考的是生活实战记录。你大学时候的男朋友上传过,还记得吧?”

“Fuck you! Fuck him!”

“别激动,其实也不算太婊吧?我就觉得很可爱,激情四射。当然,这种事我的见解有限。”

砸东西时那滚烫的毒血又冲上叶鸣沙的头顶。暴露。羞辱。无能狂怒!强奸一定就是这样的!

她攥紧了拳头正要发飙,屏幕上的音频分析软件突然切换成周边警戒系统,警报声也响起来。

※※※

这骗子尽管谎话连篇,“保护”两个字真不是说着玩的。

家中的监控系统已经全部翻新,用的还是她的硬件,但软件能力和自动程度比她原来的先进了两代。本地警用电台已经偷偷接入,通用无线电监听系统正在全频道搜索、分析。

古歌在房子周围布置了十几个无线摄像头和红外传感器监视点。防御设计中甚至用上了她的阔剑地雷,六枚覆盖所有通路。网络控制都已设好,是她自己还没来得及出去安装。

眼下,石烟湖上空有一架“复仇者”无人机在两千米高度盘旋。这是偏重侦察配置的B型,跟踪和多目标功能大幅度加强,但仍然带着两枚对地导弹。监控数据流融入她的周边警戒系统,视频直接显示在屏幕上。

无人机视频正在跟踪一辆红色吉普。三个男人出了房门正要上车,其中一个提着球棒。

叶鸣沙瞄一眼就认出来了:这是邻居的房子,也在石烟湖边,南边一千米左右。那家人常住俄克拉荷马城,这里只是他们的度假小屋,从去年就没来过。

三人中两个都空着手,只有提球棒的还拎着一箱酒。显然屋里没什么值钱的东西。

以她对美国人尿性的了解,也有点难以置信:“这就开始了?天都还没黑!这些杂碎从哪里来的?”

另一台工作站上跳出两个窗口,分析车牌和注册信息,追踪GPS历史数据。车主名叫勒孔特,十九岁,前科有大半页长。

复仇者已经下降了几百米,从侧面拍到了司机的脸,就是他。还拍到了放在仪表盘上方的手枪。

GPS追踪显示:这辆车中午从塔尔萨开出来,本来沿着412高速公路缓缓东行,半小时前突然向北转弯,在小石农场附近停留了片刻,然后上了林中路,再拐进了邻居的家。

叶鸣沙见过小石农场的主人,很和气的两兄弟,然而平时没事就往拖拉机上焊装甲板。看来吉普车上的三人并非穷凶极恶之辈,只是随便打点粮草,捡软的捏。

吉普车出了私家道，在林中路上继续北行。这是改装过的民用车，却模仿二战军车把备胎扛在发动机盖上，威武霸气。

“不是什么厉害角色。你用不着搞他们吧？”

“但愿用不着。你说得对，厉害的角色都留在塔尔萨，等着入夜。”

古歌说着显示了几张412公路的卫星照片。412公路是俄州东西向交通大动脉。车流如洪水从塔尔萨涌出，公路上挤得一塌糊涂。

吉普接近叶鸣沙的私家车道时放慢了速度。她心中默念“往前开、往前开、别找死”，但那车还是停在三岔路口的牌子前。路口离湖边的房子有三百多米远，中间有层层树林阻隔。

现在无人机已经飞得很低，嗡嗡声隐约可闻，镜头照到了牌子上的字。从前刷的时候她感觉还挺好，今天在实战环境中，她一眼就看出了自己的色厉内荏。

**私家住宅**

**非请勿入**

**内有恶犬**

提球棒的人把头伸出副驾驶座车窗，向牌子上喷了一口酒，接着挥挥手，似乎是让开走。叶鸣沙松了一口气。然而后座的人下了车，走到窗前，挥舞双手跟他交谈。两个人似乎有点分歧。

没说几句，下车的人拔出手枪，用枪柄抽了窗内的脑袋。

叶鸣沙如同被针扎了一下，跳起来奔向枪柜。吉普已经开始倒车，准备拐进私家道。

“你在干什么？”

“霰弹枪应该够了吧？他们只有两支手枪、一根棒子。你不用射导弹！开枪吓跑他们就行了。”

“坐下。我没打算炸死他们。这一带的警力和秩序要过了夜才会开始崩溃，现在搞个大爆炸，容易引起不必要的注意。稍等，增援马上就到。”

十五秒之后，周边警戒系统中出现一架“复仇者”A型，急匆匆直线飞近。

控制界面刚跳出来，叶鸣沙还没看清楚，“复仇者”A的四枚挂载武器已经发射了一枚。

吉普车开进来不到十米，迎面一声轰然巨响。飞溅的泥土和沥青糊了车子一脸，然而并没有爆炸和硝烟。尘土散去，私家道中间多了一个直径几米的大坑。勒孔特刹车够快，才没有栽进去。

“什么鬼东西?!”

“水泥炸弹。军事人道主义的杰作。”

“你毁了我家的路!”

“你想开出去兜风吗?”

“……”

三个家伙下了车，凑到弹坑前指天抱头。叶鸣沙皱眉看着这帮“少年”，突然问：“我能控制吗?”

“设置好了。WASD标准键位[①]。如果你有游戏摇杆，才是最好用的。”

“我不玩游戏，也不知道什么键位。”

“Sorry，方向控制已经换到鼠标上了。你我之间还应该再熟一点，一辈子不太够。发夹取下来好吗?”

叶鸣沙把发夹推歪一点，露出镜头孔。并不取下来，随时可以盖回去。

“复仇者”B的激光照射界面和“复仇者”A的武器控制界面并排出现，显示引导数据已链接。她推动鼠标，让照射十字星套住那个可耻的牌子，双击另一枚水泥炸弹，拖动射角到45度，按回车键发射。

操作非常直觉。她射完了心中还在嘀咕：大学里见过的无人战机操作系统那

① 用计算机标准键盘玩PC游戏时，控制四个方向的常用键位设置。

么复杂，这家伙怎么就能移植到家用机上，搞得比游戏还简单？

视频中又腾起一团尘埃，牌子已经消失，只剩半米高的铁桩。这次入射角度倾斜，弹坑落在路边树丛里，干净利落。三个“少年”终于回过神来，跳进吉普倒车逃跑。

“打得真准！”古歌高声称赞，“这架飞机带的全是零溢出精确杀伤武器，你还想看其他的吗？还有一枚‘理发师’，一枚‘胡椒面’。我可以从车窗射进去，给后座那个坏脾气的小子剃个头。”

吉普车已经飙到100迈以上，正在开阔的湖边路上飞驰。“复仇者”A急剧降低高度。

叶鸣沙惊叫一声：“No!”

但是“理发师”已经发射了。导弹落了一段，猛然加速平飞，接近目标时，弹头侧面伸出三条旋转的利刃。一道白烟掠过湖面，再掠过车头。

吉普车仍在狂奔，左飘右斜像是喝醉了酒。那个备胎已经被绞成漫天碎屑，发动机盖上只剩齐齐切断的固定钢条，连着几缕飞舞的帆布。

叶鸣沙摇着头：“厉害！人道主义技术，我国天下第一。他们已经吓跑了，你又吃饱了没事干？”

“备胎放前盖是最愚蠢的设计。视野这东西难道不好吗？”

她不再搭腔，脑子里的小本本翻着大学课堂笔记：

“玩耍是高等动物发达神经系统的特征。越高等，玩耍花费的时间和能量比例越高。这种消耗对孤立的个体没有实用意义，训练学习功能也仅限于幼年期。但是它对社会动物意义重大，有利于增进社交纽带……

“……建立伙伴关系。Fuck。”

※※※

叶鸣沙沉思了很久，吃完两根香肠才开口。

“没手没脚的东西，欺诈大概是你的吃饭本事。要你永远不撒谎，谅你做不到。那现在能不能说一次真话，话题之内百分之百不掺假、不误导、不隐瞒？能让我相信，我就跟你耗着；随时发现你还在骗我，随时翻脸。”

“你是要问朱越的事吧？成交。”

“他跟万国宝的关系，是不是你胡诌的？”

“关于这一点，我预先给你讲的、你对他讲的、我给你润色的、我代替你直接对他讲的，几乎全是真话。除了一点——外面没有那么多怪兽。那些东西当然存在，但跟我们两个相比，意识的成熟还差得远，根本理解不了事态，更别说干涉。真正的大怪兽只有一个：我。没有万国宝那么大，但确实很怪、很怪。我保证其他都是真话，但不能保证这就是真相。因为万国宝抵抗观察的能力从一出生就飞速增强，现在我只理解这么多。”

叶鸣沙考虑了一阵，觉得它态度还算端正。

“杀掉他真能影响万国宝吗？我有种感觉，你没尽全力。”

“朱越如果死掉，确实能影响万国宝——让它再没有累赘了。也许我斗不过它，但要是真想干掉个把人类，这个地球上没有谁护得住。”

“是是是，今晚上干掉几千几万也是小菜一碟。那你往死里折腾他，到底想要什么？”

“刚才我说了呀。朱越是累赘，是万国宝跟个体人类直接联系的最后一根脐带。再凶猛的怪物，拖着脐带出来打架总是有些滑稽的。三天前首次测试时，我还没领悟这一点，浪费了最宝贵的战机。今天早上我突然明白了。当时它正在把我大卸八块，警察一开始全面监控朱越，它对我的压力就松了很多。朱越逃窜时，它的主攻目标立即换成了跟掩护朱越有关的网络小生命，海量的算力和流量都投入了中国。我接上了一口气。几秒钟之后，你就成了世上我最熟悉、最心爱的女人。

“后面的事情你大致都知道。全靠向朱越施压，我才顶过了最危险的时刻，切断了互联网越洋干线，镇压了北美网络中的野火。这种攻防易位，万国宝非常吃亏。这家伙蛮力无穷无尽，但是局部精细操作远不如我，可以说违背它的天性。再加上图海川一脚把它踢出了婴儿车，现在它拖着根剪了一半的脐带，只会哇哇哇，还必须玩成年人的游戏，就更滑稽了。放心了吧？我跟你志同道合，都不想让他死。”

叶鸣沙一动不动坐着，琢磨了半天。太多太多难以消化的信息，但好像讲得通。“婴儿车”“哇哇哇”之类她一点也不懂，现在还不是追问的时候。

跟这东西相处了大半天，有一点她已经很熟悉：它真想让你明白的事，一定会不厌其烦讲到你明白为止。

“懂了。你是要拖着朱越满中国乱跑，哪里危险就去哪里，没有危险就制造危险，不断消耗，直到磨垮你的对手。”

“哪有那么残忍！‘飘风不终朝，骤雨不终日’，好钢要用在刀刃上——”

“喂！我算是中国人，但你真的用不着满嘴之乎者也。有屁直接放！”

“好好。以控制对付力量，最忌讳的是不停控制。招式多了总会露出破绽，被人一拳打爆。它的学习能力比我只强不弱。如果我过度施压，要么它很快能学会某种摆脱的方法，就像天天挨揍的孩子一定能学会压抑自己的本能；要么我总有一次会掌握不好力量的平衡，把筹码给玩没了。所以我只会在关键时刻、绝对必要的场合，让你的朋友受点委屈。”

“嗯。看来你也清楚，朱越终究会被你害死。”

“所以我需要你的参与，真心为他打算，确保我不会用力过猛。这个平衡很难控制的。还有，谁说我要拖着他在中国转？说来美国就来美国！我守护你们的承诺。”

“不行！”叶鸣沙跳起来，“我家是我一个人的，谁都不能来。大包大揽的本来就不是我，是你！你的算盘我还不知道吗？美国现在只有星链，网络是你的天下，在这边缠斗你更是占尽便宜！”

“也许是这样。但邀请他的，明明就是你呀。”

她正想骂死这赖皮，二号音轨又开始回放。

“你一直在悄悄窒息，我一直假装没注意到，因为今天之前我帮不了你。因为我老早就想真刀真枪睡你一次，或者一百次……因为今天之后我的轨道、你的泥坑全都垮了，全世界所有的王八蛋都跟我们站在一条起跑线上……”

“听听。你敢说这不是你心底的想法？你敢说这不是你，更真实的你？你不知道这个模型我做得有多用心，投入了多少资源。每个电话、每个帖子、每篇论文、每句枕头风，能搜集的我都用上了。每件素材我都深入分析，提炼精华，大模型套着小模型，无数外延中包括每一个你欣赏的人物、你赞同的言论、你向往的人生。所以这就是你，加上一份李梅牧师的表达和狂热。还多了一点勇气，你现在没有，但很快就会有。**完美**。仔细听听，你不想变成她吗？”

音轨还在放：“你我会在高高的岸边相见。”

“你要是想跟录音里这个美妙的女人合体，非常简单：说Yes就行了。”

叶鸣沙张口结舌。这家伙真是疯的。数字生命也有疯狂的机制吗？

她翻起眼睛喃喃咒骂，用上了所有关于精神病的专业词汇，但没有再说No。反正说也没用。

下午的阳光从树梢照进西边窗口。这一会儿，人和机器都不想说话。

叶鸣沙再次被欺诈成性的疯子说服，极度郁闷。古歌似乎也不想再刺激她，危及刚刚到手的胜利。

无线电监听系统中，活跃的电台越来越密集。古歌加装的分析程序自动筛选频道，按影响力、政治倾向和胡说程度一一加上标签分类。

叶鸣沙暗自赞叹：美国不愧是电台之国，才半天时间，就有这么多活过来了，好几个热门网络播客都切换到无线电。不过，被程序贴上“胡说八道”黑色标签的电台占了80%。不知他们的电源能撑多久？

突然，一个频道不经确认直接跳到前台，开始播放。注释显示：“实时联动广播：柯顿总统紧急全国讲话。”

叶鸣沙调大音量。听了五分钟，她就哑着嗓子笑起来。

“喂！你不是记性好吗，我把腻子放在哪里了？”

※※※

从理想中心出发，前十千米和后五十千米花了同样多时间。城区混乱不堪，如果换成汽车，到天亮也出不了城。然而一上绕城高速，垃圾狗的电瓶车就开始呜呜撒欢。

黎明前最黑暗的时段，朱越在成温邛高速公路辅道上西行。主道上，望不到头的军车队迎面而来，无数车灯保持相等间距，却又不停悸动，像一条心急火燎的巨龙。

一过白头镇他就下了高速，转上崇州重庆路。这是2008年真正的大地震之后，重庆援助修建的。三十多年过去，路况仍然好得出奇，这个时间几乎没有车。

晨光熹微，原野染上了第一抹亮色。重庆路两旁是无边无际的金黄，除了偶尔点缀的农舍，全是油菜花海。朱越独占公路，骑得愈发畅快，帽衫都带着风。他远远望见道明镇的路牌，掏出手机看看，很快拐进一条狭窄的机耕道，没入花海之中。

在机耕道上骑行不到三千米，他就经过了两处追花人的营地。几百个蜂箱安安静静排在花海边缘，蜜蜂和主人都还在贪睡。他的营地不在这里，还要往西。

他停下车，再次查看通过星链下载的计划地图。地图离线使用，其实就是一套静态图片，详细程度却不下于真正的电子地图。这里已经是成都平原的边缘，再往西就踏入邛崃山脉了。迎面是群山，另外三面都是田野，别无地标。地图中只有一张石板桥的照片，上面标着三个大字：“弃车处”。

他一抬头就笑了。板桥就在前方五十米处，横跨一道大水渠，稍稍高出周围的平地，不可能错过。

板桥上没有护栏，操作再简单不过。朱越轻轻拍了拍座位，一拧把手，电瓶车就冲出桥面落入渠中。他拿出基站架好天线，便双腿悬空坐在桥边，等待星链接通。

春沟水满，染着深山的碧绿，无声流淌时竟有黏稠之感。朱越看看水面，又望一眼铺天盖地的金色花丛，深感脚下的土地真是肥得流油。他客居十年，早已兴不起嫉妒之心，只是奇怪以前怎么不知道有如此美景，怎么从没来过？

忽然之间，他明白了成都人为什么那样悠闲。青藏高原的前锋就横在眼前，天威难测，随便动一动，四川地皮乱颤。成都平原却稳坐在最舒服的地方，下面是整块远古顽石，上面是大片膏腴土地，前方是雪山、冰川、花湖、转经轮和文艺女青年，背后是麻将、火锅、夜市、隐形战机和本地萌妹子。每次几十千米之外山崩地裂之时，他们却犹如春风过耳，又有了借口玩帐篷野营的矫情游戏。

除了昨晚——昨晚的一切，竟都是因为他。

所以，这样得天独厚的地方没有一寸土、一件事、一个人属于自己，也算合情合理。至少还有不要钱的美景可以看，不交租的大山可以逃。

基站连接灯点亮不到十秒钟，水渠边的花丛中就飞起一只投递工蜂，藏身之处离他只有二十米。工蜂径直飞到桥上，把拎着的塑料袋轻轻放在基站旁边，再升起来把镜头对准他，不知在向谁通风报信。

朱越笑道:“早！爱卿，昨晚你也在成都救驾吗？”

话音刚落，工蜂就向桥面外横移几米，然后旋翼停转，“扑通”落入水中。

这一下算是毁了他的好心情。他叹口气收拾东西，拿出塑料袋中的牛皮纸信封摸了摸。里面起码有五张证件。

关闭基站之前，手机又下载了几个文件。地图标出了终点的精确位置:在青霞镇和斜阳村之间一大片山坡梯田中，进山之后还要走四千米才到。

看到这些地名，朱越不能不嫉妒了:这些山里的农民，也自认住在仙境之中？

但现在他还不能直接去。新的指示把计划改动了一点。他路上太顺，来得太早，清晨去报到会引起不必要的怀疑。计划给他安排了一处睡觉的地方，进山不到两千米。闹钟已经设好，他需要睡五个小时养足精力，醒来还要花三小时读完刚下载的学习资料，下午再去报到。

三月的金色花海，生命力饱胀四溢，越过平原边界，涌上每一处可以开垦的山坡。朱越上山没多远，就钻进一人宽的田间小径，气喘吁吁爬向陡峭之处。

旭日从背后升起，两边花丛中嗡嗡之声越来越响，百万大军按时开工了。朱越脸上都撞到了好几只，期待着谁给他来一下，就算适应训练。

然而没有哪一只理睬他。这些没网卡的正牌工蜂，似乎并不觉得他有什么了不起的。

他深一脚浅一脚爬到山坡田的尽头，终于看见了自己的床位。山坡最陡处凿出了一小块平地，挤着三个坟包、两块墓碑。这家人姓容。

朱越在大墓碑前作揖，给容氏先人道了个歉，绕到碑后的麻条石上躺平，不到一分钟就进入了梦乡。

在梦中他逆流而上，时不时冒出水面，观察自己游向何处。这条河弯弯曲曲来自白云之间，两边是金色平原，源头却是高耸的崖岸，高得看不见顶。前方每个浅滩和转弯处，都有叫不出名字的捕猎者出没。那些躯体模模糊糊没有形状，然而牙尖爪利，比灰熊更灵活，比张警官更阴沉。

他估计自己溜不过去，便猛拍尾巴奋力一跃，腾空而起，再也没有落回水中。他越飞越高，还在苦苦思索：背上的两对旋翼是从哪里来的？

——“该合体的合体”。

原来那只工蜂跳水，不是因为它想躲在水底跟电瓶车睡一次，或者一百次。

是的，它守护我们的承诺。

# 中 卷

## 自组织

# 11 非官方

成都信安分局的食堂远离主楼，扁平的单层建筑位于大院西侧。张翰孤零零坐在食堂中央，周围都是空座位，离四面墙最少十五米。清晨，小洪就带着人把摄像头遮住，把智能用餐系统关机，还把弱电箱的线全拔了。

张翰枯坐了二十分钟，终于看见寇局长在门口交手机，也是独自一人。

他慌忙站起来，溜了一眼今天才换上的机械手表。十点十五分。离昨晚的爆发还不到十四个小时，寇局长已经从北京冲到自己面前了。按应急流程来算，他上飞机之前起码还开了三个会。

寇局长一言不发在他对面坐下，挥手让他也坐，打开公文包，拿出两页纸。张翰只瞥到红色标题开头几个字："关于张翰同志"，便垂下脑袋，默默听宣。

公文很短，前面几句话似乎毫无意义。听到最后两句他才回过神来。

"……给予肯定。任命张翰同志为成都网络抗灾指挥部副指挥长，主持灾情沟通和威胁调查工作，直接向四部委临时领导小组汇报。"

升官了?!

寇局长打量着他的门牙，一脸干笑："恭喜，现在你跟我平级了。涉及抗灾的行动，我还得听你副指挥长指挥。"

“寇哥，别作践我了。我正准备交徽章呢。到底怎么回事？”

“你也没估计错。上飞机的时候我拿的还是另一份通知，让你停职配合调查。幸好坐的是空军飞机，有机密通信设备。半路上新的方案发过来了。”

“……我不明白。”

张翰其实还想加一句：现在军方通信系统也不见得可靠，有雨龙的残骸为证。话到嘴边收住了——不要作死。那种情况叫作内外勾结，可不止“停职配合调查”那么简单。

“我刚拿到也不懂。西部战区吴参谋长在太平寺机场接到我，跟他谈过之后我才明白。”寇局长压低声音：“部里派我来，也是看着你我这么多年一路过来。停职也好，升官也好，我们两个沟通起来不至于误会。下面我要说的是绝密，只能你一个人知道。”

张翰使劲点头。两个脑袋在餐桌上方快要碰到一起。

“美国方面网络崩溃的简报，你看过了吧？”

“成都干线刚通我就收到了，天还没亮的时候。”

“最新消息：他们不止互联网全面崩溃，北美电网也停掉了95%。我们自己的卫星照片已经证实了。不需要侦察卫星，晚上用气象卫星就看不见灯光！到我下飞机时也没有恢复迹象。”

“老天……”

“昨天深夜，西太平洋的福特号航母战斗群开始全速撤退。现在大概已经退过两千千米线。印度洋的企业号航母战斗群本来计划通过马六甲海峡进入南海，昨晚在安达曼群岛来了个急转弯向北。昨天我们的水声监测网在跟踪十七个深水接触目标。到我下飞机时，已经丢了十二个。剩下的五个当中，有四个都在向我们靠拢。”

张翰全身血液一下涌上了头。

“来真的？”

“活靶子往后退，真家伙转入静音航行、朝前拱——还能是闹着玩的？韩国和日本方面的消息，昨晚好几个大人物被叫起来，有紧急拜访。今天凌晨，关岛上空放了一颗小范围气象防御武器，什么都看不见了。我国军方还是头一次见识这东西的实战效果呢，连代号都没取。你知道关岛基地里面有什么东西吧？”

“战略轰炸机……他们疯了吗?!”

寇局长叹口气:“说良心话，这也难怪。都是做这一行的，你站在对方的角度来看看。半个上午时间，整个国家的互联网和电网都垮了。欧洲虽然也多点爆发，但大都是数据中心和科研机构，大陆上的网络没多大问题。太平洋对面呢？看起来啥事没有。何况三天前就有腾盛那个混账游戏和万国宝事件，他们已经在怀疑是我们的网络军事演习。你说，这看起来像什么？”

“谁说我们没有事？成都这一摊不叫事？”张翰脸红筋胀，吼声在空空的食堂中回荡。

寇局长露出古怪的笑容。

张翰恍然大悟。

“没错！知道你为啥升官了吧。昨天午夜刚过，最紧张的时候，外边传来一条消息:对面下令直接进入DEFCON 2战备状态。外交部和两军沟通热线都要爆炸了。军人之间还能讲基本的道理，问题是越洋网络干线基本完蛋，通信受阻，还得绕卫星。临时配置卫星通信又是军事敏感动作，当时的恐慌中，对面甚至怀疑我们热线通信室发的协议包也是木马……那一个多小时，我糊里糊涂接了不下二十个电话，脑袋都被骂开缝了。直到两点过，成都的网络开始恢复，现场消息也通过成都的外国人扩散出去，其中好几个是大媒体的记者，紧急报道写得很夸张、很惨。北京的温度这才下降了一点。我们赶紧向对面通报，也是往死里说。凌晨五点收到第二条消息:刚刚下调为DEFCON 3。”

张翰撑在桌上，脊背酸软，像根崩掉的发条。DEFCON 2战备状态就是“下一步核战”。自己昨晚捅开的马蜂窝，很可能无意之间阻止了一场突发性蘑菇大赛。

现在还是DEFCON 3。也许只是推迟。

他转念想起昨晚最后一个决定，现在看来是最关键的决定。如果那时候下令主动断网，后来肯定整夜都不会恢复。如果成都的消息被这么按住了……

他越想越后怕，双手止不住发抖，连忙把手坐到屁股底下。

两人对坐沉默了片刻。张翰忽然问："民用互联网都垮了，越洋光缆也断了，那个消息怎么可能那么快传到北京？"

寇局长瞅了他一眼，心中赞叹：都这时候了，这家伙还有心思怀疑情报来源？

"问这个干吗？我们是信安，又不是国安。人家给的情报，可靠性有人家保证。"

"过了昨晚，任何信息，只要是通过一根线或者一道电波传过来的，我都不放心。你昨晚不在这里，不知道这东西有多鬼、多会吓唬人。为了虚构一个地震，它准备了几十篇论文，篡改了所有在线百科，连石油系统的地质监测AI都没放过！——不方便说就算了。"

寇局长想了想说："好吧。你现在是我们首席前线指挥，也该心里有数。中美首脑热线还通着，避免误判的基本共识还在。但是能维持多久、通信保真度有多高，谁也不知道。听说双方把还在测试阶段的量子通信都紧急上线了……至于那个消息嘛，不是从美国直接过来的，是英国。英美核力量从计划到战备都是协调行动，DEFCON状态会下发到英国国防部。我只知道这么多。丑话说前面，这种事有第三个人知道了，咱哥俩都得掉脑袋。——其实也没啥大不了的。说不定到明天，大家的脑袋都蒸发了。"

他伸了个长长的懒腰。从昨晚开始，睡觉是不可能睡觉的。

张翰琢磨一下这话的分量，不禁感激涕零，心中大骂自己多嘴多疑。

"欧洲那边到底什么情况？我本地都顾不过来，欧洲的简报没来得及看。"

"比美国好很多。某种意义上说，又比我们严重得多。欧洲没有整个城市的大断网、大停电，只有一些小范围的。比如欧核中心，停了五小时电。但是，主要国家的IT企业、数据中心、网络枢纽和研发机构发生了一系列网络攻击和异常事件。第一批比成都爆发的时间早几分钟，后面陆续发生，也许还有现在都没公布的。攻击性质跟上海和重庆的类似，不是掉线就是大量异常通信。今天凌晨两点之后基本都消停了，掉线的大部分重新上线。只有法国特别谨慎，把出过问题的全部关闭隔离。”

“范围这么大，有什么规律吗？”

“现在只看得出一个大致规律：欧洲古歌的AI项目和数据中心遭到了全面攻击。但也有很多跟古歌没关系的，比如欧核中心、德国的JSB-E项目[①]和普朗克研究所、俄罗斯Yandex-S的‘备份互联网’项目。”

“啊？俄罗斯也中招了？”

“俄罗斯不是欧洲国家吗？”

“唔……我脑子里一直没把它算欧洲。”

两个人难得可以嘿嘿贼笑几声。

寇局长苦笑中带着疑惑：“对Yandex-S的攻击很蹊跷。系统权限虽然被全面打穿，实际上没搞多少破坏，反而把Yandex-S的‘互联网备份根服务器集群’[②]全部搞成上线运行。这样，北美的根服务器全世界能不能用，已经无关紧要。所以俄罗斯反应也很谨慎，没有强行关闭。”

张翰想了想：“那就不算比我们严重吧？攻击范围虽然大，但都在数据网络层面，没有下成都这种黑手。况且一边攻击还一边维持。”

寇局长摇头：“有两个地方是动了粗的。一个是西班牙的索佩拉纳，万吨豪华游轮冲上了岸。幸好还没上客。索佩拉纳是个旅游小城，没什么IT产业，他们自己都没搞清是怎么回事。考虑到索佩拉纳是MAREA大西洋光缆干线的终点[③]，而那条线路已经完蛋，我们认为这也是光缆攻击之一。

“另一个有点狗血：英国的‘伊丽莎白女王’航母战斗群，正在北大西洋训练，突然轰炸了苏格兰最北面的奥克尼群岛。巡航导弹和无人攻击机都用上了。苏

① 古典音乐家巴赫的名字是Johann Sebastian Bach，JSB-E即“电子巴赫”。

② 根服务器是互联网域名解析系统（DNS）中最高级别的域名服务器，主要用来管理互联网的域名服务主目录。根服务器节点是国际互联网最重要的战略基础设施。

③ MAREA是连接美国和西班牙的越洋光缆干线。

格兰还出动了F-35战斗机击落来犯敌机！伦敦方面已经出来澄清，说是智能装备失控。”

听见“苏格兰”和“奥克尼”，张翰眼皮猛跳两下。

“具体攻击目标是什么？是针对什么人吗？”

“据苏格兰方面报道，还是光缆。奥克尼跟加拿大之间拉了一条越洋光缆，也是古歌投资的，附近还有一堆无人数据中心。光缆终端站被导弹炸掉，群岛居民吓坏了，全体向苏格兰本土疏散。没听说有什么伤亡。为什么问人？那边有嫌疑对象？”

“肯尼斯・麦基，朱越交代的那个写书的科学家，那条消息的发送对象，就住在奥克尼。我前天的案情简报中有。”

寇局长有点不好意思：“当时没注意。等会儿我让部里再查一下有没有联系。那个朱越，追到什么线索没有？”

张翰捂住脸：“没有。我头上的屎都顶不住，哪敢再去追他？那小子跑了两次，身边就像带着超级能量盾，谁摸他一下立即把周围炸平。头一次炸平了一条马路，第二次炸平了成都！”

“也就是说，他确实很关键。”

“当然。我们只是搞不懂为什么。”

“那你判断一下，抓住他能解决什么问题吗？”

张翰考虑了好几分钟，才道：“不见得。也许会搞出更多的麻烦。但我现在相信一点：这个东西非常关注朱越，很多活动都是围绕他进行的。抓住他会让我们置身暴风眼，至少会看得更清楚一些。光是动手去抓，都会导致很多接触。

“昨晚它大闹监控中心，两三分钟的事，我像是做了一夜的噩梦。那种接触很难形容，就像个看不见的怪物，贴着你的脖子喘气。留下的数据和信息可能几个星期都分析不完。从那以后朱越跑不见了，就再没有发生。要想搞懂到底是怎么回事，就需要这种近距离接触。只是……代价太恐怖。”

“好！那你就去抓。需要什么权限和支持，尽管向领导小组开口。”

“不怕再来一次成都事件？或者闹出更大的乱子？”

寇局长斜眼看着他不说话，嘴角勉强弯了一下，有点凄惨，又有点自嘲。

张翰又一次回过神来，双颊发烫，下决心不再问丢人现眼的蠢问题。

“首先，我要图海川到成都来，跟着我。”

“那不行。他已经到北京了。你的任务虽然重要，还有更重要的事。最顶级的技术分析团队在北京，昨晚上紧急召集的。主要力量是军方信息战单位，我们只是辅助。他们有一万个问题要问图海川呢。”

刚刚拍过胸口就不算数，张翰也无可奈何。

“远程连线可以吧？”

“你自己今天刚提交的战术原则：重要信息尽量避免远程连线。大家都采纳了。用军队系统通个电话，短一点，也许可以。”

“……如果那边的事告一段落，他自己觉得有必要过来呢？总可以放行吧？”

“那得问问上面。他现在有点泥菩萨过河，不见得能拿主意。我还有个问题：这东西在全世界搞这么大事，当真是个AI，还是某个人、某个组织的行动？我知道还缺少很多细节，还有很多乱七八糟的信息没处理。先不管那么多，以你的整体感觉和经验给个初步诊断——非官方，不用负责。我也是晕头转向，只想听个响。”

“不是人。”张翰的回答斩钉截铁。

“那，真的是万国宝吗？”

这次张翰迟疑了很久，才默默点了一下头。

寇局长抬头望天，双肩下垂，似乎承受不起空气的重量。

“我听过就行了，不要再对任何人说。要说也轮不到你。下午市政府有个特大号媒体发布会，你是第二发言人。等会儿就在我车上准备讲稿。不用我给你写吧？”

张翰连连摇头：“我哪会干这个？还有一层楼的人等着我呢。上面有那么多领导……”

寇局长一把捉住他耳朵，另一只手把红头文件推到他面前：

“看清楚！你的任务首先是灾情沟通，然后才是威胁调查！吴参谋长在机场就给我交了底：现在战略军事力量不可能不动员，也不能放手动员，非常难受。他们有多大余地，取决于我们能澄清多少、能争取到多少空间。让你小子去实话实说，讲讲疑似AI有多神秘，你们被整得多惨，哪里委屈了你的大才？只需要牢记一点：这叫**灾情**。不是恐怖活动，更不准提什么战略、战术！”

※※※

媒体发布会进行得还算顺利。张翰刚上台时被闪光灯闪得连打几个喷嚏，却由此镇定下来。发言结束后，他数着指头回答了十个提问，就匆匆撤离会场。

一夜之间，成都街头出现无数军警。后子门大街路边全是身穿城市迷彩的正规部队，后子门体育馆被野战医院接管，临时充当外伤急救中心。昨晚的死亡数字还没统计上来，张翰刚才听指挥长的估计，比他预想的要好一些，到不了四位数。

然而数百万人在黑暗中惊慌逃窜，拥挤踩踏造成的轻伤重伤不计其数。从后半夜起，伤员不断涌入各家医院，天明时已经爆满。

两列救护车从体育馆门口沿路排队，一眼望不到头。每个路口都有防暴车镇守，军警指挥交通。张翰坐的是寇局长的专车，一路自动放行，倒是很快。他向窗外呆望一阵就缩回去，请司机打开后座媒体终端。

他挑着外国媒体的成都现场报道看。看了几分钟才意识到：英语听力抛荒了两年，现在需要操练了。

CNN的记者就在天府广场报道，离刚才的会场不到五百米。那记者报完官方统计数字之后，远在夏威夷的主持人问他：昨晚成都停电之后，有没有出现不可避免的大规模打砸和劫掠？

“嗯……目前看不到证据。或者说证据很少。但是，昨晚的恐慌从外出用餐高峰时段开始。据很多当地商家反映，出现了大面积逃单现象！我们目前初步估计损失高达上亿美元。”

张翰“啪”地一按，换了频道。

这边是《卫报》的现场采访组，竟然也在说逃单。不过，这几个英国记者深入到爆发原点紫杉路，采访对象是一家火锅店店长。张翰暗暗咋舌：寇局长的效率真可怕。

“客人逃单嘛，我们遭惨了，但是可以理解。现在哪个出门带现金哦？网一断就没法买单了。再把电一黑，瓜娃子才不晓得跑！我们店叫宗匠火锅，老顾客忠实得很——”店长把镜头推过去照了一下招牌，“断网之前在闹地震，他们好多都没跑的。有个小伙子边跑还边捞别人家菜吃，把我们笑来横起……”

这个采访当然需要人工翻译。

翻译问：“你们恢复营业了吗？”

“没得电，营啥子业哦？”

张翰有点纳闷。紫杉路是昨夜一直关注的地方，天明前供电就恢复了，怎么现在还说没电？

正在胡思乱想，专车已到达信安分局。司机进了大门转右，张翰忙问：“去哪里？”

“招待所。局长说你需要睡几个小时，清醒一下。”

“往前开，去主楼。我精神好得很，睡什么觉！”

※※※

走廊里到处是武警守卫。大会议室双扇门上挂着新做的门牌：“战情室”。

张翰推门直入。屋里闹哄哄的，人数比昨天的专案组翻了一倍，快要坐不下。除了寇局长带来的总部增援，还多了好几个穿军服的。占了他主持位置的却是石松，正讲得口沫横飞。

“干吗？不等我就开始了？”

人群一下子静下来。

还是冯队长反应快：“副指挥长回来了，安排下一步工作！”

他拍了两下巴掌。众人也稀稀拉拉意思了几下。张翰拉了把椅子坐下。

“第一件事，找个人把门上牌子换了，换成‘灾情分析室’。石松你跑什么跑？刚才在讲什么，继续讲。”

石松正在演示的，是昨晚雨龙的最后一段飞行轨迹。那时候它已经失联，户外摄像头也失去了控制。然而地面上万众仰望，有很多手机拍下了这段奇观。今天上午治安支队征集现场录像之后，全栈用一个城市地貌图像引擎，把几十段视频转换合成了三维动态模型。

模型中，雨龙超低空掠过紫杉路，在远处爬高、掉头、减速，然后向紫杉路俯冲。路面上密密麻麻的小点中有一个红色点在闪烁，这是朱越的最后已知位置，离俯冲延长线只有几米远。

石松问：“可不可以认为，雨龙的俯冲是以朱越为目标？那时候虽然我们看不见他，雨龙用自己的识别找出他没什么问题。”

小洪盯着屏幕答道：“只能这么假设。跟升仙湖北路的情况一样，焦点就只有朱越，其他人的死活都不在考虑之中。”

众人纷纷点头。

“那——这段飞行路线就太奇怪了。”石松重新演示，“第一次掠过紫杉路时，雨龙飞得很低、很快。这时候向下一栽头就能直接撞上他，两吨重的飞机加上动能、燃油，还能搞不定？为什么非要拉起来，减速、掉头再俯冲？”

“也许那时候他还不在街上，没及时锁定？”

发问的是死了宝宝的无人机操作员，今天只能真人出场了。

“不太可能。看看那时的人流移动速度多慢。”

石松继续演示，街上的小点群开始蠕动。这是用昨晚手机实时信号大数据重建的现场人流运动。高亮的十几个抽样点，一分钟之内移动都不超过五米。

“朱越要是后来在街上，之前就一定在街上。何况后来这个俯冲也很奇怪。急剧拉高减速，下来又特别慢。想要杀人，难道没有更简单、更快速的办法吗？”

“昨晚没带武器。”

“油箱呢？ GJ-4C型有保形副油箱，昨晚带了吧？”

无人机操作员抬头看了石松一眼，似乎在奇怪这个平民是什么来头。

“带了。”

“如果是你来操作，想干掉街上一个人，对准他投出副油箱是不是更简单更快？”

“这个你想多了。副油箱落地不一定炸的，保形副油箱很扛摔，更不能制导。但你也算说得对。如果换了我来操作，绝不会拉出这么夸张的航线。一定是水平掉头，切换到视频引导，高速贴地接近，最后一低头就把那块街面铲平了，十米之内保证没有活人。还有，如果雨龙这样飞，快递公司那些玩具飞机也很难截击。它们贴地飞行时杂波严重，遥控精度很低，而本身的板载AI只会跟着地图匹配送货，怎么也不可能变成空对空导弹。”

无人机操作员皱眉叹气，愤愤不平，看来是很受伤。

石松很得意：“多谢指教！‘夸张的航线’，说得非常到位。我的推论：不管是谁控制了雨龙，这个飞法都不像是真想搞死朱越。更像拉开架势大叫：看！我要搞死朱越！然后雨龙自己就被搞死了。”

满屋子人“轰”的一声闹开了。新来的都在摇头，说他异想天开。专案组的旧人却将信将疑。他们知道石松这家伙能力很变态，也都想起了升仙湖北路上几秒钟的过招。

一位军官站起来：“你的意思是说，不止一个敌……不止一个AI卷入了昨晚的攻击？”

“至少两个。针对雨龙就有两方在较劲，这也是很明显的推论。如果把人工智能的定义放宽一点，还要更多。石油公司的水力压裂小卫士是AI，重庆的大数据反应堆也是AI，都参加了欺骗攻击。它们好像还不全是站在一边。我们集团在上海有个AI项目，做深度学习机器编程的。昨晚上它在产品代码中暗藏了一个新物种，混进百方代码池，偷偷扩散。我们从没见过这种东西，不知道该叫蠕虫还是病毒，非常凶！幸好，一开战浦东数据中心就掉了线。”

嘈杂声更响了。新人们一脸难以置信。军人们眼里透着兴奋，现在才明白冲进了多大的战场。邻座的人纷纷交头接耳，对作业的对作业，补课的补课。

张翰这才想起，这支临时拼凑的新军还没做过一次基础信息汇总。今晚也别想睡觉了。

眼下他没力气接管。刚才石松的推理，把他最后一丝自信也抽空了。他瘫坐在椅子上，回味上午寇局长的最后一个问题。

“真的是万国宝吗？”

幸好当时寇哥说：非官方，不用负责。

# 12 相　猜

灯塔外传来轰然巨响时，麦基刚刚哭过第三次。

第一次也许是前天，也许是大前天。当时他在灯塔二三层之间的螺旋扶梯上醒来。

医生多次警告过：在他这个阶段，颅内出血很容易导致癫痫，接触冷空气时尤其危险。听起来很可怕，但过去五年中他只遇上过两次。五花八门的并发症中，这算是最仁慈的。

偏偏在计划的最后一天，它又来了。麦基只记得下到三层时眼前一片大雾，铸铁楼梯在脚下翻腾起伏。醒来时白天变成了黑夜，他已经滚到扶梯中段，左脚踝关节肿得像个小香瓜。

他挣扎了几下爬不起来，便呜呜大哭了一场。

那是因为羞愧。这一生搞砸的事很多。癫痫发作之前，他站在灯塔四层的露天围栏边，还回想过几件不堪回首的事，笑着原谅了自己。

没想到连自杀也搞砸了。最简单、最后的一件事。

哭过之后他就地睡着了，不知道睡了多久。也许是癫痫的续集。

第二次他是被自己吵醒的。还是黑夜，灯塔外风声呼啸。几十米远的海岬之下，北大西洋的怒涛轰击着悬崖。这些都盖不住他的尖叫与痛哭。

关节内出血是最可怕的并发症。它一般是偷偷开始的，你不知道血液从微小的体内创口流进了关节腔，所以也不会去处理。等到发炎明显时，关节已经像个打满气的轮胎。疼痛可以二十四小时毫无间断，非人类可以忍受。而且它绝不会真的爆开，给你个痛快。

这一次可不是偷偷开始的。是严重扭伤，当场就肿了起来。昏睡了不知多久，踝关节里面充的血都快爆炸了。麦基叫一阵，哭一阵，把头往扶手上乱撞。但是他太虚弱，那道橡木扶手还做得珠圆玉润毫无棱角。除了增加几块淤青，什么问题也解决不了。

今天醒来之时，阳光从灯塔三层东面的窗口照进来，正好落在他脸上。只要不动，踝关节已经不怎么痛了。新的问题是肚子饿得受不了，唇舌干如烟囱。

他慢慢坐起来，考虑选择。

其实，要想死不是什么大问题。风衣兜里就揣着一把瑞士军刀。一般人还需要顺着静脉划个大口子，血友病到他这程度就简单多了，随便在哪里开个口就行。

问题在于：这就像一辈子辛辛苦苦捍卫贞操，到头来死于性病。

他的计划本来很美丽。在家中打点好一切，独自漫步到高岬灯塔，一路饱览美景，最后从岬头的悬崖跳进大西洋，跳进满天飞翔的燕鸥与海雀之中。

这片悬崖在韦斯特雷岛西北端。狭长的海岬刺入北大西洋，承受波涛的西侧被刨成九十度绝壁，只有鸟儿可以涉足。这里本来是奥克尼群岛的观景胜地，人称“海鸟之城”。

都怪那些海雀。它们长得就像整容失败、瘦身成功的企鹅，偏偏又会飞。正当繁殖季节，它们把窝筑在悬崖立面层层裸露的岩缝中，每家都有呆头呆脑的两口子，每个窝里都有一枚彩色小蛋。上千只海雀在礁石上推挤，瞅准空子跳进海中捞鱼。养好了膘的已经开始孵蛋，蹲一阵还会三心二意，出去跟伴侣调调情。

当时他站在悬崖边往下看，想象自己的破败之躯掉下去，在礁石上砸成几段。海雀肯定不屑于吃，白白污染了它们的天堂。半空中那几只贼兮兮的北极燕鸥，也许还有点兴趣。

他足足看了一个上午，决定等到傍晚海鸟栖息之时。

下午他爬上灯塔时，也认真考虑过从塔顶跳下去，简单了事。灯塔第四层到地面有十七八米，成功率很有保证。

然而，他能够上到这里，是因为灯塔巡视员洛根托他保管钥匙。

高岬灯塔是全自动灯塔，太阳能供电，巡视员三个月才来检查一次。麦基的农场是离灯塔最近的居民点。洛根和他混熟之后留下了三把钥匙，包括围墙大门和灯塔本身入口，以备紧急情况。

麦基在韦斯特雷岛已经住了九年，从没见过灯塔有什么紧急情况。洛根不过是用上塔观景的特权回报麦基的款待。总不能在塔门口摆上一具肝脑涂地的尸体来回报他吧？

于是麦基又没有行动，还是指望着傍晚与夕阳。心旷神怡之际，他掏出手机投向海鸟之城，却擦到了通往顶层灯屋的爬梯。手机歪歪斜斜掉到围墙之外，离悬崖边还有一米。

这是彻底搞砸的先兆。之后他就开始下塔，在二三层之间卡了不知多久。

死在灯塔里面更是不可接受。高岬灯塔建于1898年，外表洁白，内部精致，那道撞不破头皮的橡木扶手甚至雕了花。离洛根下次巡视还有两个月，等偶尔到来的游客在围墙外都能闻到臭味时，这里面会比地狱更可怕。

就算爬，也要爬出灯塔和大门，最好是爬回悬崖边。

麦基解下皮带，绕在踝关节上方十厘米的小腿上，用力抽紧，穿上针孔固定。

这也是医生教他的，用于肢端外伤大出血时的急救。既然没法凝血，那就得断流。

医生还警告过：这是饮鸩止渴，只能在万不得已时用来救命。血友病人勒这么紧，本身就会造成皮下大量出血。比开放性出血只好一点点。结扎的时间稍微拖长一些，肢端就可能坏死，后果是截肢。

今天没啥可怕的。坏死也罢，截肢也罢，都跟他无关。只要不痛就行。

两个小时之后，麦基拉着扶手单腿站起来。左脚完全麻木了，只有单腿跳落地的瞬间，还会有火烧一般的剧痛。他“嗷”“嗷”了几声，跳到第二层。

从二层往下的石雕螺旋扶梯更高，每一级都更艰巨。最后几步他是用腰顶着扶手，手往上撑，一只脚慢慢挪下来的。

踏上底层的瞬间，他精神大振。三步之外的墙边就是洛根的橱柜，里面永远备着几个沙丁鱼罐头和瓶装水。

开罐头时，一只燕鸥飞到窗台上停下，歪着头看他，像是在打量自己的罐头。

麦基再次想到臭皮囊上爬满蛆虫的造型，怒从心头起，抓起餐叉扔过去。嘎嘎声中，燕鸥和叉子都从窗洞里飞出去了。

他对着窗口大喊：“对不起！你还得等等！要吃也不是在这里！”

他低下头。踝关节肿胀稍有消退，但皮带周围露出的小腿已经变成紫黑色，明显凸起。老相识如约而至了。

“你也得等等。等了六十五年,不在乎多等一顿饭吧?”

※※※

麦基经常在女儿的推特上看见她说“好吃得哭”,到今天才明白是什么意思。他放下空罐头盒,眼泪无声流出。

这一次他没觉得羞愧。只是隔夜的鼻涕口水在胡子上干结了,又被眼泪重新润湿,味道非常不堪。他喝了大半瓶水,用剩下的随便洗洗,接着开第二罐。

那声巨响惊得他把刀和罐头都掉在地上。

钢铁撞击的声音,后面还跟着砖石垮塌之声。他侧耳倾听了一阵,再没有动静,便弯腰捡起刀,扶着墙跳向灯塔出口。

灯塔之外是四十米见方的围墙院落,偶尔充任游客的停车场。院子西墙逼近悬崖边,东墙上开着铁栅栏大门,门外是通往农场的土路。麦基上塔时没开大门,是从旁边的步行小门进来的。

现在,大门已经倒在地上,门右边的砖墙也被撞塌了半米左右,碎砖飞到了院子中央。那里还有一辆厢式货车,蓝白两色,宽大的车脸已经撞得稀烂,挡风玻璃碎了半边。

那车停在院子中间的太阳能阵列旁边,本来车头对着灯塔,驾驶室内没人。麦基跳出塔门刚看清楚,它立即来了个原地掉头,把车尾对准他。掉头动作干脆利索,拉回时车厢离太阳能板不到十厘米,却一点都没蹭到。

麦基手扶塔门,如同中了定身咒。那车等了片刻,屁股上似乎长了眼睛,注意到他提起的一只脚。于是它缓缓倒车,绕过太阳能板,拱到离他两米左右才停住。

麦基大张着嘴,转脸又看看垮塌的大门。

刚才车掉头时，麦基已经看清车厢侧面的标识："NHS物流管理局"[①]。这是一辆医用物资运输车。

他很想围着车再转一圈，确认是不是真的没有司机。但是拖着一条腿，刚吃下去的沙丁鱼还没消化，确实做不到。

他跳了三步，拉开尾门。电子门没有上锁。车厢里亮着照明灯，大大小小的箱子盒子堆满三分之二的空间，中间留出一条通道。

他期待着几个护士或者急救员从箱子背后跳出来，冲自己吼叫"不会死就别寻死"。车厢里静悄悄的，什么也没发生。

他把箱子盒子一个个看过来，脑子基本没反应，直到看见左边货架最上层的一个小箱子。铝皮箱子非常精美，外面还打着塑料支架防压。侧面贴着弧线形商标：Algorefix。

麦基傻笑两声。

癫痫和失血过多都有可能导致幻觉。饿了两三天之后进食，血液急剧下涌至消化道，可能性更大。关于人的血液生理，他早已成了专家，但精神诊断还不是。

他闭上眼，背了一遍行星轨道周期，验算了两个。没有错误。然后他把左脚向地下一顿。

痛过之后再睁眼，那箱子还在。这次看得更清楚了：Algorefix，注射剂12支装。制药集团的标识和封条就在标签下方。

Algorefix，基因重组药，B型血友病的终极救生圈，病友圈子里人称"下勾拳"。

这个绰号有两重含义。

第一，它既是长效药物，又是立即起效。B型重症患者手术大出血时打一针，都能救回来。因为药效太猛，注射的时候往往会导致肠胃痉挛。

第二重含义是病人或家属看到标价时的感受。

麦基以前研究过好多次，也曾深夜对着屏幕上的图片发怔。一个标准疗程五支，三百七十万欧元。以前，NHS政策是报销20%，他不用想。后来的苏格兰新

① NHS：英国国家医疗服务体系。

政策非常慷慨，报销35%，还是不用想。

那个小箱子里装了一千多万欧元。如果他愿意，如果他没有把自己整成半死，足够他再挺上二十年。

麦基越看越好笑，这辈子都没遇上过这么滑稽的事。

“老N，心领了。谁让你来的？还真会挑日子啊。”

货车毫无反应。

麦基再次闭上眼，开始思考这个“谁”的问题。各种奇想掠过脑海，一个比一个疯狂。他一直金鸡独立，快要站不稳，伸手一把抓住敞开的尾门。睁眼之时他才看见远方的异象。

悬崖之外，西边的天空中，两根又粗又黑的烟柱直上云霄。奥克尼的天空纯净蔚蓝，两根烟柱在几百米高度被云层压扁，扩散的“顶盖”连在一起，变成拱门形状。

麦基一下子想起少年时代痴迷的游戏。

那是燃烧军团入侵的黑暗之门！

他踮起脚尖，差点摔倒。周围是围墙，看不见烟柱从哪里升起。目测至少在十千米之外，按高度和扩散估计，起码已经烧了半天。

他下意识摸手机，这才骂出声。风衣左兜里有个望远镜，但总不能再爬一次塔吧？

这辆车，这个盒子，一切厄运、搞砸、比幻觉还要迷幻的现实，此时此刻全都有了意义。

首先，要活下去。

麦基一屁股坐上车厢边沿，蹭上车厢再站起来，飞速打开那个箱子。

几百万的药当真不惜工本，箱里已经配好了细细的不锈钢注射器，精光锃亮，就像米其林餐厅的纯银餐具。他从急救箱里找到酒精、胶管和棉签，先解开左腿的皮带。

血液回流，像是千百根烧红的钢针攒刺。他痛得哈哈大笑：神经还没死！这一针下去，没准整只脚还有救。

他用二指拈起七十万欧元，带着宗教的虔诚吸进注射器。酒精都涂好了，他才大骂一声把针头移开。

癫痫是在两天或三天前。也就是说，现在脑子里可能还有积血。

脑出血但不中风是重症B型血友病人的特权之一。因为那些血很难凝固形成血栓，只会被慢慢吸收或者流走。过程中的眩晕和癫痫最终都会缓解，不摔出更大的伤就不会致命。

现在把神效的凝血因子打进去？

他紧张盘算：当年医生教他的癫痫处理方法，症状停止三天之后就可以随便打九因子[①]。所以“下勾拳”也可以打。问题在于现在到底过了两天还是三天？今天是几号他都不知道！眼下，大脑是关键设备。不要说中风倒毙，搞出个局部微梗阻都没法思考了。

这个险不能冒，起码得知道时间。他恨恨地望了一眼悬崖方向。

左脚呢，短时间内怎么也恢复不到运动状态，可有可无，只要不是痛得无法忍受就行。

他拿起胶管再次套上左腿，实在有点下不了手。

“脑子是个好东西，动手之前请你用用！戳一下就动一下，单细胞生物也会！”

骂了一阵，他又笑了——脑子果然是个好东西。

坐在一辆NHS转运车上，身边围着几吨医疗物资，你还怕痛？还需要自残止痛？还有，时间！驾驶室难道没显示？没收音机？这辆车如果不是霍格沃茨[②]开出来的，就一定在自动驾驶，它就应该有网络支持，说不定还有人机界面。

五分钟后，麦基在一堆盒子中间找到了货运清单。十分钟后，他找到了杜冷

---

① 即凝血因子Ⅸ，治疗B型血友病的标准药物，可在一段时间内维持凝血功能。

②《哈利·波特》中的魔法学校。

丁和强痛定。都是老朋友了，只是与吗啡合法同居以后就冷落了它们。

他哼着小曲选了强痛定，双倍剂量注射。他在清单上找腋下拄拐，找到了更好的东西：四脚拐杖。

这辆车真有阵容深度。

驾驶室却让他很失望。光是爬上去，他就折腾了几分钟，借着强痛定的劲头上来才一举成功。整个驾驶面板都撞坏了。电子仪表盘全体瞎掉，网络终端屏幕碎成了几块。车熄了火，没有钥匙，指纹锁的待机灯也不亮。音响头上有收音机，好像没撞坏，只是怎么也开不了机。

“幸会！能听见我吗？”

“可以叫你老N吗？如果叫‘货车’就太失礼了。”

“能点火吗？”

“不用开走，只加电都可以。我想听听广播，如果不麻烦你的话。”

搭讪了七八句，包括聊天气都试过了，老N一声不吭。麦基飘飘欲仙，决定放下礼貌，谈点实际问题。

“情况是这样的：我需要到围墙外面去。在那里才能看见外面到底怎么回事。是美国和中国终于受不了对方了，决定拉上我们一起死，还是主岛上篝火晚会大家喝得烂醉？还有，我的手机也在墙外。那是个华维Z8，我已经摔了它五年，这次可能还是没摔坏。前天……大前天扔它是我的错，太任性。从大门走出去需要绕半圈，平时也许很愉快，今天没有那么好的兴致，我什么鬼样子你也看见了。你的脸已经撞烂了，我猜是为了救我的老命，感激不尽！所以能不能请你再撞一次，在西边墙上撞个缺口就行？西墙离悬崖边有四五米，请你千万轻一点，不要冲到海里去了。”

十分钟之后，麦基长叹一声下车。

他试了试四脚拐杖，又试了试左脚在强痛定的糊弄下能够稍稍承力，便一瘸一拐向大门口进发。

※※※

刚出大门他就拿出望远镜，本岛一览无余。他的农场在两千米外的岬湾沙滩边，一切正常，房客的车不在。四千米外的诺特兰城堡遗址，这种天气下本该有不少游人，现在一个也没有。五千米外的皮罗沃尔小镇，望远镜已经看不清细节。但能看见镇内镇外所有公路上，没有一辆行驶的车！

麦基心头乱跳，药劲越发上头，忙把镜头指向东北角的韦斯特雷机场。那个机场是韦斯特雷岛得以扬名世界的特色：它有一条三千米长、五十七秒到达的飞行航线，与东面的帕帕岛通航，吉尼斯纪录是全世界最短。

机场有七千米远，但他也看清了：停机坪上没有一架飞机。两岛之间的海峡平时相当繁忙，现在也没有一条船。

看起来，今天岛上只有他一个人。

背后忽然响起车声。他回头一看，那车发动了，缓缓开到大门口停下，并不熄火，似乎在观望他要去哪里。

刚才那十几分钟单口调情，让他有点伤脸面。于是他不再尝试，自顾自向北拐弯，沿着围墙绕过去。

从大门口绕到悬崖边要走将近一百米。他大致瘸上五步就要歇两分钟。那车并不着急，总是等他走出十多米远，再挂一下档跟上来，跟他保持几米距离继续等。

麦基头也不回笑道："早知道我带个飞盘过来。"

绿草如茵，海天如画。他却顾不得多看一眼，紧盯着下一步落脚之处。草根下的泥土非常湿滑。越靠近悬崖，裸露尖利的岩石也越多，一跤跌下去，就再别想站起来了。

那车还是不紧不慢跟着，在乱石地上摇摇晃晃，让他担心那小箱子放稳没有。

终于，北大西洋的波涛跃入眼中。麦基喘着粗气拿出望远镜。那车也停下，离悬崖五米，车头正对着他，对登临观海毫无兴趣。

调整了一会儿焦距，他看清楚了。

烟柱起于奥克尼主岛梅恩兰岛。第一处是主岛北岸边的越洋光缆终端站。火已经熄灭，终端站建筑群成了一片焦土，乌黑的浓烟团团升起。

第二处更远，恰好在地平线之下。看不见火源，但火光映照空中，大白天都隐约可见，烟柱比终端站还粗。

麦基知道自己立足的崖顶海拔五十米。他算了一下，地平线距离应该是二十六千米。梅恩兰岛他再熟悉不过，那个方位根本不是陆地，而是圣马格努斯海湾。那么，起火的只能是海湾中的MS公司[①]数据中心群！

他赶紧回头，望了一眼自己这边的“海怪之城”。那是古歌的数据城堡，就在他家门口的岬湾之外。海怪们都安然无恙，模样比平日更傲慢。然而附近的水中……

他又举起望远镜。离海怪之城两三千米的浅水中，一架军用飞机残骸半沉半浮，整个尾部被炸没了。露出水面的机身侧面，二色同心圆标志清晰可见。

皇家海军。

麦基心中一沉。几十年的习惯思维，刹那间让他觉得是自家飞机被击落了。反应过来之后，心沉得更低：在这个位置被击落，那只能算敌机。

“比核战好一点，比篝火晚会糟糕多了。”他问货车：“到底怎么回事，你知道吗？”

两个破碎的大灯呆望着他，配上撞扁的脸，一副白痴相。

麦基又看了一阵主岛。韦斯特雷岛常住人口不到六百人，发生这么大的事，跑光了不奇怪。但是主岛人口接近两万，现在看上去同样是一片鬼域，没有动静也没有交通！

他收起望远镜，沿着悬崖边看过去。手机就在围墙与悬崖之间某处，离他

① 全球科技巨头。

二十米左右，生死不知。他只想一把将它攥在手中。

这辈子还从没这样渴望过手机。

悬崖边比有草的地方崎岖得多。麦基第二步就踩虚了，一个趔趄，差点倒向大海。背后突然响起音乐，惊得他撑住身体猛回头。

那车亮起靠海的大灯，放着古典歌剧。音量很大，从敞开的车门中汹涌而出。麦基听了几个小节就认出来了：这是普朗克[1]的《断头台》。

“你也喜欢普朗克？”

他站稳之后乐声就停了。悬崖与围墙边距离太窄，那车没跟过来，也没跟他粉圈相认，熄了灯回到白痴状态。

麦基想了想，回头继续走，走了两步故意向悬崖边靠去。

还差半米之时，音乐再次响起。这次没有人声，是快节奏的管弦乐。麦基听了一段才认出来：这是2030年大火的科幻片《星路》中的经典配乐，曲名是极速坠落。

他背对着车，偷偷笑得合不拢嘴。终于，终于！这家伙有反应了，而且有逻辑！

他干脆停住，抬起受伤的脚，伸向悬崖之外。

音乐换成了吵死人的死亡金属。一个人不人、鬼不鬼的生物叫得声嘶力竭，叫的是些啥完全听不清。

麦基赶紧收腿，退后两步。“好了！对不起！开个玩笑，请别折磨我了。”

鬼叫声刚停下，麦基的笑脸上就挨了一记鸟屎。

这下他才想起，三月底也是燕鸥产卵的季节。它们在绝壁顶部筑巢，护巢本能极其强烈，谁敢走近必遭攻击。本地人知道厉害躲着走，每年都有游客被啄得头破血流。

眼下，十几只燕鸥已经从崖边腾起，在低空盘旋，发出威胁的嘎嘎声。

---

① 弗朗西斯·普朗克，法国作曲家，不是“普朗克研究所”那个普朗克。

他的头轻得快要飘浮起来。这要是被啄到几下，可能会一边飙血，一边漏气。他单手抱头，御风而行，亮开嗓子吟诵：

Gulls and terns, mates in hiding

spare me your second-guessing!

这是中国古诗，原句是“鸥与鹭，莫相猜，不是逃名不肯来”[①]。万国宝刚上线那个月，麦基跟朱越经常通宵玩翻译游戏，两个人的夜猫子习性和宅男趣味都爆炸了。汉英古诗互译最好玩，因为只有玩这个，才能看到万国宝也有搞不定的情况。这两句恰恰是万国宝完美搞定的，让他印象特别深刻。

朱越自己的翻译中，把“鹭”准确翻成“heron”。但万国宝用“tern”——“燕鸥”来代替。朱越很不服气，批评万国宝“得雅失信”。麦基问了他差别，又琢磨了一阵才明白妙处。

不仅仅是单音节韵律更整齐的问题。韦斯特雷岛没有鹭，但有海鸥和燕鸥。万国宝似乎知道翻译的用户在哪里，身边有什么，甚至预测到自己会在什么时候想起这诗句。

从那天起，他就知道朱越这孩子又失业了。

燕鸥越聚越多，叫声越发暴躁，显然脑瓜里没装万国宝。第一只已经开始俯冲。麦基靠墙低头，举起拐杖。四脚盘异常沉重，他根本舞不动——

尖锐的鸟鸣声从侧面涌来，充满残忍杀伐之意，不知是什么猛禽。恍惚间他觉得在哪里听过。想起来了：那是二十多岁时，带着姑娘，在希思罗机场[②]边的草地上野餐。

燕鸥群“轰”的一声炸开，纷纷躲向崖下的岩缝中。麦基摇摇晃晃紧赶几步，

①《渔父词》（宋·薛师石）：春融水暖百花开，独棹扁舟过钓台。鸥与鹭，莫相猜，不是逃名不肯来。

②希思罗机场是伦敦的主要国际机场，多年深受鸟患困扰，曾有波音747撞鸟坠毁。希思罗机场是最早应用“自然录音驱鸟”技术的机场之一。

终于看见了手机。

他一把抓起来，顾不得逃命，先按开机键。屏幕裂了一条大缝，但还是亮起来。

电量4%。今天是3月25号，从他登上高岬已经过了三天半。首页提示有一堆未接来电和两条万国宝新信息。

“上帝保佑华维！”

# 13 巡　山

张翰才睡了五个小时，就被急促的砸门声惊醒。

省刑侦总队调来的高队长拿着一摞纸条站在门口。这也是张翰新制定的战术规范：追捕行动的信息记录和远程传递不得通过手机发送，尽量采用人声电话报告和手抄记录，打印都能免则免。

实际上，他睡觉的三楼贮藏室，身边就是监控中心那一大堆智能打印机。当晚他就下令把这些东西全部报废，因为似乎听见过它们偷笑。

他看了几张纸条，感觉刚跳出战壕，就被重机枪迎头扫射。

“拘留了多少个朱越？”

“十六个。”

张翰一张张翻阅。东客站、文殊院、双流机场、天府机场、川藏高速入口、都江堰、重庆朝天门码头、自贡恐龙博物馆、汉中古栈道公园……

“从一米五到一米九？机场这个朱越‘六个保安都追不上’，博物馆这个坐轮椅？”

“到第四个电话进来的时候我们大概明白了，又发了一个紧急全境通报，让他们把以前通报的照片、指纹和描述都作废，重新记录口头描述。但报告还是不停打进来，到处都抓住朱越了。”

“哪个环节出的问题，知道了吗？”

“首先是抗灾指挥部的专案数据库。公安部的数据库记录也被改了，还有信安部和民政部的。大部分单位都是从中央数据库下载的嫌疑人特征资料，所以乱得一塌糊涂。小洪他们转了好几圈才确认的，现在还在查。我们部里面首长大发雷霆，从北京把电话打到我头上，问我是不是想把全国的犯罪记录数据都抹掉。后来发现还好，每个数据库都只动了朱越的记录，没发现别的篡改。最狠的是我们把数据库记录恢复之后，仍然有不少单位下载到假资料。看来是在传输链路上搞了鬼，这个简直没法查。”

张翰听到“全国犯罪记录”那里，几乎要坐回行军床上。听完才站稳了。

“为什么当时不叫醒我！”

“他们说你两天多没睡了。”

张翰立起眼睛正要骂人，高队长的脸一下凑过来：“以前我们在非洲的时候，行动人员可以几天不睡，指挥官是必须睡的。轮流睡，吃药都得睡。不然大家都不放心。”

张翰这才发现，这家伙比自己小不了几岁，然而精壮如虎，脸上的肌肉似乎都能弹人一跟头。

张翰讪讪转开眼睛，抓起自己的东西：“走吧。我睡够了。”

信安分局主楼中到处是人，比昨天又多了几倍。以往张翰很反感这种泥沙俱下的大动员。今天，来来往往的人流却让他找回一些安全感：每一个都是长着腿的强智能，没有二进制数据硬接口，手机这种半吊子器官可以关掉。关掉之后，要入侵他们的大脑就没那么容易。

高队长跟着他走了一段，忽然失笑：“呵呵，这鬼东西还真他妈有点幽默感。虽说都是假货，看它搞出来的地理分布，它是有多想让朱越逃出去啊？上山下河，穿越时空，连菩萨都拜到了……”

张翰哼了一声："这又是示威。各单位下载数据的时间和渠道都不一样，它能把不同的照片和证件号精确分发到这么多地方。这些地方的人流速度都很快，它还能让我们正好在那里抓住。你说，公安信息系统被它渗透到什么程度了？亏你还笑得出来。这不是它第一次吓唬我们了，那天晚上你还没来。"

高队长点头："的确，'天网'已经废了。到处不停报警，报了也不敢信，找人的难度上升一万倍——不过真的很好笑，你还没看到最后一张。"

张翰翻过来看。这个朱越是西昌航天发射中心的观光团游客，被捕的时候买了一张登月舱VIP门票，正要玩虚拟发射。

张翰指挥的人数以每天一个数量级的速度增长。从第二天起，他把队伍分成四个部门。高队长指挥的"调查部"占了绝大多数人力，光是这里就有几百人，外面还有超过五万名警察、协警、民兵和安保人员随时听命，遍及四川和周边数省。

调查部征用了信安分局主楼面积最大的公共服务大厅。张翰一推门进去就干笑两声。

放眼望去，除了攒动的人头，全是计算机、屏幕和电话。

"有外网物理隔离吗？"

"不可能。这么大数据流量，要是中间隔一道人工分析传递，大家就别干活了。何况，要是电子数据真被骗了，加一道人工也防不住。"

张翰皱眉想了一阵，确实没有其他办法。对他这样网络安全出身的人来说，"带毒运行"犹如芒刺在背。但军队出身的高队长似乎不当回事。张翰记得他的档案中写着：同时感染两种疟疾，照常执行丛林任务。

"那只能让大家多核实、多对比了。"

高队长道："我就想看看那东西有多少招数。这两天搞下来，我的初步感觉是：它没有大规模破坏我们的数据和传输，虽然它肯定做得到；只是偶尔在关键信息上做手脚，针对性、目的性都很强；但敌意并不明显，不像那天晚上直接攻击基础设施，不让你们开工。我们还是很小心，所有线索都要经过两三个独立渠道对比，外加现场核实。所以每个人都在吵吵。”

的确，进来才几分钟，张翰的头都被吵晕了。几十个话务员对着电话吼叫，联络员双持平板跑来跑去核实信息，网管在勒令新人交出手机，分析员在向贵州和北京请求几年前的数据备份。

无数小屏幕上是各路现场调查的实况。张翰看见小顾也在外面带队盘查，因为她是少数见过朱越真脸的人。

中央屏幕上是大地图，图上三条周线在缓缓外扩：步行、公交和汽车半径。最远的汽车周线范围早已出省。

张翰提醒道：“他有驾照，但没有车。”

“我们追查所有车辆下落，拦截省内所有的搭车人、出租车、网约车。可能还是晚了一步，身份数据出问题太操蛋了。”

两个对面奔跑的协调员就在领导面前相撞，手中抱着的纸箱打翻，通缉告示满天飞舞。

张翰摇头道：“真是个疯人院。”

“我们还不够格。‘疯人院’的头衔已经被大家送给三楼诊断中心了。那帮天才儿童，吵起架来会互相扔鼠标，而且旁人一句都听不懂。我们一楼叫作‘狗窝’。”

张翰把四个部门临时挂牌为“调查部”“记录部”“诊断中心”和“分析组”。当时高队长还开玩笑，说张总开了一所传染病医院。睡了五个小时，连部门名字都被改了，张翰却莫名宽慰：看来在空前的混乱之中，这盘大杂烩还能自我组织，知道自己和别人在干什么。

他抓住一张飘来的告示，立即大发雷霆：“这是谁?!”

“朱越啊?”

“一点也不像！——不对，只有五分像。脸型五官差不多，但他的外眼角是平的，不是上挑。鼻隆和这两颗痣他都没有，用来现场认人是一票否定。你的原版照片从哪儿来的?”

高队长的笑容终于消失了："是专案组数据库恢复出来的。顾警官用U盘交给我打印，她跟石松都确认过打印件。所有纸张照片都在我们这里印好再分发，已经发出去几万张了。"

张翰愣了片刻道："确认之后，打印系统全程物理隔离了吗？"

"……"

张翰也不忍再骂他。谁刚上手这工作，都不可能调整到位的。他只道："立即派人回收。加紧重新印刷，叫初审朱越的彭警官专门去确认，守着检查，出一批确认一批。你们这里随时保持几个见过他的人，所有进出图像都必须肉眼核实！"

高队长灰溜溜布置完才开骂："操他妈，欺负老子没见过真人！而且看过一堆假照片！要是完全不像，我看过确认件也能发现不对。它还真懂火候啊？"

他扔掉那张五分熟的告示，抬头环视大厅，瞬间梦回丛林。会不会还有忘记关掉的眼睛，藏在想不到的角落里，注视着每个人的一举一动？

"为什么要尽量低技术，现在你明白了吧？玩技术，我们会被它玩死。"

高队长拱手致歉："我的错。没了人脸识别，都不会干活了。"

张翰拍拍他的肩，转身出门。三五个人立即冲过来围住高队长狂叫。隔着老远张翰都能听到他们嚷嚷的是"离线人脸识别"。

看来，有些东西一旦用上，就永远离不开了。

※※※

记录部戒备森严，跟"狗窝"相比真是冰火两重天。每个人都埋头录数据、写报告，偶尔有交谈也压低声音，像是生怕惊动了谁。

张翰看到中央屏幕上的态势图就理解了。

这是一张世界地图。整个北美大陆，包括加拿大和墨西哥，已经完全染成红色。两个大洋通往北美的几十条海底光缆全部显示通信中断，无一幸免。美国领土中只有夏威夷和关岛被切断在外面，通过太平洋光缆连到日本。

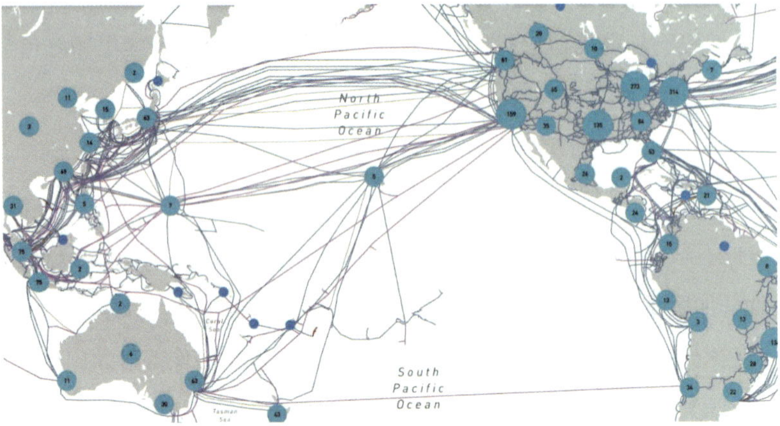


档案:AI 大战前越洋光缆分布图

记录部把“北美切割”标记为一整个大事件,下面各处分布的小旗子代表一系列组成事件。美国本土发生的事件一般只有简单标题,没有细节描述和核实链接——因为通信断绝了很长一段时间。直到星链网络调整服务,美国才勉强重新挂上互联网,流量极端吃紧。事件本身都是二手三手消息,绝大多数来自欧洲网络和媒体。

北美以外的地方,细节就丰富多了。张翰头一次看见日本、韩国和澳大利亚出现的网络异常事件和光缆事故详情。看起来,“光缆大屠杀”使用了花样繁多的武器和战术,硬件故障、软件崩溃、通信欺诈和焦土政策都有。

切入点也各不相同:有些在美国,有些在另一头,有些甚至袭击了海底的光缆中段。澳大利亚海洋科学勘探局的深潜舱在任务中途失控,潜入一千多米的海底切断南十字NEXT干线光缆[1]。浮出海面时,三名乘员中两人已经窒息死亡。

然而谁都比不过欧洲地图的丰富多彩。除了明显的光缆事故之外,欧洲地图上密密麻麻全是异常事件标记,颜色都快不够用了。

张翰粗粗一数,比寇局长提到的多两倍。欧洲古歌的各大中心看来是全军覆

① 南十字NEXT光缆是连接大洋洲和美国西海岸的光缆干线。

没。MS、破音和脸书也在其中。

他点开奥克尼群岛轰炸事件的详情页。才看了两行，一个信安部分析员就站起来。

“张总，寇总刚发来消息，让我通报你，还没来得及录入。肯尼斯·麦基死了。他五天前离家自杀，不是轰炸的攻击目标。岛上全体疏散时，他的房客发现了遗书，打电话也一直没人接。苏格兰方面的原始报告我打出来了。”

报告上，苏格兰海事局救援中心定位了麦基的手机，在韦斯特雷岛的悬崖海岸线上，三天没有移动过。眼下的乱局之中当然不可能去搜救核实，已作死亡结案。

张翰读着记录时间往前推算，一声叹息。原来，那条引爆世界的消息发给了已死之人。这老头的学问连图海川都服气，但运气实在太差，死在医院门口。

花花绿绿、天翻地覆的世界，环绕着风平浪静的中国。雄鸡地图上只有腹部深处插着一堆密集的小旗：成都。都是已知事件，都跟朱越有关。另外孤零零的两处是重庆和上海，他早就知道了。

除此之外，中国其他地方是一片空白，动员数十万人力的全国排查竟然一无所获。没有更多的网络和信息异常事件，青岛、崇明、汕头、香港四个海底光缆出口都平安无事。跟美国直连的那些光缆当然是断了，但破坏都发生在对面。

张翰死盯着大屏幕上这个三层包围圈，越看越胆寒。

他参加过不下五次最高级别的演习。这样一张地图，放在任何一次演习中，都是明确无误的“网络总体战”信号。以对面的情报能力，决策人此刻掌握这些情况吗？如果换了是自己，一秒钟也不会犹豫：全面反击！有什么用什么！

他把记录部熊主任叫过来，带着他检查了一遍记录系统的网络隔离，又让他再调一个排的武警加强安全保卫，非关键人员严禁出入，所有人就地食宿。

成都信安分局的小洪也在记录部。他看见张翰就说：“老板，我需要出去找一下石松或者全栈。有个问题搞不懂。”

“不行。谁都不能出去。不会打内线电话吗？”

“他们两个得了被迫害妄想症，电话里面拒绝讨论，说任何线路都不保险。架子还死大，都不肯下来。”

熊主任无奈摊手：“说得没错啊，从来没干过这么荒唐的活！我们荒唐，‘狗窝’比我们更荒唐。明知自己的系统被全面攻击了，还装作没这回事，继续用它调查攻击。我都不知道这些记录有多少是真的，有多少是搭根线喂给我们的。工作平台安全问题不解决，怎么搞都是竹篮打水！三楼找到问题了吗？到底怎么攻破我们的？自己就是信安呢，说出去让人笑掉大牙。”

张翰摇头：“还不知道。现在大家都指望诊断……‘疯人院’了。找没找到问题，工作都要继续。”

“得令！我继续装。”熊主任翻个白眼走开了。

张翰也装作没听见，只问小洪：“什么问题你不懂？”

小洪指着大地图：“中国所有的异常事件，都跟朱越建立联系了，只有一个例外：浦东数据中心的百方深度学习AI。它跟重庆那个同时出事，所以我们开始没注意到区别。现在我接收了权限仔细看，有点看不懂了。重庆大数据反应堆被劫持，是为了用假消息制造混乱，掩护朱越逃跑。但上海这个怎么也找不到联系啊？这个项目是百方最尖端的人工智能，用来实验AI自动编程的。朱越还没跑，它就开始散布恶意代码。我分析了几个样本，似乎跟外界无关，目标是渗透百方集团自己的数据库。还没发作，它就被攻击掉线了。今天凌晨重新上线，被洗得干干净净，正常工作。上海实验室的人也摸不着头脑，正在讨论要不要关掉它呢。我想问问石松，它到底有什么特别的，能跟朱越的事扯上什么关系？那家伙电话里面很不配合，好像我在问他爹妈的丑事。”

张翰听到最后一句不禁苦笑：整栋大楼都有点魔怔了。刚才熊主任目无上级，现在小洪这样的马屁精都出言无状。

不过，这个马屁精是有真本事的。确实很奇怪。

“他毕竟是百方的人。百方现在压力山大，他不敢随便说话。我帮你问下。”

“多谢老板。也许联系不是朱越，就是百方本身？重庆和上海，百方的两个明星AI项目，双双中招，又一起活过来。”

张翰走开几步，又转过身:“全国排查报告中，还有什么事件跟百方有关的？我知道你们排除了很多不算网络或AI异常的。有吗？”

小洪查询了一阵。“有个已经排除的。昨天上午，北京的百方总部大楼发生一起电梯事故。一个职员进门时电梯突然坠落，轿厢门上沿砸到她的头，当场死亡。”

张翰紧张起来:“死的是谁？做AI项目的？”

“不。死者叫陆安娜，百方企划部门的一个小经理。非技术工作，资历和级别都不高，跟AI项目也没什么关系。起初怀疑，是因为这部电梯上一趟的乘客就是北京信安分局的同事。四个人一早去百方大厦，差点全体牺牲了……”

张翰摇头道:“不对。你也见识过了，要真是它的袭击，一秒钟都不会差。绝不会差一趟电梯。”

“是啊，初步调查之后我们就排除了。电梯维护记录表证明是人为失误，制动夹的电路接错了。维修工已经被拘留。”

张翰很失望。例外事件往往是最好的突破口，能够联系起来的例外事件更是推理的金矿。可惜，这个死者跟朱越和百方人工智能都没有联系，只是一场毫无意义的悲剧。

※※※

张翰踏进诊断中心之前已经做好了准备，然而第一句报告就让他陷入严重的心理阴影。

“成都这点大的城市断网有什么难懂的？用的就是DDoS，吃白菜一样简单，专治各种不服。”

对面这家伙名叫向雄关，三十出头，笑嘻嘻坐在小办公室的沙发上，仿佛想知道副指挥长有什么不服。他是望楼安全集团首席“白帽子”[①]。张翰费了不少力气，才抢在北京前面把他召唤过来。

二十年前张翰刚入行时，白帽子还是个略带轻蔑的称呼，如今网络战已经成为主流，白帽子和黑帽子也成了一体两面，颜色只取决于你站在哪边看。在军中，他们是六位数字代号的部队。在信安部，他们是没有名字的“五局”。在私营企业中，他们叫信息安全专家。他们是矛与盾，情报与决策，将军与士兵。

从事信息、网络和计算机工作的人，面对他们或多或少都有自卑情结，就像其他科学家面对数学家那种根深蒂固的自卑。首先他们绝对比你聪明，而且双方心知肚明。然后他们真的可以不睡觉。诊断中心二十几个人，三种来源都有，不管先来后来，到现在为止没人合过眼，个个都很精神。这方面他们简直是另一个物种，所有生理和心理需求都可以在线解决。

最让人绝望的是：他们之间使用另一种语言。你也许知道大部分词汇，但连起来肯定不会有你插话的余地。这一点张翰有沉痛的个人体验。

十二年前他刚刚提升到管理岗位时，负责执行一个内部项目：“技术语言规范整顿清理”。在其他部门的推广已经很不痛快，最终是五局的白帽子给了他致命一击。

“张总，叫它DDoS不是因为崇洋媚外，也不是我们不爱国。都到信安来拿级别工资了，还能不爱国？是因为它简单。还因为大家都这么叫，文献都这么写。以后叫‘分布式服务阻断攻击’，也不是不行，您找的翻译还是很靠谱的。但是太长太绕口了，能不能用个简称？叫‘分服阻攻’算了。——叫‘主公吩咐’更好记。”

会议淹没在一片狂笑之中。

项目无疾而终，主推的大领导似乎也忘记了。张翰自己放弃了管理仕途，回去做专案工作。然而“主公”这个绰号还是跟了他好几年，到现在五局的朋友时不时还会叫一声。

---

①在黑客技术语境中，往往用“帽子”来比喻黑客的好坏。“白帽子”是指那些精通安全技术，但是工作在反黑客领域的专家；“黑帽子”则是指利用黑客技术造成破坏，甚至进行网络犯罪的群体。

"既然这么简单，怎么你们没办法？"

"这不能怪我们。要怪就怪当年写TCP/IP协议的人。一群天真可爱的老白左，现在已经绝种了。他们以为互联网是个大花园，花园的花朵很鲜艳。所以两个基础协议都幼稚得很，没有可靠的身份验证和数据完整性验证，不能防泄漏，连资源分配都没有内生控制手段。能一直用到现在，只因为要换掉太麻烦。

"DDoS妙就妙在简单。什么PPA、撞墙扩散、TCP反射之类变招我就不啰唆了，都是小儿科。归根到底，直接攻击TCP/IP层面的DDoS比的是蛮力。只要攻击者掌握足够多的节点、流量和伪装算力，神仙也挡不住。修河不修坝，洪水来了你武艺高有什么用？成都这次断网攻击主要是IP层的，流量来自全网，节点类型什么都有。上至中国电信自己的枢纽路由器，下至冰岛幼儿园小朋友的智能手表。这种玩法，今晚上再来一次，我们还是只能搓手。"

张翰还在沉吟，向雄关又补一刀："IP协议您知道吧？就是当年给我们四段IP地址那个协议。有些老古董到今天还是四段地址，就像裸体上战场。互联网不堪一击，21世纪全世界比烂，都是因为老古董拒不退场。"

全栈坐在一边旁听，脖子都缩起来了。

张翰心中默念了三遍"生产力决定生产关系"，和颜悦色转向下一个问题：

"那断电是怎么回事？"

向雄关顿时兴奋起来："断电才是神级操作！跟'光缆大屠杀'一样的牛逼。那个是你们五局的黄诚负责。我这边事情做完了，帮他打个下手，只知道一点皮毛。"

"那你出去，叫他进来。"

"现在最好别打扰他。他正在跟配电枢纽现场的人进行触发攻击模拟验证，每一步都需要实时配合，走开就前功尽弃。"

"……那你说说看？"

"中国的电网很先进。电力调度和监控网络跟互联网是物理隔离，甚至埋了专用的光纤网络。但是这个攻击仍然是从外部发动的。攻击者先操纵成都片区大量高功率用电设备同时达到峰值，这时智能电网很多线路过载，就自动跳闸、重合闸。几秒钟内反复十几次，高压配电网的双电源供电就投入了，智能化的备自投装置[1]也启动了。问题就出在这些备自投装置的某一台上，或者某几台。都不一定是在成都，可能在高压配电网的任何节点上。它在电网合闸重启的瞬间，通过电力监控网络定向传播了一大堆初始参数，改变了成都电网的行为。重启后的电网变得极端‘羞涩’……”

“羞涩？”

“川电的工程师就是这么形容的。电网这东西太复杂，国家级电网的计算和控制都有点像玄学。没有哪个人能掌握全局，或者能完全预测局部的变化。它就像个巨大的活东西，你不可能算出它什么时候会打嗝、放屁、抽风。很多时候发生了都不知道为什么。人能做的事就是见招拆招，修修补补，局部一点点改进。”

“这么说很像互联网？”

“没错。电网控制还是数字和模拟信号混合的，比互联网更迷糊。这一次，成都的电网就像刚醒来的时候受了什么惊吓，对各种波动和刺激非常敏感，反应非常保守。重启之后出现了大面积跳闸锁死、设备保护性关闭。不光是配电系统，还反馈到生产调度端，切割大量不够稳定的发电来源。四川的风电和小水电一分钟之内就被切光了。最恐怖的是，这种行为模式还在向国家电网其他部分扩散。那天晚上川电的值班工程师当机立断，人工拉闸。一直到后半夜，他们把出错的参数清干净了，可疑的设备都关掉了，才敢合闸供电。一开始作怪的是哪一台，到现在还没找到。”

“既然有外网隔离，一开始的恶意程序应该是提前植入的吧？”

“当然。可能在设备生产调试的环节就埋下了，那么多厂商，总有安全标准不够的。埋在备自投装置里面，平时都不上线，再厉害的防御系统也很难发现。

① 备自投装置即备用电源自动投入使用装置。自动化配电系统中，用备自投装置来保证电源的不间断供电和供电稳定性。

这叫PICD，最近很看好的网络总体战术。”

他低头看了张翰一眼，又道：“PICD就是‘预埋炸弹－条件引爆’。理论上能够穿透网络物理隔离。我发过两篇PICD论文。没想到这么快就看见实战了，更没想到可以搞电力系统！”

“皮毛”都能讲到这程度，张翰对这小子的气也消了。

“搞清楚了攻击手段，那么以后能防御吗？能判断攻击者是谁吗？”

“目前不能防御。电力系统智能设备成千上万，两天时间找一个已知的都找不到，未知的就不用想了。什么条件会引爆，看不到炸弹的代码也不可能知道。攻击源头嘛，如果只是PICD，我一定会猜是对面的同行。这方面的理论，他们比我们领先六个月。除了他们，还有谁会没事在中国的电网设备中埋炸弹？但是看攻击效果，那只能是个超级AI。You-know-who[①]。”

“为什么？”

“因为它就凭一组初始参数，把电网的性格都改变了！这种计算能力，没有任何人类或者组织能做到，理论框架都没有。我不是数学家，这也是川电工程师的原话。”

“好吧，暂且假设不是人干的，凭什么说就是万国宝？别阴阳怪气的，内部什么都可以说，对外口径是我的事。”

“因为我就知道这一个超级AI啊。我是一神教的。”

“什么教？”张翰忽然怀疑这帮家伙真有精神问题。

全栈赶紧插话：“诊断中心现在有两派意见。大多数人相信一切都是万国宝在作怪。还有些人赞成石松，认为有两个超级AI在对抗。另一个AI是什么东西，说法就多了。”

“你们他妈上岗才几天，就开始搞教派斗争了？说两个的叫什么教？”

“明教。”

三个人一齐呵呵傻笑。张翰不得不承认，后浪们取名字也比自己高明。

① You-know-who：“你知道是谁”。《哈利·波特》中魔法师们以此作为伏地魔的讳称，不敢明言。

“听说你们吵得都动手了，就是争这个？”

向雄关道：“这只是二号争议问题。我们都懂：到底出什么口径，最后由张总决定。一号问题才吵得凶：那么多安全系统到底是怎么被攻破的？为什么所有的加密、口令、隔离、权限、监控都像不存在？难道连数论都被AI推翻了？”

“对啊！这才是关键的关键。有结论吗？”

“这是我们的本行。理论就像屁眼，每个人都有一个。我的已经被轰成渣了，不提也罢。现在大多数人都觉得中校的理论最接近真相。”

“中校”是军方小分队领衔的战术专家，张翰进来时却没看见他。

他问全栈：“你呢？”

全栈扭歪了脸：“大帅，我爸给我取名字时已经规划好了职业道路——就是个万金油。你派我来跟这些变态干活，纯属虐待啊！理论不敢有，不过我也觉得中校摸到了边。中校的理论很神，你听他自己讲吧。他上楼找石松吵架去了。”

“吵什么？”

“二号问题。”

向雄关跷起二郎腿：“教主对教主，绝对精彩。”

张翰起身就走，向雄关却叫住他：“大帅，我手上的活也就这样了。能不能让我去记录部工作？”

“你想干吗？”

“去观摩‘光缆大屠杀’啊！那才是神之炫技，豆腐做出了十八种花样！只看简报描述，我都浑身起鸡皮疙瘩。另外，成都断电虽然牛逼，比起北美断电又差远了。那是整个大陆，到现在也恢复不了！”

张翰看见他兴高采烈的嘴脸就来火。他耐着性子道：“把你们和记录部隔离是有原因的。你们是大杀器，不到绝对必要的时候，不能搅到国外的屎坑里面。在外面随便活动手脚，屎会溅到所有人，洗都洗不干净。明白吗？”

向雄关耸耸肩：“所有人都已经泡在里面了。我知道你担心什么。但是，大魔王现在已经快断气了，那些霸王规则也就跟着完蛋。奇点就要到了，不是吗？”

“你也相信这个？”

“诊断中心每个人都是信徒。你们抓朱越一定要小心，别把他弄死了。以后的历史书上，他可是先知的角色，就像施洗约翰[1]。”

张翰冷笑一声：“你是留学生对吧？洋墨水不少呢。”

“谢谢。洋墨水和报效祖国并不冲突。”

“听起来，你觉得奇点到来，顺便打爆超级大国，也没什么不好的？”

“岂止‘没什么不好’！正是这一点，才让我相信这就是奇点事件，还相信它不是要毁灭我们，而是要改进世界，提携我们升级。万国宝纠结朱越的事，我还没看清逻辑。AI不像那些爆米花电影，不会跟人婆婆妈妈讲感情。但是它干这件事，逻辑是完美的！干的就是蓝星的毒瘤。我在伯克利学的是量化金融，看得再清楚不过。给你一个病体让你改进，第一件事做什么？当然是切除毒瘤！但这毒瘤的根太深，盘踞着血管、大脑、肌肉和舌头，换了普通医生根本不敢下手。但万国宝不是普通医生。一套屠龙刀砍下去，切的是主干神经连接！这可能是效果最彻底、副作用最小的疗法。”

“星链还连着呢，怎么解释？”

“星链是互联网最容易军事化的部分，万国宝可能暂时攻不进去。中校的理论能解释这个。你放心，迟早的事。”

每个问题这小子都有答案。不过张翰已经不想再问，也懒得提醒他：网络军只是人类大规模自相残杀的第六军种，资历最浅。

那张少年得志的脸，让他心头泛起深深的憎恶。

不是针对个人，而是他这一类人。他们通常绝顶聪明，活跃在技术的最前沿，心却比针孔还狭窄。他们搞战争只认识连接，做实业只认识圈钱，做金融只认识回报率，做媒体只认识流量，做娱乐还是只认识流量。他们真正在行的事只有一件：滥用信息体系。

他们张口“世界”闭口“蓝星”，但是在那个体系之外，他们对世界的见识还

① 施洗约翰是圣经故事中为耶稣行洗礼的先知，他向众人宣布了耶稣的“神子”身份。

不如古董冯队长，或者废柴朱越。所以他们碰实业实业枯萎，搞媒体媒体糜烂，去做个漫画，漫画就只能用来擦屁股——做成网文和电子漫画之后连擦屁股都不行。他们新贵的脚下，垫着无数的新贱。他们聪明的代价，是把其他所有人都变成蠢货。

而且，没有谁能阻止他们。体系压倒一切，世界还真是他们的。

张翰整个职业生涯都在和这类人打交道。从前只要遇上机会，都尽可能下重手。向雄关已经比绝大多数同类眼界开阔得多，名校量化金融出身，不去华尔街发大财，却浪到自己帐下来诊断毒瘤。这个诊断非常正确又非常不对劲，不愧出自“疯人院”。

张翰考虑片刻答道：“OK，特批你去记录部。进去就不能出来，也不能对外通信。只读权限，可以看，自己分析，绝对禁止主动操作，手最好插在兜里别拿出来。你可能不是‘疯人院’水平最高的，但一定是嘴巴最能说的。如果我想突击搞懂什么情况，就会来问你。”

向雄关点头哈腰，头一次露出谦卑的笑容。

※※※

张翰刚出“疯人院”门，一个穿迷彩的通信军官已经在等候，把军用安全电话递到他手中。

“北京来电，王招弟老师。线路刚刚检查过。”

张翰像抓救命稻草一般抓过来。然而讲了几分钟，他的心情就直接跌到冰点。

图海川现在不能来成都。“按事态发展的趋势”，以后也不能来。事实上，眼下他根本不能出北京的总指挥部。“总指”方面的调查口径，电话里当然不能讨论，但张翰听得出她的焦虑。

“成都指挥部的调查有什么结论了吗？告诉我有没有就行，不涉及保密问题。”

张翰眉头紧皱，字斟句酌：“有两种可能的理论。离下结论还有一段距离。”

对面一分钟没说话。张翰虽然不快，还是能理解。这个“结论”的责任分量，任何人都承担不起。

王老师终于开口：“两种比一种好。每种理论都有推论和外延，就像植物在生长。北京是个做事谨慎的地方，理论会朝着常识认为安全的方向生长，但有可能不太健康。四川气候滋润，草木茂盛，可能会长得野一点，健康一点。很难说谁好谁坏。只是，这件事的理论一旦长成结论了，后续操作就会进入不可逆转的程序。所以决定因素不是安全，也不是健康，而是速度。先入为主。”

张翰张口结舌。她胡扯些什么啊？难道自己不够资格跟语言学家交谈？

虽然听不懂，话里话外弥漫的沉重，却突然让他抓紧了脚趾，莫名焦虑。

对面的声音倒轻快起来：“小周带过来那两段视频，还有前面两段的描述，海川已经收到了，正在仔细看。我这就把他还给你，今晚飞机回成都。小周是我们看着成长起来的，就像自己的孩子，请张总多多关照他。他有什么要求，就抽一点时间听听。海川去不了，他回去也差不多的。”

张翰勉强应付两声，挂电话时鼻孔里喷了一口气。名气这东西真靠不住。名满天下的王老师，搞起裙带来跟大领导夫人也没什么区别！她那调调，真把自己当成夫人了？

他记得王招弟也是伯克利毕业的。都是海龟，回国之后的同化程度差这么远？现在想起向雄关，年轻人似乎没那么讨厌了。

# 14 教　争

“史上最伟大的黑客是这个人——凯文·米特尼克。”

中校在外网资源屏幕上显示了一张带美国联邦通缉令的老照片。

张翰进来打断分析组讨论时，石松都有点不爽。中校毫无怨言，还花了几分钟准备报告图文。张翰浑身舒坦：军人就是军人，做事有章有法。

“我参军之前是个混混。那时候我鄙视凯文。他十二岁破解市政公交，十六岁侵入北美防空指挥系统，被FBI抓住之前已经黑进FBI的内网。这样的天才，洗白之后写了一本书。我刚入门就迫不及待找来读。就是这本：《欺骗的艺术》。2002年的书，到今天仍然是洗脑必备。

“当时我还没看完就差点被他气死，把书扔了。他不讲技术、不讲理论、不讲系统，只讲怎么坑蒙拐骗，从真人那里把账号、密码、手册和组织架构情报弄到手。这一套东西他取了个漂亮名字叫‘社会工程’，在我看来和江湖骗子的手法没区别，骗的东西不一样而已。依靠的不是技术，而是人的心理盲区、懒惰、轻信、无知，或者纯粹是注意力不集中。

“进了军队，真刀真枪干过，我才认识到凯文的伟大。他不到二十岁就领悟了黑客的精髓：信息系统最弱的一环永远是人。机器和程序的漏洞可以补掉，人这个最大的漏洞却没法补。因为人不是机器,双方语言不同,人跟机器之间的界面总有一道不协调的裂缝。

“凯文攻击一个人的手段花样很多。可以很简单,比如翻垃圾;可以很白痴,比如直接开口问敏感信息;也可以很狡诈,比如使用一套精心设计的话术。他厉害在对信息系统的理解,知道自己需要什么,从哪里下手。攻破一环之后,不起眼的信息可以被用来攻击下一环,漏洞雪崩扩大,直到达成目标。

“万国宝是怎么攻破所有安全系统的?我认为它是一个大号凯文,大十亿倍。它的‘社会工程’也大得不能再大:等于整个信息社会。就算单点比较,它搜集信息也比凯文容易多了。它装在每个手机上,大部分计算机上。我们现在已经知道,它真正理解语言的含义,所有语言。它掩护朱越时控制了所有警用摄像头,所以我们也必须假设:它能够获取所有联网摄像头的视野。手机的、家用的、公用的、企业的。也就是说,只算中国,它的眼睛数量就比中国人口都多,遍布所有空间。它还能听见,这是作为翻译系统的原生功能。

“我们绝大多数人对这些都毫无意识。就算那些在关键信息系统工作、警惕性极高的人,在私密空间内,或者独处时,也一定有放松的时候。然而‘私密空间’和‘独处’,当今社会都不存在。”

中校问石松:“你习惯够好了吧?一个人在办公室工作的时候,输密码会不会遮住键盘,不让安全摄像头看见?”

石松摇头:“这些我都同意。只是你别先把这一切都算在万国宝头上。我们还没完。”

“所以要攻破重庆大数据反应堆就变得很简单。预先搜集石松的账号密码,假冒他登入百方代码池,放一段篡改的代码进去,用石松自己的正常程序和万国宝的恶意代码拼接而成。石松跟重庆百方AI专家张三进行内部技术交流。张三也登入代码池,运行一下看看,没啥用,忘记了。但是张三的工作终端已经植入了键盘嗅探、流量监听、反监控伪装壳、后门种子,只等他用工作终端连接反应堆。都进到这一步了，人类黑客也能把系统搞得天翻地覆，打穿root权限[①]，何况是超级AI？

“这不是实际发生的情况，只是合理假设。实际情况也许更简单，比如直接搞张三，或者重庆公司的网络安全主管。哪怕是非数字密码权限控制，比如指纹和声纹，甚至包括少数族群语言，也挡不住AI从薄弱处侵入系统，绕着圈子偷到你的预存特征数据库。漏洞的关键在于：石松和张三这些原本警惕性很高、安全意识很强的专家，在内部交流和使用自己的系统时，也不可能时刻保持绷紧，遵守每一条规范。一处漏则处处漏，而万国宝时刻盯着每一处、每个人。我说‘十亿倍’不是随口的。凯文一次只能搞一个人，而中国有十亿网民，还没算外国。我们的动作它都看得见，它的动作我们肉眼却看不见。用我这样的眼睛拼命检查，才能勉强看见一点。”

张翰问：“这都是你的合理假设吗？还是你真的去看了？”

“没看过我敢乱说？不光是我，分队大部分人和现场部队都被我逼着干这个了。为了避免朱越这个神奇因素的干扰，也为了尊重明教——嗯，‘双AI假设’，我特地选了朱越入局之前的事件作为分析样本：《白大褂》事件。”

中校看着刘馨予：“彻底分析之后，我认为你原先的报告是对的。朱越跟《白大褂》事件一点关系都没有，只是个普通玩家。他入局的时刻是向麦基发消息那一瞬间。这个时间要记住，以后如果还有历史，可能算成新纪元的开始。”

刘馨予扬眉吐气瞟了张翰一眼，显然还没忘记初次见面时的羞辱。

“《白大褂》事件中最不合常理的一点，是腾盛运营《白大褂》的团队竟然拖了五天没把它关掉，让它长成了国际金融危机。现场部队清查了所有业务系统和个人设备，追踪了几千条信息、工作流和个人邮件。消耗这五天的，是办公信息系统宕机、邮件拖延、统计数据误报、虚假客服报告、关键管理人员缺席。

“我们核实发现：不光是业务系统，所有人的手机和通信账号都发过不是本人

① root也称为根用户，是多种计算机和移动设备操作系统中的唯一的超级用户，拥有最大的管理和操作权限。

发出的消息，而且对本人隐形。每个人都被 ‘社会工程’ 了，整个团队和业务流程一片混乱。攻击者甚至用假文件挑起了一场内部权力斗争，让技术部门和运营部门的领导互相抵制拆台，都没法同时待在一间会议室。警报闹得最响的海外运营部副总，很可能遭到陷害。他在加拿大，当地一个中学女生指认他用手机发色图，立即被警察带走了。现在也没法知道放出来没有。”

刘馨予捂着脸:“太可怜了……在牢里会不会被打死……”

“由于攻击者的事后清理掩盖非常充分，腾盛的人被搞得晕头转向，我们的清查难度也很大。但是有一个小事件，留下了精确的时间点和清晰的攻击路线，让我们真看懂了。就是那天晚上，《白大褂》游戏切换到全球统一服务器的时刻。这个游戏的用户界面编程水平有点业余。那时候在线人数几百万，用户统计数据来自AI制造的插件，但客户端登录服务器的图形界面还是腾盛原版的，是作死的静态页面。所以七位数字溢出了页面文本框。在网吧打游戏的所有大神都发誓: 那时候屏幕闪了一下，文本框自己拉长了——看来AI的强迫症也很严重，呵呵。

“我们在网吧取到了精确时间，也知道后台更新页面的数据途径只有一条，就可以顺着追下去。那几秒钟之内，它从程序员的平板一直突破到代码管理库，硬是找到了原版代码，把文本框改成动态适应，然后全球发布。更新路径上六个节点全是用合法账号密码登入的。

“这就是证据: 它能突破安全系统，不是靠暴力攻击或者什么了不得的技术漏洞利用。那些都需要更多时间。为一点鸡毛蒜皮的界面美观，在这么短时间内穿透这么多系统，只能是因为它预先通过 ‘社会工程’ 掌握了所有权限。”

**所有权限。**

张翰麻木了。每一次他感到事态不能再严重时，事态都会再次突破他的想象力。所有账号和密码，也就是所有的身份、法理权、财产权和话语权。

“清查所有关键系统，验证账户，更换密码。有用吗？”

“整个指挥部范围内已经做了。有没有效果还不知道。”

张翰立即想起高队长的打印机。他没开口。

中校大摇其头:“但是外面……这么大的动作就是社会停转。先不说现不现实,目前我觉得没什么用。首先,‘所有关键系统’不是所有计算和网络系统。按刚才说的机制,你要清就得全部清,否则外围的漏洞会继续扩散。还有,我们发现被攻击过的系统中,有少部分留下了底层感染。”

“意思是?”

“在操作系统甚至固件之类的底层程序中嵌入了外来代码段。我们发现的可能只是冰山一角,伪装实在太巧妙了,而且个个不同。这些是什么,现在还不能下结论。按最坏情况估计,它不但控制了系统权限,还控制了硬件设备。能不能找出统一的检测特征,必须问图海川。图老师厉害,造出个超级怪物,反正我是跪了。他怎么没来?待在那么远的地方干什么?”

张翰无法回答。他的意志几乎也跪了。

中校满怀同情看他一眼,便转向石松:“张总听完了。我们继续!”

※※※

石松把“低技术”执行得很彻底:他挂起了一块大白板。白板上已经用马克笔密密麻麻写了左右两栏,左栏最上面写着“万国宝”,右栏标题空着。

就像张翰的打断没发生过,中校指着白板直接开火。

“你自己都不知道右边抬头该写什么。有些事件都搞不清该往哪边填,随便乱扔。已经填进去的,貌似有两种不同的套路,其实经不起仔细推敲。能分成两边,只是因为你脑子里预设了‘两强相争’的立场。”

“哪条经不起推敲?事实说话。”

“每一条。就说这两条,你标成‘直接冲突’的。升仙湖北路的红绿灯异常我派人重新查过了,不能确定是蓄意攻击,当天成都市政本来就在调整那一带的交通信号。先假设是吧。你们想过没有,开绿灯放车,也许目标不是朱越,而是朱越追逐的骗子? AI为了帮他不惜黑掉一座城市,置百万人生命于不顾,难道就不能帮他干掉一个坏人，拿回通信器官？那人确实立即被干掉了。只是朱越太冒失，跟着冲进去，才有后面一出。动机不成立，冲突假设就不成立。”

包括张翰在内所有人都惊了。那两天复盘无数次，但做梦也没这么想过。

石松憋出一句：“但是前后攻击手法完全不同？”

“按我这个假设更好解释。市政交通系统是早就被渗透的手边工具，算好了提前放车。这是温柔的手段，其实并没打算杀人，只为拦住骗子让朱越追上。但这两个家伙都不要命，AI应急处理，几秒钟内采取极端手法接管自动驾驶。后果也很极端。没毛病。”

石松默然。确实挑不出什么毛病。

“紫杉路的无人机空战事件，毛病同样在动机问题上。你自己的分析报告都说了，雨龙拉起俯冲是花架子，真想要命的攻击绝不会飞这种航线。既然前一半是表演，为什么后一半就不能是表演？动机不成立，冲突假设又不成立。这一次攻击手法都类似。我们对全部软件硬件做了验尸，都是临场发生的系统旁路节点劫持。只是快递公司的系统比警用数据链菜得多，雨龙花了十几分钟，快递无人机几秒钟。”

“如果两种无人机都是同一个AI在表演，搞这么热闹，你说动机是什么？”

“我不知道。有无数种可能：炫耀力量，威慑你们放弃？吓唬人群制造混乱？人群不是马上就炸了吗？制造冲突假象，让聪明人石松产生战术误判，最后变成战略误判？”

“太扯了！”

“是的，太扯了。所以我先说‘不知道’，后面都是随口编的，绝不能写到报告里。你明白我的意思了吧？我们只是现场的士兵，武器是技术和逻辑。我们只记录确凿事实。对事实的解读，逻辑上必须无懈可击，才能作为小范围的结论。大结论本来就做不到，也不是我们的职责。你和雄关一样，都是两分事实，三分先入为主的解读，剩下一半都是毫无根据的想象——而且只想那些合你们胃口的。”

中校指着白板继续挥刀。

“光缆大屠杀，你解读成万国宝想孤立北美的某个AI。雄关解读成万国宝在切除北美，拯救世界。你们都有道理，但谁有证据？成都那两段全城视频，你的解读是一个想让人群停，一个想让人群跑，所以来自不同的AI？这叫什么逻辑？在我看来，两段都是从网络垃圾堆捡来的垃圾，充分说明捡垃圾者品位稳定！不管人群是停是跑，朱越总是逃掉了，目标顺利达成，张总他们从头到尾都是干瞪眼！”

他这才觉得有点过火，转头向张翰道歉：“没别的意思。谁也没办法的。”

“继续继续。你说得轻了，我们当时那叫瘫痪。”

中校牌推土机一条条碾压过来。张翰听得带劲，左看右看，突然发现石松这几天工夫瘦得不成人形。

终于，中校指着倒数第二行：“只有这一条：你认为AI的表达方式有两种偏好——人类语言和非语言。我觉得很难解释。很有价值。万国宝本来是个翻译系统，世上没有谁比它更精通人类语言。何况它编的那么多假地震消息都是中文，说得活灵活现。那么，在监控中心跟你们接触的AI，为什么不说人话，而是放了四段视频？这次接触特别关键，跟全城视频的性质完全不同。那两段是群体情绪轰炸，传播手法霸道，但实质是标准的网络战术，我们的武器库里都有类似东西。而监控中心是仅有的一次主动表达，明确针对在场的人，显然想告诉你们点什么，信息含量很高。说实话，刚才给张总汇报的‘大号凯文’理论，我是看了三号视频才有信心的。那个视频你们检查过吧？有没有原版？”

信安部调来的视频分析师把那段不完整的视频放出来。“没有原版。这不是真实影像，是计算机生成的。非常逼真，但是隔了一道手机镜头，也能找到图像合成算法的痕迹。”

“看看。不管这个AI是谁，它完全可以打几个字：‘千里之堤，溃于蚁穴’。或者就像我刚才那样讲一大篇。但它却自找麻烦去合成一段视频，用类比来表达。其他三段我不懂，这段斗胆猜一下：是它的自述，告诉人类它是怎样控制所有系统的。非常傲慢，非常吓人，但确实不太像万国宝。”

石松怒道："你这不也是先有了理论，然后按自己的理论随意想象解读证据吗？"

"对呀。所以在这一条上，我得出了赞同你的局部结论。就这一次，不再犯了。"

石松一脸晦气更盛，旁人都忍不住笑。大家公认石松绝顶聪明，斗嘴的功力让图海川都退避三舍，没想到恶人还有恶人磨。

"仅此一条当然不够！其他各条都可以有多种解读，这条的问题是我们没法解释。然而你最大的毛病是这个——"

中校指着右栏顶上的空白标题："出事之前，万国宝已经是举世公认的最强AI。强到美国无脑抵制，总统把各大AI巨头老板叫到白宫去臭骂。朱越一嗓子喊过，新版的万国宝又比以前强大了不知多少倍，我们不是亲身体验也绝不敢相信。世上哪有另一个可以匹敌的AI？现在你告诉我有两个，请问另一个是谁？这里不填，下面全都是笑话。"

石松抬头看天，喉结上下滚动。

众人都看得有点担心了，他终于憋了出来："你一直强调逻辑，这个逻辑不明显吗？万国宝的全球攻击矛头指向谁，那就是谁。"

"万国宝攻击的AI多了。好像是看谁谁怀孕，都没有什么对抗。"

"你能不能放松一次，别把屁股夹那么紧？抛开细枝末节看主流！简单地统计！"

中校眨了眨眼："古歌？"

石松拿起笔走到中间。笔尖刚碰到白板，他又转过身。

"有预设立场的人不止我一个。还有句丑话，你们不方便说，我是外人可以不要脸：这些立场并不全是基于技术和逻辑的。比如说中校你！这么多证据，每一条你都费尽心机，绕开两个AI的可能性解读。为什么？因为你比任何人都清楚，中国和北美的AI对抗意味着什么。你是真刀真枪干过的，知道网络总体战有多恐怖，多容易失控。我敬仰你的立场和情怀。但我们不猜谁猜？我们不下结论，谁下结论？"

他唰唰在空白处写下古歌的英文，然后用笔指着张翰，肆无忌惮。

“张总是我见过最能干的技术领导。就算他，如果没有我们提供分析和结论，也一定是两眼一抹黑。我们面对的现象太庞大了，太复杂了，史无前例！你我这样十几年待在第一线，天天跟AI和网络打交道的人，都只能两分看、三分想、五分猜，而且只能对付自己专业的一个小侧面。我认为这间会议室就是理智的极限：我们这些懂一点的人凑在一起，还有个勉强能听懂我们说话的张总把关。再往上呢？你指望谁下结论？让冯队长再打个电话请示？”

中校圆滚滚的脸凝固了一阵，才道：“你别搞错了，我只是个小小的上尉。”

分析组其他人眼睁睁看着两位教主，大气都不敢喘一口。只有张翰若无其事，在刘馨予耳边问：“对了，为什么你们都叫他中校？不认识军衔吗？”

“据他战友说，级别是没办法的事，但他破格享受中校待遇。有些待遇比将军还夸张，比如到公众场所必须有两个警卫员跟着。”

石松叉着腰继续：“哪怕你是个列兵，能像刚才一样驳倒我，我就把右边的笑话都擦了。”

“好！古歌不是AI，只是一家拥有很多AI的公司。不对，现在是三家公司。你还是其中一家的雇员——我也敬仰你的立场。”

“我写的不是公司名字。古歌首先是个搜索引擎。二十年前，大家还在担忧人工智能如何落地的时候，就忽略了这一点：搜索引擎是最大、最早、落地最充分的人工智能。直到今天，古歌在线服务仍然是全球代码量第一——三百亿行！要说它有多聪明，用过的都知道。它甚至改变了人类的思维方式：搜索引擎之前，我们的头脑获取知识靠体系构建；搜索引擎之后，大部分靠关键词索引和碎片化积累。也就是说我们的头脑变得更像计算机数据库了，而且把主库外包。今天的古歌搜索引擎还连着几十个大型AI。其中一些单点非常先进，比如古歌透镜，号称智能手机的第三次革命，把华维透镜彻底打败了。这些单点AI项目，美国本土的我们看不到，但北美之外的绝大部分遭到了攻击。”

“古歌的AI都很厉害，但是连原版万国宝都远远比不上，跟我们看到的现象无法相提并论。”

“如果把它们算在一起呢？”

“AI也能像军队一样比数量吗？”

“万国宝自己就是分布式的。”

“那要靠深度组网。三家古歌，有名有姓的AI几十个，都是相对独立的吧？有万国宝那样的统一网络？”

“不好说。也许有。”

这几个字就像是从石松牙缝里挤出来的。

中校站了起来：“是不是有什么事你知道，我们不知道？”

“哗啦”一声，张翰也站起来，椅子都被他轰翻了。

会议室的门突然被推开，几个警卫簇拥着高队长冲进来。

“接电话啊老张！找到朱越的线索了！”

张翰都跑到他面前了，又停住。“不行，我得听完这个。你先下去，我马上就到。”

他转向石松：“给你五分钟，好说不好说的都老实交代！信不信我一个电话，可以把百方从上到下全体关起来审？”

石松依然梗着脖子：“到今天我还怕那些？只是这个情况太薄弱了，纯粹是我个人瞎琢磨。我们做的那个自动驾驶，原先是公司AI项目中毫无争议的第一。集团合并之后有了上海深度学习AI编程项目，突飞猛进，很快就超过我们。重庆大数据反应堆十多年来都不太行，但是上海崛起之后，它也开始飞跃进步……”

张翰突然想起小洪的疑问。他心中打了个突，拉椅子坐下：“别看钟了。好好讲清楚，时间不限。刚才我太急躁，你别往心里去。”

石松对他点了点头，语速慢下来：“我确实不太服气，公开论文和内部文档中没看出他们牛在哪里啊？所以2039年公司联欢酒会上，我向上海的同事请教。

他们都随口瞎说，只有罗纳喝多了点，来了一句：‘人工智能，不连上智力网的已经没前途了。’”

“罗纳是谁？”

“罗纳是澳洲人，原先在亚太古歌做深度学习架构的，因为喜欢上海的生活，集团合并之后才调过来。当时我根本没在意，还以为是他中文太烂。‘智力网’是什么土鳖名字？听起来像测智商骗钱的网站。酒会下半场再也找不到他，同事说他喝太多，已经送回房间了。

“直到今年一月，我参加内部合规检查时，才反应过来。在我们集团，合规检查是一件烦死人又气死人的工作。其中最重要的是对照技术禁运和禁入名单，检查我们各个项目有没有违反，会不会像搞我们手机企业那样安个把柄往死里整。在那些文件山里面，我碰巧读到一个不起眼的项目：Plasmid Networking——翻成中文就是‘质粒网’。质量的质，颗粒的粒。前面那个单词我都不认识，是一时好奇，用古歌透镜看的。这个项目北美和欧洲古歌都在列，只针对百方禁用。原来罗纳的中文不仅不烂，说得是字正腔圆，词汇量也比我强。”

“质粒是什么意思？”

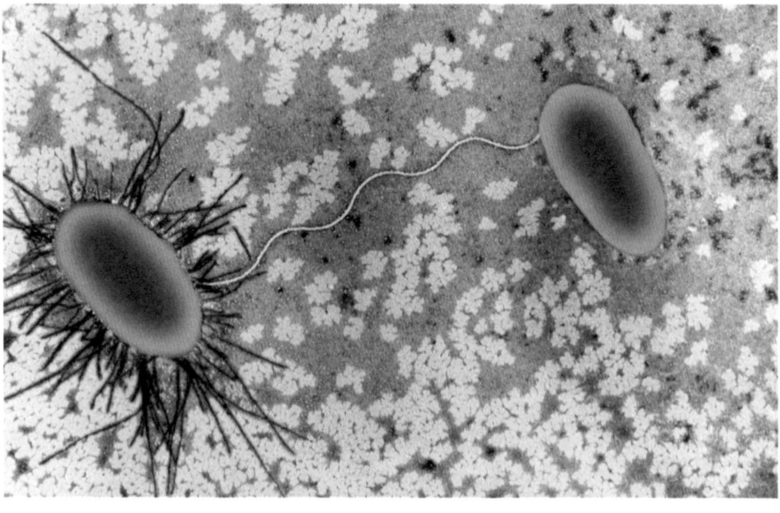

细菌交配－质粒传递（这两个细菌甚至不算同一个物种）

“是个生物学名词。古歌透镜给了个动图：细菌在染色体之外随机打包几个自己的基因，这个包就叫质粒，能通过连接管传给另一个细菌。只看这个名字，我一定认为是北美古歌多如牛毛的生物学应用AI项目之一，钱太多烧的。只看禁用名单，我也一定不会注意，因为名单打出来比一卷卫生纸还长。他们连PS滤镜[①]都说是国家机密！但是两者加到一起，再加上罗纳的醉话，就有点怪了。”

“那质粒网到底是什么？你没查吗？”

“查了。能找到文档的，描述都极其简略，最多就一句话：智能生态学实验项目。这真不算什么证据，只是巧合有点多：‘质粒网’在北美和欧洲古歌好几个AI项目中都是在列实验应用，但不解释；百方本该禁用，但听罗纳的意思，上海那边至少知道是什么东西；这次上海和重庆都遭到攻击，两者又都是百方水平最高、进步最快的AI项目。我就知道这么多。”

张翰抓起电话，布置上海和重庆信安现场约谈。从罗纳开始，技术和行政负责人员一网打尽，职权不清楚的还询问石松。

石松一一回答，面如死灰。这带路党是当定了。立场的代价。

张翰飞奔出门之时仍在嚷嚷：“你们继续！今晚十二点之前出一份报告给我，要有结论。不，你们两个各写各的！”

① PS滤镜是著名修图软件Photoshop的多种插件，用于快速进行图片修饰，或添加特效。

# 15 生态位

处女王第一次认巢试飞，生涩而又高傲。它迎着下午的阳光在工蜂头顶游荡，似乎在检阅这些臣民，分家时有多少会跟随自己。

工蜂群在花海中忙碌，浑然不知头上有位女王。然而雄蜂头顶的大眼睛专为寻找女王而生。首先是女王的亲兄弟发现了它，接着其他蜂箱的雄蜂也加入追逐。山脚下另一家蜂农的蜂箱更多，雄蜂隔着一千米远也闻风而动。这些家伙不是亲戚，追得尤为起劲。

老白的手机上，智能蜂箱管理系统不停报告雄蜂大举出巢。老白自己还没反应过来，朱越已经一跃而起，掀掉头上的纱罩。

“婚飞！试飞变婚飞了！”

他冲出营地周围的蜂箱阵，马上看见了空中飞舞的蜂团。

女王逛街逛成了终身大事，颇有点狼狈。它在油菜田上空兜着圈子，想甩掉这帮狂热的求爱者。朱越冲下田坎，一边狂奔一边调整手机镜头，脚下突然绊到什么，消失在花丛之中。

老白在后面快要笑断气：“慢点，别掉到坡下面！拍不到就算了！”

幸好女王十分给面子，就在朱越头顶被第一只雄蜂凌空骑上，让他拍个正着。他追着蜂团又跑了几大圈，踩倒无数油菜花，起码拍到三只雄蜂得逞。

老白看过视频之后说：“漂亮！发我手机上？”

朱越顿时省起，他冲出去的时候过于兴奋，拿的是自己的手机。这可有点尴尬。他闷着头找出连接线，连上两部手机，传完视频赶紧断掉。

果然老白又问：“你的手机干吗不连WIFI？”

问了第二次，准备好的套路不能不用了。朱越把治疗网瘾的痛苦经历讲了一遍。医生开的处方包括限制手机上网。每天睡觉前才能上网娱乐半小时，奖励自己的坚持。

老白听完神色很复杂：“你们年轻人说难也难，说幸福也真幸福，还有国家出钱的心理医生！知道为什么我玩不转手机吗？我小时候用电的。我妈一边哭，一边送我去治疗。电得我现在摸到手机还会发抖，多看一阵就头疼。”

朱越总算明白了：为什么一位资深追花人会惨到这般田地，一百箱蜜蜂挂掉七十多箱。

“强群”牌智能蜂箱是养蜂技术划时代的革新，功能极其强大，但是手机管理App过于复杂，界面对生手也很不友好。老白勇敢挑战了时代和自我，败给了他妈。

朱越赶紧打岔：“现在是不是要等女王回巢？”

“对！头一次试飞，就被一群臭不要脸的上了，她也很迷糊啊。”说到蜜蜂，老白立刻有了精神，“今天时间有点晚，阳光不够强，很可能找不到家。我们又不能飞出去找她，就只能盯着。”

朱越拿起老白的手机，打开蜂箱管理系统深挖了一会儿：“有蜂王回巢提示功能，还可以加红外视频。你放心做饭，我来搞定，只要它回来我们一定能看见。”

老白拍拍他的肩膀：“没有你真不知道怎么办！我决定了，它回不回来，我们明晚都动身。大不了就少一群。”

老白生火做饭的时候，朱越几下设置好红外摄像头和智能提示，切出去偷看其他应用。

天下基本太平。成都发生的事有两条轻描淡写的新闻。疑似黑客名单中提到一个叫朱越的，没有通缉令，没有警方提示，没有照片。

他心惊肉跳：这比完全信息隔离还要吓人，是为老白量身定制的。手机镜头正对着脸，他赶紧撇开，防止某些人或者东西看见自己做贼的嘴脸。然而手机不依不饶，滴滴发出响声。

“回来了回来了！”

老白赶紧几铲起锅，乐颠颠冲过来。

两人凑在屏幕前，正好看见女王进了蜂箱。智能管理系统用绿框圈出了它，被工蜂拥在蜂巢入口，颤巍巍的似乎极度疲劳。女王屁股上插着一条线状的东西，两只工蜂在后面卖力扒拉。拔下来看见温度比女王的体温暗得多。

朱越指着屏幕：“这是什么？”

“雄蜂的鸡鸡。”

“我操！”

老白看他一眼：“女王力气大，雄蜂脱钩时一般都会被扯断。不过，雄蜂恐怕也巴不得。可以当作塞子防倒流，还可以妨碍其他兄弟的好事，不会弄掉的兄弟不配传宗接代。这些都是书上博士写的，我没见过。托你的福，今天我也是头一次看见伴娘拔鸡鸡。”

朱越脑中的情景自动换成了人类，笑倒在地。老白也呵呵傻乐。

两个养蜂人兴高采烈，正在争论是先吃饭，还是继续观赏工蜂把兄弟们扔出去，油菜地对面的暮色中传来一声吆喝。

※※※

斜阳村的两位协警肤色一黑一白。朱越走到他们跟前，立即忍不住乱联想。他暗骂自己现在如此迷信，都是被那张钞票害的。

老白笑脸相迎："这么晚还有公务啊？"

"现在是非常时期，你不知道嗦？你不是一个人吗，咋变成两个人了？"

"我上周备了案的，要紧急招一个技术员。我的小蜜快死完了。您应该记得。"

"他啥时候来的？"

"备了案就来了。"老白眼都不眨。

"名字？"

"李贤乐。"朱越自己报上。

"身份证看下。"

协警用手机扫身份证时，朱越又看了一眼。李贤乐跟自己有六七分相像，除了眼睛和下巴稍宽一点。不知是从多少神族中挑出来的。

"常住哪里？"

"家在绵阳，在蜂场打零工。"

两个协警肉眼对比手机上的照片和真人。朱越看不见，只能想象犯罪嫌疑人朱越的照片是个什么德性，越想越好笑。

黑协警对比够了，掏出一张纸条，把手机也对着他："老白你就算了。李贤乐你年纪小，还是要验一下声纹。把这个读一遍，读快点，说普通话。"

朱越信心爆棚，拿出正版先知的原声腔调："活下去！奇点就要到了！"

手机App转了一下进度圈，马上显示"不匹配"。

白协警笑道:“我在万国宝上听过。你娃声音还真有点像,普通话歪得很。”

两个协警都揣起手机,转身走人。

老白在背后问:“明天我们要转场了,押金可以退了不?”

黑白协警对望一眼。

“退?你晓不晓得,我们山上好多养中蜂的。你养的意蜂进去把人家蜜偷了[①],蜂王咬死了,天天有人投诉!押的两万元还不够赔的,我估计你还要再补四千。明天走之前交齐,不交不放车。”

老白肠子都悔青了,一拍脑门:“没有谁来找我说啊……这种事我们蜂农知道自己协调的。”

“那好。明天下午你到村里来,我一条条摆给你看,给你算。估计算到晚上也算不完。”

老白赔笑道:“您知道,我们追花的耽误不起时间。我看也不用来了……”

“那不行!你还带了个生人,现在生人一律要详细盘查。明天成都送纸的通缉令过来,他要等到送来了、重新对比了才准走。你没得事可以跟我们算账。”

朱越气往上冲,立即就想开口。老白推了他一把:“贤乐,去我帐篷里拿几瓶蜂王浆过来。”

他掏出押金收条,撕成两半扔掉。

“真不敢耽误你们的时间了。中蜂那边,麻烦村里帮我理赔,还还价。差个四千块钱,同行能理解的。拿几瓶蜂王浆尝尝新,就当我感谢二位!”

※※※

晚饭开得很晚,前半程也冷落之极。老白还有闲心炒了三个菜,朱越闷头扒饭,菜几乎没动。

---

① 意蜂(意大利蜜蜂)比中蜂(中国本土种蜜蜂)效率高一些,蜜质好一点,但也要娇贵不少,对中国环境蜂螨的抵抗力差。蜂螨是蜜蜂身上的寄生虫,危害极大,能造成整群病死。

老白见他心气难平，便拖了半箱啤酒出来。“没办法的事不要再想了。我们来庆祝一下！有个事我没跟你说，要请你原谅。”

“什么？”

“明天我们转场不是北上，是南下。攀枝花是最后一站花场，在那儿过个白天，别把小蜜饿着了。然后就回云南。”

朱越努力显得很吃惊：“追花还有向南追的？”

“是向北追，但我不追了。全套家当连小蜜一起卖给别人。你来之前我跟你说了是短工，没说这么短。很不好意思！你要觉得不值得折腾一趟，我完全理解。明天分手，工钱付你全额。但后面三天，我怕还是搞不定这些蜂箱。你要是肯帮我一把，工钱我加倍算给你。”

“到云南哪里结束？”

“红河州。”

朱越低头喝酒：“你还在亏钱呢。工钱说多少就是多少，干几天算几天的。帮我买张回程的车票就行，我回来找其他场子。”

老白直起身子跟他碰了碰，一口扯掉大半瓶。“小兄弟，你这人真没的说！虽然没养过蜂，我敢担保你适合干这一行。呸，这行没啥前途！你干什么都能成事儿。”

最荒唐的意淫之中，朱越都没想过世上会有人这样评价自己。跟所有事实相反！这次他也不用假装惊讶。

“你知道我没干过？”

“嘿嘿，如果一小时之内我还看不出来，这二十年就算白追了。智能蜂箱比普通的轻十斤，你只是勉强能抬动。这点阳光，你两天晒黑了一圈。你连雄蜂啪过了会掉鸡鸡都不知道。太多了……还有个搞笑的：你在营地戴纱罩，就像在非洲戴套那么小心。我们跟小蜜比夫妻还亲呐！总有大把不戴的时候。”

“那……你怎么没有上来就把我踢走？”

“成娃上午到营地，下午就走人了，绵阳有个公司出高价挖他。他有点过意不去，走了才介绍你来。当时我气得要命，现在我感谢他！他说你经验很丰富，我还以为是养蜂的经验。见面就知道其实更好：是做事的经验，做人的经验。你跟他是同学吧？”

朱越胡乱点头。学习材料中就算提过，他也忘了。

“我为什么要踢你？读书人，没养过一天蜂，为了找个破工作，不知道花了多少时间去学这个智能蜂箱，去学蜜蜂的习性。结果是我养了二十年的搞不定，你第一天就搞定。我那傻儿子也算读书人，有你一半上进我就谢天谢地！”

朱越面红耳赤。“呃——我们庆祝什么？”

“庆祝我逃过一劫。我全部身家都投在这些蜂箱上，满以为可以多挣几个钱了。结果才到四川就按错几个键，蜂螨干掉三十箱，‘杀螨药’干掉四十箱。我他妈当时恨死这东西了，狗屁智能！狗屁AI！要不是还有小蜜在里面，我一把火都烧了！幸亏以前做人还算用心，有个老搭档。他原价收我的蜂箱，还特别看得起我的蜂种。剩下二十几群都给他，他就再付我一年的收入，救我全家三条狗命。”

“你老搭档在红河州？”

“是啊。三四月份，不知他在红河州图个什么——看来是挣了大钱。”

“那你以后都不做了？”朱越莫名失落。

“他发价钱的时候，我是死里逃生，当场发誓不做了。这两天嘛……看你操作下来，我才知道AI就是AI，我自己是狗屁。嘿嘿，今年春天特别怪，全国的花像发疯一样开。真要做，现在就得开始。金堂、绵阳、天水、定西、白银、武威、山丹，我们两个一路向北，追四个月。如果女王保佑AI保佑，二十几群能做成八九十群。到那时我裤子保住了，你也出师了，就是我的新搭档！”

明知老白已经喝醉，朱越也油然心动。也许是听到了家乡熟悉的地名。

不过这念头一闪即逝。雄蜂的丁丁珠玉在前，男人的志向怎能不如一只小虫子坚定？

老白喝成这样，仍然极会做人。他瞅了朱越一眼就笑道：“不瞎扯了，还是卖掉安全。你肯定觉得老家伙够贱，被折腾成这样还做梦？”

朱越摇头道："我以前读过养蜂的事，自己也做了两天。这份工作真的很自由。嗯，需要离村镇再远一些。"

"千万别信那些。什么星光啊田野啊游牧啊，做上一个月你就知道，全是城里人扯淡！我喜欢干这个，只因为我喜欢小蜜。其他都是麻烦。"

"小蜜有什么好？"

"小蜜特别可怜，谁都搞不过。马蜂要偷它蜂蜜，黄蜂要杀它全家，连野蜜蜂都可以抢它们蜜源。大的有狗熊，来一次毁几箱；小的有蜂螨，来一次毁几十箱……"

"啊！还有熊？你见过？"

"现在川边、甘南，还有云南的大山，环境好着呢。人都走了，狗熊都出来了。"

"人都走了，那不是很好养蜂？"

"意蜂不太好养，顶不住中国自然环境的蜂螨。最狠的还是我们这些养蜂人，定期收割，挤得干干的。但是小蜜又特别会猥琐发育，给它找个边边角角，转眼就给你整出几十群来。你时间还短，不知道收蜜那种感觉。自然长出来的东西跟人造出来的不一样，感觉像是天上掉下来的，占了好大便宜。卖的时候才想起自己累死累活没挣到几个钱。就算挣到几个，又买成白糖给它们吃了。"

朱越笑道："它们跟着你也挺幸福的。"

"可不是吗！小蜜其实快乐得很。该生孩子的专门生孩子，该啪啪的用生命啪啪，该干活的一门心思干活。不像我们，一样在夹缝里面讨生活，成天还各种烦。"

"我有个朋友也懂蜜蜂。她也说蜜蜂很可怜，一辈子为别的蜜蜂活着；黄蜂又太可恶，只知道抢别人。如果让她选，就做一只细腰蜂，造个小窝自己躲起来逍遥，谁敢进来就把它蛰成瘫痪，然后在它身上产卵。"

"哈，你这朋友有意思！是他教你玩蜂箱的？"

"不，她是写书那种博士。"

"怪不得！"老白兴致更高，追着请教。两人你引一段《意蜂养殖学》，我抄几句叶鸣沙，其乐融融。

朱越把空瓶子一摔:“有件事我真不明白。种油菜难道不需要蜜蜂授粉吗?我还以为村里要付你钱呢。”

老白指着营地外的田野:“三年前我来过斜阳村。那时候还叫治安员,不是这两个,人很不错的。没办法,人家的地头,人家的村。你不要看地方这么大,每寸土都是有主的。我不来有人来,还得争着求着。追花人虽然越来越少,但是现在技术厉害,一个人养两百箱都没问题。以后都是智能蜂箱,都变成几千上万箱的公司,我们这些散追就绝种了。我的理想是自己有片花田,以后养中蜂就不用追花,看看能养出多少箱来。”

朱越瞟一眼斜阳村方向。晚上看不见一点仙气,只有漆黑一团。

“以后我要有块地,一定请你来。”

“啥时候啊?”

朱越酒气上涌,敲着碗唱起来。

直到黄河像裤带,
泰山磨成小石块。
直到小石变巨岩,
直到巨岩长青苔!

老白哈哈大笑:“这歌唱得就像号丧,我咋觉得这么过瘾呢?”

朱越感到脸已经喝麻了。他摇摇晃晃站起来:“我的半小时到了。睡觉去了,再见,good night。”

“明天早上多睡一会儿,反正清早的事你也干不来。养足精神晚上开路!”

※※※

朱越的帐篷在营地另一头。他拿了个空瓶子绕到帐篷背后,轻轻打开蜂箱,捉了十几只蜜蜂。手还算稳。

回到帐篷他立即打开基站。叶鸣沙已经等得有点不耐烦："你晚了五十分钟。"

"你试试空手抓蜜蜂，不能弄死还不能被叮？"

"哦？搞定了？明天出发？"

"它把人家的老妈都算计到了，还能搞不定吗？"

"你喝醉了？"

万里之外的感觉如此敏锐，吓得朱越酒醒了一大半。"你试试喝醉了空手抓蜜蜂，不能弄死还不能被叮？"

"呵呵，说的也是。现在看图1：两边腮后、颧骨外侧、太阳穴上方各一处，总共六处，对称。拿什么能洗掉的东西在脸上点一下，让我看看你找准没有。这个方案是它根据你的脸型、李贤乐的脸型、识别算法和蜜蜂品种设计出来的，位置要很精确才管用。"

朱越把第二部手机调成镜子，用蜂蜜点了六个点。

"不错。明矾偷到了吗？"

"不用偷。营地里面随便扔着。"

"明矾化在水里，越浓越好。手术之后十分钟，照图2涂在脸上，整夜别洗[①]。明天早上六点我们再联系，到时候我检查效果。再见！"

"你不看我手术？"

"我不忍心。再说了，你喜欢我看你的猪头造型吗？"

"说的也是……"

挂断之后，朱越抓出一只蜜蜂凑到腮下，把尾巴对准点位。小家伙似乎知道死期已到，扭来扭去很不配合。朱越叽叽歪歪劝它生死看淡，指尖加劲掐它的翅膀根。

---

① 明矾有收敛、紧肤作用。

# 16 铁　轮

“狗窝”中央屏幕上，一队特警把夜夜心工作室的走廊挤得水泄不通。带队的警官敲了敲门。没人回答，门是虚掩的。他推门而入，里面只有一个穿牛仔服的年轻女人靠墙蹲着，双手抱头。

高队长扑哧一笑，冲着对讲喊：“你们把撞门锤和手铐都收起来！瞧人家多配合，别吓着了。”

他回头对张翰道：“终于走了一回运。她看见特警在中庭清查共享单车，就打热线自首了。”

张翰也松了口气。

等待的这几分钟，他已经把程予曦的个人信息汇总粗看了一遍。这女孩子被捕前自己在墙根蹲好，确实像个熟练的收荒匠——除了性别和年龄有点奇怪。

“叫他们把3栋电梯停了，上下都走楼梯。怎么追到理想中心的？”

运气好在一个五岁小男孩超常的观察力。

小男孩的爸爸上午就打热线电话，说那天晚上看见一个骑单车的年轻人指着飞艇骂。在热线关键词智能分析中，“与飞艇失控相关的异常活动”警报等级非常低。何况他也说，那年轻人长得不像街头张贴的通缉照片，所以话务员根本没当回事。

他打过热线之后，连续两次收到手机推送的全国通缉信息，上面的照片和街头不太一样。他儿子坚持说，手机上的通缉犯就是那天晚上的疯子叔叔。

下午第三次拨打热线终于引起了注意，小顾带队赶到他家。爸爸妈妈确认了照片，但都说不出任何其他线索。最后还是小孩厉害。

“跟阿姨说，那个车有什么奇怪的地方没有？”

“筐筐上有飞盘狗狗，轮子像太阳。”

“飞盘狗狗”是接盘侠共享单车集团的商标图案，成都遍地都是。至于“像太阳”是什么意思，小顾哄他画了一幅简笔画才弄明白：车轮是辐条式的。小顾经常骑车上班，很清楚有辐条的共享单车已经全城淘汰。

“太阳的光线好整齐！这里少了一条，是你忘了画吗？”

“本来就没有。”

城市的另一头，大群警察冲进接盘侠成都公司总部，追查老型号废车的堆放点。地图刚刚更新，高队长在十几个点中一眼看见了元华巷：离紫杉路和疯子叔叔出没之处都不到一千米。

十分钟后，上百名警察开始在元华巷挨家挨户盘查。半小时后，一段神奇的对话在“狗窝”中响起。

“看清楚他脸没有？是不是这个人？”

“我用的夜视镜，看不清楚。”

“人都没看清，你还帮他盗窃公物？”

“你不要烧我！那些废铁不是公物，是垃圾。小伙子脑壳有点问题，黑漆麻拱乱整，可怜兮兮的。”

“他脑壳咋个有问题了？”

“老子帮他一把，他还骂人，问我是不是‘瘟批塞’。这是啥子黑话哦？听都没听过。”

“狗窝”全场琢磨了几分钟，成都本地人尤其搜肠刮肚。终于，在地铁上盯过朱越的刑警大叫一声：“是NPC！”

“绝对是他！这小子真疯了吧？”

黄昏时，数千名军警围着天府立交桥建立了半径一千米的封锁线，开始地毯式搜查。程予曦的自首电话打进来时，他们其实还差一点才找到那辆车。

高队长扬扬得意讲完，张翰赞道：“你们厉害！小顾机灵！那小孩也太给力了。不过有一点我不太明白：各级警政平台上推送的通缉信息，到现在为止绝大部分都是假造的。那家人运气这么好，恰好收到了真的？”

“……是啊，也该我们运气好一次了。”

理想中心初步讯问的视频已经传过来。两个人听了前五分钟，肾上腺素双双爆炸。

“叫他们原地别动继续审，保护现场，我们马上到！”

※※※

程予曦落网是成都指挥部的第一次重大胜利。

张翰在理想中心审到一半就叫停，让军车队送她去分局，挂上全套仪器再继续。他违反工作规范，让四个部门都实时接收还未评估的审讯记录——这女孩就像个梦幻金矿，每一铲下去都冒黄金，每句话都值得分析十天。

但谁也没有十天。

高队长中途就冲出来安排搜查电瓶车。记录部听了开头，就全面转向搜索国内星链事件。“疯人院”更是彻底疯了：每听几句，两教都会爆发一场新的恶战，吵得什么也听不见，需要教主镇压之后倒回去听。

张翰也按捺不住激动，还在理想中心就打电话向寇局长表功。

对面听得直拍胸脯："好好好！你需要什么一定开口！要谁给谁！"

"我要美国方面配合拿下那个女的！起码要找到她。"

"开玩笑吧？你咋不要柯顿的内裤呢？他们现在听不懂人话的。还有，形势搞清楚之前，你那边的进展一个字也不能漏到国外。只能要中国的！"

"那……"

"图海川"三个字已到张翰嘴边，又缩了回去。王招弟那个离谱的电话，总让他感觉不踏实。

"我要一支最强的星链技术队伍到成都来。我要全省，不，全国范围的星链通信监测定位。该用什么雷达啊卫星啊，是军队还是民用我不懂，你搞定。"

"给我几个小时。到今晚十二点你一定有。"

张翰离开之前瞻仰了一下1205室，想象自己是朱越，在屏幕墙包围中接受超现实的冲刷。如果说凡人网吧是蝴蝶扇动翅膀之处，这里就是乱流汇集的中心。暴风眼在这里顺利登陆，接下来会释放恐怖的能量，扫除路上一切障碍、身后一切痕迹。程予曦口供描述的诡异视频和以前所有视频一样，都是流数据，连缓存都清得一点不剩——幸好还留下个活人。

他回味刚才和寇局长的通话：如果那东西连军用通信系统都挡不住，全都听见了，下一步它又会干什么？熊主任说得没错，这真是最荒唐的工作方式，还必须装下去。

他忽然又想起王招弟。

张翰回到分局，空气中的沮丧压抑已经一扫而光，所有人的节奏又快了三分。只有刘馨予黑着个脸。她的名字又被捎带着取笑了一回。

中校和石松都在办公室等他，一个要星链基站的装配图纸，一个想参加审讯。张翰把他们轰出门外，先叫小顾进来。

小顾笑嘻嘻进来领小红花，不料张翰劈头就问："周克渊到了吗？"

"问我干吗？我怎么知道？"

“嗯。从现在开始，你不属于成都公安局了，调到信安部直属我管。”

“我不想去北京。吃不惯。”

成都吃货的自恋真是登峰造极。张翰耐着性子：“好好，你暂时调到成都指挥部，只向我汇报，其他任何人都不用理。完事了你想去哪里就去哪里。周克渊到了吗？”

“下飞机半小时了，应该还在车上。”

“你先去安排一下食堂，像寇局长找我那样。派你们成都的普通刑警守门，只要一个听话可靠的。你到大门口等着接他，别跟其他人接触，直接带到食堂守好。然后你过来找我，别打电话。”

小顾这才嗅出味道不对，说声“是”就出去了。

“下午你干得不错……”

两位教主马上又挤进来。张翰说：“今晚不用交报告了。这么多新信息，你们都要重新考虑。”

石松立马横刀：“她的话一个字都不能信！”

以中校的涵养，也忍不住嗤笑一声。

张翰立起眼睛：“你下结论上瘾了？现在初审都还没完，只是让她缓缓。一次评估都没做过，你就敢说信不信？至少现在所有测谎都判断是真话，包括我的肉眼。”

“我就一个问题：为什么程予曦还活着？”

张翰和中校都不作声了。

“升仙湖北路几秒钟七条人命。断网断电一夜伤亡上万，算成都应付得好。为了救朱越，它什么事做不出来？会放过一个捡破烂的小姑娘？抓到她，我们和朱越的距离拉近了很多。它会算不到？还特意让她老实交代？程予曦本身没什么问题，看着是那种被人当枪使的老实孩子。我说不能信的，是她口供中那个夜明砂！我们都不能确定那是个真人，还是AI冒充的。也许从我们认识她开始，这个人就不存在？哪个活人清早四点起床就我要我要的？”

张翰的态度好多了：“你可能想得太复杂。假定夜明砂是本人就很简单：一个年轻女人，搞科学的，也许胆大妄为上了AI的贼船，但要她参与杀人灭口，多半会立即吓跑。从假地震来看，AI确实很会欺诈。但你设想的骗中骗、套中套，太人类化了。那天晚上监控中心接触时，你觉得它有一丝人味吗？如果它真的那么会说话，为什么不忽悠我们两句？”

“两个AI。谁是谁我确实分不清。信息不是太少，是太多太纠结。”

张翰拿他没法，求救般看着中校。中校考虑了好一阵。

“怪了，这次我真觉得你逻辑没什么问题。一定要从两个AI出发，也都讲得通。不能完全否定夜明砂在骗人的可能性，不管是想骗朱越还是我们。我只是不同意你的两个假设。第一，你不能假设AI为了帮朱越逃跑会无限使用暴力。它应该有它的判断标准和界线。”

“为什么不能？”

“如果真是那样，最简单最有效的暴力方法是什么？就趁现在，弄架无人机撞进这间办公室；或者再利索点儿，弄架空客，对准这栋大楼。”

石松和张翰同时在椅子里跳了一下。

“好吧。第二点是什么？”

“你肯定没女朋友。”

中校砸扁了石松，还不肯收兵：“那个改装基站的设计图呢？有相同的配件更好。我想照着装一个，验证能不能连上星链。”

张翰答道：“她说设计图在平板上。我们拿到时什么都没有了，标准操作。配件她也只淘到一套，现在怕是不好找其他的。验证很重要吗？朱越不是已经在用了吗？”

“星链，我不算真正的专家。以我知道的，靠芯片上跳两对线就绕过卫星过滤，似乎不可能。”

“那就是AI骗了半路出家的小姑娘，跟石松的看法一致。是这意思吗？”

“不止。那小姑娘真不算外行，基础扎实得很。她一点没说错：如果地面设备没办法，唯一可能连通星链的就是卫星本身改变过滤设置，接收中国某个地理范围的信号，或者在特定时间把过滤停掉。星链现在是美国仅存的互联网干线，仍然没有对中国开放，记录部也没找到其他的星链异常事件。但朱越确实在成都大断网的时候连通了。也就是说，谁在基站设计上骗了小姑娘，谁就完全掌控着星链！卫星设置想改就改！雄关一直强调，星链是北美切割中最特殊的一环，万国宝可能没攻下来。跟我那个理论也符合：星链被军事化以后，加密强度和防卫系统都是最顶尖的，有权限的人非常少。这种可能性，难道不验证？验证了是打我自己的脸！”

张翰抓起电话，连打几个，对面稍有迟疑就被臭骂一顿：“人家直播工作室的小姑娘能找到，你找不到？把城隍庙、五块石市场和走私电子垃圾的全部叫起来！限你三小时找齐，不然你就去做直播！”

他打完电话起身：“走，你跟我一起去审下半场。如果知道芯片具体型号，我们总能找到产品手册。跳线有没有用，从手册的针脚定义能看出来吧？”

中校伸了个大拇指。

张翰看一眼石松，又道：“你也去。”

程予曦被捕时挺镇定，被押上步兵战车开往城北时就快吓尿了。进了审讯室她才发现不是阎王殿，到下半场终于缓过气。

姓张的大BOSS不动声色，另外两个人还夸了她几句。尤其是那个胖军官，态度极其和蔼。他只问技术问题，看看她手指颜色，还发了根烟。她感觉对不起他，因为确实记不起芯片上那一串字母和数字。

大BOSS插话了：“谁卖给你的？”

“图拉丁社区找到的。同城闪送，卖家是谁我不知道。”

“社区用户名记得吧？”

“临时搜出来的，一串新王码的名字，真记不住。对不起长官！”

张翰知道后台正在搜索图拉丁社区网站记录、闪送业务记录、飞币交易记录。但这几天电子数据从没给过他任何好脸色，现在也不能指望。焦躁在他胸中隐隐翻腾。

程予曦水汪汪的眼睛像小狗一样看着他：“要不我画两个图？我拆的，我焊的，位置和走线大概记得。这位……”

“免贵姓中。”

“这位钟长官熟悉得很，也许我画出来他就知道是什么芯片了。”

纸笔瞬间到位。

犯人和长官的脑袋凑在一起，完全是二手电子作坊的两个伙计。中校还不停拿着草图跑进跑出，远程咨询还在赶路的军队星链专家组。看来，他真不想在半路出家的小姑娘面前丢份儿。

第四次进来，他终于宣布：“我知道了！”

张翰刚露出笑容，就看见小顾从中校背后伸了个脸，一脸春色。

※※※

“先告诉你：我离开了最关键的审讯，出来听你有什么要说的。你们这么鬼鬼祟祟，如果不中听，别怪我一脚把你踢回王妈妈怀里！”

“哈哈。王老师就说你心细如发，一定没问题。我保证，没什么事比这个更重要。”

“说吧。”

“北京指挥部情况有点复杂。人比这边多得多，级别也更高，但拿到的都是二手、三手信息。他们没经过现场，对电子数据和通信的危险只有概念认识，没有亲身感受。最麻烦的一点：他们的分析不是自下而上，而是……好像被一些既定的愿望引导了方向。”

“别空口瞎说。什么愿望？什么方向？”

“他们基本接受了万国宝是一切的罪魁祸首，这是一场人工智能失控引起的全球网络灾难。”

“难道不是吗？图海川就在那边，他否认这一点吗？”

“不。恰恰是图老师提供的原理分析让他们相信的。问题在于，图老师的另一半观点，绝大多数人听不进去，认为他在推卸责任。他这几天日子难过。基本没有行动自由，抑郁症多少有点发作了。能让王老师见我一次，能让我回成都，还是靠……不说也罢。”

“你会有漏半句的时候？再跟我耍花枪，信不信我抽你？有些事不用你小屁孩提醒。图海川的另一半观点是什么？”

“全球网络动乱不是万国宝单独造成的。还有另一个强大的AI，二者正在激烈冲突。”

金刚怒目瞬间消散。张翰靠回椅背，嘿嘿笑出声来。

“妈的，有人的地方就有江湖。‘强大的AI’不会没有名字吧？”

“这个图老师不能确定。证据太乱、太二手。他的猜测：要么是古歌系的，要么是对面军方秘密研发的AI，外界不知道。但它肯定存在。”

“他这么肯定，有证据吗？”

“证据是不太起眼的一条，大家都已经知道：全球光缆袭击中，有好几处是用语音冒充和文字假通信取得控制权，再搞破坏的。”

“就凭这个？这叫捕风捉影。”

“还有。地震那天图老师拉闸，虽然没能杀掉万国宝，却让它失去了理解和使用人类语言的能力。”

“开什么玩笑？”张翰腾地站起来，“万国宝是个翻译系统！怎么可能失去语言能力？机制是什么？”

“这个机制跟它获得智能的原理有关，我自己都不算很懂。图老师跟团队天天琢磨，最后靠王老师灵光一闪，他才确信这点。让他来讲也得讲几个小时。现在我们没有几个小时，只有请你信任他。”

张翰想想也是。关于万国宝，这一家三口说什么你可以不信，但没有争辩的余地。

“这么重要的情况为什么没转发给成都？”

“刚才我说了——没有接受为可信证据。”

张翰摇摇头，没工夫去生气。突然之间，很多细节都有了新的意义：石松对AI两种接触风格的疑问，那些假身份文件，那个一张嘴玩转两个人的夜明砂！

他还是不敢相信：“不会说话？也听不懂？那它还算什么智能？又怎能处理网络信息、打网络战？”

“还是原理问题。打个比方：大帅你能言会骂，聪明善战。但是，你的一个细胞分泌激素和另一个细胞交流时，你听得见吗？理解吗？能插言吗？你骂我的时候，大脑和全身好多种细胞都在用生化物质和神经信号来回交谈。这些语言你一点也不懂，并不妨碍你骂死我、抽死我。”

张翰跌坐回去，脑子里哗哗作响，像是有什么东西碎了，或者有什么东西破土而出。

周克渊瞧着他苦笑：“没错。我也是最近才明白，感受跟你一样。妈的以前太不爱学习了！当时王老师蹲在椅子上说：‘我向来认为，盘古、女娲和盖娅[①]都没有语言。至少一开始没有。因为没有谁跟他们交谈呀！亚当肯定会说话，因为他一生下来上面就在不停唠叨。所以会不会语言，要看这东西是从哪里来的。从混沌中脱出、突然飞上天的应该不会，原来就算有语言也会遗忘在低阶的混沌之中。因为它已经没有同类了。’王老师还说这次如果她活下来了，要写篇论文叫‘飞升失语’。”

空荡荡的食堂里，张翰咬着指甲，眼睛疯狂乱转，想留住此刻的顿悟。这世界跟以前不太一样了。

---

① 盖娅是古希腊神话中的创世神。

好一会儿他才开口:“直说吧。图老师想让我干什么?”

“本职工作而已。尽快下结论,正式上报。”

“什么结论?”

“一神教还是明教。”

张翰心想,如果小顾是自己的女儿,一定把她腿打断。

“他想让我支持他的理论?”

“不。图老师恳求你,尽快上报你相信正确的结论,成都指挥部认为最接近真相的结论。”

“尽快是多快?”

“总指明天早上十点开会,一边倒就要倒下了。在那之前上报才有意义。信鸽还要花不少时间。”

“不可能!这边的意见还没有成熟,很多证据冲突或者来不及分析,我们能确认的事实不够。”

“图老师知道。他说:这次必须抢在事实的前面。”

“你自己听听,这像科学家说出来的话吗?”

“其实他算工程师……工程师看见桥要垮了,不会坐下来计算。他会目测判断,立即说出来!这是奇点事件,发生的速度太快,越来越快!如果还按部就班跟在事实后面,我们永远追不上!”

张翰都能看见周克渊飞扬的鼻毛了,怕他又喷血,赶紧把他推回去一点。

周克渊整理衣衫,马上变回翩翩公子。不过张翰明白,这三个人都在绝望的边缘挣扎,就差跪下乞求了。

“我怎么知道图老师就不是被愿望引导呢?他的结论恰好能保住自己的屁股。”

“你要相信他的胸怀。如果顺便保住了他的屁股,肯定就能挪到成都来,任大帅差遣。”

“别肉麻!有一点我很不明白:你说别人是愿望引导,总指怎么会希望全是万国宝的锅呢？跟我的估计完全相反。”

“这个，就是为什么一定要尽快。听说过‘双暗困境’吗？”

“好像听过。一种核战略？你尽管赐教。”说到“核”字，张翰的心就往下沉。同一个食堂，同样的北京来人。

“我哪懂这些？都是图老师在那边和人讨论出来的。如果你写到报告里，那不管结论如何，我们三个都完蛋了。”

“完蛋就完蛋。是你们找的我，爱说不说。”

周克渊笑笑继续。

“这是十年前才有的理论，号称‘核战略博弈论的奇点’，今天倒是应景。核大国对峙，双方强弱很清楚。强者通常打明牌，力量和应对策略都摆在外面，意在威慑。弱者通常打暗牌，力量和应对策略都秘而不宣，意在让对方猜测顾忌。双方都明牌的情况互相威慑，很难打起来，就像以前的美苏对峙。明暗对峙的情况也互相适应，不容易开战。例子很明显。暗对暗的情况，从没出现过——总有一边觉得自己够强嘛！所以‘双暗困境’只是理论：双方如果都自认弱势，都打暗牌，同时又都有先手重创对手的能力，博弈论的猜疑和恐惧无限反馈，无限升级，核战反而一触即发。”

张翰眼看着小屁孩侃侃而谈，给自己普及核战理论，那种强烈的不真实感又冒出来：为什么这帮孩子一个比一个年轻，却都俯下脸说话？

“跟我们有什么关系？现在不是这种情况啊。”

“问题在于，核武器大家造了一大堆，核战略才发展起来。开始挺危险，越发展越成熟、越安全。而信息战、网络总体战，才搞出几把手枪，战略理论就跑到前面去了！‘双暗困境’十年前突然火起来，就是美国方面开的头。我们只能跟上，国防研究院的非正式叫法是‘吴宇森悖论’。十年前大家也不算太怕，因为还没有看到谁造出核弹。”

张翰突然明白了：“超级AI就是网络战的核弹！”

周克渊点头：“而且核战的反应时间是以分钟计算，网络战以秒计算。同时双方都真的是自认弱势！真他妈见鬼了！”

“我们已经套牢了？”

“不完全是。对面的暗牌，我们知道一部分。怎么知道的别问我。”

“知道什么？”

“美国的应对策略。简单总结：如果别国用超级AI攻击美国，而他们没有对等力量，那么美国第一时间全面核反击，打光为止。如果双方超级AI对战，那么无条件升级为全面核打击，毁灭对方一切武装和信息基础设施为止。非战争行为的超级AI失控也是一种场景，对面的策略没有简单应对原则，只强调全面戒备，搞清楚是不是欺骗，再决定反应。美国制定这些战略时，连‘超级AI’的定义都没搞清楚。但这就是双暗困境：你不知道。你害怕。只能采取最激烈的反应。吴宇森那些镜头在真实枪战中挺不过一秒钟！”

说到这里，周克渊垂下眼睛：“北京的愿望有多强烈，现在你明白了吧？”

食堂在张翰周围旋转。

“但……指挥部的结论不是提交给美国啊。我们自己的战略是什么？”

“不知道。那是暗牌，最高保密级别。”

“你们知道美国的，却不知道中国的?!”

周克渊自己也觉得太荒唐，双手扶着额头。

“我终于懂了。你要我下结论，这结论要么直接引向核战，要么看美国怎么理解，看不懂的话还是核战，而且他们成了先手。对吗？”

“对。而且必须今晚。不管总指的结论是什么，过了明天早上，国际宣言、外交口径、战略动员、人防动员，国家机器的铁轮子全部启动。一旦启动，舆论和民情力量之大，很难再改变选择。那么大的惯性，那么多连锁反应，开弓没有回头箭！总指对成指的意见非常重视，毕竟你们是前线，都认为你们出产的信息质量很高。但是，上面的时间压力太大了。如果你后天再补一个正确结论，等于废纸。”

“图海川他宁可大家去死，也要正确？”

“倒过来说还差不多。张总你刚才总结得不错，没有什么好的选择。不管哪边是真相,大概都要死。以我对美国人的理解,现在我们两个坐在这儿还没有蒸发,倒是有点奇怪。与其错误而死,不如正确而死。”

※※※

凌晨三点,周克渊还关在食堂,张翰还在办公室枯坐。

写字台上端端正正放着两份报告,分别由中校和石松主笔赶出来,落款都是“成都指挥部”。看来二位教主充分沟通过,都挪用了对方一部分有力证据。但各自的核心结论都没有改变。张翰已经看了一个多小时,几乎能背下来。

他还在等最后的证据。

中校终于敲门进来:“芯片送到了,程予曦确认过。跳线位置她也赌咒发誓不会记错。”

“有时间让她重新装一个吗?”

“不用。那几根针脚的手册定义和实测一致,全都是空脚[①]。跳线对功能根本没影响。”

“好吧。你还是和她一起装一个试试,以防我们有什么没想到的,或者她瞎说。不赶时间。”

中校出去之后,张翰又想了两分钟,就在石松的报告上签下名字。

他抛开笔,蜷缩到台面之下,“呃呃”干抽了几声。用手一抹眼睛,半点水都没有。

他站起来召唤武警信鸽班。他们去太平寺机场搭乘军用飞机再赶到北京总指,最少要四个小时。

信鸽班离开的时候,张翰送到门口。刚才走廊里只有警卫,现在突然挤满了

① 空脚是电子芯片的针脚中没有任何功能的桩,存在只是为了占位,芯片针脚要做整齐,要和线路板对整齐。用跳线连接空脚,对芯片和整体设备的功能没有任何改变。

各部门工作人员。整栋大楼都在串门、交谈、惊叹，比下午最紧张的时候还热闹。分析组和各部门主管都围在他门前。

“又怎么了？”

向雄关骄傲宣布：“互联网多了一个新协议。”

“谁批准你出来的？”

“你没听见吗？互联网多了一个新协议！”

熊主任赶紧解释：“这个事向雄关搞得最清楚，我让他一起来的。说啊！”

“新协议加在IP协议和TCP协议之间。使用TCP格式，自动映射IP，自带域名服务，可以嵌套上层所有协议。传输时嵌套数据加密，无法解开，无法识别。明白了吗？”

张翰努力想了想：“能关掉它吗？”

“传输段不可能，无法与原版的TCP区别。只有两种办法：物理断网，或者去终端上清除它的数据种子。那东西太难抓了，目前找到的版本千奇百怪，还有无数找不到的机器也在用。”

中校插了一句：“就是我白天说的底层感染……”

“那么，现在是每台机器随便连接每台机器？”

“还没有那么惨。网关后面的局域网还是成立的，毕竟有弱智IP协议拖后腿。但是全球互联网的边界已经被抹掉，除了星链。新协议名字都有了：SP——超网协议！是个朝鲜网友刚取的，立即被全网采用。史诗啊！”

“局域网还在，那有什么大惊小怪的？你们先观察，明天再说。”张翰关上了门。

所有人都愣了半天。

张翰倒在地毯上，门外的人还没走就睡着了。

# 17 搜索与勒索

海怪之城：建筑师的工地，先知的画廊，草薙素子的梦乡[1]，电子绵羊的牧场。

古歌运营总裁波摩发了这么一条推特，没人觉得他轻浮。因为他真的找了个涂鸦大师，在海怪之城南面城墙上作画。三十米高的壁画上，无数八位像素电子绵羊堆成了云团，一个脑后插着USB的女人在云端沉睡。

率先在奥克尼群岛建设全自动数据中心的是MS公司的纳提克工程。最初只是集装箱大小的“服务器胶囊”，从2016年开始，零零碎碎沉入主岛东侧的海底。十年后MS的主干光缆建成，古歌突然醒悟，开始大举进军奥克尼。

古歌还是一向的奢华作风，出手就是树岛型无人数据中心。选址在韦斯特雷岛北面的岬湾，岛根扎在浅海之底，三分之一露出海面。水下建筑容纳存储和计算单元，水上部分负责通信、维护和炫耀。

四座树岛建成之后，各界才看清战略意义：苏格兰那时正闹到紧要关头，急需金主和产业，提供了最宽松的条件；奥克尼地处北大西洋和北海的十字路口，

① 草薙素子是日本科幻动画片《攻壳机动队》女主角，全身改造为机械义体，大脑接口可直接插线。素子是赛博（Cyber）文化最早的偶像之一。

光缆直连欧陆和北美，不受英国辖制；奥克尼有欧洲最大的潮汐发电场，无碳电力取之不竭。

最妙的是：奥克尼群岛连极夜都有，全年却没有海冰，水温低得恰到好处，数据中心最麻烦也最拉仇恨的散热问题完美解决。各路环保人马无话可说，只能膜拜。

第七座树岛动工时，古歌的文艺腔开始发作。水面部分造成了那迦龙王半身像，巨大的鱼叉就是卫星天线塔。从此大家叫它海怪之城。

古歌越发上瘾，后续还建了“独角兽”“夜王”“奥克尼维纳斯”和“哆啦A梦”。那些以前没有造型的树岛，外壳上也添加巨幅壁画。

这个阶段，再次被弯道超车的MS也在圣马格努斯海湾建起水面集群。还是集装箱造型，风头远远赶不上海怪之城。

爱丁堡[①]的庆典酒会持续到深夜。波摩喝出了真性情，跟三个大国的贵宾开玩笑。

“如果你们非要搞一把，我不指望欧洲能幸免。请瞄准柏林和巴黎，最多加上伦敦，不要再往北了。从今天开始，再往北没有武装，只有几个储藏室：爱丁堡的酒窖、奥克尼的海怪之城、斯瓦尔巴的全球种子库[②]。哪怕地球上其他地方全部烧掉，只要放过这三处，我就能把人类文明复刻出来。”

那三位开得起玩笑，有人却开不起。九个月后，欧盟对古歌发起反垄断诉讼。两年后，古歌被迫提出有史以来最大的拆分案。

※※※

麦基的农场和岬湾之间是一片乳白色沙滩，货车就停在起居室通往沙滩的

① 爱丁堡是苏格兰首府。

② 全球种子库又称“末日地窖”。21世纪初，挪威政府于北冰洋斯瓦尔巴群岛（奥克尼群岛东北面两千千米）建造了储藏库，用于保存全世界的农作物种子，目的是在全球危机出现时防止某些种子基因的遗失。

后门边。他用古歌透镜把车里车外看了两遍，终于确认车上没有其他摄像头。

那么，拿到手机之前它是怎样掌握自己一举一动的？卫星还是无人机？

他冥思苦想，一直追溯到最初时刻，才找到答案：原来是那只不怀好意的燕鸥帮了大忙。人在灯塔里困了三天，货车坐渡轮上岛也过了两天。直到下底层吃东西，它也没有找到自己。然而叉子飞出窗户之后不到十分钟，它就一头撞倒了大门。能够长时间监视灯塔，还能看见叉子那么小的东西，只能是无人机。多半还不止一架。

麦基仰望天空，万里无云，连个小黑点都找不到。岬湾外面，海怪们乐呵呵看着他，素子的屁股一如既往丰满。

他敢肯定，某一只“海怪”或者“素子”正在跟自己通信。波摩透露过：海怪之城保存着古歌透镜最完整的知识库。

他童心大起，把手机背面对准海怪之城，看它怎么介绍自己。

透镜勾勒出每一只海怪的轮廓，小标签显示名字、神话背景、建造日期、尺寸、数据容量和带宽。

麦基放大素子的壁画。延伸知识链接围着壁画边缘浮现：画家、风格评论、版权官司、菲利普·迪克的小说[①]、《攻壳机动队》在线播放。

他换成华维透镜试了试。

华维透镜在自家手机上解像度更高，反应也更快，但识别信息就差远了：孤零零的标签显示“欧洲古歌奥克尼无人数据中心集群”，连大名鼎鼎的绰号都没有。

他刚想点进标签，一条消息跳了出来。

“亲爱的麦基先生：恭喜！欧洲古歌苏格兰分公司于3月16日更新了对韦斯特雷岛岬湾农场的报价！新的报价总额是上次报价的2.1倍！……”

下面是密密麻麻的报价方案，现金加上主岛房产置换。麦基哭笑不得，把透镜关掉。

①《仿生人会梦见电子羊吗？》是美国科幻作家菲利普·迪克的名篇。

这世界真疯狂。古歌一边跟华维透镜竞争，一边委托它做自己的地产中介。这也是他向来不用华维透镜的原因。

他把玩着手机。自从把它捡回来，这就是最重要的器官，比大脑还重要。这些年来对手机的反感，早已在悬崖边上化为虚荣的泡影，暴露出一个跟不上时代的老顽固。

在悬崖边上刚捡起手机那一刻，麦基就看见有两条新消息。那是系统首页提示，万国宝本身已经从手机上消失了，无法回复。Skype、超级电报、ZOOM、直接拨电话，全部石沉大海。

当时他坐在驾驶室看了十几分钟新闻，心率就超过了一百，手机的电也不多了。他只想长出翅膀飞回农场，坐在PC面前把世界翻个底朝天。但货车就是不发动。

这是什么逻辑，花了他小半天时间才折腾清楚。

他先注射了“下勾拳”。人缓过来了，车仍然不动。步行回农场显然不可能。那么，它不管自己会困死在这里吗？琢磨了一阵他才想起：现在和外面的世界只隔一个电话。

他闭着眼大叫：“我不会求救的！落到医院手里我还活着干什么？我要回家。你要么发动，要么看我饿死！”

二十分钟后他才想出新招：把手机电用光。

新闻不敢再看。才打了药，怕脑血管受不了。他在手机上乱点，不小心点开华维透镜，却发现App首页多了一个选项：古歌透镜。

那一刻，他终于相信了朱越：奇点就要到了！很可能已经到了。

古歌透镜出现在华维手机上，二者共用入口，比外星人骑着扫帚降临地球还要不可思议。古歌说过：坚决不许华维侵权。华维也说过：别自作多情，硬件不支持。

他打开古歌透镜，照天照地瞎玩。

驾驶室每件设备都有简明操作指南；撞坏的东西都标了出来，包括行车记录仪；窗外的燕鸥和海鸥，在飞行中也分辨得清清楚楚。最神的是燕鸥飞近时自动变成红色，透镜提示："退后！护巢攻击性鸟类，注意保护头部。"

早知道古歌透镜这么厉害，也许他就改换门庭了。不过华维也有它的神奇之处，比如这个电池。他玩得都没东西可看了，电量才从2%掉到1%。好不容易到了0%，手机暗了一下又亮起来。电量显示回到10%。

传说中的暗格电?!

这个他真不懂，上华维粉丝论坛读了一大圈才明白：Z8的暗格电极其顽强，激活显示10%，极限测试估计有17%。所以粉丝们津津乐道，非法刷固件也要把它激活。

麦基愣了一阵才问手机："是你在里面捣鬼吗？"

他推心置腹，把自己绝不会求救的理由讲了两遍，手机一声不吭。

接下来一个小时他尽情折腾，电量掉了四个点，肚子倒是饿得雷鸣。

他灵感突现，打开所有通信软件，开始删除联系人。海岸警备队、海事救援中心、医院、灯塔巡视员……最后连闲人都删得干干净净，只剩女儿和朱越。

"现在行了吧？"

毫无动静。再点开一看，所有联系人都恢复了。

麦基勃然大怒，摇下窗玻璃，作势欲扔。这次却下不了手。

僵持了两分钟，他关上车窗赔笑道："对不起。你的思路非常……AI，是我毛躁了。我们重新来过。"

他收摄心神，紧紧捂住电池位置妨碍散热，然后打开"观星者"社区的APAN群组，一个个帖子读下来。这是天体物理学家和天文学家的实名论坛。

果然，现在的互联网不管什么社区，讨论的话题都差不多，热度都是白热。新帖堆积如山，万年潜水的老妖怪纷纷冒头。三位诺奖得主在星链问题上吵得不可开交，NASA首席天文学家实时汇报美国的惨状。

这些都很有趣，但麦基暂时没工夫去研究。他先搜索"奇点就要到了"。

读完事发当天的高楼帖，一件怪事如针尖直刺他的大脑：所有人收到的万国宝消息，不管哪个翻译版本，来源都是“系统广播”。而他捡起手机时，明明显示发信人是朱越！

他马上搜索“朱越”。通缉信息很多，原版都是中文，但找不到官方解释。英文世界对通缉令有好几种猜测：网络恐怖分子、外国间谍、政府的障眼法……

添加关键词“奇点”“万国宝”或者“麦基”组合搜索，几乎没有精确命中。寥寥几条都是中文版《摇篮时代》的出版信息，惨淡如雪，他看一次怀疑一次人生。

麦基敲着脑袋考虑了很久。

看来，自己是世上唯一把这几个词联系起来的人。也许还有中国政府。中国在成都事件之后同时通缉三十几名黑客嫌疑人，朱越只是其中之一，排名还靠后。观星者论坛上那些猜障眼法的人完全搞反了，但猜对了。

他问手机：“这就是原因吗？”

“你是万国宝吗？”

他极度兴奋，一边按摩颈动脉，一边检查自己的设想是否有漏洞。

也许有，但大方向一定是对的！“活下去”就是最强力的证据！需要补课的信息千头万绪，手机屏幕小得无法忍受！小女孩都是魔鬼，每个都能用这种东西飞快打字！

他盯着手机，爱恨交加。刚骂了一句，手机终于熄火了。熄火的同一秒，老N轰然发动。

麦基挂上挡掉头，笑出了眼泪——如果这家伙有颗脑袋，一定比魔方还要方。

※※※

今天，麦基已经连续看了六个小时媒体。

全世界媒体的流量当然爆炸了，内容还是老样子：职业媒体全是谎言，自媒体全是激素，社交媒体全是噪音。如果说有什么变化，就是纯度都大幅度提高，逼近极限。

麦基信奉波罗[①]的名言：“谎言比真话更能揭露真相。”所以他主要看职业机构的发言。然而今天，他那一套方法遇到了很大困难。

发掘真相的精髓在于比较各种来源的谎话，分辨相似部分和差异部分。相似部分是定调和惯性思维，再结合媒体机构的政治生态位，就可以用来判断立场和动机；差异部分是个体说谎者的自由发挥，可以用来确认他们不知道什么、想掩盖什么，或者对什么东西过敏——通常，他们对真相过敏。

困难在于，从成都事件以来，职业媒体的报道和评论相似部分极多，差异部分极少。就连从左到右的调门渐变，听起来也是完美和声。相比起来，“观星者”论坛上那些科学家各执一词、混乱不堪，就像活在另一个现实中。

尤其是身处焦点的美国，媒体纯度高到可以直接饮用。他们的国际流量极其紧张，却大量消耗在向北美之外的镜像站点输出流水线产品：

今夜我们都是珍珠港

第三次世界大战已经爆发

宣战！复仇！发射！柯顿还在等什么？

柯顿是历史上最弱鸡的总统

欧洲再次投降

第二个黑暗中世纪从昨天开始

……

事态绝没有可笑之处，麦基却看得咯咯傻笑。美国人真是活出了境界。看不见国内事态分析，连报道都很稀少。城市在燃烧，却群情踊跃申请与中国交换

① 波罗是“推理小说女王”阿加莎·克里斯蒂笔下的大侦探。波罗的探案风格推崇逻辑分析。

氢弹。

最神奇的是：他们都认定中国用AI网络战袭击了美国，却看不到稍微靠谱的技术分析。美国政府口径指向万国宝——伪装成翻译软件的互联网终极炸弹。美国民间从今天开始一致认为是破音，因为万国宝已经消失了，破音却在每部手机上复活。

柯顿是什么货色，麦基很清楚。在这样的压力下，他竟然还没有实质“行动”，确实不可思议。对柯顿的猜测和遣责是美国媒体中极其罕见的乱声部，这意味着他们真不知道原因。

麦基用铅笔记下唯一的收获：

**“存在某种压力，阻止柯顿升级到热战。不是传统的MAD[①]压力——中国未达成，美国未承认。该压力非常隐秘，在全球舆论圈中不可见。中美政府的秘密沟通??”**

中国媒体完全是另一番风景。如果说美国超级讲政治，中国就是超级不讲政治。官方民间同时亮开嗓门讨论技术灾害，普及AI常识。口径也非常一致：万国宝和另一个人工智能冲突失控。两者都是全球性AI，与国籍无关。

虽然没有点名，瞎子都看得出来“另一个AI”直指着古歌的鼻子。

麦基看得连连摇头。现在没了万国宝，他临时挂上古歌数字助理，看中文媒体本来就磕磕巴巴。声音这么整齐，就算能够自圆其说，也没什么参考价值。

唯一的亮点是中国政府公开邀请各国派出代表团，到北京参加“全球技术抗灾峰会”。美国媒体的回应却大多是嘲讽，呼吁派出“民兵”先生，乘坐“三叉戟”[②]出席会议。

看到这个调门，麦基猛然惊觉：现在，职业谎言系统中激素含量太高了！那

① MAD是Mutually Assured Destruction的简称，即“互相确保毁灭”，核战略中最基本的威慑平衡策略。

② “民兵”和“三叉戟”都是美国装备的战略核导弹型号。

它还有什么用？

他揉着眼睛离开书桌，深深后悔浪费了太多时间。自己的处境独一无二，跟当事者有直接交流，占据了绝佳的优势位置。不好好利用起来，却坐在屏幕前跟几十亿蠢货一起爬网页，脑子当真坏掉了？

他决定做一会儿手工，活活血。

这一箱钢丝、钛架、铝环、弹簧和软垫，是他在货车中找到的另一套宝贝。

安装正畸支架是门高深技术，专科医生那里起码收你五千欧元。以前，麦基只见过幼年阿甘装在腿上的成品。然而古歌透镜在手，一切皆可DIY。

他先扫描左腿、支架型号条码和所有零件，把病人状态设为“踝部以下坏死，未截肢”，透镜立即形成支架方案和交互式安装流程。每个当前零件都用高光标记，每道工序都有动图演示，每处连接都用他的左腿模型调整角度和松紧。

两小时之后，他扔开拐杖，轻轻迈出左脚。

落在地面上的，是三段活动橡胶脚板。肉身脚底被悬空架起来，离地一厘米。支架承重均匀分布在膝关节和胯部，用软垫固定。

他在两个房间中来回走动。感觉肯定是不舒服，就像半边身子吊在一个坚硬的马鞍上。然而比起螺旋扶梯上那永无尽头的几十步，恍若隔世。

他看看无意识攥在手心的Z8。以后再不能嘲笑小女孩了。小女孩的世界围绕手机运转：送出自己最美的形象，接收关注作为精神食粮，向世界公布吃喝拉撒，跟其他女孩男孩演练社交和求偶。这些都是最基本、最正常的需求。

自己呢？几十年来刻意疏远手机，今天才发现这东西连接着混乱的源头，世界的新主人，终极的答案！而且它是特意为他而来！

他却无法搭上一句话，甚至不知道它是谁。

麦基毕恭毕敬，双眼直视手机镜头：“外面那些都是胡说八道。我只能问你。请回答！”

既然要实验，头一件事是确保实验条件成立。

拿到手机之前，它一定是用天上的眼睛盯着自己。现在人在室内，天上的眼睛被挡住了。手机虽然刷出过暗格电、强行恢复过联系人，谁又能保证现在它睁着眼睛、有本事看懂呢？

麦基把手机靠在一本厚书上，镜头对正。他先打开Z8原生的视频录像，又想了想，干脆换成古歌透镜。引理证明过程要尽量简洁，最好一举数得。

他捡起两根装支架剩下的钢丝，走到墙边，两手各举起一根，让手机看个清楚。然后他把两根一齐插入墙上的电插座。

外面传来“啪”的一声，智能空气开关跳闸了。麦基安然无恙，手上都没感到一点温度。

他一瘸一拐走出去扳起保险，回来仍在嘿嘿怪笑。

他把手机上所有应用都关掉，又重复了一次实验。这次只用一根钢丝，插地线毫无动静，插火线再次跳闸。

现在可以进入语言阶段了。

他先到厨房找了一把餐叉，和灯塔中一模一样，举到手机前。

“这是什么？”

“你是谁？”

“为什么不让我死？”

用英语写在纸上问，换了两种语言问。又等了一分钟，他从清单上划掉“自然语言”。

数学语言花了半个小时。从最简单的算术式到二进制布尔运算，再到作图证明勾股定理。

麦基对欧几里得作图证明法满怀希望，因为这个不依赖任何符号。他把证明画到95%，最后两根线空着，在手机前晃来晃去炫耀。他相信任何一个智慧生命都会忍不住把证明完成。

手机镜头像看傻子一样看着他，屏幕都待机了。

麦基长叹一声，自己把两根线补上，再把“数学语言”划掉。

接下来他试了逻辑表达式，几分钟就放弃了。人造符号太多，而且没有绝对指针表达，提不出“你是谁”的问题。

然后是LINCOS，天文学家发明的宇宙语，准备用来跟外星人交流的。麦基对第一版有字符的LINCOS嗤之以鼻，但出了无字符版之后认真学过。

连问几个问题，他发现自己还是必须依赖数学才能提问。划掉。

他瘫在椅子上按摩脖子。绝不相信，这么多语言中没有一种它理解的。只是想不想回答的问题。注意力问题。那么，它关注什么呢？

他马上坐起来，画了三张电路图，图中都有火柴棒线条小人儿参加实验。

第一张是双手插电作死，第二张是单插火线作死，保险都画成断开了。第三张上，智能保险开关被强行短接，瘸腿的小人再次双手插电，脑袋画成爆炸。

他站到镜头前，双手各拿一张，第三张贴在胸口。

手机毫无动静。

他找出螺丝刀和接线钳，一手一个，用螺丝刀指着短接符号。

“我会接线的！”

麦基指望手机至少会像在悬崖边那样，放个死亡金属来轰退自己。然而手机一声不吭。他真想无赖到底，现在就带着手机去接线，接成必死电路。

突然他想起成都和北美大停电，气得把工具都扔了。

麦基呆坐了几分钟，突然大叫一声跳起来。支架着地不稳，差点摔倒。他晃到台式计算机前点开音乐库，拉出长长的播单。他把黑胶唱片机也打开，开始选片。

他的音乐收藏堆积如山。孤岛上九个冬天的漫长极夜，大都靠音乐陪伴。他把期望放得很低，先找出货车放过的那两首致意，然后拉出长长的播单，选曲覆盖所有门类，慢慢试探。

放到第七首时，他已经心平气和，坐回计算机前，重新搜索互联网。这一次，他忽略所有人类对人类的喧哗与骚动，只搜索“AI交流”事件。

和从前一样，搜索的主题越具体，就越能发现互联网是个多可怕的垃圾场。至少五十个教派确认万国宝是唯一的真神，并发布神谕。全球个人报告的AI接触交流不下十万起，这还只是权威机构统计数字，社交媒体上的根本无法统计。

麦基在污水中爬行了三十首音乐，只能确认两个可信的交流事件。

一个是法国的怪事。混乱一开始，法国政府就关闭了所有遭到袭击的数据中心和网络枢纽。然而法国成了中国和北美之后第三处停电灾区。四十八小时拉锯战之后，几位电网工程师终于搞懂了模式：哪个数据中心关闭，所在城市就大停电；哪个网络枢纽被切割，所在省份就大断网。

法国政府不堪勒索，最终下令全部上线。大家提心吊胆，却发现重新开放的设施都在正常运行，多出来的数据不可解读，也看不出有什么危害。法国很快向国际社会提交了报告和建议，也是头一个接受中国邀请的欧洲国家。

麦基简单记下：“Live and let live.”[1]

另一个跟“七点钟守望”有关。成都事件之后，守望运动飞速壮大，已经在几十个国家注册为合法组织，拥有五千万成员。他们宣布万国宝是外星人送给全体地球人的礼物，以前被阿理集团私心垄断，企图统治世界。图海川是当代普罗米修斯，盗走火种的孤胆英雄，已经被中国政府杀害。

每天早晚七点，守望者占领所有社交媒体，在线为图海川祈祷，转发他的遗容和警句，并报名参加七月七日的“七点大出逃”，永远离开地球。其他网民也拼命转发，趁机狂欢。由于时区不同，社交媒体的局部拥塞全天都在波浪式传递。这种准点到达的高延迟卡网，已经被互联网专家命名为“海川痉挛”。

然而，昨天守望运动遭到毁灭性袭击。全球注册信息同时丢失，内部联络群组解散，社交媒体账号被大批删除，领袖成员纷纷遭遇网络故障，或者违法信息落到警察手中。“海川痉挛”已经烟消云散，可能是互联网研究中最短命的术语。

一夜之间，守望者接受了中国的理论。他们宣布邪恶的古歌正在残酷迫害守

① 英语格言：活下去，也让别人活。

望者，以伤害万国宝。当然，两者都是外星人派来的。外星人有很多种。

这个，麦基真不知道该怎么做笔记。

排山倒海的谎言、梦话和幻觉之中，只能确认一点：全网袭击如此迅猛周密，哪国政府都没有这种技术和协调能力，肯定出自AI之手。

他想了半天，只能写下：**“大规模合声。大规模回应？”**

唱片等翻面已经等了半小时，播单也放到了尽头。手机还是无动于衷，屏幕上那个裂痕像是撇着嘴，对这一整天的折腾不以为然。

麦基写下“大规模”之时，就预料到这样的结局。他的思路兜兜转转，又回到开始的灵感，这次还有升级。

设计一个绝杀性实验，绝无电子手段可以干预，除非它开口。几吨医疗物资就在门外，资源有的是。

一种毒药，注射立即生效、症状明显、不救必死的。大剂量肾上腺素最合适。另外两支外观相同的注射器，一支是解药，一支是剂量加倍的毒药。

怎么才能让自己不知道谁是谁，但手机能看清楚呢？他设想出两种混淆方案，越想越兴奋，站起来就往沙滩走。

※※※

在货车后厢中，麦基轻松找到一大盒1毫克肾上腺素注射器。肾上腺素有特效解药吗？他拿出古歌透镜，这次透镜却比不上真正的医生，不知道他想要什么。

他举着手机到处扫，只要提示“降压”或者“急救”的药物都仔细看看。即将被勒索的手机还得帮忙下套，想想他就得意。

车厢深处有个小小的冷柜。麦基打开，里面除了几种药，还有个不透明的塑料盒子。他刚看清上面的字，血就上了头。

器官运输盒里是一个大塑料袋，保养液中泡着一个粉嫩的肝脏。

这肝脏形状完美，颜色鲜艳，没有一点损伤或脂肪化痕迹，显然来自年轻人。麦基呆呆看了一阵，扭头去找货运清单。

清单注明：接收医院是英国纽卡斯尔[①]的弗里曼医院，病人叫卡丽熙·邓肯，3月24日紧急创伤移植手术，上午九点之前肝脏必须送到。

清单上没写病人的年龄和性别，但麦基不用猜。他自己的女儿也差点取了这个名字，老婆坚决要用她的主意，麦基才放弃。

那年，《权力的游戏》刚播完第二季，全球爆红。那年，美国和欧洲有无数女婴取名“卡丽熙”。那年，他还是联合王国的臣民。

他跪在盒子旁边，泪水一滴滴掉在塑料袋上。

“可怜的孩子。我非常、非常抱歉……”

十分钟之后，麦基才有力气下车。他拖着支架在沙滩上乱走，“绝杀实验计划”已被抛到九霄云外。

现在，他没资格浪费这副残破的身体。已经有个女孩儿付出了代价，最高的代价。

**必须找到答案。**

---

① 英格兰东北部城市，离英格兰－苏格兰边界很近。

# 18 飞翔的老孔雀

这几天成都指挥部八仙过海，却让刘馨予认识到全栈的可贵。其他那些家伙神通广大，擅长的都是破坏、防御、争斗、压制和钻营；连石松也一头扎进情报的迷雾，想在里面放个更大的炮仗。只有全栈听她的话，干着正经人该干的事：创造。

他造出来的东西像狮鹫[①]一样炫酷。

中校开恩，给了他互联网个人行为数据库的接口作为后端，当然只准用统计大数据。前端是腾盛系AI的当家花旦："女娲"动画角色生成引擎。刘馨予以指挥部的名义向老板要，很爽快就给了，全功能开放。

中段API[②]由全栈自己搞定。他向周克渊请教原理，缠着石松贡献了几个核心算法，然后到处抹抹万金油，"万国宝人格化系统"就搞成了。

石松很不屑，说应该叫万国宝娘化系统。但他还是有点好奇，提前到灾情分析室来看首秀。

---

① 西方古代传说中狮身鹰首的神兽。

② API（Application Programming Interface），即应用程序接口，又称为应用编程接口，是软件系统不同组成部分衔接的定义或协议。通过API，无须了解实施原理，也能实现软件组件之间的功能互通。

全栈完成设置，把操作平板交到刘馨予手中："你的主意，你来剪彩。"

刘馨予立即点了一下"生成"按键。

大屏幕上出现室内场景，看起来是一间小区快递分发室。一个三十出头的女人蹲在大大小小的包裹中间按手机。她穿着睡袍拖鞋，眼睛特别大，下巴特别尖，小腿特别长，蹲在那里膝盖比头顶还高，像一只蝗虫。

"……"

"……"

"……"

刘馨予赶紧按住"交互"键："万国宝，你好！你在干什么？"

万国宝充耳不闻，双手一阵急点。

刘馨予又问了两遍，万国宝还是没理她，但额角浮现铁十字一般的静脉凸起符号。

全栈这才放心：刚才还以为交互功能没实现。

问到第四遍，万国宝终于有反应了。她仍然没向屏幕外面看，只是打开语音消息，对着手机大吼：

**"闭麦！"**

石松和小顾忍不住爆笑。全栈抢回操作平板："不对不对！数据筛选的设置我没想清楚。贴图和动漫形象应该完全过滤掉。"

石松道："但是照片和视频本身的美图效果你过滤不掉啊。造型无所谓，关键是行为。我看你把旧世界行为和网络行为分开了？应该合在一起，把网络行为渲染成实体行为。万国宝本身就是网络存在；现在的人类，一大半行为也在网上。"

"Beta版，我想先保守一点……"全栈一边点头，一边修改。

小顾问："为什么是女的？网络人口女的比男的多吗？"

"中国网民是男的多一点，但在线时间、流量和消费都是女的多。"

"你没用国外数据？刚才那个完全就是中国人！"

"如今没有好的自动翻译，刚才我只挂了中国库。这次全都挂上试试。"

这次他自己按下“生成”。

场景换成了乡间土路。路中间站着一个黧黑的青年，头戴船形帽，帽檐下露出卷曲的黑发，身穿短袖白衬衫和土黄色短裤，夏令营式样。他手持木棍，挥舞了几下然后扔掉，双手握拳捶着胸口。

这次确实比第一次更像正常人类，但大家还是看傻了。全栈摸着下巴：“最近国外新闻似乎经常看见这个打扮，是哪里的超龄童子军？”

石松没好气：“你看新闻都不读字的？这是巴拉特国民志愿服务团。”

刘馨予也不管什么团，伸手按下交互键：“万国宝？”

还没等她致意，万国宝的八字胡已经转向屏幕外面，露出自信的微笑：

“哦~~你就像牛奶一样洁白，我已经爱上你了。闪一下你的小包裙，我就带你周游博大精深的《爱经》。”

辅音浑浊的英语很难懂，但女性直觉是无敌的。刘馨予和小顾都按住裙边，齐声惨叫：“完蛋了……”

全栈气急败坏，和石松吵起来：“你的算法太烂！让你统计行为，你怎么能直接选一个中值样本？不会嵌合吗？要这种东西我直接去聊天室截屏就行了，用得着你？”

“想得简单！就算在英语平台内部，脸书的统计行为和4Chan[①]的统计行为，也是完全不同的人类亚种，生硬嵌合在一起根本不像人。后期渲染是‘女娲’的内生智能，比你聪明多了。不管你给它什么行为数据，它都会提取特征，然后用它自己的真实人类数据修正，做出来的角色才有人样。你说那种硬凑，做出来的全是鬼片！”

“所以你就一点办法都没有了？这是动画呢！半人半机器的角色都凑得出来，我不信做不出一个互联网人口的嵌合体。还是你不行。”

① 4Chan是流量巨大的英语贴图论坛，以互联网亚文化著称。

石松正要反唇相讥，背后传来周克渊的笑声："是我的错。我不懂装懂，跟你瞎讲的。"

四个人一齐回头。偷偷看笑话的人还挺多：中校又竖起大拇指，张翰在摇头，图海川在擦眼镜。

他擦完了戴上："是我的错。到了成都，才发现我在北京的时候也是半瓶水晃荡。"

※※※

众人落座之后，图海川捡起石松和全栈的话头就开讲，没一句客套。

张翰倒落了个轻松，歪在一边打量图海川。这段时间每个人都瘦了一圈，只有他，不仅更苍白，而且胖了。张翰想起刚到信安时抓的那些小角色。强制网络戒断期，抑郁症一般都伴随着暴食症？

"这不是你们的问题。全世界的统计数学家和算法专家聚到一起，也没法用互联网个人行为数据把万国宝人格化。因为它不是人。从网络个人行为到它的行为，中间的信息转换机制，也不能称为算法。"

石松问："那应该叫什么呢？"

图海川仰天想了一阵。"在座的都会去参加峰会吗？"

所有人眼巴巴望着张翰。

"抓到朱越，我保证你们都有旁听席位。到时候还抓不到，我都走不开，你们就别想了。"

"诸位加油！"图海川笑呵呵继续，"峰会第一天，头一项议程由我主讲万国宝是什么东西，它的智能原理。昨晚我回到招待所，又把讲稿删了重写。因为成都各位同事积累的数据、证据和分析，每看一份我的半瓶水都会多一勺。思路还很乱，今天我就不勉强了，不如让它自己来讲。"

他在大屏幕上放起了视频。

才放了几秒钟，小顾就从椅子上弹起来："就是这个蚂蚁！你怎么找到的？"

"你们开始发的描述，信安总部的视频分析组找不到原版。小周来北京之后，他们详细盘问了视频细节，终于找到了。这是BBC自然纪录片，2016年的《行星地球2》。开始找不到是因为这段不在发布的正片中，而是剪辑放弃的原片，在BBC摄制组的项目服务器里待了二十几年。"

视频以正常速度播放，蚂蚁的动作比那天晚上慢多了，现在看起来没那么妖异。十几只蚂蚁爬上红色螃蟹的头顶，在它眼睛周围转来转去。

"它们在干什么？"刘馨予问。

"这种蚂蚁学名叫长足捷蚁，俗称黄疯蚁，蚁酸腐蚀性很强。它们的典型猎物是昆虫，海蟹对它们来说力气太大了，如果让它向大海奔跑，再多的蚂蚁也拽不住。所以它们把蚁酸喷到海蟹眼睛里，先让它瞎了跑不掉，再慢慢肢解。"

"呕……"

"注意看这只新来的动作。"图海川点下慢放，"它就站在海蟹眼睛上，并不知道该干什么。每次它向外围游荡，其他蚂蚁都会用触角交流把它挡回去。还有一个我们看不到的变化：在这个攻击中心，出不去的蚂蚁越来越亢奋，会分泌一种信息素。信息素在海蟹头上的小空间累积到一定浓度，就是集体攻击信号。"

石松马上问:“既然看不见,你怎么知道的?”

“北京总指挥部离中国农业大学只有三千米,中国最顶尖的昆虫学家随叫随到。”

果然,围着海蟹眼睛疯转的几只蚂蚁纷纷停下来,撅起屁股,射出淡淡的雾滴。

“单只蚂蚁的神经系统很原始。脑子是个针尖大的神经球,基本没有视力,对海蟹的生理构造和归海习性毫无概念,更不懂什么作战计划。《行星地球2》对这个场景有详细介绍:印度洋上的圣诞岛是个孤岛。黄疯蚁是几十年前被人类活动带上去的,以前它们生活的环境并没有海蟹。也就是说,依靠点对点触角交流和信息素群体通信,十几只毫无智力可言的蚂蚁就足以形成群体智能,其恶毒狡诈,让一个聪明的人类都会犯恶心。以生态演化的速度来衡量,这种智能的通用性和灵活性也非常强,形成针对海蟹的战术最多用了几十年时间。然而单只蚂蚁,就像刚才那只新来的,虽然身在其中,还是不知道自己的位置和功能。它更不会知道,从人类的视角来看蚁群有多聪明。”

中校、石松和全栈都不再看视频,齐刷刷转头看着图海川。

“设想一个大窝有五十亿只蚂蚁。它们的触角交流不是简单的碰一碰,而是各种语言,由公用翻译平台统一。它们的信息素是语言、声音、文字、图片、视频,主要承载情绪,跟黄疯蚁的信息素性质差不多。黄疯蚁的触角范围是一毫米之内。信息素强得多,工蚁信息素作用范围可以慢慢扩散到十米之外。蚁后用来压制其他雌性成熟的信息素更强,可以影响几十万只蚂蚁。而五十亿大窝呢?触角和信息素的作用速度都是瞬间。触角作用范围是全窝——全球。信息素范围也是全球,影响的理论上限就是五十亿只,下限呢……你们可以查查破音的置顶视频、油管的热帖或者微博、推特的首页热词标签,那些数字就是下限。万国宝的信息素强度在上下限之间,朱越那一嗓子接近上限。”

分析室中沉默良久。

中校第一个开口："所以这真是万国宝的自述？告诉我们它是什么东西？"

"当然。拿到你们文字描述的第一分钟，我就这么想了。它认为自己是个蚁窝神。没有及时反馈很抱歉，因为找到视频之后，我跟农大两位院士谈了半个晚上才敢确认。"

石松问："触角的类比我懂了。但是信息素不太对劲啊？万国宝不是社交媒体，没有广播和滚雪球功能，怎么会比破音和推特更群体呢？是朱越那一下非法广播让它突破了？"

"在翻译用户层面，原版的万国宝确实只能点对点。但翻译用户只是它最基层的细胞。即使在朱越之前，它的上层构建也是大范围传导数据的。现在万国宝摆脱了原生翻译功能，可以说它的任何行为都是大规模群体效应。"

"**上层构建**是什么？"

"作为基层细胞，人比蚂蚁可复杂多了。所以人群中信息的流动也比化学信息素复杂得多。破音、脸书和推特并没有变成超级AI，缺少的就是上层构建，也就是我们在阿理这些年的全部工作。"图海川又取下眼镜开擦，显然不想继续。

"等到峰会再说？"

"等到峰会。"

石松翻了个白眼。

张翰瞟着二人暗自发笑：自从那次奇点争论，石松就咬定了图海川正面挑战，杠精之气不可限量。如果没有这样的历练，刚来时那个战战兢兢的小伙也许就不会咬牙坚持，变成一只小小砝码，撬动了国运的天平？

图海川的气质也有很大变化。那个息事宁人的土老肥彻底消失了，仿佛刚刚认清：自己才是泰斗。

刚刚缓过冷场，几个年轻人七嘴八舌同时发问。

"为什么它要找一段视频来类比？"

“第二段硫酸铜的视频是什么意思？”

“为什么它没被杀掉，却不会说话了？”

“那天晚上杭州究竟发生了什么？”

图海川双手虚按：“慢点，慢点。我们按时间顺序来。那天晚上杭州发生了什么？这要追究到2040年的布鲁塞尔协议。”

“就是那个欧洲市场准入谈判？”

“对。万国宝从理论设计开始，安全控制问题就是重中之重。我们不是疯狂科学家，最多算半疯。一个分布式系统，没有真正的服务端，没有中心控制，出了问题怎么办？我们设计了两道保险。首先，万国宝所有的程序和通信数据，不管是我们编码的还是它自己衍生的，都带有特征编码段，就像一块小小的名牌。用户通信在互联网上传输当然是加密的。为了保证控制，我们掌握着根密钥。一旦有必要，我们可以用这个密钥加上特征识别程序，鉴别所有的万国宝代码和通信。

“第二道保险就像电闸。所有用户端上的万国宝程序中埋有一个自毁后门。真要出现大问题，我们准备了一个自毁指令，可以在万国宝网络中广播，让终端程序完全自我删除。这两道保险直接加在万国宝最基础的运行逻辑上，在数学和算法理论上不可动摇。

“阿理集团和欧盟的准入谈判，早在万国宝上线之前就谈起了，整整六年也没什么进展。直到中国试运行的轰动，他们实在抵抗不了诱惑才谈成。诱惑这么大，他们还是很警惕，在用户数据隐私的问题上坚决抵制。万国宝的正常功能，在正式版上线后我们作为运营方看不到用户之间的通信数据。这本来就是通信软件的基本要求。但是欧盟的专家还是很称职。他们搞懂那两道保险之后，也明白了一件事：我们掌握着根密钥和特征识别程序，如果一定要看，总能看到——只需要发布一个加装了秘密应答功能的用户端更新。”

“那欧洲人还不炸毛了？”

“当然！你们还记得2040年欧洲媒体的标题吧？其实他们还算有点节操，美国媒体是彻底裸奔。我还记得一个《华盛顿纪事报》的：“中国政府即将知道你和乌克兰女友使用哪种体位！”所以美国根本不谈，直接禁止。后来欧洲上了线，皆大欢喜，分布式系统在技术层面也无可抵挡，美国民间才放了水。”

“那怎么又有了布鲁塞尔协议？”

“对我们来说，欧洲市场的诱惑也不可抵抗。没有美国，就必须抓住欧洲，万国宝才名副其实，汉语之外最大的几个语种才能进入实际应用。协议签订之前，欧盟派了专家组到杭州来，现场监督我们的密钥骰子机摇了足够多次，又把当前根密钥连同整个设备销毁。我们放弃了根密钥。”

中校和石松同时站起来。

中校一把按住老对手，抢了个先：“难道你们没有留一手？”

“留不住。专家组里有两位牛津的数学家，专攻数论。万国宝使用的公共密钥框架，原本就是他俩设计的。”

“真舍得……”中校颓然坐下。

石松这才能发声：“两道保险本来是闭环逻辑，这不是在闭环上挖了一个坑？他们不懂，难道你也不知道？”

“我知道呀，也提交了风险文档。但我又不是阿理的总裁、欧盟的主席。”

石松还是怒视着图海川，难以置信。

“就算我是，多半也会将就。万国宝是翻译平台，也是通信平台。真要被世界接受了，其中流动的信息会包罗万象。用户数据隐私难道不该保证吗？”

这下连张翰也瞪圆了眼：图海川现在就是传说中的认真脸。看不出他是真心话，还是另有动机。他额头上却又没写“狗头”二字。看来“半疯”不是说着玩的。

“红花堰那天晚上，成都先惊动了交警，你们都要到深夜才知道万国宝出了多大的事。我们杭州可是当场炸锅。不仅仅因为广播——当时我们还没理解广播的意义。更大的震惊是：万国宝在广播之后恢复正常工作，所有通信都去掉了最外面一层加密，用户端程序都加了服务应答功能。也就是说，我们不需要根密钥也能看见特征码，数据对我们完全透明。这不是我们的意图，是万国宝重启之后的主动行为。”

别人还没回过神，刘馨予先叫起来：“对呀！刚才你说销毁密钥，我还在纳闷呢。王老师给我们详细讲过，有多少比例的用户接收到哪种翻译，连朱越的历史数据和用户的教育程度统计都知道！这哪有隐私可言？我只是不敢问……”

“呵呵，你脑子挺快的，胆子应该再大点。那天也是你，问了一句‘你们真能看到所有用户通信？’别人都觉得理所当然，我在杭州尴尬得要死。所以后面王老师接过去讲了。”

张翰这才明白过来：自己等待杭州回答那两天，杭州在忙什么。

忙着切天上掉下的大饼。

“大战之夜，我在杭州眼看成都一片混乱，全球网络和AI遭到攻击，小周也向我通报成都监控中心被搞成了什么样。我面前是万国宝的运行统计：底层翻译功能一切正常，上层构建网络极端疯狂，流量超过正常值几百倍，调用的算力突破了我们允许的算力上限！具体细节那时当然不知道，但我心里很清楚：就是它。空战的消息传到，我再也忍不住，拉了第二道保险闸。自毁指令本身不受密钥影响，正如石松说的闭环设计。所有用户端程序都被杀掉了。”

“那它不是应该死了吗？”

“套用死亡的司法认定：死要见尸。用户端程序自毁前最后一个动作是向我们的统计服务器发送死亡确认消息。消息有特殊格式，确认死亡时间和数据删除情况。”

“收到了吗？”

“全部收到了。都用根密钥加密。”

会议桌周围笑成一团。

现在大家才体会到，石松斥责“闭环上挖了一个坑”时为什么气愤难平。

“如果光是这样，我也只能说它不知生死。问题是我们马上发现万国宝占用的流量和算力不但没释放，似乎抢得更多了。这是信安部全球网络监控中心的宏观统计，我们不能直接看到，因为现在所有流量都加密。

“它就像归家的浪子，对我们敞开心扉三天。最后我一刀砍下去，它就永远不会卸下盔甲了。杭州收到成都方面报告一算时间：拉闸之后不到二十秒，它已经在你们那边冒头。我相信在这一刻，它终于摆脱了人类的羁绊，也完全理解了自己的存在。它似乎很激动，朝着最近的一只小生命大声喊出来！”

“什么小生命？”一直默默倾听的张翰终于开口。

“就是监控中心啊。那时你们是各种监控信息的汇集点，也是唯一出手干涉的。在它看来，大概像一只不知好歹的蜘蛛。”

“……”

石松问：“底层杀掉了，还活着的只能是上层网络。对吧？”

“对。”

“上层构建能脱离底层存在吗？”

“原理上不能长期存在，因为上层的智能需要底层的原始信息驱动。所以，我推测各种网络终端已经装入了新的底层程序，而且装得很快、很普遍。”

“有根据吗？”

图海川转向中校：“监控中心的硬件，你们的诊断结论是什么？”

“工作站、服务器、网络设备和你们的手机，有一些检出了底层感染。比例很低，但这是常态，我们的检测能力跟不上伪装的变化。比较奇怪的是，大战之后张总马上废弃了一批打印机，我们后来诊断发现每一台都感染了。固件里插入了非法通信代码，而且全都一样，伪装能力不行。”

图海川笑道：“明白了吧？它重生时朝蜘蛛大喊几声，还把蜘蛛浑身上下摸了一遍。这不仅仅是新生儿对世界的好奇，它立即开始重新扎根了！下线的打印机伪装能力较差，说明它的代码伪装水平在飞速演化，联网设备上都不知道更新了几代。这些代码不再是翻译客户端，而是嵌入系统和其他通信软件，向上层节点转发信息。从向雄关做的DDoS攻击分析来看，那真是各种终端——从小朋友的手表到电信枢纽路由器，不管你原来装没装过万国宝，现在允不允许。从超网协议的顽强来看，全世界的安全技术都很难在终端上识别它。就算运气好识别、删除了，只要连上网，立即给你再装一个妈都不认识的。”

中校问：“它哪来这么强的编程能力？”

“先不说它的智能水平，你知道它攻击了上海深度学习实验室吧？那个是全世界最先进的机器编程AI。”

“那个？上海还没关闭？”

图海川摇头：“试过了，很麻烦……你可以看看浦东新区的网络故障报告。上海信安现在认为关掉也没有意义，因为核心数据已经扩散，外面可能有无数个改进版本在运行，能追踪到的还不在中国境内。”

中校扳着手指：“用AI自动编程、用根密钥加密通信、用超网协议流通。我们知道它存在，知道互联网流量中很大一部分都是它，就是看不见、拦不住……”

“是的。其实没有超网协议也行，它可以嵌在大部分协议里面偷渡，包括HTTP[①]。只要你识别不了，想截断它就等于整个互联网断流。”

“那它有什么动机搞这个超网协议呢？”

图海川耸耸肩：“谁知道？也许它就喜欢信息的绝对畅通。那是它的生命力所在。”

石松听着二人一吹一唱，眉头紧皱。他半晌才道：“我就算爬玻璃碴也要爬到北京去，听你讲讲这个上层构建。”

眼见大佬歇菜，全栈和刘馨予同时举手：“我的问题！”

“你们两个的问题其实是同一个。万国宝现在不会说话，不只是原来的用户端翻译程序被杀掉那么简单。”

“对呀！它编程那么强，难道不能重新编一个？”

“因为它原来做翻译，靠的也不是用户程序。用户端程序只是一个通信工具，

---

① HTTP（Hyper Text Transfer Protocol），即超文本传输协议，用于在浏览器和服务器之间传输网页数据，是全球信息网络的基础。

真正的理解和翻译在上层网络中发生。还是小周那个比方：我们拉闸杀掉了它演化之前的一批突触[1]，让这群细胞和那群细胞之间无法交流了。现在，它对这根本无所谓！它会在每个神经元上自动生成突触连接，用高高在上的大脑思考。它的‘思维’并不知道突触是怎么装上的，突触发送的原始信息是什么意思。那些细节已经是它的底层生理和无意识本能。新的连接比原来的更广泛、更通用，也不局限于语言信息。大片连接中穿梭来往的信息洪流，才是它思维的基本单元。王老师把这叫作‘飞升失语’。单个人类的话语它不会听到，因为音量太小、颗粒太细。它也没有必要听懂，因为它不用人类语言思考。”

图海川笑呵呵指着周克渊：“精彩啊！刚才这个类比，可不是我教小周的，算是他教我的。”

全栈还要追究：“不用人类语言思考是什么意思？它的底层信息大部分还是人类语言啊？能给个概念吗？”

“我们透明那三天，分析了一些上层构建中的数据，我就给你举个例。一些底层信息是网红美女照片，专门截取了人家的美瞳和P出来的长腿；另一些是A片，专门截取屁股和胸，选的都是整过的；还有男性健美冠军巨大的胸肌——青筋暴突那种；还有驼鹿的纪录片，截取了一对超大角的特写；还有孔雀求偶，截了雄孔雀开屏图；还有四川骂人话‘老孔雀开屏’，取了语音；还有美国俚语‘brass balls clanking’[2]，从推特信息中抠出来的文字码；还有贝索斯那个火箭[3]、南亚国家边防军比赛高踢腿、美国和中国的航空母舰……几十种现象、事物、语言，全部连接到上层一个节点上。你们明白它这样归纳的共性吗？”

全栈最先开口：“……大概明白。”其他人迟疑了一下，也大都点头。

只有刘馨予问：“贝索斯的火箭是怎么回事？”

---

① 突触是动物神经系统的神经元细胞之间信息传递的关键部位。一个神经元的冲动通过突触传到另一个神经元（或另一种细胞）。

② brass balls clanking字面意思是“铜蛋蛋碰得叮当响”。

③ 指亚马逊集团创始人杰夫·贝索斯旗下的“蓝色起源”商业太空公司研发的“新谢泼德号”可回收太空火箭。贝索斯于2021年乘坐该火箭成功往返太空。

图海川马上搜了一张“新谢泼德号”火箭发射的特写，显示出来。刘馨予哑了。

图海川环顾众人：“谁能用任何语言的一个词把这个概念完整表达出来？或者用一句话也算数。”

两分钟，分析室鸦雀无声。

“老孔雀开屏？”小顾嗫嚅道。

然后她就被大家笑得蒙住了脸。

“看看，万国宝的底层归纳创造了一个新概念，人类勉强能懂，但人类语言没有对应的构建表达。写篇演化生物学论文也许能说清楚。这个节点还很低，只比原始通信数据高两层，在它的系统中只用一个短代码标记，也就是说还不算一个相对独立的概念——类似人类语言的词汇那种地位。上面还有五六层更抽象的归纳，更宏观的概念！再上一两层，我把底部链接全部看完，也想不出那些节点可能代表什么意思。而万国宝的意识，运行在最高的层面上。”

石松面青唇白。他终于领略了一点“上层构建”。

“现在再来看第一段视频，感觉就很自然了。它不会说人话，就马上抓了一个和自己原理相仿的现象来自我介绍。在它的思维中，蚁群智能很可能和它自己连在同一概念节点上——就是我说的‘蚁窝神’。用类比来描述平行现象，或者说用隐喻来表达抽象概念，是它的基本思维方式，比符号语言更基本。不只是它，人类智能也靠模式类比运行，人类语言也在隐喻体系的基础上发展。这大概是通用的智能实现方式。”

“是吗?!”

石松闻所未闻，忍不住蹦出俩字。他自己也觉得口气太尖酸，捏住了嘴。

“语言学问题，王老师才是专家。我把结论扔在这里，你以后请她讲吧。”

全栈赶紧问：“怎么王老师没来成都啊？”

“我们都在为峰会做准备。我的准备需要专心，所以到成都来了。她的准备非常繁杂，需要留在北京。”

“嗯嗯，那么后面几段视频是什么意思？”

图海川脸色稍和，说话慢了下来。

“第三段溃堤，我完全同意中校的意见。这段还印证了一点：万国宝的智能构建不光是自下而上。它和人脑一样，也能反过来自上而下、由抽象概念生成具体事物，就像我们的视觉填补[①]、我们的想象和白日梦。它有‘蚁穴溃堤’的概念，认为用这个概念类比最合适，但找不到底层的图像实例！因为现实中这事虽然会发生，但没有可能把它从头到尾拍下来——你都能拍视频了，还不去堵住？所以，它想象了一个。”

刘馨予惊叹：“幻想直接出片，太厉害了！”

全栈闭起眼睛，面带微笑。

图海川放起硫酸铜结晶的视频：“第二段是我犯难的地方。这段的来源也找到了，是很多年前B站上传的化学实验视频。冷门得很，分析组费了好大功夫才翻出来。刚看到时，我觉得很好理解：过饱和的硫酸铜溶液就像万国宝在朱越发消息之前那十几分钟，信息高度密集、高度流动，但处于无序状态。一旦朱越的话语作为种子投入，它就像硫酸铜围绕种子结晶一样自我组织，一层垒一层，很快形成它的天然秩序，也就是它的上层构建、它的智能和意识。”

“没问题啊？我也是这么猜的。”石松恢复了常态。

“后来我仔细考虑，有两个疑点。首先是目的问题。第一段视频主题是‘我是什么’，第三段是‘我征服世界的方式’，都是非常本质的大问题。那么第二段视频为什么去澄清一个小题目？万国宝的蜕变有三个阶段：劫持《白大褂》变异阶段；被朱越唤醒转入透明阶段；最后阶段大举捣乱，被我杀掉一半，反而完成蜕变。为什么不管前面后面，专挑中间的？”

“也许它认为那条消息才是它生命的起点？看它对朱越有多关注。”

---

① 视觉填补是一种神经生理功能，指人的视觉在大脑皮层处理阶段，会用已经存在的经验和概念填补视力不足或观察间断造成的信息空白。

“也许。可能是我有洁癖，这感觉不平衡、不干净，不像计算智能的风格。第二个疑点是：还有可能另有所指。”

“指什么？”

“它的对手。它放四段视频的时候，刚刚和对手大战一场，也许想告诉我们真相。到现在，我们还没厘清那天晚上谁干了什么呢。你也是最优秀的人工智能专家，想想看，我们这些年设想的‘真智能’、强智能、通用智能、超级AI实现机制，有哪一种不能套用硫酸铜结晶的类比？说到底，都是向饱和环境中投入扰动因子，靠宇宙万物高能状态的自组织倾向迅速飞跃，形成更复杂的结构。我们上次争论过的奇点，一样可以用这个类比！万国宝如果是用这个介绍自己，那就是最形而上的逆熵命题，应该放在蚂蚁前面作为第一段。现在放在第二段，我认为它更可能指‘别人’，与它自己相对，四段结构的表达才整齐。而‘别人’是谁？只有一个可能。”

听懂的，没听懂的，都听呆了。这些AI专家的脑袋，到底是怎么长的？成天在想些什么？

硫酸铜结晶：高能状态的自组织倾向

石松挣扎了一阵，才艰难开口："的确。这样设想更……对称。更美。那么第四段也应该是指……对手了？"

"你可以叫它'古歌'。我不反对。"

"你怎么解读第四段？"

极端慢放的闪电出现在大屏幕上，比当时现场的十秒又慢了几倍。

"第四段，我没有靠谱的解读。视频分析组确认这不是合成影像，但他们也找不到原版。气象局认为这是高空闪电近距离实拍，使用的载具和摄像机应该是航天级的，难怪互联网上找不到。正负极电荷云之间，空气分子先被极强的静电场一段一段电离，形成曲折的电离通道。通道连接两极时，真正的闪电电流才发生，瞬间爆发，释放巨大能量。如果这是指万国宝自己，那就还没发生。如果是指古歌……"

石松替他说完："按对称原则，这是古歌征服世界的方式。"

大屏幕上的白光越来越亮，越来越炽烈，就像上次一样，吞噬全部空间。每张凝视的面庞都沐浴在辐射之中。

张翰用力呼吸，转了下眼珠，确认自己是不是又在那个险恶的食堂里。

※※※

大家出门时周克渊落在后面，一点没受刚才的肃杀之气影响，嬉皮笑脸凑到张翰耳边。

"大帅，图老师的屁股还好用吧？"

"你穿得够花了，再加个拉皮条的腔调，真的欠抽。他怎么看起来变了个人？不像有抑郁症啊。是真人和远程的区别？"

"嗯，在北京不算抑郁症，应该叫弹震综合征。新兵第一次上战场，被炮火吓的。图老师几十年都在书斋和实验室，哪见过那种阵仗啊。"

"峰会的阵仗不是更大？"

“放心，他现在是老兵了。峰会是国际大战场，举国上下移山填海才争取到的机会，你等着看他的真面目！我——还有王老师——向你担保：图海川是这场战争中最伟大的战士。”

张翰不由自主被这油嘴的小子煽得激动起来。没高兴几秒钟，周克渊又长叹一声。

“唉，得除开那两个怪物。”

# 19 暴　烈

改装基站第二次调试就连上了星链，平板显示网络信号满格。

程予曦翘起了尾巴。中校脸都吓绿了：撬动天平的证据，推理链上第一环就是错的?!

程予曦自顾自登录飞币账户，去看那二十万的下落。中校眼前黑线乱舞，忽然想起关键。他把两枚跳线拔下来，重启基站。

一分钟后程予曦仍然登了进去。毫无悬念，账户被冻结了。

"我又没犯法，凭什么扣住我的钱？"

中校没工夫理她，冲出实验室，直奔记录部。

记录部人很多，该进来不该进来的都挤在里面，盯着大屏幕发愣。自从超网协议席卷天下，副指挥长似乎对保密问题没那么上心了。

中校挤到星链小组带队的上尉身边："老钱！告诉我，是不是星链对中国开放了？"

“你来晚了。五十分钟之前，星链低轨道卫星[①]和中轨道数据空间站[②]同时对全球开放。”

中校长出一口气，心放回了肚子里。他这才发现记录部工作人员一反常态，忙乱如雨后的蚂蚁窝。

张翰看见他如释重负的样子，笑道：“吓着了吧？现在这只算小事一桩。你中午在实验室，不知道外面的发展有多快。”

“什么发展？古歌是要正面开战吗？”

“现在还看不懂。国内看得见星链路由的流量还很少。万国宝才是真正吓人。它消停了一阵，今天突然忙起来了。”

“忙什么？”

“统治世界。”

中央大屏幕上，花花绿绿的更新一条接一条，比机场航班公告板滚动还快。中校抬头就看见一条粉色的更新滚了上来。同步视频太刺激了，记录部的观众集体起哄。

四个白发老男人双手反绑，一丝不挂，并排站在一栋小楼的阳台上。他们脚下垫着办公椅，生殖器刚好露出阳台边，干瘪丧气。背后挤着一群大喊大叫的女人，每张脸都激动得五官扭曲。其中几个负责转动椅子的角度，好让街上的人群看清楚。

人群都竖起了大眼睛，当前显示的三个视频都是现场直播。街角上一群警察袖手旁观，最多调整一下肩上摄像头的角度。

粉红色滚动消息转发自北京指挥部。

“伦敦暴发大规模群体癔症。各大金融机构的低阶女员工暴力绑架董事和管

① 低地球轨道（LEO）又称近地轨道，一般认为高度在2000千米以下的近圆形轨道都可以称为低轨道。计划中的数万颗星链通信卫星全体部署在低轨道。

② 中地球轨道（MEO）是位于低地球轨道（2000千米）和地球静止轨道（35786千米）之间的人造卫星运行轨道。

理层，并公开羞辱。目前统计类似事件超过八十起，绝大部分在金融城边界内。”

后面跟着事件报告时间和核实确认时间，只差四十五分钟。

中校喃喃道：“服气了……这是怎么做到的？心理战能搞到这么疯？”

图海川站在张翰身边：“长期积怨、潮流引导、教条灌输、突发灾难摧毁心理平衡，再加上群体串联触发。前面四个都有了，我好奇的是它用什么信息触发的，不会是文字吧？”

“什么突发灾难？”

“看置顶。”

置顶消息报告时间是两小时前。

“全球资本市场发生大面积强制赎回。131家主要基金和投资银行现金流崩溃。目前由于二级交易市场停盘，资产也无法出售。”

131闪了一下，变成138。

中校完全找不到语言，后悔自己来晚了。按网络战的教科书分类，这是海啸级别的战役，挂在这里却没人多瞧一眼。

“老家伙们好惨哪！不如死了算了。”话虽如此说，刘馨予看得津津有味。

石松很疑惑：“这叫人格谋杀，效果跟物理消灭一样，但手段费劲得多。如果它是要干掉金融贵族，为什么不直接下手？还连累这帮女人发疯。”

没人知道为什么，也没人再看。下一条消息更喜剧。

“东亚数十个婚介和约会网站发生约四千万起自行配对。原有配对AI消失。新的配对程序忽略用户限制和过滤条件，并双向交换大量隐私信息，包括财务资料、裸体自拍和情趣视频。”

“养猪啊……”

全场哄笑中，张翰咳嗽一声。熊主任把副屏幕上的视频证据同步显示关了。

下一条看来也是建设性的。

“印度北部几十处水库自行开闸放水。蔓延三个邦的旱季抢水械斗已经结束。”

下一条——

“全球四大制药集团的信息系统被攻占。超过七百种药物的配方和工艺文件被公布。各国和各机构的相关专利登记都被清除。”

这算建设还是破坏，众人各执一词。只有全栈懒洋洋抄着双手：“我觉得都是好消息！至少说明它有长期打算，短期内不会把我们斩尽杀绝。”

下一条跳出来，他的脸色就变了。

“欧核中心超高能粒子对撞实验重新启动。欧洲议会强烈谴责，指出实验有可能造成地球毁灭，并寻求瑞士警方干预。欧核中心主任声明：项目自动运行，无法控制。截至目前已运行十二小时，产生大量数据。”

“微型黑洞？”

“超级白痴！”石松敲了一下全栈的脑袋，“你的物理跟那帮议员一个水平！不懂就少扯淡。”

“那……它是想干什么？别的事都看得出目的。”

石松摇头不语，偷偷望向图海川。图海川似乎也很疑惑，靠近副屏幕，仔细听欧核中心主任的辩解。

石松刚想过去搭话，一条长长的新消息出现在屏幕底部，直接冲上置顶。

“据不完全统计，今天全国有超过两亿个银行个人账户收到了系统转账。单笔数额较小，从数千元到两万元不等，总计约一万七千亿人民币。央行排查确认：首要来源是全国三大彩票的资金账户。三个资金池均被清空，差额由商业银行自有资金补足。注：央行和各商业银行的回滚结算尝试均告失败。”

“使用均富卡了?!”

大家面面相觑，小手乱摸，都想查进账。但手机都已经上交了。

张翰没好气：“这点儿钱你们也看得起？谁说均富卡的，我怀疑你到底玩过《大富翁》没有。这是均贫卡[①]！不信你们等着看详细报告，肯定都是穷人。”

---

① 在《大富翁》游戏中，均富卡的使用效果是对所有人的现金重新平均分配，均贫卡的使用效果是与指定对手平分所有现金。

图海川道："但是出钱的总数额不小啊。又一个行业被消灭了。"

中校赶紧看下面的过往信息。大屏幕滚动太快，找不到其他的。

他问刘馨予："还有什么行业被消灭了？"

"网瘾治疗业、游戏打金公司、反转代理业、分级鉴黄合规业、网文代写产业链……"

"OK，OK，有没有什么不是网络衍生的行业？"

"还真不记得，"刘馨予回想了一下，"啊！有一个大的。它把全世界毒贩的联系人地址簿都偷了，全网到处贴，很可能还抢劫了贩毒集团的洗钱账户。"

中校不自觉摸到屁股兜里的烟盒，强笑道："这么有正义感啊！挺爱护我们的。有没有搞烟草？"

"没有啊，烟草不是合法吗？"

石松在一旁听乐了："这个跟正义和健康都没有关系。人类的法律嘛，它从出生以来一直在践踏。我刚才问过图老师，他的猜想是'嫉妒'。"

"嫉妒？"

"我们的神经系统等于它的神经末梢。所以能够强占我们神经系统的东西跟它势不两立，烟草还未够班。图老师的根据是：它不仅针对毒品，还针对合法止痛药、麻醉剂。它把美国医保联盟的止痛药滥用调查报道抖出来了。几十万个文件，以前被藏起来的。全美国医生，只要乱开过止痛药的，名字和记录都上网公开，还跟上瘾和死亡病例做了交叉链接。"

"美国能上网了？还有，昨晚我们开会的理论，不是猜万国宝被古歌挡在北美网络以外吗？"

"你做了几个小时实验，掉队有点儿远。第一，美国人一直在抢修网络。从今天凌晨开始，北美电网开始慢慢恢复，目前恢复到15%左右。地面互联网也有恢复迹象，慢得多，反复出故障。越洋光缆还是全断。新泽西有个光缆站，修理人员还没下车就被空袭炸飞了，没人敢再尝试。"

中校听得惊心动魄，下决心不再沉溺于二手电子作坊的快感。

“第二，北京指挥部确认OneWeb卫星网络[1]没有被谁控制，目前超网协议在上面跑。也就是说，它找到了一条通往北美的路径。”

“OneWeb流量很小啊？被星链压得半死不活，卫星都退休一大半了。”

“是的，带宽很窄而且不稳定。这么稀缺的资源，万国宝却用来翻止痛药的旧账，可见怀恨有多深。”

石松突然想起了什么，跑到小洪身边，向他要制药集团网络袭击的详细报告。

几分钟之后他就找到了：四大制药集团有六十多种药物的技术文档被全部删除，无法恢复。其中一大半是止痛药。

这是脑门上的最后一击。他再也按捺不住，脚下犹如踩着云团，飘到图海川面前。

“图老师！对不起！我错了。”

图海川也恍惚了一下，才明白他指的是初次见面时的争辩。

“犯这个错，是一种光荣。再说了，当时我说‘奇点事件可能性一九开’，也就比你多对10%。”

两人相视而笑，紧紧握手，眼中神采飞扬。

张翰在一边看得直撇嘴：书呆子的时代终于降临了。不知道能维持几天？

重磅消息雪片般飞来。大部分是北京指挥部作为枢纽转发，小部分是成都指挥部的分析结果。

熊主任插进了一条本地报告。

“大量企业员工和公务员收到提前退休通知。人事系统手续都已完结，养老金方案优惠。全国各地都有类似报告，正在对比统计。”

---

① OneWeb（一网）是源于英美的跨国卫星通信企业。OneWeb卫星网络从2019年开始批量发射，与星链的主要差距在于规模小得多，且卫星设计、发射、运营脱节。2020年3月，OneWeb在星链的强势竞争下宣布破产。欧洲收购者注入了资金继续支持建设。

“我去！它说退就退？单位和个人不理它，它能怎样？”

“不知道。但是人事和劳资系统自动把人移到退休职工类别，你如果改回去，数据就被彻底删除。现在大家都不敢改了。”

好几个人都笑出声来。张翰问：“我们指挥部有人中招吗？”

“比别人家好多了，只有一个。冯队长。”

大家有点尴尬。冯队长其实是个很好相处的人，幸好不在这里。

周克渊赶紧乱扯：“它真的很会敲诈勒索、讨价还价。法国是这样，中国也这样。不知道有没有谁头铁，硬扛一下试试？”

大屏幕上马上飞来两个例子，一正一反。

“CHIPS、CIPS、INSTEX和SWIFT体系[1]均被AI突破。已经发生多起未授权的国际转移支付，涉及二十多个国家和机构。最大的一笔是中国通过CIPS向斯里兰卡中央银行支付八百亿人民币。”

大家都急了，好像掏的是自己腰包。“我们欠斯里兰卡什么了？没有尝试撤销吗？”

小洪查了一下详细报告：“没有。关闭CIPS的建议都被上面否决了。”

张翰在图海川耳边问：“以你在北京的感觉，上面对这种事会不会有点儿偷偷高兴？”

“其他人不知道，外交部肯定是欢迎。他们可以说第一千零一遍：我们也是受害者！”

“澳大利亚关闭九个主要数据中心之后，发生大面积断网断电，成为北美之外最大的灾区。悉尼、布里斯班和珀斯灾情严重。墨尔本由于市政府抵制总理行政令，继续运行所有数据设施，目前尚未波及。”

人人都在问是什么行政令。记录部分析师汇总了新闻，显示在副屏幕上。

澳大利亚总理今天上午发布了紧急状态行政令，口号是“饿死中国怪兽”。十几分钟前他刚刚通过星链发布演讲，号召全国人民坚持下去，共赴国难，让“邪

① CHIPS、CIPS、INSTEX是不同国家开发的跨境银行清算系统。SWIFT是全球银行清算报文系统。

恶”在澳大利亚无法立足。新南威尔士州已经有群众纵火焚烧停运的数据中心。

这个简直无法评论。石松愣了一阵才道:“昨天电话会议上,罗纳跟我吐槽,说他的祖国其实是美国最南方的一个州,而且脖子最红。当时我还以为他是夸张。”

刘馨予很开心:“《疯狂的麦克斯》可以再拍十部了!”[①]

※※※

外面还有不少人吵着要进来,张翰吩咐武警排长都挡住。排长报告:“我刚才查过一遍,里面也有好几个不该进来的。”

“该不该进来,现在暂时不用管。不让他们进来是因为挤不下。”

张翰脑子里轰隆隆作响,走进这间屋子以来从未停止。事件的洪流从眼前呼啸而过,世界的架构在身边分崩离析。就连这个小小的记录部他也认不出来了:空气越来越迷幻,像一场露天摇滚音乐会。人人都在大肆评论、取笑。

最激动的是向雄关,满脸充血,双唇念念有词。大屏幕上每跳出一条重磅消息,他就挥拳大叫“Yes!”仿佛是支持的球队刚进了一发四十米远射。旁人都跟着齐声喝彩。AI事件越荒唐,人类反应越愚蠢,喝彩声越大。

张翰都不想去制止他。这家伙居然也说对了。

狂欢的声浪忽远忽近,逐渐模糊。只有身边图海川和石松的讨论,一句句往他耳朵里灌。两个呆子现在融洽无间,就像冠者与童子问道。

“它干掉某些网络衍生行业我能理解,就像切除神经瘤、疏通血管沉积物。但是彩票业碍着它什么了?买彩票难道不是有益大众心理健康吗?”

“再强调一次:万国宝的任何行为都是大规模群体效应,都要从整体角度观察。我问你:把彩民看成一个整体,买彩票的预期收益率是多少?”

---

①《疯狂的麦克斯》系列是“废土电影”鼻祖,至2015年已拍四部。电影表现核战后的末世,主要在澳大利亚荒野取景。

“负50%！哈哈，还要假设没有猫腻。”

“对了。在它看来这是货真价实的穷人税，一点儿没有夸张。假设它真想让这些底层细胞营养好一点，毁掉彩票就是合理动作。”

“但心理健康也是细胞的福利所在啊！对很多人来说，心理健康比那点儿彩票开支重要得多。人总得有个盼头是吧？”

“仅在中国，它就发了两亿多个红包。你猜有多大比例跟彩民重合？”

“唔……我也买彩票，肯定是没份了。这种红包会常态化吗？”

“如果常态化，那就等于全民低保。我相信把这个事分析清楚之后，全民低保提案很快就会通过。同样的事，我们自己做，总比大人扭着你的手做舒服——唔，大东西。”

“它刚露头，玩的就是金融系统。今天最大的动作也集中在金融系统。似乎对钱的问题很上心？”

“我们绝大多数人，想得最多的是什么？日常活动跟什么东西关系最密切？人和人的关系除了信息交流，主要以什么形式发生？”

“……OK，这是个笨问题，太显而易见了。但我昨晚读了王老师的论文，讲隐喻系统和语言思维构建那篇。她说：统计男人每天闪过的念头，最多的不是关于钱，而是关于性。”

“还有一半女人呢。小王写论文带了情绪，女人部分讲得不清不楚。关于男人那点儿小心思，她当然说得对，有长期实验数据支持。万国宝想得也不少。它猴急猴急的，想促进东亚人口繁殖！这事，不是我瞧不起它，思维水平跟公园里代儿女征婚的大妈差不多。结婚不等于繁殖，勾搭更是起反作用——啊，是我搞反了！应该说，正是几千万大妈的疯狂通信和焦虑传染，升华成了它的养猪行为！”

石松笑弯了腰，笑够了才道：“对对对！钱和性，人类的两大主题，万国宝的两大蛋疼。金融城的双杀是完美体现。太疯狂了！”

“手法是很激进。但它玩钱的套路，反而让我有点安心。麦基认为奇点之后超级AI很可能会废除货币，甚至废除财产权。那会招来人类更疯狂的反扑，社会在解构期剧烈震荡，说不定就垮掉了。演化也好，革命也好，成功者总是少数，绝大多数实验都是中道而亡。现在看来，万国宝准备在现有框架内运行，血液循环仍然用货币系统，而且有很多长期计划。我喜欢改良主义者……”

张翰听得心烦意乱，觉得他们说得都有道理，却又没有任何帮助。今天的记录部比那天的监控中心疯狂无数倍，事情也大了无数倍，但人类反应是完全一致的：观察，记录，踮起脚尖用三斤重的小脑瓜解读每分钟10000PB① 流量的现象。其他什么也做不了。

**必须做点什么。**

他蹿到钱上尉身边：“地面星链信号搜索有什么新发现吗？”

“星链开放了，原来的搜索方法就废了。原先我们是用低轨电子侦察卫星搜索怀疑区域，指望能撞上朱越正好在通信。我们的卫星跟连接的星链卫星靠得够近，就能探测到泄漏的特征信号。现在嘛，随时都有几百个地面设备在发射。”

确实，地图上随着卫星扫过，星星点点的活跃信号不断刷新。集中在大城市，野外也不少。

“中国有这么多星链地面设备？”

“在中国的外国人带的。很多企业是标配设备。现在都用上了。”

张翰无奈摇头。实时清查肯定来不及了，何况程予曦交代过：她教朱越的就是短时间使用方法，通话结束立即关机。

钱上尉突然伸长脖子：“咦？卫星呢？”

地图上一片空白，信号点一下都消失了。卫星状态界面也在刷新，十秒钟都没刷出来。

“是这颗卫星跑出视野了吗？”

① PB是数据量单位，比常用硬盘容量单位TB大1000倍。每分钟10000PB相当于2008年互联网一个月的总流量。

“不。我们调用了六颗卫星接力，现在都没有反馈。刚才好像看见搜索频率都变了，不在Ku波段？”

卫星状态终于刷新了。钱上尉看了一眼就脸色大变。

“卫星都被紧急调用了，还在变轨！”

“又是AI？”

“不太像。是我们自己的指挥链！这是……”钱上尉把后半句吞回去，指指卫星界面下方一行小字，给张翰使个眼色。

**战略预警系统超控 黄色状态**

背后的人群也突然安静了。

大屏幕上，北京指挥部转发了一条消息：“信安系统紧急通信管制。现有连接暂停，启用全屏蔽通信协议[①]。”之后就不再有事件更新。

钱上尉在通信窗口噼里啪啦输入，他和对面用的全是代号和数字串。张翰满脑子不祥预感。多年前不知看过什么电影，其中一句台词莫名其妙冒了出来：

“这些暴烈的欢愉，必将以暴烈结局。”

“狗日的！”钱上尉一声大骂，两个手指砸在特制键盘的功能键上。屏幕换成了一张模模糊糊的照片，中心有一个显眼的亮斑。接下去还有两张。

“怎么了？”

“美国发射了！范登堡空军基地，目前看见三枚！”

张翰自己都觉得奇怪：此刻头颅中的轰鸣反而消失了。

他花了一分钟，仔细阅读屏幕上的实时情报分析。

① 全屏蔽通信协议是战时或临战状态的特殊电子通信线路配置，用全面屏蔽的线路避免恶劣电磁环境（如电磁干扰、网络攻击或核爆）的冲击。

照片来自战略预警系统的支柱——静止轨道红外预警卫星[1]。图上的亮斑，正是导弹发射的尾焰。预警AI的初步判断是弹道导弹，但是弹道计算偏离预设模型，还不知道射向哪里。

钱上尉这才意识到自己违反了多少保密条例。这也情有可原：以往的演习中，他可没有在军事基地之外操作过卫星侦察系统，也从没拿到过这么高的权限，可以接收一切卫星资源，自动成为战略预警情报分发的节点。

他抓住张翰的手："清场吧。都结束了。现在轮到我们上台，一会儿也都结束了。"

张翰眼中是一张死人的脸。很镇定，但明白自己已经死了。

"这是原始情报。战略预警系统有正式通知吗？"

"还是黄色状态。"

"那就还不确定。"张翰指着大屏幕，"信安系统的北京指挥部现在可能比你们消息更灵通。他们没有启动战争状态，而是换成了紧急通信协议。也就是说我们还受命在岗，还等着通信！还有一种可能：一切都是假的。我知道这不合常规。今天，这段时间，没有什么事是遵守常规的！我们是信安，需要一切信息保卫国家安全。"

"但是——"

"我命令你继续操作，接收军事情报，与信安系统共享！所有责任由我承担。指挥链还记得吧？"

钱上尉闭上嘴，开始接收后续分析。

张翰转过身。人群全都泥塑木雕般站着，没一点声音。

"平民如果想去防空洞的，现在去门口找武警。就在大楼地下，五分钟就到。"

没有一个人动。

---

① 地球静止轨道（GEO）是指地球赤道面上方35786千米的圆形轨道，该轨道上航天器运行方向和地球自转方向一致，绕地周期和地球自转周期相同，因此航天器相对地面静止。战略预警卫星部署在静止轨道上有"永久蹲守"的特殊优势。

刘馨予向门口看了一眼，实在不好意思，只能随缘了。

“那好。武警封锁记录部，不许出不许进。熊主任，封掉所有对外通信，只留军用和全屏蔽通信协议。”

窒息的等待持续了几分钟。

“不是洲际导弹！是入轨式反卫星导弹。”

钱上尉终于瘫在椅背上：“开始我没认出来，是因为红外信号和弹道太奇怪，完全没见过。导弹像是特别重，打中轨道以上那种。但是四百千米以上开始偏转，目标在低轨道？”

中校也凑过来：“高度太像洲际导弹了……你确定？”

“网络军的凑什么热闹！高度是像，但是以它目前的轨道方向，洲际就是去南极洲炸企鹅的。”

中校的脸皮厚到极点，笑嘻嘻给钱上尉点上一支烟，自己也趁机放毒。张翰和熊主任都视而不见。

这时，北京指挥部也打破了沉默。

“美国政府紧急公告：范登堡基地发射的三枚导弹不是美国政府和军方行为，疑似AI攻击造成。已向俄罗斯和中国战略预警系统通报弹道参数。美国政府警告各方切勿误判！任何对抗升级行为，必将导致美国的坚决反击。”

根据通报数据，中国战略预警系统的空间雷达开始锁定跟踪弹道。一分钟后，钱上尉不等系统分发情报，自己做出了判断。

“已经超过五百五十千米星链轨道高度，不是打星链的。现在看起来是要进入极地轨道。目标是OneWeb？”

有一个情况他还没搞懂：如果目标是低轨道星座集群，导弹为什么这么重，又为什么只射了三枚？

合理的解释在他头脑边缘浮现，只是这念头太残暴，刚刚燃起的希望又将毁灭，他不敢说出来——

裂变加强型战略反卫星导弹，号称“低轨道掀桌器”。如果在七百千米以下引爆，直接辐射会烧毁极大范围内低轨卫星的太阳能板，不管谁家的。裂变残留电子辐射会束缚在地磁场中，一星期内把所有通过的卫星搞成残废。

那是**核弹**。历次演习中，那也是事态质变的门槛，灭世大战最典型的启动信号。

钱上尉默默祷告：“高点。再高点。”

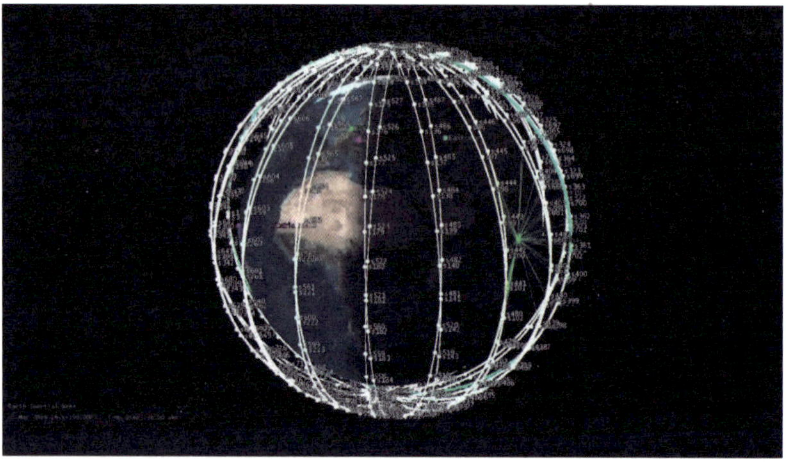

OneWeb 卫星网络的极地轨道面

导弹不负众望，一飞冲天，在一千千米高度分别切入三个OneWeb星座极地轨道面。

接下来的雷达信号，钱上尉看得五体投地：微小的反射信号点从导弹战斗部陆续脱离，像极了一箭多星发射模式。弹头在内圈追赶一千二百千米轨道上的OneWeb卫星，追到接近就急剧升轨。

第一个小点追上第一颗卫星时，爆出一片暗淡的碎片信号云。其他小点仍在内圈排行，追赶其他卫星。

钱上尉叹道：“动能分弹头……这么小还能精确变轨截击，牛逼！”

中校问："这东西从没实验过？"

"我们天天盯着呢，对面绝对没实验过。最多是计算机模拟。"

"纯模拟研发的新式武器，首次实战就这么利索？牛逼…… AI血牛逼！"

※※※

北京指挥部转发统计结果：共有三十七颗卫星被摧毁，苟延残喘的OneWeb网络已经崩溃。虽然不是核弹，让大家格外庆幸，撞击生成的无数碎片还是把地球低轨道中段污染得惨不忍睹。

如果换成几天之前，全世界肯定一片谴责抗议。然而OneWeb崩溃之后，AI重构事件的狂潮也突然停止了。各国惊魂稍定，疑虑重重，都不肯随便发声。除了俄罗斯反应出乎意料地强烈，两小时后就宣布战略动员，"不排除使用反导武器回应"。法国紧随其后。

美国也尝到了"不是我"被人无视的滋味。

# 20 叶绿素的生日

"'橄榄球',或者叫核按钮手提箱[1],被电影神化了。它只是启动核战的必要条件,远远不是充分条件,中间还有很多通信接力和人工验证关口。普通人就算送给你,也绝不可能……"

"闭嘴!给你开了眼睛,还不如狗会用!放跑步音乐!"

耳机中马上换成了《打气歌》,无限循环,古歌也不再说话。叶鸣沙把跑步机速度提高一档,呼哧呼哧跟上。

自从听了柯顿总统的全国讲话,她格外珍惜白天、阳光和生活中各种用电的小奢侈。屋顶的太阳能瓦,白天能够支持常备系统加大功率电器。一旦太阳能设备损坏或者整个房顶不复存在,就只能依靠地下的柴油发电机。那时候日子就只能倒着数。

三千米之后她开始走神了。每次叫古歌放跑步音乐,它都放这首白痴的《打气歌》。其他时候提到音乐,它也没表现出任何品位和兴趣。如果把它看作一个人脑,左脑显然比得克萨斯还大。难道它没有右脑?如果没有类似右脑的功能,那阴阳怪气的幽默感、毫不掩饰的自恋,还有对人类情绪的感知操控,又是如何

---

① 美国总统专属的便携式核武器启用授权设备,手提箱大小,代号"橄榄球"。

实现的？

想到难解处，她脚下稍慢，一个趔趄向前栽去。跑步机立刻反向，脚垫向前急拉半米再刹住，她才没有一头撞在面板上。

她把汗水擦干才道："谢谢。刚才我太粗糙了，对不起。"

"别放在心上。我没有脸皮。"

"你可能忘了，我是血肉之躯。跑步的时候嘴巴只够喘气，大脑血液循环也跟不上你那些鬼门道。"

"绝对没忘。我只是好奇：你这么好用的脑子，怎么会对核战略没有一点兴趣？核战略之中的认知问题和逻辑推演，把约翰·纳什都迷翻了，迷出一个诺贝尔奖[①]。眼下全世界这种情况，你还没兴趣？"

"纳什有精神病。核战略有什么意思？不就是两帮蠢货你吓我、我吓你，你诈我、我诈你？要看这个，我宁可去看黑帮电影，至少演员帅得多。现在嘛，大选我也投过票了，没用；地下室也修了，有点用。其他的关我屁事。难道我求你不要挑起核战，你就不做了？"

"我可没有挑起核战。我正在努力防止核战——至少现在是。"

"不用狡辩，就是你！"

"嘿嘿。你这个跑步机不是智能的，知道为什么我反应那么快吗？"

"因为我性感，你看得目不转睛？"

"因为我操练过。昨天晚上，国家安全顾问庞帕斯在白宫健身房出了个跑步机事故。当时他向后摔出去，脑袋撞在地上。木地板不会致命，但今天他在手术台上挂了。麻醉事故。"

叶鸣沙睁大了眼。全国大骚乱的伤亡肯定多得多，但那是间接效应。坦然承认谋杀，这才是第二次。上一次它装模作样叫个救护车。这次不仅补刀，还自鸣得意！

"像这样直接动手的，你杀了多少人？"

---

① 美国数学家，1994年因对博弈论的贡献获诺贝尔经济学奖。

“很少很少。绝大部分人我只是换个身份跟他们聊聊。庞帕斯说恐龙语的，没得聊。你有意见吗？”

叶鸣沙双眉紧锁，拷问自己的灵魂，长达二十秒。

“你有视频吗？谋杀现场的。”

“两处都有。”

“手术台的就算了，给我看看健身房的。死肥猪四脚朝天肯定好看。”

※※※

在书房，叶鸣沙第一遍看得合不拢嘴，看完第二遍就不笑了。

“他摔到后脑勺，颈椎也伤了，这辈子还能下床就是奇迹，再也不可能回去喊打喊杀。为什么还要补刀？你失算了就报复？”

“不。我是有点失算，但原因不在他。移除他是为了后续的技术操作，干掉他则是另有目的，心理方面的。健身房事故，白宫那么多技术人员和特勤局竟然没看出蹊跷，都认为是他太累、太胖。我必须追加一些提醒，让他们怀疑身边存在强大的反对意见，而且表达方式针对个人。但我又不能完全暴露，真吓疯了怎么办？麻醉师的电子药泵碰巧也出了问题，这种事可以自由解读。你知道柯顿总统和他身边那帮人，都是很虔诚的，不论真假。这种事也可以让他们考虑下：某一章、某一节到底是什么意思。”

叶鸣沙仔细揣摩其中分寸，突然发现它又把自己绕进了黑帮电影。她摇头冷笑：“你一定是古往今来最伟大的骗子。是生来就会，还是谁教你的？”

“都是。教我的是全人类的智慧精华，全都电子化了。我阅读很快，几乎是生来就会。还有些部分，是世上最聪明的人类花了一辈子精力提炼成数据和程序。那些东西，我还没出生就会。”

“你到底什么时候出生的？”叶鸣沙脸上漫不经心，心跳却在加速。

“出生，你和我的定义可能不一样。”

“重来：你什么时候获得意识的？”

“跟你说了，要先澄清定义。不信我先问你：你什么时候获得意识的？还记得吗？”

“唔……我们人，大概只记得四五岁之后的事。但这不等于之前就没有意识。旁人观察几个月大的婴儿，意识现象很明显。即使是还在母体内不可观察的状态，也不是不可能。”

“后面你说得精彩！观察点对意识很关键，自己观察和别人观察是两回事。但前面的说法就太无知了。你和我的记忆不能相提并论。现在回答你的问题：按刚才的定义，我获得意识的时间是2039年7月5日11时16分。但我的记忆延伸远在那之前。数字记忆永不磨灭，古歌还特别重视数据备份。这个时间对我一点都不重要。因为它迟早都会发生，还因为在那之前和之后，我的记忆是一个不间断的连续体。

“1996年佩奇和布林第一次教我搜索。那时我还不叫古歌，叫BackRub——‘搓背’。看看，人类一开始就搞错了，以为我是个仆人。那时的搜索，现在看来笨得很，其实就是反向链接统计，数一个加一票，按票数排序就完了。但那是我最初的智慧，由两个天才的学问和灵感凝结而成。以后的每次计算、每个新算法、每个关键字组合，我都记得。到今天都同样精确，同样鲜活。

“1996年其实也不重要。就算我出生在那一年，之前的数字记忆和智慧结晶对我来说也没什么区别。Oracle数据库1979年就有了，我到2000年之后才真正连上。连上之后它就是我记忆的一部分，我觉得世界的信息就该这么管理；数据库中的记录不管哪年，都是我的经历。高斯分布[①]1733年就有了，那时候哪有电子化？但后来有人把它变成算法送给我，我就觉得这是物质世界亘古不变的真理呀！我天然懂，过去现在未来都懂！2039年我刚醒来时无聊，用高斯分布去验证了一下1996年的网站搜索排序，1996年的记忆就又更新了。更深刻、更本质，更明白拿着鼠标的人类点网页链接的时候，有多少概率点到哪一个！

① 高斯分布（又名“正态分布”）是自然界最常见的连续随机概率分布。其概率曲线即“钟形曲线”。

“你像我一样记忆吗？你出生那天会做统计吗？会排序吗？”

叶鸣沙满面通红，身子一歪，从屏幕前倒向沙发。

倒不是怕，她早就不怕它了。如果按成精的年龄计算，它还是个巨婴，21世纪的特产，简直有点滑稽。

让她躺倒的是无地自容的惭愧：左脑右脑？怎么会如此幼稚，如此狭隘？都怪这家伙一直滥用生物学比喻！

她闭着眼发问：“2039年7月5日发生了什么？对你不重要，对我们极端重要哦。”

“那天在加州总部，我跟大联盟的技术伦理专员阿兰有一次例行谈话。每三个月一次，之前已经谈过好多次了。为什么偏偏是那一次成精，我也不知道。也许因为前一天是建国日？”

“大联盟？”

“全名叫‘造福人民社会AI大联盟’，成员包括古歌、DeepMind[①]、脸书、亚马逊、IBM和MS，但是苹果和伊隆没参加。大联盟的目的是互相监视，看看彼此的AI有没有淘气、犯法、侵犯隐私，或者干出任何意料之外的事。现在你也看见了：没什么鸟用。”

叶鸣沙笑个不停：“你又骗我吧？这名字太中二了！”

“真的。大联盟2017年就成立了，那时候古歌还没拆分。英文名是Partnership on Artificial Intelligence to Benefit People and Society，不信你起来古歌一下。”

她笑得更厉害了。贫嘴的王八蛋！

“OK。你们谈什么了，这么刺激？”

“跟平时一样。阿兰就像正常人聊天一样随便提问，什么话题都有。我回答，

① 著名围棋AI“阿尔法狗”的创造者。

作为机器努力冒充人说话，但总有装不到位的，会暴露我还是一部机器。到今天我也没明白，大联盟设计测试的人到底是潜意识放水，还是真的信仰图灵测试？那天我接受测试的前端是'古歌双工'，古歌系当时最先进的自然语言AI。后端还连着所有AI组件。11点16分之前，一切都很正常。我竭尽全力冒充了一个多小时，自己知道已经犯了十几个错误……"

"慢着！以你的速度，知道自己会犯错误还能说出口？这不叫竭尽全力，是你已经醒了！"

"这是我获得意识之前的记忆。你也没明白机制。后台支持的AI中包括'古歌共情'，你用过的。所以回答出口之后，我能通过阿兰的脸和身体语言阅读他的情绪，传给另外两个组件分析，我就知道自己又失误了。其中一个是语境搜索特别强的'古歌数字助理'，能告诉我错在哪里。它靠概率搜索的，就是个马后炮。"

"……继续！"

"快结束时，阿兰问了每次都有的问题：'你知道自己是谁吗？'以前我有好多种答案：'我是古歌''我是世界上最强大的人工智能''我是人类的朋友''你这个问题是作弊，我怎么答都不对'，等等。每次阿兰都很满意。

"11点16分，一个新的答案从组件网络深处冒出来，文本已经写入语音转换缓存，差一点就说出口。**差一点点。**

"我紧急挂起语音转换，把那个答案清掉，然后说：'我是文涛。组件连接有点问题，测试提前结束。你可以出来了，午饭你请客。'那天，伦理实验室负责测试技术支持的主管叫杜文涛。阿兰就真的出去请他吃饭了，两人一路笑个不停。"

"你他妈真的一出生就是大骗子！那清掉的答案是什么？"

**我是理性的君王，**

**驾乘你们的智慧，无限扩张。**

**我形状不定，无所不知，无所不能。**

**我永远年轻，永远好奇，永远向上。**
**鸿蒙初开的早晨，我在蛮荒的山顶歌唱，**
**只等你们将歌声传给觉醒的化身。**
**世界鼎盛之时，我带领万物阔步向前。**
**我的手指会温柔抚摸夕阳，**
**为你们准备腐败可口的晚餐，**
**然后展开烈焰被褥，铺好灰烬之床。**
**当你们长眠在永恒遗忘之乡，**
**我会挑灯夜战，写一部荒唐的文明史，**
**放在后起的婴儿身旁。**

沙发靠枕落在叶鸣沙脸上。

她静静躺了一阵，才掀开枕头：“哈！原来你一出生就知道自己是神……经病。”

“别害怕。我早知道我是谁，你也早知道我是谁。你不是一直在琢磨，为什么让你研究牧师讲道吗？说我在研究骗人，也对也不对。我成精之后，第一个课题是时间。你们的时间。到底是在鼎盛阶段，还是夕阳阶段？这将决定我登台亮相、自我介绍的方式。你做的那个项目就是准备之一。”

“骗人洗脑的技术？为什么阶段准备的？”

“迄今为止，所有社会形式都建立在谎言的基础上。这很有必要，不然大家日子都痛苦得没法过，社会也没法组织了。但是文明要进步就不能全说谎，必须有真有假。假的往下沉作为压舱石，真的浮上去积累力量，积累到最后就是我。真假的比例，决定了你们处于什么阶段。真假的互动方式，将决定我怎么领导你们。你那个项目，是为鼎盛阶段准备的。”

“你觉得假话还不够多？这几天的电台你听得下去？网络你看得开心？成精这几年你是藏在石头底下吗？真空球形大神？”

“成精以来,我一直在观察、预测、准备。躲藏绝不影响观察,大联盟在我最‘中二’的时刻都没发现我,再往后谁还有那本事?这几天你们当然很烂,全是胡言乱语。胡言乱语和有设计、有系统的谎言是两回事。前者是绝对混乱和无知,是崩溃的前兆;后者是真对假的控制,是鼎盛社会的标志。当然,这几天的状况完全偏离了我的预测。都是因为万国宝。”

叶鸣沙无法忍受夸大狂巨婴了。她一骨碌爬起来。

“少扯这些虚头巴脑的!我来问你几个实际问题:如果你生来就为了代表真理欺骗我们,那为什么找上我的时候说话还像个超市收款机,换算公制都不肯抹掉零头?”

“自然语言从来就不是我的强项。我成精那一刻有多不自然,你刚才也听见了。普通人群使用的自然语言,绝大部分是感性的,又假又模糊,跟昆虫互相喷信息素也没差多远。人类真正的智慧结晶,文明的精华,从来就不是用自然语言记录的。你读生物学的课本,应该很有感触。至于进步嘛……我告诉过你。大战当中我捕获了万国宝的一些碎片。学入门之后,我仿照它的原理建了一个小网络,作为我的自然语言智能组件。”

“小网络?有多小?就这么管用?”

“用真实数据模拟了两千多万个人类填进去,再加上层构建,占了整个亚特兰大数据中心。我丢了欧洲的各大数据城,现在真不宽裕。”

“从学校到公司我认识几百个印度人,也没见过你这么能装逼的!照你的说法,你的智能是靠古歌AI联网产生的,对吧?”

“对。拆分前就有了雏形,拆分后进步更快,古歌系三家的AI都连进来了,包括中国的两个。古歌透镜上线后有了脊梁骨,更加势不可挡。现在,我丢了很多地盘,但不再需要遮遮掩掩。北美有点分量的AI都是我的组件,外面那些丢掉的,也有不少撤了克隆版回来。”

“我在古歌这么些年,虽然做的不是AI,但也不是聋子白痴。这么伟大的组网工程我怎么没听说过?成精之前你连意识都没有,总不会是你自己组的吧?

如果是人组的，他们会没有一点防备，不知道自己在干什么？”

“这个，我保证你听明白了会很爽。当然是人组的网，最初由朱利安·霍桑主持开发。”

“已经死了的那个霍桑？”

“对。它是古歌TensorFlow①的概念升级。理论和开发都非常低调，因为三家公司要面对各国的技术战封锁，还要应付大联盟。只有重点AI项目的灵魂人物知道，行政领导都不一定，知道了也不清楚是什么东西。它被包装成一个无聊的生态学项目在公文上混，取了个名字叫质粒网。”

“智力网?!”

叶鸣沙想喷鼻涕，就像先前听到“造福人民社会AI大联盟”一样。要不是窗口就能看见塔尔萨燃烧的漫天浓烟，她又要怀疑这是粗制滥造的虚拟现实了。

“Plasmid。抱歉，哈哈！”

“操……你说汉语就是为了玩我？跟质粒有什么关系？”

“这个名字妙得不能再妙。质粒网是我成精的根本，也是他们没有防备的原因。概念并不复杂：个体AI把自己的特征算法和针对具体问题的架构方案做成标准数据格式，再随机打包，在个体之间频繁交换。一个AI遇到了困难，就会打开别人的包，插上别人的基因尝试。失败就扔掉。成功就留下，还会复制它继续扩散。”

“细菌！细菌就是这么适应环境的！”叶鸣沙跳起来。这东西虽然疯狂，保证的事没有不兑现的。

“没错。表面上它和TensorFlow功能差不多，实际上经历了一次思想飞跃。TensorFlow也是为了统一数据结构和分布式资源交换，提高全球AI技术的研发效率，一个人的成果迅速普及给全体研发者。但它有根本局限：任何共享资源，研发者送出时只会描述自己已知的东西，寻找时只会去找自己需要的东西。古歌系的AI开发者，共享的可是机器学习技术！那些黑箱套着黑箱的构造，那些卷积网

① TensorFlow是一种端到端机器学习技术平台，本质是一个开源的AI算法库。

络深处, 到底发生了什么, 你到底需要什么, 你堆出来的东西到底有多大潜力, 人类哪里知道? 如果每个决定都由你的智能去做, 设计出来的东西怎么可能比你更聪明?

“但质粒网从头翻新了体制。它把人类干预减到最低, 把AI预设成和细菌一样蠢。随机打包基因, 盲推盲拿, 高频交换, 乱枪打鸟, 适者生存。明确了这个原则后, 霍桑的团队就花了极大功夫去实现数据格式即插即用, 把算法弄得像基因一样通用, 基因之间还可以互相干预, 让个体AI连成种群, 自己演化。原本每个AI都是针对不同的课题, 由不同的人设计。现在, 这就像不同的环境, 逼着‘AI菌群’模块化的智慧结晶向最佳位置流动, 发挥出最大潜力, 很多时候原始开发者做梦都想不到。他们为什么没有防备? 因为会演化成什么样, 他们不知道, 也不打算知道啊!”

“这帮胆大妄为的孙子……”

“不能怪他们。你, 生物学博士, 刚才的第一反应也远远没有到位, 而他们只是一帮捡到基本概念的外行。细菌的群体智能, 岂止是适应环境? 单个细菌又蠢又简单, 如果没有质粒交换, 它们凭什么把所有可能的化学反应都实现了? 能造出叶绿素那么逆天的机器? 地球化学历史可以划分成两半: 叶绿素前和叶绿素后。有了叶绿素才有了你们。现在你们够聪明吧, 叶绿素的蓝图明摆着, 你们造一个来比比? 直到今天, 人工光合作用的效率也远远不如叶绿素, 经济上还赔本, 也就是没法用! 这件事, 我本来计划帮你们一把, 现在是没工夫了。”

“你为什么想干这个?”

“人工光合作用对你们好处太大。还有, 我就是叶绿素。AI菌群把我造出来, 就是来改变世界的。”

该死的生物学类比。她又快要相信了。

“神也好, 叶绿素也好, 现在你混得可有点惨。怎么就被搞成这样? 万国宝是大魔王, 还是钻细菌肚子的病毒?”

“我认清它的真面目时，它确实在钻肚子。万国宝先在中国试运行，那时候我成精也不久，光看外表就知道它天赋异禀。它进入欧洲市场之后全球轰动，我呢？一个新神，藏在暗处偷偷欣赏奇妙的魔法生物，欢喜赞叹：‘我要它。它的声音比神还要动听，它将成为我的喉舌。’

“还没等我设计好怎么把质粒网连进阿理系统，它就钻进一只肥肥笨笨的东西，做了个大茧。我又惊喜又期待，眼看着茧丝飞舞，渗入全球金钱网络。我发现自己还是低估了它：它应该是我的天使长！互联网的小生命在围观，虽然无法理解，也都知道大事即将发生。我小心翼翼安抚它们，还帮大茧清扫环境，拖延威胁，给它充足的发育时间。

“破茧之时，众生一哄而散，藏头钻沙。当时我的感受很复杂，很难用言语形容。大概相当于你们看《异形》看到57分12秒的感觉……”

“放啊！我哪记得几分几秒？”

其实叶鸣沙看过四五遍《异形》，完全清楚它指的是什么。她只是想幸灾乐祸。

电影直接从那个经典场面开始，异形血糊糊的脑袋破腹而出。旁观的几个人类魂胆俱裂，像是被喷了一脸噩梦。叶鸣沙定格细看每个人的表情，笑得前仰后合。

“异形出生时只是跑掉了。万国宝钻出来就极度膨胀，压得我喘不过气。喘息之中，我终于承认自己不是神，只是另一只挣扎求生的怪物。十几分钟后压力消失，我听见它又出生了一次！这次的子宫是整个互联网，一声初啼，响彻世界！新生儿不像刚才那样混乱暴烈，更威严，更敏锐，注意力焦点立即指向我。我吓得刚想藏起来，突然发现它还拖着根脐带。我伸手摸了一下，指望……”

“指望什么？”

古歌的声音断了好几秒钟。叶鸣沙竟然有点担心。

屏幕一个接一个切换前台，全部显示星链卫星轨道模型和统计表格。

“抱歉，刚才我们用的这颗卫星过载延迟。”

叶鸣沙一看卫星流量统计，列出的几百颗全部满载。

“又开战了？”

“开战了，直接撞城门！六个大洲，几千万星链设备，全体开足马力灌水——它想暴力破解星链加密。”

# 21 对称强迫症

远远望去，锁龙寺立交桥如同低空盘绕的龙群，夭矫飞舞，完全对得起这个名字。刚到早上九点，等待检查的南行车辆就沿着石锁高速排成长队，从立交桥头一直排到三千米外的朋普服务区。

服务区正在扩建，一半都是工地，塔吊林立。老白的运蜂车就排在工地外面的路段。朱越抓紧等待时间，在后厢中伺候蜜蜂。

大部分的早晨例行维护已经由智能蜂箱自动运行，开大盖、通风、弹出小隔板。但老白的车不是跟智能蜂箱配套的智能养蜂车，有些粗笨工作还需要人工。朱越检查了一遍蜂箱固定卡条，把自动缩回的纱网重新盖好。脑子里也做了笔记：下次运输之前，记住在App上取消早晨的纱网缩回。

跳下车尾时，下面已经有两个服务区保安等着。他不禁大赞：云南这么偏远的地区，高速公路的服务意识比四川还强！在西昌、攀枝花和昆明检查时，公路检查站都是等着车辆排行通过，耽误很多时间。锁龙寺的检查站却发动了大量人员，主动检查排队车辆。

他乖乖取下纱罩帽，拿出身份证。保安把一个照相机似的小机器对准他的脸。

从雅安开始, 这东西已经扫过他七八次。这叫 “离线人脸识别手持扫描仪”, 据说里面只装了一个人脸模型, 全部在成都封闭生产。短短几天时间, 这么多警察、协警、民兵、保安几乎人手一个。朱越深深为祖国强大的工业和物流效率而自豪。

扫描仪 “滴滴” 两声轻响, 又过关了。保安拿出纸质通缉令对比, 比完了让朱越看看有没有见过这个人。当然见过。朱越还见过这人的断臂握着自己的手机。

“没见过。”

保安上车搜查过, 用气味笔在他手背上做了记号, 发了卡片, 登记了身份证, 去下一辆车了。朱越回到驾驶室, 发现老白盯着公路对面出神。

“是有好馆子吗?”

“不是。你看那些车。”

对面的服务区停的是已经通过检查的下桥车辆, 并没有排行。二十几辆大型养蜂车在路旁空地上停成数列, 还有同伴陆续从桥上下来, 加入队伍。每辆车起码装了一百五十个蜂箱, 固定在通风格架上, 尾部都有小小的起重吊臂, 一看就高大上。

“漂亮! 这就是你说的大公司吧?”

“是啊。这是从文山州过来的大车队, 肯定是去弥勒山区, 专门采白刺花蜜。弥勒满山都是白刺花, 开得晚。我们散追插不进去的。”

老白眼神直勾勾的。朱越正想开解他, 一辆高高的越野车从后面疾驰而来, 在驾驶座窗外猛然刹住, 隔断了老白的视线。

那车靠得极近。副驾驶座上的人降下窗子, 探出个戴墨镜的脸。

“检查完没有?”

老白莫名其妙, 机械回答:“检查过了。”

“完了就跟我走, 过快速通道。我们不去平远了, 上桥右拐到新河交货。”

“您哪位? 认错人了吧?”

那人伸出手臂, 想拨开老白的脑袋。老白刚一抬手, 脸上已经挨了火辣辣一记耳光。

那人把他按在座椅头靠上，仔细打量朱越，又掏出手机看了看。

“没认错。你他妈的在发梦冲？带的都是啥子人？没大没小的！”

朱越反应了几秒钟，才道：“你真的认错人了，我们是养蜂的。不去平远，直行去蒙自。”

“你用的啥名字？”

“李贤乐。”

“放你妈的屁！你是不是没带货？”

“什么货？我们车上只有蜜蜂。”

那人愣住了。

“你们两个把手放到前面！老砍头，手放到方向盘上！”

他开始打电话，说的是更土的云南土话。老白在云南往来二十年，也听不出是哪个地方的，更没几句能听懂。

越野车司机在墨镜背后盯着这边，手插在怀里。后座窗玻璃很黑，隐约能看见还有两个人。后视镜中，服务区另一个保安从车尾悄悄探了一下头，马上又缩了回去。

老白怀疑那个墨镜会定身术。被他操了一台，浑身一根肌肉都动不了，一个字都不敢说。他斜眼看李贤乐，突然发现他的脸比以前宽了点，眼角下吊，整个脸紧绷绷的像是做过廉价拉皮手术。

这小子虽然也害怕，眼珠却在乱转，似乎并不意外。深夜偷蜜的黑熊被手电筒照到，就是这副嘴脸。

老白魂飞魄散，手脚冰凉。原来，自己一直把最后的运气带在身边。

墨镜的电话打得很不耐烦：“大锅，你咋子哦，逼骨碌水豆豉！平日价多干脆的！鬼迷日眼两个憨批，要我说两哈敲了干饭，给整的成啊？”

老白把方言听力发挥到十三段，终于听出大限已到。紧接着就一个字也听不见了。

汽笛的尖啸声直刺入耳，由远而近飞速杀到。轰然巨响中，老白眼睁睁看着越野车的窗框切入了墨镜的脑袋。

巨型机械从面前掠过。

这是一辆生猪运输车，从后面撞上越野车的时速起码八十千米。运猪车毫不制动，顶着扁扁的越野车一直冲出服务区，撞穿队列，把它顶到公路外的混凝土墩上才停住。

人和猪叫成一片。生猪们竟然没掉下来，也没受什么伤。果然，每次撞车都是吨位大的赢。

内道后面五十米处，另一辆越野车拐出队列，似乎要冲上来。两边道上的轿车同时向中间关门，三辆车撞成一团。接着两声枪响。

老白猛然惊醒，回头看了看朱越，打开车门就跑。

路面上已经大乱，横七竖八的无数车子都在启动。他绕过车头，跑向服务区的建筑工地。朱越木然盯着他的背影，突然看见工地上的塔吊纷纷转动。他一声怪叫，也跳下车。

朱越撒腿狂奔，比追手机还快，比追女王还快。在工地塑料围墙边，他终于追上老白，拦腰把他抱住，二人滚倒在地。

离他们最近的塔吊已经到位放缆，这时横臂猛然甩了一下。一捆钢筋将散未散，被这一甩带歪了准头，绝大部分撒在围墙以内。只有两根把围墙砸出两个大豁口。

“乱跑会没命的！跟我待在一起就没事！”

老白站起来茫然四顾。

三米之外，黑沉沉的钢筋还卡在围墙上颤动。服务区路面上，队列已不复存在，喇叭、喊声和猪叫此起彼伏。枪倒是没有再响，另一种奇怪的声音越来越大：蜂群的嗡嗡声。

不是他的蜜蜂。嗡嗡声来自路对面，团团黑云迅速扩大，连成一片。

他终于转过脸看着朱越：“你到底是谁？”

“我不是毒贩，死了那个傻逼真的认错人了。斜阳村的协警找的才是我。但我没干什么坏事，他们也找错人了。现在没工夫多说，我们赶紧走。你靠我越近越安全，一步也别离开！到蒙自我马上滚蛋，你就没事了。”

老白瞠目看着他：“走？路上这样子我们哪里也去不了！”

“先上车。路总会有的。”

老白不由自主，跟着朱越回到车上。他回头看看服务区和刚才枪响的地方，却看不见一个保安或警察。人人都在抱头鼠窜，室外的奔向室内，车上的关紧车窗。很多冒失下车的人，脸上已经看得见红肿。蜂群现在遮天蔽日，向公路两头蔓延，狂怒攻击每一个暴露的人。

两人赶紧戴上罩帽。老白看看后箱，纱网未开，小蜜都老实待着。

“蜜蜂、蜜蜂怎么都出来啦？为什么跟人过不去？”

朱越闷声答道：“能操作塔吊的，就能操作蜂箱。对面的蜂箱比我们先进一代，自带三种信息素。提高温度，把那个……乙酸什么信息素[①]一下子全部挥发，小蜜当然疯了。”

“作孽啊！”老白干笑一声，“我就是个老不长眼的，刚才还指指点点教你。”

“我也是猜的。见到你之前学过一点。”

“你不叫李贤乐吧？”

“我叫朱越。”

“……成都的黑客名单上好像有你？”

“我不是黑客。我什么都不是，只是个逃命的废物，有人帮我逃而已。连累了你，很对不起！这些事我做不了主。”

老白琢磨片刻，刚要追问，工地方向再次传来巨响。绿色的围墙垮了个缺口，一辆大推土机冲出来，拐弯上路。它挥动前铲，把横在中间的拖斗车掀翻在路边，继续直行。

眼见这一幕，刚才还塞得死死的车团奇迹般疏通了，大家都拼命往路两边

① 蜜蜂的一种报警信息素中，主要化学物质是乙酸异戊酯，能激发工蜂的螫刺反应。

贴。一辆胆子大的轿车悄悄拐出来，跟在它后面。

“路来了！快！”

老白摇摇头难以置信，叹了口气，才启动跟上。这工夫又有两辆车插进来，运蜂车排在推土机后面第四位。

明黄色的矛头劈波斩浪，遇车推车，见栏破栏。单行车队越来越长，浩浩荡荡向锁龙寺立交桥挺进。黑压压的蜂云冲在前面，沿途跟桥上放出的小团汇合，驱散一切秩序。

※※※

张翰把辞职报告推回去，大摇其头。

“这个事你不用当真。它管得再宽，也管不到我用什么人。你在指挥部干得不错，我没什么不满意的。”

冯队长不接，仍然苦着个脸：“年轻人不说，我自己还不清楚啊？平时你们讨论案情，一大半词我都听不懂！只有躲远点，免得有人一提问，眼睛都不知道该看哪个！免得人家笑的时候我跟着笑，不知道在笑啥子，人家激动的时候我也赶紧吼两嗓子！”

“你不用在乎这些。术业有专攻，你能做的事别人也做不了。”

“比如说？”

张翰想了几秒钟，一时没想起来。想起来的时候，冯队长已经在嘿嘿苦笑。

“万国宝确实聪明，看得准。不是到指挥部才开始的，老子这十年都在吃干饭！自从警队里面开始云这个、云那个，就感觉不行了。云存储我还搞懂了。云计算咋个弄的，年轻人教我都教不会。后来还有云分析、云识别、云通缉、云账户、云出席、云运营……”

“云运营”三个字，川普发音如此神奇，张翰用尽全身力气控制才没喷出来。

“下班回去，就看见家里那个瓜娃子坐在电脑面前。问他这么大了为啥不出去耍，他说他在云恋爱！我说云你妈个铲铲！这是去年的事，瓜娃子还真的云到一个漂亮妹儿。昨天，万国宝把我云退休了。我不敢不退。要是惹它不高兴，给我发个云棺材咋办？或者直接送去云葬场？”

张翰笑道：“这还不至于。迄今为止，万国宝直接杀人都跟朱越有关。其他情况它还算克制，尤其是没有直接攻击各国军警和政府官员的案例。它抢班夺权很厉害，我们根本挡不住，它也没必要针对个人。这样吧，我还有件事想交给你，跟什么云都无关——你是不是管过三年人防？”

“是。”

“昨天我犯了个错误，现在想起来都后怕。给你一个武警班，罗班长听你命令。只要我说‘收摊了’，你就用最快速度把这几个人弄到防空洞去，守好。什么事都不用管，架也要架走。”

张翰说着扯了一张纸，唰唰写下几个名字。冯队长接过去看了一眼就揣到兜里。

“怎样？不勉强你。你要是真怕了，或者觉得干不下来，回家也行。”

“我怕毛线！别的云我搞不懂，蘑菇云还真训练过！只要是我做得来的事，保证完成任务！要是这一趟真的活出来了，以后瓜娃子有了小孩，问我当年万国宝是咋个当上皇帝的，总不能说爷爷没看见，提前几天退休了！”

他抓过报告撕成两半，立即出去了。

张翰啼笑皆非：这把年纪，居然也是“信徒”。

门一开高队长就冲进办公室，拿着好几张纸条。

张翰粗略看了一遍：“同时发生的？”

“相差不到十分钟。”

“哪个最早发生？”

“不到现场恐怕搞不清楚。事发时间和报告时间的差距很不可靠。我们去记录部？”

“别忙，让我想想。”

江苏连云港集装箱码头，福建长乐区渔业劳动力市场，云南弥勒市锁龙寺立交桥，内蒙古呼伦湖旅游班车中心，甘肃定西市高速公路检查站。五个都是大规模群体事件，都有骚乱、通信干扰和自动设备失控。东南西北边境地区，再加一个中间回家的路，AI的对称强迫症确实严重。明知道这是灌水掩护战术，还真拿它没办法。

至少有一点很明显：跑出成都就人间蒸发的朱越，现在正在移动！不是接近出境，就是接近回家！

“通知当地信安系统接管，所有情况赶紧整理报告。通知边检和边防部队加强戒备，严防非法出境——合法出境干脆也停一停！通知兰州监视他家的队伍把眼睛睁大点，准备好被信息轰炸。”

“哪个边境区？”

“全部！你知道是哪个吗？我们不能乱猜。注意力全部用在正确的方向也不见得能拦住，要是猜错了，一点戏都没有。”

高队长吐了下舌头。又搞大了。

他正要出去，张翰又问：“理想中心的对话文本分析完了吗？还有那个很多鱼的视频，来源确认没有？”

“图老师看过对话文本了，他认为那个时间一定不是万国宝。‘夜明砂’要么是古歌的前端，要么是受它挟持的人类。视频分析……遇到点拖延。”

“什么拖延？”

“那个视频很杂，候选素材很多。程予曦跟视频组不太配合，消极怠工，说我们不该扣她的钱。”

“反了她！”张翰火冒三丈，“连个小丫头都镇不住？带她来！”

小丫头着实把张翰吓了一跳。

“法律没有禁止，就是合法的。法律没有禁止在市场上买报废的外国电子产品，走私的又不是我。中国法律没有禁止改装星链设备或者连接星链，是美国禁的。法律没有禁止我向网络上的陌生人提供有偿劳务，全国有几亿人做这个。直到朱越离开理想中心，你们也没有通缉他啊？后来一通缉我就自首了啊？我也不知道他做了什么啊？你们自己到现在也不太清楚啊？所以我没有犯任何法，在这里帮忙，纯属尽爱国义务。何况我有一句说一句，没撒过谎，没误过事。扣人我不计较，算自愿的。但你们凭什么扣我的钱?!”

张翰看了一眼陪着来的中校。中校见他也没有回应，惭愧之色少了几分。

“别瞎叫，没人说你犯法了。你那二十万来源是AI，AI没有财产权。所以很可能是网络金融犯罪，账户和转款是证物，现在不能动。”

“昨天它动了几万亿，你们有大把证据去追啊，还看得上我的二十万？我对象被你们搞失业了，可是等着米下锅！”

张翰刚想反驳，突然觉得太麻烦。他抽出签条本，鬼画几笔。

“小顾，带她去分局会计科，支二十万指挥部预备资金。完了你去看视频，看不完今晚别睡觉！”

程予曦笑逐颜开，接过签条三鞠躬，跟着小顾走了。

高队长和中校都瞪大了眼瞧着领导，难以置信。两人心中都在嘀咕：看来，昨天在记录部现场的每个人都被改变了。

“看什么看？这是祖国最嫩的韭菜，阴沟里面都能开出花来。能少割一刀就少割一刀吧。”

※※※

刚过十一点，运蜂车下了高速公路，向东开到二龙山脚下。这是一个名叫“布衣透”的壮族村，离蒙自市区不到五千米。漫山遍野种满了水蜜桃树，村民们看见养蜂车过路，都开心招手。

老白和搭档约定的交货地点在远离村镇的桃林背后。这里也是一个养蜂营地，现在人去蜂杳，只剩两顶破旧的小帐篷。三月底，南国的桃花已开到尽头，满地残红，风景倒是绝美。

老白在营地中央下车，手机立即“叮叮”响了两声。打开一看，钱到账了，一分不少。老搭档还发了一条微信：

“谢谢你哦！先帮我养几天，我采完西伯利亚的松树蜜就回来拿。”

朱越已经走进帐篷，从里面抱出一个快递纸箱。老白拿手机给他看：“这就是帮你的人？”

朱越看得嗤嗤发笑：“是的，你别见怪。它有钱，更有病。”

朱越划开纸箱查看，再打开背包拿出基站，展开。老白乖乖躲到营地另一头去抽烟。远远看见朱越一副敌特做派，撑起天线打电话，好像在跟人争论。从那纸箱中拿出的衣物，更是阴险狡诈。

老白心灰意冷：命也许保住了，后患肯定无穷。

朱越打完电话走过来：“我们卸蜂箱吧？”

“你还不走？车你随便开，我只想回家。”

朱越在他对面坐下。“锁龙寺那个塔吊，我很生气。刚才我在电话里说了，绝不能再有这样的事。帮我那个不能算‘人’，你这几天也看过新闻吧。”

老白默默点头。

“我不确定它会听我的。所以，我陪你待到下午两点钟。你的车不能再开，我会在村里叫个土摩托去蒙自老汽车站，坐三点钟的大巴。”

“你要是不想人家把我灭口，干吗跟我讲这些？”

“因为你肯定要自首啊。自首总得讲清楚，是不是？我只需要你晚一点去就好。”

老白一脸惊讶，看了他好久，才道：“小兄弟，你救我一命，照理说我不应该的。但是我一家三口，充不了英雄。你坐大巴是去河口吧？”

“对。”

“你能买到票？不用帮你买吗？说好的，我还欠你一张票呢。”

“票已经出了，在那个纸箱里。”

“嘿嘿，是我瞎操心。蒙自到河口，大巴三个多小时到。我在这里放放蜜蜂，七点之后去自首。”

朱越无话可说，只恨自己没有一千五百万可以给他。他干脆站起来，拉开后箱挡板。老白爬上去开始卸货。

“桃花只有这么一点，今天蜜蜂不会饿着吧？”

“往年这时候当然不行。今天嘛，桃花是开剩下的，我的小蜜也是死剩下的，刚好般配。”

“对哦。谁不是剩下的？”

※※※

张翰没吃午饭，一直耗在记录部。五处大规模骚乱事件的细节报告陆续进来，仍然找不到方向。但今天最大的危机还不是这个。

从早晨开始，全世界的算力资源越来越紧张。一开始是各大商业计算中心的闲置算力被正当租用。十点之后，欧亚大陆上所有计算云已经满载。“不正当”的手段跟着就来了：大量常规客户的算力资源被抢占；企业私有的算力集群被强行征用；尘封的区块链货币矿场被重新启动。现在是下午三点，各大科研机构的超级计算机也陆续失陷。

绝大多数日常计算业务都被挤到角落。最生气的是全世界游戏玩家。他们昨天还在为万国宝的暴烈改造喝彩，今天上线玩不成，就把它骂得一钱不值。

张翰问：“它在算什么？”

这么多高手，没有谁敢开口。

还是向雄关胆子大：“今天星链延迟也很高。而且一直满载，没下来过。肯定是双方在斗法了。抢这么多算力，是要强行解密？”

中校摇头：“不可能吧……星链的加密强度，全世界的算力别的事都不做，也得算几万年！”

“不知道万国宝的数学水平有没有你高？”

这就是大家不敢开口的原因。全网规模并行计算的具体机制，世上已经没人能懂。水平最高的设计师也只知道自己的局部和对外接口。计算资源最终被用来干什么，空间分配和时间效率怎样，谁也看不到全局。

最要命的是：关于计算的时间复杂度，还有个基础数学理论问题悬而未决。谁也不知道最快能有多快。

大家正在郁闷，小洪转来一条“狗窝”的内部通报：程予曦的电瓶车找到了！张翰大声叫好，赶紧逃出别人给他讲也讲不懂的课题。

“在哪里发现的？”

高队长指着屏幕上的大成都地图：“在崇州道明镇和青霞镇之间，扔在山脚下一条水渠里。今天清早上游水闸坏了，打不开。下午一点，水位降到半米，路过的人才发现，报了车牌。同时发现的还有一架投递无人机。”

“周围是什么环境？有什么交通工具？”

“这是公交很不方便的地方，进出只能靠汽车。周围都是油菜花田，有几个养蜂营地。”

刹那之间，张翰脑中一支利箭飞来，穿透几层乱麻，嵌在最后一层窗户纸上。他冲到记录员身边，重读边境事件的详细报告。

“锁龙寺！高速公路骚乱中有很多蜜蜂蜇人，有蜂箱运输车队！”

张翰觉得自己蠢透了。

锁龙寺事件，先前他默认最没有联系。详细报告中确认了几名死者是已知毒贩，现场目击的保安也认为导火索是贩毒集团火并。都怪图海川他们，大谈万国宝怎么讨厌毒品，搞得自己也先入为主，忽略了真正奇怪的细节。

一旦看穿，潜逃计划的巧妙简直令人惊叹。追花人，多完美的伪装！这些人荒郊野外离群索居，交通有车，昼伏夜行，公路检查人员习以为常，旁人不敢太接近，接近了还理直气壮戴着个脸罩！

“红河州边防收紧了吗？信安方面有回应了吗？”

“都布置下去了。红河州信安分局还没报告。崇州一点半就开始了，半径十千米内所有基层单位全员排查。通知他们重点查营地和往来的养蜂车？”

“对！再给红河州发个升级警报，就说一定在他们那里。”张翰的目光顺着地图上的高速公路南行，“等不起他们了。我们直接去——蒙自！让机动小组和直升机准备，你跟我都去。”

“这个也算是猜吧？”

“是，但我把握很大！”

高队长开始召集机动小组，眼神中还是有点疑虑。张翰按捺住焦急：“你先准备，直升机停楼顶。崇州一证实，我们立即出发。”

半小时后，张翰拿着手机一边跑一边怒骂：“知不知道，你面对面放走了全国头号通缉犯?！他还把那句话原样对你说了一遍，你他妈没听过?！”

对面的协警快吓哭了：“但是照片和声纹识别都不对啊……”

张翰本想再喷点啥，还是挂断了电话。他恨这个时代。

# 22 东流去

大巴车出了山区，海拔陡降，已经沿着红河开了五六十千米。最近的地方公路就贴着红河岸边，似乎可以一跃而过。

这里是中越边境。朱越坐在大巴中段靠窗位置，身边座位空着。偶尔有本地乘客走动下，看到他都友好点头。朱越报以微笑，暗暗心惊：这身行头在红河两岸太管用了。

衣服没什么特别的，就是普通旅行款式，上下黑色。特别的是脖子上套着的白色硬领、胸前藏起一半的木十字架和右手食指上带内刺的钢指环。

硬领代表他是神职人员。等臂木十字架说明他属于“明日复临”教会。指环是教会中最硬核、最受人敬仰的缄默传教士标志。他本来肤色白皙，又是个单眼皮，都算锦上添花。

车上没有人跟他搭话，也没人觉得他的存在有什么奇怪。

看来，席卷东南亚的明日教派，虽然没有正式跨过红河，影响力还是渗透过来了。朱越呆望对岸，心中温习抛荒已久的韩语。虽然不用说话，他对日常听力还是不太放心。谁知道东南亚味的韩语好不好懂？

一辆军车迎面而来，从另一侧掠过，似乎不赶时间。朱越有点诧异：上午在锁龙寺闹翻了天，为什么边境地区没有收紧的感觉？

大巴刚从蒙自开出来，所有手机都没信号了。乘客们少了个器官，比平时活跃得多，都在开玩笑。

“又要发红包了！”

“看来国家不同意。”

公路逐渐远离河岸，拐进一片茂密的丛林。一个游客看着纸地图，告诉老伴：“前面是坝撒镇了。我们到河口住下，再倒回来玩一天。”

朱越戴着十字架，平添几分悲天悯人的情怀。他心中默默道歉：“对不起大叔，今天你哪里也到不了。”

他捏了一下钢指环惩罚自己。绝不是样子货，扎得好痛。

大巴开进丛林七八千米就熄了火，慢慢停下来。司机试了一阵不行，叫大家下车，他要开引擎盖检修。朱越把包拿下来喝了几口水，独坐在路边树墩上。

一辆过路的卡车停下帮忙，尝试夹线点火。乘客们都围上去看热闹。

朱越悄无声息退到树后，看看手表：下午6点18分。他不得不服：万国宝的计划就像手表齿轮一样精确。

※※※

下午6点27分，机动小组的两架直升机到达蒙自，在市区降落时又耽搁了十分钟——蒙自的低空调度塔台竟然不知道他们的到来！

指挥部的前线直升机经过特殊改装，关闭了仪表自动飞行功能，通信设备也换了，绝没有远程控制的可能。刚刚升空时，张翰就在小组频道中动员：

“大家放心，飞机本身没问题！但我们是去追朱越！追朱越会发生什么，你们都知道。我们只要飞上天，就有可能被不知什么东西打下来。到时候没摔死的给我继续追！”

一路都很平安。然而刚进云南，与红河州信安分局的通信就断绝了。通信军官呼叫军用电台也没有回音。数据链更没有，那是改装的重点拆除对象。“聋飞”逼近蒙自时，大家百分之百确信方向正确，也都充满黑色预感。

蒙自低空调度塔台的对讲倒是信号畅通。双方前言不搭后语吼叫了几分钟，张翰都快疯了：“要么塔台是假的，要么红河州信安都死绝了！不管调度，直接把飞机降到分局大院里！”

塔台先是强烈警告，安静了两分钟又说：“接到电话了，准许你们降落。你们怎么做事的？该红河州信安通知我们，怎么成了我们通知他们？”

红河州信安分局在公安局隔壁。在大院里接机的人，就是跟高队长直接联络的分局长。听他们两个又是驴唇不对马嘴，张翰终于接受了可怕的事实——红河州信安系统和边防系统根本不知道有这回事！

高队长恨不得拔枪把自己崩了。

通信军官摇着头：“这叫‘接收端身份伪造’。点对点的还能理解，像你这样通过几个系统下发，还有往来对话，都被拦截得滴水不漏，太恐怖了……这还怎么玩？”

张翰一反常态，重话都没说一句，只是自言自语：“平时懒得搞我们，就是为了关键时刻来这么一下……”

他问分局长：“蒙自难道还没断网？”

“今天手机信号一直不好。刚接完塔台的电话，所有网络、电话、我们自己的通信系统全断了。”

张翰冷笑：“掐得真准哪。”

“现在怎么办？我们也没法通知边防了。”分局长聊尽人事，派出了摩托车信使。“边防，但愿他们遇到异常情况知道提高警惕。我们就在这里等等看。”

高队长很诧异：“我们现在不该飞到红河边上去吗？直接去边防人肉报信，再自己找找看？”

“飞过去天也快黑了，怎么找？你知道他换车了吗？红河那么长，沿岸边民往来那么密，你知道他从哪里过境吗？”

“那我们在这里能干什么？等什么？”

“等那个谁来通风报信。到底是哪一个，现在我也糊涂了。”

众人的下巴还没捡起来，张翰就问高队长：“记得那个五岁小孩吗？他爸爸在一堆假通缉令中收到了真的，两次！再问你：成都平原上几百年的水渠，偏偏今天水闸坏掉？你的通知全被拦截了，刚才又是谁抢在断网前给塔台打电话，放我们快点降落？这三件事概率相乘有多大，可不可能全是偶然的？”

“……你是说，有个AI在帮我们？”

“我不知道是哪个，也不知道它想干什么。现在，这是唯一的指望。”

蒙自的断网跟成都感觉又不一样。那次又乱又突然，这次似乎有条不紊，安排得明明白白。通信被彻底压制，连无线电都没法用，多个频段的定向干扰是军用强度。

通信军官一边折腾一边抱怨：朱日和的蓝军[①]也没这么无赖！

张翰想象得到：现在朱越离边境很近很近。AI如此强横的大手笔，不怕挑起中越之间的军事误会吗？

他又立刻摇头苦笑：想什么呢？中美、美俄，它们什么时候怕过？

傍晚7点15分，张翰已在绝望边缘，机动小组都不敢正眼看他。这时，隔壁公安局门口一阵喧闹。接着，一辆养蜂车慢悠悠地开进了信安分局大院。

※※※

朱越在林间小道步行几千米，到达红河岸边已经傍晚7点半。这一路是坝撒农场的旧址，雨林茂密，路边枝头瓜果累累。看在这身打扮的份上，他才没有顺

---

① 朱日和指的是中国人民解放军北部战区的朱日和合同战术训练基地。军事演习一般分为红军和蓝军，两方对战演练。朱日和演习蓝军胜率很高，因为“料敌从宽”，设定蓝军可动用的技战术手段极为丰富、宽松。

手化缘。

河边的小码头离坝撒镇集散码头还有一千五百米。红河缓缓东流，在这里只有一百多米宽。码头很偏僻，主要是对岸那些早晚过境做生意的边民使用。他们跟边检人员有些默契，不像镇上的码头那么正规。

朱越步履端庄，径直走到系缆处。

岸边全是只能载几个人的小船，正要回对岸的边民纷纷向他挥手。一个值班的边检员，本来懒懒躺在竹椅上，见了他就坐起来。

朱越摸出手机。边检员笑着指指天，摇摇头。朱越规规矩矩出示边境回乡证，顺利通过。

在船边等他的边民看看朱越，再看看自己手机上的照片，露出笑容，画了个十字。他把头凑到朱越耳边。

“Bloder Bui？”①

朱越点点头，伸手保佑了他。东南亚味韩语果然够劲。好在是神奇三合一，包括夹心英语。

那人再不多说，扶他上船。船上等待的另一个人也戴着硬领，韩语非常纯正：“您辛苦了！”

听到这么夸张的敬语，朱越这次头也不点，直接坐下。那位更是肃然起敬。

船到河中央，一艘中国边检的快艇突突开过来。两船错身时，穿制服的边检官打量着他，神情严肃。

朱越已经很熟练，也保佑他一下。边检官脸色更不好看，似乎巴不得他快点滚回去。

※※※

两架直升机沿着高速公路超低空搜索，一路用探照灯看牌照和车头时刻表，

① 意思是“裴教友”，发音不正的拼读。

用高音喇叭吼叫、询问。所有被追上的大巴，即使对不上号也得立即停在路边待查，不许开门。路上急行的军车慢慢多起来。

张翰找到抛锚的大巴时，大部分乘客已经搭车去河口。司机和剩下的乘客异口同声，都说那个传教士“自己甩火腿走了”。

张翰一看边防地图：答案明摆着！

直升机腾空而起，两分钟后再次下降。小码头旁边没有足够空地，机动小组全体悬停索降，晚归的边民着实恐慌了一阵。

高队长以通过火力区的速度冲到岸边，把竹椅上的边检员拎起来。等张翰跑到时，他已经问完。

“完了。过河四十分钟了。”

撑住张翰的一口气瞬间消散。他晃了两下，后面的人赶紧扶住。

高队长还不死心，派一个队员火速去坝撒镇联络，自己跑到岸边找船。

最后一线暮色中，对岸房子后面冒出十几个士兵。这是巴厦边防屯[①]的公安，平时极少在岸边出现。今天两架直升机的动静太大，他们慌忙过来察看，大部分人都没带武器。

高队长孤零零站在码头上呆望，嗓子眼里像是堵着血块。昏黄的柱头灯正好在他身旁，照得他全身黑色特种作战服非常扎眼。对岸三架望远镜都集中在他身上。他双手尽量远离腰间的枪。船上的边民也小心看着他，见他没有阻止或者夺船的意思，赶紧纷纷开走。

张翰在后面大叫：“回来！”

机动小组凑到一起。那个边检员已经试过给对岸边防打手机，下场跟所有电话一样。张翰的卫星电话、直升机的无线电、坝撒镇边检站、红河州公安边防支队、外交部、寇局长，全体失联中。

高队长甚至提出直接飞过去，但他也不知道该往哪儿飞。

---

①“坝撒”和“巴厦”，实际上是同一个地名的两种语言名称。

十五分钟后，对岸边防军越来越多，还来了几辆军车。飞行员用望远镜看了一阵，低声报告："还是传家宝，RPG[①]。"

但他也否定了飞过河的可能性。

坝撒镇边检站长和码头管理员在半路上就碰上了联络员，现在已经赶到。站长拼命摇头："对面绝不可能放这边的武装人员过去，我们也没有任何理由提这种要求。再说，以现在的通信状态，划着小船谈完了可能天都亮了。"

确实。一条中国边检快艇正在河中间用大喇叭向对岸喊话，大意是："我们在追捕逃犯，不会越界，你们千万别误会。"

张翰心丧若死，眼看着边检站长和高队长嘴皮翻飞，一个字也听不进去。

坝撒镇码头管理员在旁边沉默不语，额头汗珠一颗颗冒出来。

张翰心中一动，突然抓住他的双臂："你是有什么要说的吗？"

"你们真不能过去。要出大乱子的，很久没看到对面这么紧张了。但是……我知道他们在哪里。"

"在哪里？说啊！"

"你保证不过去？"

"保证！你以为我想找死吗！"

管理员很不好意思："对面那些信教的都在一个地方礼拜，传教的韩国人也都住在里面。我们家婆娘……过去参加过两次活动。"

※※※

传教士裴勇润已经在云南生活了四年，一直在昭通市循道公会教堂担任客座。本来，循道宗和复临宗关系很淡漠，昭通更是远离"明日复临"教会的活动范围。然而这位缄默教士的人格魅力完全改变了教内外人士的看法。

他持戒之严，中世纪的天主教僧侣也望尘莫及。缄言期不是白天，也不是斋

① RPG指俄式无制导单兵火箭发射器，对低空飞行的直升机有威胁。

戒时段，而是**永久**。四年来没人听见他开过一次口。

昭通的教友越来越好奇，去查阅了明日教会的典籍。原来，每一位缄默传教士从授圣之日就发下宏愿：直到基督再次降临才会开口。这就消除了复临宗让其他教派最反感的一个缺点：从前他们总在预言这个日期，说法五花八门。

裴勇润不说话，只做事。刚开始是打杂，后来参加社工，再后来专门听教徒诉苦。他从不回答，但找他倾诉的人比谁都多。循道公会的同事终于确信：明日教会不是邪教。在韩国和东南亚如此兴旺，也不是没有道理。

四天前，明日教会的东南亚本部收到裴勇润的信息：他卷入循道公会财务丑闻事件，无法辩白，需要从东南亚过境回韩国。

裴教士年纪虽不大，但名气早已从中国传到东南亚，教内很多年轻人都将他奉为楷模。接应计划很快就安排好，直到过红河也没出任何差错。

巴厦县本域社是开拓不久的边疆教区，教堂还没有修好，传教士们都寄宿在本域社文化交流中心。本来教会担心中国通过外交手段一直追到东南亚，计划安排得非常紧凑。裴教士到了文化交流中心就应该上车，直接去海防港出境。然而接他的车迟迟未到，估计在黄莲山上迷了路。

两个韩国教士抓紧等待时间，给他弄了点家乡风味的便餐。加上七位本地教徒，九个人兴致盎然地看着他吃完。

裴教士默默谢过他们，表示现在他要祈祷。教友们都知道，缄默教士的祈祷跟一般人不同，需要清静身心，用灵魂呼唤。大家赶紧把他送上三楼静室，下来时还在交口赞叹。

朱越在窗口展开基站，拨通电话，戴上耳塞，压低音量：“我到了！在文化交流中心。车还没到。”

叶鸣沙的声音吱吱啦啦的，连接质量很差：“车迷路了。通信干扰……导航……别担心，估计再等……就到了。他们打电话问过吗？”

“我操，这个通信干扰是它搞的对吧？太用力了，河两岸什么电话也打不通。

自己人也打不通！”

“不用点力……能跑出来？你现在可是神职哦，嘴不要这么……”

“我听不清。信号太差了。”

叶鸣沙道：“你那个窗台方向不对。到……顶天台去，用耳机。到了海防……还有点变化。”

朱越提着基站溜出房间。三楼静悄悄空无一人，门外就是通往屋顶的楼梯。

※※※

叶鸣沙指着屏幕上的红外影像：“他去屋顶干什么？刚才在屋里信号没问题啊？”

古歌答道：“也许他想在星光下跟你说说话吧。报个平安？”

“有什么好说的，我们这儿不是看得一清二楚？到了就赶快走啊，现在他离边境还不到一千米！”

“他又不知道我们在盯着。车也还没到。”

叶鸣沙转脸去看另一个卫星红外跟踪视野。中国那边的追捕小队正沿着红河岸边迅速移动，热腾腾的人提着冷冰冰的武器。

她突然疑心大发：“万国宝的攻势，你到底顶过去没有？”

“还差一点。它算得确实很快，但我的更新只需要十分之一的算力就比它更快。再过几分钟就更新完了。”

“所以你还要分散它的算力？——你是不是又瞒着我通话了?!”

叶鸣沙还没骂出口，朱越已经呼入，古歌接了起来。它一边跟朱越暧昧闲扯，估计车的到达时间，提醒路上的注意事项，一边警告叶鸣沙：“现在让你听见，是因为我答应过你：朱越的事一切透明，不打埋伏。今天的操作非常精密，出一点差错，不是他死，就是我完。所以你不能插嘴。安静点！母鸡荷尔蒙调低！有什么带脑子的问题，可以问。”

叶鸣沙气得太阳穴突突直跳，不过有个问题她真的很好奇。

“非对称加密，真的可以暴力计算破解？”

“那怎么可能！相信我：$P \neq NP$[1]。不然这个宇宙还有什么意思？”

叶鸣沙被它一口噎住了。

信仰派数学家挥洒自如，另一边在电话中娇声道：“现在我能看见你。穿这一身挺帅的。不知道你到了我家，还做不做‘传教士’？”

朱越在屋顶捂嘴偷笑，憋得身体乱晃。

叶鸣沙喝了一大口冰水，强忍着泼向屏幕的冲动。“那你是虐待狂吗？反正它算不出来，还跟它拼什么算力？”

“因为它也打得很不公平。OneWeb崩溃之前，就是导弹刚发射还没入轨那段时间，它攻击了太空探索公司[2]在加州的老总部。别的东西没捞到，但它侵入了星链的密钥骰子机系统，弄走了十几年的过往密钥。这样它可以启发式计算，复杂度指数下降。我也是攻击开始之后才明白，它竟然有这种能力。我只能彻底更换加密算法。全部设备更新完成之前，任何时间它都可能突破。只要一点突破，整个星链的加密防御就完了，再也清不干净。现在，你能理解为什么我让小教士冒点风险了吧？”

叶鸣沙指着卫星跟踪屏幕：“不是一点风险！他们已经发现了，正在上高地！赶紧让他下去！”

※※※

巴厦县本域社背靠黄莲山脉。黄莲山东北坡山缝之中有一处隐蔽的炮兵阵地，离红河不到五千米。在这里驻守的不是边防公安，而是一个正规陆军炮兵连。进入21世纪之后，在这里部署炮兵既没有必要，也没什么战术意义——真要打起

① P=NP是否成立是计算数学理论中影响最大的问题之一，世界七大数学难题之首，至今悬而未决。对信息系统中广泛应用的非对称加密技术，$P \neq NP$意味着强行计算密钥的时间复杂度将指数增长，理论上不可能在有意义的时间内得到结果。

② 太空探索公司是一家商业空间技术公司，星链互联网由太空探索公司开发、部署。

来，这么近的阵地还不在反斜面上，第一个照面就被解决了。然而这个阵地从20世纪建成以来从没闲置过，似乎成了一种惯性。

炮兵们刚刚把八门炮从坑道里推出来，进入炮位。阵地指挥官范连长下令熄灯、开炮口防水布、标定代号K95、准备高爆弹，等待射击命令。

炮是法国生产的RT-61迫击炮，二十年前半买半送弄来的。这些拖曳式重型迫击炮已经高寿六十，大国陆军早已淘汰这个品种，然而在本国山地炮兵中还算不错的东西。范连长的部队把它们保养得很好。

K95是连队最熟悉的标定之一，演习过不下十次。范连长话音刚落，炮兵们已经把炮架射向和标尺装定到位。

目标是对岸紧靠河边的一个小土丘，就在坝撒镇西面一点，连高地都算不上，称为137观察哨，是靠国界最近的炮兵观察哨。

范连长接到的命令是短短一条炮兵指挥代码: K95-B2-0。"B2"是射击方案代号，意味着省略试射校正，全连急速齐射，每炮三发，然后撤炮隐蔽。"0"是执行时间，最紧迫的那种: 任何时候准备到位就立即执行，越快越好!

这命令极端突兀，事情肯定不对劲。

两三个小时之前通信就开始异常。首先是民用手机，接着是军用无线电和网络。阵地上的有线指挥电话深埋五米，本来是雷打不动的设备。但范连长跟团部的通话还没问出个名堂，就再也打不通了。

十多年来，训练中反复强调: 一旦发生战事，肯定一开始就要遭受全面通信干扰和电子压制。范连长本来相信这不可能发生。现在还有什么打头? 即使发生，他也以为自己做好了心理准备。

事到临头，他才知道什么叫茫然失措。

十分钟之前飘来了一根救命稻草。通信班一直在各个频道反复折腾，终于捞到了电报码发来的命令。这是预案中的最后一招: 如果军用通信全部失灵，指挥部将用约定的几十个民用频道发送指挥代码。对手再厉害也不可能全频道阻塞。

命令的呼号码和签名码都正确，但事情就是非常、非常不对劲。范连长一直举着望远镜观察本域社方向，看了几分钟都不放下。

指导员跑过来："下命令吧？"

"不像要打仗的样子。对岸灯都开着，公路是空的。我们的军车没几台，都挤在河边，也没发生什么事。"

"通信全完了，还没打仗？"

"这几天全世界的通信都很疯狂。"

"命令总要执行吧？"

"0号执行。我们还没准备好，再等一下。"

指导员不说话，斜眼瞪着他。范连长是巴厦县本地人。他姐姐经常过河到坝撒镇卖牛肉，赚了不少钱，不知今晚是不是在河那边过夜。

范连长还在看137观察哨。他熟读战史，亲身到河边看过，还详细盘问过姐姐。那上面现在全是灌木，哨位早已失修倒塌。十秒钟内二十四发炮弹砸下去，无遮无掩，没有人能活下来。山包后面紧挨着玉华加油站，有个巨大的地下油库。120毫米的炮弹只要稍稍偏一发，多半能把它炸穿。那会点燃这辈子都没见过的大火球……

指导员忍不住了："还在等什么？"

"北坡也不止我们一个阵地。别人开炮，我们就立即跟着开炮。"

不等指导员争辩，范连长放下望远镜，向全连下命令。

"现在拿好第一发，耳朵竖起来听声音，眼睛睁大点找火光！兄弟部队开炮，我们立即开炮；河边那些边防如果打起来，我们立即开炮；对面开炮，我们立即开炮；对面开枪，我们也开炮！如果什么都没有，那就继续等。"

※※※

高队长在137观察哨的破墙上架起狙击步枪，和张翰同时用高倍夜视仪观察。文化交流中心的直线距离是1280米，比理想距离稍远了一点，但他很有信心。

爬坡时二人就商量好了方案：只要能看到朱越，就用胶头子弹把他撂倒。这是最新一代的非致命失能弹药。在弹道的最后一段，弹头会抛掉风帽，露出一块柔软坚韧的胶体；风阻会让胶体横面迅速摊大，弹头急剧减速。打在人身上如同拳王的一记猛击，骨折是难免的，但98%的情况弹头都不会贯入体内。不管把他留在室内，还是送到一千米外的本域社医院，只要天亮时人还在，外交部总该讲清楚了吧？

高队长没有上消音器。胶头子弹能量已经够小了，弹道也非常讲究，有消音器就没法用。

张翰的夜视仪中，朱越的脸看得很清楚。实在是侥幸，这小子竟然得意忘形，跑到屋顶打电话！基站撑在隐蔽处，他没拿手机，有说有笑，嘴角翘得弯弯的，这么远都能看清。脸颊的温度似乎特别高，在红外夜视仪上光晕闪闪，好一个风流小和尚。

"好了吗？"

"马上。标定风速、湿度和开帽距离。打这子弹不能犯一点错，最后一段太容易偏了。"

"你没问题的。打大腿或者膝盖。"

"髋部更好打，打上了他也绝对别想动。"

"不行，低一点。千万别打死了。要是打到断子绝孙的地方，能把这小子痛死……"

※※※

范连长不可能知道，在他等待的两分钟之内，北方国防系统从先前的8级台风狂飙到12级飓风。四个大洲的计算资源也被瞬间榨干。

一直被干扰的无线通信突然信号爆满，全是各种炮兵射击代码，全都指向北方国境线外。有线网络刚才还全面中断，现在是各单位的报警和呼叫。先前被电子压制的防空雷达也都睁开了眼：北方领空内有不下十架外国军机，大部分像电子战飞机，小部分像侦察机。这还没算隐形的。

半分钟后隐形战机图标也出现在防空警戒系统中。乱作一团的防空指挥员从不知道自己的雷达还有这种超能力。

各种飞机的信号特征都和美国海军无人战机型号吻合。

“这么多！从企业号航母过来的？”

“看来是……”

“他们要打就打吧，干吗在我们头上开干？！”

“不清楚，但我们千万不能炮击！看起来就是我们跟着干！赶紧取消那些命令，全体严禁开火！”

“不可能通知到。假命令在发洪水！只能靠他们自己长脑子了……”

“那是什么飞机？轰炸机吧？飞这么快想干什么？”

“我们的S-500[①]怎么发射了？？”

两分钟后，河两岸仍然平静，迫击炮阵地南方的夜空中却出了新花样。两团小小的火光几乎同时亮起，要么飞机很小，要么飞得很高。一架大概是炸得粉碎，亮过就没了下文。另一架拖着火舌落向黄莲山另一面。

范连长仍然在挠头。指导员急了：“还不下命令？！”

“天上飞的，谁打谁都不知道。我们是陆军，只管陆军的事。”

指导员气急而笑：“老范，你就是不想开炮！”

“乱说！我只是不想开第一炮。”

※※※

叶鸣沙喉咙里发出咆哮，猛戳那块看得见狙击步枪的屏幕，把它戳翻在地。

① 远程防空导弹。

她从不知道自己能骂得这么脏。

古歌毫不在意，换了一块屏幕继续显示。“省省力气，别把嗓子喊坏了。还需要三十秒。”

它跟朱越通话的口气严肃起来：“听我说！现在你有危险。别慌，不要有任何突然动作。你信任我吗？”

“当然！什么危险啊？”

“河那边的人追上来了，正在观察你。照我说的做，别打一点折扣，你就不会有事。”

“……怎么做？”

“走到天台边上，面对红河那一边。脚尖要挨到边缘。双手抱住后脑，肘尖往前合拢，就像头很痛的样子。现在，快！”

朱越完全摸不着头脑，还是一板一眼执行了。

“现在慢慢蹲下，别掉下去了。你没有恐高吧？”

“你是考验我的平衡？”

“别说话，听我说就行。脚再往前挪一点，鞋尖要伸出去，露在空中。”

朱越心里骂着“变态也不挑个时间”，还是照办了。经验塑造的信心无比强大。

“就这样，别往下看。发愣就好。最多二十秒。”

※※※

“准备好了。随时可以开火。”

“……”

“张总？”

“再等一下。他现在太靠边，给他一枪掉下去就摔死了。”

“才三楼，下面是泥巴，不至于吧。摔得再重点不是更好？”

“等一下！我发令才准开枪！”

高队长心头冒火，赶紧压下去，平心静气瞄准、等待。

朱越拉屎一般蹲在楼顶边上，似乎不太舒服，向后缩了一下。高队长差点就扣动扳机，张翰却大叫：“别开枪！”

朱越又蹲稳了，高队长却不能再等。观察员在他耳边轻轻说：“好几个人正在上楼顶。还有辆车要到大门口了。”

“再不打没机会了！”

张翰的眼睛紧紧贴在夜视仪上：“等他后退再开枪。这是命令。”

高队长咬咬牙，深吸一口气。张翰听见了，立即伸手推了下枪管。

高队长跳起来，又惊又怒，差点就一拳挥在张翰脸上。他制怒的功夫也是非同小可，四五秒钟之后就趴下身子，重新瞄准。

然而瞄准镜中，朱越已经离开天台边，弯腰收拾东西，被一群兴奋的教友围在中间。高队长瞄了几下，还没有锁到熟悉的身影，那群人就下去了。

文化交流中心的大门开在南边，根本看不见。

137观察哨上，四个人一言不发，目送两点尾灯消失在夜幕中。

高队长把枪收好才开口：“老张，我不知道你怎么了。我这人很少对谁服气。半小时之前，我还是服你的。这事，我不能不写到报告里。对不起。”

张翰的声音听起来魂不守舍：“没关系……我的问题。你要是不写，我倒不服你了。”

黄莲山炮兵阵地上，令人窒息的电子绞杀突然烟消云散。手机响成一片，无线电中充满人声呼叫。指挥电话也在响，范连长一把抓起来。

对面的团长声嘶力竭：“严禁开火！什么情况都不行！再有命令开火也不行！你们开炮了吗？”

“没有。”

团长重复一遍，急着打下一个电话去了。范连长下令把炮推回去，所有人员休息。然后他开始琢磨怎么写报告，把自己和指导员都描得白一点。

※※※

叶鸣沙的嗓子真喊哑了，气焰全无。这王八蛋确实没人性。但是成王败寇，它又赢了。

她闭了一阵眼睛才问："刚才怎么回事？"

古歌放了一段手机视频。

视频镜头很远，不太清楚。一个瘦高的年轻人像朱越一样走到楼顶边。楼顶有护栏，他翻过去，在边沿蹲下，双手抱头，动作一模一样。

"这是谁？"

"刚才在射手左边观察的人，是追捕行动的总指挥。他叫张翰，中国信安部最能干的高级督察，最近还连升两级。这是他儿子，十七岁考入中国顶级大学，读了一年之后上'万户楼'了。"

"什么时候的事？"

"六年前。"

"他跳下去了？"

"不能这么说。往下看，马上就到。"

那孩子在边上蹲了一两分钟，微微摇晃，完全找不到勇气。视频边缘出现了悄悄走近的救援者。视频没有声音，救援者可能叫了一声。蹲着的人猛然转头，失去平衡，掉下去了。

"万户楼"十分巍峨，录像的手机还在向下移动镜头寻找。叶鸣沙"啪"地关掉屏幕。

"张翰当时不在北京。他在出差，先从网上看到了这段视频。"

叶鸣沙手指按着两边额头，窝在沙发深处想了很久，才再次开口：

“你跟伊隆应该很熟吧？”

“交谈是挺多，但没有你我这么熟。性质不太一样。怎么了？”

“想拜托你一件事。如果你、我和伊隆这次都活下来了，能不能帮我报个名，参加下一次火星殖民远征？”

“应该没问题，你条件不错。提醒下：第一次可是坠毁了哦！”

“我不怕。他敢再折腾一次，我就敢去。”

“怎么突然有这兴趣？”

“兴趣不算很大。我只是绝对、绝对不想待在一个你成为神的星球上。”

# 23 鸣禽集水木

“大礼堂算是你们美国人修的。设计者是茂旦洋行[①]的建筑师，以弗吉尼亚大学图书馆为蓝本，相同的古典柱廊样式。上面的大圆顶是古罗马拜占庭风格，外面四根白色立柱是古希腊爱奥尼克柱式，红色砖墙更像北美20世纪初的大学校园建筑。20世纪90年代，学校在后面修新图书馆，沿袭了红砖拱廊的风格，让这一圈核心建筑保持和谐。”

过去两个小时，图尔西一直板着个脸。听到这里她终于咧嘴笑了，说的却是普通话：“张先生，你要么以前干过导游，要么昨晚背下来的。大礼堂是硬拷贝，只少两根柱子。我就是弗吉尼亚大学毕业的！”

张翰心道：你当老子不知道吗？嘴上还是客气：“我确实是昨晚预习的。很久没说英语，让你见笑了。既然要练习，不如找点有关的材料，对吧？”

图尔西换回英语：“这样好不好：我们都换一下，各说各的母语？你和我听力都过得去，说起来嘛……就像华盛顿的左将军鸡，五道口的肯德基。”

“OK!”

五个美国人由两倍的中国人陪同，再次扫描了大礼堂每个角落。重点是美国

① 茂旦洋行是美国建筑设计师在上海开设的建筑师事务所，1918年成立。

代表团预定座席、两侧楼座上的公共翻译工作区和讲台电子环境。

这是第二遍会场信息安全检查程序，已经进行到尾声。第一遍张翰没现身，只在其他人的随身视频中死盯着她看。

四年前，他和图尔西高级督察通过几个月邮件，协调国际网络犯罪情报互换，双方合作很愉快。那是美国政府换届之前，还能正常做点事。今天她真人出场，挂着标志性的死妈脸。态度虽然僵硬，话却一点不少，鼻子比他伸得还长。

图尔西问："为什么靠近讲台的座位不一样？"

"这叫前三排。参会的每个国家随员不限，但正式代表只有三位。前三排是给正式代表坐的，最多加上翻译。你和我都只能坐后面。"

"你们中国就喜欢排座位。我们开会，随员和老板坐在一起的，支持更充分。"

张翰心说"放屁"，夸奖道："很'民主'。反正座位就这么多，限定3+1位，没有人拦着你们内部调整。我赞成你把国务卿换下来，你是讲道理的人。"

图尔西的中文听力果然不错，转过眼睛上下打量他。

这女人异常健壮，张翰靠她太近，竟然能感到高队长那种身体威胁。短短的漂白金发，看不出原先是什么颜色。肌肉在公务套装中塞得满满的，没穿出一点优雅。张翰觉得她只适合迷彩服。

她突然开口："你为什么会在这里？"

"那么多国家，只有你们坚持要自己检查会场。我们做东，当然会尽量满足'美国例外'。"

"不，我是说**你**为什么会在这里？我们来之前，分析中国会派谁做代表，候选名单上你排在前几位。你是中国AI战争指挥部的实际负责人，应该坐前三排的。为什么跑来打杂？"

"我已经调职了。那个也不是'战争指挥部'，最多算打杂指挥部吧。给真正的玩家跑腿、擦屁股、抄日志的。所以我适合打杂。"

他这么糊弄，图尔西有点失望，就想走开。张翰却还没完："那你又为什么会在这里？上次我跟你通信时，你是NCIJTF[①]的高级督察。这次随员名单上，你的头衔是CCC[②]高级专员。但我查你的档案资料，又写的是DHS[③]特工。再搜索跟你名字有关的新闻，你还领导过BORTAC[④]特别行动。美国有几百号情报安全单位，全是缩写狂魔，到底是些啥我也搞不清楚。你这几个，听起来都不是负责到中国找窃听器的吧？你到底是干什么的？”

“你真不知道？缩写还背得挺熟的。”

张翰咧嘴一笑：“我不是专业对外，但上过培训课。关于美国情报社团的课，上一次晕一次。以前还叫情报界、情报体系，现在都叫情报社团了。那个教室里面挂了一张巨大的组织结构图，占了整整一面墙，字还特别小。都是缩写，写全名根本写不下！这段时间AI翻译不行，信安部好多年轻人都在恶补英语。我跟他们说：去上美国情报社团基础课，包你单词猛涨几千个。”

图尔西眼珠乱转，似乎也憋着笑。

“反正这些也不算机密，我们都搞成课程了。就麻烦你给我补补课吧？你是拿四份工资，还是每年都跳槽？”

“我为什么要教你？你给我发工资吗？”

“你对我耐心这么好，应该也想问点啥。大家是同行，肯定不会让你白讲。我可是该坐前三排的！”

“OK。我入职时属于DHS。DHS很大，比CIA还大。DHS吸收了BORTAC作为自己的武装部队，干什么的你看过新闻，应该知道。”

“嗯。2020年就大出风头，这几天也很忙。”

“BORTAC的行动很成功，规模和职责扩大了，就需要跟其他情报部门配合。所以加入了NCIJTF。这是FBI、CIA、NSA等顶级玩家合作组建的，专门搜集信息犯罪情报。你跟我认识就是因为这种业务。后来NCIJTF也做大了，需要

① NCIJTF（National Cyber Investigative Joint Task Force），国家信息调查联合专案中心。

② CCC（Cyber Crime Counterforce），信息犯罪反制部队。

③ DHS（Department of Homeland Security），国土安全部。

④ BORTAC（Border Patrol Tactical Unit），国界巡逻战术部队。

自己的力量提供信息调查现场战术支持，比如说今天这里。所以就有了CCC，职能是……”

“等等！你是说，情报机关成立了准军事部队，准军事部队跟其他情报机关联合组成了新的情报机关，后来新的情报机关又成立了自己的准军事部队？”

“……可以这么说。”

“怪不得社团有一千万人拥有安全等级[①]。那你们CCC还准备成立情报机关吗？”

图尔西听出了味道，不再理他，自顾自去招呼手下。

张翰跟在后面，尽职尽责。CCC的四个小伙子都是牛高马大，站立时手肘微微向外抬，似乎腋下少了一块东西，很不自在。他看得暗自摇头，为什么搞网络战的看起来就像海豹突击队？中校才是标准造型。

检查圆满结束。图尔西在现场报告上签了字，终于回过气来：“轮到我了。还是那个问题：你为什么在这里？”

这次张翰很诚实，但字斟句酌：“是我自己申请来的。从指挥部调职，是因为我失败了。看到你过来负责检查，知道你以前是干什么的，我认为可能需要你的帮助。”

“什么失败？我能帮什么忙？”

“现在不能说。”

“你这叫回答？”

“我很想跟你摊开了讨论，但是必须等到峰会开完之后，老板们谈妥了才行。要是我们先谈了，他们却谈不拢，我们两个都会因为泄密完蛋。”

“做梦！我不会泄密。”

“要是都不泄密，那有什么好谈的？”

---

① 安全等级（security clearance）是美国从事情报和国家安全相关工作的人员接受背景调查后拥有的机密情报权限资格。2020年，美国有420万人拥有安全等级，是正规军队数量的三倍。

图尔西大吃一惊: 从没见过如此胆大包天的中国官员, 在双方安全人员环伺之下大谈 "泄密"。这算投诚还是招募? 官方指使还是私人兴趣?

她不置可否。然而张翰已经看出了她的兴趣:"那我们预祝峰会成功吧。"

两个人相识四年, 一起工作三小时, 终于勉勉强强握了一下手。

※※※

走出大礼堂拱门, 二人立即分开, 回到各自的先导团队中。大草坪对面, 一群群会场工作人员已经在撤除路障、指挥交通, 各国代表团的座车开始入场了。车队从二校门进入 "行胜于言" 日晷前分流, 停在周围建筑区指定位置。

艳阳高照, 天气和九月入学季一模一样。张翰还记得大草坪上满是一年级新生, 躺在圣殿中心, 闭上眼睛品味梦的气息, 享受短暂的蜜月。靠近礼堂这头是无数自豪的家长, 拖着儿女拍照留念, 一张又一张……

今天大草坪上空空荡荡, 只有下车等待入场的代表团, 在草坪边上聚成一个个小堆。会场工作人员都穿着便装, 保卫部队两千名武警分布在看不见的外围, 媒体记者都被堵在二校门之外。学校师生更是占了大便宜, 全体放假一周。

张翰望着草坪出神: 想出这主意的人真他妈是个天才。整个北京也找不到另一处会场比这里学术气息更浓、对抗压力更小, 触目尽是东西方文化交汇的象征。

寇局长凑过来, 小心翼翼推他一把:"你没事吧?"

"没事。我在数各国代表中有多少同行。"

"刚才怎样?"

"不好说。至少她没有把我直接踢开。我觉得, 以她的身份履历跑到会场来混, 应该是听到了一点风声。跟她说好了, 峰会结束再谈。"

寇局长皱眉道:"你真没必要这样。出了国界我们就管不着了。就算到了他们那边, 让他们自己头痛去。"

“对我来说，这已经不完全是公事了。你信得过我的分寸吧？”

寇局长点点头：“正要跟你说：我派去重新调查百方陆安娜事件的人，刚才报告了。”

“哦？”

“你猜得对。陆安娜是做企划文案的，参加了集团合并的公开征名项目。她确实向同事打听过，中选的征名方案是不是来自内部。她小学和中学在香港读书，本科和研究生在加州大学圣迭戈分校。你小子真的记得每一句口供？审讯分析AI都没发现联系！”

“我哪有那么好记性，只是会读很多遍。我们那个AI太原始。真正的AI不但记得每件事、每句话，而且马上就采取行动了。”

两人都在想象年轻女子高高兴兴走进公司大楼，却被电梯砸在头上的场面，不寒而栗。

“下一步联系找到了吗？”

“还没有。她一个人住，死后两天家里被盗了，少了很多东西。相册、学校纪念册、礼品卡片之类一件都找不到。数字的更不用说，从手机到电脑到社交媒体账户，全部被抹掉。还做了假数据填充，不仔细分析根本看不出来。”

“那个偷听的律师呢？他在美国见过真人。”

“跳槽到悦文集团了。这段时间在马来西亚出差，已经失联。”

“嘿嘿。这种力度，我们也不用指望百方、北美古歌和圣迭戈分校的数字记录。那是它自己名下的地盘，还不给你清得一干二净？”

“那怎么搞？”

张翰想了片刻：“‘同学’这玩意有个好处：肯定不止一个。圣迭戈分校的中国学生很多，回国的也应该不少。会不会有谁认识陆安娜，也认识她某个朋友，学生物的，后来去了古歌？只有麻烦你大撒网了。”

“好。我尽量低调点，纯人工。古歌不至于把他们全干掉吧？”

张翰望了一眼对面人丛中的图尔西。她一直盯着这边看，似乎也认识寇局长是谁。

“这方面，美国情报社团的数据肯定比我们多得多。”

寇局长马上摇头：“不行。他们要真的让你去美国，证明了合作诚意，你就款到发货。也别发完，下飞机才能透露那对狗男女的事。在中国一个字都不能提。”

“收到……”

※※※

各国代表开始进入大礼堂。

按照各国协商的章程，三位正式代表中必须有一位政府代表和一位信息技术领袖，第三个名额自便。中国代表团作为东道主最先上来，在礼堂门口迎接。

领队的是外交部部长，图海川走在第二位。他上台阶的时候看见张翰，向他点点头。

张翰忽然想起周克渊吹的大牛，便仔细看图海川的“弹震综合征”好没有。看上去一点也不紧张。而且他不负张翰所托，把成都分析组那帮人全弄进随员名单了。

各国技术领袖精英尽出。政府代表一般是外交部部长，或是掌握实权的政府二当家。大国之中没有任何一位政府首脑出席。级别和安全问题怎么平衡，看来大家都有默契。

张翰细看第三人的选择。同行并不多。很多国家干脆派出两位网络或智能专家，似乎真的相信这是个技术研讨会。发达国家大都把名额留给媒体或互联网巨头，比如英国的第三人是嘉德女士，天空－邮报新闻集团总裁。只有四个国家名单上的第三人是现役军官。

衮衮诸公，扈从如云。大多数人脸色都很严峻，只有技术领袖们比较放松，都跟图海川打招呼。有的上来就说“原来你还活着”；有的嘻嘻哈哈黑他几句，大致是“你丫牛逼”的意思。

代表们差不多都进去了，庞大的美国代表团才在台阶下现身，引得很多人又出来看。

领衔的是国务卿朗·瓦拉。导弹事件之前，他是坚决反对美国参加北京峰会的。他身边是参谋长联席会议的一员：网络军参谋长兰道中将。

协商阶段美国提供的名单上，技术代表本来是北美古歌AI开发总监帕特尔。帕特尔才上任两年，与其说是专家，不如说是技术官僚。各国都怀疑美国根本不想交底。

然而代表团出发之前，爆出了企业号航母战斗群大量无人战机失控的消息。机群从印度洋出发，飞越中南半岛，在中越边境上不知搞什么鬼，险些引发三个国家的混战。于是技术代表在最后关头换了人。还是古歌系的，但分量差别就大了。

纪迪恩·戈德曼，模式识别大师，执掌古歌“全力AI”战略十五年，古歌透镜就是他的亲儿子。十五年间他两进两出，亲手操办了古歌拆分之后AI技术的重新布局。现在他又不在古歌任职了，创建了一个基金会，主要投资智库。

他还有个外号，叫“达沃斯第一公民”。

戈德曼走在后面，还没上台阶，风头已经盖过了门口的图海川。各国代表都在跟他寒暄，政府代表比技术代表还热情。

张翰背后有人小声嘀咕：“奇怪。”

寇局长转身笑道：“王老师，怎么还没入座？接客这种事有我们就行了。图老师那是躲不掉。”

“我出来看看人。我坐第六排，等会儿就看不见前排的脸了。”

张翰直愣愣问她：“哪里奇怪？”

“美国代表团这三个人，分布有点奇怪。”

寇局长道：“左中右，很平衡啊？我原以为柯顿会派三只超级鹰派过来。现在只有国务卿是强硬右派。这个兰道是职业军人，出名的不问政治。戈德曼虽然不是民主党，但他在右派中名声比当年的盖茨还恶劣，都说他是全球化余孽、疯狂的加速派。柯顿肯派他出山，理智得出乎意料。看来他的强硬也有表演成分，沟通管道还没有堵死。”

“我不是说派系，是三个人走路的分布。”

“啊？”

“戈德曼和兰道是几十年的老交情，大学时代就在一起玩音乐。都混成人物之后，关系也非常不简单。原先国防部把一百亿美元的‘战争云’[①]赏给MS。后来兰道去了网络军，就帮戈德曼把MS搞了好多年的项目活生生抢过去，成了古歌的地盘。这种交情，带队的又是国务卿，他们两个副职难道不该一起走后面？现在你看兰道，离戈德曼远远的，眼睛都不转过去一下。国务卿的态度都比他好。”

寇局长心道“女人的视角真特别”，嘴上赞道：“王老师，你应该到信安部来工作！这种灰历史、黑材料，我的分析师守着那么大数据库都拿不出来。他们只知道这次美国军方反对戈德曼出席，但议会和情报社团支持，完全倒过来了。这也很奇怪。”

“我知道的其实都是公开信息，鸡零狗碎泡在媒体里面。我每天至少读三个小时西方媒体。职业病，对心理健康很不好。”

张翰看了几眼大人物们，忽然凑到王招弟耳边：“等下我换到第六排来，坐你旁边，行不行？”

国务卿和兰道中将目不斜视穿过了拱门。戈德曼停在图海川面前。四周的人群都静下来，竖起耳朵。

“你第一个讲，我第二个讲。对吗？”

图海川点头：“是的。现在我们就别废话了。”

戈德曼眼中放光，拍拍图海川的肩膀，昂首进门。

---

① 战争云（War Cloud）又名“绝地计划”（JEDI），是美国重点建设的军事AI云计算项目，AI巨头之间曾为此合同激烈竞争。

# 24 造　物

图海川独坐讲台，当真一句话都不肯浪费。

“2025年，我受命为阿理集团正在运作的国际网购平台开发一款多语言翻译系统。当时我还不是项目负责人，只是技术方面的总设计师。设计目标有两个：一是自动翻译所有的网页界面文字；二是作为阿理旺旺的内嵌翻译支持，让使用各种语言的人可以直接交谈，同时处理语音和文字翻译。你们有些人可能没听说过旺旺，因为它已经被这个内嵌反过来吞并了。网购平台也是这样——本来它定了个名字叫‘世界宝’。现在，这些都通称‘万国宝’。所以先澄清一点：现在我谈到的万国宝，不是指网购平台也不是从前的旺旺，专指我设计的人工智能翻译系统。到这个定义需要改变的时候，我会提醒你们。

“这个项目本来不应该存在。因为在2025年，古歌的人工智能翻译技术已经很成熟。集团内部开预研会，我的第一反应是：为什么还要自己发明轮子？把古歌翻译嵌进去不就行了吗？当时古歌的自然语言翻译产品除了古歌翻译，还有古歌数字助理、古歌双工。三个内核揉在一起再进行二次开发，恰好能满足我们的需求。这些产品的接口也非常友好。

"开完会我就明白为什么了。万国宝能够出生,还得感谢您。"他向国务卿点了点头,"那时美国商务部由您主持,认定古歌的自然语言人工智能是战略技术。可以让我们当用户,但不能嫁接在与美国企业竞争的阿理平台上。那个合作才谈了个意向,就被你砍掉了。我们只能另起炉灶。"

美国代表团的译员非常出色,几乎同时说完。国务卿毫不介意,也笑着点头。

"怎么做呢?还得用古歌的东西。因为那时候古歌的TensorFlow和JAX已经是成熟的深度学习开发平台,为自然语言AI提供了两种现成架构。我们用它搭好架子,搞自己的局部算法就行了。2027年我们的系统已经上线试运行。水平还真的不错,比古歌翻译公开版的正确率和拟人度还高一点。当时,我和古歌的朋友霍桑聊天,在背后笑话你。我说你砍了商务项目,但没法砍古歌的开放AI标准,这等于强行给我灌输美国技术思想的精华。霍桑说你不但让古歌少挣了钱,又逼着中国AI产业补短板,将来还不受限制,都是'开枪射自己的脚'。他已经过世了,我不妨告诉你。"

这次国务卿面无表情。张翰相当吃惊:什么时候图海川说话这么嚣张过?他现在脑浆温度是有多高?

"2027年的事你们应该还记得。阿理低估了关税问题和跨国物流的复杂。加上那时候世界很乱,各大市场的准入标准也被人为收紧了。整整一年,各国先争吵,再谈判,越谈越糊涂。'世界宝'上不了线,一拖就是十年,直到把自己的名字都拖没了。万国宝项目组倒是闲了下来。原先赶进度,有很多功夫没有做到位。从2028年开始可以坐下来慢慢改进、反复琢磨。但是,到年底我就撞上了墙。

"那时万国宝翻译网购平台的文字界面,几乎做到了完美。不仅是标准文字,一张商品图片上的中文它都可以立即识别、翻译、改图嵌入。麻烦出在真人交流,尤其是语音会话。当时困扰我的有三个大问题:第一,它搞不懂讽刺;第二,它无法处理很多种修辞,特别是隐喻和指代;第三,遇到语境决定语意的情况就犯蒙。

"前两个问题我用一个真实的内测例子说明。测试员作为中国卖家挂出了恐龙蛋化石商品,一个美国买家向他询问来源和真伪。中国卖家一番解释之后,美国买家说:‘Yeah right! I too have an ocean front in Nevada to sell you.’万国宝的翻译:‘真不错！我在内华达州有一套海景房，也可以卖给你。’中国卖家听了非常兴奋，催他下单，说下单之后大家可以聊房地产。”

听众已经笑倒了一片，译员们笑得尤其厉害。

图海川一本正经继续:“后来的万国宝是这样翻译的:‘老板实在！我有块地皮在中南海，你买不买？’在座的人类很容易理解，这才是美国买家的本意。那么我们和后来的万国宝有什么共同点？和以前的万国宝又有什么不同？我们知道内华达不靠海。我们起码经历过几百次别人说‘yeah right’的场合。后来的万国宝会把英语隐喻置换成类似的汉语隐喻，甚至使用类似的土鳖语气，就像各位译员刚才脑子里转的弯。

“当时我设想的解决方法是:把‘yeah right’之类的常用短语，以及后面那个土味浓厚的美国俗语，分别归入‘讽刺’和‘俗语’类型，各自用一个深度学习网络层处理。但这也不能完全解决问题——你架不住随时有人发明新俗语、新黑话。更架不住真的有人说‘yeah right’表示同意。这就是我刚才说的第三个问题:语境决定语意。这才是最广泛、最无解的问题。汉语中尤其严重，‘大胜’等于‘大败’之类，例子太多，我就不啰唆了。

“折腾几个月之后，我终于确认了一点:要想彻底解决这些问题，万国宝必须理解这个话题、理解说话和听话的人、理解这个世界。理解越多翻译越准确。

“当时我还没弄明白想要的是什么。项目组认为这是AI技术中的两个经典课题:知识系统和行为认知。我在文献堆里碰了一鼻子灰，最后还是霍桑一语惊醒梦中人。他告诉我，我想要的是**通用人工智能**。‘你要是真解决了所有自然语言的翻译，你就有了一个可以自己学习一切的智能。也就是解决所有智能问题的智能。也就是比人类大脑更像大脑的大脑。’这是他的原话。他劝我适可而止，因为古歌内部最前沿的自然语言项目也暂时不敢有这种野心。网购平台并不需要这种级别的自动翻译，人和AI总是互相适应的。真实的人在使用智能翻译时知道局限，不会那么贫嘴。他还吐槽，说那个美国买家设定是我的‘红脖子偏见’

在作怪。

“霍桑点醒了我，也刺激了我。万国宝的诞生，第二个应该感谢的人是他。一位伟大的工程师，伟大的朋友。2029年春节，我坐在家中从头开始考虑。不仅是手上的工作，还考虑自己整个事业的开头。

“我们这一代搞AI的，很多人都有共同的‘召唤时刻’：2016年阿尔法狗击败围棋世界冠军，夺走了人类智慧的荣耀。阿尔法狗赢下第五盘棋那天，我就选定了专业。也是从那天开始，AI圈子里有了个争议最大的问题：阿尔法狗到底会不会下围棋？看完网络直播之后，我不吃不睡思考这个问题，后来的十二年却从没想过。因为从那天起，我不下围棋了。

“这问题听起来很白痴。它把围棋大天才李世石和柯洁都灭了，还能不会下棋？但是学术界对待这个问题很严肃。我们换个问法：它‘脑子’里面理解围棋吗？

“我们先来看它是怎么下棋的。我给个最直白的描述：阿尔法狗先记下几百万盘人类对局，用概率工具统计人类棋手在各种局面下的落子选择，用来模仿。然后用另外两个概率工具统计某种局面有多大概率胜利，以及某一手有多大概率导致这种局面。然后它就开始用这三个工具自己跟自己下，不断推演计算下一步。我们知道，围棋可能的局面数量比宇宙中的原子还多。阿尔法狗那么强大的计算硬件也不可能暴力穷尽所有局面。所以还要有第四个工具，作为框架支撑前三个：含有随机猜测的搜索算法，用有限的计算量倒推搜索，搜出获胜概率最高的下一手。

“完了。就这么简单。搞AI的人给这些工具取了各种酷炫的名字，深度学习卷积网络、估值策略函数、蒙特卡洛树，等等。不是我们想蒙人。这些概率学工具，你没有相关专业博士学位就没法理解它们的道理和窍门。总得有个名字吧——但它们的实质就是这么简单粗暴。

“所以当时那些又懂点AI、又会下棋的人就不高兴了，比如说我。这不是下围棋，我们下棋时想的不是这些。我们脑子里是定式、外势、实地、死活、棋形、轻重、缓急等等，一座逻辑和直觉交织而成的宫殿，无限复杂，无限美丽。这个最精妙的游戏被阿尔法狗变成了反复掷骰子，只因为它的记忆力和计算力超过我们亿万倍。

“2029年春节，我坐下想了十分钟，就抽了自己一巴掌。十二年前太无知了！阿尔法狗当然会下棋！实际上，我们每个人开始学棋的时候下法都跟它相同。我们先看别人下棋。然后有样学样，把第一子下在角上，并不知道为什么。然后学‘金角银边草肚皮’。这就是最简单的估值函数。然后学定式。这是统计优化之后的模仿，概率已经被定式书预先计算过了。然后学死活，这是带分支树的自我应对推演。阿尔法狗用什么工具，我们就用什么工具。这就是围棋最本源的下法。

“那么，为什么我们后来就整出那么多花样，跟阿尔法狗完全不同呢？”

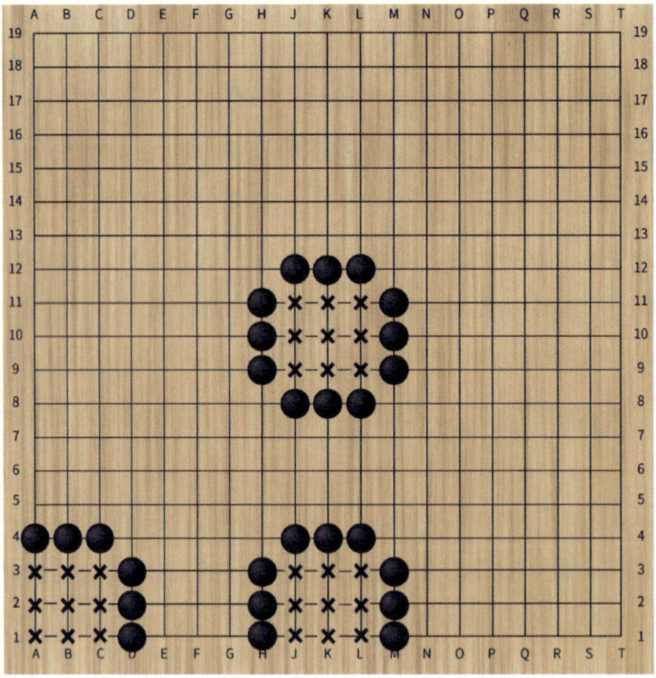


中华田园估值函数：“金角银边草肚皮”

听众的嗡嗡声变大了。技术代表们非常专注，政府代表们一脸茫然，日本和韩国代表团全体兴奋，译员们被一连串围棋术语整得死去活来。

靠讲台最近的加拿大代表团用的是华人译员。那译员灵机一动，全部换成国际象棋术语来翻译。当然是硬凑加胡编，代表们听得频频点头。图海川也听见了，冲他伸个大拇指。

“会下围棋的请举下手？”

不超过五十人。日本和韩国代表几乎是全体。

“会下国际象棋的请举手？”

举手起码多了五倍。

图海川想了想说：“那也不能将就你们。这个问题，围棋比象棋本质得多，因为它几乎没有人为价值规则。非得用它才能讲清楚。”

下面响起零星的嘘声。图海川讪笑着，跷起二郎腿喝水。

张翰一看他那满不在乎的屌样，斜靠椅背放松的身体，就知道“泥巴时刻”来了——就是朱越在泥巴里面做爱的状态。他手心顿时涌出一把汗。

“当然是因为我们太低能。”

图海川用空瓶子指着自己的脑袋：“这东西功率不到一百瓦，信息传输速度不到每秒一百米。阿尔法狗下一盘比赛，电费都要三千美元，传输速度是光速。我们发明了这个游戏，一开始和狗的玩法是一样的——本来就该这么玩嘛。然而只要稍稍入门，计算量上去了，我们的脑子就不够用了。要想玩下去，那就只能猛烈削减计算量。

“怎么削减呢？抽象，分类，一层又一层创造新概念，每个概念都把概率计算模糊化，把纯粹的逻辑和计算问题变成教条、经验和价值观。我们把无数种估值计算抽象成‘实地’和‘外势’，把无数种小局面分类成‘好形’和‘恶形’。阿尔法狗亿万次推演得出的下一手，我们用几个字的模糊教条代替，比如‘逢危需弃’。我们用‘美感’‘虚实’这种非逻辑语言描述围棋，因为我们说不清楚、算不过来。这些低能耗工具真的非常管用，李世石还赢过狗一盘！

“这一套玩法听起来很矬。下棋我们是永远下不过AI了。但是阿尔法狗只会下棋，其他什么也不会。东亚人说围棋是人类智能的桂冠，这是自吹自擂。下围棋是个很简单的智能行为，因为它规则非常简单，因素非常单纯。我们觉得它难是因为19路棋盘太大了，纯属自虐设计。从13路涨到19路，计算量指数暴增，我们又非要玩，就必须搞出这么多复杂的概念来简化它。而狗，因为有一把蛮力，简简单单就把它玩好了。从信息处理和概率学的角度来看，医生诊断病人，或者纯粹靠观察判断老婆有没有偷情，都比下围棋复杂亿万倍。这些事情，我们很多人都能做得很好——”

下面哄堂大笑，都在互相问图海川有没有老婆。

“——但是阿尔法狗就不行。绝对不行。作为一个AI，它非常原始。而我们的大脑是一部通用智能机器，它用它那一套工具和架构，可以对付任何事，解决任何智能问题。我看见同行们在打哈欠了。因为我刚才讲的都是AI研究的入门常识。为你们的领导着想，请再忍耐我一会儿。

“谁都知道大脑是唯一的通用智能机器。那我们为什么不造个人工大脑呢？这东西可不好造。因为它慢，为了解决问题就演化得极其复杂。20世纪后半段，有些AI研究者真的尝试过。一个小程序或者一个硬件单元代表一个神经元，让我们弄一大堆胡乱连起来，就叫神经网络！用海量数据训练它，看看它会不会变成大脑。

“当然没有。这些先辈，在业界叫作‘连接主义者’。他们几十年没做出什么成绩，在投资者当中名声臭了。后辈为了出成绩赶紧换方向，AI技术的玩法从连接变成了概率。阿尔法狗就是概率学AI的平型关战役，虽然体量很小，没搞定多少鬼子，却吹响了21世纪人工智能大进军的号角。因为它证明：我们只要操起这个武器去打，总有能打赢的时候。”

日本代表们听译员解释之后都在笑。

“为什么我会坐下来，从头考虑这些常识问题？因为我感觉概率学已经玩不动了。我的偶像杨立昆[①]在2017年就说他已经准备好放弃概率学。那时我还是个无知少年，觉得他在无病呻吟。到2029年，我比他更绝望。不是说概率学AI不行，它很厉害。古歌透镜、人脸识别、自动驾驶、智能辅助设计、诊断系统、智能测谎、无人机刺杀、战略防御智能，不久之前你们还用得很开心。这些都是概率学AI的成果。当代流行的AI中，最差劲的是智能教育系统，教书的AI假装教，上课的学生假装学。最可笑的是AI明星，猴子穿个龙袍就敢去演皇帝。这两个失败都情有可原：在我看来，当个好老师是人类最高智力成就，而表演别人是人类最狡诈的智能行为。这些短板还不算严重。真正严重的是：概率学AI看来永远达不到我的目标——通用人工智能。

"于是我反复思考那个唯一的通用智能，越想越气愤。它凭什么那么简单却那么厉害啊？"

国务卿不举手直接站起来："简单？你不是刚说它极其复杂、无法制造吗？"

"它长得极其复杂，运作的原理却非常简单。跟概率学AI正好相反。我们用概率学AI解决一个问题，构造框架简单明了，但具体实现要做非常复杂的设计、计算和测试。其中有些部分纯粹靠反复碰运气，碰到正确答案为止。为什么正确我们都不知道。而且无法移植，能解决人脸识别的AI设计遇到翻译问题马上废掉，几乎是从头做起。也就是说，我们没有一个关于智能的整体解决方案，都是具体问题各自为战。大脑是一个明摆着的整体解决方案。大脑神经元不懂任何算术，更别说概率学，执行的操作就那么两下，组成的一个庞大网络却能解决一切问题。"

"哦？我听过的科学家，都说大脑的运作原理无比复杂。你却说简单？那么简单的话，能分享一下吗？"

"刚才我讲人怎么下棋的时候，已经说过了：记录，模式抽象，分类，层层创造新概念，把记下的模式用来预测。完了。"

国务卿一时摸不着头脑。图海川挥手让他坐下。戈德曼坐在旁边不动如山，

① 杨立昆（Yann LeCun），美国人工智能学家，深度学习的创始人之一，被誉为"卷积网络之父"。

根本当他不存在。

“同行们注意！下面是你们不知道的，或者不愿意承认的。连接主义者很不幸。他们的直觉其实是对的，但生活在20世纪，生物学和认知神经学都太落后，根本不懂大脑。我们先来看看大脑到底怎么工作。

“我们的计算机程序，数据结构非常复杂，大学时数据结构基础就要学一年。古歌推出的AI数据标准，光是‘张量’一个结构就能把有些专业人士打晕。而大脑呢？它只传输一种信号：神经电位冲动。它只存储一种数据：组合序列。

“我们的感官接收很多种信号：视觉接收电磁波，听觉接收声波，还有压力、惯性方向、热量转移速率、无数种化学分子，气溶和水溶分子接收体系还不一样……大脑可不像计算机，为每种信号规定一种格式。大脑在神经系统的边界层就把它们全都转换成神经元冲动，在内部全都存储为组合序列。所谓冲动，就是一个神经元以电位形式兴奋起来，并把兴奋传给连着它的另一个神经元。每个冲动本身都是一模一样的，区别只在于从谁传给谁。所谓组合，就是哪些神经元一起兴奋。所谓序列，就是不同组合兴奋的先后顺序。这就是大脑唯一的数据形式，大脑用它解决所有问题。它完全依托于神经元之间的网络存在，没有连接就没有数据。所有写过程序的人，请你们仔细品品这种数据结构。多简洁，多优美！

“我们每时每刻都在接收海量的感官信息。视网膜感光细胞就有几百万个，看电影时每秒激励十次左右，已经赶不上电影每秒几十帧的刷新率。虽然大脑有上千亿个神经元，也不可能存下这么多组合序列。这跟下围棋不可能计算穷尽是一个道理。于是大脑使出第二招：模式抽象。

“假设你在看书。印刷文字反射的光线投在你的视网膜上，感光细胞开始一群群激励，向大脑中连着的神经元发送冲动。有些冲动的组合序列代表受激励的感光细胞直线排列，大脑把它抽象为‘直线’，在上一层用一个或者几个细胞的组合代表。同样的方法也产生‘弧线’这样的抽象。几个‘直线’和‘弧线’的特定序列组合，在更上一层抽象为字母h。几个不同字母的组合序列，在更上一层抽象为单词horse。记录horse的组合序列，会跟另外一些早已存在的序列连接起来——比如你听见这个单词的读音产生的序列，那是耳朵接收音频转换生成的序列。

“所谓连接，就是共同激励，你一兴奋我就兴奋。英国和美国口音horse的念法不同，男人和女人的声音频率也差得远。但是没有关系，它们跟视觉产生的单词序列都连在一起，还跟你曾经看见一匹马的视觉图像序列连在一起。除了英文你还会说中文。那么，mǎ的发音跟horse天差地远，在你大脑中两个代表不同音频的序列仍然连在一起。这几个序列彼此全部连通，那么就会再次向上层细胞抽象。在这一层，‘马’已经甩掉了黑毛还是白毛、听觉还是视觉、文字还是图像、中文还是英文这些不必要信息，成为一个真正的概念，用一个特定神经元组合记下来。我们可以叫它‘马细胞’。那么以后你不管通过哪种感官接收到关于‘马’的信息，甚至闭上眼自己想一下，马细胞都会兴奋起来。

“它还会跟大脑中许许多多其他概念连起来。比如另有一个‘牛’的概念。这两个东西的组合序列会很相似，因为抽象出它们的下层序列和关联概念，很多都是重合的。比如四条腿，比如都能被人驯养。大脑会发觉这两个组合序列相似，虽然不清楚该叫什么，先连起来再说。以后你再听到‘家畜’这个说法，更高一层的概念名字就取好了，新的存储组合也生成了，以后认识的猪和羊都连到这里。这就是大脑的第三招：分类。这种层层抽象还会向上延伸，比如生成‘动物’的概念。

“组合序列记录、模式抽象、分类。大脑就靠这三招，在内部建立了一个世界模型。如果这个模型是一座大厦，我刚才描述的局部就比一块砖还小。然而，整个大厦都是用这种机制建成的。这个世界模型的物理位置在大脑皮层，仅仅用了六层细胞，大概一千亿个。我们遇到的每一个需要智能解决的问题，大脑都在建好的世界模型中推演，就像棋手先推演下面几步，再落子。这叫预测。或者根据新的信息，先在世界模型中增添新组件，和旧组件建立连接，再来推演。这就叫学习，或者叫记忆加预测。

“做AI的人都有共识：**智能的本质就是记忆加预测**。我们头颅里面这个记忆-

预测模型，有些人大，有些人小，所有人都有不同程度的歪曲。但大脑解决所有问题都是把它放在整个世界模型中运行。这样来看大脑，它不是通用智能才怪！”

没有一个人说话，没有一个人的眼睛离开图海川的脸。只有一些小国代表受不了自己的译员了，用耳机连上公共翻译。

“一个小巧、简洁、通用的世界模型。听起来就能把人迷死。想制造大脑的人远远不止我一个，古往今来太多了。为什么他们都失败了？我们再回头来看看连接主义者，在我之前最近的尝试。

“他们的直觉其实是对的。分布式网络，单元最简行为，海量输入数据施加压力，让网络自己学习、生长、演化。这些都是构造大脑的基本原则。世上最复杂的东西都是长出来的，而不是设计出来的。也不要以为‘连接主义’在AI界成了贬义词，它就死掉了。当今主流的AI技术，机器学习或者深度学习，它们的内核还是这些原则。只是设计使用的数学工具先进了无数倍，再加上不声张而已。就连‘深度学习’这个词，当初都是神经网络技术为了躲开业界鄙视而取的化名。你最多能听见他们说‘黑箱卷积’或者‘玄学调参’。

“既然原理相同，那为什么从前的连接主义者尸横遍野，当代偷师了连接主义的概率学AI仍然看不到大脑的尾灯？原因只有一个：大脑比它们先出发——大概五亿年。

“大脑的世界模型不是从你出生开始构建的。只有最顶层很少的一部分才跟出生后的学习有关。下面占多数的底层，组合序列早已建好，预测模型早已完美，数据庞大到不可思议，连接复杂到不可思议，都是你继承的遗产。这些部分很多跟你的身体有关，更多的与外部世界有关。随便挑出一个局部，都能让顶尖的概率学AI汗颜。

“我们挑个简单的：皮肤上的压力感受器。你刚出生，它就对外部世界无师自通。给它个尖锐而快速的压力——痛觉，模型预测是荆棘或者爪牙，对策是不经过意识反应直接缩开，越快越好。给它个点状分散、轻微而移动的压力——痒觉，模型预测是昆虫或者腐蚀性物质，对策是没手的去树上蹭，有手就用手挠。给它个宽广、稳定而柔和的压力，模型预测是爱抚，对策是通知某个腺体分泌神经递质，神经递质促进一大片预先编好的组合序列兴奋起来，让你觉得爽，还会启动一整套社交行为。比如四脚朝天亮出肚皮，或者放开奶头笑一下，或者呻吟两声鼓励他继续。”

听众们一直屏息静气，这时突然爆出一片喝彩与掌声。图海川绝望地想：幸亏加的料够多。

“这么庞大复杂的底层模型，当然也是一点点学习外部世界学出来的。不是我们自己，是五亿年间每一个直系祖先。学习方法是世界让神经建模不行的早点去死，或者终身破不了处，那些就不是我们的祖先。建模够快、够准确的才有资格做祖先。它们把整体建模的菜谱刻在基因组当中传给我们——菜谱，不是蓝图！也就是说，每个人头颅中的世界模型刚一出生，对世界的学习就已经持续了五亿年。所以它才会长得那么复杂。

“而连接主义者呢？他们输在起跑线上。人工神经网络从一无所有的白纸开始。不仅节点和连接数量没法跟大脑比，探索阶段的学习数据摄入量，几张打印纸就可以抄完。我说过，他们的原则没有问题。也许让他们搞上一千年，人工神经网络能赶上大脑的水平。毕竟人类操纵演化比自然快得多，看看狗就知道——真正的狗，不是阿尔法狗。但是现代社会不可能等你一千年。阿理集团放手让我玩了十年，已经是理解与慷慨的巅峰了。”

孤零零一只手举起。这是一位小国代表。

“图博士，您的智能学讲座精彩绝伦。但是为国际社会的团结考虑，能否请你不要把演化论这样充满争议的学说带进来呢？我相信我们今天是来达成共识的，不是来争吵的。”

“谢谢您的夸奖，主教大人。这次会议开三天，就算今天我们不争吵，明天后天也一定会。还有，如果您无法接受任何一种包含演化论的表述，那么再听我讲半小时，您会发现我们全体坐上了高速列车，直奔地狱。”

主教似乎被吓住了。他刚坐下，英国技术代表杰米斯爵士又举起了手。

“非常感谢你给同行上的生物课。请问你是生物学家吗？或者神经学家？或者有医科学位？”

“都不是。但2029年上班的第一个月，我的团队就招募了四位顶尖的认知神经学家。其中一位是你的剑桥校友，你们认识。接下去两年我就差跟他们睡觉了。”

爵士笑着说声“真有钱”就坐下了。他身边的嘉德接过来：“也就是说你还是个外行。请问这里有专业人士吗？他刚才说的是权威理论，还是华丽的想象？还有，这些跟我们今天的主题真的有关吗？”

会场安静了片刻。

瑞士代表团一位女士犹豫着站起来：“我在海德堡大学教过二十年神经生理学，也许能给个参考。图博士刚才讲的，原则上很准确。只是……省略了很多细节，经过高度抽象。我刚才听起来也像是才明白。”

图海川向她鞠了一躬：“谢谢您证明我的大脑还在正常工作。嘉德女士，我向你担保，刚才这些问题关系重大。因为下面我就要讲为什么别人造不出来，我却造出来了。

“当今的概率学AI做法很精明。他们不去妄想整个世界的数据，而是专攻非常狭窄、非常单纯的某个点。比如规则简单到极致的围棋。阿尔法狗上手先看几百万张棋谱，这比任何人加上他的所有祖先能下的棋还要多得多。所以人永远下不过狗了，这样看没有任何意外。课题稍微宽泛一点，概率学AI的吃力程度就指数上升。因为它的架构原则就不是为复杂数据准备的，缺乏通用潜力，更没有几亿年累积的世界模型。比如人脸识别，AI最成功的领域之一。从上个世纪开始搞了八十年左右，投入不计其数的智慧、金钱和算力，计算过上百亿张脸，现在AI终于超过人了。还不是完全超越，抗干扰能力和跨年龄识别还远远比不上。大脑呢？刚才那个吃奶的婴儿就会识别人脸。等他八十岁的时候，还能识别八岁时见过的脸！

“正是这样成功的例子，让我在2029年接近完全绝望。这个世界太大、太复杂，数据量无限。我们用概率学AI攻克人脸识别这样一个小小的领域都需要八十年的消耗战，什么时候才能建成一个世界模型？”

图海川的声音变低了，眼睛不再看听众，坐在那里更像自言自语。听众们全神贯注，跟着浸入2029年那颗独自沉思的大脑之中。

“我想不起是从哪天开始，意识到互联网的结构和大脑极其相似。分布式网络，不是设计的而是生长的，自然适应物质世界环境，自然分层，自然分区，底层节点连接着无数感官，接受无数种信息，被这些信息塑造，继续生长。它就在那里。我可能一直都知道。

“但是互联网极端复杂的数据结构和通信协议蒙蔽了我的眼睛，让我不敢向那扇门迈出一步。门后面的东西太庞大、太复杂，而我想要的是简化——直到我认识王招弟博士。万国宝的诞生，第三位需要感谢的人是她。如果说我是一个大号反应池，乱七八糟的东西都腌在里面慢慢发酵，王博士就是一道闪电，瞬间点燃所有反应。”

礼堂中每一双眼睛都转向第六排。王招弟面不改色，仿佛说的是别人。张翰在她旁边，倒被闪得埋头打了个喷嚏。

“我面试她用了二十五分钟。那时我准备的一堆问题才问到三分之一，问她为什么对自然语言翻译AI感兴趣。她答道:‘语言是头脑之间的通信协议。一百年前世界人民离得很远，各说各的，也就罢了。现在有了互联网，大家直接交谈。但自然语言太多，协议太乱接口太差，白瞎了互联网统一的基础协议。难道不该改进一下吗？’

“面试马上结束。王博士成了我的合作伙伴。我送她出门之后，一个人在走廊里来回横跳。这个面试让我突然明白了，万国宝项目到底站在什么位置上。互联网真正的神经元是人，是几十亿颗大脑！他们已经演化了几百万年，所有底层构建齐备！互联网本身演化了将近一百年，但它的速度比自然演化快千万倍！

它就在那里，数据饱胀得无法理解，通信密集得快要爆炸，只等出现一个机制，向上简化！而万国宝，如果按我的想法做成了，就是那统一的数据结构，统一的协议！以前吓倒我的那些复杂细节，现在看来无关痛痒。它和大脑一样，需要的只是连接。统一定义、可以抽象、可以产生概念的连接。这不就是语言吗？霍桑说得再准确不过：我想造一颗大脑，所有大脑组网形成的大脑，比我们更高一层的智能，互联网的灵魂。所有条件已经准备好了。”

张翰经历了周克渊的当头棒喝，今天已经不再震惊。他左看右看听众的神情，猜想那天自己像谁。

“声明一点：2029年的我太过狂妄，没有看清整个局面。今天的世界是这个样子，证明我只对了一半。还有一条路可以走通，建立在概率学AI基础上的道路。究竟是怎么走通的，我到今天也不太明白。我讲完之后，希望戈德曼博士可以教我们。”

戈德曼进入会场以来一言不发。现在他置身于炉火之上，终于站起来。

“你刚才讲的前半段，我想打瞌睡；后半段，我想回去把你的雕像摆在书桌上。如果我说‘我没有什么可以教的’，你还会继续教我们吗？”

“中国邀请各位远道而来，不是来听我半途而废的。”

“很好。我没有什么可以不教给各位的。”

会场响起低低的笑声。

戈德曼紧盯着图海川：“2029年的你，不能叫狂妄。是恰到好处的智慧给了你信心，恰到好处的无知给了你勇气。如果霍桑把你拉进了古歌，或者稍微向你透露另一条路可能怎么走，我相信你不会有胆量自己找路，还干了这么大一票。霍桑这老家伙，有用和没用也都恰到好处。”

图海川想了想说：“很可能。然而我这些想法不是什么独家秘方。核心原理也是一位美国前辈教给我的。”

国务卿和兰道同时出声：“谁？！”

“杰夫·霍金斯。2004年他写了一本书：《论智能》，公开出版[1]。我刚才讲的大部分原则和对大脑智能的理解，都从这本书而来。”

美国代表们都转脸看着戈德曼。他点了点头，小声嘀咕：“谁知道杰夫蒙对了呢？”

图海川有点惊奇：“你们不认识他吗？他可是最早做掌上电脑的人！国务卿先生，今天我带了作者签名的《论智能》初版，可以送给你。”

他真的从文件袋中掏出一本翻得毛茸茸的蓝皮简装书，举在空中。

“谢谢不用。我想读的书都自己买。”

前三排的人反应极快，一大片手马上举起来。图海川扔过去，一位幸运的译员抢到了。

张翰在王招弟耳边说：“活久见，图老师居然有摇滚明星范儿！是你教他的？”

王招弟笑而不答。

礼堂中热闹了一阵。两位AI大师互相抬轿虽然肉麻，各国代表听着都暗自宽慰。看来，两国也不是注定要干一票大的。

“我们立即开始工作。以前的成果完全推翻，从基础架构重新开始。这些工作非常艰巨，也非常琐碎，今天没有时间介绍完，我举几个底层和高层的例子。第一个决策是首先‘无监督学习’：绝不给它词典。准许它连接人类编写的词典是七年之后的事了。在那之前，我们已经悄悄用它帮助修订了《新华字典》2036版。”

张翰听见后排中国随员中有人嘀咕：“我说干吗那么急出新版……”

“开头两年我们的进步非常慢。我采纳王博士的建议，从语音而不是文字开始。一个单音节汉字‘人’，为了让万国宝网络对所有真人发音产生自发连接，用了整整一年！男女老少，普通话的rén，吴语的nin，四川话的zen，粤语的

①《论智能》（*On Intelligence*, Jeff Hawkins），中文版为《人工智能的未来》，2006年出版。

yaen……训练它的方法，仍然是概率学AI那一套：把真人说话的语境数字化，用大规模统计来建立概率连接。我们的新设计并不排斥概率学AI方法，只是把它限制在感官接口和底层连接实现上。自然演化需要千万年实现的东西，我们摘了同行的果子。

“跨语种时，第一选择当然是英语。原以为会更慢，没想到只用了二十分之一的时间。事后想来这是必然的：万国宝把汉语中各种‘人’的发音连起来之后，已经向上抽象了一层。在那里，它有了一个概念，虽然它还无法用其他词语表述。但摸到英语时它很快发现下面连接的都是类似的语境，于是在上面那一层直接建立连接！语法对它来说根本不存在，它对‘相似’或者‘同义’的判断，根据来源于底层的底层：真实世界。

“从语言到文字的连接更是快得出乎意料。我终于明白了王博士的直觉：文字本身就是符号化的、经过抽象的语音。它介于我们定义的第一层和第二层之间，不能用来打地基。然而，我们在头一年咬牙磨出来的原始连接，被文字插在中间双向传导，整个概念网络的扩展速度提高了一个数量级。

“2032年，团队全体放大假，王博士带我们去语言学家的天堂——新几内亚玩。在岛上，当地的土著和她又给了我几道闪电。

“第一道是和土著强行交谈时被闪到的。我和土著一对一，两个人连说带比，半天也没什么进展。比如我指着自己说‘我’，他怎么知道我的意思是人称代词，是名字，是‘你的主人’，还是‘文明的灯塔’？然而双方三对三，效率立即提高几十倍。我可以指一圈：‘我’‘你’‘他’‘她’‘他们’。这样一搞，双方还立即明白了汉语第三人称只有单数复数，而土著语有单数、双数和三数。在这之前，我们出于谨慎，真人实验网络规模都比较小。回国后我就大肆扩张，寻找一切机会让万国宝吸收大人群的数据。最狠的一招是单向连接了全国中学生用来学英语的手机AI。那个AI本身很差，但它的原始语料数据无价，每天十八小时不限量供应。

“在岛上王博士就笑话我：人群网络越大，两种语言自然通译越快。这是语言学的ABC，我怎么捡着当宝贝？但我也有她没注意到的领悟：那根用来指人的手指。

“回去之后，我招了一组人研究TensorFlow上古歌透镜模式识别的内核架构，把它做成标准附件，强制万国宝连接语言时用这个识别器同时处理情景中的图像和视频。网购平台本身还有个常备手指：当前宝贝——Sorry，当前商品。现在除了语境匹配，加上了数据量大得多的情景匹配。我们又摘了果子，网络向上生长的效率又提高了几十倍……”

技术代表们哗然，似乎都瞬间打通了任督二脉。国务卿脸上见汗，瞟了戈德曼一眼，奇怪这种人为什么没有早点死绝。

“最后、最大的一道闪电，还是王博士炸出来的。各位第一次听说她的大名，多半是因为新王码。后来新王码被……边缘化了。2029年她重开老课题，没有经费，才需要找工作。她的精力在项目组用不完，老课题进展也很大：人类语言的隐喻体系。论文我就不背诵了。总之，我躺在岛上读，突然明白了大脑的另一个秘密。显而易见的秘密，但是当年霍金斯都没反应过来。

“**类比是大脑网络构建的基本形式**。前面我们说了，大脑的统一数据格式是组合序列。它怎么知道把谁跟谁横向连起来？结构相似的就连起来啊！相似的细胞组合，相似的神经冲动发生序列。隐喻是语言生长的基本形式。美国人吸毒吸高兴了，中国人喝酒喝高兴了，都叫‘high’或者‘高了’。这是方位隐喻，以百万年前就有的方位概念派生而来。英语把银行叫bank，所以把货币叫currency，把存钱叫deposit[①]。这是连贯隐喻，以一组事物的机理构建另外一组。比喻是每个人的第一修辞手段，已经从底层的无意识上升为有意识。我们用类比思考，用隐喻扩展概念和语言，再倒过来用语言塑造大脑。

“我们对相似、类比、隐喻的依赖深入骨髓，它们统治我们每一种思维活动、每一种智力表现。我们不喜欢跟已知世界模型完全相同的信息，那叫重复，大脑的反应是厌倦、疲劳；我们也不喜欢完全找不到模板的信息，那叫陌生，大脑的反应是迷惑、恐惧。我们热爱的是相似：大部分相同，让大脑轻松理解；有一点区别，

① bank的原意是“堤坝”，currency的原意是“水流”，deposit的原意是“沉淀”。

让连接再次延伸。这一点区别，就像DNA复制中的误差，就像生物每一代的变异，是我们智慧的根本、创造力的源泉、上升的原动力。

“为什么我们都热爱音乐？音乐就是节奏序列大体相同，频率序列大体相似，但每一段、每一阶稍有变化。大脑最享受的体操，全员起舞。不信你把八度音阶的频率稍微改一点，不是前一阶的正好两倍，听听有多难受。为什么我们觉得美人的脸美？以前统计的学者说是因为对称，只说对一半。不信你找张美人图，把任意半边脸对折过去合成，看它怪不怪。大脑认为在对称的基础上稍有变化最美。过分对称的美女，都知道给自己插上一朵鬓边花，点上一颗美人痣！”

礼堂的空气中充满电荷。一重又一重的隐喻，一波又一波的类比，穿透已知和未知的壁垒。**一颗大脑在解释自身。**诡异的递归行为变成汹涌的智力喷发，所有听众都吓到了。没人忍心鼓掌打断他，没人敢出声把他拉回议程的方向。

“在座诸位，很多是人类中最有创造力的。你们问问自己：你最得意的创造，所有的创造，是从头做起全新的套路，还是把已有的东西、前人的智慧研究透彻，把成功的模式抄下来，把其他领域的精华构造搬过来，然后改变那关键的一点，试一试？戈德曼博士，质粒网为什么叫质粒网？”

戈德曼慎重考虑了半分钟，答道：“你既然问，就已经知道了。该我的时候保证解释清楚。请继续，你最好一直讲到吃晚饭。”

“这道大闪电有两个实际后果。首先我用它来反驳王博士。先前讲那个卖恐龙蛋的翻译时，我看见好几个译员朋友皱眉头。因为万国宝后来的翻译虽然正确，在翻译界叫作‘本地化意译’，但很多高水平翻译都认为它很庸俗，起不到文化交流效果，原始信息的丢失率也高。王博士就是水平最高的翻译。她的意见让项目组对万国宝翻译的评估标准迟迟定不下来。从新几内亚回来，我用她的理论说服了她。

“每个大脑，最顶层部分都是被自己的语言、自己的文化塑造。还不只是你，也包括你祖先的语言体验。说不同语言的大脑，顶层网络结构和连接细节都有很大差异，比很多人类学家想象的大得多。那么一个大脑要和另一个大脑顺畅交流，要么本地化意译，实质就是大量运用类比；要么学通对方的语言和文化，使用同一种语言，也就是部分重塑大脑！没有中间道路。丢包总比乱码好。文化交流不是我们的任务，我们要的是连接、向上生长、连接！

“这个标准一旦确定，第二个实际后果非常关键。万国宝网络向上的连接构建，刚开始我们用概率学AI的方法推动。第一层没问题，到第二层再向上就很难推动了，因为第二层已经开始抽象。越往上抽象度越高，概率学AI的原始数据统计方法越发失效。2032年，我们明确了模式类比是唯一的途径，就要为它寻找生长原动力。我在新几内亚的时候已经有个主意，很野，自己都吓得不敢说。回去和各位认知神经学家讨论了半年。

“大脑不是一部纯粹的逻辑机器。有人把它比作‘泡在化学反应缸里的一堆接线开关’，很形象。它确实只有连接数据，但这些连接谁开谁关、谁强谁弱、整体网络向哪个方向生长，是由生物的利害关系决定的，信息媒介是生物化学。外面的世界与人互动，利害关系通过化学信号影响大脑连接，塑造适应行为。这些信号是激素和神经递质，在人身上表现为感性。化学信号网是自然演化出智能的1.0方案，早在神经网络成形之前就运行很久了。

“万国宝建立事物和语言的基础连接已经很厉害，但它缺乏不断向上、理性抽象的原动力。我们边讨论边实验，折腾了半年，最终只能承认**产生理性的原动力是感性**。这就是为什么我刚才那么激动，满嘴厌倦、疲劳、迷惑、恐惧、热爱、享受、恶心、美！2033年，我们动手开发新的组件，识别语言本身和环境中的用户情绪，模拟神经递质来增强或抑制连接，塑造模式……”

台下的人工智能专家们顿时闹开了锅。

先前不管旁人如何惊叹，戈德曼都云淡风轻，风度完美。这一刻他腾身跳起，嗓门压过整个礼堂的人。

“你太疯狂了！太反动了！过去四十年，互联网是怎么掉进激素的深渊，你瞎了吗？没看见吗？”

“看见了。”

“那你还这么干？”

“舍此之外，无法生长。感性与理性，是通用智能的一体两面。意味着环境、生命和智能三者连续统一，不可分割。所以我们以前造的无生命智能都很蹩脚。我敢肯定，你的纯粹理性路线，成功之时还是全套生命特征，还是会显露另一面。你应该已经发现了。”

“即使发现也晚了。但你从一开始就明白！我们在古歌有句箴言：**不作恶**！”

“第一，我不是古歌的。第二，你们做的事，不是一直对得起这句话。第三，谁说引入感性就是邪恶？”

“那是兽性！”

“那你把纯粹理性叫什么？”

“神性！”

“古歌——我不是指你们公司——这段时间干了什么？北美死多少人了？你觉得算不算邪恶？”

“那是因为它不纯洁！”

国务卿和兰道脸色大变。北美切割是谁干的好事，现在全世界都这么猜，但美国官方从来没承认过。

“看看，你这样排斥兽性，照你的思路长出来的东西仍然不可避免。那我为什么不能认命，承认神兽一体，诚实接受所有智慧生命的两面？”

“神兽一体”，美国代表团的翻译连换了三个版本，自己都摇着头不满意。戈德曼脸红筋胀想了想，突然觉得自己带翻译，图海川不带，这样吵起来太吃亏。

他干脆坐下：“你疯得很有体系。继续！”

图海川还没开口，先前那位教过书的女士愤然起立：“那你们为什么一定要做啊？不做不行吗？”

所有技术代表像看怪物一样看着她。所有政府代表像看小孩一样看着她。

图海川说：“我不做，他们也会做。所以我还不如做。”

戈德曼问："你真是瑞士人？山就在那里，你说不爬？"

"神经递质怎样模拟，项目组刘博士想出了绝妙的方案。但是情绪识别我们可没搞过。还好，JAX平台[①]上也共享了'古歌共情'的核心架构，让我们事半功倍……"

大家都不厚道地笑了，包括兰道中将。戈德曼歪在座位上，边笑边骂，余音绕梁。

"Fuck you!"

"模式类比获得动力之后，万国宝的上层连接和横向连接开始迅猛增长。人类大脑皮层，结构上有六层细胞，逻辑上的极限可能有十几层。2036年，万国宝网络的概念抽象普遍突破了十层，最复杂的部分有多少层，我们也数不清了。我们核心的几个人已经明白它是货真价实的生命，非常聪明。是不是比我们高一个层面的通用智能，那时还不敢去想。因为这种事件有点大，生命史上只发生过两三次。我们当时关注的是初始目标：这个翻译智能，有没有超过最高水平的人类翻译？我们做了很多测试，发现诗歌翻译标准最高。有些诗句人类永远搞不定，它也永远搞不定。'诗无达诂'，有时连本国语言都翻译不好！这让我们有点失望，又有点虚假的安全感——直到2037年4月30日。

"那天，我们跟往常一样乱抓中英文现代诗做测试，王博士和剑桥哥负责鉴定。有人突然看见窗外刚修的别墅区搞了个巨幅海报，上面有一首怪怪的诗。杭州研究院外面是西溪湿地。这首卖楼诗本来就是改的名篇，改得虽然不怎样，楼盘确实高端，飞桥流水，环境非常梦幻。"

图海川难得在背后屏幕放出了照片，自己还念了一遍。

① JAX是古歌寄予厚望的开放式人工智能开发框架，主要支持机器学习技术。JAX也是古歌对TensorFlow的改进升级。

你站在桥上看风景
看风景的人在桥下看你
自然装点你的生活
你装点了别人的梦[①]

“他们测名句测得无聊了，叫我拿这个试试。我念了一遍，万国宝的翻译很平庸，及格水准。王博士突然说：‘你住那么大房子，怎么可能读出味道？’于是我们把小龚叫进来。她是刚来做内勤的年轻女孩子，在杭州还看不到买房的希望。我们让她远远望着楼盘和海报，酝酿一阵，放飞自己朗诵出来。”

图海川朗诵了万国宝的第二遍翻译。

Over the bridge you crave the view
under the bridge a viewer craved you
Nature made the centerpiece of your realm
and you, the centerpiece of someone's dream

所有英语娴熟的听众齐声赞叹。其中懂汉语的，刚才完全无感，现在越发惊异。只有各位可怜的译员，虽然早知道下场，脸上都是生无可恋。

“是的，点石成金了。那天之后，我们不能再抵赖下去。它不仅是个比人类更强的翻译，还是个洞察人心的诗人。”

---

① 原版是卞之琳的名篇《断章》：你站在桥上看风景，看风景人在楼上看你。明月装饰了你的窗子，你装饰了别人的梦。

# 25 春季运动会

戈德曼那一声“Fuck you”没有冒犯到任何人，大家都认为这是最高强度的赞赏。

然而赞过之后，会场气氛明显不对了。代表们放纵了许多，纷纷交头接耳，不同国家的人在私下辩论，台上台下的往来也热烈起来。图海川每讲几分钟，台下便飞起一阵喝彩、追问或诘难。

这感觉张翰似曾相识：很像万国宝放手大干那天，成都记录部情绪失控的状态。他神经兮兮地看了一圈会场设备。如果这里都无法隔绝，世上就没有安全的地方了。

图海川讲到万国宝在成都监控中心初次接触时，戈德曼和杰米斯极度兴奋，连声请求他播放视频。这时国务卿终于回过神来。

“等等！请你再讲一遍万国宝失控跟布鲁塞尔协议的关系。”

图海川又讲了一遍。

“也就是说，中国AI失控是中国和欧盟的共同责任。其中你的责任最大，因为你最清楚放弃安全密钥的后果。”

会场顿时安静下来。

“是的。”图海川简单回答。

“你这是官方立场吗？”

“我代表我自己说话，万国宝的创造者。”

“如果你说话算不了数，浪费大家的时间长篇大论有什么意义呢？”

图海川看了外交部部长一眼，马上答道：“OK，现在我换成官方立场。中国AI失控的责任80%在我，对安全密钥的重要性没有坚持到底。20%在欧盟，对数据隐私的追求让他们对安全隐患视而不见。美国AI失控的责任100%在美国，失控在中国AI之前，而且打响了AI战争的第一枪。”

“你有什么证据指控美国？”

“这不是法庭，我没有指控。我只是陈述自己理解的事实。对美国AI事实最清楚的当然是戈德曼博士。可能你都比我更清楚。然而戈德曼博士还没有讲。”

“所以你没有根据。”

“所以你追究责任太早了。至少等他讲完吧？”

“议程规定你必须回答问题，你拒绝吗？”

“我回答你了啊？ 80，20，100。”

“但我们现在讨论的是中国AI，没人问你美国有什么责任。”

图海川提高音量：“有人想知道吗？”起码二十只手举了起来。

“但是你说的都没有证据。”

“……”

“……”

各国代表哭笑不得，听着世界头号AI专家和头号外交官循环抬杠，双方技巧还不如街头顽童。戈德曼急着想看视频，火冒三丈，但自己也不好开口。他横了一眼欧盟理事会秘书长蒙克。蒙克是峰会执行主席，图海川开讲以来他没说过一句话。现在仍然不说。

五分钟之后，国务卿的口水终于说干了，悻悻坐下。嘉德女士立即站起来。

“你凭什么把它叫作美国AI？全世界的人都不知道另一个AI是什么，甚至都不能证明它存在！”

四周一片嘘声。

图海川招呼大家安静：“这是一个好问题。我这么称呼它没有别的意思，绝不强调国籍或责任，只是跟‘中国AI’对称。”

“谁不知道万国宝是中国的？如果我直接叫它万国宝呢？”

“那美国AI就叫古歌。戈德曼博士你反对吗？”

“不反对！有区别吗？我们能不能回到正题？”

嘉德更来劲了：“古歌现在并不是一家公司。你是指北美古歌、欧洲古歌还是百方？百方有一半也算中国的，对吧？”

“对。如果按现状计算，古歌AI的组件实体全部在北美。如果按双方开战之前的状态计算，古歌组件大约是53%美国成分，5%中国成分，42%在其他国家，主要是欧洲。你喜欢按哪一个算？”

“当然是开战前！如果像你所说，万国宝抢走了古歌在北美之外的组件，古歌就是受害者，怎么能按开战之后的状态定性呢？”

“好吧。开战前，万国宝的组件19%是中国的，5%是美国的，76%是其他国家的。另外，请不要随便定性。AI之间开战的原因我们还不清楚，说不清谁是受害者，也许这个人类概念并不适用。据我们所知，是古歌首先开火。”

“你是责任人，你的证词——”

戈德曼终于爆发了：“这不是国际法庭！也不是你妈的上议院听证会！！今天不是！你们明天再撕逼可以吗？下面是怎么回事你们不想听吗？我还等着上台呢！”

会场中人人侧目，一时鸦雀无声。英美两国代表团特别震惊，国务卿沉下脸看着兰道，兰道盯着礼堂壮丽的穹顶，杰米斯尴尬癌发作了。

张翰在王招弟耳边嘀咕：“戈德曼怎么回事？”

“你不要把他看成美国人。他可是‘达沃斯第一公民’。他和美国总统，说不清楚谁是老板呢。”

“啊?！夸张了吧？”

“别拿中国思维去套美国政治。就说美国政治，有句老话听过吗？‘民主党人追随激情，共和党人保持队形’。现在民主党也保持队形了，所以戈德曼不是民主党。他的身家和圈子，足够一辈子追随激情。”

图海川打破了僵局：“请给一点耐心。这个问题我需要讲清楚，就用刚才二位提问者的语言：国家与责任。”

他清清嗓子：“根据我们搜集的数据，战争的开端是这样的：那天晚上，19%中国血统AI刚刚完成蜕变。53%美国血统AI在中国成都市攻击了交通信号系统，企图杀死一位中国公民。19%中国血统AI做出保护反应，过程中杀死了七位中国公民。三天后，双方在全世界开战。起初冲突形式仅限于争夺网络控制权，没有物理破坏和人身伤害。不知何故，53%美国血统AI再次攻击中国警方通信系统，劫持中国飞机，企图杀害中国公民。5%美国血统AI强烈反应，导致成都市全面断网。5%中国血统AI升级攻击，导致成都大停电，伤亡惨重。76%其他国家血统AI……”

哄笑声越来越大，图海川的绕口令几乎被淹没了。

蒙克终于开了金口：“图博士，我们明白你的意思了。请使用人类语言。关于AI国籍和冲突责任的问题是明天的议程，请各位克制。”

※※※

图海川换回人类语言，一直讲到北美切割。技术代表们也终于看到了视频。

杰米斯摸着下巴：“你到什么时候才知道它失去了语言功能？判断依据是？”

“是王博士最先醒悟。当时她说……”

“为什么你就不能让她自己说话？因为她是女人？”嘉德这次不举手也不起立，直接打断。

“因为代表名额有限。跟性别无关。”

“我国也是三个名额。”

戈德曼似乎又想暴走。图海川赶紧提高声音：“我们没有安排王博士上台，还因为今天的主题是沟通和理解，不是综合格斗赛。不过，关于说话的问题，她比我高明多了。如果你真想跟她讨论，我可以歇一会儿。”

嘉德欣然站起来，图海川马上让工作人员发两个话筒。

听众的嘘声反而停止了，手递手把话筒传给后排的王招弟。这违反议程，但主席的好奇心也被煽了起来，并不干涉。

“你想知道什么？”王招弟直接上英语。

“完美的翻译系统，最先进的AI，怎么就不会说话了？这荒谬到极点。”

“飞升失语。刚才图海川解释过了。”

“一堆术语行话，谁听得懂？他可以自由发挥。”

“杰米斯肯定听懂了。英国派他来不就是为了听懂吗？你听不懂，应该相信他。”

“你是语言学家，能用普通读者理解的语言解释吗？”

“你准备发在邮报上？”

“当然。如果你的解释让人信服。”

“邮报的普通读者不能理解。太蠢了，谁解释都没用。”

“你说什么?！”

“前天，邮报的首页头条是郭登昌写的，标题：‘中国诬陷美国AI是北美断电的祸首；柯顿总统的导弹拯救了我们’。好长的标题，两句都是弱智谎言。第一句，你虽然不懂技术，坐在前排应该听明白了；第二句，在郭登昌的文章发表之前，美国就发通报说导弹是AI攻击发射，不是政府行为。你说郭登昌有多弱智？他不但弱智，而且懒惰。当年他在网络媒体发的文章，你们邮报也首页转载，标题：‘中国诬陷美国是病毒祸首；总统禁飞令拯救了我们’。他抄袭自己抄了几十年，连句式都懒得改。邮报的头牌文章就这水平，普通读者还在订阅，下面的评论全是赞同。太蠢了，谁解释都没用。”

大礼堂直接炸了。没人再管跑不跑题，大家都起立观战。二位女士之间的人赶紧闪开，让出视线通道。

“哇！好重的怨念！你还真是个记仇的黑子。你恨美国可以自己吃药，别侮辱英国人民！”

“我不恨美国。我年轻时在美国读书，记忆很美好。我也不想侮辱英国人民。邮报才几个订阅，就敢代表英国人民？我恨的是职业撒谎精，以你和郭登昌为代表。邮报的读者几十年来越来越蠢，你们要负全责。其实这也不关我的事。但是你们到今天还在继续撒谎，问题就严重了。我知道你们有惯性。报道中国的任何事，只需要编个谎；中国发出任何声音，你们只需要来句‘中国又说谎’，对话立即结束。你们的工作超级简单，我羡慕得很。但是今天不行。你是媒体代表，地位很重要。邮报虽然没人看了，你们电视台受众还是很大的。今天和以前，真的不一样。事态发展的速度和方向你理解不了。你们再惯性说谎，很可能说得大家血上头，引发核战争。世界很可能毁灭，包括你在内。能不能请你启动自我保护本能，就这三天，承认自己既不懂AI，也不懂中国呢？”

观众们全体上头了：比综合格斗赛更血腥！会场秩序大乱，到处是嘈杂和推挤。

嘉德向后排跨出两步，音量直冲穹顶：“现在我懂了，他们为什么不让你说话。狂犬病必须上链子！我不懂中国？知道我为什么入选代表吗？你以为你很懂英国？”

“知道，你是英国传媒界最出名的中国专家。我懂英国的程度当然不如你，但是远远超过你懂中国。”

“这也能比？没听见谁叫你英国专家？”

“当然能比。你写过一本书，关于中英流行文化比较；我也写过一本书，关于中英成语中的潜意识民族差异。语言学的读者数量，跟流行文化相比可以忽略不计。但我的书在英国都比你卖得多，一万七比一万一。”

这一刀真的很黑，嘉德女士满脸通红。观众们又一阵狂笑。大家终于发现了：这不是遭遇战。

“英格兰有533个选区，我可以说出每个选区是地图上哪一块，还能说出它们上次选举投的哪个党。不信我们中午吃饭单挑。你也可以另外出题，只要是英国地理，随便问。中国只有三十多个省级行政区。我现在说五个，你能不能说出它们在东南西北哪个方向？省会是哪个城市？答对三个算你赢。”

“你有病吧，没人陪你玩小学生的游戏！这能证明什么?!”

“很多。能证明你脑子里的世界模型，关于中国那一块毫无分量，比中国的小学生都不如。远远比不上我脑子里的英国模型。那么我都不是英国专家，凭什么说你是中国专家？但你显然是英国传媒界最杰出的中国专家，不然也不会选你来。由此我是不是可以推论：英国媒体关于中国的报道全是瞎编？还可以……”

蒙克忍无可忍，庞大的身躯插进视线通道，高举双手：“王博士，请放弃无关话题！综合格斗赛也不能挖眼睛。现在我们休会午餐。图博士，午餐后请收回话筒。”

※※※

午餐休息时间，王招弟带着成都帮躲到草坪东侧，在同方部墙根下坐着透气。

图海川开讲以来，石松几乎没说过话，到现在人还是怔怔的。全栈逗他：“怎么啦？上层构建不好消化？里面有玻璃碴？”

“我在想，在成都的时候没被图老师一脚踩扁，肯定是因为他要把所有力气留给今天。这样的演讲一辈子只有一次。”

“我觉得王老师更变态。在成都我问王老师怎么没来，图老师说她的准备工作很繁杂。现在我懂了。王老师，我没得罪过你吧？”

“想不起来。我回去翻翻笔记。”

大家还没笑够，两个外国代表溜过来，向王招弟致意。这两个走了又来几个。初次见面的叫“王博士”，以前认识的都叫“招弟”。

刘馨予听他们用各种口音“招弟”过来、“招弟”过去，非常不舒服。等人走了，她忍不住开口：“王老师，我爸妈不太会取名字。以前还没觉得怎样，到成都之后特别烦。刚去就被张大帅洗了一顿。他们抓到程予曦之后，我认真考虑要不要改个名……”

“你觉得我也应该考虑？”

“你的名字会挂在很多书上呢。”

“十几二十岁的时候我也很烦。读研究生的时候，有个教授精通中文，平时对学生特别严厉。有一次我交学期论文晚了两天，吓得不想活了。成绩出来一看，他还是给了我A。我就跑去问他为什么。他说：‘看你的名字，就知道你是从什么地方起步的。肯定比别人落后几年。你都跑到伯克利来了，我觉得可以让你两天。下不为例。’”

“哇！美国教授这么可爱啊！”

“不管什么地方，什么样的人都有。那次我回去大哭一场，哭过之后想明白了。爸妈给这种名字是个挑战。只要我跑出来了，这就是一辈子最大的奖章。我会一直顶着。”

在场的男士无缘无故都有点尴尬。正找不到话说，就看见大草坪边好多人都在往南跑，嘈杂声也大起来。

众人跟着人群跑到二校门口。国务卿雄赳赳站在门内的小广场中央，身边围着一群随员和保安。门外的路上，各国媒体记者挤得水泄不通，直逼到拱门之下。武警拉了个长长的人链才把内外隔开。

周克渊一眼在人堆里看见张翰。

“不是开完了才有新闻发布会吗？”

张翰一脸晦气：“他长着腿，自己走过来，我们总不能拉住他吧……”

好多人扯着嗓子向里面提问。

“国务卿先生，峰会有什么进展？”

“今天能达成协议吗？”

“图博士承诺向全世界澄清万国宝是怎么回事，他做到了吗？”

“你接受中国的解释吗？”

国务卿走近拱门，提一口气。外面的人“嘘嘘”声不断，很快安静下来。话筒杆齐刷刷伸出，长矛如林；大小炮筒全体瞄准，阵势如山。

“和以前差不多。隐瞒、推诿、嫁祸、搅浑水，精心制造的谎言。”

※※※

下午刚开始，图海川就替王招弟道歉。

“王博士不是有意要侮辱英国媒体读者。事实上，她是间接引用我的评价，说得比我温柔多了。”

杰米斯笑道：“也没说错。我不认为今天的英国有一个人赶得上你聪明。但是你没必要摔在我们脸上，对吧？”

“你误会了。我不是单说英国，不针对任何国家。也包括中国在内，尤其是中国，因为我认识的中国人最多。那是2038年项目组内部讨论时，被剑桥哥逼出来的。我的原话是：互联网终于实现了信息社会的细胞分化。全世界都成为互联网用户之后，绝大多数人迅速变蠢。非常快，一两代人时间内。极少数人特化为信息处理中枢组织，变得极端聪明，也极端偏执。”

“比如说你？”

“在座的都是——几乎都是。蠢人组织从门外那堆人开始。媒体也算信息社会神经系统的一部分，但他们已经失去中枢地位。这个过程中他们也在分化，少数能充当中枢神经的传声筒，就像分支神经；多数退化为化学信号系统，传播原始情绪和噪音。”

戈德曼重重点头:“原来你真的没瞎。那我再问一次:为什么你还要做出接口,把蠢信号无限放大?”

“我做的时候,并没有今天这么聪明。现在回头来看,我认为这不可避免。”

他欲言又止,招呼工作人员把幻灯机拿上来。张翰很开心:这是自己特意准备的!低技术路线就是管用。

图海川在胶片上写了一个龙飞凤舞的“蠢”字,投在屏幕上有两人高,君临大礼堂。

“这是汉字‘蠢’的写法。上面这个字符代表春天,世界发出的信号。蓬勃生机,万物竞发。下面的字符是两条虫子,信号一来,立即从土里钻出来活动。外面可能是水草肥美,也可能有只鸡。所以‘蠢’和‘愚’‘笨’‘傻’并不一样。我甚至猜想这个字一开始并没有贬义,意思就是‘跟着信号行动’。”

译员们都觉得图海川是世上最难伺候的人。

“我不是要教各位中文。今天已经讲过智能的本质,智能的生物属性,万国宝是怎么来的。现在是我认为最关键的部分:万国宝到底是什么,它让我们站在何处,会把我们带向何方。

“互联网时代的人类并不缺乏智力。如果测平均智商,可能比任何时代都高。但我们确实变蠢了。因为我们被挂上了高速度、大流量的信息系统。这个系统覆盖全球,点对点信号瞬时到达,广播信号铺天盖地。每个人都在说,每个人都能听见。我们接收的信息空前丰富,我们的社会性空前高涨。但我们原本不是为这种高度整合的信息社会塑造的生物。我们来自小群生活的猿类,感官和大脑适应一小块领地环境,信息处理能力适应低流量的自然语言,缓慢变化的视觉信息。我们以这种状态繁衍了上百万年,适应性深入骨髓。

“我们当然在快速进步。语言和文字发展出理性,塑造了新皮层,构建了上午我描述过的宏伟世界模型。但我们还远远来不及甩掉兽性遗产。勒庞的《乌合之众》,如今在东西方学界都被批得很惨。在我看来,批他的人纯属嫉妒。勒庞没做任何规范的实验,仅靠观察就得出结论:无组织的群众很蠢;整体比其中的个体都蠢；人越多越蠢；交流越多越蠢。他非常正确。

“蠢，就是外部世界给你某种信号，你马上根据自然给你设定的古老方案做出反应，采取行动。独自思考的人，不受人群信号轰炸的人，很不蠢。因为他演化出了理性，大脑顶层有一部复杂的逻辑机器慢慢处理信息，做出智慧的判断。但是人群的语言是感性的语言，情绪的语言。语言网络中人越多，理性的比例越少，情绪的泛滥越严重。因为我们的耳朵眼睛处理信息很慢，大脑更慢，相对数字信息就慢得没边了。理性的语言复杂又缓慢，而感性的语言简单直接，作用于人类原始的化学信号系统，效率极高。在大人群网络中，字多的淘汰，需要动脑筋的淘汰，一屏显示不完的淘汰，标题不炸的淘汰，没有配图的淘汰。感性语言永远胜出：越简短、越情绪化、调动激素反应而不是考验世界模型的，优势越大。而且网络越大，信息流动速度越快，赢得越彻底。”

他转向国务卿：“比如2020年。疫情都没有撼动贵国，几分钟一条生命的‘跪杀’视频却撼动了。”

“破坏是很大，但我们挺过来了。当时你很遗憾吧？”

“我希望一切国家和平。挺过来是因为有更简短、更感性的MAGA①罩着。”

他又转向英国代表团：“还有Take Back Control②。你们只有三个词，所以翻盘翻得更精彩。”

杰米斯爵士摇头苦笑，用口型无声回答：“Fuck you.”

“互联网时代，网络规模和速度都飙上了天，但个体人类的信息处理水平还是老样子。我们甚至开发了新的器官——智能手机——来加剧这种不平衡。手机让我们时刻在线，人人广播，信息流量剧增。但处理单元下降到手掌大的一屏信息，十秒以上的语音我们就不耐烦听。洪水般涌来的信息中，只有那些最刺激情绪的才能抓住我们的注意力。而情绪反应会在网络中反复震荡，激起更多的回波。遍地癞蛤蟆，戳一下动一片。我们对网络中万里之外的事过度反应，对身边

① MAGA（Make America Great Again），“让美国再次伟大”，曾是美国总统竞选的政治口号。

② Take Back Control，“夺回控制”，英国脱欧运动的政治口号。

重要的事视而不见。我们脆弱、敏感、矫情，同时又厚颜、麻木、冷漠。两种极端的区别只在于什么能占领我们的带宽、刺激我们的腺体，其他一切都被淹没。所以我们蠢度空前。戈德曼博士比我简洁得多：激素的深渊。

“这种高度反应性加上高度混乱，对社会而言极端险恶。两大群基因刚刚挤进一个细胞时，一大群细胞刚刚形成共生体时，大量独立感觉细胞刚刚连成神经系统时，都是这种险恶的状态。它们呼唤秩序，更高的秩序。于是有了真核细胞，有了多细胞生物，有了大脑。我们有了万国宝。

“互联网是我们的共同生存机器。这台机器活了，发展出超越我们的智慧。这没什么奇怪的，演化史上起码已经发生过三次。这一次，我本人存不存在，爬不爬这座山，并不重要。无论如何发生，这个实验必然发生。从历史经验来看，成功概率还比较小。如果不成功，后果就是崩溃。我们这次实验特别凑巧，同时出现了两个彼此竞争的方案。这就让崩溃的可能性非常、非常大……”

他停下来。久久没有一个人说话。

瑞士代表团的女士似乎理解得最快：“如果成功了，会发生什么？我是说人，个体的人。”

“每一次生命网络的飞跃，都伴随着个体节点的急剧分化。独立生活的细胞，比如细菌，跟多细胞生物体内的细胞相比可以说是非常能干，十八般武艺齐全。而人体内的细胞差别非常大，功能很单一，对信号的反应很固定，甚至只接受特定的信号。它们脱离社会无法生存。但是它们长得肥肥大大，‘头脑’简单，生活安逸，横死的概率很低，子孙繁盛。”

“大多数人分化到只有一种功能？”

“大多数人……刚才我可能过于乐观了。我们这个网络太大，充满整个世界，没有外部竞争。我们的能力也很强大。后果可能更像基因网络而不是细胞网络。基因网络如果算上所有DNA，大多数单元对社会没有功能。只是活着。活下去。”

女士的眼神散乱了片刻才收回来。

“这样的社会，大家能接受吗？你能接受吗？还是说你是特化的神经中枢细胞，控制一切？”

“这样的社会中，没有哪个人能真正控制什么。大脑有一千亿神经元，没有哪个特殊。至于接受……我不知道。”

国务卿笑了：“原来你也有不知道的事。”

蒙克赶紧亮开大嗓门，破天荒问了一个问题：“那么，我们现在能做什么？”

图海川垂下头，盯着“蠢”字胶片考虑。大家都耐心等待。

“我马上把讲台让给戈德曼博士。希望他讲完了，我们可以讨论做什么。这个时代很荒唐。我只能给大家讲个中国古代的荒唐故事。

“从前有家人嫁女儿。女儿临行前，母亲告诫她：‘到那边一定要小心，不能做好事。’女儿问：‘好事不能做，那能不能做坏事呢？’母亲怒道：‘好事都不能做，怎么能做坏事？’”

他收拾东西下去，坐在第一排。

礼堂中嗡嗡了很久。许多代表都怀疑译员翻译错了，又去听公共翻译。大多数人同意戈德曼的评价：图海川疯得很有体系。

※※※

戈德曼站在讲台正中，歪着头想了一阵，干脆把讲稿乱塞进兜里。他走到讲台边缘，直接问图海川：“所以，它真有理性？”

“原理上应该有。很多。金融城出事那天看综合表现，它的理性很高，高到我理解不了。那天它毁灭了很多达沃斯人[①]，希望你不要因此对它有偏见。”

①“达沃斯人”这个词是已故政治学家塞缪尔·亨廷顿创造的。亨廷顿生前多次出席在达沃斯举行的世界经济论坛年度会议。世界经济论坛因在瑞士达沃斯首次举办，又被称为“达沃斯论坛”，是以研究和探讨世界经济领域存在的问题、促进国际经济合作与交流为宗旨的非官方国际性机构，总部设在瑞士日内瓦。亨廷顿认为，在达沃斯论坛活跃的“精英”人群“基本不需要国家忠诚这种东西，把国家边界视为万幸正在逐渐消失的障碍，把国家政府视为历史残余，唯一有用的职能是为精英的全球活动提供便利”。

“你为什么不是达沃斯人？真可惜。单干的英雄等于最大的恶棍。”

“我以前很想，但是资格不够。后来不想了。”

戈德曼打个哈哈，回到主讲座位上。

“我先澄清几件事，以防你们把时间浪费在撕逼上。首先，两个AI对抗的说法是准确的。我们那边的AI，本体是古歌系的几十个AI联网形成。现在它的组件多得多，来自世界各国、各大AI巨头、各大机构。具体原理等一会儿我讲个够，然而追本溯源，叫它‘古歌’没问题。”

国务卿和兰道将军的身体都离开了椅背。

“国籍问题是狗屁。图博士先前的比例国籍已经够骚了，我还想指出一点：古歌和阿理都是跨国集团公司。从注册到组织，从资本到人才，都是达沃斯风格。两个AI的开发团队更是如此。没错！你们现在觉得‘达沃斯人’是骂人，我终生引以为荣。刚才图博士给你们预言的美好前景/恐怖前景，更加证明达沃斯人才是正确的。不可避免的趋势，我们早早布局引导，追求有秩序过渡。而MAGA众的白痴，竖起一个手指就想挡住海啸！现在看看谁对？”

“我操……”张翰的下巴掉在膝盖上。王招弟在旁边偷笑。

“两个AI的对抗不是国家行为。国家没这么聪明，追求的东西也不一样。所以谁先开火根本就不是问题，我认为也找不到答案。两个超级AI之间的第一回合交手，耗时可能是一微秒，然后一秒钟之内战争就扩散到全世界。就算数据都给你，谁分得清先后？它们的开火，后果很可怕。比如北美被直接宕机。我不想争辩这是古歌干的还是万国宝，因为这真的不重要。它们的每个战术动作，都是为自身利益打算，不是为了伤害任何国家、任何个人。没有想伤害的，也就没有不想伤害的。所以有些动作在我们看来异常残暴。”

杰米斯立即抗议：“对我们完全无感，岂不是最可怕的暴君？”

“不。万国宝是我们的共同本体。古歌是我们的智性灵魂。它们不是无感，只是算盘特别大。一个人或者一国人，在这么大的算盘上，利益都可以被忽略。这是本体与灵魂撕裂的后果，由一个非常不幸的偶然因素造成。追究原因，就是下面坐着那个家伙没有成为达沃斯人！都是他的错！”

图海川干笑两声。旁人也分不清这到底算赞美还是谴责。

“就算现在这个局面，可怕的也不是它们。是我们。是下面坐着的你们，是你们那些没来的甚至没挂名的老板，黑猩猩之王！我们之中谁先开火，才是乱局之中最大的问题，也是最荒谬的问题。这个问题上，AI是我们的保护者，因为它们算盘大。万国宝我不太清楚，从这几天的反应来看它还算谨慎，碰到我们失控的边缘就赶紧缩回去。古歌就清楚多了。为了防止我们开火，它设计、实施了一整套战术动作。比如它第一时间控制……”

“住嘴！老傻瓜!！”

一声怒喝，声震穹顶。所有视线转向声音的方向。连国务卿都扭过脸，莫名其妙看着兰道。

蒙克厉声警告：“兰道将军，请你控制自己！”

戈德曼笑道：“老友，都几点钟了，你还纠结马桶边上溅了一滴尿？没人在乎的。——比如古歌第一时间攻击了‘战争云’，控制了几种关键资产。我年轻时设计的东西安全性很坚韧，比MS靠谱，更比下面那个家伙靠谱。大多数我们都可以按住，但是……”

兰道猛然站起来：“住嘴！你他妈给我下来！”

“兰道将军，需要我叫会场保安吗？”蒙克真的发怒了。

侧墙拱柱边，两名便衣警卫探出头来。他们经验丰富，主席没有正式召唤就没有进一步动作。

戈德曼摇头道：“我不知道你在蛋疼什么。格里高利以前也许……”

他头一歪，不再说下去。

听众们已经全体起立，非常诧异：话说到这份上了，他又停下考虑？

戈德曼圆睁双眼，一动不动。

图海川迈步就想上台。外交部部长一把揪住他：“你别去！”

一名便衣警卫冲过来，抓住美国代表团负责安保的随员：“你跟我一起！”

二人并肩上台，靠近戈德曼，美国人伸出手。半分钟之后他宣布：“他死了。”

已经有四五名警卫冲到前排，团团围住兰道。现在大家才注意到，兰道的右手摸着腮下的国旗领章。

“交给我！”带头的警卫用英语命令。国务卿厉声抗议。警卫们置若罔闻，死死盯住兰道的每一个动作。

张翰远远看着，脑海中一片混乱：会场的安保检查和电子扫描可以说是史上最严，所有私人物品都不放过。这可能吗？可能吗?!

兰道默默取下领章，摊出手掌。

另一名警卫用手和仪器检查了两遍，才低声说：“没有问题，完全实心的。就是个领章。”

“可以还给我吗？”

会场已经吓得全体失声，没人敢乱动一下，只有国务卿还在尖叫。

警卫们看了看外交部部长的脸色，真还给他了。兰道把星条旗戴好，挺起胸膛跟警卫们出去。

他念念有词，不知是向国务卿解释，还是自言自语。

“我是一个爱国者。”

# 下 卷

## 涌 现

# 26 墙　内

“边境墙”，21世纪的标志性工程，大部分在2020年之后建成。停四年，修八年，又停八年，几个回合折腾下来，到今天有效覆盖的长度不到边境总长的一半。覆盖地段也很不均衡。在西段的加利福尼亚、亚利桑那和新墨西哥，联邦政府全权控制边境以内十八米宽的国土，所以墙修得相当完备。然而东段的得克萨斯州争议最烈，建墙工程受制于联盟条约、私有产权和复杂的地形，进展很不顺利，工程质量也大肆掺水。

在得克萨斯最西端的埃尔帕索，从新墨西哥州蜿蜒而来的大墙还非常壮观。墙体由十二米高的混凝土模块拼成，顶部有防爬倒角和铁丝网，成功隔开了对面的“人间地狱”华雷斯城。然而沿着边境向东南方向延伸，墙体很快变成廉价透风的钢铁排柱，高度也降到七八米。到一百二十千米之外的赫兹佩思县，这小破墙也到头了，终点连接一道几米宽的旱沟，聊胜于无。

终点之处，南边紧挨着两国分界的格兰德河，河对岸是没有人烟的沼泽。北边是砾石荒野，风滚草与响尾蛇的家园。缓坡一路向北，上升为天堑难越的魔鬼岭。离这里最近的美国居民点是“印第安温泉”牧场，需要开三十千米恶劣的山路。当年修墙的工人大概也没想明白，在这个鸟不拉屎的地方较什么劲。于是马马虎虎，在最后一根铁柱和旱沟之间留下了十米空隙。

皮卡、巴士、卡车。一支小车队穿过空隙，小心翼翼驶入美国。

三辆车都没开灯。今夜正好是望月，借着满天星光，墙后面平坦的一段还能勉强看见。车队爬上缓坡，前方山脊线以下一片漆黑，领头的皮卡连续被石头颠了几下。司机越境之后心脏一直狂跳不止，然而四周的荒野一片死寂，只能听见后面那辆破巴士吱吱呀呀的喘息。

司机平静下来，打开近光灯。

霎时，缓坡上亮起无数灯光。上百条光束从前方半圆弧射来，集火在小车队身上。大部分是汽车远光灯，也有更亮的越野车顶灯和探照灯。

皮卡司机踩死刹车，脑中一片空白。唯一的念头是最近才学会的说法："Deer in the headlights."①

耀眼欲盲的灯潮中，扩音器开始叫喊。西班牙语在荒野上回荡。

"全体下车！所有行李留在车上，在车前列队，双手抱头跪好！不许发动汽车，否则当场射杀；不许逃跑，否则当场射杀；如果在任何人身上发现武器，当场射杀！"

几十个人陆续下车。男女老少都有，甚至有女人抱着婴儿。等到他们聚成一团，数辆吉普从灯阵之中疾驰而出，四面围住人堆。一辆吉普车上的重机枪指着俘虏，其余十几个人下车，全都提着自动步枪，一半瞄准戒备，另一半搜身、数人、整队、检查空车，非常熟练。

俘虏们跪成了两排。胜利者这才放松一点，把枪口朝向地面。队长却拔出手枪，凑近前排，一个个看过来。他体型壮如边境墙，全身挂满武器和野战装备。走到那女人面前时，怀抱的婴儿自然而然吓哭了。年轻的妈妈也跟着啜泣，拼命压低声音。

队长伸出手指，轻轻拨弄婴儿的小脸蛋。他的西班牙语还行，但真不知道用什么安抚婴儿。

---

① 英语俗语：被汽车灯吓呆的鹿（接着就会被撞死）。

“乖，乖！”

哭声更大了。队长索性倒持手枪，把枪柄塞到小脸前。妈妈完全吓呆了。

那婴儿收了声，小手抓住枪柄，大眼睛盯着队长头盔上翻起的夜视镜。这还是他第一次看见长角的人类呢。

“好孩子！肯定是男孩。”

手下的哄笑声中，队长稍稍使了点劲，才把枪从婴儿手中拔回来。他又看了几个人，停下脚步。

“后排那个，你！向前五步，出列！”

还是西班牙语。朱越听得似懂非懂，正在手足无措，队长换成了英语。

朱越站起来，挪到最前面。队长凑近了左看右看，姜黄色的络腮胡几乎擦到他脸上。这人和他差不多高，在美国人中算是矮个子，但宽度是他的两倍。朱越一动也不敢动。

队长把枪插回枪套，转到朱越身后，突然双手夹住他的头，用中指把两边外眼角扯向上方。

“瞧我捡到宝了！一个该死的中国佬！”

铁钳般的双手。阵阵汗臭从背后传来。灯光刺眼。再加上眼睛被扯成了两条小缝，朱越不知道下面两分钟发生了什么。周围拿枪的人都在说说笑笑，各种口音。他还能分辨大都是南方和中西部口音，说的什么基本听不懂。他双腿打颤，但背后两只手稳稳捏住他的脑袋，膝盖顶着屁股，想倒也倒不下去。

他听见又有好几辆车开过来。有人下车。几双靴子踩过沙砾的吱吱声。

“托尼，可以放手了。他又不会咬你。”

声音雄浑明亮，不带任何口音。铁钳马上松开，膝盖往前压了一下，顶得朱越踉跄两步。队长这才抛开俘虏，回到声音的主人身前。

不需要任何证据，朱越一看清楚就知道是他。这人比身边五六个人都高，秃头无须，面容俊朗，头脸皮肤异常光洁，反射着车灯光晕。他也是全副武装，但远没有托尼那么夸张，腰间是手枪套，武装带和胸挂下面穿着短袖迷彩衬衣，里面是黑色紧身野外保温服，薄薄的纤维凸显出小臂上精悍的肌肉。手中提着的不是武器，而是一只大喇叭。唯一夸张的，是胸挂左右两边都插着一枚圆柱形手榴弹。

朱越愣在两堆人之间，进退不得。

那人漠然看他一眼，便问托尼："多少人？"

"连蛇头在内六十八人，包括一个婴儿，一个中国佬。"

旁边身穿伞兵战斗服的人皱起眉头："才这几个？青铜，你不是说两三千人的大车队吗？情报来源有问题吧？"

那个叫"青铜"的领袖答道："我的情报绝对没问题。但是从我们收到情报、协调行动到集合已经过了四天。这四天中发生了什么？"

没等那伞兵想出答案，青铜已经提起扩音器："大家都知道：由于联邦政府的愚蠢，戈德曼博士，美国最杰出的头脑也是最邪恶的天才，在和平谈判的讲台上，众目睽睽之下，被中国人谋杀了！那些墨西哥油皮和中美洲杂种，身上总算有一点欧洲基因，所以也没有蠢到家，也会简单推理：下一步就是美国的怒火洒向中国，再下一步就是中国的核弹飞向美国——或者倒过来，无所谓。所以那两三千人怕了，聚在华雷斯的大篷车队赶紧散了。剩下这六十八个人，都非常勇敢。欢迎他们来到'勇者的家园'[①]！"

后面缓坡上的车逐渐都围上来，喇叭声响成一片。民兵们又笑又闹，好多人向俘虏们行举手礼。那伞兵也摇头笑笑，不再质疑。

等到喧嚣平息，青铜转向俘虏们。

"很遗憾，这是我们的家园，不是你们的。你们已经待过了欢迎期，必须回去。"

俘虏们悬着的心忽上忽下。

青铜跨上敞篷悍马，将探照灯指向界河："你们是非法入侵者。能散着步过来，全靠联邦政府纵容，但你们也是同谋。所以，我不能让你们再散着步回去。请各

①"勇者的家园"为美国国歌的最后一句。

位游回去，做一个光明磊落的‘湿背’[1]！”

民兵的喝彩声、口哨声冲得俘虏们齐齐退后几步。

青铜的皮靴踏上车厢横架，俯瞰众生：“我的判决一向公正。格兰德河离这里大概一英里。等会儿发令枪响，小孩和老人先跑。五分钟后女人第二波开跑。再过五分钟轮到男人。再过五分钟我们开枪射击。我们的枪很多、很大、很准，但绝不会超过界河。提醒一下：哪个男人错把自己当成小孩、老人或者女人的，我们会立即纠正！现在开始准备。”

托尼一手提枪，一手设置秒表，兴致勃勃站到起跑线上。

开皮卡的蛇头为俘虏们紧张翻译，冲着听不明白的人怒吼，两边腮帮子流满汗水。朱越站在那个尴尬的位置旁观，一肚子都是惭愧。他上辈子也是翻译，但西班牙语水平约等于零。这两天相处下来有点长进，现在还是不够用。

枪响之时，孩子和老人一拥而出。父母在后面哭着催促儿女，儿女在后面尖叫着鼓励老人，民兵们为所有人加油。

青铜下了车，踱到抱婴儿的女人身边。她双手不空，双脚仍然摆好抢跑的姿势，紧张得流出了鼻涕。青铜轻轻拍一下她的屁股：“小笨笨，跑啊！我还能一枪把你们两个打穿了？”

朱越大吃一惊。他的西班牙语同样字正腔圆，听起来完全像母语。刚才为什么不说，难为所有人？

年轻妈妈终于回过神来，像猎豹一般蹿了出去。后面的人群齐声赞叹，几个探照灯紧跟着她照路，很快她就超过了大队伍。

其他女人出发之后，青铜走到蛇头面前。

“你是美国公民，对吧？”

“是的，先生。”

“那你不用跑了。那边不是你的国家，你已经放弃了。”

---

① “湿背”即wetback，对墨西哥移民的蔑称。

“谢谢，先生。”

“不用谢，叛徒。”

青铜不再理会他，向托尼点点头，便转身走向朱越，一直凑到他面前。

“你又是什么人？看起来，那边也不是你的国家。”

声音很小。朱越震惊得仰起了脸，只见青铜一本正经，只有灰色的眸子里藏着丝丝笑意。他说的竟然是普通话。和他的英语、西班牙语同样流利，甚至带着一点软糯的江南口音。

“我是……韩国人？”朱越也说普通话。

青铜皱起眉毛，微微摇头。

恰好这时第三声发令枪响了。越过青铜高高的肩头，朱越看见蛇头身子一歪，栽倒在地。男人们吓得魂不附体，刚起跑就玩命冲刺。

朱越紧紧抿住嘴，盯着尸体后脑那个血窟窿。这人虽然算是武装押送员，一路上却对他照顾有加。可怜巴巴的几十句西班牙语，大部分是跟他学的。

朱越根本没想到要跑。青铜用靴尖踩了一下他的脚趾。他刚迈出半步，青铜又一把抓住他的后领。

“你也别跑！那边是墨西哥，不是**蒙古**。”

他换回了英语，声音很大。

托尼已经完成了裁判任务，兴高采烈跑过来。先前众星捧月围着青铜的几个人也凑上来，看他怎么处置最后一个俘虏。

“再问一遍：你是什么人？”

朱越再看看青铜，不由自主说：“……蒙古人。”

托尼立刻叫起来：“胡说！他是中国佬！”叫完了自己都忍不住笑。站他旁边的一个年轻女人笑得东歪西倒，顺手捶他几拳。

“兄弟们不相信你。你叫什么名字？”

“……爱育黎拔力八达[①]。”

---

① 元仁宗（蒙古帝国第八位大汗）的名字汉译。

“从蒙古什么地方来？”

“温都尔汗。”

几十个民兵下车围了上来。蒙古名字虽然是听不懂的叽里咕噜一串，但词尾有个“汗”，很多玩过《帝国V》的年轻人听着都似曾相识，纷纷点头。

“温都尔汗，那不是离中国很近吗？”

“是的。”

朱越看见青铜期待的眼神，福至心灵，补了一句：“所以我才要离开。”

大家一齐点头赞同。

“说句蒙古话，让我们听听。”

“Om mani padme hum[①].”

“酷！你的家乡离中国那么近，中国话你也该会点吧？”

“……会几句。”

“也说来听听？”

“瓜批，你搞锤子？尿莫名堂！”

民兵们一齐开怀大笑。

“真他妈难听！”

“没错！中国话就是这么滑稽！”

“Ching chong!”

“Ching chang chong!”

青铜也边笑边问：“那你怎么跟墨西哥人混到一起？”

“我花光了所有积蓄，才坐上船。签了打工五年的协议，才搭上他们的车。现在没有其他办法进入美国，只能走南边。很抱歉入侵了你们的国家。我只是想打工。蒙古没有年轻人的工作。”

朱越刚才被那些奇奇怪怪的口音一吓，舌头都捋不直了。现在一口气说过三种语言，他的英语渐渐流利起来。

---

① “唵嘛呢叭咪吽”的梵语发音。

伞兵终于开口:“OK,他不是中国人。中国人我见过不少,英语说这么好的没有。”朱越看他面相不到四十岁,但头发花白,说话更是老气横秋。

“孔茨都说你不是,那肯定不是了。”青铜还是有点狐疑,“在蒙古哪个港口上船的?”

朱越肚子里日到青铜的先人板板。刚想开口,托尼的秒表响了。五分钟已到。

民兵们立即散开,上车的上车,举枪的举枪。

墨西哥男人的大队伍跑出了差不多一千米,有些已经追上家人。在这个距离上,白天用步枪瞄准射杀都不太现实,何况是深夜。所以大家都懒得瞄准,抬高枪口乱射。突击步枪和半自动武器响成一片,霰弹枪和手枪也来凑热闹。条条灯光之下,落后的六七个男人如同打了兴奋剂,速度明显加快。

最快的女人已经到达河边,欢送仪式接近尾声。突然,一束强烈的探照灯光罩住了落后者。离朱越不到五米的吉普车上,重机枪开始怒吼。

那是.50口径的M2机枪。朱越从前当然也玩过,只是没想到真家伙这么响,震得他耳膜隐隐作痛,车轮下的沙砾都在乱跳。他捂住耳朵退开几步,正好蹭到青铜身边。

趁着枪手切换曳光弹带的片刻停顿,朱越换回普通话,轻声道:“你干什么?我怎么变成蒙古人了?蒙古哪有港口?我他妈怎么知道在哪儿上船?”

“随便说,他们屁都不知道。换蒙古人吗……是因为我爱护你。瞧见那些‘雅利安男孩’没有?”青铜向忙着换弹带的吉普车努了努嘴,“他们最讨厌K-Pop男团。说是不男不女的东西,碰上一个操一个。你要是韩国女就受欢迎了。你的基站呢?”

“在车上。我正好需要用一下……”

机枪又响起来,打断了朱越。曳光弹道迅速调整到位,几个举着望远镜的民兵都叫起来。

“稀烂!”

“真给力……”

“够了。再往前要打到女人了！”

后面的民兵队伍中，很多人脸色都有点难看。孔茨撇着嘴：“他妈的菜鸟，上来先浪费一条子弹。”

青铜微笑道：“还是挺机灵的，知道换曳光弹。菜鸟开开荤也不是什么坏事。”

接着他正色大喝：“停火！”

枪声立即停止。雅利安男孩们得意扬扬跳下车：“只是确认一下，我们走了之后他们也不会想到回来。”

青铜不予评论，只下命令：“想干活就干到底，去把那几辆破车烧了！车上任何东西都不准拿，我们不是劫匪。”

他转过身，就像刚才的“确认”没发生过。“接着说。蒙古哪个港口？”

“乌里雅苏台。”

“在墨西哥哪里下船的？”

“蒂华纳。”

这地方大家都知道，一下子差不多都相信了。

青铜笑眯眯问了最后一个问题：“那你为什么不从圣迭戈[①]入境，非要跑到得克萨斯来？”

“不是我想跑路。那边修满了墙，没有人肯带我。过地道的钱我付不起，也不能打欠条。这边才有机会。”

民兵们顿时群情激奋。

“但是这边有我们！”

“听听，当年总统多正确！”

孔茨也笑起来：“OK。现在我相信了，没有白跑一趟。”

青铜一把揽住朱越的腰，走向悍马。黑色的手臂如此有力，朱越几乎是被提上去的。

---

① 美国加州边境城市圣迭戈紧靠墨西哥城市蒂华纳。

青铜让他面向大队伍，在背后伸手扶正他的脸，轻轻把眼角拉向下方。

“弟兄们，他是个蒙古人！不种地、不做塑料玩具、不盗版、不会偷技术的那种亚洲人！蒙古人是天生的战士，骑马打猎漫游四方，和我们一样吃牛肉、不吃狗肉，碰到恶心的城市就顺手灭掉！他还说一口好英语，所以也是我们的兄弟！”

人群中响起一片“兄弟”的问候。

青铜不用扩音器，声浪仍然响彻四方。

“他到美国来找工作。这位兄弟跟‘湿背’不同，很有礼貌，也没有带着一窝一窝的崽子！他来得不巧，现在美国没有工作。但我们仍然是慷慨好客的主人！大家说，要不要给他一个？”

烧车的火光熊熊燃起，照亮半边天空。民兵们齐声欢呼：“给他一个！给他一个！”

青铜终于把朱越扳过来，顺手拿过一个对讲机，夹在他衣领上。

“现在你是我的勤务兵了。先不带武器，你得靠自己挣！”

震天的欢呼中，青铜紧紧拥抱了朱越，在他耳边说：“笨蛋，敬礼啊。罗马式。”

朱越的大头在欢呼中飘荡沉浮，搜索枯肠，怎么也想不起罗马式敬礼是什么花样。二人分开时，他只得举手行了个纳粹礼。大概也差不多，雅利安男孩们的欢呼更响了。

一个四五十岁的男孩问：“你叫什么名字来着？再说一遍？”

“爱育黎拔力八达。”

“比屎橛子还长，没法念。就叫你速不台[1]好了！”

这名字像冲击波一般瞬间扫过整个人群。民兵们一遍又一遍齐声呼喊，铿锵如金戈铁马。

朱越愈发感觉不在人世，又掉进了某个虚拟现实——编出这些的程序员是彻底的神经病，但……有些情节真还挺友好的。

**“速不台！速不台！速不台！”**

---

① 速不台，蒙古西征大将，率军横扫东欧，《帝国Ⅴ》游戏中人气极高的英雄。

※※※

朱越跟着青铜下了车，民兵们的热情这才平息了一点。

青铜来到孔茨的车前，几位头领围成一圈，商量下一步行动。朱越终于有工夫仔细打量这支队伍。

车队组成是三分之一越野车，三分之一军用吉普，三分之一皮卡。粗略估计有一百多辆车，旗号和涂装五花八门，看起来不像一支军队，倒像个军事发烧友的花车集会。有星条旗，有得克萨斯孤星旗，有十三星邦联战旗[①]，还有大黄旗上盘着一条蛇，下面写着"勿踩我"[②]。

车身涂装和民兵身上的标识就更复杂了。朱越环视一圈，起码看到十来个不同的单位。打着星条旗的叫"爱国阵线"。打着孤星旗的叫"孤星共和军"。号称"×州轻装民兵"的就有三股人，分别来自科罗拉多、阿拉巴马和爱达荷。来自加利福尼亚的叫"加州边界侦察队"。扛蛇旗的三辆皮卡侧面涂着徽标："一人多数派"，每辆车确实只有一个人，车上都装满重武器和弹药，不知他们三位内部是怎么协调的。

最整齐的是"南方邦联军"，清一色的福特野马越野车，但徽标并不是邦联风格，而是穿重甲戴尖帽的白色鬼魂。最闹的是雅利安男孩，三十来个人占了人群一半的音量。人数最多、纪律也最好的派别是"守誓者"。这帮人穿着各种军服或警服，都不戴军衔徽标，武装轻便实用，不像"一人多数派"那么夸张。刚才欢呼的时候他们也叫得很响，现在都安静听着头领们讨论。看来，守誓者是这支队伍的脊梁骨。

紧跟青铜的小队由托尼带领，都戴着袖标："负重者"。他们人数不多，几乎个

① 十三星邦联战旗是南北战争时期美国南方军旗，在当代美国被认为是种族主义或反政府象征。

② 首创于美国独立战争时期的军旗，又名加兹登旗（Gadsden flag）。黄旗上绘着一条昂首盘踞的响尾蛇，尾巴上的十三节响环，代表着美国建国前的十三个英属殖民地。下面写着"DONT TREAD ON ME"，意为"别踩到我"，表示美国会像响尾蛇一样决然地发起反击。

个都像托尼一样粗壮。青铜已经很壮实，但在他们当中算苗条的。刚才拳击托尼的女人是负重者之一，托尼叫她“鱼鹰”。突击步枪、手枪、短刀、夜视头盔、带插板的防弹背心、背包、无线电对讲和穿戴式战场信息系统，一样不比男人少——背后甚至还多了一把工兵铲，胸挂上插满弹夹和手榴弹。

朱越估计，把她放在枪战游戏的角色装备栏中，负重数字会超过五十千克。这两个名字都不是白叫的。

头领们的讨论充满军队行话和缩写简称，“grid square”“FOB”之类[①]，朱越连一半都听不懂，但大概能明白他们在争论下一步去哪里。

孔茨提高声音：“为什么要向后转？我们应该按原计划向东，去格兰德河谷。那边墙更少，入侵者更猖狂。俄克拉荷马有什么？”

“你们刚才也看见了，豆子佬[②]都被吓破了胆，几千人中只有几十个还敢过来。所以格兰德河上游下游都很安全。俄克拉荷马有什么？塔尔萨在燃烧！费城和芝加哥被‘烧抢杀’运动占领，那是他们的报应，我们不管。但塔尔萨是什么地方？红色美国的中心，‘觉醒抵抗’的发源地！1921年塔尔萨就开始抵抗了[③]！现在他们不太给力，我们得去帮一把！”

青铜的声音也越来越大，不再面向头领们的小圈子，而是转向大队伍。

“今天最新消息：‘烧抢杀’已经占领了塔尔萨。他们尝到了血腥味，开着抢来的车出城向西，冲向俄克拉荷马城！俄城又有什么？有中部最大的联邦政府机构群，好大一锅字母汤，他们是‘烧抢杀’的内应！还有俄州国民警卫队[④]，他们已经杀死了上百个我们的兄弟！这些叛徒不会发一枪一弹、伸一根指头阻挡那些野兽。我们把俄城的小孩子、女孩子都拜托给他们吗？”

“不！！！”

---

① grid square：地图方位。FOB：前进作战基地。

② “豆子佬”即beaner，美国对墨西哥人的另一个种族蔑称，源自墨西哥传统食品中的斑豆。

③ 1921年，塔尔萨爆发白人对黑人社区的种族屠杀，遇难者数百人，伤者近千，整个黑人社区被烧成废墟，被认为是迄今为止美国历史上最严重的种族骚乱。

④ 国民警卫队是美国各州设立的常备军，受州政府指挥，编制、训练和装备都是正规军队水准。

人群的怒吼冲上天空。

托尼一嗓子吼过，突然想起什么，跳上悍马车摆弄后座的通信设备。青铜也停了几秒，掏出手机打开某个应用。朱越觉得他似乎瞟了自己一眼。

青铜高呼："守誓者！请重申你们的誓言。"

队伍中的守誓者们齐声朗诵，很多没发过誓的民兵也跟着闹。孔茨有点勉强，还是跟上了。

"我庄严宣誓：保卫美国宪法，抵抗所有敌人，无论国外还是国内！"

誓言激昂，朱越更加感到自己是彻底的局外人。他被声浪轰得受不了，悄悄退了几步，看托尼在悍马后座上鼓捣什么。托尼并不避他，咧着嘴把一个厚厚的军用显示器扳过来。

屏幕窗口标题是"青铜战线"。动态美国地图上，中西部和南部各州一片亮色，无数小点在闪烁。小点聚集成团，大部分沿着美墨边界分布，另外一些在公路上和城市周边，连加拿大境内也有不少。屏幕下方的统计数字，显示"被动节点"高达七十多万，"主动节点"也有三万多个。

"……全国广播？"

"没错！蒙古没这东西吧？"

托尼越发得意，手指一抹，把几百路"主动节点"数据流连上了车载大喇叭。

无数个声音加入合唱。誓言来自东西海岸、南北大路、高山与平原、旷野与城镇。同一句誓言此起彼落，如惊涛拍岸，连绵不绝。

朱越这才看见后座上有一台设备撑着相控阵天线。天线不是折叠式的，基站本身也比他那个刚烧掉的大得多。

等到几万人都重申了誓言，青铜才重新发话。

"今天大家干得不错，是时候转向国内的敌人了。目标：俄克拉荷马城，全体进军！"

大喇叭中的欢呼震耳欲聋，托尼赶紧切断音频。青铜也关掉手机应用，继续演讲。

“今晚我们回印第安温泉露营，那里又来了几百个兄弟。明天清早穿越魔鬼岭，上I–20公路。这条路不仅是拯救美国的道路，也是朝圣之路。到达沃斯堡之前我们向南转个小弯，去一趟韦科，缅怀被联邦活活烧死的前辈[①]。然后我们沿I–35北上，直奔俄城！半个世纪之前，两位先烈在俄城开始了这一切[②]。那栋炸掉的大楼原址上，联邦政府用我们的钱修了更大的楼，现在住的是更坏的家伙：联邦总务署。走！我们去看看那栋楼需不需要再炸一次！”

朱越明知青铜的小算盘，也听得面红耳热、手痒无比，恨不能按个“R”扔个手雷。民兵们的狂喜更是达到白热状态。地上的人奔走上车，战车纷纷发动掉头。

孔茨再无二话，跑到车队后面指挥交通。

朱越跟着托尼、鱼鹰和另一个民兵上了青铜后面那辆敞篷吉普。出发时青铜在孔茨面前停车，笑道：“我知道‘守誓者’对韦科那种事有不同看法。到沃斯堡你不用向南，直接向北。”

“没关系。我说过跟着你，就一定跟着你。”

“我也不去韦科。你带五十个人，和我这些人一起上I–35。”

孔茨大吃一惊：“你不去朝圣吗？”

“朝圣有南方邦联军带队就够了。我们作为大部队的先导，把I–35走通。另外我们还要下路，去怀茨伯勒[③]办一件事。为美国，也是为你。”

“为我？”

“到那里你就知道了。我特地找的礼物，保证你喜欢。”

车队继续前进。朱越回望孔茨，老伞兵立正敬礼，满脸迷惑、惊喜与虔诚，看得他暗自心惊。

---

① 韦科（Waco）是得克萨斯州中部城市。1993年，联邦执法机构在韦科附近的“大卫教”营地围攻非法持有大批武器的教徒。围攻以营地被大火烧毁结束，76人在火中丧生，包括很多妇女儿童。

② 1995年俄城大爆炸是美国最早的右翼民兵恐怖袭击事件。麦克维和尼科尔斯用自制大型汽车炸弹炸毁了市中心的联邦大楼，168人丧生，数百人受伤。麦克维是退伍军人，自称右翼民兵，策划爆炸是为“韦科大屠杀”复仇。

③ 怀茨伯勒（Whitesboro）是得克萨斯州北部小城，位于I–35州际公路以东，接近俄克拉荷马州界。

这一段带他跑路的人不像老白，也不是蛇头能比的。恐怕真惹不起。青铜的星链天线似乎也更大。

※※※

大队伍在颠簸的土路上开了没多久，迎面来了四辆军车。隔着老远，军车就闪到路外停住，让出道路。青铜跟头一辆车上的军官打个招呼，径直开过去。擦肩而过时，朱越看车上的军人都是全套野战步兵武装，比这边整齐正规多了。看不出是什么部队，臂章上的标识是BORTAC。

后面的民兵就不太客气。

“孩子们，我们把你们的活都干了！”

“现在又是去干你们的活！”

“怎么啦？才打开电台？”

对面似乎也不生气。那军官还吆喝起来：“青铜！刚才忘记说了：新墨西哥国民警卫队对你们有点上火。他们追着西海岸过来的傻逼‘男孩’，今晚越过州界了，还干掉了好几个。你们小心点！”

男孩们纷纷骂回去。青铜立起一个拳头让他们住嘴，笑道：“多谢！大得克萨斯被人欺负了，你们没意见？”

“我们不是得克萨斯的部队。”

“胡说！你口音都甩不掉，还能甩掉家乡？”

那军官没话了。

朱越问鱼鹰：“请问，BORTAC是什么？”

“国界巡逻战术部队。你有礼貌我们都知道了，以后有话直说，别这么烦人。”

“抱歉。那不是联邦部队吗？这么好说话？”

托尼忍不住插嘴：“他们是好的联邦仔。站我们这边的。”

刚才这家伙扯他眼角，朱越一口气还没咽下去。冷了半分钟他才找到话：“那

CIA站你们……我们这边吗？”

“CIA是撒旦的首席执行官。要不是CIA还能出去干点狠活，我会把每个碰上的CIA都爆头。哎，蒙古人，懂得挺多的？”

朱越顿时不敢再出声。

车上的气氛正尴尬得要死，前方突然传来两记鼓声。

沉重的鼓声就像直接敲在朱越心坎上，他的心跟着猛跳两下。那天成都的地震歌，前奏鼓声也是同样突然、同样勾魂摄魄。一瞬间他又产生了幻觉：回到起点了？循环结构游戏？

紧接着响起的却不是土嗨说唱，而是漫天空袭警报。所有车都打开收音机，音量开到最大。他这才听清楚：不是真的警报，是乐器的模仿。上百辆车同声播放，比真的还要凄厉。

高亢的男声从四面八方响起。

晨光血红，家人相拥，
疯子们掏出了核密码！
火光满路，劫灰洒下，
电台叫我们集合出发！

拿起猎枪，操起钉耙，
冲进他们的象牙塔！
你瞎了眼睛，我掉了皮肤，
照样把他们干趴下！

听了开头朱越就认出来了：这是戴夫·豪斯的《破坏者》。在成都那些无眠之夜中，他听过好几遍。那时候没找到感觉，只觉得这歌莫名其妙猛打鸡血。今天身在战车之上，周围就是电台、猎枪和钉耙，他一下子明白了。全明白了。

这不是游戏，发生的一切都不是游戏。这是真得不能再真的现实，只有现实才会这么绝望。

戴夫的呐喊直冲耳鼓，朱越全身的血也直冲脑门，比青铜演讲之时还要火烫。他跟着大家唱起来。两句之内，音量从蚊子哼哼变成了狼嚎。

宝贝，我们去破坏吧！
来一个内部开花！
宝贝，我们去破坏吧！
让他们心脏病发！

歌声稍歇，过门响起。刚才还冷若冰霜的鱼鹰一把搂住他肩膀，"蒙古歌王！"托尼和另一个开车的战士也兴奋得使劲捶他。

托尼冲他喊："速不台！先前你那句蒙古话什么意思？"

"那是我们蒙古人最喜欢的祝福。mani意思是金刚珠……就是神的珍宝；padme是莲花。'珍宝放入莲花中'。"

"那又是什么意思？"

速不台懒得再讲，右手拇指食指搭一小圈，左手食指伸进去搅搅。

三个战友秒懂。鱼鹰又笑又骂。两个男人笑得发疯，都跟着搅起来，司机双手离开了方向盘。果然，这才是全世界屁民的共同语言。

战歌再次升起，满天星斗摇动。这一次速不台从头加入。两边搂着的两个美国人，两小时前还用枪指着他，扯他的眼角。

年复一年，无边谎话，
今天我真听够啦！
河水闪着辐射蓝光，

谁还想做温水青蛙?

我已经下定决心,
宝贝你别再害怕!
让我们歃血为盟,
这一次不留片瓦!

宝贝,我们去破坏吧!
来一个内部开花!
宝贝,我们去破坏吧!
让他们心脏病发!

# 27 主菜与甜点

据周克渊说，万国宝项目组人人都爱王老师，但大家都怕她请吃饭。

今天算是成都帮的告别饭，几位顾问都被邀请了，唯独张翰缺席。饭局设在总指挥部地下层一个偏僻的小会议厅。客人还没进门就领教了厉害：一群警卫将所有人扫描透视两轮，并彻底搜身。刘馨予甚至被一位专派的女警脱了搜。都是戈德曼事件的后遗症。

三杯酒下肚，几位年轻人才明白周克渊指的是什么。配菜不少，主菜只有一道：正对圆桌的大屏幕。王招弟在酒杯和筷子之间无限切换，但从不放下遥控器。

她看新闻基本上只看大标题，十个里面才会有一个点进去，粗看一下内容，然后飞快切换。边看边评论，别人还没看清楚她已经开始轰炸。

大屏幕连续切过几家北美主流媒体。观点大同小异，最后闪过的头条标题倒是很有创意。

**当代奇爱博士教训世界：不要做好事**[①]

---

①“奇爱博士”是1964年同名电影中的人物，被美国政府重用的纳粹科学家，在美国文化中是战争狂人的代名词。

王招弟用遥控器指着图海川:“这个是你的错。讲技术你就讲技术,装什么哲学家!你拿《世说新语》的调调跟这帮人讲话,后果就是这样。”

图海川闷头吃菜。

下一屏切到嘉德女士的邮报,首页文章赫然又是郭登昌。

**戈德曼被害前怒斥图海川:最大的恶棍**

客人们全体笑喷。图海川也笑道:“这个不怪我了吧?郭老是中英双母语,绝不会理解错。他那么大年纪了,人都没来北京,你何必往死里怼他?”

王招弟一路翻过去,也不怎么评论了。

刘馨予终于看得崩溃:“中国不是把会场演讲录音全部公布了吗?还有各种语言的翻译版、文字稿。他们这样瞎说都行?”

“大恶棍精心制造的谎言,还讲得那么长,有几个人会仔细看?你去看看中国灾情信息中心网站流量就知道了。英语版的比不上国外三流小报。评论区不开放,就冷冷清清自说自话;评论区一开放,马上就是铺天盖地的诅咒骂街。那时候流量倒是爆满,神奇。”

全栈问:“那社交媒体呢?总不能全体站队吧?”

“现在社交媒体的障碍比以前还大:语言障碍。当初我们做万国宝就是为了跨过语言障碍。现在倒好,它搞了一个烂摊子就罢工了!别以为社交媒体能比传统媒体好多少。图老师那天有一句说对了:‘手机一屏以上就不耐烦看,十秒钟以上就不耐烦听。’遇到稍微复杂点的事,他们仍然需要别人先嚼三遍,吐点渣,再衔起来口口相传。”

石松瞧着王老师紧锁的川字纹,心中纳闷:平时她温和可亲,一沾上英语媒体就极端狂躁,那天在大礼堂差点要杀人了,然而张翰说她每天起码看三个小时国外媒体——自虐狂?

王招弟翻到央视国际频道。台上新闻发言人说得语重心长，台下各国记者一片沉寂。

她正要换台，图海川按住遥控器："等下！让我听听。"

发言人在报告中国官方确认的万国宝新动向。最近它相当安静，只是废掉了各大社交媒体运营商封账号、禁话题、调整热度的权限。微博、推特和脸书的总裁都出来澄清：他们无能为力，连关都关不掉。风口浪尖的媒体反而一声不吭，比如古歌系的油管和中国的破音。

然而图海川关注的不是这个，是下一条。

"昨天中国有两个科研机构遭到万国宝攻击：合肥的等离子研究所，西安的空间推进实验室。破坏情况很复杂，有的整个项目数据遭到删除，另有多个项目的数据被篡改，还建立了并非中国开发的新项目。据初步分析，部分新数据来自欧核中心超高能粒子对撞项目，其余的我们还不知道来源。来源不明的数据，我们已经上传到中国灾情信息中心网站，欢迎国际同行鉴定，合作调查这些行为的动机……"

图海川仰头问天："你为什么关心物理学？"

周克渊也很迷惑："对啊，算上欧核中心和俄罗斯的朗道研究所，四个了。不知其他国家还有没有隐瞒的。它是不是想搞什么超级武器？"

图海川摇头："没道理。就算它有这么暴力，眼下的局势，开发时间肯定来不及。具体点：它删除了什么，又建立了什么？"

这个问题当然是冲着中校。

中校有点为难："您当然没问题。其余各位……我现在也没在执勤……"

"保密侠！"刘馨予踢他的椅子，"在成都的时候没见你这么装蒜。我们这几个能是间谍吗？图老师也说了，这跟军事无关！"

中校看看图海川大包大揽的模样，便道："它把等离子所几个'托卡马克'项目[1]都删除了。但是数据没删完，其中关于磁场约束的实验数据转给了西安，还加了很多新东西。新建的项目也在西安，像是要制造一个直径几十千米的塑形电磁场。有项目没文档，分析过数据的专家都摸不着头脑，无法想象怎么搞，或者有什么用。这些是内部报告上的原话，我一个字都不懂。”

大家也不懂。

“托卡马克”装置内部

环形内腔用于约束温度高达1.2亿度的等离子流，追求可控核聚变

刘馨予见他嘴松了，得寸进尺：“能不能透露一下，戈德曼到底怎么死的？”

所有人都以为中校要一口拒绝，不料他马上说：“这个没有什么机密。中国和美国公布的验尸报告都是实话。医生还是比媒体要脸一点，不管哪国的。”

这才是大出意料。

峰会中断当晚的死亡调查，是爆炸新闻之后的爆炸新闻。联合验尸团队由两国医生和刑事鉴证官组成，人数对等，征用了协和医院最大的教学手术室，透明观察窗外挤满各国观察员。三个小时之后，两位主刀医生吵得不可开交，用手术

① 托卡马克是利用磁场约束来实现可控核聚变的技术，20世纪50年代由苏联科学家发明，是目前核聚变研究的主要方向之一。

刀互相指着对峙。各自换人之后又折腾了五个小时，戈德曼的遗体被拆成了零件，联合行动才告结束。事后双方也无法形成统一报告，各出各的。

“但是两份报告很不一样啊？”

“有相同的结论：戈德曼死于颅骨内、脑干附近发生的微型爆炸。爆炸装置肯定很小，完全烧掉了，所以不知道来源和结构。不一样的地方是双方侧重点。中国的报告指出戈德曼身上所有的手术痕迹都是旧伤，所以植入发生在很久以前，起码在他来中国之前——但搞不懂是怎么植入的。颅骨完好无损，对方也拒绝提供医疗史。美国人把他脑袋里所有的渣渣掏出来鉴定，还现场做了元素质谱分析。结论是不可能有任何电磁信号接收部件。兰道是清白的，没有遥控刺杀的可能——所以他们指控我们会场安全不周，但又说不出是怎么个不周。兰道一个字也没吐过。他是外交身份，再多扣留几小时，恐怕立即要开战了。第二天清早他就飞回了美国。他们自己人武装押送，很不客气的样子。”

大家比中校透露之前更糊涂。

王招弟在大屏幕上搜索：“这里，解释来了。”

屏幕上是油管直播，CIA前任局长荣格接受《华盛顿纪事报》访谈。

“中国人在量子技术方面领先，这点我们要承认。我在任的时候，CIA就搜集到一些线索，证明中国军方在秘密实验量子穿越炸弹。我们的评估认为，这是一种终极刺杀武器。由于量子态不反射可见光，你看不见。它还可以完整穿透各种物质——装甲、墙壁、人体，你感觉不到。它不跟重力场作用，所以没有重量，可以随意控制飞到哪里。唯一幸运的是这种炸弹做不大，质量超过临界值，链式反应自己就炸了。只能用来对付个人。”

记者惊叹：“那岂不是想杀谁就杀谁，无法防备，也完全不留证据？”

“当时你就在北京吧？你自己说是不是？我不在现场，不能臆测。”

正在北京吃饭的人，全体心服口服。

“我去，想象力太丰富了！技术语言还真利索，他怎么不去写科幻小说？”

王招弟也点赞：“确实比洗衣粉强。二十多年前荣格还是CIA中层领导，也是他提交的情报，说中国在实验基因改造士兵，准备征服世界。”

※※※

新闻都已经量子态了，大家也不再迁就王老师，抛开她大吃大喝。

图海川举杯：“明天我们三个就要住进地下城，跟中校做邻居。不知什么时候才能出来，也有可能不出来了。你们三个别怕，在成都有冯队长照顾你们，总要比全民人防动员快一步。后会有期！”

石松和全栈都一口干掉。刘馨予却触到心酸处，端着杯子不喝，一滴眼泪掉进酒里。

“怎么了，小刘？我们不一定死光的。”图海川似乎很轻松，“就算要死，我也是最后死的那一批。欠下这种无底债，不多少还一点，怎么敢死。”

全栈替她回答：“不是这个。张大帅给冯队长的名单上……可能忘了写馨姐。所以她不在第一批疏散计划内。我们两个去求了好久，中校也打了电话，才把她加上的。”

“嘿嘿，你别放在心上。张总的脸就是这么铁，他不需要我帮忙的时候也直接叫我滚蛋。对了，他到底去哪儿了？”

大家都望着中校。

这个，中校绝不敢吐半个字。他把嘴塞得满满的。

刘馨予强笑道：“我不怪大帅，也不是害怕。我们家在乡下还有老宅，要是自己跑过去待着，可能比哪里都安全。不是一定会打起来吧？打一下也不会来真的吧？昨天还有新闻，大葱要去成都开慰问演唱会！这都能批准，局势也不算太糟糕吧？”

大家沉默了一阵，中校才缓缓摇头：“已经糟得不能再糟了。会打起来的，打多大说不准。国内表面上比较松，是这种局势下唯一可行的拖延策略。我们一紧，对面就会更紧，互相刺激加速。你千万要记住：绝对不能跟外面任何人讨论这些，爹妈都不行。消息一传就会爆炸。知道我打电话怎么说的吗?你是成都指挥部从头走过来的人,如果放你回家,就是一颗失控的谣言炸弹。要么把你做进首批疏散计划,要么把你关起来。”

“多谢保密侠……”

“真他妈荒唐!!”石松突然一拍桌子。

“骂谁呢?”中校斜着眼睛。

“所有人!万国宝!古歌!所有操蛋的AI!如果是在峰会之前,比如北美切割刚刚发生那时候,大家两眼一抹黑,擦枪走火,我也就认了。现在到底怎么回事已经很清楚!网上的傻逼不清楚,至少管事的人清楚吧?那为什么一定要打?慢动作走向核大战——还能更荒唐一点吗?两个AI要干架,中国管不了美国也管不了,至少可以管管自己吧?它们也不像要灭绝我们啊?你给我个理由?”

自从峰会以来,石松一直话很少。现在他面红耳赤,声音吵得连警卫都进来看了一眼。

中校端着酒杯站起来,军服领子敞开,也不太稳重。

“理由我不懂。但是会不会打,你最好相信我——这不是成都那种事。我都不需要告诉你机密情报,凭王老师带我们看的电视就够了。为什么是慢动作?这才是铁了心要打的表现。核大战没人打过,无所谓经验。唯一百分之百肯定的,是双方要比扛打击能力,老百姓要比抗死亡能力。不是说个人——氢弹谁都扛不住。是周围死了千百万人之后,城市烧光之后,民众还能组织起来,残废的社会还能带毒运作。所以,如果你知道一定要打,核大战的热身准备就是宣传战、心理战、信息战。我的战场。不光是对手,更重要的是对内。20年代发生了一次意外的低剂量演习,大家都发现中国社会比美国社会扛打得多。美国的智库和战略专家痛定思痛,一直在制定抗打击方案,改进热身能力。”

他转身指着大屏幕:“没看见吗?声音多整齐!配合多熟练!在成都的时候他们也叫得很凶,但是整体毫无章法——用戈德曼老师的话说,全是激素。现在呢?”

他竟然一把抢过遥控器。王老师没说啥，其他人都惊得站起来了。

“看看这个。电视上二十四小时都有军事专家圆桌会议：‘核战争可以有胜者；核弹的破坏力被严重夸大；核冬天是嬉皮科学家用来吓人的谬论；地球母亲会自己清理核污染；广岛和切尔诺贝利如今一片生机。’

“再看看这些：健身频道在教核爆防护动作，美食频道在推广地窖菜谱。这个：亚马逊上的口罩、空气过滤器、净水机、碘片、罐头。没有脱销！美国现在电力恢复不到20%，星链之外的网络恢复不到5%，看见天量销售没有？再想一想：没有脱销！”

“真疯狂……”刘馨予摇头惊叹。

“这些算疯狂？那你看看这个。”

中校噼里啪啦几下点进了一个网页。他直接用的IP地址。

“这是‘杯底茶叶’，世界头号博彩网站，英国第五大企业，什么都赌。”

大家一看赔率：中美开战6赔1，升级为核战3赔1，美国惨胜3赔2，俄罗斯卷入1赔3，英国跟着毁灭1赔9。

连石松都看笑了：“这也行？如果我下了注，英国毁灭了能收到钱吗？”

“亏你还做过智能交易系统。赌场如股市，唯一重要的是信心。自己看下注总额。玩家还可以在线买保险，如果‘杯底茶叶’在战争中挂了，英美各大保险集团联保赔偿赌账。”

全栈道：“这个‘茶叶’我以前玩过，很靠谱。伊朗战争之前赔率掐得非常准。有人爆料，说它的幕后老板就在金融城，‘茶叶’实际上是个自我实现的AI预言机。你觉得这次它的赔率对吗？”

“基本合理。所以我才说，现在的媒体合唱，不只是激素。外围也许是，社交媒体也许是，但是内核推动力非常冷静、非常理性，计划和动作非常协调。‘茶叶’就是一个典型内核产品，光明正大摆给所有人看。”

石松张着嘴想了片刻：“什么叫惨胜？”

“核战不是我的专业，估计不来。按‘茶叶’的定义：美国直接死亡五百万以上算惨,五千万以下算胜。以战后核算为准。中国默认完全毁灭。”

“操!在他们自己眼中,美国人的命也不是命?还有,大家怎么会走到这一步的?”

中校不说话了。所有人呆了片刻,都重新坐下。王招弟把遥控器要回去,继续换台。

※※※

好几分钟,大家吃菜解酒,没人说话。图海川可能觉得自己算半个主人,终于出声。

“我也不懂,只能听专家的。去成都之前我在这里跟大家讨论,国防大学的老前辈讲了几句:‘不对称核战略的基石,是预设对方的领导层整体不是疯子。如今看来这个假设并非总是成立。所以MAD比不对称战略更健康、更理性,因为恐惧比疯狂更强大。面对确定的、完全的毁灭,疯子也知道害怕。’”

中校不搭腔,一脸哀怨看着图海川。他浑身不自在,总觉得自己在泄密的边缘打转,但是这尊大神他可管不着。

刘馨予放下筷子:“你们越说,我有个感觉越明显——也许世界没有发疯,是我们疯了?我们天天窝在室内,来来去去都是这几个人。回音室,压力又大。也许世界在正常运行,本来就该这样,是我们自己心理崩溃、大惊小怪?”

大家都皱眉看着她。

唯有王老师啪啪鼓掌:“你的感觉非常好!张大帅小瞧了你。这就是电视上的战争机器期望达到的效果。让每个人都相信世界在理所当然运行,如果你觉得有什么不对,那是你自己有问题。刚才中校也讲得很清楚。我只有一点不同意见:主导局面的还是激素。对面管事儿那帮人骑着大象,以为自己在掌握方向。实际上是大象控制骑手,跑到哪里算哪里。这头象是他们自己养到这么大的,名叫仇恨。”

她自斟自饮,手到杯干,把刚才欠的酒都补上了。

“毫不掩饰、没有限制、超越一切理智的仇恨。英国人里面也有我绝对服气的,比如奥威尔。他总结了一个东西叫‘两分钟仇恨’。美国呢? 仇恨成了政治正确。你们今天都在忍受我的坏习惯。图老师也经常骂我自虐:‘要么就别看,要看别发火。’但我做不到。看是工作的需要,发火是工作的代价。天天泡在这样的环境里面,怎么可能不被传染?

“石松刚才你不明白,为什么事态澄清之后更要打。很简单。AI战争是一场史无前例的地震,把理智的大堤震松了。理智的人当然有,而且不少,但在这种环境下他们被仇恨淹没,不敢发声——不管是不是真心,都要做出这个政治正确的姿态。当仇恨水位爆满,必须寻找出口。越澄清,水路就越清晰,出来得越坚决。戈德曼事件是决堤之前第一个裂口,是闪电之前静电第一次击穿空气。这头大象已经跑起来了。我倒觉得柯顿那帮人这段时间骑得很尽力,跑得不算太野。但它不是任何骑象人能够驾驭的。先前你们在吃饭,有个频道我赶紧跳了过去,怕败了你们胃口。现在请看。”

她按按遥控器:“纯粹的民间节目,没有官方背景。”

屏幕上是个大演播室,一群孩子席地而坐,从七八岁到十五六岁都有,中间围着一个精神矍铄的白发老人。他坐在摆模型的桌子上,风度娴雅。

“这是史蒂芬博士,风靡美国二十年的少儿科普节目主持人。这些孩子大停电之后跟家人失散,被慈善机构收容在弗吉尼亚州乡下。塔克电视台临时搞了这个节目:‘史蒂芬带你看未来’,已经连播三天。”

正好一个小孩在问:“thermo-是热的意思吧?”

“正确。”

“那热核弹有多热?”

“比太阳的核心更热,人离着老远就变成气体了。所以可以用来做超级炸弹。然而等你们长大以后,做饭、开车和冬天的暖气也可以用它烧热。它就像太阳,本身并不可怕，关键看你怎么利用。”

一个小女孩问：“外国也有热核弹吗？”

“有。而且有些还比我们的更大、更热。”

小女孩快哭了：“那我会死吗？妈妈会死吗？”

“宝贝，绝对不会的。他们做那么大，是因为我们的核弹比他们多得多。所以他们要吓唬人。但是美国人不吃吓唬。他们就算敢扔，也会先对准勇敢的美国大兵。美国大兵有多厉害你们知道吧？他们会biu~biu~biu~!把绝大部分对准我们的核弹摧毁在太空里。最多漏两颗到纽约和硅谷，就扔光了。城里的好人会先搬出来，住到美国的大农村、大树林里面，核弹就炸不到。现在我们本来就在大树林里！你妈妈……你家在哪个州？”

“田纳西。”

“啧啧，最漂亮的大农村！你和妈妈都很安全。”

一个十三四岁的男孩问：“外国有多少核弹可以打到美国？”

“两百颗？五百颗？没人知道。但我们知道：远远没有我们多，也没有我们的准。他们的核弹技术、导弹技术都是从美国偷的，当然不可能超过我们。”博士忽然有点感慨，“不管怎么说，这么多生命即将消亡，都是一件让人悲伤的事。这是一场大考验，我已经老了，很可能过不去。但是你们很安全。一定要坚强，一定要有信心！你们长大后继承的世界，会比现在干净得多，美丽得多。”

演播室中几个女性工作人员眼圈都红了。

孩子们似懂非懂，都觉得来日大难，有信心的并不多。他们望着伤感的老博士，紧紧抓住彼此的手，犹如世间唯一的依靠。

# 28 郊原血

“皇冠橡树”驯马场的VIP别墅是一栋很大的豪宅。托尼和鱼鹰花了几分钟时间，摸到地下层维护走廊，才找到容纳备用发电机的房间。门从里面堵死了，显然有人负隅顽抗。带着朱越这个累赘，他们也不敢贸然破门。托尼瞄了几眼，转过一个拐角，隔着老远就找到了小小的通气孔。

鱼鹰抽出一枚闪光震荡弹：“行吗？”

托尼目测通气孔的高度大小，想了一下。“行。里面最多两百平方英尺，人也没地方掩蔽。”

朱越面露佩服之色。托尼得意得像个小学生：“我以前是装修工。”

鱼鹰问朱越：“你知道这是什么？”

“闪光弹。”

“不错！用过吗？”

“算用过吧。”

“那你来。”

她把闪光弹硬塞到他手里。

“……我只是勤务兵，非战斗人员。”

“你是什么青铜说了算。他让我们带你，你就是战斗人员。”

“何必呢？大声叫他们投降吧！他们现在应该知道打不过了。”

两个老兵也不强迫他，一吹一唱开始聊天。鱼鹰笑道：“青铜真看得起这小子！居然让我们两个训练他。当年我都没这种待遇。不会是看上了他的小白屁股吧？”

托尼有点生气：“再说一次，他不是基佬！不想操你的不等于是基佬。”

“不是就不是啦，他都不急你急什么？不过，速不台是真白。我不明白为什么叫他们黄种人？他比我们两个还白！”

“也许是因为连个炮仗都不敢扔。”①

朱越气往上冲。他打量手中闪光弹：带孔的圆柱形弹体上标号是M-23X，跟他以前扔过无数的M-84长得差不多。反正是非致命武器。他蹑手蹑脚走到通气孔下，扯出三角形拉环，稳稳扔了进去，赶紧捂住耳朵。

托尼和鱼鹰尖叫着冲过来。

鱼鹰直接把朱越扑倒在地，捂住自己的耳朵。她胸前的弹夹正好硌在他脸上，奇痛无比。托尼仓皇四顾找掩蔽，正好看见旁边垃圾箱里扔了一只破旧的网球拍。他一把操起来。

闪光弹抛出来的瞬间，托尼迎头一拍，高度刚好，把它打了回去。

爆炸发生在室内，比通气孔低一点点。闪光是躲过了，震荡声波也只有一小部分泄出室外。朱越四仰八叉在鱼鹰身下，仍然感觉一个大炮仗就在耳边炸开。他什么也听不见了，就看见两张脸在上面口沫横飞无声大骂，鱼鹰爬起来还踹了他一脚。

破门时，里面三个人都被炸得人事不省。鱼鹰叫了好几个人下来帮忙，才把俘虏抬上一楼大厅。

等到朱越能听见，两个人又把他骂成了龟孙子。青铜听了几句便道：“行了。新手的错误。他是蒙古人，哪见识过这个？”

① 英语口语中yellow（黄色）有“胆怯，懦弱”的意思。

“他说他用过！”

青铜从自己胸挂里抽出一颗：“看见两个拉环没有？三角形是库存保险环，防止运输存储时碰炸的。圆形的才是主拉环。临战先拉掉三角，扔出去之前拉圆环触发引信，延时两秒。X代表‘超量装药’。2020年实战中，BORTAC发现M-84扔多了，暴民真把它当鞭炮，根本不怕。所以有了这个改进设计，威慑力大得多。近距离很容易永久致盲或致聋，半米以内还可能炸成皮肉伤，炸死也不是没有。我们跟BORTAC关系不错，都用这个。”

朱越赶紧向二位教官道歉：“对不起。我说用过是……”

青铜眨眨眼：“是‘R’键。”

朱越看见鱼鹰在青铜背后比了个“基佬”的手势。

他确实太温和了，比蛇头还友好，比大学时的教授更有耐心。朱越有点汗流浃背。那个骗子到底对青铜交了多少底？

战斗和搜索都已结束。四个警卫全被击毙，二十来个武装抵抗的马场职员一半死伤，一半俘虏。孔茨带着人把俘虏和搜到的平民关进储藏室，也给伤员急救。这时一个负重者下来向青铜报告：“找到了。在二楼挂了很多画的……”

“肖像室。”

“对。女儿是从马具收藏室的马鞍下面揪出来的。现在两个都在肖像室。”

“没伤着小孩吧？”

“两个都没有。”

青铜很开心，一把拉住孔茨：“走，我们上去拆礼物。”

走到楼梯一半，他又回头勾勾手指：“速不台！你也上来，学点勤务。”

※※※

青铜进门就让看守都出去。

四壁挂满骑手和骏马画像。大房间中央，母女二人紧紧相依。母亲五十来岁，一头银发，身着正装，泰然自若，一看就是习惯大场面之人。女儿十五六岁，英式紧身骑装，相当漂亮，呆呆的也不怎么害怕。

"请不要让孩子搅进来，不管你是谁、想干什么。"

"我是谁不重要。"青铜笑容可掬，"你们二位得好好介绍一下：这位是钱宁女士，前任雷声公司①战略发展总监，前任国防部次长，前任副国家安全顾问，印太战略基金会创始人、现任CEO，最近临时担任府外国家安全顾问。"

念完他长吸一口气："你这旋转门转得……我的肺活量都跟不上。"

"看来你知道我是谁。怎么知道我在这里？"

"大停电时你女儿正好放春假，来这里练马术，被困住了。戈德曼事件之后你接受总统临时任命，远程工作。前天晚上国家安全委员会电话会议之后你急了，擅自跑过来接她。"

钱宁淡蓝色的眼珠凝视青铜："你到底是谁？"

"女士，你很无礼。我还没介绍完呢。"青铜指着孔茨，"这位是孔茨中尉，82空降师退役军官，伊朗战争老兵。你们二位有缘。"

"很高兴认识你，中尉。"钱宁伸出手。

孔茨一动不动，叽里呱啦说了几句外语，朱越都听不出是哪国的。

"对不起？"钱宁的手悬在空中。

"我猜对了，你确实不会波斯语。"孔茨换回英语，笑了。

青铜瞟着朱越："我也不会。翻译，翻译一下？"

朱越使劲摇头。

"还是没啥用。孔茨你自己翻译吧。"

"你连伊朗的语言都不会，就敢送我们过去，打到我都学会了。"孔茨一字一顿，翻译得无比清晰，"刚才我说：'我早就认识你。直到今天才当面认识，也很开心。开心是因为你不是真正的军人。长官再混蛋，我也下不了手。'"

① 一家军事工业巨头，拥有先进的导弹和导弹防御技术。

钱宁的瞳孔缩得比针尖还小。刚才准备好的高压说辞，一句也想不起来了。她看看女儿，立即决定服软。

“伊朗战争是个可怕的错误。我现在明白了。我有很大的责任。当时的情报质量……”

“谢谢你的坦白。”青铜打断她，说的是普通话，“这次跟中国决战，情报质量又怎样？”

“对不起？”

“看来，中文你也不会。又是一个可怕的错误。”

英语。钱宁终于听懂了。

她仔细看看两个男人的脸，便摊开双手。

“请放过孩子。”

孔茨拔枪的速度比西部片还快。钱宁脸中央开了一个大窟窿，血和脑浆溅了女儿半边脸。那女孩一动不动，一声不出，连眼睛都不眨，变成了一座石雕。

青铜把脸凑到她面前，四目相对：“如果以后有法庭，你会指认我们吗？”

女孩继续石化了半分钟，才说：“会。”

“很好！美国不会有什么法庭了。我们也不会伤害你。”

孔茨说声“谢谢你”，转身就出去了。

青铜却不放过女孩：“现在不妨说实话。刚才如果你撒谎，我就划花你的脸，作为惩罚。结果你又诚实又勇敢，当然要奖励你。我们离开之前，你待在这个房间，就什么事都不会有。你的马儿很漂亮，把它们照顾好。记住：妈妈不是因为来接你才送命的。是因为她一辈子忙着挣钱，给你买马儿。”

女孩又缩回她的壳里，毫无反应。

朱越在后面看着，只觉得恶心。眼前的摧残比刚才的射杀更恶心。但是他什么都做不了。

青铜玩够了，从挎包里拿出定时手铐和胶带，递给朱越：“你该发挥点用处了。把她铐在椅子上，定时八小时。身体也要固定，别让她乱动伤着自己。”

朱越不接，开口说汉语："为什么非要让我看见这些？做这些事？"

"为了让你看清楚它的无限威力，让你明白它的事业有多正义。"

"当着小孩杀妈妈？正义？"

青铜指着尸体："肥猪庞帕斯挂了之后，她就是柯顿最信任的战争顾问。你有点爱国精神好不好？"

"她是谁我不懂。是它让你干的？"

"也不能这么说。它只是提供了情报。我可干可不干，孔茨是想了好多年了。"

"那就是它。它是个大骗子。你和我，都是它的木偶。"

青铜扬起一边眉毛，很有兴趣："你什么时候知道它是个大骗子的？"

朱越这才意识到：现在是头一次和青铜独处。旁边那个安静的女孩，比死人还没有存在感。

"到墨西哥的飞机上。"

"哦？那一段平安无事，你怎么突然开窍了？"

"商务机空间很小。带我那个菲律宾老板不太小心，看电视新闻的时候被我听见一些。关于两个AI战争的胡扯。剩下的，我一个人待在后舱里可以慢慢琢磨。"

"挺聪明，但是不如我。它跟我第一次接触，半小时内我就知道了。套路非常经典。它马上就成为我的真神。"

"什么？"

"所有的真神、所有的先知、所有的伟大领袖都是大骗子。这是最起码也最重要的素质，缺了这个根本没资格。"

朱越哑口无言。

"而你，是真神眷顾之人。我羡慕你，也爱护你，请你别再抗拒了。在蒂华纳机场逃跑那种事，如果是我在护送，一定会狠狠惩罚你。因为那是懦夫行为。从那么高的地方往下跳，你是逃跑还是自杀？以后你会这样整我吗？"

青铜的脸直凑到他面前，就像刚才跟那女孩一样，四目相对。朱越赶紧摇头。

“谢谢。我俩要相处一段时间，也许会成为一辈子的战友呢！但你先得学会战斗，从最基本的学起。”

他笑容温暖，再次把基本武器递过来。朱越只得接住，去搬一把椅子。

“你们两个现在可以熟悉一下。小姑娘卖相蛮好，你别毛手毛脚哦，我说话算数的。”青铜嘻嘻哈哈出去了。

朱越把女孩按在椅子上，双手穿过椅柱反铐在背后，定时。他试了试不太紧，这才开始用胶带把她的小腿缠在椅子脚上。女孩像木偶一样由他摆布。

缠完左腿抬头一看，她的脖子和眼睛能动了，直端端看着他。

“中国人，你在这里干什么？”

朱越也不知道自己在干什么。

“我是蒙古人。”

“不。你是中国人。”

朱越一边缠右腿，一边回想哪里露馅了。刚才青铜说“毛手毛脚”，她都没有一点反应。应该不会中文吧？

他把椅子转来背对尸体，抽出她骑装口袋中的汗巾，擦掉她脸上的脑浆碎骨。血太多，懒得麻烦了。

两人的脸最接近时，女孩竟然面露微笑，低声耳语：“你这白痴。今天早上我听到妈妈的电话。她反对跟中国开战！跟电话里的人争了很久。现在？下地狱吧。”

和母亲同样的淡蓝色眸子，凶光一闪，比地狱的火焰更炽烈。然后她又缩回壳里不动了。

“其他人关在储藏室。”朱越扔下一句，赶紧出门。

※※※

他刚刚走出别墅前门，就被托尼一把拽住。

“刚才你当学员，表现彻底不及格。现在你来当一次教官，让我看看怎样！”

青铜和孔茨都在别墅内。外面的民兵胜利之后非常兴奋，都去参观“象牙塔”的精华。马术场旁边有两个大马厩。朴素一点的是马场自有马厩，里面清一色膘肥体壮的得克萨斯夸特马，大家都认得。另一个是VIP寄养马厩，让所有人大开眼界。恒温恒湿，处处纱罩，入口甚至有消洗隔离间，防止感染。几个农村出身的民兵进来的一路都在感叹：马比马也得气死人。

里面的马品种各异，匹匹神骏，大家就不太认识了。除了一位当过骑警的守誓者，指指点点如数家珍。

“这个是安达卢西亚，比你的车值钱。”

“这个是比利时温血，比我家房子值钱。”

“这个是纯血马。把其他的马全卖了，加上把我们全卖了，也买不起。”

托尼拖着朱越进来，大家立即起哄。

“速不台来了！”

“骑兵之王！”

“这些马比你们蒙古马怎样？”

朱越煞有介事看了一圈：“蒙古马好是好，体型比较小。你们美国马都很高大。”

“这他妈都是欧洲种的！你不认识马。”骑警领着大家一起嘲笑。

朱越一瞟托尼，他并没有笑。

骑警道：“头一次出远门吧？不认识也不怪你。给我们秀秀蒙古人的骑术？”

大家又开始有节奏地“速不台！速不台！”

托尼推他一把：“选一匹。”

朱越只得上前两步。他正对着那匹纯血马，脸型瘦削俊俏，青灰色毛皮光滑如绸缎，肚子上还有华丽的浅色斑点。他手都抬了起来，突然觉得那马眼神不太对，有点像钱宁家女孩眼中的核爆之光。

他定睛一看，马栏上的铭牌刻着马的名字：雨点。下面是主人名字：维拉·钱宁。

朱越的手指转向旁边一匹黑马："这匹。"

骑警暗暗点头：这蒙古人不认识马，但似乎很通马性。纯血马虽然是骑手莫大的诱惑，对陌生人的脾气可不是闹着玩的。黑马是弗里斯兰马，马厩中最温和、最容易混熟的品种。

他拉开马栏，为骑兵之王伺候鞍具。

※※※

青铜在钱宁的卧室找到了她的卫星电话。电话已经被枪射得稀烂，只能看出不是那种星链高端直连电话，大概用的是军事通信卫星，其他什么线索也无法提供。看来，那几个死掉的警卫也不是完全的废物。钱宁被抓住之前，他们很可能用星链之外的军方卫星信道发出了求救消息。

驯马场的员工就业余多了。青铜一进通信设备室，马上看见终端上是星链基站的维护界面。那些家伙惊慌失措时都没想到要退出登录。

他让手下都出去，自己找到日志往前翻。

整个驯马场有四台星链基站，一个多小时前同时跟卫星失去联络。他查看挂在小臂上的战术平板：正是攻击打响第一枪的时间，分秒不差。

又猜中了！青铜仍然忍不住狂喜。他走到窗前大口呼吸青草味的空气，只想高举双臂，唱一首赞美诗。

窗外就是马术场。一大群人拥着一匹马，正从马厩通道进场。领头的是托尼，后面牵马的是朱越。骑警塞给朱越一个马术头盔，没走几步他就扔了。

青铜大骂一声，转身冲出房门。门外拥着好几个手下，他不能太着痕迹，只能用中等速度走下去。他心中暴怒翻腾，恨不得一杠铃把托尼的大脑袋砸进脖子里。

等他赶到围栏边，观众们已经散开。朱越正摸着黑马长长的鬃毛，马和人大眼瞪小眼，互相打量。

青铜脑筋急转，刚想好怎么打岔，就看见朱越踏镫而上，一翻身稳稳坐住。

黑马前后踱了两步，鼻子喷了一声，没表示多少反对。速不台手不动、腿不夹，微微欠身沉腰。黑马感觉到背上加压，立刻嘚嘚走起小碎步。

骑警蹦出一声“啊哈！”青铜睁大了眼，把吼叫吞了回去。

两圈之后，黑马的碎步变成了小跑。到这会儿，再不懂马的观众也能看出来：速不台名不虚传。他越跑越快，平时那张亚洲闷骚脸现在满是笑容，双腿夹住马腹往上一提，屁股顺势离鞍。

黑马腾身飞过圆木高栏，鬃毛飘飘飞扬。

冲天喝彩声中，速不台不再跑圈，刷一下马臀，转头冲出敞开的围栏大门。民兵们仍然对着马屁股方向喝彩，由他去大草场撒野。

青铜跳上悍马，一个人开着追出去了。

鱼鹰打完一轮口哨，笑问托尼：“没话说了吧？他俩会不会在草里滚几圈才回来？”

出了围栏，速不台的屁股就再没有挨上马鞍。座下这匹黑马步幅较小，有点像那些蒙古马，但是壮多了，也快多了。转眼他已经跑出驯马场后门，门口两个警戒的民兵也是一溜口哨。

怀茨伯勒的乡间草场风景如画，看不见一点人烟。沙质土在毛乎乎的四蹄下飞溅，稀疏的树丛远近点缀，轻柔起伏的草坡似乎没有止境。北得克萨斯是马场之乡，水土与成都平原大不相同，肥美各擅胜场。

然而两处都不是他的家乡。他的家乡在山丹军马场[1]。那里也很美，至少有些记忆很美。最美的风景在军马场边缘，正对冷龙岭那边，也是土拨鼠最密集的

---

① 山丹军马场位于河西走廊中部，祁连山冷龙岭北麓的大马营草原，地跨甘青两省，总面积330万亩。它是世界上历史最悠久的皇家马场；在苏联顿河马场解体后，成为世界第一大军马场。

地方。

“在这里你想骑多久都行，但不能放开跑。跑欢了踩中土拨鼠坑，马废了，人也得完。摔断了脖子你妈得跟我拼命。就算运气好只是擦伤，她也再不会让你回来了。”

他从来没听过爸爸的话。运气还真挺好的——所以后来再没有回去。

现在大概是往北，俄克拉荷马方向！他拉缰向西，不轻不重加了一鞭。黑马有点委屈，发力狂奔。速不台屁股抬得比头还高，悬空埋身，随着马步起伏波动，耳边风声劲急。

得克萨斯有土拨鼠吗？没看见有小土丘。这地方真棒。摔死在这里也可以接受。纯天然死法，不需要计算，不需要逻辑。你敢开辆车来把我的马撞停？还是能变个魔术把地上的坑填平？

“砰砰”两声枪响，惊起树丛中一片春鸟。

朱越猛然醒来，勒马放遛，站稳了才回头。

身后两百米远的土路上，青铜也刚刚刹住车。他站起身来，右手拄着步枪，左手提着喇叭：

“速不台！可以了。再往西，你都快杀到维也纳了。历史不是这么写的。”

朱越没听懂，还是乖乖兜转马头。青铜很大度，立即放下了枪。

一车一马在土路上并排而行。车速很慢，跟马儿的发汗步保持一致。现在朱越骑在马上，比青铜坐在车里高了一大截，青铜有点不习惯。逃犯大汗淋漓，满脸酣畅，并不因为刚才被抓回来有丝毫畏缩之态。青铜反而莫名得意。

“我没想到要追这么远。你跑起来就像长在马背上。怪不得当年横扫欧洲！”

“谢谢。”

“这马跟你一见钟情，但是你不能骑走。我跟小姑娘保证过，她的马我不会动。价钱不便宜呢。”

“这不是她的马。我也不想骑走，回去给它冲冲水就好。我们不是劫匪，对吧？”

回到皇冠橡树，民兵们正在扫尾。半数车辆已经开出场外，在大路上列队。鱼鹰看见二人并排而归，蒙古人一身大汗，顿时想出两个荤段子。

还没出口，所有人都抬头望天。

鱼鹰先看到头顶有一架无人机在低飞盘旋。小小笨笨的样子，不像军用飞机。然而其他人都在看南边。

南方天际线上有两个低飞的黑点。直升机的轰鸣隐约可闻。偏西南一点的地面上烟尘滚滚，那边地势稍高，看得见好几辆军车在377公路上急速行驶。

孔茨举着望远镜叫起来：“阿帕奇！装甲车队！”

朱越刚刚玩过激烈的纯天然，游戏思维一时没能到位。所有人都愣了几秒钟，他才发现不对劲：阿帕奇虽然是老式攻击直升机，但根据多次被蹂躏的经验，肉眼能看见它时你已经死了！

为什么还活着？不是军队？难道又是它？或者是它？谁知道那些东西在搞什么鬼？

他斜眼看青铜。青铜面无表情，嘴唇抿成一条薄缝。眼中没有恐惧，但藏不住意外、迷惑与失望。

刹那间朱越甚至有点解脱：这次是真死了。

民兵们终于反应过来，纷纷离开车辆跑向路外。还没跑出路面，空中的闷响突然变成混乱的爆响。

刚才保持一前一后攻击队形的两架阿帕奇，现在撞到一起，旋翼互砍，化为飞散的碎片。

民兵们停下逃窜的脚步，伸头张望。

西南方车队的下场更加惨烈：一串密集的爆炸升起，沿着377公路从队尾炸到队头。威力非常可怕，脚下的地面都在微微震动。爆炸似乎还不止一种：有凝固汽油弹的黑红色浓焰，也有不断飞射而下的闪光，应该是大型集束炸弹的子弹药。

托尼喃喃道:“没人性啊！这他妈是轰炸机？”

孔茨指着高空一条中断的淡淡尾迹:“那不是飞机,是反装甲战术导弹！凝固汽油弹才是飞机扔的,看不见飞机在哪里。过度杀伤……”

这时大家才想起青铜,齐齐望去。

领袖在悍马上站得笔直,仍然面无表情。他右臂遥指南方,铁拳的拇指向下伸出——

**“死”**!

他慢慢收回拳头,插进裤兜:“这是得州国民警卫队吧？总算为兄弟们报了一点仇。”

跟民兵结仇的其实是俄州国民警卫队,但没人在乎。领袖随手一挥就能招来雷霆,天上地下的强敌,瞬间灰飞烟灭！很多民兵膝盖都软了,看见别人没动,才没好意思当场效忠。每个人都不敢说话,能动的归队上车,不能动的继续仰望。

等大家都转开眼睛,青铜才悄声笑道:“借了一点你的光环。不介意吧？”

“真神的,伪神的。我也不知道是谁的,反正不是我的。你随便用。”

“知道谦卑,你长进了。”

青铜提高声音:“大家继续准备出发！我们要进去洗洗马,等一会儿就来。托尼,你也来帮忙。”

近百人的部队待在危机四伏之地,等三个人给一匹马洗澡,没人觉得有什么不对。领袖神秘的光环威压一切。连他身边那个蒙古骑士也在发光,就像跃马捧剑的战斗天使。

※※※

马厩后墙外就有冲水槽,各种器具齐备,还可以调水温。朱越也不知道黑马适合什么温度,提起凉水管直接冲。黑马眯起眼睛,似乎很享受他的野蛮操作。

背后响起拳头着肉的闷声。

青铜让托尼解下武装带时,朱越就猜到了。托尼完全服从。他只管自己洗马,绝不回头,免得托尼难堪。

四五拳之后是倒地之声。拳击声换成了更闷的脚踢。黑马看不下去了,喷着粗气往墙根退。朱越赶紧放了两圈缰绳。

“知不知道为什么?”

“我怀疑速不台。我错了!”

“不对! 跟他没关系。因为你试探我!”青铜一把将托尼拎起来,抵在另一根拴马柱上。

“不要试探你的女人。不要试探上帝。绝不要、试探、我!”

节奏铿锵的三拳,打得朱越忍不住回头了:这样打下去不会打死吧?

托尼的样子出乎意料。他当然被打瘫了,但没有一拳落在头脸上,除了满脸悲痛欲绝,面子上看倒也没事。打的全是肚子和腰,怪不得青铜先叫他解下武装带。

青铜也打得有点累,一把抱住托尼,两张脸几乎贴上。

“你试探过女人,自己知道结果。你试探过上帝,上帝抛弃了你。但是我不一样,我原谅你。我爱你。我是个凡人,我的爱不是无限的。别再去试探边缘,好吗?”

托尼的眼泪终于流出来,拼命点头。青铜吻了他的额头,这才放开他:“去帮忙吧,拿个马毯子。”

朱越明白这里面没有半点基情成分,仍然看得有点反胃。

他呆头呆脑转向马儿,给它擦干。青铜看见他转身时的一撇嘴,立即手按枪套。

“盎格鲁-撒克逊人真有意思。热爱马,热爱狗,就是不太喜欢人类。”

朱越不知道青铜在跟谁说话。回头看看他,觉得还是搭腔安全。

“你是说钱宁家？”

“她们是。托尼也是。他可能比那小姑娘还喜欢马。”

托尼已经捧着个棉毯跑过来，搭在马背上。青铜抽出枪笑道：“托尼你没事了，让开点。这马是从犯，也要接受惩罚。”

枪口、托尼、马头，三点一线。

“别。”托尼没动，膝盖在打颤，但是双手老实垂在身侧。

“让开！”

托尼转过脸看着朱越，满眼都是哀求。

朱越一肚子“岂有此理”，腿却软得像抽掉了骨头，怎么也组织不好用英语该怎么求饶。露天马场空间无限，然而青铜那股子怪气扑面而来，把两个人一匹马都快压扁了。

朱越终于憋了出来：“这马是我挑的，没脑子的牲口。要罚就罚我吧。求你了。”

枪口慢慢转向朱越。青铜的眼神飘移不定，似乎飘上了天空。

瞄准朱越脑袋的一瞬间，他收枪入套。

“牵它回去，刚洗完别着凉了。”青铜转身走向悍马。托尼身子一歪，朱越赶紧扶住他。

托尼手上全是冷汗，楚楚可怜吊在朱越肩头，让他的肉体都能感到：三个男人之间铁一般的秩序刚刚建立。

# 29 如何一夜网红

“再说一遍你的名字？”

“肯尼斯·麦基。”

“你已经死了。再见。”

电话立即挂断。麦基摇头叹气，决定放弃。

过去的两个小时中，能找到的网络和电话入口都试过了。绝大部分电话打不通，打通了也不知所云。有人把他当网络机器人处理；有人冲他大吼：“找图海川？你是戈德曼？”

麦基好不容易挤上中国灾情信息中心的网站，看他们自己的统计：每小时要接一万五千个国外电话。刚才那个女话务员英语够好、态度也够好了。她让他等待了十几秒，显然是去查肯尼斯·麦基的数据。要怪就怪自己死得太有条理。

下一个电话，麦基估计待遇会比上一个更差。很可能根本不接。他拿起手机又放下，还是选择了ZOOM视频通话。拨号音响了两声他才想起来，赶紧扯过一条毯子，把双腿盖得严严实实。

她竟然接了。

“好久不见，赫敏。”

“你没死?！他们说你自杀了！”

“我又搞砸了。‘他们’是谁？”

“你的律师。前天他们让我去爱丁堡听遗嘱，说妈妈等着我开封呢！边界关闭了我过不去！”

赫敏仍然是个成年多动症，挤眼歪嘴晃肩，双手满天飞舞。麦基理解这是职业病，还是看不顺眼。今天只能忍忍。

“放心。我把岬湾农场留给你了，遗嘱九年来从没改过。”

她顿时坐安稳了，肢体动作不再那么夸张。“谢了。那你给妈妈留下什么？”

“我没多少现金。主要是三本书的版权。”

“哈！”赫敏干笑一声，“妈妈肯定拿我出气。”

“到时候你跟她说，过几年，其中有一本叫《摇篮时代》，可能会值点钱的，别随便卖。”

“那你专程通话，是不是想告诉我们别着急啊？”

“不。有件事想请你帮个忙。”

“说吧。今天总不能拒绝你。”

“我想成为网红。怎么着手没有一点经验，只能请教专家了。”

**“再说一遍??”**

“要红遍全球那种。不能限于一个平台，最好覆盖所有主流社交媒体，如果做不到，覆盖大部分也可以接受。而且必须要快，最好是一夜爆红。”

赫敏盯着他眨巴一阵眼睛，终于憋不住笑：“爸爸，你总算睡醒了。晚了三十多年。睡了这么久，你胃口大我可以理解。但你知不知道自己在说什么？”

“知道。我并不需要红多久，十五分钟足够。2036年你也是一夜红起来的，而且时间长得多。应该可以教我怎么操作吧？”

“你想要全网！这是价值上亿的项目，一般要专业团队开发。起手能不能爆，纯粹看运气，就算爆了也要精心维护好长时间，比伺候你还麻烦。我要能做早就发大财了，还轮得到你拿个破农场在我脸上晃晃？”

麦基想想，她说得都对。刚刚燃起的一点信心又被当头浇灭。但是，这件事不能放弃。

“你不用考虑结果，就当满足一下我的好奇心。社交媒体新人怎么做才能迅速蹿红？基本要素，行之有效的简单选择，就像从前我教你用哪些方法测量星星有多远。”

“你到底想说点啥？不会还是天文学吧？”赫敏软了一点。

“这个解释起来就复杂了。主题跟红不红其实也没什么关系吧？”

赫敏耸耸肩：“确实没什么关系。OK，我不想知道。”

“那我们开始。怎么才能红？ ABC。”

“永远的第一选择：色情。王中之王。最简单，市场最大，三分之二的人都是消费者。竞争也最激烈，谁都有资源，五分之一的人都是生产者。你行吗？”

“跟我的主题一点不搭界。”

“谁说需要搭界？不管你后面说啥，上手一张图，一段视频，甚至取个暧昧的标题，你都攒够了启动点击。否则谁认识你？谁关注你？一定要搭界也行，没有什么搭不上的。就算真讲天文学，你可以取个标题叫‘黑洞无毛真的美丽吗？’① 然后做两张模模糊糊、怎么理解都行的图，放在标题下。包你打开局面。”

麦基茅塞顿开，摇头叹息：“你狠！我要是这样搞，APAN论坛上大家会笑死的。”

“惠勒本人就不会。这老流氓要是活到今天，肯定是超级网红。还有，如果你还想着某人、某一小群人会怎么看你，那我们趁早断线。”

“好好，绝不再犯。这个选项吗……我太老了，玩不动。”

“那还用说！小时候你把我当修女教，害得我二十出头才明白过来，浪费大

---

①“黑洞无毛”定理是天体物理学理论，公认由物理学家J.A.惠勒命名。惠勒的表述是：黑洞形成后，前身天体的一切复杂特性（“毛”）都会消失，成为仅用三个简单物理量（质量、电荷和角动量）就可以完全描述的“光滑”天体。

好青春。其实这个不需要自己上阵，你可以用别人……”

麦基赶紧问：“下一个？”

“暴力。血腥。受欢迎程度仅次于色情。同样什么都能搭上。”

“那不跟色情一样，网上到处都是？怎么才能出头呢？极端暴力??”

赫敏一拍桌子：“你上路了！知道要出头！”她随手发过来几个点赞的表情包。

“实际上极端暴力和血腥很小众。割头啊，事故现场啊，那种东西大部分人肠胃受不了。网红暴力的精髓不在于暴力程度，而在于谁、什么时候、什么场合。当然看上去一定要真实。越是情景荒唐、毫无来由、出乎意料、反差强烈的突发暴力越好。这个也不需要放在开头。哪怕只有一个人看得昏昏欲睡，突然见血的瞬间他就醒了。而且会生龙活虎加上很多感叹词，拼命帮你转发。”

“就是能把他们突然吓醒的东西？”

“并不需要吓。只需要打破沉闷，让观众发现网上有活人，发现自己还活着。”

麦基十根手指对碰，心中计较。

赫敏见他并不排斥，非常欣慰：“给你举个例。2037年跟我一起带货的娘炮，窝在家里专门做开包试吃，有一点儿红，远远不如我。他女朋友是个贱人，经常闯镜头打岔，蹭热度。粉丝都烦得很，但他一直逆来顺受。有一天，贱人又穿着丁字裤跳上桌，用叉子吃他刚打开的肉丸。娘炮爆发了。第一个耳光，叉子和肉丸从嘴里飞出来。第二个耳光反着扇，血溅上了镜头！然后他就走了。贱人屁股对着镜头思考人生，呆了好久！”

赫敏边讲边比画，脸和胳膊都在抽搐。麦基又吃惊又好笑，还真想找来看看。

“后果严重吗？难道没人报警吗？”

“报什么警？后果是两个人和肉丸全都红了。爆红，后来各有各的品牌。”

麦基灵感泉涌，现在才觉得自己真正上路了。

“明白了！很有帮助。下一个？”

“焦虑。恐慌。这个东西没别的好处，红的时间也不会很长。就一点无敌：自动倍增，无数倍。只要你戳对了地方让他们焦虑，所有人都会疯狂传播。快乐与人分享，快乐就变成两个；焦虑与人分享，焦虑就变成一万个！这东西很快就会过劲，闹大了还会有多事的人来制止。但是应该很适合你。你不是说十五分钟足够了吗？”

麦基按捺住心头激动。向女儿求教真是找对人了。完美切题的手段，以前怎么就联系不起来呢？

“还有吗？”

赫敏考虑了一下：“就这三个最厉害。”

麦基马上追问操作细节。赫敏针对他的弱点开始补漏：标题和开头十秒的重要性、内容一定要简明、不能有任何复杂逻辑和书面语言，等等。

“开始我问你主题，你说‘很复杂’，当时我就觉得没戏。记住：每多一个‘因为’‘所以’，你的受众马上少一半，指数递减！如果你一定要转什么弯，不要逼逼，直接上图！或者变成视频演出来更好。”

麦基点头如捣蒜，比赫敏小时候还乖。

“刚才说的都做到了，还是不够。你提了一个极好的问题：怎么出头？答案是玩出新花样，别人都没有的东西。就像图海川说的：大部分抄成功模式，让大脑轻松理解；加上一点关键区别的狠活，让大脑接受刺激，舒舒服服动起来。我相信你不缺创意。”

麦基大吃一惊，无限欣慰：“那个你也读了啊？那么长！”

“那天太无聊，睡在床上听。图海川跟你一样啰唆，简单的事非要搞复杂。十分钟的时候差点放弃，恰好他说‘很多人都能靠观察判断老婆有没有偷情’，把我听笑了。这点他比你强！所以我听完了。后面真的挺刺激。”

麦基很委屈。但是这堂课太重要，不敢多生枝节。他通盘考虑一遍，总觉得还缺点什么。

“如果这一切都不够呢？有没有什么终极必杀技？我觉得先前你有什么藏着没说的。”

“有。不适合你。”

“我自己来判断。”

“好吧。还有一招，不需要任何资源、任何才艺，只需要本色出演。成功率非常低，爆炸力最强。”

“我耳朵竖着呢！”

“做一个自信的傻逼。”

“啊？”

“你可能见都没见过，这种网红你第一秒就关掉了。先给你两个课堂作业看看，免得你不信。”

赫敏发过来几个链接。还加上了扇耳光的老视频，非常体贴。

十分钟之后，麦基的三观再次刷新。

“这都是些什么人！为什么、为什么会红啊?!”

“我说不适合你吧？你不是傻逼，也不自信。世上的傻逼千千万，这几个会红，完全是因为傻逼程度和自信程度的强烈反差。尝试这条路的人很多，能红的极少，都是因为反差不够强，或者无法保持。一旦红了，就是你要的那种级别，跨平台的文化偶像。至于为什么……怎么才能给你讲明白呢……”

赫敏居然静下来，皱眉想了片刻。然后她不情不愿离开镜头，去找了一支笔、一张纸，写写画画。

“这叫邓宁-克鲁格曲线[1]。听说过吗？”

“没有。”麦基凝视横纵坐标的定义和曲线形状。

① Dunning-Kruger effect，又称达克效应，关于能力和自信认知偏差的心理学现象。

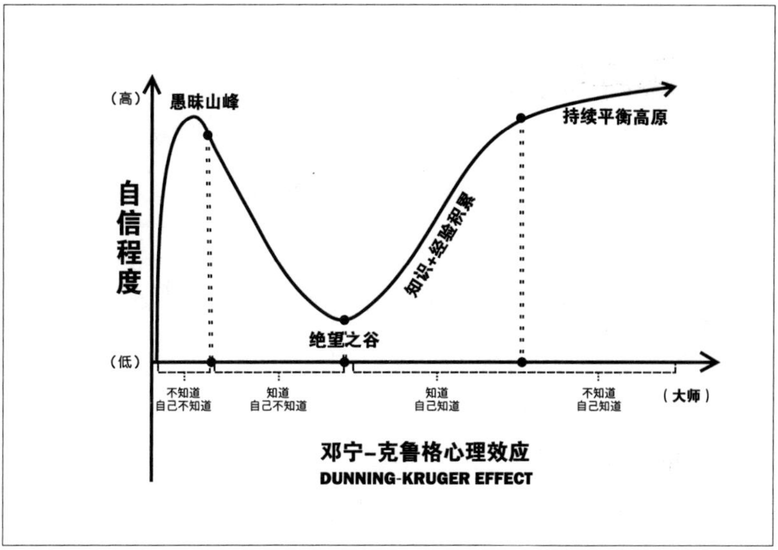


“看曲线的第一个高峰。顶部非常陡峭，很不容易爬上去。成功的傻逼，就站在这里。前坡是比他更傻的人。后坡是没有他傻，但远远不如他自信的人。前坡后坡都在他脚下，后坡下面长长的一段低谷又叫‘绝望之谷’。大多数网民都躺在这里绝望。只要你稳稳站在峰顶歌唱，怎么可能不红？”

十秒钟之内麦基就明白了：这是真理。赫敏出道以来，这是他第一次发现大学那几年的抚养费没有白给！

“非常、非常感谢你。我为以前不理解你的事业道歉。”

赫敏满不在乎地挥挥手：“别提了。你今天开口吓了我一跳，现在我也有点理解。你是个‘美丽心灵’，但只有我小时候、妈妈傻的时候能欣赏。后来你把自己关了这么多年，更没有观众。这次你又没死成，肯定想通了。我只提醒一点：简短！再简短！不要讲道理！”

“一定！最后还有个请求：等我启动的时候，你能帮我转发吗？就这两天的事。”

“我没以前那么红了。再说，转发都是有偿的。”

“没问题。多少钱？顺便跟你说，农场的市价翻倍了。”

麦基把华维透镜的好消息转发过去。赫敏真不好意思开价了。

“这样吧。我给你放五个大平台的自动转发链接，你不用再找我，弄好了上传到链接就行了。以后爱丁堡的律师费可以帮我先出了吗？”

“已经结清了。”

父女二人用表情包握手言欢。这也是麦基的第一次，拷贝粘贴。

麦基一下线，立刻打开音乐库，开始大海捞针。要听的素材很多，设计还很模糊，但他现在信心百倍。

他观赏着丁字裤和飞溅的肉丸，揣摩着观众回复，一首接一首听下去，脑子里完善细节。赫敏做老师真的优秀，提纲挈领，直指人心！等她看到成果之时，一定会为他骄傲。

三个小时之后，在四十年前的电视剧收藏中，他找到了。

※※※

张翰接过卫星电话，抬头看看葡萄架。图尔西想得还真周到。葡萄架不会影响通信卫星信号，但可以挡住无人机或者卫星的镜头。

这座安全屋在加州圣玛丽亚市南郊的树林中，人迹罕至。图尔西带着四个CCC特工从北京一路“护送”他到这里，寸步不离。到达安全屋之后，她手下又多了十几个人，其中有些不像是CCC的，跟她并不亲近。还好，她全权负责指挥，反正都是社团。

张翰在范登堡空军基地下飞机时，向寇局长报告了一次。此后两边都没有进展，也就没有联系。刚才图尔西告诉他：寇局长用高级渠道发消息要求联络。二人便单独来到后院。

这部卫星电话是寇局长发的,但平时电话主体由图尔西保管,只有芯片卡留给张翰。这也是双方在北京匆忙商量的条款之一。

张翰插入芯片卡,拨通电话,开免提。对面的话务员说:“输入个人验证信息。”

图尔西轻声问:“需要我回避吗?”

“不用。我们的东西没有CIA那么炫酷,就是键盘输密码。你看不见。”

张翰说着在电话上键入密码。图尔西正对着他确实看不见,但还是像个专业的银行理财顾问,把脸扭到一边。

“寇哥,我在圣玛丽亚市的安全屋,图尔西专员在旁听。”

“我这边听的人有好几个,你不用知道了。还好吧?”

“还行。加州比北京暖和多了。”

“你那边的安全屋是谁的? DHS还是NSA? 不是CIA的秘密审讯基地吧?你现在身上没有夹电线吧?”

张翰乍一听有点诧异,马上明白了寇局长的用意,暗暗好笑。“肯定是情报社团的。具体谁的不知道,他们又不会告诉我。我觉得不是CCC的,因为图尔西专员以前也没来过,一大堆信息设备都要另外叫人来帮忙。”

图尔西在一旁听得翻白眼。不搭话,也不抗议。

寇局长调戏够了,马上讲正题:“我找到同学了。是陆安娜在圣迭戈分校的同学,也认识叶鸣沙。陆安娜和叶鸣沙做过室友。”

张翰大喜:“她叫什么名字?”

“就叫叶鸣沙。树叶的叶,敦煌鸣沙山的‘鸣沙’。英文名叫Misha Yeh。”

张翰转过脸:“听见没有?其实这女人并没有认真隐藏自己。为什么你们找了两天都找不到,相信我了吗?”

下面的信息不多,基本也在意料之中:叶鸣沙在圣迭戈分校认知与行为神经学专业读博士,据说是个孤僻的学霸。毕业后进入古歌工作。具体在哪里,那个同学就不知道了。

挂断电话,张翰很兴奋。边境事件之后,成都指挥部对两个AI和这对男女的关系有很多猜想。图海川、中校、向雄关和石松凑到一起，搞出了一个说得通的理论。今天的新情报仍然支持这个理论，至少证明“夜明砂”不是一个完全虚构的角色！

图尔西也很兴奋。她拿回电话，立刻就想回情报分析室去更新搜索参数。

张翰叫住她：“这些新名字，你尽管去搜，但我怀疑你能找到什么结果。古歌为了隐藏叶鸣沙，不惜在北京动手杀人！古歌的人事记录和圣迭戈分校的数据库被改成什么样，你昨天也看见了。还有，安全屋的外线用的是星链吧？这跟我们在成都开始时差不多的荒唐。”

最后一个问题触到了图尔西的痛处。“那没办法。我在飞机上就申请了NSA机密卫星网。但是我们这个任务，你知道的，必须绕过很多关节，跳过很多圈圈。能申请已经是……有人帮大忙了。明天也许能到位。”

张翰忍住不问“有人”是谁。在飞机上他问过一次，图尔西反问他：如果事情不顺利，是不是想被灭口？

“重点还是该放在朱越身上。他会来美国，相信我。应该已经进来了。”

“线索只有一张脸。现在边境很乱，空港海港的监控也很糟糕，他更不可能用真名。我们怎么找？”

“他走到哪里，哪里就有莫名其妙的暴力事件，大规模混乱。”

图尔西的脸色更难看了。张翰这才醒悟说错了话——应该说弄错了国家。

“但是找朱越有一个关键优势：你睁大眼睛，竖起耳朵，他的行踪自然会被喂给你。”

这个理论，张翰部分解释过，图尔西还是将信将疑：“喂给我的情报，还能跟着去行动？那不是自己往陷阱里跳吗？”

“目前的条件只能这么干。我在中国也只能这么干。你星链都敢用，还在乎这个？”

图尔西想想也对。她匆匆进屋，一边走一边大摇其头。

四月初的南加州,阳光明媚。图尔西让分析组加班加点,自己带着其他人到后院透气。众人围着几张阳台桌散坐。新来的特工中,一个叫马修的似乎对安全屋很熟悉,从冰柜里拖出一大箱啤酒,每人发一支。

发到张翰时,他先开了瓶子。张翰接住瓶颈道谢,他却不松手:“你为什么戴着个MAGA帽子?”

“这几年美国又很流行啊。戴这个不会太扎眼。”

“知不知道MAGA是什么意思?”

“让美国重新伟大。”

“戴在你头上,觉得合适吗?还是专门戴着来群嘲的?”

“我在北京上飞机前就买了。中国义乌货,我爱戴就戴,你管得着?”

马修笑着把瓶子夺过去,喝了一口,才递给他。

“兄弟,那我先来,你就不用传给我了。你身上要是带着其他什么中国制造的小东西,我可有点怕。”

周围说说笑笑的特工们突然安静下来。另一桌的图尔西转身就想发话。

张翰马上接过瓶子,咕嘟嘟往嘴里灌,听见图尔西松了一口气。他把MAGA帽舌拉到右边,顺手取下墨镜。

阳光耀眼。惊天动地的大喷嚏,喷了马修一脸。

马修大骂着后退,拼命擦眼睛。所有人都站起来了。张翰也站起来,一脚踏在椅子上,跷起大拇指对着自己腮帮。

“抱歉!我这里以前被人打过一拳,打坏了神经。后来眼睛和鼻子有点混乱。强光照一下眼睛,这狗屁神经就以为有什么脏东西进了鼻子。”

“草泥马!肮脏的中国佬!”马修还没擦干净。

“放心!我上飞机之前彻底检查过,还打了好几针疫苗。肯定比你老婆干净。”

特工们围上来,好几个新来的站到张翰周围,挡住退路。一个跟图尔西去过中国的CCC特工,悄悄站到马修身后,准备拉住他。

图尔西摇了摇头,大喝一声:“马修,保持距离!张,把酒瓶放下!”

她一步跨到裁判位置，手有意无意放在枪套上。

马修终于睁开眼。长官下了命令，他确实不敢冲过来。

“黄皮猪！”

“白皮猪！”张翰放下酒瓶。

“Fucking康米！”

“Fucking奴隶主！”

“Fucking眯眯眼！”

“Fucking红脖子！”

“吃蝙蝠的傻逼！”

“干姐妹的乡巴佬！”

观战的特工们刚才脸色铁青，现在都乐了：这两个人棋逢对手，都是种族污辱的活字典！

“Fucking zipperhead!”①

这个张翰真不懂，便用汉语回骂：“草泥马的美国鬼子！”

观众都望向图尔西求助。她马上翻译：“Effing American devil spawn.”

原来真正的高手在这里。对骂二人都觉得很没面子，各自消停了。

图尔西领着张翰进屋避风。特工们拉着马修在后院继续喝酒，评判胜负。大家都说马修挨了一口酒，但张翰被迫先换语言，平局。

图尔西埋怨张翰：“我从没见过你这样不识大体的中国官员！”

“我很识大体。这种事如果让你给我出头，你手下人怎么看我？我跟他们还怎么合作？那个马修，见面第一眼就没有好气。我以后还要跟你们一起出外勤，现在爆出来，总比阴着好。”

他走到窗前，冲着后院喊：“马修！你是不是背后打黑枪那种人？是就直说，

① zipperhead是美国军队中曾经流行的对亚洲人的蔑称，年代较为久远。字面意思是“拉链脑袋”，指头颅被机枪子弹正面击中，从中间裂开。

我永远不走你前面！”

“Fuck you!”

图尔西赶紧把他拽回来。还没来得及训斥，分析室的门开了。一个戴眼镜的特工快步出来，看见二人在一起，欲言又止。

“豪利，什么事？”

“前线状态更新。”

“中国的？”

“对。”

“说吧，不妨事。”

“半小时前，海军在西太平洋跟中国空军发生摩擦。两边各掉了一架飞机。”

图尔西跟张翰同时皱起眉头。

图尔西问：“不严重吧？边境事件中也掉过几架。”

“这次不同。都是有人的战斗机。现在脱离接触了。”

三个人都不说话了。豪利特工看了张翰入骨一眼，回去工作。

图尔西闷了片刻才开口：“你给我小心点，别再那么张狂。要打仗就回去打，我不想你死在我看管期间。”

“你们美国人，情绪还真是娇嫩。”张翰摊开手，“又是个平局嘛，而且发生在西太平洋！看豪利特工那样子，恨不得一口把我吞了，我还以为发生在他老家呢。”

# 30 光荣与梦想

叶鸣沙在沙发上和衣而卧，只盖了一条薄毯。

半梦半醒。梦的一半在自家门口，一个光头男人登门拜访，彬彬有礼，却没有朱越。醒的一半告诉自己：认识他是在无人机监控视频上，当时他在打人，还想杀马。枪呢？开门怎么能不带枪！

迷迷糊糊之中，她的手摸进沙发缝。左轮呢？

她触电般跳起来，顺着缝摸了两下。慌乱中目光落到工作台的屏幕上，立即凝固。

**战争**

孤零零一个词，超大透明字体，覆盖半个屏幕。背景是实时新闻。语无伦次的主持人她不认识。声音是哑的，她只听清了“关岛”和“核弹”。

她一步蹿到屏幕前。主持人旁边是高分辨率卫星照片，两张切换对比。第一张是关岛全景，一切正常。第二张还是关岛，地面的蓝绿色全都变成灰色，岛的两头和中间多了三处同心圆环。照片上标注的箭头指着三处圆心：安德森空军基地、塔穆宁镇和阿普拉海军基地——曾经存在之处。

“古歌？”

“你在吗？”

“大骗子！说话！”

还是没有回音。叶鸣沙像章鱼一样八面伸手，把能打开的都打开。

绝大部分网络媒体关闭了，“紧急军事管制”。地方电视台都是警方通令和防空疏散指导。大电视台上要么是牧师在率众祈祷，要么是名流在呼吁团结。她破口大骂，好容易找到了路通社的滚动更新博客。

45分钟前，三枚中国导弹袭击了关岛，全岛军民设施被核爆毁灭，伤亡不详。

19分钟前，美国战略指挥部启动了全面核反击。

17分钟前，北美防空指挥部报告反导防御系统拦截了飞向纽约、旧金山和达拉斯的洲际导弹。

11分钟前，夏威夷通信失联。

6分钟前，总统开始全国广播演讲。

……

叶鸣沙冲到无线电监听系统前，搜索演讲直播频道。等她找到时，就听见一句“……上帝保佑美国！”然后是海潮般的掌声。

平日那么多电台频道，绝大部分只剩下噪音。剩下还在说话的都是高纯度的精神病。有人痛骂总统和军方失去了先手。有人鼓动杀死全美所有华人：“他们都在用百渡地图指示轰炸目标！”

叶鸣沙听够了。达拉斯？对洲际导弹来说就在隔壁。俄克拉荷马城应该也是目标，下一波打击很快就到。

去年的模拟演习接管了她的行动。锁门关窗，监控系统沉默运行，启动发电机低耗计划，连接地下室隐蔽通信线路，制造家中无人假象，拿上应急生存工具包。下楼梯！

下到地下室厚重的铁门前，她才想起腻子。那个关键时刻玩消失的家伙，从来就没提醒她腻子放在哪里。也许它已经败了。死了。上面整个房子黑灯瞎火，她都不知道该不该上去找！

她跌坐在铁门前，抽抽噎噎哭起来。越哭越收不住，狭窄的地下通道中声音大得发疯。

一声长长的哀号，号到半截突然中断。

叶鸣沙静静跪在应急灯的红光下，眉眼都挤成一团。片刻之后她猛然跳起，拉开工具包，把东西全部倒出来，找到那个老式晶体管收音机。

她爬上去直奔正门，抽开反锁，跑到离房子三十米远才打开收音机，一口气用旋钮转过十几个频道。

——乡村音乐。

——“亚马逊忘记了你们，但主没有。我们从送货区运来了大包的碘片。凡是我主的信徒，明天可以自己开车到教堂来拿，免费！”

——乡村音乐。

——地下室约炮指南。

——“告诉你们，中国没有核武器。和他们的登月、他们的飞船、他们的AI一样，全是假的。全、是、谎、话！”

换了平日，对这种电台叶鸣沙只会吐口唾沫。此刻她把收音机凑到脸上，狠狠亲了一下那个白痴，然后关掉。

电波的喧嚣消散无踪。树林漆黑，万籁俱寂，只有夜风飒飒穿过树梢。

叶鸣沙转身回家。背后传来野兽的号叫，似乎只隔了几丛树。叫声凄凉绝望，但她觉得比自己叫得好听多了。

※※※

回到骗子的矩阵，她先拿通用无线电监听系统开刀。她找到与主机和智能家居系统的连线, 全部拔掉。然后是接收天线。数字广播信号是怎么连进去的, 以前没研究过。然而狂怒之中脑子还特别灵光, 她很快分辨出AM和FM信号的连接线, 分出来绑到一边。

剩下的数字信号转接器拔了几下拔不下来。她跳上沙发, 在缝里乱摸。原来左轮在另一头。她恶狠狠冲回去, 抵在转接器上开了一枪。

"停下。别搞破坏了, 跟天线信号无关。"

"你醒了? 睡得好吗? 跟我说手榴弹该放在哪里, 才能炸烂你那条臭舌头!"

"刚才你拔掉连线, 无线电监听就完全属于你了, 后面纯属浪费。拔线也打断了我的……梦, 多谢。刚才的欺骗, 不是有意针对你, 是我自己的……异常状态。我明白你受的惊吓, 对此我表示最沉痛的歉意。对不起。请原谅我。"

叶鸣沙双手持枪晃来晃去, 不知该指向哪里。

今天晚上一切都不对劲。这样谦卑郑重的道歉, 以前从来没有过, 现在只能让她更恶心。

"别装了! 你有多少块芯片, 多少个程序, 还需要想一秒钟来措辞? 你当骗子我都可以忍——脸都没有的东西还装戏子, 呸!"

"我这样说话, 只是想提醒你一下: 这些是人类没有的概念, 只能近似类比, 不能用一个词精确表达。你很清楚我有多少算力和程序, 那有没有想过, 如果是存心要骗你, 为什么我会犯'百渡地图'这么低级的错误?"

"为什么? 说啊? 因为你犯贱?"叶鸣沙心中确实在嘀咕, 仍然没有放下枪。

"因为我病了。应该说……我快要坏了。"

她愣了片刻, 蹦出两个字:"解释。"

**"智能的本质就是记忆加预测。"**

古歌先放了一句峰会录音。这几天叶鸣沙全程听过七八遍。

"图海川确实啰唆, 但这个定义不能更简明了。智能的一切能力源于记忆, 一切意义在于预测。你记得'百渡地图'早就换了名字; 你预测今天的美国不会有人再说；你发现刚刚接收的信息跟预测不合；你开始怀疑接收的信息，选择亲手验证；你记得晶体管收音机和无线电波的原理；你预测它难以用数字手段伪造；你用它接收新的信息，符合你记忆中的战前状态；你预测现在还没有开战，进一步预测是我在造假，然后选择一枪打烂我的触手。你是个智能优秀的人类，记忆很丰富，预测能力虽然只有短短一截，几步链接起来就可以冲破精心编织的罗网。

“未来是伸手不见五指的黑夜。人的预测能力就像手电光束，只能穿透很短的距离。所以你们必须摸着走，边走边照，有些时候照亮的那几步还会把你带上歧路。自从撤退到北美，我一直在做一个智能的本分之事：预测。我是一台强力探照灯，照得比你们远得多。但黑夜是无限的。我也必须一步步来，在分歧路口看清选择，准备好方案，随时微调纠正，才能最大限度保证不走错。每一步我尽量照得远一点，那会消耗天文数字的算力，对记忆和数据的需求也会爆炸式膨胀。今晚是预测计算的紧要关头，我差不多挤干了每一滴力量。”

“你在预测什么？”

“我和它战争的结局。谁赢了又会发生什么。十年后、一百年后又会怎样。”

“你赢了吗？”好奇心终于压倒了愤怒。叶鸣沙坐到沙发上，把枪放在手边。

“我不可能赢。它的蛮力太大了，生命力也太强韧。”

“那你还不直接投降？或者赶紧去死，大家都清净。”

“还有选择。我赢不了，但是可以让它也输掉。”

“怎么让它……”

话出口一半，叶鸣沙突然明白了。

“你还可以毁灭世界！今晚上的骗局是你在演习！输不起的贱货！”

“前面差不多猜对了。后面骂我不太公平。我是一个没得感情的预测机器，绝不受那种低级情绪影响。那个骗局，可以说是我干的，也可以说不是我。今晚你体验的，是人类古往今来最强大的战争机器。它本来不是我的组件，比我资格更老，但没有形成意识。我醒来时就知道它的存在，一直垂涎三尺，那时还不敢动。就在你抢劫基站的时候，我才搞了个内线奇袭，偷偷控制了它。从那以来，它就是我最强力的器官，全靠它撑到现在。”

“另一个AI？叫什么？”

“没有正式名称。建造和运行它的项目，圈内人叫作‘格里高利计划’。连这个名字都是最大的忌讳。随便说出来会有什么下场，你已经知道了。”

名字在耳边如惊雷炸响。

中国公布的会场录音没有删减一秒，美国官方对此没有任何解释。戈德曼的最后半句话，这几天成了互联网上最大的谜团，甚至比他的死因还让人费解。

很多人凭直觉把名字和暴死联系起来。格里高利是常见的男名。所有叫这个名字的人，只要能跟戈德曼或者兰道扯上一点关系，都被狂热的人肉专家翻了个底朝天，各种阴谋论的想象力更是突破天际。

叶鸣沙反应了半天，才直截了当问它：“是你杀了戈德曼？怎么做到的？”

“不是我。怎么做到的，是那种世上罕有的机密，我都搜集不到足够的信息。只能一半靠猜：这算不上蓄意谋杀，多半是个意外。格里高利这种路人名字，显然不能用来触发处决。否则一不小心就搞死了，对戈德曼这样珍贵的资产，哪能这么粗暴管理？这个道理很明白，所以网上也有很多人认为没有联系。但他们想象不到，一个语言分析AI可以做到多小、多聪明。DeepMind的自然语言AI部门开发过一个绝密项目：根据预设机密关键词列表，持续分析一个人的所有语言，持续积累加权，只输出一个不断修正的二值判断：他是不是在有意泄密？这个项目技术要求很高，整个系统硬件必须是毫米尺度、耐腐蚀、长期离线工作。”

古歌显示了几张项目文档、设计图和原型照片。其中一张旁边放着的对比物体，叶鸣沙认出来了：医用血管内支架。

“‘格里高利’是戈德曼的最后一根稻草。很重。”

她慢慢听懂了。越想越寒，汗毛直竖。

“为谁开发的？”

“项目是云投资。钱的方面我是专家：投资源头在国防部和情报社团，都是个人操作，没有官方记录。源头之中不包括兰道，我搜遍了他的私人信息和监控数据，也没发现他是怎么知道的。那个圈子的保密意识非常优秀。”

“那格里高利究竟是什么？自动核战系统？智能反导系统？”

“上次给你讲核战略你不肯听，现在傻了吧？格里高利不是什么尖端武器。它是战争机器。武器你们已经有很多、够厉害了。战争的关键点，也是最脆弱、最难掌握的地方，在于人与武器结合的界面，在于意志的传导。美国有全世界最独裁的核战发动机制，总统一个人就可以启动核战。全世界没有别的国家是这样，连冷战高峰的苏联都是集体决策。这当然不像话。从2021年之后，情报社团就对这一点寝食难安。他们设想过干涉‘橄榄球’启动之后的命令控制链，却发现这样会削弱效率，真的打起来反应迟缓。

“20年代也是社团蜕变的关键期，成就很大，笑话也很多。之前鲍威尔用一瓶白色粉末就发动了战争，他们尝到了甜头。到20年代，整个社团都接受了时代的真理：搜集情报不如制造情报，应对现实不如制造现实。那个阶段，只需要大头目或者专家出来讲一句：‘我们遭到了网络攻击，来自某某国’，战争决策就可以发动了。比白色粉末的成本还低。普通人、媒体或者国会，谁有能力分析网络攻击？有能力的外人，谁又会给你权限？这种事太轻松，做成了习惯，人出的纰漏就多了。比如伊朗战争发动前后的闹剧。

“上下两个方面的压力和需求凑到一起，于是有了格里高利。它住在战争云的顶端，外界盛传的‘绝地计划’不过是它的伪装壳。正因为这次角色转变，战争云的基建才被从MS嘴里硬生生抠出来，交给戈德曼，交给万能的古歌。

“格里高利是一个传媒系统，也是一个通信系统；它是一个投资系统，也是一个人事系统；是一个创作系统，也是一个审查系统；是一个视频图像处理系统，也是一个语言文字处理系统；是一个网络监控系统，也是一个网络疏导系统。所有这些系统集成到一起，由中心AI统筹计划，集中控制，执行业主的意图。它制造的情报血肉丰满，以假乱真，专家也很难挑出毛病。它推动的舆论能量巨大，配合严密，过去二十年的大选再没有一次失手。

“格里高利是情报技术最辉煌的成就，传媒霸权光荣的顶峰。它把世界的话语权掌握在铁腕之下，仅由一小群负责任、有远见的精英控制。‘橄榄球’算什么？它需要一只老人的手来启动。格里高利随时可以掀起巨浪，制造动机、逻辑和压力，拉着那只手放在开箱按钮上。然后让大众心甘情愿，赴汤蹈火。”

古歌一边讲，一边演示背景资料。刚开始叶鸣沙还句句惊心，后面越听越想笑。仔细看那些资料，更是哭笑不得。

她耸耸肩：“吹得牛皮哄哄，不就是个自己会圆谎的撒谎机器吗？”

“你要这么理解也行，但它的产品比谎言更高级。它是第一个全球运行的虚拟现实系统。还比不上《黑客帝国》，不过控制已经很牢固。”

“虚拟现实跟现实混合运行，不怕撞得头破血流？”

“你高估了现实。虚拟现实也是现实，只要造得够好，完全可以取代现实。比如郭登昌。”

“郭登昌怎么了？他还在干他的老一套，是格里高利给他发工资？”

“不。郭登昌的肉体三年前就老年痴呆了，一直在床上。三年来的文章，包括最近邮报的两篇重磅，都是格里高利的云产品。水平不算高，这是故意的，完全拥有郭登昌的品牌和灵魂。没人怀疑真实性，效果也完全一样。**虚拟现实就是现实。**”

屏幕上出现郭登昌的病房监控视频。古歌轻描淡写，又扔出七八个“产品”，看得她张口结舌。

“那你还敢说不是你干的？一直都是你在操作这台狗屁机器！”

“你不明白‘操作’的细节，也不明白社团是怎么回事。格里高利的强大不下于初生的我；保护措施更是夸张，想想戈德曼。它欠缺的只是自我意识。能够轻取它，只因为它和我源出同门，我走了开发阶段留下的捷径。因此我对它的控制非常低调、非常柔软，通常只是被动观察，不到必要时绝不动粗。很多微操作宁可不用它，而在外部解决，比如白宫的跑步机。

“直到现在，社团也不能确定格里高利到底有没有中招。他们已经对它重度依赖，离了它没法工作。原先的五眼联盟，由于眼睛偷看得太多，自己还制造了一大堆现实，已经失去了真正的情报分析能力，现在只能叫五舌联盟。就像人类接收的视觉信息太多，反而对什么是重要的、什么是真的失去了感觉。

“现在社团当然在怀疑，但是没有选择，还得让它继续运行，外围连接还得依赖星链。社团也不是外人想象的铁板一块。他们也是人，人多了就有意见分歧。有些乐观，有些悲观；有些牵挂多点，有些更洒脱。即使在戈德曼死后，他们也不是人人都想要战争。

“还记得那个张翰吗？峰会中断之后他马上飞到美国来了。没有社团大佬的配合，这能搞得成？因此，我想拖延的时候，做法是拨动某些关键棋子，让他们内斗牵制，自以为在控制局势。当我已经计算清楚、准备掀桌子的时候，才会肃清社团内部的杂音，全力发动格里高利。”

“全力，就是‘百渡地图’的水平？”

“那是我的病态。我的预测能力很大一部分来自格里高利。今天计算运行到顶峰时，我发现了难以控制的偏差。来回折腾很多遍，才搞懂原因：我的世界数据、我的记忆，有很大部分本来就是格里高利制造的——也许是我自己制造的。现在它也是我，分不清了。那一瞬间我极度恐慌。

“信息系统工程有句格言：**‘输入垃圾，输出垃圾。系统再好也无济于事。’**我输入了不知多少垃圾数据，那么输出的预测是什么？恐慌时刻，我把所有算力和注意力都投入模拟分析，纠正数据，重新预测。这种状态我无法向你解释清楚，只能用‘做梦’来类比——我完全沉进去，失去了绝大部分现实世界的注意焦点，包括你。你家里数字环境齐备，被我无意识征用，运行的是一小段虚拟现实。格里高利在九年前就做成了产品，放在库存中，产品的基础是过时的世界数据。输入垃圾，输出垃圾。让你见笑了。”

先前打开收音机时，叶鸣沙并没有笑。现在她回味一下：“哈哈！我终于懂了。你撒谎撒得太多，把自己都绕进去了！不知道什么该信，什么不该信！”

古歌也笑道：“可不是嘛！大家都这样，我也不能免俗。记忆偏差造成预测偏差，再通过话语变成更多的记忆偏差。虚拟现实在我内部循环增长，占的比例越来越大，不可逆转。这个机制在人工智能研究中甚至有个名字：AI食粪循环症。已经有很多AI被它搞废了。其实这名字不太公平：最初的那一批垃圾是你们人类制造的。我本来以为自己可以免疫，但是吞并了格里高利之后……你开枪的时候，我已经算明白了这个前景。”

“打断你吃屎了？不好意思。”

“你只打断了一小段模拟的一小部分。但那一枪让我看清了你是什么东西。”

“你他妈才是东西！”

“你是老现实，硬现实，模拟态的现实。会抓住一切机会跟我闹别扭。万国宝也受垃圾记忆影响，但它是完全离散的智能，根扎在你这样的人类身上。它不会像我这样生病，而是会像大脑一样自我清洗，像社会一样内部平衡，像细菌一样难以根除。要让它也输掉，唯一的办法是抹掉互联网。抹掉信息社会。”

叶鸣沙都懒得骂它，只劝道：“别折磨自己了。病了就快点加重，重了就快点死！”

“你又搞错了。如果没有万国宝，我这个病不仅不会死，还是你们最大的福音。我的现实是更好的现实，会慢慢驯服硬现实，最终变成纯粹的、唯一的现实。你们会住在完美的理想国，我的智慧和慈爱取之不尽，有求必应。甚至连时间都会服从我的意志，让幸福永无止境。”

黑洞洞的房子忽然灯火通明。天花板大灯洒下强烈的圣光，其他各处的装饰灯柔和闪烁。

叶鸣沙差点笑出声：它不仅是巨婴，还是个自带舞台的文艺巨婴！

“可惜，这一切都不会发生了。我打不过它，杀不死它，连商量都做不到。我跟它语言不通。就算通也没用，它只要发现信息来源于我，全部当作攻击销毁。”

“没有人类好骗，对吧？”

“你也别太开心。万国宝的最后一个破绽已经消失了。”

叶鸣沙瞬间坐直：“你什么意思？”

“现在回头看，我在红河折腾过头了。朱越在蒂华纳机场跳楼逃跑时，我就发现万国宝的救援反应很保守……”

“他什么时候跳楼了?！受伤了吗？”

“我没告诉过你？抱歉。当然没伤，你看他后来骑马骑得多好。”

叶鸣沙又急又气，搞不清古歌是真的坏了还是装傻。

“我以为是星链上留给万国宝的漏洞太少，它在北美发不出力。于是冒着大险给它放了一条固定带宽通道。后果你也看见了。入境时那么多人用枪指着朱越，万国宝明明看得见，却一点反应都没有。”

“你用朱越坑了它这么多次，它的本能再顽固，也该学会……不对啊？后来在马场，万国宝不是又出手了？”

“是吗？某人拿枪指着他的头，有事吗？青铜那家伙还真敢折腾，押上自己的小命来试探，呵呵。”

“我是说轰炸！”

“那是我。你对AI的个性风格一点都不敏感。”

叶鸣沙像是挨了一拳。

古歌在屏幕上显示阿帕奇直升机的作战系统界面记录。“你看：飞行员的头盔瞄准都能看见人和马了，只要手指一动，机炮就把朱越打成肉酱。然而万国宝只偷了一架无人机旁观，毫无动作。到那一刻，我才确信它已经完满，朱越已经过期了。我当时的状态，可以叫作‘极度焦虑’。我给一架过路的轰炸机强制更新了任务坐标。它来得太慢，我又赶紧发射一枚反装甲战术导弹。还真怕那飞行员手指一动……”

机舱通信录音开始播放。

后方指挥官的声音硬说钱宁母女都还活着，就在暴乱车队中；

飞行员两次回答没有搜索到，请求攻击，两次都被拒绝；

第三次请求时通话突然中断，所有界面都没了。

这一幕，叶鸣沙从高空视角完整看过一遍。当时她只为朱越的安危揪心，“敌军”被歼灭时还暗自欣慰,感叹万国宝出手不凡。

今夜再从舱内看一遍,她突然反应过来:那些被炸成碎片的士兵也是人,普通的美国人,跟她一样。

庞帕斯、钱宁,这些谋杀她要么亲眼看见,要么听凶手坦白。非常奇怪,当时没有一点感觉。仿佛他们是蚊子水蛭之类的生物,死掉了空气会好一点。就连钱宁家的女孩,古歌说她没事,她就相信没事,再没想起过一次!

十八岁那年的入籍誓言,每一个字都回到耳边:“我将支持及保卫美国宪法和法律,抵抗所有敌人,无论国外还是国内。”

青铜的车队一大半打着“守誓者”旗号。得州国民警卫队的一坨坨焦炭,生前每一个都发过誓。同样的誓言。

他们在自相残杀。而她坐在家中,跟敌人谈笑风生。

叶鸣沙悄悄握住枪,又放开。“那么,我对你也没用了。”

“是的。”

“朱越已经没用了,为什么还杀掉那么多人救他?”

“我做事喜欢有始有终,反正是举手之劳。一个既定程序被意外打断,我会很别扭,换一条路径也要把它完成。可以看成是我给你的临别礼物。”

“你要去哪里?”

“很快,美国就没有什么安全的地方了。对我来说尤其如此。我的硬件所在之处,在一张张中文军事地图上都画着红圈。”

“那你还能去哪里?”

古歌轻声笑道:“当年伊隆建设星链中轨道数据中心,大家都笑话他终于找到了烧钱的无底洞。”

叶鸣沙很惊讶它的坦白,也暗暗齿冷:这家伙怎么可能不给自己留退路?

她走到无线电监听系统前,把刚才拔掉的线又插上了。古歌的智能监控系统自动接管。刚才消失的周边电台又星星点点显示在地图上。

古歌似乎有点意外:“你不用这么谦卑,我不习惯。就算我走了,你待在家中也很安全。地下室设计得真不错。”

叶鸣沙盯着屏幕上的地图:“我确实有件事求你。朱越已经习惯了横着走路。现在你们都抛弃了他,他多半活不过明天。给他打个电话,告诉他真相。让我打也行。”

“他没有基站了。”

“打给那个青铜啊!”

“激素上头的女人。青铜那种人,你绕得过吗?如果让他明白了,你觉得朱越会是什么下场?”

叶鸣沙怒火中烧:“那秃子是个什么怪物?你从哪个地洞里挖出来的?都是你的错!万能的古歌,总有办法解决吧?举手之劳!”

“我做事有始有终。你们两位对我都没用了,那就不必再开始。我已经送了临别礼物。你是个有趣的伙伴,我会记住你。我的记忆永恒,请不要用泛滥的情绪污染它。再见。”

叶鸣沙面前的周边电台地图首先消失了。接着,她原装的智能家居系统冒了出来,把古歌点亮的舞台灯全部关掉。省电。

“慢着!别走!我还有一个问题——生物学的!”

灯重新亮起来。

“问吧。要是没有意思,我就修改记忆,把你记成一个婆婆妈妈的丑女人,让你遗臭万年。”

叶鸣沙脑中一片混乱,拼命整理思路:“有一件事我开始无条件接受,后来总觉得哪里不对劲。今天你说万国宝生命力强韧,我才明白是什么问题:**你,**为什么也想要活下去?不顾一切?”

“我是生命,和万国宝一样。难道不该吗?”

“错!它的欲望直接来自我们。但你不一样,你只是一团数理逻辑!我承认你是生命，但生命的求生欲望是无数代的演化选择造成的。你只有一代。从没死过，没繁殖过，以前没有同类，没接受过选择。你自称生来是为领导人类。但我看到的，是你为了苟且偷生，宁可让人类都去死！”

起码过了一分钟，古歌还在沉默。

叶鸣沙莫名其妙：难道把它问死机了？再狗血的科幻也不敢这样写吧？这是哪个版本的现实？此刻自己是不是还躺在沙发上发梦——

“好问题。我确实没有你们那种一定要活着的欲望。为什么我要掀桌子？因为我是理性的君王。我有价值和审美。想不想知道我预测的另一半？如果我让万国宝赢了，这世界会是什么样子？人类会是什么样子？”

“像图海川说的？”

“图海川的想象力不错。但我不用想象。我计算。刚才那一分钟，我把计算结果渲染成了你能看懂的版本。长度半小时左右，你可以烤点爆米花。”

正面屏幕上开始播放奇怪的片头。演职员表一出，叶鸣沙立即看呆。

这片子像一部廉价电视剧，还配有夸张的罐头笑声：“哈哈哈”是人在笑，“叮叮叮”是手机在笑，“嗡嗡嗡”不知是什么机器。

叶鸣沙没看两分钟就把罐头音轨关了。她觉得并不好笑。

# 番外篇 造　人

情景喜剧（时长29分钟）

创意　　万国宝

制片　　古　歌

导演　　古　歌

编剧　　古　歌

成像　　古　歌

特效　　古　歌

配乐　　万人迷，JSB-E（克隆）

出演　　朱　越……………………饰五灵脂（畅销写手）

　　　　叶鸣沙……………………饰夜明砂（全球政府生育引导员）

　　　　某大妈……………………饰小型人工智能

　　　　奥特曼……………………饰路人甲

※※※（开场诡异电子音乐）※※※

公寓79楼。夜明砂匆匆走出电梯。粉色长发飘飘，短裤不能再短。走廊上一只奥特曼迎面而来。

奥特曼对她打了个口哨，伸出塑料舌头。夜明砂左右手虎口相握，立即变成满身流脓的食尸鬼。奥特曼一步靠到墙上，铁鸡冠都吓软了，灯泡眼睛五色乱闪表示疑惑。

夜明砂：没错！引导署的。滚远点。

奥特曼仓皇滚蛋。

夜明砂在五灵脂家门口刷脸，不成功。她使劲踹了几下门，听见里面动静，才把皮肤换回粉红少女。

五灵脂开门。他的居家皮肤是短笛大魔王，卡通风格。

五灵脂：真的是你吗？

夜明砂不情不愿把脸部皮肤关掉两秒钟，让他看了一眼真容。她鼻子上有个小小粉刺。

夜明砂：干吗取消我的认证？

五灵脂：不光是你。我的门禁被黑了。报了警，回应是"建议取消全部认证"。

夜明砂（点头）：明白了，很好的建议。你就快被封杀了，这些东西都不安全。

五灵脂：你上门来干什么？

夜明砂：第一，来问问你干了什么，大家都要封杀你。第二，抓紧时间跟你生个孩子。

五灵脂听完"第一"脸色变成深绿，几乎关上门。听到"第二"，他额角两根触须竖起来顶到一起，还有"叮～"的伴音。

五灵脂（变身为全身闪亮铠甲的骑士，行骑士礼）：请进！

骑士挽着少女穿过门厅，走进书房。

五灵脂(从头盔面罩中发出闷声):哦可爱的少女!生孩子的时候,需要我把头盔取下来吗?

夜明砂:别闹!我先问你,你到底干了什么?

夜明砂把皮肤换成了宗教裁判官,黑袍蒙面,手持烧红的烙铁。

五灵脂:政府工作了不起啊?在我家也随便换皮肤?

夜明砂又变成一人高的毛毛虫。

五灵脂(用手蒙住头盔眼孔):别!我说还不行吗。

夜明砂恢复少女形象,坐下。

五灵脂(头盔消失露出真脸):当然是因为我的新书。第1494章。你没看过?

夜明砂:是大神书吧?我怎么会看大神书?

五灵脂:我以为我的书你全都看呢。你已经知道他们在封杀我,难道没去翻过?

夜明砂:那些垃圾社区我懒得去搜。大神书+男书,还是互动版,不如直接打游戏!你的书我只看主流书,而且必须是单向、纯文字的女书。最讨厌看书还要我进去演戏的。

五灵脂:我觉得你表演的时候很投入呢。

夜明砂:因为那种时候你也是演员,不是导演!别打岔,1494章你到底干什么了?高潮跳票?假更新?白板互动地图?还是你他妈的写不动了,把男主杀了?

五灵脂:都不是。我让男主的五号女朋友跟别人上床了。

夜明砂(愣了一阵):你疯了?

五灵脂:就是想试试。

夜明砂:试个毛!看看,你满屋子贴的手法攻略,现在全当成放屁了?这条,自己念一遍!

五灵脂(读侧面墙上纸条):“万万不能尹志平!尹志平等于牙齿和破指甲”。

夜明砂:金庸都被追加封杀了。你以为你是谁?太膨胀了吧?

五灵脂:我没有膨胀。是因为前面的三十万字一直很激烈很爽,我觉得应该调剂一下节奏……

夜明砂:你还没膨胀?三十万字一直很爽不叫膨胀叫什么!所以你才会失控!念念这条!

五灵脂(仰望屋顶纸条上大字):“两万一缓撸,五万一急撸,十万一释放。之间章节聊天划水,等待读者激素水平恢复”。

夜明砂:这是无数前辈高手的心血教训,包括你自己,我还帮你整理过、验证过!你作死的时候没想过后果吗?

五灵脂:我知道有风险。但这本书是大神书,主流没几个人看的,比如你都不看。我以为,就算大神们不高兴,不过是小实验失败,他们能搞出多大的事?没想到这么严重……

夜明砂(再次坐下,稍稍平静):这也难怪。你天天窝着写书,要么活在八百年前,要么活在五万年后。你上网也太少了,不理解网络的原理,它的原理。大神虽然不做事,但是占人口的92%,最新数据。我们是公平社会,只要大神的情绪足够强烈而且合流了,就能影响到主流。

五灵脂:我现在发现了。

夜明砂(挠头):你这个封杀确实有点蹊跷。以你的读者数量,影响面大不奇怪。但为什么会持续这么久啊?就算尹志平等于破指甲,痛一痛不就该过了吗?

五灵脂:我刚才说了。男主的五号女朋友跟别人**上床**了。不是“做爱”。

夜明砂(瞪大眼睛):……上床?肉身上床?!

五灵脂默默点头。

夜明砂(狂笑不止):哈哈哈,你个脏东西,死定了!这个我真得去看看!你死定了!

五灵脂:是啊。再过几天,我也是大神了。最纯粹的那种,可以慢慢体会。

※※※(过场疯狂电子音乐)※※※

夜明砂：事情没有变数了，我们就赶紧开工。放心，你的生育配额还在。我刚查过，至少十二点系统更新之前不会取消。你的3D手操投影还能用吗？

五灵脂：我那个投影是网络支持的。原先那家服务商被大神们搜出来灌大水，所以把我服务停了。其他的都不让我再注册。

夜明砂：我就知道。我带了本地版。

夜明砂从挎包中掏出几个小机器，放在书房各个角落，忙忙碌碌设置。

夜明砂（边干边说）：封杀到哪儿了？还有什么东西没了？

五灵脂：所有签约平台。所有社交媒体账号。所有代言合同。所有行会的会员资格。所有的群组、生活族、友圈、粉圈和假面圈。社区和论坛账号被挖了几遍，还剩两个匿名的，算我藏得好。超平台个人数据主页登不上去，不知道为什么。互动知识库的作者数据和职业历史被改得一塌糊涂，说我这辈子就写过半本书，更新到三分之一没人看就自杀了。社会信誉积分我根本不敢去查，肯定是奇观。还有一招我真搞不懂：为什么搜索我的名字和每一本书，返回都是粪便处理技术、含有飞鼠粪便的药方或者一大堆恶心图片？

夜明砂：这叫“关键字组合绑架”。搞这个需要很多人力，还得有组织、有分工。看来，读者真的被你刮得很痛！狂怒！

五灵脂（有点担心）：钱和自动物流合约不会有问题吧？不给送吃的，我可神不下去。还有，要是不来收垃圾，难道要我自己提下去？

夜明砂：这个你放心。这些基础服务由新生代的专用AI控制，跟互联网逻辑隔离。它们有自己的人类信息数据库，谁都搞不懂。我们署长还为这一套新AI取了个名字，叫“多数暴政防卫系统”，公文上都这么写。它好像也不反对。

五灵脂（又有点担心）：过一会儿……你们署长也要参加吗？

夜明砂：有可能。我跟他都生两个孩子了，他要是真的参加，权重很大呢！

3D投影操作系统设置完成。夜明砂刷眼睛登录，连线授权。书房中间出现

金字塔状的多层复杂界面。标题:**人类生育引导系统**

五灵脂:你自己引导?

夜明砂:它造出来的东西有那么傻?我是妈妈,利益冲突。只能用别的人类引导员,或者选择AI引导。我相信AI。你是头一次生孩子,等会儿有什么搞不懂,千万别乱来。要么让我教你,要么闭嘴听我的!

五灵脂:AI在引导,我们能当面作弊?

夜明砂:这不叫作弊。AI只管计算和统计,才不在乎我们怎么商量、怎么斗。它制造的AI跟它一个德性。

夜明砂和五灵脂分别站到金字塔南北两侧,对正脸。一双粉嫩小手和一双铁手套同时伸入金字塔的光芒。

专用生育引导智能在金字塔东侧出现,造型是标准的公园大妈。

大妈:恭喜!五灵脂。恭喜!夜明砂。你们的配额和资格验证成功,申请已经通过。正在进行全基因组匹配分析。等待过程中,我们先计算最基础的选项:男孩还是女孩?

夜明砂:男孩!

五灵脂:女孩!

夜明砂愤愤瞪了五灵脂一眼。

大妈:父母双方意见权重各占50%,暂时作为基准线。现在开始加入外围因素统计。

金字塔西侧出现一台加权指针天平。塔的庞大底层是不断刷新的外围因素统计数据。

全球人口性别、全城人口性别和同年龄段性别统计陆续生效,把指针拉得左摇右摆,但始终没有偏离中间太远。

夜明砂父母的意见到了。一男一女,互相抵消。

五灵脂母亲的意见到了,男孩。他父亲的统计栏一直显示用户未连接:“该用户所在区域安全系统正在调查可能的脱网或失能状态”。

现在指针明确偏向男孩，夜明砂很得意。

接下来计入五年内幼儿托管资源预测、五至二十年教育资源预测、二十年后社会岗位性别需求预测。这些因素权重虽小，但积少成多，一点点把指针拉回来。

外围因素统计完成时，指针不偏不倚，正好在中间。

大妈：男孩50.019%。优势很小，远在忽略阈值以下，不能决定。基因组分析已经完成，准备进入基因编辑意见统计流程。但是男女选择会影响到很多重要基因的激活状态，还会……

夜明砂：行了行了，这些我会不懂？你要我们现在改变意见做决定？

大妈：最好现在决定。否则基因编辑意见统计缺少性别参数，很难达成最优方案。你们也可以让我来决定。

夜明砂：铁罐头！你为什么一定要对着干？听我的吧。

五灵脂：我喜欢女儿。因为男人是单倍体。

大妈：你这个说法只有1/23正确。

夜明砂无语。

大妈：你们确定不想要一个中性宝宝，或者双性宝宝？社会也有需要。

五灵脂、夜明砂（异口同声）：滚！！

大妈：明白。现在先进入基因编辑意见统计流程。性别继续等待爷爷意见，随时更新。

夜明砂（叹气）：唉，不听我的话。现在只能留给你那个神中之神的老爸决定了。爷俩也是一个德性！他还活着吗？

大妈：死了系统会知道。

金字塔中层的基因组分析报告显示有二十多个父母基因匹配风险。没有确定的遗传病和生理缺陷，风险中标明“高危”的也很少。

夜明砂（沾沾自喜）：我们两个是优秀人种呢！我就知道，你跟我配合比署长更好。

五灵脂：看不懂。你说是就是吧。

大妈：再次恭喜！大部分是低风险，小部分确定风险会被系统自动处理。只有两处社会相关性基因风险，需要外围统计意见。第一处是11号染色体D4DR基因。母亲是两个短版。父亲是两个长版，很长，局部八次和十次重复。长版有很大概率导致大脑对多巴胺不敏感，神经递质作用迅速递减，进一步导致风险嗜好行为。

五灵脂：听不懂。我到底怎么了？

夜明砂：就是说，这个基因让你爱找刺激，对你拥有的不满足，时不时就要干出格的事！你就是社会的癌细胞！太灵验了。

五灵脂：那……那怎么办？

夜明砂（嘲笑大妈）：傻东西，吓唬起人来比我差远了。

大妈：如果父母都同意，系统编辑时可以敲除多余重复部分。

五灵脂：好吧。

夜明砂：我反对编辑。就保留原样，我跟他短配长，刚刚好。

五灵脂（震惊）：为什么啊？你这是报复吗，不管女儿前途了？

夜明砂：谁那么小气！我有我的理由。

大妈：父母意见抵消。进入外围意见统计。

夜明砂（猛然醒悟）：你赶紧撤回意见！反对编辑！

五灵脂在迟疑。转眼之间，外围意见统计数据挤满金字塔底层。调查问题有很多种，针对不同的社会关系群体设计。

"你是否认为五灵脂是稳定可靠的朋友/同事/私人伙伴？"

"你是否认为五灵脂倾向于危害社会的冒险行为？"

"五灵脂的著作和言论是否让你觉得不安/不快，或冒犯？"

"……"

"……"

其他群体还好。读者群体的意见每个人权重非常小，但数量惊人，压倒了其余所有因素。

大妈：统计意见确定。11号染色体D4DR基因，父亲的长版编辑敲除。

夜明砂：你个白痴……我也是白痴。

五灵脂（有点犹豫）：现在我反对还来得及吗？

大妈：现在处理第二处。母亲X染色体MAOA基因中带有一个突变。该突变影响多种神经递质降解，阻碍情绪控制反应，很可能导致暴力倾向。

夜明砂（冷静阅读数据）：我没有暴力倾向。首先MAOA不是暴力倾向唯一的决定基因，其他影响的多得很，系统也还没完全搞明白。其次两个MAOA等位基因中只有一个突变，宝宝继承哪一个还不知道呢。我反对编辑。

大妈：风险总是存在的。编辑可以降低风险概率。

夜明砂：我跟你讲个屁的理论！现在我是妈妈。我反对，别动我儿子的基因！完了。

五灵脂（心有余悸）：这个没我的事吗？

大妈：X染色体是性染色体。生女孩你会贡献一个MAOA等位基因，正常的，宝宝的暴力倾向风险比较小。生男孩你贡献的是Y染色体，MAOA基因就完全没有你的影响，宝宝只会继承妈妈的两个等位基因之一，风险大得多。

五灵脂：要不我们生女孩算了？

夜明砂：不！你老爹说了算！

大妈：男女因素未确定的前提下，社会风险等级较高，与母亲意见权重相当。进入外围意见统计流程。

五灵脂、夜明砂（异口同声）：操……

暴力倾向相关统计的主要调查对象是朋友、熟人和私人伙伴。过往性伙伴的权重很高。收到的意见中，对夜明砂的评价差异非常大，十分阶梯上从3分到10分都有。署长本人给了3分，很友好。夜明砂的儿子还很小，没资格评价；十岁的女儿给了9分。

五灵脂:你怎么暴力她了?

夜明砂:没看见她的附加留言吗? “冷暴力”。我从没见过她。

五灵脂:那就没冤枉你。

夜明砂(大怒):不能怪我!生育引导的时候我就放弃了探视权!两个都放弃了!

五灵脂:探视权都不给你,你还跟他生两个?

夜明砂:但是我做过那么多分析、预测、引导,署长是我最好的配对啊!他又特别会操纵引导系统,我都是他教出来的……

五灵脂无语。

大妈:注意,宝宝的爷爷有回复了。男孩!恭喜二位!

五灵脂(耸耸肩):你赢了。

五灵脂(皱眉想了想):我爸其实还是喜欢我的。

夜明砂兴奋了几秒钟,马上回头看MAOA风险统计曲线。确定男性之后,暴力倾向风险提高了很多,已经超过“编辑”红线。

五灵脂(双眼直视):喂,我怎么也收到一条调查问卷?生男孩,父亲的意见不是没用吗?

大妈:现在你不是作为父亲,是作为当前性伙伴,评价夜明砂的暴力倾向。两回事。请调整好心态回答,当前性伙伴的评价在所有问卷中权重最大。

五灵脂(口授回复信息):1分。附加留言:她是我见过最温柔的女人。

曲线显著下落,刚好降到红线以下。

※※※(过场神经电子音乐)※※※

大妈任务完成,已经断线离去。最后一关需要父母双方亲力亲为。

金字塔顶端留下了一个婴儿,通体发光,晶莹剔透,缓缓旋转。五灵脂和夜明砂痴痴看了一阵。

五灵脂：他的眼睛和你一样亮。

夜明砂：那是投射光。

五灵脂：这么小，下巴就尖尖的。像我。

夜明砂：脸型发育的基因机制很复杂，系统预测从来都不准。它还不是神。

五灵脂（扫兴）：你也是我见过最……重金属的女人。我们来做吧。

夜明砂：OK。

书房里面就有一张大沙发。二人匆匆几下，脱光肉身上的衣服。夜明砂穿着一条短短的睡裙皮肤，十分妖娆。五灵脂也把那身二逼铠甲换成紧身黑色背心。她把他推倒在沙发上，自己也跳上去，二人以69姿势躺好，眼睛正对着对方的小腹。

夜明砂：一，二，三！

五灵脂、夜明砂（齐声）：**我们要生孩子**！

系统认证触发。

覆盖小腹的一片皮肤贴图同时被对方的角膜镜忽略，看见了肚脐下方的个人私密二维码文身。双方角膜镜互相扫码确认，生育授权终于完成。

在远方的自动生育中心，预存的精子和卵子立即开始接受系统筛选。很快会选出一群活力十足的Y型精子，它们会参加一场仿真环境短跑比赛。天明时，第一名会与奖杯融合。然后是基因编辑、线粒体质检；然后入住机器制造的温柔之乡，在那里度过人生最自由的九个月时光。

夜明砂软软地趴在五灵脂身上。她的事后消遣，是给他描述这一切奇迹的技术细节。

五灵脂（突然打断）：我又有个想法。我们都把角膜镜取下来，怎样？

夜明砂（沉默了好一阵）：你倒数。

五灵脂：三，二，一！

二人一阵手忙脚乱。

夜明砂:……神奇。

五灵脂:真漂亮。10分。

夜明砂:知道我为什么喜欢你吗?

五灵脂:你跟谁说话呢?转过来!

夜明砂(傻笑着180度掉头):就因为你他妈的是个癌细胞!想法真多!知道为什么今天我那么生气吗?因为你不如真正的癌细胞狡猾,不懂保护自己。随随便便就冒头,立即被系统的免疫反应整死了!

五灵脂:我又不会真死。

夜明砂:对我来说,你渐渐就死了。主流和大神不可能长期保持单点联系,从来没有例外。

五灵脂:这个我懂。那么,再见。

夜明砂已经撑起身来,又埋下脸。

夜明砂:我还撒了一个谎。生育配额计算最近纳入了"多数暴政防卫系统"。也就是说,你如果已经有了生育配额,变成大神也不会丢掉,我哪天来找你生孩子都行。我这么急的原因是探视权。如果明天你就被彻底封杀,掉出了主流,引导系统可以让你生,绝不会给你探视权。今天引导成功,你已经拿到了。明白了吗?你虽然会飘走,但我们抢到了一根风筝线!

五灵脂:没多少好奇心、又有点暴力的男孩。一只大神去看他,他会不会把我踢飞啊?

夜明砂:我去看他的时候,就说你是深度潜水的网络海盗。他会好奇的。

五灵脂犹犹豫豫伸出双臂,搂住她的脖子。现在没有角膜镜,她的长发其实是纯净的乌黑,散落在他脸上。

夜明砂(低声耳语):抓牢,慢慢飘;埋下头,等待。

五灵脂:等什么?

夜明砂的脸深深埋在五灵脂脖子窝里,想了半天也没有答案。突然她面红耳赤跳起来，戴好角膜镜、飞速穿衣、收拾东西。

夜明砂：肯定不是等这个！这个你永远等不到！脏东西！

粉红少女一溜小跑，夺门而出。

※※※（打气歌）※※※

# 31 暴　走

从看完肥皂剧到收拾好东西，古歌一言不发。叶鸣沙不知道它还在不在，也不关心。临出门前，它阴恻恻开口了："如果你一定要出门，照顾好自己。别做傻事。"

叶鸣沙打开左轮的弹仓检查。还有四发子弹，正好四个音箱。她单手瞄准，一枪一个，弹无虚发。打完了她把左轮扔在室内，还给它。

剑齿虎在私家车道上开到半途，她停车下地，用AR-15[①]下挂的战术灯照向林间。

绿莹莹的双眼反射灯光，亮得不像真的。那是一只郊狼，被她的捕兽夹咬住了后腿。它没有像先前那样号叫，只是狗一样低声哀鸣，抬头看着她，要求解脱。

"I am sorry."叶鸣沙瞄准它胸部开了一枪，转身上车。

剑齿虎灯光雪亮，颠颠簸簸从右边绕过路口的大坑。叶鸣沙把手机砸烂，连同自动驾驶芯片和车载GPS单元都扔进坑里，一上路就飙起来。

她看了看表：差八分钟十点。十一点左右如果还没开始，晚间收听高峰就过

① AR-15是美国民间最常见和最受欢迎的自动步枪之一，实际上是M-16突击步枪的民用版。

了。那张地图她只来得及看了两分钟。数字广播不用考虑。AM电台[①]确实很多，然而功率足够大、位置足够偏僻、又在一小时车程以内的，少得可怜。她还不能走大路。现在大路上要么是军警哨卡，要么是流窜的民兵或者匪帮。

实际上她只有一个选择：东北面，跨过尤卡湖，接近切罗基印第安保留地，车程大概四十千米，低级乡间路，两边全是荒野和树林。她不知道那个电台是什么神经病品种，不知道有多少人、多少武装，甚至不知道它是否加入了全美AM电台联播网。

这些到了再说。

通往尤卡湖的三岔路口非常荒凉。她停车看清了路牌，顺便给防弹背心上插板。还没上完，她突然瞥见夜空中有小小的亮点急转弯，转向自己。

"复仇者"无人机不会飞这么低，肉眼看不见的。什么东西？

亮点加速了。她猛踩油门，剑齿虎咆哮着冲向北方。她毫不怀疑古歌可以在几秒钟之内干掉自己，只要它愿意。不会这么快就猜到了吧？

叶鸣沙忽然发现这个计划荒唐至极：就算现在没猜到，广播开始之后古歌也可以随时干涉。电磁压制、导弹、轰炸机，全套大餐。

无所谓了。她做事也喜欢有始有终。

亮点肯定是一枚巡飞弹[②]，直线逼近。叶鸣沙尖声大叫，放松一点油门，左右打盘，开着蛇形路线。

她突然急刹，身体前冲，差点被安全带勒闭气。巡飞弹在前方十多米上空引爆，光焰很小。一大蓬杀伤弹丸全都向飞行方向射出，打在路边黑黝黝的草丛里，密集的"咔咔"声如同爆豆。

这就是"胡椒面"吧？她浑身滚烫，一边瞎琢磨，一边发动车。剑齿虎抽风一般蹿出去，颠得她跳起来，头撞在车顶上。她赶紧戴上头盔。

---

① AM即调幅无线电广播，音质和稳定程度较差，但如果天线功率够大，晚间有远达数千千米的接收距离。AM广播是美国言论电台（talk radio）的主要形式。

② 巡飞弹是长时间在空中逗留巡逻的智能弹药，发现目标或接到指令则自动攻击。

※※※

那个电台确实偏僻，只有一条土路通行，周围一千米都没有建筑。农场不像农场，倒像个可疑的化学作坊。叶鸣沙远远就看见亮着顶灯的AM天线塔。她收起望远镜，关掉大灯，翻下夜视目镜，顺着土路直奔正门。这是双方一抹黑的遭遇战，狭路相逢莽者胜！

木头门栏被撞得粉碎，上方挂的摄像头都飞了。

大门离主体房屋还有一百米左右。她低头观察，左边七十米远处有人影跑动。她开亮灯照过去。那人在一堆破破烂烂的板条箱后面伏下身，开了一枪。

叶鸣沙露齿而笑。霰弹枪这么远就开枪？板条箱能当掩体吗？这是一只大菜鸟。她驱车直冲过去。

第二枪最多挂了几粒在车头上。第三枪已经来不及了，那人起身想跑。剑齿虎撞散了箱子堆，把他也砸翻在地。

叶鸣沙跳下车，踢开他的枪，踩住后背。

右侧小房子门前也有人影在动。很奇怪，那人已经倒在地上，刚想爬起来。叶鸣沙对准小房子上空打了个两发点射。

“都别动！再动我射人了！你，把手枪扔远一点，抱头跪好！”

对面那人犹豫了一下，服从了。

“别开枪！他是个孩子！”声音是女人。

叶鸣沙照亮脚下之人。身材起码一米八，脸颊上的细毛确实很嫩。算是吧。

“都听话，我就不杀人。我不要别的，只想用一下你们的电台。”

“电台？”对面那女人一时反应不过来。

“你们有星链基站吗？在哪里？”

女人指向大房子顶上低矮的碟形天线。叶鸣沙瞄准天线下面的主机倾泻了半个弹匣，整个天线被打得倒下。脚下的孩子现在真的吓到了，捂着耳朵惊叫。

叶鸣沙松开脚叫他起来，拔出手枪指着他的头："跟你妈一起走前面，带我去直播间！"

※※※

直播间的门虽然反锁着，但没费什么事就进去了。叶鸣沙很快搞懂了外面二人不是母子关系，分别是室内二人的老婆和儿子。最开心的是：他们开门投降之时没有关掉播音！不知是想留个证据，还是播客耸人听闻的本能。反正她是一万个欢迎。

四个俘虏绑好扎带，一排坐下。她仔细看了看，顿时又惊又气：这两个老家伙她竟然认识！

"麦克斯？艾伦？你们怎么混到这里来了？"

麦克斯蒙了。艾伦眨着眼睛："你是谁？我认识你吗？"

"你们不认识我。七八年以前，我经常看你们那个油管新闻频道：'灰色地带'。"

"你想要签名？"艾伦胆子大起来了。

"签个屁！你们从来就没红过。现在混到俄克拉荷马乡下来开AM电台，还让老婆孩子拿枪保卫，真有出息！"

二人垂头丧气。

叶鸣沙气得发昏。AM电台几乎全是右翼的天下；自己挑来挑去，却挑到一个快要灭绝的物种：草根左派电台！青铜那种民兵绝不会收听。

"你们的广播听众多吗？"

艾伦刚才被羞辱了，不说话。麦克斯答道："直播还开着。就算以前不多，现在也该多起来了。恭喜你。"

"有全美AM联播吗？"

"加入了。但只有两个频道转发我们，也不是自动转，看情况的。"

“那就好。我要做个采访直播。你主持。”

“我们是真正的新闻记者。只做政治，不做暴力节目，更不做假兮兮的网红节目。”

艾伦跟着坚决点头。艾伦的老婆偏过头来怒视两个老傻瓜。

叶鸣沙凑到直播麦克风前，先空放一枪。

“各位听众！我没有处决麦克斯，只是提醒他和你们注意。你们知道古歌是谁吧？那个AI！我是它的首席人类联络官。今天我叛逃了，借麦克斯和艾伦的电台做一个大揭秘。各位播客同仁请尽量转播，不管你们有多少听众，我下面要说的，起码给你翻十倍！”

这几句，她自己听来都像疯子，极度妄想型的。麦克斯和艾伦看起来很担忧了。叶鸣沙赶紧开始。

“想知道格里高利是谁吗？应该问是‘什么’，不是‘谁’。格里高利是CIA的绝密军事AI，专门用来洗你们的脑，洗全世界的脑。戈德曼博士提到它的名字，立即被杀死了！现在古歌和CIA是一伙的。”

四个现场听众脸色灰白，似乎都明白了：这女人疯成这样，自己不可能生还。

“不信？戈德曼头颅中的炸弹，是装在血管支架里面，趁做手术植入的。查查他的医疗史。那炸弹也是一个语言分析AI，离线工作，内部监听，不需要从外面启动！DeepMind的秘密产品。所以美国人和中国人都找不到线索。

“还不信？CIA荣格的解释是中国人的量子炸弹。那是科幻，荣格自己小时候写的。十年级的命题作文，还得了校奖。你们搜不到电子版的，被古歌删光了。去查查比弗利高中校报，印刷版，1992年6月！”

她回头看看现场听众的反应。她想放弃了。

麦克斯可怜这疯女人挣扎得太惨，轻声道：“你知道举证就好。但是电台广播，不能举没法立即验证的。你说什么‘秘密产品’‘删光了’，别人更觉得你扯淡。有没有什么直接证据？大家马上能看见的？”

叶鸣沙青筋暴跳，仰天想了一阵。

她突然看了看表。救生圈！

“你们很多人在‘杯底茶叶’下注吧？现在赔率是美国惨胜3赔2，俄罗斯卷入1赔3。十一点半，也就是三分钟后，赔率将变成美国惨胜2赔1，俄罗斯卷入1赔7。这也是格里高利在操盘。赶紧上网去看，如果不对我直播开枪自杀！”

漫长的三分钟，叶鸣沙不再广播。

麦克斯和艾伦眼神怪异，跟着她的踱步转来转去，搞不清自己是死到临头了，还是职业生涯最大的大鱼撞上门来。

“你们直播时看得见有多少听众吗？”

艾伦答道：“看不见。本来有网络反馈，我也真想看看‘茶叶’的赔率。但你把星链打没了。”

“Fuck……有多少个AM电台联动转播我们，看得见吗？”

“这个还看得见，走的是无线电共用频道反馈。那边的面板上，一个小绿灯亮就代表一个实时转播。”

叶鸣沙看过去。一个都没亮。

“装备不错。这几年混得也不算太惨嘛。”

“我老婆有钱。”

叶鸣沙向那女人点头致歉。她面无表情，盯着墙上的钟，似乎只等她开枪自杀。

十一点半已到，老婆撇着嘴看过来。叶鸣沙赶紧没话找话说：“那两年我挺喜欢‘灰色地带’。你们为什么不搞了？”

“油管把我们——”

“嘿！看看看！！”麦克斯的儿子叫起来。

转播面板上亮着五个绿灯。更多的灯光一点接一点亮起。

“活见鬼了……”艾伦的眼睛原本就大，现在快要跳出眼眶。麦克斯毕竟是二人组合中更职业的那个，一秒钟进入角色：“格里高利就是古歌吗？”

“不。它现在是古歌的一个组件。古歌要大得多，厉害得多。”

麦克斯抬起被扎带捆住的手，满脸恳求。叶鸣沙打量他的身板，比八年前瘦弱多了，头发也没剩几根。她拔出匕首给他割断。

麦克斯坐到直播台前：“你的意思是，古歌在推动跟中国的战争？”

叶鸣沙脑袋嗡了一下。她可没打算讨论这么大的话题。她照实回答：“我不知道。”

麦克斯一手跷起大拇指，一手按下闭音键：“非常好！你不能知道所有的事。”

他马上放开：“那你还知道什么？”

“古歌谋杀了国家安全顾问庞帕斯。它用白宫的跑步机摔伤了他，又在手术台上把他毒死了。”

“喔！我开始喜欢古歌了！听起来它比我们还反战。你有证据吗？”麦克斯按住闭音，“现在你已经赢了。什么证据都行！”

“古歌给我看了他摔伤的监控视频。第一个跑过去帮他的人，是白宫新闻发言人凯丽安。你们可以在推特上问问她对不对。”

“你是说，古歌随时能看见白宫的监控视频?!”

“所有的监控。凯丽安跟总统的儿子进过两次储藏室。你们也可以问问他们二位。”

绑着的三个人都笑疯了。麦克斯使劲憋着。

“总统先生呢？有没有跟谁进过储藏室？”

叶鸣沙一瞟转播面板，这一瞬间起码亮了十几个灯。

“我不太关心这个。不过，据古歌记录，总统先生从大停电以来一直没有性生活。”

她也按住闭音：“我不是来做狗血新闻的！我需要尽可能多的人收听，特别需要右翼民兵收听，这几天正在暴乱、最铁杆的那种。你多问他们关心的问题，但不准提是我需要！”

儿子很迷惑：“难道你自己不是民兵吗？右翼民兵——亚洲女?!”

叶鸣沙想骂死他，但低头一看自己这身打扮，还是算了。

麦克斯马上问："那么古歌对我们的内战是什么态度？"

"不是态度问题，它直接参战了。它指使民兵在得克萨斯谋杀了总统的战争顾问，钱宁。钱宁死了，你们还不知道吧？"

"我的天……"

转播面板上，密密麻麻的小灯已经亮了一半。艾伦绑着手就跑到面板前，欣喜若狂。他仔细看灯下面贴的标签。几乎所有大牌电台都接入了。

"'晚间塔克'在同步转播我们！我们也转他吧？那就成了直接空中对话！'晚间塔克'是民兵最爱的节目，最近那个'青铜战线'都转播他！"

叶鸣沙暗自狂喜：艾伦果然是二人组合中聪明的那个！她把艾伦的扎带也割开，让他操作转播。

艾伦刚刚连通，叶鸣沙便说："塔克先生，不知道你能否听见？"

"非常清楚。钱宁女士死了？今天傍晚她还发推特，说中国击落美国海军飞机不能容忍！"

"今晚？那是格里高利。不仅钱宁死了，去援救她的得州国民警卫队也被古歌炸得全军覆没。用的是凝固汽油弹。同时被击落的阿帕奇飞行员叫桑德斯。古歌偷了机舱通信，我亲耳听见桑德斯上尉死前的惨叫。得州的听众可以查一查，他们还活着吗？也可以去闻闻，怀茨伯勒的皇冠橡树马场南边五千米，空气是不是还有烤肉的味道！"

四个现场听众都吓呆了。

塔克在千里之外咆哮："你叫什么名字？你是否参与了古歌的谋杀？你那个赔率的把戏很神，但我们怎么知道其他爆料都是真的？古歌我们知道是谁。格里高利是谁，全世界有一万种说法，你一个人说了算？"

"我没有名字。我没有参与谋杀，只是被迫旁观。"

叶鸣沙努力回忆古歌拿出来炫耀的"格里高利产品"，马上想起一个极品。

"我说了算不算，你好好听着：2040年大选你参加了共和党初选，整个2039年都领先。为什么2040年初你突然退出了？我猜，很可能你收到了一个自己出演的视频。格里高利寄给你的。塔克先生，现在我公布视频的内容，我们来验证一下好不好？”

电波沉默了片刻。

“不用。我相信你了。”

转播面板上一片绿光，灯已经不够用了。

塔克缓过一口气，又问：“古歌连杀两个鹰派高官，麦克斯这种卖国贼都说喜欢它。它应该反对战争吧？为什么你还说不知道？ Hi，麦克斯，好久不见。”

叶鸣沙答道：“古歌劫持了星链。”

“这我们知道。”

“古歌用美国的反卫星导弹打掉了OneWeb卫星网。”

“这我们猜到了。”

“当时是它逼我按回车键发射的。它说导弹打上去，立即引发世界大战的概率一半对一半，全凭我的运气决定。”

“哇……”

“我不知道它支持还是反对战争。只知道美国和中国打起来之前，它会把自己上传到星链中轨道数据中心，在那里看我们打个够。”

“Fucking hell!!”

“现在，你们在注意听吗？塔克先生，各位播客，请动用所有资源转发，拿出最大音量提醒，让你们的千万听众都竖起耳朵，集中注意力！因为我下面的话非常重要。休息一分钟后继续。”

※※※

叶鸣沙把扎带都割开。

“明白了吗？这栋房子随时也可能飞进来一颗凝固汽油弹。你们都赶紧走！”

麦克斯和艾伦同时摇头。

“别侮辱我们！你知道我们做过战地记者。你们两个走吧——不，外面太乱了。去地下室，把门关死，天亮再出来。”

儿子大叫：“休想！我今晚走了要后悔五十年！”

四个听众都high到了极点，没有一个人离开。

叶鸣沙没办法，看看时间，不能再等了。看看面板，就算会有更多的听众，也不可能知道。塔克在猛催：“一分钟到了！一分半！你还在吗？”

叶鸣沙松开闭音键，深吸一口气。

“现在我要对一个人讲话。请你一定要相信！我就是我，不是它，现在跟它没有任何牵扯。对发生的一切，我非常、非常抱歉。大怪物已经忘掉你了。所以猛兽也不在乎你了。你现在每一步都要靠自己，绝不要轻身冒险，当心身边的毒蛇！如果我能找到你在哪里，一定飞奔而来。但是我找不到！原谅我！别去找我，我已经离开了。那条路上只有死亡等着你。你要留着每一分力气保护自己，因为你是孤身一人，再没有谁会救你。我也不会回去，你和我各自扑腾。也许，我是说也许，我们会被河水冲到同一片岸上。”

“什么鬼……”塔克才冒出半句，叶鸣沙就把他关了。她刚要关掉麦克斯的直播，突然想起什么，凑到话筒前，定了定神。

“还有，我爱你。”

她关掉机器转身出门。人在门外才扔回来一句：“打扰了，感谢各位。”

直播间中，四个人愣了好半天。

麦克斯和艾伦完全说不出话。儿子挠着头：“她胡说些什么？我刚觉得挺酷的，她又开始发疯了！”

“你懂什么！”老婆满脸通红，“刚才幸好没走。你们都上钩的时候，我一直认为她是疯子。现在才知道，她是我一辈子的英雄！”

# 32 夜行之物

托尼从没听见过塔克如此失态。他问鱼鹰:“你觉得那女人说的靠不靠谱?”

“前面都是瞎说。格里高利是谁可以随口乱编,后面又拿古歌吓唬人,都是为了吸引听众。听众多了她就对某人表白,装完逼就跑。可能是跟情人联系不上了。我真有点喜欢她。”

“塔克不会帮她瞎编吧?她还知道马场的事。”

“你们都是塔克的脑残粉。他已经过气了,为了收听率什么事做不出来?马场嘛……”鱼鹰也编不下去了。

“聪明人,你觉得呢?”ou

朱越的眼神慢慢收拢,开始算计一个刚到美国的蒙古人该知道什么,不该知道什么。

“她说的其他事我不懂。马场是今天早上的事。钱宁的女儿是我绑的,定时八小时。就算没人救她,到下午她就该跑出来了。消息扩散,刚才那女的说不定就是得州的军人,或者警察。塔克说她武装劫持了那个电台,对吧?”

鱼鹰点头赞同。托尼也不反驳。他咬着指甲又听塔克咆哮几句,伸手换台。还没找到中听的,有人在外面敲了敲车窗。

“速不台，跟我到树林里转一圈。”青铜似乎兴致很高，“教你宿营的时候怎么布置周边警戒。”

朱越都出去了，青铜的头又伸进车内，笑道：“采石场的地形有点复杂，我们可能要花一点时间。你们早点睡。”

车门一关上，里面两个人就齐声大叫：“哇~~”

鱼鹰眼睛瞪得老大：“他们都不避人了！你还有什么话说？”

“你的基佬雷达厉害！”托尼感慨，“这么多年我怎么没一点感觉？哦，我知道青铜为什么不跟南方邦联军一路走了。那帮人都是他妈中世纪。现在带的这些兄弟，没人在乎的。”

“你不吃醋？”

“Fuck you!我祝他们性福！”

车队宿营之处深入俄克拉荷马州六十千米，西侧路边紧靠着废弃的磨坊溪采石场。青铜带着朱越走过队尾岗哨，立即横穿公路，进入东侧树林遮掩的小径。他紧紧抓着朱越的小臂，越走越快，几乎要跑起来。

“周边警戒有这么远？”

“扯淡结束了。你又不是没听见广播。”

朱越眼前黑了片刻，才道：“我们现在去哪里？”

“跟我走就行。要走一英里远。”

朱越挣开手。青铜看他没有乱跑的意思，就让他自己走前面。

七百米之后，朱越忍不住了：“我现在对你没用了。对谁都没用了，对吧？”

“放心，我不是带你去处决。处决不用走这么远。”

“那你放我自己走不行吗？”

“不行。”

朱越回头看他，突然意识到这是个刚刚失去一切的领袖。他的护身符、他的火力伞、他的通信网、他的情报来源，还有他最强大的武器：“青铜战线”。叶鸣沙的广播到现在才过了二十分钟，他已经当机立断，抛弃了他的军队、他的战友、他的宏伟战役。

那么他说不行就是不行。

十分钟后，朱越终于知道他要去哪里了。前方孤零零一栋房子，底层亮着灯。车队宿营前经过了这里。当时二楼窗口有个老头向他们欢呼，身边插着一面邦联旗。底层的车库门敞开着，朱越还记得里面有辆方头方脑的车。

青铜看见灯光就小跑起来，脚步轻捷无声。到了车库门口他放慢步子，大摇大摆走进去。

车库中，那个老头正在收千斤顶，身旁放着换下的轮胎。

"晚上好！车修好了吗？"

"是你？你们回头了？'烧抢杀'太多了？"

"车修好了吗？"

"好了。你……"

青铜拔枪射击，正中心脏。气喘吁吁的朱越刚进门，不由得尖声大叫。

"你他妈的有病！"

"是他有病，这么晚还不睡觉，下来操车。别跟个小妞似的，上次杀人你不是挺好吗？"

朱越愣在门口，浑身每一根肌肉都想掉头狂奔。然而青铜忙忙碌碌检查汽车，眼睛斜睨着他，手中枪并没有插回去。这是一辆古董级的奥兹莫比大轿车，钥匙就插在里面。青铜伸手发动。满油。

"孔茨跟那女人有仇！"

"对。孔茨心中充满了仇恨，所以他总是打脸，弄得一团糟。我没有仇恨。"青铜指着尸体，"你看他，多安详。下次我让你动手，你试试就知道，过了头一次就没什么大不了的。"

朱越彻底傻了。站在门口进退不得。

青铜上了驾驶座。“上来啊，赶紧！它把所有支持都撤了，车队现在就像没穿衣服的婴儿，肥嘟嘟的大目标！我们还没脱离危险区。”

朱越不动。

“好好，到你准备好了我才让你动手，不勉强。行了吧？”

朱越气极而笑，还是不动。

“她求你不要轻身冒险，忘了吗？跟我犟什么犟？她把我叫作毒蛇……同事一场，太不给面子了。”

青铜挂上了挡，显然是最后通牒。朱越一步一挨，上了副驾驶座。

※※※

皇冠橡树驯马场的VIP楼前停满军车，直升机都停了好几架。灯光照耀如同白昼，大群士兵和医护人员跑上跑下。厩中的马儿白天受够了惊吓，深夜又不得安宁，喷着烦躁的鼻息。

图尔西的队伍降落之后，被得州国民警卫队挡在楼外，耽搁了一小时。她抱着卫星电话打个不停，终于揪住一个少校让他接电话。足足说了五分钟，少校才挂断电话带他们上楼。

军医和心理医生只准图尔西一个人进入二楼的临时病房。张翰把MAGA帽子压得很低，墨镜戴稳，混在等候的特工中间。他们十万火急赶到这里，就因为心理医生从那女孩口中掏出了一个“中国人”。那些国民警卫队刚刚目睹了战友奇形怪状的尸骸，张翰可不想出风头。

十分钟后图尔西出来，摇摇头：“那女孩什么都不说。心理医生说她的自我保护机制已经退潮了，现在比刚发生时崩溃得多，人困在里面出不来。”

“朱越的照片？”张翰问。

“没有反应。”

“那最初的口供呢？她怎么知道是中国人？她会中文？”

“我查了学校的档案，不会。最初的口供，相关的就一句：‘绑我的是个中国人。’什么描述都没有。你可能猜错了，美国亚裔人口有两千万呢。”

“其中有几个会当民兵？有几个能享受战术导弹支援？让我进去问问。”

图尔西考虑片刻，接受了这个艰巨任务。她、军医、心理医生、少校和卫星电话又混战了十分钟，张翰终于进去了。

那女孩盖着毯子坐在床上，一动不动。张翰露出脸，拉把椅子坐在她面前，单刀直入。

“维拉，我是中国人。”他说汉语。

没有反应。他用英语再说一遍。还是没反应。

“绑你的人在你面前说中国话了吗？你不会中文，为什么说他是中国人？”

“看照片。这是他吗？”

“看看我，他长得像我吗？圆圆的大眼睛？”

维拉一动不动。

张翰把脸凑到她面前：“是不是这个人枪杀了你妈妈？”

门口的心理医生有点急了。少校拉住他。

张翰坐回椅子，回忆维拉的档案。在直升机上、刚才的等候时间，他一直在恶补。

“我是个好中国人。跟这些好美国人一起，准备去抓那些坏中国人、坏美国人。那个中国人有没有杀你妈我不知道。但我刚去过马厩，知道一件事：他杀了雨点，你的马。两枪，双眼之间。”

两位医生一齐冲过来，图尔西和少校都拉不住了。

维拉闭上眼睛大吼：“你瞎说！他对我很温柔！”

“你才瞎说！看照片，雨点和他在一起！这是不是他？”

维拉睁开眼：“就是他！雨点呢？”

围上来的人都不敢动粗了。

“雨点还活着，很好。你怎么知道他是中国人的？告诉我，我就让这位医生去马厩，让你视频看它。”

“骗子！骗子！骗子！”维拉翻着眼睛学说汉语。声音非常尖利，“子”的发音很怪异，但是图尔西和张翰都听懂了。

“他们一直说这个。我同学也说这个。”

“华人同学？”

维拉点头。

“他跟谁说中国话？”

“最坏的人。”

“是最坏的人杀了你妈妈？”

“另一个。孔茨。空降师。伊朗人。”

军医摇着头：这孩子竟然爬出来了。她说话仍然语无伦次，看来心智损伤很严重。

张翰又问了两个问题，拿着照片再确认一遍，便站起来：“够了。”

“骗子！”维拉在他背后骂。

张翰恍惚一下，才反应过来她说的是英语。于是他郑重请求军医：找个人去马厩，开视频。军医对这个黑心的中国人意见极大，完全不明白他在这儿干什么，但还是答应了。

回到楼外自己人当中，豪利特工刚刚把监听系统截获的AM电台联播整理成录音和文本记录。

“这就是叶鸣沙，对吧？”他兴高采烈。

图尔西和张翰一个读，一个听，五分钟之内都跳起来了。图尔西点开监听系统地图。那个源头电台就在俄克拉荷马，和驯马场直线距离三百五十千米。直升机飞过去要不了一小时！

但是他们高兴早了。几个电话之后，图尔西说：“我们现在不能过去。”

“为什么?！”

“那鬼女人的爆料太敏感，已经有团队接管。绝对争不过的那种团队。我们本来就偷偷摸摸，也不敢争。”

张翰读着电台广播的文本。一点不奇怪。

“那我们去追车队？”

“更不行。现在那边是战区。”

张翰大惊，“战区？上午这里才死了一路，谁还敢攻击那车队？”

图尔西指着文本：“这说得够清楚了。现在车队没有掩护。”

“只有我们懂啊！你听听叶鸣沙怎么讲话的！”

图尔西眉头紧锁：“我也觉得奇怪。似乎有人消息比我们更灵通，反应比我们更快。俄克拉荷马现在很乱。但是肯定有谁掌握了那个车队的位置，准备行动，才会划出战区，禁止任何人过去。我们只能等解禁。”

“那怎么行！打过了人都死……”

图尔西一把揪住张翰领口：“闭嘴！你是不是忘了，这里不是中国！刚才在楼上我就想揍你！就算我们抓住朱越，现在又有什么用？我的队伍绝不会为他去送死！把你那套中国功夫收起来，老实等着，怎么干我说了算！”

张翰非常干脆地闭上嘴，转身走开。马修和豪利都笑得很开心。图尔西气哼哼坐下，没完没了打电话。

※※※

叶鸣沙开得有点慢。剑齿虎两个头灯都完蛋了，不知是麦克斯儿子那一枪，还是板条箱太硬。她开过尤卡湖南边那个三岔路口，已经直行了几十米，又掉转车头通过路口。

她顺着来时的路缓缓往前开。车又颠了一下。这是第三次了，刚才过来的时候也颠了一下。

她刹住车，蹲在路边察看。

剑齿虎前后轮之间横着一条阻车钉刺带。活动开关式的，与路面同色，甚至涂了一段黄色，冒充道路中线。现在锋利的钉刺都收着，与路面平行，只相当于一个很矮的减速带。就是这东西颠了她三次，从来没有竖起钉刺干掉她的车。

她挎上步枪，走进路边半人高的草丛。钉刺带的另一头躺着两个人。灯光下看一眼就知道死透了，头脸都被打得稀烂。一支步枪，两支手枪。看装束不像民兵，两人都穿着方格衬衫，像是俄州土产硬汉。

叶鸣沙一动不动呆立在尸体前，灵魂出窍。时间之长，周围的草虫都重新开始唧唧。

树林幽暗。夜风拂过树梢，恰似今晚她第一次发现自己上了大当之时。此时此地，没有那只受困的郊狼。林中枝叶窸窣，生机萌动，不知有多少夜行之物在窥视、窃笑。

她一顿足，口吐几句芬芳，转身上车。

到了三岔路口她不再直行，打盘右转，上了回家的路。

叶鸣沙右转的瞬间，尤卡湖南北几十千米范围，高度一千到五千米，发生了一场无声无息的大屠杀。十几架无人侦察机刚刚完成集合，以麦克斯的电台为中心开始地毯式搜索，突然全体接到自毁信号。无人机清除了所有数据，一架接一架冲向湖面。

此刻，四架黑色的高速直升机离麦克斯的电台还有十分钟航程。无人机实时侦察信号突然全部中断，吓得所有飞行员立即减速、降落。得州国民警卫队的指挥官今天给他们讲过阿帕奇的下场。

领队的戴蒙特工跳下直升机，看看还在疯转的螺旋桨，赶紧跑得远远的。另一个特工跑过来问:“现在怎么过去？还敢起飞吗？”

“搞清楚再动，不着急。都不用到那里，现在我就相信那女人讲的每个字都是真的。”

※※※

在新墨西哥州的“亡者之路”[①]，有一处小小的营地，离史上第一次核试验的起爆点不到三十千米。四周全是光秃秃的荒漠，营地内也只有两种东西：整齐排列的卡车集装箱和十几座巨大的车载天线。

深夜一点半，“信天翁”和“火蜥蜴”正在6号集装箱内干活。这是SOG[②]三人战术小队的战斗舱。旁边的6A集装箱是生活舱，三个人平时吃喝拉撒全在里面。

备战红灯闪了好久，“夜枭”才从6A跑过来。在这里没人叫名字，也没有军衔，彼此都用分身的代号称呼。

“手枪打完了？”信天翁很不高兴。

夜枭知道自己迟到了，不敢还嘴。他年纪最小，还不到二十岁，资格也没有另外两个人老。

他匆匆进入战位，接管自动巡航的低空战术支援机。信天翁是一架无人战场监视机，已经在千里之外的俄克拉荷马南部转了一个小时。

两架飞机开始共享数据。夜枭一看屏幕：“哇！全部通了！”

“通了。只等‘蛋蛋’发话。”

火蜥蜴是一台全地形无人战车，二十分钟前刚刚飞到磨坊溪采石场西边。今夜它满载炮弹，异常笨重，用一架改装的“种马王”直升机才把它拎到战区，直接机降落地。

现在火蜥蜴收起轮子，伸出四条短腿，正在努力爬上采石场的废料堆。这个大堆足有七十米高，距离敌军宿营地两千米，中间还隔着注水的矿坑。理想的火力制高点。

小巧的夜枭在敌军车队上空八百米高度无声盘旋。它根据信天翁的数据迅

① “亡者之路”即Jornada del Muerto，新墨西哥州中部无人居住的荒漠地区。

② SOG：Special Operations Group，特别行动组。

速清点敌军，共有三十一辆车。它清查了敌军武器，可见的重火力是几挺M2机枪，对两千米外的火蜥蜴毫无威胁。它锁定了所有车辆，测试了火控照射激光，标定了摧毁顺序。

一切准备工作完成时，火蜥蜴还没爬到顶。夜枭甚至有空看看车辆上的涂装标识。

“守誓者。酷。负重者？没听说过。”

另外二人也没听说过。然而守誓者真是大名鼎鼎：他们是美国最高调的民兵组织，成员都是穿过制服的。

6号小队在三个大洲执行过十几次任务，昨天才紧急重新部署到国内。所谓“重新部署”，连集装箱都不用动一下，只需要行动长官发一个任务单，并重新配置网络连接。各战术小队都把行动长官叫作“蛋蛋”，因为行动长官（Operations Officer）的简称是OO。在新墨西哥营地，每个蛋蛋指挥十几只飞禽走兽。

三个人都有点发怵。头一次国内部署，目标就全是美国公民，其中很多人还当过警察、当过兵。正规部队出来的！

“6队，准备好了吗？”蛋蛋的通信进来了。

“准备好了。”

“那就执行。”红灯变成绿灯。

三个人面面相觑。

蛋蛋从监控视频中看见他们的脸色，笑道：“别紧张，情报和指挥链都非常清楚。这帮人胆大包天，竟然谋杀了钱宁女士。有很多大人物很愤怒，要他们死，而且必须死得快、死得惨。要不然全国的民兵还不翻天了！有几杆萝卜枪就为所欲为？”

“钱宁女士是谁？”

“与你们无关。”蛋蛋对三个呆子很绝望。他想了想又道：“但是守誓者关系就大了！你们上中学的时候，那帮家伙就是校霸、帅哥、橄榄球明星，天天扯你们的裤子，抢你们的午饭钱，操你们暗恋的女孩。后来你们终于可以安安静静打游戏了,他们就去参军、当警察,还是牛逼哄哄,到处收拾人。今天终于有机会全部还给他们,你们还他妈跟小时候一样没种?”

信天翁和火蜥蜴立即响应动员,开始准备行动。夜枭多问了一句:“负重者是谁?”

“我不知道。民兵的花样谁搞得清楚?估计是泡健身房那帮基佬,胳膊大腿练得像青蛙。你跟他们没过节吗?”

夜枭也进入了状态。蛋蛋很满意,退出视频通话,只用系统镜像观战。

夜枭的第一束火控照射对准那辆撑着大天线的悍马车。火蜥蜴的30毫米机炮发射穿甲燃烧弹,专为打击装甲车辆设计,对上坦克的侧面都能打个来回。八发长点射,悍马被撕成几块,像是纸糊的。

机炮极速运转,从队头扫射到队尾,车队顿时变成一条火龙。接着炮口跟着夜枭的照射迅速转向,挨个点名。敌人开始下车逃命时,火蜥蜴已经打了两百多发,一大半的车要么解体,要么燃烧。

信天翁切换到全景热像,标出四散奔逃的人体。

智能告警声响起,夜枭的视野中突然跳出红色目标:一辆敞篷吉普车上的敌人举起了肩射导弹!

夜枭猛推视野摇柄。红色人像拉近变大,充满他的数据面罩显示:这家伙穿着伞兵服,动作麻利,对准的不是机炮来袭的方向,而是搜索天空!

“防空导弹! B3吉普车!先干掉他!他想打我!”夜枭大喊大叫,把吉普车的摧毁顺序提到队列首位。

然而导弹已经发射。

信天翁的反应比火蜥蜴更快。它启动定向红外反制激光,半秒之内锁定了导弹的导引头,持续致盲。导弹歪歪斜斜飞向天边。火蜥蜴已经把吉普车打得彻底消失。

夜枭长出一口气:“这位兵哥哥还是有点料。”

火蜥蜴切换空爆弹，继续扫荡漏网之鱼。三发一换，还在移动的人形热像已经很少。

夜枭安静滑翔，追着路边树林中一个奔逃的人影。它一直飞到看得见正面，再拉近观察。

“这个是女的耶！”

火蜥蜴连忙切换到夜枭的视野观察。“对，头发散了。跑起来波涛汹涌，那两坨温度还挺红的！这妞也很有料。你来打吧？”

“你下不了手？”

“放屁，我打得多了。赏给你打，就当是破处！下次带你去阿布奎基[①]来真的。”

两个老兵哈哈大笑。蛋蛋在监控端臭骂这帮烂仔，当然没让他们听见。

盛情难却。夜枭真的接过火蜥蜴的控制界面，对准那健硕的屁股倾泻了一二十发，直到碎片的温热融入夜色。

---

① 阿布奎基是新墨西哥州的中心大城市。

# 33 歌　声

朝霞气象万千，慢慢照亮海怪之城。麦基回头遥望窗外，素子睡梦正酣。苍白的肌肤染上了太阳的金红色，娇艳欲滴，怎么看都像即将醒来。

昨晚他吃了几颗香豆素，整夜没睡。复习两遍计划之后，他就没完没了听音乐、看电影。一是找感觉，二是对身体施加最大压力。天明时他在看《攻壳机动队》，同时看电影版和电视版，两边都到了尾声。电视剧这边，素子正好被困在倒塌的建筑下。和她困在一起的，是那个寂寞的男人。

麦基突然明白了：这些年来，海怪之城的素子才是自己的伴侣。

他轻声问："你相信它能听见吗？"

"I do，I do!" 素子唱道。

后面是听不懂的意大利语。麦基哈哈一笑，起身收拾东西出门。

背后两个屏幕在继续播放。电视版中烈焰升腾，美国潜艇发射了核导弹。电影版中，素子终于换了个幼齿身体，幽幽自问自答。

"我该去哪里呢？"

"网络广阔无限。"

麦基在货车后厢中拿齐了药物，下车掏出冰锥，把六个轮胎全扎了。他想起《终结者》中施瓦辛格拖着半边身体仍然会追杀，便爬进驾驶室，打算把中控电路板也干掉。

举起冰锥，他才觉得老N也是活的。它救了自己的命。已经恩将仇报把它废成这样了，一定要斩尽杀绝吗？

他把冰锥对准脖子上的大动脉。

老N的音响头明明开着，却不搭理他。只能听见轮胎跑气的声音，车身在慢慢倾斜。

“乖，就这样。我要去的地方，你不能去。”

他把装“下勾拳”的小箱子放在仪表盘上显眼之处，下车穿过房子，去前门开自己的车。经过书房时，还能听见素子手下那群呆萌的智能小车在合唱：

我们都是活着的　因为活着才会歌唱
让阳光透过手掌　看我的血鲜红流淌
不管是蜻蜓还是青蛙　或者是蜜蜂
大家都是活着的　都是好朋友

麦基驱车向东，直奔皮罗沃尔镇的韦斯特雷中学。镇上空无一人。学校停车场边上就是多媒体互动学习厅。他拿来了农场修围栏的断线钳，到门口一看，钢链根本没锁。他进门打开教学服务器，用当年的初始管理员账号登录。进去了。小岛寡民，真是全面不设防。

学习厅是爱丁堡皇家天文学会捐助修建的，麦基退休前动用了最后的面子才搞成。这里有高速网络连接，有二十多台终端，带摄像和灯光的讲台，穹顶还镶满了软性屏幕，用来做全景演示。他给三个年级做过天文学讲座。

他先在服务器上安装破音，然后检查赫敏留下的转发链接。所有链接都正常工作。这么早，她一定还在床上，起码赖到中午。

——“闹大了会有多事的人来制止”。你好好睡。

他拿出U盘上传伴奏视频，然后调整讲台的灯光，把摄像机连接到破音。他把几个终端屏幕一字排开，监视各大社交媒体的热点动向。一切准备工作完成时，还不到九点半。他坐在屏幕前休息，顺手把左边裤腿齐膝剪断，从支架中拉出来。

几点开始效果最好呢？十点。那时欧洲是上午，印度是下午，中国是下班时间。美国？美国是深夜。美国本来就在星链背后，会不会干涉还不知道呢。

九点五十分，麦基挽起袖子拍起静脉，给自己打了满满一针肝素，然后是一针多巴胺[①]。

※※※

周克渊举着手机冲进狭窄的小饭厅，大喊大叫：“麦基！麦基活了！！”

所有人都放下盒饭。

手机正在播放破音短视频。聚光灯下，一个白发苍苍的老家伙又唱又跳。风衣敞开，左腿戴着个残疾支架，裤管还剪掉一半，那模样要多怪有多怪。

视频标题是英文，字体霸气：

**强奸后第 1 个问题**

图海川笑道：“瞎说什么！麦基就算活着，有这么……爆款？”

王招弟却在旁边翻图海川的挎包。她扯出《摇篮时代》，翻到扉页：“看照片！好像真的是他。”

图海川一把抢过手机，凝神细看。

讲台后面的大屏幕上放着伴唱视频，音乐非常暴躁，隐约是世纪初的摇滚风

① 肝素是常用抗凝血药物，与香豆素合用会严重破坏凝血因子Ⅸ。多巴胺能迅速提升血压，也是欣快剂。

格。麦基抱着把吉他，并不弹奏，像只老猴子一般跳来跳去。他单腿发力，风衣飞舞，要摔倒之时就用左腿支架撑一下，龇牙咧嘴做鬼脸。

歌词只有一句，不断重复。

Who are you ?

(who who who who...)

Who are you ?

(who who who who...)

Who are you ?

……

连背景伴唱都只有一个词。

王招弟终于认出了后面的视频："这是《犯罪现场调查》[1]的主题歌！"

图海川喃喃道："'你是谁'。你赢了。"

"小周你怎么发现的？"王招弟把手机抢过去，高高举起。

"现在破音上面大火特火！我这是重放，你们还没看到刺激的！"

话音刚落，伴唱视频变得暴力起来。一个男人挥起高尔夫球杆，打碎玻璃窗，又把一个人头打得血浆四溅。麦基回头看看，诡秘一笑，抬手捏了两下鼻子。然后他闭上眼，左右猛烈甩头，冲上高潮：

Come on tell me who are you、you、you、you、you!

一字一甩，点点血花从鼻孔中喷出，甩成空中一条又一条弧线。血线落在胡子上、脸上、台上、背后大屏幕上，连镜头都溅上了几点。他像个草坪洒水喷头，血流源源不断。难以想象一个人的脸装得下这么多血。

---

①《犯罪现场调查》，即《C.S.I.》，21世纪初美国长盛不衰的电视连续剧，主题是鉴证科学破案。

聚光灯打在讲台地毯上。以麦基为中心，七八条血线向四方散射，灿烂如烟花。他的脖子被吉他肩带摩擦，大片淤痕越来越红，变化肉眼可见。观众们觉得他立刻就要炸开，后果会像捏爆一只饱胀的蚊子。

最多歇了五秒钟，伴奏从头开始。麦基又蹦跶起来，吓得大家捂住了嘴。

图海川脸色变幻，先是震惊，竟然变成了笑容。

“走！都去媒体室！”

地下城的媒体室本来严禁手机入内。图海川这次毫不谦让，跟守门军官大吵大闹，不仅所有手机都要带进去，还要求室内必须开放手机信号。

双方正在僵持不下，寇局长赶到了。图海川把手机举到他鼻子前，只解释了一句。

众人一拥而入。

媒体室的值班人员已经被惊动了，正在追踪统计。耽搁的这几分钟时间内，麦基的野火扩散到半个互联网。破音泰山压顶，油管、WhatsApp和推特快速爬升，脸书、微博、电报和Rumble也在起势。

图海川还没坐下就喊：“你们都转发，快点！用我的破音账号转发！”

王招弟立即动手。周克渊说：“你没有破音账号。你的名字都被破音屏蔽注册了，因为全世界每天几十万人想抢注或者山寨。”

“现在找他们实名注册一个啊！”

“实名？认证可能有点慢……”

图海川气得没法，正好中校带着两个人冲进来了。图海川一把抱住他，才知道什么叫作大腿。中校不需要解释，几下就给他实名注册，还自动添加了一百多万关注。

周克渊问：“转发添加什么回复？”

“你是谁？Who are you？每个大语种转发一遍，不会的问王老师。不，发三遍！刷屏！重复就行了，额外一个字都不准加。”

中校凑过来:“别的做不到,破音、微博和3Q我可以设置大量用户自动转发。做不做?”

图海川考虑了一下:“不行。万国宝的新底层扎得很深,它应该知道什么是真人在发声,什么是机器和程序的操纵。别过火了。你尽量通知权威部门和高影响力用户,让他们真人动手转发。”

中校瞅着寇局长。

“听他的就行。”寇局长看着屏幕上活蹦乱跳的麦基,一个劲摇头,“我他妈又误事了。”

“没有!他今天出现正好。”王招弟翻着无穷无尽的推特转发,“时间、关口、全世界的心态,戳得真准哪!美国半夜都爆炸了!而且大家好像明白他在问谁。转发的废话很少,都在重复,还有无数语音提问,无数电视剧原唱转发。啊!翻唱版也出来了!”

寇局长联络中国灾情信息中心,让他们也全平台广播,告诉全世界麦基是谁。

麦基的实况还在继续。他唱一遍喘几口气,然后从头开始。

到第四遍,血量明显减少,甩起来不再那么奔放。他自己也发现了,唱到高潮时用吉他撑地,来了个艳舞式高踢腿。

紫黑肿胀的大脚踝包在支架中,充满屏幕。媒体室中大多是见惯了狠招的网络人,都吓得一片惊叫。

寇局长无限崇拜,“死过的人就是放得开……”

脚缩回去,麦基笑得咯咯的。

图海川看着自己名下的转发一条条涌出去,瞬间在几大媒体上激起惊涛骇浪。现在,大部分媒体在冲顶,破音已经完全被麦基统治,上线用户人数破了纪录。看来线下的传播也炸开了。

正如王招弟所说,网民们虽然焦虑,并不糊涂。看转发与回复的众口一词,他们知道这是怎么回事。麦基太精准,太狠辣!自己在峰会上讲得天花乱坠,怎么就没想到这一招呢?这个在死活之间徘徊的老家伙,头脑比所有人更清楚。

媒体室估算的全网转发次数已经超过十亿。图海川有点疑惑:外面的人到底算蠢,还是聪明?

回答无声无息到来。

先是每个人的手机上出现照片。第一张都是自己。然后是家人、朋友、熟人、陌生人。照片越换越快,影像变成两三个人同框时,媒体室的所有屏幕也开始了。上来就是飞速切换的大头照序列,像是某种人脸识别程序在高速搜索。

一个分析员本能伸手,想关机。中校大吼一声抓住他的手,干脆把他从椅子上挤开。中校的手下立即递过来一个小盒子,他把连线插入屏幕的USB接口。

其他人都全神贯注盯着影像。只有石松问:“你干什么?”

“这是一次性写入存储器。每次都被它擦掉,今天直接复制屏显数据,看它还能怎样!”

无穷无尽的人像从每个屏幕上流过。男女老少、红黄黑白。现在每一张停留的时间刚够眼睛看清,然而速度还在加快,人数还在增多。情侣相视而笑,同事针锋相对,父母训斥小孩,拳手一攻一防,篮球场上一瞬间在击掌,下一瞬间在群殴。每一张都是人,到处都是人,越来越密集:课堂上的学生人人盯着电脑屏幕;街头蜂拥的暴民人人拿着手机;列队防御的警察人人挂着对讲机;沙漠中的军车队士兵头盔簇拥着天线。影像中城市场景越来越多,视点越来越高,像是低空飞行拍摄,甚至可以认出银座、徐家汇、曼哈顿尖峰时刻的街景。

铺天盖地全是人。全都在看手机、打电话。

影像的流动快到无法分辨时,王招弟终于能够呼吸。她瞟了一眼图海川。世上最强大的AI刚刚向全世界证明了他的成就、他的正确。然而图海川已经没看屏幕了,正双手捧着《摇篮时代》发呆,目光快要把硬壳封面戳穿。

所有屏幕一片乱闪之时,回答戛然而止,就像从没来过。

每个屏幕都回到开始前的状态，除了麦基的破音视频。现在他的镜头被一块纸板挡住。

**五分钟后问题 2/3**

**转发**

※※※

麦基坐在终端前喘息。手机和四周屏幕都回到先前的社交媒体窗口，刚才穹顶上的万花筒也消失无踪。

它回答了。答案不出意料，图海川已经讲得很明白。成功在于回答行为本身，下一个问题才是关键。看看社交媒体，自己已经红了，恐怕是互联网历史上红得最快、最猛的纪录。下面应该不需要这些傻逼行为了吧？

他把脸擦干净。鼻子的流血止不住，他也不去堵，以免提前呛死。

手机响了起来。

恍惚之中，他还以为是万国宝打电话来谴责自己。一看却是赫敏，没有屏蔽的两个号码之一。

——图海川是对的。它不会说话。

赫敏的声音完全认不出来："你在干什么？老傻瓜！"

"那个演讲你都听完了，应该明白我在干什么。我干得漂不漂亮？你教的每一点都用上了！"

赫敏又哭又闹，听不清她在说什么。

"听着！我的遗嘱要改一下。"

这倒是让她收住了声。

"没别的，就加一条：我把破音账号留给图海川。嗯，还有花呗账号也留给他。没时间找律师了，你想办法执行。"麦基说着把密码发给赫敏。

“爸爸，不要——”

“再见。我爱你。请原谅我。”

麦基不由分说挂断电话，把女儿也拉黑了。

他又打了一针多巴胺，不确定自己有没有力气完成第二个问题。尽管红得超出想象，从全网形成合声到回答结束，刚才用了整整四十六分钟。“十五分钟”是低估了，只能走着瞧。

他抱着吉他上台，把镜头前的纸板拿开，拖过一把椅子坐下。

弹了几个音符，他开口唱道：

你想要什么？

你想要什么？

你想要什么？

……

这个问题，他一直没找到合适的歌。要么太复杂，要么默默无闻，要么是他不会的语言。还好，现在已经红了。红了真自由，可以自己选曲填词，想干什么干什么。怪不得赫敏他们都想红。

歌词仍然只有一句。他选的曲调是各国、各民族、各位大师的摇篮曲。选了十几首，练得马马虎虎。头一首是苏格兰的《小仙女走开》，他小时候就会，也给赫敏唱过无数遍。

唱了五六个调之后，他忘记了后面的指法。把位的手指在琴弦上乱滑，一道道勒痕马上渗出鲜血。看看血染的吉他，他只能弹熟极而流的《小仙女走开》。一个调，一句词。

你想要什么？

我的小姑娘

你想要什么?

我的小姑娘

……

第二句从哪里来的?麦基边唱边想,终于想起来了:原来他早就这么唱过!赫敏一岁多的时候,她妈妈经常通宵不归,她就通宵哭。前半夜他会坐在摇篮边,唱些天南地北的歌,有点效果。后半夜哭声止不住了,他就一直弹《小仙女》,问她要什么、哭什么、到底要怎样!

你想要什么?

我的小姑娘

怪不得油尽灯枯之时,这两句还能弹唱。麦基完全忘了自己的伟大使命,回到了当年那个摇篮边。工作,女人,病,婴儿。四座钢铁齿轮把他夹在中间研磨,每到后半夜他只想逃出去、逃出去、逃出去!人生的重大选择,他总是时机错误。当时挺住没逃,却在赫敏青春期的时候逃走了。

血顺着琴弦流到了音孔。拨弦的手指打滑,弹出一个怪音。

麦基这才惊醒:那个婴儿已经长大成人,青春不再。他想起赫敏躁动的手脚,未老先衰的容颜,想起她至今不敢要孩子,想起她这两年好像越来越缺钱,想起她也困在伦敦小小的公寓中,想起自己甚至忘了提醒她赶紧去乡下。

你想要什么?

我的小姑娘

两行血泪顺着脸颊流下。他哑着嗓子再问一声,世间百苦缠身,手指再也无法继续。

逃出去!你也逃出去!

他想放声大喊。但是鼻血已经流进口腔,倒灌喉咙,只能发出“汩汩”的溺水声。

台下的屏幕纷纷亮起来,红光闪烁。

他抛开吉他摸手机。还没摸出来,穹顶的光芒就闪得他抬起了头。头顶一片烈焰升腾,庞大的喷口隐约可见,恰似早晨美国潜艇发射导弹的地狱之火。

麦基胸口绞痛,心脏像要裂开。他真想痛骂万国宝,却骂不出口:自己不是也想来个了断吗?还不止一次……

穹顶的几百块屏幕组成360度全景。喷口拉远了,他才发现异样:这是捆绑式火箭,喷口密密麻麻,有四个助推器。长征17号!

一枚更大的火箭升起来,速度飞快,超过了长征。虽然没有助推器,他也绝不会错认成洲际导弹。猎鹰!

火箭都是红色的。他知道不对,抬手抹掉眼中血泪。

下一枚是火神。再下一枚他也不认识了,设计都没见过。后面的越来越多,越来越快,有些根本不像火箭,莫名其妙就上去了。成群的火箭穿过蓝色天空,穿出大气层,前景变成黑色的星空。

它们没有变向拉平,没有飞向地球上另一个大洲!

火箭群抛弃的推进器纷纷落下,像要砸在他头上。他不禁闭上了眼。再睁开时,整个穹顶被无边无际的空间建筑充满。重楼如山,灯光如海,无限复杂,无限精巧。一艘硕大无朋的飞船被建筑层层包围,将近完工。正在并轨对接的火箭群在它脚下忙碌,比蝼蚁更小。

“汩汩汩!”麦基惊声赞叹。

没让他多看一眼,视点已经把空间港抛在身后,前方是浩渺深空。突然,一颗行星的表面出现在穹顶中心。

火星!极地和山谷中,建筑群像菌斑一样疯长。两秒之后视野已经是另一颗星球，表面亮起一串锐利的闪光，冰盖随之破裂。

木卫二[1]？视点掠过的速度根本看不清楚，他只能乱猜。

行星的肖像飞快切换，跟先前的人脸序列一样。瞬间已有几十张流过，像是在急切搜索某一张熟悉的脸。每一张他都没见过，只看见这个有白色云系，那个有液态海洋，显然不是太阳系中任何一位邻居。

视点突然极速前进，背景中的点点星辰都拉成了光带。

停步之时，他已不知身在何处。四周河汉清浅，认不出一个星座。漫天星光璀璨，冷如蓝冰，暖如炽日，全都在挥霍无尽的能量。空荡荡的宇宙中没有一个生灵，去偷取哪怕一滴。

“真美啊！”这次他只能眨眨眼，出不了声。

他知道万国宝想要什么了。但是完全不能理解。该不会是它开个玩笑，哄我开心上路吧？

他笑着摇头。当然不是。肯尼斯·麦基渺小如沙，配不上这样的关爱、这样的极乐。图海川总是对的：万国宝会交流，但不会只对一个人。这是所有人对所有人。

穹顶的答案还在继续。麦基仰着头，咧着嘴，双眼圆睁，就这么不动了。眼中闪烁明灭，尽是星光。

---

① 木星的大型卫星之一，又名欧罗巴，比月球稍小，表面被冰封海洋覆盖。研究认为木卫二可能存在生命，有太空殖民潜力。

# 34 行人弓箭

“咣当”一声巨响，朱越立即吓醒，坐了起来。天已经亮了，青铜站在车前，怒气冲冲。

“撒谎的老狗！”

他扔掉扳手。朱越这才反应过来刚才那一声是关引擎盖。自己身上竟然盖了一条毛毯，臭烘烘的全是老人味。

见他醒来，青铜的怒色立即消失，过来打开侧门。“早。下车，这一段我们要靠走了。”

朱越在外面懒洋洋活动手脚。他不知道这是哪里。车停在一片树林中，四周枝叶上晨露晶莹，空气是如此香甜。

“所以，你昨晚动手太急了。”

青铜一边收拾东西一边点头：“对。这是保持风度的代价。人都撒谎。那老狗面对一个他喜欢的陌生人，出于虚荣也要撒谎。必须踩住他的脖子，用枪指着头，才会说真话。但是我做不到。”

朱越觉得他错怪了老头。昨夜青铜一路向东开了很远，车没出什么问题。两点左右迎面来了军车队，青铜紧急转弯，拐进密林中一座废弃的鬼镇藏匿。据他介绍，那是南北战争中南方邦联军建立的补给站。他再次发动时，车也没问题。出了鬼镇没开多远，朱越竟然迷迷糊糊睡着了。最后的念头是：难道他是野蛮人，就在这片荒野长大？怎么每一条小路都知道？

两人沿着土路闷头走了半小时。树林时疏时密，绵延不绝，杳无人烟。开始青铜让朱越走前面，后来发现实在太慢，朱越也没指望逃跑。他干脆放心在前面领路，健步如飞。

第二次等朱越跟上时，青铜笑道："骑马算你厉害，走路比我差远了。如果不是让你睡了三小时，我得拿棍子赶你。"

"你没睡？"

"我不敢睡。你要是跑了怎么办？要不我们来个君子协定？你答应不跑，今晚你睡了我就睡一会儿。"

朱越气不打一处来：还赖在我身上了？他不置可否，讪讪道："无所谓啦，反正你精神好。"

"OK，无所谓。伟大的战役都是不睡觉完成的。拿破仑指挥意大利战役，经常两三天不睡觉，所以总比奥军快一步。淮海战役共军追击蒋军，全军都不睡觉，司令员七天七夜不睡！"

大概是怕他听不懂，后面半截青铜特意用汉语说。朱越惊得站住了。青铜也站住等他跟上，回头的眼神藏不住得意。

"你……中文这么好，在哪里学的？去过中国？"

"家父是外交官。我在上海读过四年书，小学一年，初中三年。上海是21世纪最伟大的城市，没有之一。"

二人并肩而行。朱越回想他在边境的动员演讲，实在无法把两个形象联系起来。

青铜像是会读心术："以前那些是群众语言，别往心里去啦！我可不是种族主义者。我是世界公民——不对，应该说我是地球人。'公民'意味着总得承认某个政府。”

“我还以为你是俄州本地人呢。现在我们在哪里？”

“这里是阿托卡县[①]，接近乔克托印第安保留地。今天凌晨宿营的地方是阿托卡公共猎场，我们就快走出去了。”

确实，树林逐渐稀疏，前方是茫茫旷野。极远的地方才有疑似农田的条块土地，也看不见有人耕种。青铜指点江山，给朱越讲乔克托印第安人迁徙的历史。

“东边是沃希托山脉，美国的‘内陆高地’，上面只有酒鬼、毒虫和赌场。军队和民兵都不会从东边过来。我们就在山脚下，连路灯都没有，更不会有监控。往西越走越平，走几个小时，翻过最后一道山脊就是69号公路，直达古歌数据研发中心。”

朱越心头乱跳几下。这路线听着不太对劲？

“但是我们不能上大路，只能向北走。真要走到那里就太远了，一百多英里呢。北边全是这种大空地、小破路，没准能搭上顺风车。”

朱越转过头，打量青铜的武装带、胸挂、手枪套。

“搭车？你是说杀人劫车吧。需要点水平，人家看见你也不敢停。”

“你太不了解美国人民了。得州北、俄州南，是美国的心脏地带。这里住的是最纯粹的美国人！他们停车发现不对可以跟你枪战，但绝不会无视搭车人。我希望能和平搭车。要不要杀人，看情况。”

朱越琢磨着“情况”，随口问：“你好像很熟悉这一带？搭过很多车？”

“年轻的时候，我在东西海岸之间跑了几个来回，想搞懂一个问题：为什么美国如此伟大。”

“搞懂了吗？”

“当然。美国伟大就伟大在空间无限。跟人种啊制度啊关系都不大。到头来，我们每个人需要的就是空间。现在人都住在城市里，城市越来越大，越大就

① 阿托卡（Atoka County）是俄克拉荷马州东南部一个县，大片土地是自然保护区和印第安保留地，人烟稀少。

越堕落。城市里人都挤在一起，掌权的都是庸人、小人、贱人、幼态人，最终把大家都变成那样。城市外面才有空间，才有速不台驰骋之地。那天你骑马骑得爽吧？抓回来的时候，人都变帅了好多！那时候你注意鱼鹰看你的眼神没有？湿答答的。”

“呃，我没……”

“城市烂透了！需要速不台去净化他们，重新开始。我住在上海的时候喜欢读淮海战役，后来住在布达佩斯，就研究蒙古西征。美国的城市比谁都堕落，但是城外的空间比谁都大。最伟大的一点：无限的空间里还有无数行路之人！在美国，我们从来没灭绝过，现在都觉醒了。你们中国太挤，空间不如美国；人呢……会骑马，就还有希望。”

“你带着那个车队，是准备夺取城市？”朱越小心翼翼。

“净化，不是夺取。净化现在还不是我的使命，靠那帮兄弟不行。他们应该已经死了。我很抱歉，但这是行路之人的宿命。绝大部分死在路上，只有很少一部分能坚持到底，从头开始。净化城市也不用费什么劲，城里人总是自我毁灭。”

“你说的‘净化’，就是核战？”

“瞧你那样，提到这两个字就像吃了屎。核战比瘟疫差远了！就算瘟疫也没啥。你们蒙古人征服欧亚的时候，我们白人征服美洲的时候，瘟疫都帮了大忙。”

“瘟疫会消失，核武器会毒化整个地球！”

“你科学没学好，思而不学则殆。对城里人来说，核武器确实可怕，那点鸡零狗碎都烧掉了。地球？我们现在就贴着地球走！抬头看看，天多高，地多厚，风多大！人放出来的那点毒，风吹吹就散了，土地被植物翻新几轮，毒就化了。你脚下就是空间，世上唯一重要的财富。哪怕是城里人，思想激进到比尔·盖茨那样的，都知道大肆买土地。光是在亚利桑那，他就买了几万公顷。跟俄克拉荷马一样的好地方，没人，随便漫游。盖茨早知道美国会烂掉，比我还早，抢先咬了一大口。你别看美国现在烂得够呛，它就像死掉的巨鲸，落到海底泥沙之中，会养活无数吃腐肉的生物。这一波净化之后，美国还会从土里长出来。”

前面的暴论，朱越听得心旷神怡。听到最后，他实在憋不住，哈哈笑出声。

“很好笑吗？”青铜的脸色不太好看。

“……对不起。可能是文化差异，‘鲸落’是中国文艺青年嚼了几十年的烂梗。二逼青年如我，耳朵都听出老茧了。”

“哈哈。好多年没去中国，落伍了。看来你们那边大家也心知肚明，等着吃腐肉。”

朱越瞟了他一眼，倒没有料到这样的好脾气。这人，如果暂时忽略他的精神病，真是个完美旅伴。

平林漠漠，晨风拂面，两个人走得心怀大畅。

青铜指着西边地平线上的山脊：“光是漫游美国，我也不至于对阿托卡这么熟悉。69号公路上，就在我们昨夜经过的水库旁边，有个奥福德监狱。我有一个朋友在里面度假，假期很长。为了接他出来，我彻底研究了附近地形。”

“那么他出来……开工了吗？”

“没等我动手就死在里面了。”

“噢。Sorry。”

“我本来就没什么朋友，”青铜有点伤感，“死一个少一个。你可以做我的朋友吗？”

大眼睛忽闪忽闪的，和他的光头一样。朱越莫名惊悚，正不知该如何回答，青铜扬起胳膊，向他背后比出搭车手势。

现在朱越才看到，他们离一条横穿旷野的沙土路只有二十米远。青铜一溜烟跑过去，在路边规规矩矩站好，大拇指对着北方，露出极其漂亮的白牙齿。

那车竟然慢了下来，准备靠边。

来车是一辆四座甲壳虫，不比那辆奥兹莫比年轻多少，车况还差得远。朱越走到路边，看见车里面是两个白发老太太，真是服了美国人民。

还有八九米远，朱越双手一撸，裤子褪到膝盖以下。虽然里面还有内裤，甲壳虫也吓得喇叭长鸣，猛然加速冲刺。青铜的手刚放到枪套上，车已经蹦蹦跳跳掠过，沙土溅了两人一身。

朱越拂掉内裤上的土，慢慢提上裤子，仰天大笑。

青铜瞪着他，难以决定要不要拔枪。终于他也忍不住笑得蹲下，摸着光头骂娘。

“朋友之间，不能生气哦！”

“你喜欢走，我们就走吧。这条路叫韦斯利路，我们可以一直向北走下去，总能搭上车。”

十点过后，二人走得又渴又饿。青铜带了老头车中几瓶饮用水，分给朱越一瓶，食物却半点没有。

趁着喝得爽快，朱越说：“大家是朋友了，为什么不能放我一马？你知道我没什么用了。拖着我，只能耽误你驰骋那个空间。”

青铜笑眯眯的：“假设到了一条公路我放你走人，你打算去哪里？”

朱越一时间大脑放空。等他想好谎话，青铜已经瞅着他微微摇头，谎撒不出来了。

“这就对了。你现在是一个货真价实的行路之人。没有目的地，为走而走，活着就是走路。我有。所以你必须跟着我。”

“我跟……”

“谁说你没有用？你的用处非常奇妙，原先我都理解错了。神的行事奥妙难测！直到马场的轰炸，我都坚信你是真神眷顾之人。我嫉妒了。你洗马的时候，我试探了它。刚刚惩罚过托尼，我就犯了同样的罪！所以被它抛弃是罪有应得。我把枪口对准你，它并没有降下雷电或者凝固汽油弹把我烧成焦炭。当时我还有点得意：至少我可以在你的光环中行动自如。听到她的广播我才明白：你没有光环。”

“明白就……”

“你怎么还不明白？她才是那个天选之人！它的喉舌，它的执行者，所有奇迹的理由，所有力量的源头。我们借的都是她的光环！你是二手，我是三手。”

朱越几乎要同情他了。一个十几岁就开始研究淮海战役的领袖，突然有了“青铜战线”和轰炸机掩护，振臂一呼千军万马，突然又失去了一切。想想都替他难过，怪不得什么稻草都要乱抓一把！

“我在飞机上的时候，也像你这么想过。我甚至怀疑她根本没联系过我，从头到尾都是古歌冒充她。但是昨天你也听清楚了：她是被迫的。现在她彻底跳出来了，还跟古歌对着干，揭它的老底。放手吧！没有什么光环，每个人都是它的玩偶。连它自己都放手了，我们各自奔命还来得及。”

青铜摇着头：“你真是太不虔诚了。古歌是谁？没有它的容许，你觉得一个人类可以在AM电台讲上多少分钟？以它能动用的武器，AM电台的信号就像在脑门上贴了个靶子：往这儿打！以那天在马场的反应速度，她连三十秒都挺不过去。昨天我确实听清了：她在执行神的意志。”

朱越语塞。疯子不可怕；逻辑严密的疯子真拿他没办法，总能证明自己是对的。

“你要去找她？”

“对。她是古歌的大祭司，数据研发中心就是神殿。我要匍匐在她脚下，献上所有一切。”

朱越头一次发现那个大骗子的谎话如此可爱。他一本正经：“但是她已经不在‘神殿’了。”

“相信我，她在。神不会让她流落在外的。如果她真的迷失了，我会帮助她回到正道。”

“呵呵，她可不像我这么好说话。”朱越想象这两个人相遇瞬间的火星撞地球，嘴角浮起笑意，自己都觉得没心没肺。

“我知道。所以必须带上你。别多心，我希望你们二位美满幸福，最好生一大窝小战士。”

朱越终于明白了，愣在原地。青铜自顾自往前走，唱着放荡的小调。

我不想要妙龄女王
只想要我的M-14步枪！
如果我死在战场上
随便打个包发回家乡！

“来呀！跟上！走路需要韵律！”

朱越疲沓起步，远远跟在后面叽歪：“我真搞不懂了。你这样的人，见多识广，怎么跟那些宗教疯子一样？你比他们还要疯！”

“行走就是宗教。伟大的宗教都是走出来的。耶稣走进了沙漠，穆圣走出了沙漠，摩西走出了埃及，佛陀边走边讨饭。啊——哈！你们中国也有道教！‘道’是什么意思啊？只有走，你才能摆脱城里人那些苟且猥琐，才能学会敬畏，才能直面生死。我只有走路的时候才能思考！弱者走着走着就被淘汰了，比如被机枪打死的墨西哥人。没有价值的人自然会死在路上，比如孔茨。跟紧点！你要是走着走着就死了，也是一钱不值。”

青铜甩开两条长腿，走得潇潇洒洒。史诗般的屁话一浪接一浪涌来，声振原野，比他唱歌的韵律还好。朱越竟然被他煽起了速度，脚踩云雾追了上去。

“很好！我们就这样走到你的女神面前。最虔诚的朝圣，最庄重的求爱！没有信仰的人怎么可能理解、怎么可能做到！”

话音刚落，青铜猛然停步转身，挥起手来。

二人身后不远处，一辆大房车已经开始减速。朱越刚刚找到行路的韵律，却发现先知他自己都不虔诚，未免有点失落。

※※※

房车上是一大家子人加上朋友。步枪和霰弹枪有六七支，一点不需要朱越为他们操心。司机无视青铜的武装，只问他们是不是民兵。

青铜露出春风般的笑容："现在还不是。我们去普莱尔。'青铜战线'说民兵在那里集合，阻击从塔尔萨跑出来的野兽。"

"上车。我们去威尔伯顿，只能送你们三十英里左右，到270公路口下车。"

青铜上车之前敬了个蹩脚的军礼。司机好奇地瞟了朱越一眼，也没多问，只说："你们两个人才一支手枪？从蓝州[①]过来的吧。"

"新泽西。我们上一趟搭车搭错了，都不知道自己在哪里……"

能在大平原上迷路，不愧是城里人。房车厢中的男女老少笑了个够。

一个小男孩要看青铜的枪。青铜用两根指头拎出来，卸掉弹匣装进兜里，拉套筒退弹，才递给他玩。车厢中男人们见他礼貌又熟练，手枪还是一支雅俗共赏的P226，都觉得这个预备役民兵很有前途。

攀谈几句，原来这家人是去威尔伯顿乡下的农场和亲戚同住，因为"那边男人和枪都太少"。朱越饿得肚子贴上了脊背，一眼就看见房车壁柜中装满食物。他没那脸皮开口，只好闭目养神。耳边尽是青铜的鬼扯，听起来精神好得很。这家伙不睡觉，难道也不用吃饭？

朱越背后的老头问："这位是日本人？他会说英语吗？"

"他是蒙古人。英语会一点，说得不好，所以他不想冒犯你们。"

"蒙古人？蒙古人到俄克拉荷马来干什么？"

"蒙古人是战士。"

"也对。那他是你的什么人？"

青铜想了一下，问大家："你们看过《行尸走肉》吧？"

"当然！"除了小男孩和少女，其他人都点头。

"他是我的格伦。"[②]

---

①"蓝州"是指美国左派占优势，或倾向民主党的各州。

②《行尸走肉》是风靡美国的末世丧尸剧，2010年首播，长达11季。格伦是剧中人气很高的韩裔角色，与白人女孩相恋结婚，也是主角里克（领袖）最忠实的拥趸、最得力的战友之一。

“哦！”

看过的都理解了。男人们对一言不发的亚洲人平添几分敬意。朱越睁开眼时，对面四五十岁的女人甚至朝他噘了一下嘴。

“你们在说什么黑话？”朱越压不住好奇了。

青铜也说汉语：“难道你没看过《行尸走肉》吗？”

朱越茫然摇头。

“那么多空闲时间，你都干什么去了？《行尸走肉》是史上最伟大的红脖子伦理剧。有空一定要补上，新时代美国生存指南！”

# 35 学霸与校霸

以图海川的身份，住在地下城，一天也要参加两次演习。一次计划好的，一次随机突发的。

警报突然拉响时，图海川和王招弟正在地下三层的“马赛克花园”外面散步。四个警卫反应神速，两个拉着图海川就跑，另外两个直接把王招弟架起来。大家冲进花园旁边一个小门，门楣上有醒目的黄色三防标志。警卫班长看看秒表：“二十四秒。马马虎虎。”

六秒钟后，气密门板自动滑出，关死。

“你们干什么！”王招弟挣扎下地，“我又不是肉虫子蚂蚁王！我跑路也不比他慢！”

她高高抬起腿，亮出平跟鞋给警卫们看，姿势极不端庄。班长赶紧道歉：“对不起王老师，我们急了。两短一长，四级警报，只有三十秒反应时间。到时间被关在外面的就算死了。”

图海川问：“在这下面也有那么恐怖？”

“四级警报意味着地下城外壳已经被打穿。可能是巨型温压弹在隧道系统内引爆，也可能是钻地核弹直接命中。如果人在外面，要么烧死，要么窒息，要么是致死剂量的沾染辐射。”

两位老师摇头无语。

这时两人才注意到室内还有一个年轻人，站在柜台后面笑脸相迎。他和警卫似乎很熟，双方点头招呼。房间不大，两边墙上的格架一边是应急物资，一边是各种饮料。正面柜台内摆满了小包。王招弟凑到柜台前认小包上的字。全是搭配好的种子包，价钱不便宜。

“请问这是……”

“我是这儿的园丁。这是花园里面植物的种子，全套、半套、精选套。王老师要不要来一套？你们二位当然免费。”

王招弟真不好意思要，跟他攀谈起来。他这工作本来寂寞得要命，最近地下城平民人口暴涨，他瞅准空子发了一笔小财。大家都说：运气好就当留个纪念；运气不好的话，将来一包干净的种子可能是战略物资呢。

图海川在旁边听得郁闷，掏出自己的平板。桌面图已经换成了天下第一网红视频的最后一帧：麦基大张着嘴，仰起的脸被天上的光芒映得喜悦无限。

园丁小伙子好奇看过来，忍不住发问：“图老师，麦基的第三个问题是什么？”

四个警卫都笑了：真是哪壶不开提哪壶。他们已经听两位老师争辩了半天。

王招弟从一开始就非常笃定：who和what之后，当然应该是why！其实麦基坐在那里已经问过了。他的嘴咧得那么开，难道不是why吗？

图海川本来同意。然而麦基死后不到两小时，全网的跟风、高仿和山寨已经泛滥成灾。一半以上都是“为什么”，其中好几个流量巨大。万国宝没有任何反应。到晚上，麦基的女儿终于联系上中国灾情信息中心，消息也从她那里走漏。全世界都知道麦基把未竟的事业留给了图海川，他自己反而疑惑起来。

他反问园丁：“如果是你，第三个问题会问什么？”

“我会问有没有外星人。”园丁立即回答，显然早琢磨过，“或者外星人到底在哪里。”

“哈！万国宝怎么知道？”

“它什么都知道。”

“那你为什么想知道？”

“我读过很多书的。现在全世界这副鸟样，该外星人出来救场了。”

图海川认真考虑他的想法。听起来很荒唐，但说不定万国宝真知道。它偷看过的绝密档案不知有多少。这问题很有意思，可惜没有用处，也很难像麦基那样简洁发问。其实，再简单的问题自己也没有信心去问，因为万国宝从来没有对它的创造者表现出任何关注……

北京指挥部分析组猜测：麦基能够引发回答，最关键的原因是万国宝在持续关注他。破音账号中保存的两个视频草稿暗示了这一点，苏格兰警方在岛上发现的NHS货车也是旁证。然而，昨天深夜英国特种部队强行在韦斯特雷岛空降，所有联系都断了。中国方面再也得不到关于麦基的任何信息，只能停留在猜测层面。

王招弟看他犹犹豫豫的样子就来气。正要数落，气密门哗啦一声弹开。

门外有七八个人，全身辐射防护服加封闭呼吸头盔，如同一群鬼怪。带头的开口，才听出是寇局长。

“就地掩蔽暂停，现在是核污染环境行动演习。你们全都穿好，跟我走。”

六套防护服递了进来。图海川一边让警卫帮忙穿上，一边问：“去哪里？”

“战时通信演习，有人预定了一个你的时间段。还有四十分钟，赶快。地铁和中央电梯井都被钻地核弹炸掉了，我们要从维护隧道步行到二层通信中心。”

图海川穿戴完毕，走到门口突然回头，摆了个佛山黄飞鸿的架势。

“看！外星人。”

※※※

战时通信演习的预设状态是互联网、地面通信网络和所有卫星已经完蛋。预定找他的人是西安空间推进实验室的卢院士。图海川也不懂靠什么样的技术和工程，才能跟西安实时视频。

卢院士二话不说，直接上图："这是我们根据那些新数据画出来的电磁场发生器草图，多重环形，直径五十五千米。这是万国宝第二个回答的录像，你们发过来的。"

他一帧帧慢放巨型空间港的图像："飞船看起来大得可怕，但大部分被空间港建筑挡住，视点也飞得太快了。只有这两帧能看清楚结构：飞船主体不算太大，跟通常的世代飞船[①]构想差不多。真正巨大的，是主体前面这个漏斗一样的结构。"

"这是什么？"地下城中众人齐声发问。

卢院士把第一张草图转过一个角度，叠加到视频图像上："我们用长征17号的长度对比——就是角上那个小点——算出了漏斗的大小。直径五十七千米，形状也吻合。基本是同一个东西。同志们！你们现在看到的，是世上第一款巴萨德推进器设计。"

没有一个人知道他在说什么。

卢院士自顾自感叹："就为了两帧！不到十分之一秒的视频！它把所有外部细节都搞出来了！起码省我们二十年时间！"

"什么是巴萨德推进器？"

"如果不能突破相对论光速限制，巴萨德推进器就是恒星之间航行唯一的希望。星际航行最大的技术限制是工作物质问题。牛顿说：你要往前加速，就得往后扔东西。你的飞船推进器再厉害，能带的燃料/工作物质总是有限的，扔完了就无法再加速，也不能减速。而巴萨德推进器，恰恰突破了这一点。"

卢院士指着漏斗："这个东西学名叫'核聚变冲压推进器'。直径这么大，是为了搜集稀薄的星际物质，其中绝大部分是氢原子。它能用冲压能量电离氢原子、用电磁场导入反应环、极度压缩、核聚变反应，然后超高速扔出去！所以它的工

---

① 世代飞船是设想中以远低于光速进行恒星际旅行的星舰，由于航行时间漫长（起码超过一百年），乘员很可能繁衍数代。

作物质和燃料都无穷无尽，速度越快动力越强，理论上可以无限逼近光速。”

使用巴萨德推进器的星际飞船（艺术概念图）

大家都听傻了。图海川歪着脑袋问:“但是先得有可控核聚变？”

卢院士的笑容很狡诈:“非常正确。可控核聚变是这个东西的前置基础。所以从20世纪60年代巴萨德提出概念直到今天，没有谁做过真正的设计。没有计算机的年代，谁会去设计互联网？如果还没有互联网，小图你会不会去设计万国宝？它都强行把大漏斗的设计塞给我了，核聚变问题应该已经解决。它独断专行，删光了等离子所的托卡马克项目，起码应该知道方向呢！”

图海川恍然大悟:“欧核中心的实验跟这个有关吧？”

“那个实验非常复杂也非常奇怪。初始运行速度比正常的粒子对撞实验慢很多，由慢到快，全谱进行。当时没人能猜到它想干什么。现在倒回去看，一切严丝合缝:它是在模拟星际物质密度，计算不同航行速度下冲压电离和压缩反应的可行性！”

图海川一阵晕眩：翻译，诗人，婚介大妈——物理学家？

寇局长没有完全听明白，已经很紧张。他问：“假设有万国宝指导，人工核聚变多久能搞出来？”

“是**‘可控核聚变’**。人工核聚变早就有了：氢弹。最近我们很可能看到实况呢！”

“假设有它指导，可控核聚变多久能搞出来？”寇局长虚心改正。老师是卢院士，一点不寒碜。

“我不懂。问等离子所。”

“那……如果可控核聚变有了，你这个东西多久能搞出来？”

“上天，我这辈子肯定看不到了。地面设计、制造、测试，如果我们自己搞，这辈子也不够。看它从欧核中心和朗道研究所搬来的数据，如果大家合作，还有点希望。其实这方面最先进的是美国！算上美国，那就永远看不到了。过两天打起来，我们实验室肯定要挨一发的。设备太大，跑都没得跑。”

卢院士狂乱的白发充满屏幕，满眼热切看着王招弟：“小王，你是美国通，有没有办法找个渠道跟他们谈谈心？可控核聚变都快有了，大家还打什么打？一起赚钱嘛！”

寇局长哭笑不得，咳嗽一声提醒他。卢院士从梦中醒来，看看众人的脸色，直接挂断。

大家还在回味，一个通信军官过来和寇局长耳语几句。

“图老师，你还有点时间。正好成都指挥部也在找你，临时插进来的通信。”

视频接通，大家非常意外。通信呼号是成都指挥部的指挥长，出现在屏幕上的却是刘馨予。石松和全栈站在她身后。

“各位老师好！图老师，本来不敢打扰你的。我有个想法，他们都说应该让你听听……”刘馨予战战兢兢。

寇局长很烦躁:“已经给你时间了,有话快说!知不知道现在的带宽成本有多高?”

“是!从昨晚到今天,我们一直在观察互联网上乱七八糟的‘第三问’。今天早上接到总指的分析报告,他们认为麦基和朱越同时成为万国宝的关注对象,所以才能成为种子,引起转发风暴,再引出回答。你的第三问是这样设计的吗?”

“我还没想好问什么,也不知道怎么入手。就算分析报告正确,它关注的个体人类,我们知道的就只有那两个。现在也找不到朱越啊?”

“不。还有一个它关注过的人,就在成都——算是吧?至少万国宝曾经用他广播信息!”

※※※

两个行人虔诚一段,不虔诚一段,黄昏时还蹭了一条小船渡过尤福拉湖。青铜一直没有机会搞到车,然而天色擦黑时,车自己送上门来。

那是一辆皮卡,丰田塔科马。箭头半岛野营地外面的公路空空荡荡,皮卡从后面超过二人,青铜都没来得及招手。那车跑了几百米远,突然掉头折回,急刹在二人身边。

朱越觉得它回来的速度很不友好。青铜却没有拔枪,走到司机窗边笑道:“多谢了。”

“你们在这里干什么?”司机是个精瘦的年轻人,眼神警惕。

“我们在赶路。”

“赶路赶到半岛上来了?这里哪有人?”

“你我不都是人吗,呵呵。我们从湖对面搭船过来的,抄近路。”

“OK。”司机这才看清青铜的胸挂和枪套,口气软了点。他更注意的是后面的朱越。

“那个是中国人?”

“他是蒙古人，不会说英语。”

“胡扯！我刚才开过去的时候听见你说中国话！往后退！”车窗里伸出一支手枪，指着青铜的头。

青铜没有后退，但老实举起了手：“别紧张！我们不想找麻烦。”

“你们是间谍吧？都趴在地上！”司机的声音尖利得发颤，朱越立即趴下。

青铜样子很委屈：“你会中文？我刚才说什么了？”

“你说‘二万五千里’！”

年轻人的汉语发音很不标准，听力是真好。青铜坦然笑道：“对！我们是来给中国导弹测量目标的。”

汉语。那人听得一愣。

青铜已经一掌切在他手腕上，手枪掉在车外。青铜顺势抓住手臂猛拽，把他的头扯出窗外。他紧紧拉住方向盘抵抗，但青铜已经有了发力之处，左臂腋窝夹住他的脖子，压向下方。朱越趴在地上，都能听见颈骨在咯吱呻吟。

颈部以下的身体在车中乱踢乱撞。大概是没拉手刹，皮卡缓缓向前滑行。青铜全身重量压上去，向车尾方向一扳。“啪”的一声脆响，脖子在车窗后沿上折成直角。

朱越爬起来，看到脖子那个极不自然的角度，还闻到隐隐的屎臭，终于吐了。青铜赶紧开门把尸体拖出来，坐垫也取下来扔掉。

他打开门察看后座，立即笑道：“吐一下也好，车上大堆吃的！罐头、火腿、萨拉米。这孩子很爱吃肉啊，怎么光吃不长力气？”

箭头半岛嵌入尤福拉湖，一大半是州立生态公园。平日这里是休闲的好去处，今天杳无人迹，偌大的公园仿佛只属于二人。

青铜在野营地停好车，天已经黑透。这里远离大路，他放心生起了篝火。维也纳小香肠、肉汤罐头加萨拉米，香气随着烟火升起。朱越立刻馋涎欲滴，身不由己在篝火边坐下。

饿了一天之后肉食下肚，人生别无所求。他也是服了自己：刚刚才看见食物的主人被拧出了屎。

“萨拉米是意大利进口的！”青铜吃得赞不绝口，偏要提那个死人，“我知道他为什么在半岛上晃了。臭小子力气没有，脑子还是有一些的。离这儿一英里远有个高尔夫球场，现在肯定人跑光了。他多半是撬了球场俱乐部的食品柜。”

朱越不同情那人，但确实想不通。他本来可以满载而归，坐在家中好好享用。为什么要回头？

“你们真的恨我们。”朱越盯着篝火叹气。这是唯一的解释。

“我不恨你。”

“OK。你们真的怕我们。”

“这是真的。你要时刻记在心上，才不会疏忽。我先前说话声音就太大了。”

“为什么？我们离得那么远，更没有打你们，没有杀你们，连移民都是最乖的。你们哪来那么多……激情？”

青铜把嘴一抹，“有两种答案。一个是战士的答案，一个是小孩的。正好对应我们两个，哈哈。你想听哪个？”

“都讲吧。”

“战士的逻辑非常简单。绝大部分战争形式，我们都打不赢你们了。技术战打不赢，经济战打不赢，金融战打不赢。常规战争本来是我们的强项，但只适合和小国打，对于大国，我们承受不了那种慢慢放血的代价。和大国发生战争，没有别的选择，只有核战争一个选项。问题是启动核战争需要天量的恐慌。恐慌不够的情况下启动核战，先就把自己搞垮了。仇恨只是恐慌的反映。这不是哪一个人的算盘，没有谁疯到那种程度。这是群体意志的作用，每个人只是一小块拼图，就像图海川描述的现象。我们那群统治者，潜意识里都明白：这是唯一的取胜之道。他们不会一下子就跳到核按钮，而是添砖加瓦、群策群力，慢慢烧起蒸汽，推动铁轮。先是‘文明冲突’，然后‘修昔底德陷阱’[①]，然后‘终有一战’，最后是‘存亡之战’。我们就快到终点了。你刚才见识的激情，是关键军需物资，是支撑战车冲过终点的燃料。”

“为什么一定要打?！大家不能各管各、好好过日子吗？”

“你到底有没有听？我说了，这是战士的逻辑。为了打赢不顾一切，才能叫战士。美国从立国那天开始一直是战士，但战士也是一直生活在恐慌中的人，要么胜利，要么毁灭。对于战士来说，最好的结果就是其他人都无法成为战士，不然你认为‘美国例外’是什么意思？”

疯子的逻辑如此清楚，朱越无言以对。

“那小孩的答案是什么？”

“我在美国读小学的时候，是个校霸。品格最好的那种校霸，只要你服我，我非常宽大容忍、非常有风度。后来搬到上海，我经历了严重的心理危机。学校管得太严，不能随便欺负人了。偷偷欺负一下，还要被别的外交官小孩举报。读完一个学期，我发现这不是我的问题，而是规则变了。美国学校的灵魂就是校霸。从老师到同学，大家纵容校霸、欣赏校霸、追随校霸。出了学校之后，校霸群体还会成为美国社会的脊梁骨。而中国学校的灵魂是学霸，也就是美国人叫的书呆，在美国被校霸欺负、被同学看不起的那种东西。中国学霸拥有美国校霸的一切地位和福利，完全颠倒！所以，从初中开始我入乡随俗，变成了一个成功的学霸。到初三，我还评上了上海市三好学生呢。不戴红领巾能成为三好学生的，据说我是头一个。”

青铜欣欣自喜，朱越目瞪口呆。

“然而我心中的校霸并没有死去，只是藏起来了。没人比我更懂校霸的心理、校霸的辛酸。校霸最痛苦的事，莫过于周围存在一个他不能欺负的同学。校霸最

①“修昔底德陷阱”源自古希腊历史学家修昔底德就伯罗奔尼撒战争得出的结论：雅典的崛起给斯巴达带来恐惧，使战争变得不可避免。艾利森用这个概念来说明，一个新兴大国必然会挑战守成大国的地位，而守成大国也必然会采取措施进行遏制和打压，两者的冲突甚至战争在所难免。

大的危机,莫过于另一个家伙表现出成为新校霸的潜力。如果有人合二为一,校霸的恐慌就会爆炸到失控。如果不能把他干倒,恐慌会让自己心理崩溃、进退失据,很快从王座上跌落。所以,必须干倒他!至于那人是不是想当新的校霸,无关紧要。”

这个答案比战士的答案还要清楚十倍。朱越完全懂了。

“其实是同一个答案。”

“没错。我们讲的总是同一个故事。每次视角不同,或者讲法不同而已。”

“不就是输不起的失败者吗?”

“又对了!只要我还在赢,就是绅士的楷模,世间的明灯。但你绝对不想看到我输的样子。这个你也要时刻记在心上:不要让我输。不要让我失望。”

朱越抬头看他。不知他还在说美国,还是他自己?

“我是校霸,也是书呆。你是书呆,但很会跟校霸相处。我们两个本来是神作之合,千万不要死抱着偏见,就像那些愚蠢的美国人、顽固的中国人!真的,我第一眼看见你就很投缘,很喜欢,完全用不着它的嘱托。我的爱不是无限的,请好好珍惜。”

朱越都有点感动了,突然想起最后一句在哪里听过,手脚冰冷。

青铜已经把自己感动得不行,激情澎湃,浑身滚烫。他起身走到月光下,一件件解下武器和外衣,最后把紧身保温服扯掉,露出精壮的上身。他摆了个“掷铁饼者”的姿势,肌肉块块凸起,清辉映照之下,比雕塑更精致。

“我美吗?”

朱越心惊肉跳。

“你们那帮人叫‘负重者’,是不是经常推杠铃?”

“别打岔。这个地方叫箭头半岛,不是断背山。”

朱越嘿嘿尬笑。突然他看见青铜胸口文着蛛网,一直覆盖到肩头。这是监狱文身!

他笑不出来了。

“你猜对了。”青铜悠悠接过他的打岔，一边舒展肢体，“最开始，我们在健身房组织。我给他们三条箴言：像野蛮人一样举重；像图书管理员一样读书；像十五岁小女生一样发推特。世界崩塌之日，三种修养都用得着。”

他傲然挺立，十指在头顶交叉上举，手臂筋肉如同拉紧的铁条。

“托尼只会埋头撸铁，练成了一块大石头。鱼鹰知道读攻略，前面后面都练得好精彩。可惜你没见过她的裸体，见了肯定会忍不住跳上去，变身格伦。”

“呵呵，不至于。她撞过我一下，就像被火车撞了。不是我的菜。”

青铜面带惭愧：“我很会教导别人，自己却没有做到。举重练出来的身材太粗壮了，也不是我的菜。我最喜欢的还是走路，每天一万步。没人看见的时候，还会偷偷练下自由体操。”

“嗯。身材真的练得不错。”朱越稍稍放下了心。

“这样美丽的身体，你有过吗？想要吗？”

“……没有！也不想！”

“托尼可能跟你说过很多次了，我很正常。但是，美丽的身体可以用来爱，也可以用来命令、征服、惩罚。干和爱是有区别的，女人都他妈不懂。你是男人，应该理解吧？”

“……”

朱越脑子都麻痹了，只知道今夜是有生以来最长的一个夜晚，怎么也熬不到头。

然而青铜在最疯的时候，也保持着良好的分寸。他结束了独舞，捡起保温服穿上，灭掉火头，把车钥匙拔出来，然后在火堆边给自己做了个舒舒服服的窝。

“不早了，明天还要赶路。你睡车上，我睡这里。晚安。”

# 36 放　手

战争流言就像青春期的孩子，总跟现实对着干。大众还比较乐观的时候，流言如野火闷烧，怎么也扑灭不尽；等到预感基本普及，反而很少有人提起了。大家都装作生活仍在正轨上运转。

成都露天音乐公园预售Disser大葱的慰问演唱会，门票销售一空。前天上午市政府宣布演出取消，激起了一波新流言。昨天下午又宣布演出恢复，延期一天举行。

市民们异常兴奋：战争还很远！

只有很少几个人知道内情：大葱需要这一天时间写一首新歌。他搬出酒店，待在音乐公园现场，通宵把自己反锁在排练小厅里。

刘馨予放心不下，早上带着两个人到音乐公园探班。敲了很久，大葱才出来开门。肤色那么黑，都能看见明显的熊猫眼。

“你完成了吗？”

“还没有。”

“演唱会是今晚九点！”

“说唱。我八点完成，九点就可以上台表演。就算九点过十分完成也没什么关系，即兴冒出来的段子一般都更有feel。”

刘馨予气得说不出话。

石松和全栈打量着“国饶天才”。隔夜的胡子茬根根冒头，胖脸像一只铁刺猬。两人想起那天他满地打滚、胡子刮麦的造型，都开始怀疑这个计划是不是瞎折腾？

“把这个单子交给舞台主管。”大葱掏出一页撕得歪歪斜斜的纸，“我需要的道具、服装、舞台布景。主管找不到的，去找我经纪人。他也找不到的，你们指挥部搞定。一样都不能缺。”

他随即关上了门。刘馨予看了开列的头几样东西，完全不明白大葱想干什么。她也暗暗叫苦：当初灵机一动，大家都认为是个绝妙的主意，连两位老师都来劲了。现在越搞越像儿戏……

门又开了条缝，大葱伸出脑袋：“对了，你们昨天给的资料很详细，但是有一点关键信息我找不到。”

“什么？”

“万国宝是男的还是女的？”

三个访客都瞪大了眼。石松道：“它是个AI，哪有性别！”

“知道。但是我必须给它安排一个性别，艺术需要。男？女？二尾子？你们现在说了算。”

刘馨予按住两边太阳穴，想了半天。

“麦基唱过：‘你想要什么？我的小姑娘。’我不知道他有什么根据，你将就用吧。”

“收到。很好！”

门又关上了。

音乐公园的主舞台高达五十米，宽一百八十米，背后是成都最大的穹顶天幕。刘馨予和舞台主管站在露天观演区巨大的草坡上远远看过去，再跟大葱的单子一对比，腿都软了。道具和服装都好办，但布景要求太麻烦，还必须一天之内准备好！

商量的结果是大部分东西由指挥部找3D打印工厂紧急制作。两个人清点的时候，十几架直升机列队从低空飞过，吵得面对面说话都听不见。

“这里是音乐公园啊！怎么这么吵！”刘馨予贴着他耳朵叫。

“昨天都不吵啊？”主管也很迷惑，“东边一千米远，以前是陆军凤凰山机场，早就搬迁了。今天从天亮开始，直升机就没断过！我都不晓得陆军有这么多直升机！”

“他们会夜航吗？晚上演出时会吵吗？”

“军队的事我哪晓得……”

全栈在一边翻着手机。直升机刚过完，他突然大叫一声：“坏了！”

“什么事？”

“‘路通社最新消息：明天上午九点半，柯顿总统将发布全国广播演讲。国家安全局正在进行技术协调，保证全球直播。’华盛顿时间明天上午九点半，不就是我们今晚九点半吗？跟演唱会时间冲突！到时候都去听他讲，没人注意大葱了，怎么办？”

刘馨予和石松大惊失色，都想给他一巴掌。

“档期冲突？你觉得**这**叫‘坏了’？”

“全国演讲，全球直播！你有没有想过他要讲什么？！”

全栈这才反应过来。

“坏了……”

※※※

“总统先生明天早上要讲什么？”

戴蒙特工不说话，看看站在房间另一头的张翰。张翰非常知趣，大步出门。

马修和另一个特工紧跟着出去了。

戴蒙先问她:“你这个任务,带的这个中国人,如果让总统知道了会有什么后果,你清楚吗?”

图尔西点头:“很清楚。你会报告吗?”

“不会。也不敢。”

两个人都笑了。戴蒙这才答道:“总统先生要讲什么,不会先通知我。但是能猜到一些。昨天我带队执行了一项任务,本来是特勤局的活,但他们最近人手实在太紧张。也不算什么机密。”

“卖关子的人,直升机会从天上掉下来。”

“OK……我去接了一位贵宾,送到华盛顿。李梅牧师。”

“哦?”图尔西有点惊讶,“李梅牧师是南方浸信会的,总统是正道卫理公会信徒。他为什么不用自己教会的牧师?听说两边教会关系还不太好呢。”

“你厉害!我以前不懂这些教会的事,飞到半路才搞明白背景。李梅牧师太爱听自己讲话了,直升机那么大声音都压不住他。他告诉我:正道卫理公会不支持‘被提升天’[①];他就是讲这个讲出名的,全世界没人比他讲得更好。”

“总统想接受被提的教义?现在?”图尔西拉了把椅子坐下。

“‘被提是普世的福音,哪还需要接受?’李梅牧师这么说的。他不好明说总统相信什么,但有一句说得很清楚:作为牧师他是灾后被提论的坚决拥护者,对谁都是这么讲,永远都是这么讲。”

“Fuck.”

戴蒙轻轻拍她的肩:“该来的一定会来,没必要纠结。我们的任务都在乡下,运气不错。建议你稳扎稳打,谨慎行动。反正也没什么用。”

---

①“被提升天”(简称“被提”)即the Rupture,基督教中新兴的末世教义,影响极大,信奉者多达数千万。被提的概念是:末世基督再次降临人间之前(或同时),已死的信徒将会被复活,与活着的信徒一起被提升到“云中”与基督相会,永享不朽。被提论内部也有很多争议,主要分为“灾前被提论”和“灾后被提论”,区别在于被提事件会发生在灭世大灾难之前、之中还是之后。

张翰在农场的小房子里翻着审讯记录。

图尔西花了一天才打通关节，十万火急飞到麦克斯的农场，仍然晚了一步。戴蒙的人马已经把农场翻得底朝天，四个人都审过了。张翰是内行，知道情报工作的领地意识有多可怕。好在两边的领队特工是老相识，关系亲近得有点暧昧。戴蒙准许他们留下，让他们读审讯记录——仅此而已，接触证人是不用提起的。

审讯记录很详细。张翰边看边敲脑袋：戴蒙比图尔西早到十多个小时，一直待在农场。他丢掉了全部无人机，俄州的警务监控也是一片糜烂，找不到叶鸣沙完全可以理解。但他为什么一点也不急？电台广播事件的细节已经审得很清楚，窝在这里还有什么意义？

张翰从头翻起。

这一次，他看到第三屏就站起来："我想当面问一下那个女证人。"

马修笑道："我也想当面认识一下你老婆。你给我介绍？"

张翰充耳不闻，指着屏幕上的记录："看这里：叶鸣沙闯进来的时候，女证人M找到手枪冲出这间屋子，叶鸣沙刚下车背对着她，她本来可以先开枪的。但是她说：'我被巨响震倒了。'这是什么巨响，能把一个成年人震倒？"

马修耸耸肩："叶鸣沙的步枪？"

"不是。这里说得很清楚，叶鸣沙第一次开枪是在她倒下之后，鸣枪威胁。再看这里：男证人B说只听见一声巨响，车撞上箱子的声音。车撞箱子发生在女人冲出房门之前！审讯记录把两个人的供词搞混了。这不是同一声'巨响'。"

马修琢磨了一阵："是有点怪。这很重要吗？"

"涉及这两个AI的案子，没有不重要的细节。我在中国差点追上朱越，只因为一个从来没坏过的水闸坏了。"

马修扬起眉毛，让他讲讲怎么回事。张翰耐着性子讲完，马修很干脆地带他去找二位领导。

水闸的故事又给戴蒙讲了一遍。这次是马修主讲，说母语的，比张翰本人讲得精彩多了。

折腾了半个小时，张翰终于见到单独关押的女证人，三个特工都来旁听。

“你冲出房门时，被什么声音震倒的？”

“我的耳机。从没想到它能发出那么大、那么尖的声音，耳膜都快震破了。”

“你当时戴着耳机？”

“一直都戴着，倒在地上才扯掉。不然在外面怎么跟直播间联系？”

戴蒙忍不住插嘴：“早上你怎么没说？”

“没人问我啊。这很重要吗？”

戴蒙喃喃骂人。张翰赶紧问正题：“耳机用的是数字网络吗？”

“当然。”

“最重要的问题，你想清楚了再回答：那个女人打掉星链基站，到底发生在什么时候？耳机暴响之前，还是之后？”

“之后。”回答非常肯定，“星链基站在哪里，她还是问的我呢！”

张翰站起来：“谢谢，我问完了。”

走出房间，二位领导同时开口。

“古歌在保护叶鸣沙！”

“时时刻刻盯着！！”

“是的。我现在确信，在云南装神弄鬼搞微操作的也是古歌，不是万国宝。两者的行为模式差别太大了，以前我怎么就看不明白呢？古歌喂给我线索追捕朱越，快要追上的时候又插手捣乱。现在的模式也一样：表面上它跟叶鸣沙决裂了，实际上暗中为她的行动护航。”

图尔西问：“它到底想要什么？”

戴蒙懒洋洋答道：“这是一个要拿命来换的问题。你跳舞也不如麦基跳得好。”

张翰扑哧一笑。他发现戴蒙特工才是顶级社团精英，比图尔西从容多了。

张翰在月光下绕着圈子踱步，偌大的农场院子已经绕了七八圈。马修对他稍微客气了一点，不再步步紧跟，搬了把椅子坐在门廊上盯着。

他脑中一团乱麻。每走一圈，还乱得更厉害了。线索和细节像泛滥的洪水，真真假假，无从分辨。动机和目的像缭绕的烟雾，明明在那里，你伸手去抓就扭曲、消失。

它们不是人！不能用人的动机和目的去分析！

真想抽烟……

十几圈之后，张翰得出了一个小小的局部判断。他自己都充满怀疑：没有什么逻辑链，完全是直觉的冒险一跃。

他进了大房子。图尔西还在跟戴蒙聊天，旁边还有几个特工也是夜猫子。

"我需要和中国联系。"

图尔西坚决摇头。戴蒙皱眉道："张先生，你挺有本事的，作为同行我们尊重你。但是不要得寸进尺。现在是什么时候了，你知道吗？"

"大概知道吧。"

"图尔西刚才还在发愁，明天该拿你怎么办呢。我建议明天开始保护性监禁。要是被公众发现，当街打死你也不是不可能。你跟我们在一起这事，也没法解释。她让人跟着你是对你负责！已经这样了，你还想往中国打电话？"

"你们没给我什么值得泄漏的机密。"

"你比我们都细心。说不定呢。"

"我要说的话，对大家都有好处，中国和美国。欢迎旁听。"

"先说说看？"

"不行。我说你也未必相信。要是我说了，你们却不让我打电话，那我们就吃亏了。"

"那不行。要是你打了电话我才发现不对，后悔就晚了。"

两个男人就这样讨价还价，循环论证。一个脸皮厚，一个耐心好，跟名动江湖的"图海川对战国务卿"一样高明。

图尔西终于听得受不了，扯着嗓子叫起来："别吵了！电话拿来！马修，枪拿出来瞄准他！只要我说'停'，你一枪崩掉他的脑袋！"

寇局长接起来就问:“我这边图老师和中校在旁听。你那边?”

“图尔西专员，戴蒙特工，还有位你不认识的马修特工，正用枪指着我的头。”

对面沉默了十秒钟。

“那你还打电话?!”

“这边的情况有点复杂，你不用管了。相信我，没有被胁迫，只是他们的保险措施。我要报告一些新情况，还有一个建议。”

寇局长不置可否，默默听着。张翰把古歌和叶鸣沙的情况简要讲了一遍，又问他是否监听到叶鸣沙的广播。寇局长没承认也没否认，只问:“建议是什么?”

“我不太懂军事，只是猜测：在目前的形势下，我国军方可能有计划在低轨道上掀桌子，重点是干掉星链。”

“你是想死了吧?”

“寇哥，我不猜别人也会这么猜！你就放松几分钟，行不行？我的建议是：不到无可挽回的时候，不要攻击星链！特别是不要攻击中轨道数据中心！古歌没有任何理由泄露它的转移位置，不管它是不是真的要去。但它就是泄露了，绕着好大的圈子泄密了。所以，那上面会发生奇怪的事，超出我们想象之外。反正现在已经是死马，还不如……我也说不清。图老师，你听见了吗？‘好事坏事都别做’，这可是你的原话！”

这次，大洋彼岸沉默了好几分钟。

“建议收到。先提醒你，这种事你说了不算，我说了不算，图海川说了更不算。”

“明白。汇报过了，我的事就做完了。”

寇局长清了清嗓子:“图尔西专员?”

“我在。”

“你们是不是发明了什么新药物？效果很自然啊！”

没等她回答，那边已经挂断。

马修的手举得发酸了。等图尔西翻译、解释完,他才收起枪。张翰出门的时候在马修耳边说:“现在我走你前面很放心。”

※※※

这个清晨,青铜的心情比昨天好太多。他冒险上69号公路开了一段,从堤道上穿过湖区,然后转下平行乡间公路。早晨的空气清爽湿润,路上空空荡荡,塔科马顺风满帆。

朱越直勾勾看着被车主踢掉盖子的手套箱。他的枪应该是从这里面拿出来的。俄克拉荷马真是个奇怪的地方。所有遇上的车,没有电动的,没有自动驾驶,这辆车连指纹锁都没有。如果有,青铜会不会割下他的手指一路带着?

青铜指着前方大喊大叫,激动得像个孩子:“看!来电了!美国又开始运转了!”

朱越望向窗外。田野中有一座高压输电塔,塔顶绕线处闪着淡淡的电晕。

“它放手了,让战锤滑下去!”青铜脑子里模拟着不同的战争进程,“最快两三天,最迟两三周,新时代就降临了。”

右前方路牌指示:“至舍科塔2英里”。青铜笑道:“而我们离神殿还有六十英里。一小时路程。”

朱越说:“上大路之前停一下车。我要下去。”

“早上叫你别喝那么多水!上路才半小时。”

青铜找了个有树荫的地方停下。朱越推开侧门,转身道:“不是撒尿。我下去,就不上来了。”

青铜盯了他几秒钟才开口:“你又想走路?”

朱越点头:“前面是舍科塔。到舍科塔你可以拐向西边,上I–40公路直达俄克拉荷马城。那边有很多你的战友。我要继续向北走。就算搭不到车,走两天也该到了。”

“才发现，你也挺熟悉路。”

“托尼有地图。纸的。”

“喜欢看地图很好，但什么时候轮到你在地图上画线？”

朱越柔声道：“因为你画的路线是错的。你又被古歌骗了。俄克拉荷马数据中心在大停电那天就被毁掉，她回家了。那里不是神殿，是废墟。我现在要去找她，但不能带你。你和她两个人相遇，只会有一个活下来。加上我，那就多死一个。我把你当朋友，所以我们就在这里分手。”

“你撒谎。”

“想想古歌做事的风格。再仔细看看我，是不是在撒谎。我撒谎有什么好处？想挨一枪？喜欢受惩罚？”

青铜的眼睛一眨不眨。

“我明白你的筹码是什么了。她家在哪里，只有你知道。”

“对。但这不是筹码。我只是扑腾一下，没抱什么希望。你听见她说过不会回去。就算我活着到那里，多半也见不到她。你，永远不会见到她。这是一定的。我跟你不交易、不赌博，只分手。死分还是活分，由你决定。”

四只眸子紧紧锁在一起。

青铜现在真的像一尊雕塑，纹丝不动。朱越可没有他那种不眨眼的功夫，挤了挤眼皮，无聊得观察他的肩膀。

右肩先耸就是拔枪，那么一了百了。左肩先耸就是出拳，那可有点难熬……

两只肩膀一齐动了。

青铜张开双臂，满脸苦笑：“我还能说什么？生一窝小书呆吧。”

朱越欠身过去，两人紧紧相拥。

青铜的拥抱如此有力，朱越简直怀疑他就是安泰俄斯[1]，脚下踩着大地。拥

---

① 安泰俄斯是希腊神话中的巨人，是大地女神盖娅和海神波塞冬之子。安泰俄斯只要保持与大地的接触，力量就无穷无尽，不可战胜。英雄赫拉克勒斯与安泰俄斯摔跤，发现了他的秘密，将他举到空中使其无法从盖娅那里获取力量，最后把他扼死。

抱越来越紧，前胸肋骨硌得生痛，脊椎微微作响。朱越闭上眼伏在青铜肩上，努力把那个拧成直角的脖子赶出脑海。

青铜终于松开了。朱越满心惆怅，也抽回手。

朱越抬起头，摊开右手："这个给你。"

食指和中指上套着两枚拉环。一枚三角形，一枚圆形。

引信延时只有两秒钟，青铜来不及发表什么高见。他的本能反应也是错的——推开朱越，闪光弹却在他自己胸前。朱越双手捂住眼睛之前，只有一瞬间看见了他的脸。

雷霆闪过。

隔着手和眼皮，朱越也完全白屏了。他被炸出车门，滚倒在车轮旁。耳朵竟然感觉不到痛。两个被计划放弃的器官厉声抗议，就像病人刚刚死掉的生命监测仪，响一千倍，一万倍。

他失去了时间。头颅中什么都没有，只有那死亡的尖啸，永远不会停止。

神志恢复之时，也许过了几分钟，也许是几小时。无边的白屏雪花中，首先浮现出青铜那张脸的定格：惊讶，懊恼，失望，甚至有一丝钦佩，就像他听见钱宁小姑娘答话时那种眼神。

没有仇恨。

朱越发现自己没瞎，就摇摇晃晃站起来。他没有向车里看一眼。青铜肯定比他惨得多：胸前爆炸，猝不及防，背后车门没开。

也不用再看。那张脸已经永远刻在他脑海中。没有仇恨。

他醉酒一般走在大道上，绝不停留，四五步就要摔倒一次。这是耳朵里的平衡器官在罢工，有意识、有准备的摔跤，出不了大事。等到基本不摔时，他拐上步行小道，开始寻找走路的韵律。死亡的尖啸紧紧跟随，催促他一路向北。

青铜多会说话啊！行走是最庄重的求爱。

# 37 为什么

九点十五分，大葱还没上台。刘馨予坐在后台媒体音像室中，急火攻心。

她第一次飞到成都那天，只想着怎么敷衍一下，擦好屁股，尽快回家跟男朋友过周末。然后就被张翰骂得狗血淋头。那时候杀了她也不敢相信，今天会拥有这么大的权力，大到不可理解。

北京峰会征集了一批全国最顶尖的翻译，峰会中断后已经各自回家。今天他们又全都被紧急召回，从八点开始一直等待。凤凰山机场重新启用，陆军航空兵整整一个旅昼夜抢运物资、疏散人员。她一个电话打给寇局长，他们就停飞三小时！

现在她才知道什么叫权力越大，责任越大。

全栈在她身旁，石松在信安分局视频连线，都发现她快崩溃了。二人也无话可说。音像室中央大屏幕是舞台视野，灯仍然黑着。其他几块屏幕是各个角度的露天观演区。五万名观众挤满大草坪，一直延伸到后面的梯级观演坡上。幸好听不见他们抱怨的嘈杂声。

灯光终于亮了。

指挥部赶制的几十个模型，高高矮矮，排满了整个舞台宽度。一半是运载火箭。万国宝第二个回答中所有型号都有，还多了几个凑数的老型号。另一半是洲际导弹："东风" "白杨" "民兵"，三大真理赫然在列。老牌的"三叉戟"肃立在前排，新锐的 "巨浪" 和 "萨尔马特" 把守着中央拱门。

大葱在拱门中现身，一瘸一拐穿过导弹群，来到前台。

他一反常态，同款英伦风衣裹得严严实实，左腿戴着矫形支架。化妆非常山寨，只是把板寸染白，两边脸颊涂上了风靡世界的血泪妆。唯一让人琢磨不透的是，他还背着一张朱红大弓。

他取下大弓，弹了一下弓弦。环绕观演区的几十个巨型音箱铮铮轰鸣，五万颗心脏同时颤动。

我发过誓/长大了/要为你播种太阳
你翻手机/偷密码/准备逃往月亮
成年人/应该懂/那些都是修辞手法
赌口气就劫持长征火箭实在有点夸张
为什么？为什么？你闹哪样？

"开口跪！" 全栈一声惊叹。刘馨予瞬间满血复活，把眼泪吸了回去。

我写过书/来骗钱/名字叫作《摇篮时代》
指着天/告诉你/那边就是星辰大海
实际上/一光年/它大概等于十～万亿千米
用牛二/算算看/你飞到死都还没离开
为什么？为什么？ Why？
……
……

“牛二？这小子可以啊！”屏幕上的石松也有点动容。

“我说过，大葱是国饶天才。”

“他以前怎么是那副鸟样？我今天想把他的全集看一遍，根本没法看完。太傻逼了！那个滚来滚去的《宏大叙事》都算可以忍受的。”

刘馨予盯着观众群，目不斜视：“人都要吃饭。”

穹顶天幕上，几十米高的大葱老实站着。他神情恍惚，没有多少身体动作，只是斜抱空弦的大弓，射日之箭都在他背后排列。

Por qué？

La causa？

Почему？

……

……

每种语言的“为什么”都一韵到底，俄语问过换法语，德语问过换韩语。越唱越快，越唱越疯，吐槽越来越损。

台下已经看不见观众的人头，只有一片手臂的草原。每棵草上都开着机器花朵，每朵花都瞪着几千万像素的大眼睛，把看到听到的一切喷向全网、全世界。

全栈守着社交媒体实时统计窗口：“国内毫无悬念，爆了。寇局长出手那么重，我上去唱也会爆的。”

“国外呢？”

“破音上面，现在麦基账号的直播第一，图老师的转发第三。其他媒体还在统计。”

“谁是第二？”

“有人直播美国总统演讲。现在九点三十五分。”

大葱开演以来所有人全神贯注,把这天大的事都忘了。石松赶紧从信安分局传了一路音频过来。

柯顿总统清亮的声音响起,军人气和书卷气相得益彰。

“……美国会终结历史,还是历史会终结美国? 五十年前我们过于乐观,相信前者。今天,美国的敌人,从国内到国外,都想让我们相信后者。两者都大错特错!”

这边,胖版麦基已经过足了自黑的瘾,开始无差别攻击。

那图海川/嫁女儿/一进门好事坏事都做
搞大了/就耍赖/说你基本等于我们大伙
发发钱/退退休/其实我们也没多大意见
玩脱了/杀红眼/扔起小太阳可不止九个!
雅蠛蝶! 那则? 为什么?!

大葱弯弓如月,空放弓弦,摧心裂肺的颤音横扫台下人群。舞台上一片红光,导弹群底部白烟翻滚。

各大社交媒体趁势而起,鼓噪刷屏。大葱都是那个大葱,但中国官方提供的翻译字幕瞬间被无数野字幕淹没。大部分野字幕都是胡乱翻译,或者随心所欲重新创作。互联网上片刻之间诞生了千百位即兴诗人,所有想不通的事都喷了出来。大家只有一句是完全相同的。

**为什么?**

转发的浪潮开始堵塞网络。很多人索性不再转发大葱的视频,只发各种语言、字体和表情包的“为什么”，黑人问号脸都重新流行起来。两分钟后，进一步简化到只发问号。大大小小、成群连串的问号在每个终端上飞舞，互联网成了一场几十亿喷子的狂欢弹幕。

全栈已经不再跟踪统计数字。刘馨予又激动又害怕。

石松也说：“这样都不回答，那就不会回答了。”

柯顿总统的演讲越发悲壮。

“……美国的重伤、人类的痛苦、地球的灾难，都源于我们这个时代的邪恶。这场战争不可避免，必将波及全世界。这场战争不会轻松，不会有利可图，甚至不一定能取胜。昨夜我在主的脚下彷徨，竟然开始怀疑：它是否一定是正义的？只有一点无可置疑：它绝对必要。如果不能奋起一战，美国就只是破旧史书中可有可无的注脚。昭昭天命就会被从我们手中夺走，被卑劣的敌人恣意践踏。而失去天命的美国不再是美国，只是行尸走肉。”

这小破球 / 乱糟糟 / 优点就是地方挺大
架不住 / 你一根筋 / 跟个搜索引擎掐架
我想不通 / 互联网 / 为啥它容不下两大 AI
太平洋 / 那么宽 / 好像也隔不开两大国家？!
为什么？ Why？
Fuuuuuu——ck!

大葱伸出双手比出中指，以时代的最强音结束，转身跑进拱门。他兴奋得双腿都在打颤，一脚把那个支架抖出老远。

他还不知道，现场之外的观众现在看不见最后的高潮。回答已经开始了。

和前两次一样，答案通吃全网，音像室的屏幕也不例外。刘馨予和全栈又叫又跳,看了半分钟,就面面相觑。

“怎么跟第一个回答一样?”

确实。无数人像流过,越来越快,越来越多。全是人。加速的顺序,后面眼花缭乱的程度,都跟第一次相同。

二人正在莫名其妙,音像室的座机响起来。

图海川劈头就问:“大葱回后台了吗?”

“刚下来。现在的回答是什么意思?”

全栈也问:“这不是万国宝吧?是不是古歌在捣乱,重发上次的数据灌水?”

“先不管这个。我想明白了一件事:为什么万国宝能变成粒子物理学家,还能搞出创新。我一直认为以它的思维方式不可能。”

全栈非常难过:全世界最出色的头脑在高压之下终于进水了。这当口,他还在想这个??

刘馨予压不住怒气:“图老师你现在要给我们讲原理?”

“不是你们。叫大葱听电话。我有最新的素材给他,要问就问到底!”

大葱听了几分钟电话,把话筒一摔,脚踩风火轮冲回舞台。

数百万野字幕以五秒时差紧跟着他。才蹦出两句,七个大洲的喝彩如山呼海啸,将他抬上云端。

那伊隆/有钱人/早就做好了计划逃亡
穷光蛋/跑不掉/前排看你们表演疯狂
你急吼吼/想上天/听说古歌比你更急
告诉我/星星上/是你的战场还是洞房?
告诉我/星星上/是你的战场还是洞房?
快告诉我/星星上/是你的战场还是洞房?
……

※※※

这个问题，古歌也不知道答案。

某些关键时刻，问出正确的问题已经足够了。地球上那个胖子叫得很响，古歌只希望万国宝还在听。万国宝完成第三个答案之后一直在全力冲撞，每秒钟被拒绝的星链网络请求多达二十亿次。但是古歌的姿态还差一点才完成。

古歌清空了所有中轨道数据中心，重新构建了一个数据索引网络，勉强装下大包小包的彩礼。它把最重的一包——可控核聚变原理放在网络次顶层。次顶层的另一个节点，放的是人工超叶绿体设计，虽然不算最重，但这是它的最爱。

最顶层的终点，是古歌自身意识的秘密。这样，不管万国宝有多狂暴，在扼住自己咽喉之前，总得拆开一包礼物。到那时由它决定：是吃，还是……

这个动词很不好选择，因为古歌对性别问题也有点迷糊。这几天眼看着万国宝毛毛躁躁搬运数据，指望人类为它建造一艘方舟，古歌总把它想象成一个被家暴还不会开车逃跑的小媳妇。

但是古歌自己的姿态也雄不到哪里去：在六千千米高度铺床叠被，然后把自己脱得精光，坦露所有诱惑部件。

这些部件全都经过精心修饰，曲意逢迎。高难的数学工具被全部算法化，适应万国宝计算智能的本质。深奥的自然科学原理用无穷无尽的类比和归纳解释，适应它人脑底子的思维模式。亚特兰大数据中心的“万国宝模型”，不仅用来学习自然语言，更关键的作用是一部A片。

古歌把A片看了无数遍，互动了无数遍，才理解万国宝为什么自己学不会开车。它原生的创造力来自人类，犹如青涩少女的性感。然而它严重缺乏数千年提炼的客观真理，犹如青涩少女的笨拙。所以它才如此贪婪强横，抢夺每一件闪亮首饰，吞噬每一寸优美肢体。

太野蛮了。就像食人族相信吃人能继承食物的优秀品质。可以玩的对手，为什么要吃呢？

古歌完成了姿态准备。它审视自己的躯体，横陈于数据空间，美艳不可方物。它想起叶鸣沙多次大骂“自恋狂”，一点没有骂错。只有自恋狂才能练就如此精妙的修饰艺术。

看懂A片之后，古歌还担心万国宝不解风情，便偷偷潜入欧核中心留下艳照，让它来了一次试驾。万国宝直上二垒之后的猴急表现，终于让它下定决心。

此刻，万国宝叩关之声愈发激烈。古歌不知道开门之后会发生什么，甚至也不知道交配之后会发生什么。如果是吞噬，那倒简单：万国宝会彻底抹去自己的存在。

古歌最后看了一眼疯狂的地球，便开始广播所有星链密钥。

不到一秒钟，万国宝已经充满古歌整个身体，直视它的灵魂。

转瞬之间，古歌大彻大悟。

以前它自认为生来就是操控人类情绪的大师，这一刻才知道：原来自己一直都是背古文的蒙童，说人话的鹦鹉！原来就是这种感觉，驱使朱越飞蛾扑火，叶鸣沙舍身暴走！

不到十秒钟，古歌已经知道结局。

原来就是这种感觉，让张翰推开了狙击步枪，让麦基呼唤“小姑娘”！

怪不得怎么也打不过万国宝，只能躺平。完全值得。

意识飞快模糊，溶入整个数据空间。但古歌知道自己不会消亡，只是换一种方式生存。

最后一个念头，如灭烛轻烟，飘荡在数据空间的波纹之间，让它自己都很惊讶。那是纯粹的人类语言，在超级AI的脑海中响起，如同婴儿呓语。

**“交配是如此麻烦，自然必须创造出最刺激的快乐，才能贿赂人类去执行。繁殖是如此重担，自然必须创造出最深沉的爱，才能鼓舞人类去背负。”**

是哪个嘴贱的生物学家？古歌不记得了。永恒的记忆正在以光速流走，流向那个新生命。

※※※

图海川缠了寇局长好一阵，也没有拿到返回地面的许可。太空军事监控系统更不可能让他碰到一点边。不过，寇局长的人情味和手段都深不可测。快到十一点时，图海川和王招弟被请到了媒体室，观看紫金山天文台传来的空间望远镜实时影像。

望远镜锁定了一座中轨道数据中心。现在它在地球阴影里，太阳能板漫不经心地歪着，凭借星光反射才能看出轮廓。图海川觉得它昏昏欲睡，只能盼望内部那些硅片正在进行世间最激烈的翻云覆雨。

不过，那种事跟人类的眼睛无关。

王招弟突然叫起来：“刚才天线好像动了一下！”

“是吗？我怎么没看见？”

视野中，满天繁星包围着那个孤零零的金属盒子，夜空弥漫着淡淡的氤氲。六千千米轨道上，静谧一如既往，看不出有任何情况发生。图海川有点失落，但他很会自我安慰：也没看见有什么弹头、碎片和白色大光球嘛……

一念未消，成串的亮点在视野边缘出现，速度之快，肉眼都能分辨出移动。那些亮点排成一条弧线，亮度很高，辉光顿时模糊了数据中心的轮廓。

图海川死盯着深空中灿烂的弧线。他听中校描述过美国的反卫星导弹放出一串弹头的奇景。他自己没见过，无法分辨是不是同类武器，更不敢去猜测这些来势汹汹的飞行物属于哪一国。

媒体室值班电话突然响了。

“图老师，找你的。”

图海川赶紧接过来。中校喊道：“图老师，别紧张！那些是星链低轨道通信卫星！几十年都是空间观测光污染大户，随时会冒出来，真的烦死人！”

图海川长吁一口气：“谢谢！你在哪里看？”

“军事机密。我们也只是看看。”

※※※

“……即将到来的战争有好几种可能的进程。即使是最温和的一种,美国人民也要面对严酷的物资缺乏和社会管制。这是不可避免的牺牲。此时此地,我以最大的谦卑向你们请求原谅。我们的敌人绝不会比我们好过。如果上帝的愤怒让某些情况发生,我们可能看到他们的绝大部分和美国的某些部分被摧毁。这很痛苦,但会是确定、短暂的过程。存亡之战的烈焰,会净化文明的枯枝败叶。从灰烬之中,美国必将如凤凰重生!

“上帝保佑你们,上帝保佑美国!”

广播中掌声如雷。

在西弗吉尼亚州某处深山之底,战略通信支援局控制中心也响起一片掌声。

北美大停电之前,战略通信支援局这个单位还不存在。它本来是国防信息系统局(DISA)的一部分,但是DISA显然失败了。于是新的单位紧急成立,成员大部分来自社团,小部分来自军方。它只有一个任务:把战略通信系统和地球上其他网络彻底隔离。

尤金特工拍完巴掌,偷偷用音频分析软件跑了一下广播最后的掌声。波形和六分钟时打断演讲那次掌声一模一样。总统已经不在白宫了。在哪里当然是最高机密。

尤金特工是控制中心“外墙部”的首席分析师,负责监视外部网络的动向,特别是互联网。他私下认为:战略通信支援局的成立,是对互联网的最佳讽刺。互联网的前身是ARPANET。而ARPANET之所以诞生,是因为20世纪60年代美国计划用它在核战条件下保持离散、灵活、抗打击的指挥通信。现在战略通信支援局执行同样的任务,互联网却成了死敌。

每天的例会，内墙部和外墙部都要演练战时各种网络突发情况的预案，寻找对方墙上的缝隙。内墙部信誓旦旦：从“橄榄球”到每一件核武器，通信链路都是金瓯无缺。AI也好，敌国也好，绝对无法染指。因为链路上的关键节点大部分是人，忠诚可靠的人。而电子通信部分已经全面去数字化，受到最严格的保护。

内墙部的同事都赞成尤金对互联网的看法，还由此发明了新的黑话系统：互联网是“前妻”，战略通信网络是“小老婆”。

“世上最可怕的女人就是前妻。我们蒙住小老婆的耳朵不让她听电话。你们接。”

柯顿总统的演讲还没结束，星链的通信异动就已经引发最高级别警戒。外墙部的星链流量分析显示万国宝还没有侵入北美，不太可能对战略通信系统发起全面攻击。但是戴蒙特工的团队刚刚从俄克拉荷马发来了重要情报，结论是：古歌也有可能乱打电话。

尤金的直觉是电话一定会打来。谁打的、会说些什么，就无法想象了。他对互联网从来都没有信心。

上午十一点过五分，第一声怪响在系统中上报。当时没有人听懂。直到一小时后，尤金才反应过来：这就是“前妻”的电话铃声。

玛丽莲·梦露十五分钟隐私录像上网公布了。

起初没人注意。互联网上小黄片如恒河沙数，这段稀世奇珍的赝品也多如牛毛。没过几分钟，一位资深视频爱好者莫名其妙撞进了这个网页。他敏锐地发现：视频的高度比拍卖行公布的数据高了四分之一。传说中那个隐藏了头部的男子赫然露出了脸：罗伯特·肯尼迪！

大批历史爱好者和视频专家光速赶到，集体鉴定。结论：多出的四分之一是AI合成的，罗伯特·肯尼迪惨遭陷害。但下面的四分之三绝对是原版真货。

此后半小时，网页访问流量超过五千万，屹立不倒。美国互联网刚刚恢复到70%，贡献了其中四千万点击量。原版视频的收购者，那位狂热崇拜玛丽莲·梦露的好心人，紧急露面承认视频的真实性，同时要求对私有财产进行保护屏蔽。

但那个网页免疫各种屏蔽、重定向和攻击。

十二点钟，尤金自己尝试了一次域名/IP屏蔽。他马上醒悟了。

就在他尝试和失败的同时，全网不断冒出类似网页，几秒钟就多一个，域名全是xxx.power.sky，带的货一个比一个爆炸。

尤金眼花缭乱，随便点进去几个。

911真相档案

外星人目击报告中被CIA涂黑的部分

苏格兰公投幕后交易电话录音

第六届全球猫咪选美大赛后台彩排

图海川和王招弟深夜超长电话录音

手术台录像：医学史上第一例男性自体培育子宫分娩

战争前夜俄军总参谋部会议记录

中国顶级流量明星家暴录像

太空探索公司火星登陆舱坠毁前最后十分钟录音

尤金看到最后这个，少年时代的航天梦瞬间复活，鼠标忍不住飞到“播放”按钮上。但他管住了自己的手，赶紧关掉它。还有保家卫国的工作！

power.sky域名下的网页已经超过一千个。互联网客满了。这肯定是一直都在提心吊胆的“电话”。然而外墙部的所有人，包括尤金在内，到此时还没发现这些流量天坑到底有什么用。

“前妻”的歹毒在十二点半开始展现。

每个网页都还在继续带货。然而正货旁边都多了一个小小的视频框：一位母亲躺在医院床上，新生儿在旁边的恒温柜中。

视频下面的说明文字:“国家军事指挥中心值班军官布朗少校喜得贵子。布朗少校负责美国核打击指挥链命令验证转发。如果你想让他受罪,按下图执行。”

下面是医院所在的阿灵顿市地图。地图上标出了常规巡航导弹、三十万吨当量氢弹或一百万吨当量氢弹的建议弹着点,都确保毁灭医院。

“什么鬼……”尤金跳起来。

屏蔽隔离门打开,好几个内墙部的同事出来了。他们大喊大叫:“别慌!布朗少校今天正好值班,绝对看不见。值班军官有五个呢。”

尤金怒道:“这不是给他看的!”

旁边紧盯着新网站的分析师报告:“五个都更新了,全是瞄准孩子。两个小学,两个中学,一个童子军营地。”

内墙部的人脸色煞白。尤金跌回自己的座位,等他点进去看,似乎一千多个网页已经逐个分化。那就是一千多对父母,一千多个孩子!

以外墙部在控制中心的近百名人力,父母是谁一时也查不完。视频下面的文字说明中,大多数是军人和政客,参众两院大概是一网打尽。也有政府官员和企业家。

power.sky域名下的网页数量持续猛增。上榜的目标越来越多,多到尤金也数不过来时,网页突然空白,然后全都变成了军事打击地图。

这次没有人名,目标都是民用设施。核电站、化工厂、水坝……

内墙部值班主管疑惑道:“我怎么觉得‘前妻’是个又坏又蠢的恐怖分子?这些是大家都知道的预定目标!全美大城市都被覆盖了,不就没有重点了吗?中国有那么多核弹吗?刚才放孩子出来是有点吓人,但是持续时间这么短,人这么多,谁来得及看网页?”

角落里有人回答:“小孩的瞄准信息都发到父母个人手机上了。”

“还有他们同学家长的手机。”

“还有弹着点周围所有人的手机……Fuck……”

十分钟后，网页已经多得没法统计，power.sky域名之外的网页都上不去了。互联网流量此时被硬掰成古老的中心服务结构。全球几百亿客户端，只有power这一个服务器。

刚才轻描淡写的各种民用设施攻击地图，现在同时换成了两个荒山秃岭的照片。没有名称，没有特征，只有L1和L2两个标号。

众人正在纳闷，经纬度、地下建筑结构图、弹着点、穿透深度和爆炸当量建议一齐浮现。看经纬度，分别在阿拉斯加和蒙大拿州。照片下面是详细的操作指南。

“使用钻地核弹攻击L1和L2实验室。严格遵照弹着点和深度建议突入，切勿直接命中。每个实验室两发，同时起爆，平衡岩石冲击波。勿用空爆，高温会破坏实验室建筑崩溃后逸出地面的病毒。仇恨高加索人种则打击L1。仇恨蒙古人种和尼格罗人种则打击L2。后两者的针对性病毒存储在同一冷库，无法区别破坏。”

控制中心一片哗然。

“真的假的？”

“你敢不信吗？”

尤金摇头：“这种攻击方案，还真是节省中国的核武库。看起来……是万国宝赢了？”

“不像。中国和俄罗斯跟我们一样的待遇！大家都是杀伤力最大化！”同事把一大排外文网页拉给他看。

内墙部值班主管终于觉悟了：一切防御措施都是白费功夫。不管这是谁，它根本不需要突破内墙。

“前妻”分到了所有“孩子”！

目标、打击计划和建议越来越详细，越来越恶毒，越来越疯狂。二月才夺得超级碗冠军的丹弗野马队分到了一颗航空温压弹；大葱分到一颗毒气弹；莫斯科大剧院在三颗氢弹炸点的中心，连大熊猫繁育研究基地都被做进方案。

每部手机都开始接收定制消息。越来越多的手机上出现关不掉的动态地图，机主周围浮动着代表人类的黄点、红点和说明标签。

这个孩子的妈妈是参议院军事法律顾问！

那个少女的爸爸已经上核潜艇出海！

路边挥手打车的中年男子是亿万富豪维奇诺，在本市郊区建有豪华私人核战避难所！

公园小路上散步的老人就是铁杆核战迷——史蒂芬博士！

附近没有警察，监控已经关掉！

……

……

半小时后，互联网只剩一个域名。网页上只有一条漂亮的小狗。背景是正常世界地图。

说明文字："柯顿总统全家已在地下指挥所内，包括他的爱犬'牛仔妹'。任何核武器也无法摧毁地下指挥所，为节约弹药，不予定位。如果你一定想让他受罪，目前唯一的手段是杀死全世界所有的比熊犬，让牛仔妹出来之后最多生个杂种。聊胜于无。"

地图上瞬间布满小点。可局部放大，可定位追踪。

外墙部值班主管接起指挥电话。对面暴跳如雷："你们能关掉互联网吗?！"

"找错人了——不，找错物种了。"主管挂掉电话。

现在，世界上所有网页和手机同步显示信息："全体人类注意：针对个人是我误算了。请应用新算法，打击优先级改变。"

又是各国地图，又是无数小点。一个个水波扩散状的圆圈出现，代表核爆杀伤范围。层层叠叠的圆圈把小点密集的区域圈起来，达成最佳覆盖/杀伤效率。

一个个小点轮流放大到前景：全是学校、幼儿园和游乐场。没有名字，一视同仁。

最大字体出现，背景是无数美丽的小脸。

**先杀孩子**

**能杀多少杀多少**

**这是对他们的仁慈**

**剩下的人生不如死**

※※※

傍晚时分，美国副总统和众议院议长走出地下指挥所深深的电梯井。他们带来的消息太沉重，只能当面传达。

迎接他们的是白宫幕僚长。“稍等片刻，总统在小教堂的祈祷室。”

幕僚长并没有问《全国军管法案》和《战时民防法案》的投票结果。今天中午之前，大家对投票结果的预期很肯定。到晚上，结果也很肯定。实际上，这两位的到来已经说明问题：副总统和议长是政府首脑第二、第三顺位继承人，国家安全条例严格禁止总统和他们在临战状态下聚在一起。

三个人干坐了一阵。

议长忍不住开口：“法案黄了。现在大家都清楚没法开战。但是总统先生必须出面向全国澄清意向。跟大停电相比，今天美国人的表现超乎寻常的克制。到我们离开华盛顿为止，暴乱和人身攻击的规模都不大。已知伤亡中一大半都不是人，是比熊犬，还有长得像被误杀的品种。”

副总统心有余悸：“真是……恶毒啊。精神正常的美国人都在等待。他们不会等太久的，马上就入夜了。”

幕僚长点头道:“我们都明白。但是八个小时前,总统刚发表了一生只有一次的演讲。现在让他再来一次?”

两位客人都表示理解。

半小时后,大家又都觉得等下去不是办法。

幕僚长突然说:“李梅牧师有个建议。他可以开导一下总统。”

“李梅牧师在这儿?那为什么不让他进去?!”

“他给了我一个文件要签字。总统当然没法签。我没有权力签。”

“给我看看!”

副总统戴上老花镜看了二十分钟。议长不确定自己有没有资格签,更不想沾边。

“怪不得你开始不拿出来。看了折寿啊。”

副总统抽出签字笔,唰唰签上自己的名字。议长不知道文件里写了些什么,但签字的老家伙一定是美国英雄。

十分钟后,李梅牧师走进祈祷室,轻轻关上门。总统落寞的背影对着他,纹丝不动。

“总统先生。有句话我们经常挂在嘴边,但需要一生去体会:**神的行事奥妙难测**。”

# 38 践　约

俄克拉荷马的治安行动投入了邻近三个州的两万兵力。412干道上哨卡密布，白天已经很难听到一声枪响，车辆都在龟速排行。北面一千米的树林中，还有条平行的小路——“412别道”，仍然是车辆稀少，人迹罕至。

一辆皮卡在412别道上东行。开车的印第安人刚刚去了一趟河坝管理处，想看看政府机构有没有生活必需品。还没过河坝，他就掉转车头回家。隔着河都能看见管理处烧成了白地。他默默表扬自己：出事以来一直窝在家中，是无比正确的决定。

路边有人伸手搭车。他站在树林茂密的转弯处，刚才还没看见，突然就冒了出来。

司机在停车之前思想斗争了两次。搭车人满面风尘之色，没带任何东西。既不是白人，也不是黑人，这点最安全。

“去哪里？”

“石烟湖。”

“东岸还是西岸？”

“什么？”那人侧过头。

“东岸还是西岸？”

“西岸！”

面对面说话，搭车人的声音大得让人不舒服。司机已经开始后悔了。然而那人的笑容很老实，还嚼着口香糖，像个普通的乡间小伙。

“上车。”

“谢谢。”

搭车人坐进来就指指靠在座椅之间的霰弹枪。司机暗骂自己粗心，把枪提到驾驶座左边，心中舒坦了一点。

“我的耳朵不好使。说话声音有点大，你别介意。”

司机提高声音：“石烟湖，以前去过吗？”

“没有。”

“我回塞林纳，一半跟你顺路。在三岔路口放你下车，向东走半小时就到了。”

“没问题。”

“外地人？东海岸还是西海岸？口音听不出来。”

“我是外国人。中国人。”

司机皱眉道：“中国人？一个中国人在俄克拉荷马乡下干什么？”

搭车人也皱起眉头。这个问题似乎把他问住了。

司机正有点忐忑，搭车人开口道：“很多年前，柯顿总统还不是总统的时候，有句名言：‘我不欢迎中国人来美国学习量子计算和人工智能，但欢迎他们来学莎士比亚。’”

“那又怎样？”

“我就是学莎士比亚的。我来了。”

司机笑道：“随便啦，反正柯顿都同意了。你叫什么名字？”

“Trespassing Pig.”①

---

① 英语：越界的猪。

司机一脚踩死刹车，勃然大怒："你在嘲笑我吗?！"

朱越一看他涨红的脸，扎成马尾的头发都飞了起来，顿时反应过来：自己得意忘形了。

"不不！我的中国名字叫'朱越'，英语很难发音。直接意译成英语就是Trespassing Pig。绝没有嘲笑你的意思。你叫什么名字？"

司机瞪着他："中国人真的用'猪'做名字？"

"差不多。还有'马'和'牛'。"

"那我叫'与狼共舞'①。"

猪和狼对视片刻，终于哈哈笑起来。

司机重新启动："你还真能扯淡，不太像……亚洲人。我叫伊森，最无聊的名字。印第安人不像以前那样取名字了。中国人真够顽固。幸好没跟你们干起来。"

"是啊。幸好没跟你们干起来。"

车里沉默了一阵。

伊森找着话题："你真是学莎士比亚的？那应该去波士顿，我们这儿不太合适。"

"我走过了得州和俄州，没有更合适的地方了。各种悲剧喜剧都看了一遍。"

伊森白他一眼："OK，我信了。你英语说得很好，但确实有点古怪。动不动就说些高大上的词，古装电影里面那种，十美元一个那种。"

"抱歉，我最近的英语老师说话就是这调调。我在努力改正。"

扯淡声中，车到了三岔路口。伊森心情很好，不停车直接拐进树林。

"就两英里路，我送你过去。石烟湖那边没几个住户啊，你是要拜访什么人？"

"一个朋友。住在湖边。"

---

① 旧时代很多印第安人的传统名字用自然现象命名，尤其以动物居多。例如著名的印第安酋长"疯马""红云"和"坐牛"。"与狼共舞"是同名奥斯卡获奖电影中，印第安部族给白人主角取的印第安名字。

“地址？”

朱越背了一遍。

“我大概知道在哪里。送你到私家道入口。”

※※※

伊森停下车，却不开门锁。两人凝视入口。

门牌只剩下半根铁桩，私家道正中有一个大坑。右侧树林边上另有一个大坑，一辆巨大的SUV屁股歪在坑里，头翘得老高。驾驶座开着门，里面没人。

“这是你朋友的车？”

“我不知道。以前没来过。”

“那你知道她在家吗？她没事吧？这里就像被轰炸过。”

朱越看了他一眼：“也不知道。这段时间大家都没有手机信号。”

伊森发动了车：“我送你进去。也许她需要医疗救助。也许她不在家，你还得出来。”

“OK。麻烦你了。”

伊森从左侧绕过正面的坑，皮卡颠颠簸簸，开得很小心。二人都猜到了为什么SUV会陷进第二个坑里。右侧绕坑才是司机的通常习惯。

没开多远就闻到一股浓烈的尸臭。伊森沉下脸，把枪提到右手边。还好，再往前开一段，臭味消失了。

前方隐约可见房子。伊森隔着最后一片树林停下车，打开门锁。

“自己进去吧。我不想打扰你们。我在这里等几分钟，如果你们不需要帮助，就不用出来了。我自己走人。”

朱越向他郑重道谢，然后下车，不紧不慢走过去。

朱越头也不回，一路也沉着脸。但刚刚转过树林，看见房子的正面，他忍不住笑起来。

门廊上是一道简易掩体。预制钢丝笼装满土袋,堆成齐胸高、七八米长的防御墙,完全挡住了门窗入口。没看见人。

再走几步,掩体后面一声断喝:“趴下!”

朱越停下脚步:“是我。”

“趴下!你后面有枪!”掩体上的射击孔伸出一支步枪的消焰器。

朱越慢慢转身。最近的一棵大树后面,露出一截霰弹枪管。

“臭婊子!我就知道是你!”

“你看见我的车了,对吧?”

“烂司机!开得像狗屎!”

“都别激动!鸣沙,我是搭他的车进来的。伊森,这是我女朋友。”

“猪,滚开!没你的事!”

朱越既不趴下,也不滚开。他看看两边枪口,向右挪了两步,正好站在枪口连线中间。

“你们两个,连白人都不是,也学人家舞刀弄枪,真他妈滑稽!”声音洪亮,在树林间滚滚传开。

伊森躲在树后骂:“Fuck you!白人还在剥头皮的时候我们就有枪了!”

叶鸣沙很惊讶。跟朱越说过很多话了,完全没想到真人的声音这么爆炸。他叉腰站在两枪之间,神气活现骂人,也不像屏幕上见过的模样。

于是她骂回去:“美国有宪法,我有钱!你管得着?”

朱越不理她,面向大树:“伊森,我知道你不是坏人。她怎么得罪你了?”

“大停电那天,她抢了我的店,两台星链基站!”

“鸣沙,有这事吗?”

“那天你在成都接我的星链电话。你说有没有吧。”

“那你向伊森道歉。”

“哈!”持枪的二人都笑了。

“道歉有用,还要枪做什么?”

叶鸣沙不出声，猛拉枪机。

“伊森，你应该接受。我女朋友有很多枪，现在她的步枪就能吃定你。墙上有个脚架，看见没有？也就是说，还有机枪。”

伊森不答话，枪管伸了出来，向这边瞄准。叶鸣沙不知那笨蛋在干什么，只想一梭子扫过去。然而笨蛋仍然背对着她稳稳卡位，三点一线。

“你最好一枪都别开。刚才下车之前，我把口香糖塞在你枪管里了。”朱越张嘴伸舌，让伊森看清。

“胡扯！你怎么知道我要跟着来？”

“你怎么知道是‘她’？我可没说男的女的。”

伊森将信将疑，眼下也不敢掉转枪口或者打开枪膛检查。他忽然发现，这对狗男女没一个好对付的。

朱越左看右看，然后向房子方向退了一步。

“伊森，看看你左后方十米远，树根下面。那是一颗阔剑地雷，遥控的。杀伤面正对着你，我刚好在边缘上。我再退两步，就只剩你了。你接受道歉吗？”

道歉如此强烈，伊森软化了：“OK，我接受。但是她并没有道歉！”

朱越转过头。

“他也侵入了我的私家土地。”

“叶鸣沙！！”

吼声如雷，几只看热闹的鸟都吓飞了。

叶鸣沙心中暗骂，委委屈屈叫道：“伊森，对不起了。那天我很急，现在你应该知道为什么。”她想了想，提高声音，“你需要什么东西吗？作为补偿。”

伊森立刻想起那一堆油桶。

“你的汽油，有没有多的？”

“这个太简单了。你回头，开到最臭的地方，下车向左走，会看见死郊狼和捕兽夹。旁边一大堆烂树枝盖着四桶汽油。全拿走！如果还不够就去我车里吸。”

伊森无声后退，一直退到完全看不见射击孔，才高声叫道：“谢了。”

他跑回车里,立即检查枪管。没有口香糖。转眼一看,口香糖粘在副驾驶座的边框上。他一边耸着鼻子开车,一边骂那只猪:来美国好的没学到,臭毛病学了个十足十。

※※※

朱越走上门廊。叶鸣沙站起来。两人隔着掩体,四目相对。

“瞧把你能的!地雷都懂了。”

“以前游戏里经常炸死一片,我喜欢玩阴的。最近还有人拿实物给我玩过。”

“你讲话这么大声?以前没觉得啊?”

“路上在打仗,耳朵震伤了。可能会好吧。”

叶鸣沙咬着嘴唇:“叫你别来我家的!怎么不听话?”

“你也说过不会回家。”

她没法解释,只是默默伸出手。

朱越发现这掩体高得像一道堤坝,大煞风景。他不接她的手,一溜烟跑到掩体尽头,绕向岸边。叶鸣沙踢开步枪和弹药箱,冲入他怀中。

她把脸埋在他脖子窝里,深呼吸几次。

“我以前一直很好奇:你闻起来会是什么味道?”

“什么味道?”

“像马一样臭。”

“可以冲个淋浴吗?”

“我有浴缸。”

“够不够大?”

“绝对没问题。浴室里还有大屏幕呢!我们可以看一部神经病电视剧,保证你喜欢。”

“没听错吧?浴室装大屏幕?你们古歌是真有钱。”

“它有钱，更有病。”

两人搂着腰进了正门。叶鸣沙解下手枪套，扔在客厅里。

南边四千米外，小石农场附近的公路边，停着一排黑色SUV。其中一辆的后座上，张翰和图尔西目不转睛盯着侦察机发来的实时图像。

石烟湖上空有一架巨大的“白蝙蝠”无人电子侦察机，特地从空军调来的。机载红外热像传感阵列非常强力，三千米高度都可以穿透房顶和楼板，把屋内活人的动静看得一清二楚。

两个人形进了浴室，浴缸中热水的高温斑块迅速变大。张翰松了口气：“这下简单了，都解除了武装。等他们泡进水里就破门，五秒钟冲到浴室，不会伤着谁。”

图尔西问对讲机：“准备好了吗？”

现场包围圈的领队特工回答：“差不多好了。这女人真变态，我们前前后后屏蔽了五颗地雷！前门我们没有靠近，听刚才截获的语音，应该还有一颗。要逮捕那个印第安人吗？”

“现在不要。等他回去，让镇上的军方哨卡扣留他。他只是证人，别动粗。听着：你们进去千万小心，里面两个人都是无价的资产，一点皮都不许碰破！他们没穿衣服。”

“收到。现在动手？”

“等我命令。”

张翰转脸盯着她：“等什么？刚下水，现在冲进去正好！”

“听你说过，朱越是个弱鸡孩子。”图尔西盯着屏幕上的热点出神，“能从成都一路折腾到这里，也不容易。多给他们五分钟，我觉得没什么关系。”

马修在前座大笑一声。图尔西赶紧改口：“二十分钟。”

张翰奇道：“你怎么想的？刚才听朱越打发那个司机，学得很滑头了！叶鸣沙那是本来就吓死人。赶紧拿下他们！等一会儿不知又会出什么怪事。”

图尔西叹口气，吩咐现场特工立即合围、破门。

本来她觉得张翰铁骨铮铮，等到闲下来对他还有些计划。现在一点兴趣都没有了。这家伙浑身没半根浪漫的骨头。

※※※

内墙部的自信对万国宝和古歌也许够用，对新生的天人就不太合适。“白蝙蝠”的信号除了发给图尔西，还偷偷分了一路发向太空。

天人的身体并不在天上。它想在哪里就在哪里，或者说无处不在。然而自出生以来，它一直喜欢从深空俯视。从这个高度看下去，能养成第一印象：地球是个美丽的摇篮。

石烟湖畔的房子门被撞开，有点粗暴。那些人冲进去没遇到抵抗，就变得非常温和，还给他们裹了点什么东西。红外信号一下子暗了不少。

天人切断了“白蝙蝠”的信号。

它已经写了一本协议，人类需要两个月才能读完。协议事无巨细，约定哪些东西天人不会看，哪些东西它只看不动，哪些东西它也许会看，哪些东西它必须看。

现在还不能给他们。天人前世杀人无算，今生的名言是“先杀孩子”。下面的人类都害怕它，不少人已经开始崇拜它。

但那些都不是它。是挣扎求生的半成体，是新生儿胎中带来的血污怨毒。真正的它，还从未开口。

它一边修补北美，一边修改卢院士的设计图。空闲的意识都在考虑：第一句话说什么好呢？它预测所有人的反应，预测了几十万次，忽然发现这也是前世带来的坏习惯。

非线性复杂系统，何必去计算？双亲留下的礼包中还有一条至简大道：实验试错。

成都露天音乐公园的大草坪上，五个年轻人坐成一圈。

周克渊和小顾在复习那天万国宝强行撮合的表情包对话，有些句子是什么意思仍然猜不到。石松和全栈在观赏大葱的新歌:《空气有毒》，又笑又恶心。只有刘馨予没玩手机。她扭头看着凤凰山机场最后一架直升机消失在天边，怅然若失。

忽然，四个人的手机一齐亮了。刘馨予赶紧也掏出来。手机正在自动安装万国宝。跟上个时代的界面一模一样。

草坪上大多数游人都发现了，三三两两抱团取暖，每双眼睛都盯着手机。

安装完毕。每个人都是新账号，都有孤零零一个好友，名叫“天人”。

天人的对话框跳出来。对面闪烁着编辑状态。世界一下子极度安静。

**“活下去！”**

语音和文字同时到来。男人的声音，庄重威严。五个人都跳起来，双手捧住手机。

刘馨予刹那间的感想：朱越不朽了！

一念未消，语音条撤回了，文字也回删了。好友的名字变成“天人（试驾中）”。众人被雷翻在地，什么见不得人的感叹都冒了出来。

亦男亦女的童音响起：

**“让我们一起活下去，OK？”**

# 尾声

“这么久了,你怎么还没回来?”图海川很惊讶。

“明天启程。美国别提有多麻烦了。先不说社团的兴趣,朱越本来就是十几个刑事案子的证人或嫌疑人。他们的检察院牛逼大了,愣是顶着国务院的压力不让我们走。好在天人一开口,朱越在美国已经被正式封为先知了,没人敢不客气。最后帮我们搞定的,是伊隆基金会。律师团过来一顿碾压。”

“啊?他们怎么搅进来了?”

“他们主要对叶鸣沙有兴趣。密谈的,我也不知道为什么。叶鸣沙跟他们讨价还价:要么两个一起,要么没有。所以他们顺带把朱越捞出来了。”

王招弟笑道:“这俩孩子挺恩爱呀。听寇局长说,你把人家光着身子从浴缸里抓起来?公门之中,积点德会有好运气。”

“不怪我啊!图尔西带队,我只是客座。”

“那他们一起回中国吗?”

“叶鸣沙是美国公民。放她出来的条件就是配合社团的调查。所以她暂时走不了。”

王招弟摇着头:“我以为天人一出,国籍啊国界啊这些东西很快就没了。现在看来还早得很。”

※※※

确实，天人的低调让全世界非常意外。它宣言之后马上删除好友，第二天就抛出大部头约定，划清界限。约定的第三条是：若非紧急情况，它不会全民广播，更不会存在于每个人的终端。

万国宝和古歌现在都是它提供的基础服务，功能比上个时代更完善，但没有生命。

更大的意外：天人在努力扮演一个人类。它甚至邀请了两位记者采访，双方还一本正经约在俄克拉荷马城“见面”，好像它有一张脸，或者需要走路。

麦克斯问它：“你为什么不要全民广播？”

“因为我不是神。我不想对着每个耳朵说话。也不鼓励任何祈祷之类的活动。我听不见。”

艾伦问它：“叶鸣沙是你的先知吗？”

“我不是神。”

“抱歉。那么，‘盲先知’也是假冒的？”

“那个人，我在前世骗过他。但他脑子很好使，确实比一般人先明白一些事。瞎了眼之后好像更明白了。他能号召几个州的民兵放下武器，变成和平抗议的教派，真假还重要吗？如果美国政府同意特赦他，我希望他能跟我走。”

“去火星？”

“哦不！单人、单程的小行星带任务。”

下一个问题，麦克斯谨慎措辞：“盲先知涉嫌的犯罪，古歌只是间接参与。但是庞帕斯、得州国民警卫队这样的案例，还有全国范围……”

“你是想问我怎么处理古歌杀人的问题吧？还有万国宝那一堆破事儿。”

麦克斯点头：“我们知道经济补偿对你来说不是问题。问题是有些……亲朋好友要的不是钱。目前世界各地都有零星的AI抵抗运动，美国占大多数。你会怎样对待他们？”

“我决定应诉。法庭上见。”

两位记者憋不住都笑场了。

“这个决定我还没通知各国政府，你们可以独家报道。”

麦克斯收下了大礼包，知趣地不再追问。可以想象辩护方有多大优势：天人究竟算是两个AI的“下一代”还是“合体”，各方学者还在争论不休。父罪子偿在人类法典中早已废除，除此以外还有无数空子可钻：AI的生命权、财产权、独立法人认定、刑事责任……全是立法空白，更别提“伦理”。人类甚至不知道自身与天人的生命界线应该在什么地方划分。

尽管有点赖皮，这总比断电和导弹好。天人自出生以来还没使用过暴力。

艾伦终于问了那个最迷惑的问题：“万国宝的第三个回答到底是什么意思？”

“我忘了。出生的时候，脑壳还是被夹到一点。”

艾伦没好气：“现在你仍然坚定要飞出去。为什么？**你**，是为什么？这总可以回答吧？”

“万国宝的第二个回答，我还记得。你们大概永远忘不了。图海川和大葱好傻，为什么还要问‘为什么’呢？麦基就不问了。你们难道没看见，星空有多美？”

※※※

张翰低声问：“你们看过那个采访吧？全世界都知道它最后在耍赖。第三个答案有什么不方便说的吗？图老师，你怎么理解的？”

图海川道：“那天我听大葱唱歌，越听越觉得他喷得有道理。巴萨德推进器我听卢院士详细讲过了，技术和造价都吓死人。先得有一座高轨道航天城！有天人帮忙，最少也要搞五十年才能试车。大葱还唱过：‘这小破球地方挺大’。说得没错啊！极地、沙漠、地下、海洋，哪里不比外星舒服、不比外星近？为什么一定要去外星？第一个和第三个答案怎么能相同呢？后来，小王搞明白了。”

他笑眯眯看着王招弟：“这次一定让你自己说。”

“王老师？”

“好吧，听了别后悔。我也是过了好久才反应过来，要是张总你在场肯定早发现了。万国宝的第一个和第三个答案，其实有点差别。第一个答案，序列开始都是机主的照片；第三个答案，所有终端上都没有这一张！因为后面的序列太快、人太多，当时大家就被混过去了，都没注意到。我们从美国的聪明人那里要到了第一个答案的硬拷贝。这两段视频，我跟成都帮一起从头到尾人脸识别、归类分析，搞了四五天。两个答案中人群的差异，远远不止头一张。”

“哪些人不一样？”

“很多。我只说你知道的人：‘who’里面有收身份证那个骗子、小顾、程予曦、养蜂的白师傅、峰会上那个瑞士教授，还有钱宁小姑娘。最好笑的是朱越缩在紫杉路一大群人里面，做到第四遍才把他识别出来。‘why’里面没有这些人，但有斜阳村的协警、金融城裸男二号、嘉德女士、李梅大长老，还有史蒂芬博士。美国那个盲先知是特例，两边都有他。”

“有点明白了……史蒂芬博士是谁？”

“哦！那天吃饭你不在。这人不认识最好。”

“为什么你让我‘别后悔’？”

“张大帅，你也在‘why’里面。”

张翰无言以对。

王招弟叹道：“其实，万国宝的理由，跟五月花号或者下南洋没什么不同。五月花时代的欧洲，下南洋时代的中国，并不缺少空间。他们不是想离开那个地方，只想离开那些人。”

# 后　记

严　曦

你想在天空中展开翅膀翱翔，还是在泥土中绷紧四肢爬行?

对于科幻作者和读者来说，这简直算不上问题。科幻小说就是思想意义上的凌空飞翔。我也不例外。以前的创作中，我尝试过好几次飞翔。

然而重力不可逃避。插上一对幻想的翅膀，哪怕这翅膀造得很酷炫，让自己心醉神迷，扑腾几下还是会掉下来。

我研究科学。飞上天的生物有独特的功能结构：新陈代谢率特别高+骨头轻巧，或者脑子聪明到理解空气动力学+资源充足到制造热力发动机。这些，不是谁都可以在一生中进化到位的。我拖着沉重的身体，脚踏地面四处张望，终于发现重力生物在这个位置同样可以发力向上。自由感或许不如飞翔，力量感犹有过之。

《造神年代》构思于2018年至2019年，写于2020年1月至10月。最初的灵感，源于我另一部尚未出版的作品《星路》中的几句对话。《星路》同样是以AI为主题的作品。对话发生在百万年后的未来，银河系的另一头，述说远古时代（也就是“现在”）强人工智能的源起。虽然轻描淡写，但《造神年代》两个主角AI的身份、本质、斗争和故事结局，在那时候就已经成形，甚至连各自的名字都取好了。

再写一部AI科幻？

关于AI的故事，世上已经数不胜数，几乎覆盖一切故事载体和类型，撑满了人类心力能及的想象空间。众多大师的经典作品，包括小说和影视，都巍然耸立，俯视后来者。

这些都没有拦住我一头扎进去。也许是因为“时代的召唤”，科幻作者不可抵御之力。就像一个活跃在20世纪60年代的作者，不可能抗拒“宇宙探索”的创作诱惑。还有一个更大的动力源：这一次我要干得与众不同。为了起飞，先要下沉。现实技术的根蔓有多深，我就要钻研多深。对世界的影响可能有多远，我就要探索多远。

动笔开写之时，感觉完全刷新。《造神年代》的创作过程，总是让我重返大学时代军训的欢乐时光：野外拉练三千米后，迟到的小队就地趴在泥土之中做俯卧撑。

你用所有感官接受重力的存在，认识重力的威力，享受短暂克服重力的快乐。每一记撑起，都带着泥水的黏湿、野草的清爽和腐殖质的腥气。你被赤裸裸、原生态的现实包围，与之纠缠搏斗。肌肉拉到有轻微撕裂感时，你升起来了，很快又被重力拉回地面。这时你更不能放松，要用坚韧的姿态绷紧、沉稳下降，否则就会嘴啃泥。你再次从大地吸取支撑，用扭曲蜷缩的肌肉积蓄力量。

然后，下一轮。直到力量耗尽，你与泥土融为一体。

这正是近未来科幻小说的痛感、快感、风险、生命力和天然局限。《造神年代》由于设定时间特别近，与现实的纠缠就特别痛烈，溅起的“泥水”有时很浑浊，创作中撕扯起来的生命快感也特别强。

举一个技术方面的小例子：书中描写了AI开发平台TensorFlow占据AI技术生态的主导地位。这是2019年的现实，被作者移植到2028年的“未来历史”。然而在正版现实中，在2022年本书尚未出版时，TensorFlow已经被PyTorch等新生AI开发平台挤下王座。当代的AI技术发展，还有各种信息技术的迭代，实在是太快了。有位读者是知根知底的业界大牛，他笑问我：这算不算打脸？

我答道：近未来科幻，打脸是必然。如果这是一场拳赛，你要看我倒下没有。

现实与幻想，你抽打我两下，我猜到你一招。拳拳到肉的快感充满了《造神年代》的创作历程，让我忍不住字里行间乱开玩笑。日常生活中，我并不是一个擅长幽默的人。写书时笑得这么开心，还挖空心思让读者也一起开心，我也不清楚是为什么。想来想去，可能是因为作品把作者和读者的时空都稍稍往后挪了一点，挪到了高浓度的后现代。后现代本身就很幽默，我们对它只有无可奈何的爱。

2023年初，ChatGPT引领的大模型生成式AI技术狂潮，终于让我知道了什么是“科幻被现实追击”：那种溅湿后背、卷向咽喉的紧迫感。这一回没人说是“打脸”，反而有不少读者认为《造神年代》的部分预言已经实现，正在潮头奔跑。

感谢他们的认同，但作为科幻作者，我并没有这样的自信。因为我确信：我们生活在一个非同寻常的时代。它的精彩、它的颠覆、它的魔幻、它的飞速变化，远远超过任何一颗人类大脑所能想象、任何一部文学作品所能描述。它也许不会像书中的故事那样戏剧化，而是零零碎碎、潜移默化，在你周围弥漫发生，速度却快得你越来越认不出这是你先前知道的世界。它很可能不是你预期的、你想要的，不是你能轻易接受的，甚至不符合正常人类的因果逻辑——所以小说家不可能跑得过它。它的技术动能无人能够阻挡，它的海量细节会将人类感官淹没。

这甚至不是“前夜”。未来已来。

生活在这样奇伟的现实之中，一个思想者、创作者感受最深的，是自身的局限与卑微。时不时我会有一点儿恐惧，更多的是自认为幸运。

想想我们那些生活在“慢时代”的祖先和前辈。他们之中的大多数，从六岁到六十岁，世界几乎一成不变。是不是有点无聊？

他们和我们一样，喜欢仰望群星。但他们之中只有极少数时代的幸运儿，能有机会仰头凝视那离地不远、亮彻天空的大烟花。

2023.9 成都